DUNGEON MASTER'S GUIDE

GUÍA DEL DUNGEON MASTER

CRÉDITOS

Diseñadores jefe de D&D: Mike Mearls, Jeremy Crawford.
Responsables del *Dungeon Master's Guide*: Jeremy Crawford, Christopher Perkins, James Wyatt.
Diseñadores: Robert J. Schwalb, Rodney Thompson, Peter Lee.
Edición: Scott Fitzgerald Gray, Michele Carter, Chris Sims, Jennifer Clarke Wilkes.
Productor: Greg Bilsland.

Dirección de arte: Kate Irwin, Dan Gelon, Jon Schindehette, Mari Kolkowsky, Melissa Rapier, Shauna Narciso.
Diseño gráfico: Emi Tanji, Bree Heiss, Trish Yochum, Barry Craig.
Ilustración de la portada: Tyler Jacobson.
Ilustraciones interiores: Rob Alexander, Dave Allsop, Daren Bader, Mark Behm, Eric Belisle, Steven Belledin, Kerem Beyit, Noah Bradley, Aleksi Briclot, Filip Burburan, Milivoj ´Ceran, Sidharth Chaturvedi, Conceptopolis, jD, Jesper Ejsing, Wayne England, Emily Fiegenschuh, Scott M. Fischer, Justin Gerard, E.W.Hekaton, Jon Hodgson, Ralph Horsley, Tyler Jacobson, Jason Juta, Sam Keiser, Chad King, Vance Kovacs, Olly Lawson, Chuck Lukacs, Howard Lyon, Victoria Maderna, Aaron Miller, Mark Molnar, Terese Nielsen, William O'Connor, Hector Ortiz, Adam Paquette, Claudio Pozas, Steve Prescott, David Rapoza, Rob Rey, Aaron J. Riley, Amir Salehi, Mike Schley, Chris Seaman, Sean Sevestre, Ilya Shkipin, Carmen Sinek, Craig J Spearing, John Stanko, Alex Stone, Matias Tapia, Joel Thomas, Cory Trego-Erdner, Beth Trott, Cyril Van Der Haegen, Raoul Vitale, Tyler Walpole, Julian Kok Joon Wen, Richard Whitters, Eva Widermann, Mark Winters, Ben Wootten, Kieran Yanner, James Zhang.

Otras contribuciones: Wolfgang Baur, C.M. Cline, Bruce R. Cordell, Jesse Decker, Bryan Fagan, James Jacobs, Robin D. Laws, Colin McComb, David Noonan, Rich Redman, Matt Sernett, Lester Smith, Steve Townshend, Chris Tulach, Steve Winter, Chris Youngs.
Gestión de proyecto: Neil Shinkle, John Hay, Kim Graham.
Servicios de producción: Cynda Callaway, Brian Dumas, Jefferson Dunlap, David Cershman, Anita Williams.

Marca y marketing: Nathan Stewart, Liz Schuh, Chris Lindsay, Shelly Mazzanoble, Hilary Ross, Laura Tommervik, Kim Lundstrom, Trevor Kidd.

Basado en el juego D&D original de
E. Gary Gygax y Dave Arneson, con Brian Blume, Rob Kuntz, James Ward y Don Kaye.

Y que posteriormente fue desarrollado por
J. Eric Holmes, Tom Moldvay, Frank Mentzer, Aaron Allston, Harold Johnson, Roger E. Moore, David "Zeb" Cook, Ed Greenwood, Tracy Hickman, Margaret Weis, Douglas Niles, Jeff Grubb, Jonathan Tweet, Monte Cook, Skip Williams, Richard Baker, Peter Adkison, Keith Baker, Bill Slavicsek, Andy Collins y Rob Heinsoo.

Pruebas de juego por
más de 175.000 entusiastas de D&D. ¡Gracias!

Con el consejo de
Teos Abadia, Robert Alaniz, Jason Baxter, Bill Benham, Darron Bowley, David Callander, Mik Calow, Christopher D'Andrea, Brian Danford, Krupal Desai, Josh Dillard, Sam E. Simpson Jr., Tim Eagon, David Ewalt, Rob Ford, Robert Ford, Jason Fuller, Pierce Gaithe, Richard Green, Christopher Hackler, Adam Hennebeck, Sterling Hershey, Paul Hughes, Gregory L. Harris, Yan Lacharité, Shane Leahy, Ryan Leary, Tom Lommel, Jonathan Longstaff, Rory Madden, Matt Maranda, Derek McIntosh, Paul Melamed, Shawn Merwin, Lou Michelli, Mike Mihalas, David Milman, Daren Mitchell, Matthew Mosher, David Muller, Kevin Neff, Adam Page, John Proudfoot, Max Reichlin, Karl Resch, Matthew Rolston, Jason Romein, Sam Sherry, Pieter Sleijpen, Robin Stacey, David "Oak" Stark, Adam Strong-Morse, Arthur Wright.

LOCALIZACIÓN:

Coordinador de traducción: Rodrigo García Carmona.
Traducción: Rodrigo García Carmona, Pablo Fontanilla Arranz.
Corrección: Sergio Isabel Ludeña, Paco Dana, Luis E. Sánchez.
Responsable editorial (en forma ectoplasmática): Darío Aguilar Pereira.

EN LA PORTADA

Tylor Jacobson ilustra al archiliche Acererak alzando una hueste de muertos vivientes. Su fin es desencadenarla sobre un mundo todavía ignorante de sus planes.

Descargo de responsabilidad: Wizards of the Coast aquí no sanciona oficialmente las siguientes técnicas que, sin embargo, maximizarán tu disfrute como Dungeon Master. En primer lugar; permanece impasible y di que "muy bien" a cualquier plan que se les ocurra a los jugadores, sin importar cuán ridículo o nefasto sea. En segundo lugar; pase lo que pase, finge que tenías pensado desde el principio que todo iba a desarrollarse como lo ha hecho. En tercer lugar; si no estás seguro de cómo continuar en un momento dado, finge que estás enfermo, da por terminada la sesión antes de tiempo y planea tu siguiente movimiento. Cuando todo lo demás falle, tira unos cuantos dados detrás de la pantalla, estúdialos durante un momento poniendo cara de consternación y arrepentimiento, suspira profundamente y anuncia que Tiamat desciende volando de los cielos y ataca.

620A9218105001 SP
ISBN: 978-0-7869-6753-7
Primera impresión en inglés: diciembre de 2014
Primera impresión: septiembre de 2021

9 8 7 6 5 4 3 2 1

ÍNDICE

Introducción

¡Es genial ser el Dungeon Master! No solo tienes la oportunidad de narrar historias fantásticas sobre héroes, villanos, monstruos y magia, sino que también puedes crear el mundo en el que estas historias se desarrollarán. Tanto si ya estás dirigiendo una partida de D&D como si crees que te gustaría hacerlo, este libro es para ti.

El *Dungeon Master's Guide* asume que ya conoces los rudimentos del juego de rol D&D. Si no has jugado antes, la *Caja de Inicio* de Dungeons & Dragons es un buen punto de entrada, tanto para jugadores como para DM novatos.

Este libro es compañero de otros dos: el *Player's Handbook*, que contiene las reglas necesarias para que los jugadores creen sus personajes y tú puedas dirigir el juego, y el *Monster Manual*, lleno de seres con los que puedes poblar tu mundo de D&D.

El Dungeon Master

El Dungeon Master (DM, Señor de la Mazmorra en español) es la fuerza creadora en la que se apoya cualquier partida de Dungeons & Dragons. El DM da vida a un mundo que el resto de jugadores podrán explorar. Además, también crea y dirige las **aventuras** sobre las que se estructura la historia. Una aventura suele articularse en torno a una misión, que los personajes deberán resolver con éxito, y habitualmente se desarrolla durante una única sesión de juego. También existen aventuras más largas, en las que los personajes se ven envueltos en grandes conflictos, que necesitarán varias sesiones para resolver. Una **campaña** se construye a base de encadenar una aventura tras otra. En D&D las campañas pueden estar compuestas de docenas de aventuras y durar meses, o incluso años.

El Dungeon Master tiene que asumir muchos papeles distintos. Como arquitecto de la campaña, creará aventuras a base de ubicar monstruos, trampas y tesoros para que los personajes del resto de jugadores, los **aventureros**, los descubran. Como narrador, el DM ayudará a los demás jugadores a visualizar lo que está sucediendo a su alrededor, improvisando cuando los aventureros hagan algo o se dirijan a algún lugar inesperado. Como actor, el DM interpretará el rol de los monstruos y personajes secundarios, insuflándoles vida. Como árbitro, el DM hará de juez en lo que a las reglas respecta, decidiendo cuándo obedecerlas y cuándo modificarlas.

Inventar, escribir, narrar, improvisar, actuar, arbitrar... El DM se encarga de cada una de estas tareas de forma distinta, y probablemente haya algunas que disfrutes más que otras. Siempre ayuda recordar que Dungeons & Dragons es una afición, por lo que hacer de DM debería ser divertido. Concéntrate en aquellos aspectos que te agraden más y relega el resto a un papel secundario. Así, si no te gusta elaborar tus propias aventuras, puedes utilizar las publicadas. De forma similar, también puedes apoyarte en otros jugadores para que te ayuden a interpretar las reglas o crear el mundo.

Las reglas de D&D os ayudan, tanto a ti como al resto de jugadores, a pasarlo bien. Pero no son las que mandan. Tú, el DM, eres el que está al mando. Dicho esto, tu labor no es masacrar a los aventureros, sino crear un mundo y una campaña que gire en torno a sus actos y decisiones. ¡Y lograr que tus jugadores quieran volver a por más! Si tienes suerte, los sucesos de tu campaña permanecerán en el recuerdo de tus jugadores mucho después de que terminéis la última sesión de juego.

Cómo usar este libro

Este libro está dividido en tres partes. La primera te ayuda a decidir qué tipo de campaña quieres dirigir. La segunda te sirve de apoyo a la hora de crear las aventuras (las historias) de las que se compondrá la campaña y a mantener involucrados a los jugadores entre una sesión de juego y la siguiente. La última parte te ayuda a aplicar correctamente las reglas del juego, así como a modificarlas para ajustarse al estilo de tu campaña.

1ª parte: Maestro de mundos

Todo DM es el creador del mundo de su propia campaña. Ya elabores un mundo nuevo, lo adaptes a partir de tu película o libro favoritos o uses una ambientación ya publicada para D&D, acabarás haciendo tuyo este mundo al ir desarrollándose la campaña.

El mundo en el que ambientas tu campaña es tan solo uno de los incontables que componen el **multiverso** de D&D, un vasto cúmulo de planos y tierras en las que se desarrollan las aventuras. E incluso aunque estés utilizando un mundo ya establecido, como pueden ser los Reinos Olvidados, tu campaña tendrá lugar en una suerte de universo paralelo al oficial, aquel en el que se suceden los eventos descritos en las novelas, juegos de mesa y videojuegos de los Reinos Olvidados. El mundo es tuyo para cambiarlo a tu gusto y explorar libremente las consecuencias de los actos de los jugadores.

Tu mundo no es más que el telón de fondo frente al que se desarrollan las aventuras. Como la Tierra Media, Poniente y los otros muchos universos de fantasía que existen, se trata de un lugar al que puedes escapar para ser testigo de historias fantásticas. Un mundo bien diseñado y correctamente dirigido parece fluir en torno a los aventureros, haciendo que estos se sientan parte de un todo, en vez de separados de él.

La consistencia es clave para crear un mundo de ficción creíble. Cuando los aventureros vuelven al pueblo para reaprovisionarse, deberían encontrarse con los mismos **personajes no jugadores** (PNJ) con los que se habían cruzado antes. Acabarán aprendiéndose el nombre del tabernero, y este a su vez recordará los suyos. Una vez hayas alcanzado este grado de consistencia, podrás meter algún que otro cambio. Cuando los aventureros vuelven a los establos para comprar más caballos, por ejemplo, podrían descubrir que el hombre que regenta el lugar ha vuelto a su hogar en la gran ciudad allende las colinas, y que ahora quien se encarga del negocio familiar es su sobrina. Este tipo de cambio, que no tiene, en principio, nada que ver con los aventureros, pero que estos van a notar, les hace sentir que sus personajes son parte de un mundo vivo, que cambia y crece con ellos.

La primera parte de este libro describe cómo inventar tu mundo. El capítulo 1 te pregunta qué tipo de juego quieres dirigir y te ayuda a aclarar una serie de detalles importantes sobre tu mundo y los conflictos que lo dominan. El capítulo 2 te sirve de apoyo a la hora de enmarcar el mundo dentro del contexto mayor que es el multiverso, expandiendo la información que ya se presentó en el *Player's Handbook*; analizando los planos de existencia y los dioses e indicándote cómo puedes ponerlos al servicio de las necesidades de tu campaña.

2ª parte: Maestro de aventuras

Ya escribas tus propias aventuras o recurras a otras ya publicadas, vas a tener que dedicar cierto tiempo a su preparación, además del que pasarás jugándolas. Tendrás que emplear parte de tu tiempo libre en ejercitar tu creatividad; inventando argumentos cautivadores, creando nuevos PNJ, elaborando

encuentros y pensando en formas imaginativas de ir dejando pistas sobre lo que está por acontecer.

La segunda parte de este libro está dedicada a ayudarte a crear y dirigir grandes aventuras. El capítulo 3 cubre los elementos básicos de una aventura de D&D y el capítulo 4 te asistirá en la tarea de crear PNJ memorables. El capítulo 5 presenta una serie de guías y consejos para dirigir aventuras situadas en mazmorras, la naturaleza y otros lugares, mientras que el capítulo 6 se ocupa de lo que ocurre entre aventuras. El capítulo 7 está centrado en el tesoro, objetos mágicos y otras recompensas especiales que ayudarán a mantener a tus jugadores interesados en la campaña.

3ª parte: Maestro de reglas

Aunque Dungeons & Dragons no es una competición, sí que requiere de alguien imparcial pero implicado con el juego, que asegure que todos los jugadores están obedeciendo las reglas. Como la persona responsable de crear el mundo de juego y las aventuras que se desarrollan en él, es natural que el DM sea el que asuma el papel de árbitro.

Como árbitro, el DM hará de mediador entre las reglas y los jugadores. Cada jugador le dirá al DM lo que quiere hacer, y este determinará si aquel tiene éxito o no. Para ello, a veces el DM pedirá al jugador que haga una tirada de dados, que será la que determinará cómo se desarrolla la situación. De este modo, si un jugador quiere que su personaje ataque a un orco, tú le dirás: "Haz una tirada de ataque", mientras consultas la Clase de Armadura del orco.

Las reglas no cubren todas y cada una de las situaciones que pueden darse durante una sesión de D&D normal. Por ejemplo, un jugador podría desear que su personaje lanzara un brasero lleno de carbones al rojo contra la cara de un monstruo. Tú serás el que decida cómo resolver situaciones como esta. Podrías decir al jugador que haga una prueba de Fuerza, mientras que mentalmente decides que la **Clase de Dificultad** (CD) será 15. Si la prueba de Fuerza tiene éxito, deberás decidir cómo afecta al monstruo que le caigan un montón de carbones ardiendo en la cara. Podrías determinar que sufre 1d4 de daño de fuego y tiene desventaja en todas sus tiradas de ataque hasta el final de su siguiente turno. Tiras el dado de daño (o dejas que sea el jugador quién lo tire), y sigues adelante con la partida.

A veces arbitrar se traduce en poner límites. Si un jugador te dice: "Quiero correr y atacar al orco", pero el personaje no dispone de movimiento suficiente para alcanzar a la criatura, deberás contestar: "Estás demasiado lejos para moverte hasta él y atacarle. ¿Qué otra cosa quieres hacer?". El jugador, en base a esa información, decidirá el nuevo curso de acción a seguir.

Para poder hacer de árbitro deberás conocer las reglas. No tienes por qué aprenderte de memoria este libro o el *Player's Handbook*, pero sí que deberás tener una imagen clara de lo que contienen para que, cuando la situación lo requiera, sepas dónde encontrar la regla que necesitas.

El *Player's Handbook* contiene las reglas principales para jugar a este juego. La tercera parte de este libro te ofrece abundante información para ayudarte a interpretar las reglas en una gran variedad de situaciones. El capítulo 8 te da consejos sobre cómo utilizar las tiradas de ataque, las pruebas de característica y las tiradas de salvación. También incluye reglas opcionales apropiadas a ciertos estilos de juego y campañas, entre las que se encuentran una guía para usar miniaturas, un sistema para dirigir persecuciones y reglas para la locura. Si lo que buscas es crear tu propio material, como nuevos monstruos, razas o trasfondos de personaje, el capítulo 9 te explica cómo hacerlo. Este capítulo también contiene reglas opcionales para situaciones poco frecuentes y ciertos estilos de juego, como el uso de armas de fuego en una ambientación de fantasía.

CONOCE A TUS JUGADORES

El éxito de una partida de D&D depende de tu habilidad para implicar al resto de jugadores de la mesa. Como es tarea de ellos crear personajes (los protagonistas de la historia), darles vida y encauzar la campaña a través de las acciones de sus aventureros, tu deber será mantener a los jugadores (y a ti mismo) interesados e inmersos en el mundo que has creado, para que así sus personajes puedan hacer cosas increíbles.

Saber cual es el aspecto de D&D que tus jugadores prefieren te ayudará a crear y dirigir aventuras que disfruten y recuerden. Una vez tengas claro cual de las siguientes actividades es la favorita de cada uno de los jugadores de tu grupo, podrás adaptar, en la medida en que esto sea posible, las aventuras a estas preferencias. De esta manera conseguirás que se impliquen.

Interpretar

A los jugadores que disfrutan interpretando les gusta meterse en su personaje y hablar como este lo haría. Verdaderos jugadores de rol, estas personas disfrutan de las interacciones sociales con los PNJ, monstruos y sus compañeros de grupo.

Para conseguir que los jugadores que disfrutan interpretando se impliquen debes:
• Darles la oportunidad de desarrollar la personalidad y trasfondo de su personaje.
• Permitirles relacionarse con PNJ con frecuencia.
• Añadir detalles de interpretación en los combates.
• Incorporar aspectos de su trasfondo en las aventuras.

Explorar

Los jugadores que gustan de la exploración desean experimentar las maravillas que un mundo de fantasía les puede ofrecer. Quieren descubrir lo que se encuentra tras la siguiente esquina o colina. También adoran hallar pistas y tesoros escondidos.

Para conseguir que los jugadores que disfrutan explorando se impliquen debes:
• Dejar caer pistas de lo que va a suceder.
• Permitirles encontrar cosas cuando dedican tiempo a explorar.
• Ofrecerles ricas descripciones de entornos apasionantes, así como emplear mapas y otras ayudas de juego interesantes.
• Dotar a los monstruos de secretos y detalles culturales que los personajes puedan descubrir o aprender.

Instigar

Los jugadores a los que les gusta instigar siempre están deseando que ocurra algo, incluso si ello implica ponerse en peligro. Prefieren asumir las consecuencias de lanzarse al peligro que enfrentarse al aburrimiento.

Para conseguir que los jugadores que disfrutan instigando se impliquen debes:
• Permitirles afectar a su entorno.
• Incluir en tus aventuras tentaciones que les muevan a actuar.
• Dejar que sus actos metan a sus personajes en situaciones peliagudas.
• Incorporar encuentros con PNJ que sean tan enérgicos e impredecibles como ellos.

Combatir

A los jugadores que disfrutan del combate les encanta pegar una buena tunda a los monstruos y villanos. Buscan cualquier excusa para empezar a pelear, prefiriendo comportarse con audacia que reflexionar.

Para conseguir que los jugadores que disfrutan combatiendo se impliquen debes:
• Sorprenderles con encuentros de combate que no esperaban.
• Describir vivamente la destrucción que causan sus ataques y conjuros.
• Incluir combates con un gran número de monstruos débiles.
• Interrumpir las interacciones sociales y la exploración con combates.

Optimizar

Los jugadores que disfrutan optimizando las capacidades de sus personajes gustan de ajustar hasta el más mínimo detalle para maximizar su rendimiento en combate; subiendo de nivel, eligiendo nuevos rasgos y consiguiendo objetos mágicos. Les encanta tener la oportunidad de demostrar la superioridad de sus aventureros.

Para conseguir que los jugadores que disfrutan optimizando se impliquen debes:
• Permitirles acceder a nuevas aptitudes y conjuros a un ritmo constante.
• Utilizar los objetos mágicos que quieren conseguir como ganchos de aventura.
• Incorporar encuentros que hagan que sus personajes se luzcan.
• Proporcionarles recompensas mensurables, como puntos de experiencia, por los encuentros que no sean combates.

Resolución de problemas

A los personajes que desean resolver problemas les encanta escudriñar en las motivaciones de los PNJ, deshacer las maquinaciones del villano, resolver acertijos y urdir planes.

Para conseguir que los jugadores que disfrutan solventando problemas se impliquen debes:
• Incluir encuentros que enfaticen un problema a solucionar.
• Recompensarles por sus planes y estratagemas con beneficios dentro del juego.
• Permitirles que, de vez en cuando, un plan inteligente les permita conseguir una victoria fácil.
• Crear PNJ con motivaciones complejas.

Narrar

A los jugadores que disfrutan narrando les encanta contar historias. Les gusta que sus personajes estén fuertemente implicados en una crónica que se va desarrollando poco a poco y disfrutan de los encuentros que contribuyen a expandir y avanzar la trama.

Para conseguir que los jugadores que disfrutan narrando se impliquen debes:
• Utilizar los trasfondos de sus personajes para dar forma a las historias de la campaña.
• Asegurarte de que los encuentros contribuyen a avanzar la trama.
• Lograr que los actos de los personajes afecten el curso de los acontecimientos.
• Dotar a los PNJ de ideales, vínculos y defectos de los que los aventureros puedan aprovecharse.

1ª PARTE

Maestro de mundos

Capítulo 1: Tu propio mundo

TU MUNDO ES EL LUGAR EN EL QUE SE AMBIENTA tu campaña, donde se desarrollan vuestras aventuras. De hecho, aunque utilicéis una ambientación ya existente, como los Reinos Olvidados, en cuanto juguéis aventuras en ella, creéis personajes que la habiten y el discurrir de vuestra campaña la modifique, esta ambientación pasará a ser vuestra. Este capítulo te explicará cómo construir un mundo y crear una campaña que tenga lugar en él.

Panorama general

Este libro, al igual que el *Player's Handbook* y el *Monster Manual*, presenta una serie de características que los mundos de D&D poseen por defecto. Algunas de las ambientaciones más establecidas de DUNGEONS & DRAGONS, como son los Reinos Olvidados, Falcongrís, Dragonlance y Mystara, no se alejan mucho de estos supuestos. Pero otras, como Sol Oscuro, Eberron, Ravenloft, Spelljammer y Planescape rompen con muchos de ellos, alejándose del mundo típico. Cuando diseñes tu mundo, tendrás que decidir cómo quieres que sea a este respecto, cuáles de estas características tradicionales abrazará y cuáles rechazará.

Características principales

Las reglas de D&D están basadas en los siguientes supuestos principales, que se aplican al mundo en el que se desarrolla el juego.

Los dioses supervisan el mundo. Los dioses son reales y encarnan una gran variedad de creencias. Cada uno de ellos declara su dominio sobre un aspecto de la creación, como la guerra, los bosques o el mar. Estas deidades ejercen su influencia sobre el mundo al conceder el poder de la magia divina a sus creyentes y enviar señales y portentos que los guían. Los seguidores de un dios son sus agentes en el mundo mortal y su objetivo es promulgar los ideales de su divinidad y derrotar a sus rivales. Aunque algunos personajes se niegan a honran a los dioses, nadie puede negar su existencia.

La mayor parte del mundo está sin domar. Hay regiones sin civilizar por doquier. Un gran número de ciudades-estado, confederaciones y reinos de varios tamaños salpican el paisaje, pero más allá de sus fronteras el mundo es salvaje. La gente conoce bien la zona en la que vive. Han oído historias de otros lugares, contadas por mercaderes y viajeros, pero pocos saben lo que se halla más allá de las montañas o en las profundidades del gran bosque, salvo si han estado allí en persona.

El mundo es antiguo. Los imperios se alzan y caen, por lo que hay pocos lugares que no hayan sido tocados por la magnificencia o la decadencia de una gran nación. La guerra, el tiempo y las fuerzas de la naturaleza acaban reclamando el mundo de los mortales, dejando tras su paso multitud de lugares llenos de aventura y misterio. Las civilizaciones de la antigüedad y su saber sobrevive a través de leyendas, objetos mágicos y sus ruinas. El caos y la maldad suelen aparecer justo después del colapso de un imperio.

Los conflictos definen la historia del mundo. Individuos poderosos aspiran a dejar su marca y facciones forjadas en torno a un ideal común pueden cambiar el curso de la historia. Estas facciones podrían ser religiones lideradas por profetas carismáticos, reinos gobernados por extensas dinastías o sociedades secretas que buscan dominar una magia perdida tiempo ha. La influencia de estos grupos aumenta y disminuye al competir entre sí por el poder. Algunas quieren preservar el mundo y hacer posible una edad dorada, mientras que otras persiguen fines malignos; ansían dominar el mundo con puño de hierro. Y las hay cuyos objetivos van desde lo práctico, como la acumulación de riquezas, a lo esotérico, como resucitar a un dios fallecido. Independientemente de sus metas, las facciones acaban chocando unas con otras, creando los conflictos que determinan el destino del mundo.

El mundo es mágico. Los practicantes de la magia son relativamente escasos, pero el resultado de sus experimentos está por todas partes. La magia puede ser inocua y común, como una poción que cura heridas, o mucho más rara e impresionante, como una torre que levita o un gólem de piedra que protege la entrada a una ciudad. Más allá de las fronteras de la civilización existen objetos mágicos salvaguardados por trampas, también mágicas; así como mazmorras construidas mediante la magia, habitadas por monstruos de origen mágico, malditos mágicamente o dotados de habilidades mágicas.

Es tu mundo

Al crear el mundo para una campaña conviene partir de las características principales enumeradas antes y pensar en cómo tu ambientación podría modificarlas. El resto de secciones de este capítulo se ocupan de analizar estos supuestos y te proporcionan los detalles que necesitarás para poblar tu mundo con dioses, facciones y otros elementos.

Las características de las que hemos hablado antes no están grabadas en piedra. Han hecho posibles mundos llenos de aventura, pero no son el único conjunto de supuestos posible. Puedes inventar una idea de campaña interesante modificando uno (o más) de ellos, exactamente igual que algunos mundos de D&D muy famosos. Pregúntate qué pasaría si alguna de las características principales fuera distinta en tu mundo.

El mundo es un lugar mundano. ¿Qué ocurriría si la magia fuera rara y peligrosa, y ni siquiera los aventureros tuvieran prácticamente (o ningún) acceso a ella? ¿Cómo sería tu campaña si estuviera ambientada en una versión alternativa de la historia del mundo real?

El mundo es reciente. ¿Qué pasaría si el mundo fuera nuevo y los personajes fueran los primeros de una larga estirpe de héroes? Los aventureros podrían ser los campeones de los primitivos imperios, naciones como Netheril y Cormanthor en los Reinos Olvidados.

El mundo es conocido. ¿Y si el mundo estuviera completamente medido y cartografiado, alcanzando incluso los "hic sunt dracones"? Quizá los grandes imperios cubran vastas extensiones y las fronteras entre naciones estén perfectamente claras. Las Cinco Naciones de la ambientación de Eberron fueron otrora parte de un gran imperio, y el transporte mágico entre sus ciudades es frecuente.

Los monstruos son poco comunes. ¿Qué sucedería si los monstruos fueran escasos y terroríficos? En la ambientación de Ravenloft hay dominios espantosos regidos por gobernantes monstruosos. En ellos el pueblo vive sumido en el terror, asustado por estos señores oscuros y sus malvados esbirros, pero es difícil encontrar otros monstruos.

La magia está por todas partes. ¿Qué pasaría si cada ciudad estuviera gobernada por un mago poderoso? ¿Y si las tiendas de objetos mágicos fueran algo común? La ambientación de Eberron asume que la magia es parte del día a día, pues barcos voladores y trenes impulsados por la magia transportan viajeros de una gran ciudad a otra.

Los dioses caminan por la tierra, o están desaparecidos por completo. ¿Qué ocurriría si los dioses visitaran el mundo con frecuencia? ¿Y si los personajes pudieran desafiarlos y arrebatarles su poder? Otra posibilidad es que las deidades sean seres lejanos, que ni siquiera los ángeles se relacionaran con los mortales. En la ambientación del Sol Oscuro, los dioses son tremendamente distantes (quizá ni existan) y los clérigos tienen que recurrir al poder de los elementos para alimentar su magia.

DIOSES DE TU MUNDO

El apéndice B del *Player's Handbook* presenta una serie de panteones (grupos dispersos de dioses que no están unidos por una única doctrina o filosofía) que puedes usar en tus partidas. Entre ellos se encuentran los dioses de los mundos de D&D más conocidos y versiones fantásticas de panteones históricos. Puedes tomar uno de ellos para tu campaña o coger unas cuantas deidades y conceptos de varios de ellos según te plazca. Consulta "Un panteón de ejemplo", en esta misma sección, para hacerte una idea.

En lo que a las reglas del juego respecta, tanto da que tu mundo tenga cientos de dioses como una iglesia consagrada a una deidad monoteísta. Los clérigos escogen dominios, no divinidades, así que puedes asociar estas con aquellos como te parezca oportuno.

PANTEONES DISPERSOS

La mayoría de los mundos de D&D poseen un panteón muy amplio. Una miríada de dioses se ocupan de la enorme variedad de aspectos que conforman la existencia, cooperando o compitiendo entre ellos para administrar los asuntos del universo. El pueblo se reúne en santuarios públicos para rendir culto a los dioses de la vida y la sabiduría o se congrega en lugares ocultos para venerar a las divinidades del engaño y la destrucción.

Cada deidad del panteón tiene un ámbito y es su responsabilidad promoverlo. En la ambientación de Falcongrís, Heironeous es un dios del valor que insta a los clérigos y paladines a servirle y a difundir a los ideales del combate honorable, la caballerosidad y la justicia. Incluso a pesar de encontrarse en medio de una guerra eterna contra su hermano Hextor, dios de la guerra y la tiranía, Heironeous se esfuerza en fomentar su ámbito: la guerra que se lleva a cabo con nobleza y persiguiendo la justicia.

La mayoría de las personas en los mundos de D&D son politeístas; honran a las deidades de su propio panteón y reconocen los panteones de otras culturas. Cada individuo alaba a varios dioses, independientemente de su alineamiento. En los Reinos Olvidados, una persona podría aplacar a Umberlee antes de echarse a la mar, unirse a un banquete comunal para homenajear a Chauntea en la temporada de cosechas y rezar a Malar antes de salir de caza.

Algunos individuos podrían sentir una llamada a servir a un dios en particular, que se convierte en su patrón. Los más devotos son ordenados sacerdotes al construir un santuario o ayudar a mantener un lugar sagrado. Unos pocos incluso acaban convirtiéndose en clérigos o paladines, investidos con la responsabilidad que conlleva el verdadero poder divino.

Los templos y santuarios sirven de puntos de encuentro para la comunidad, y en ellos se celebran ritos religiosos y festivales. Los sacerdotes que los atienden narran la historia de los dioses; enseñan los preceptos épicos de sus deidades patronas; ofrecen consejo y bendiciones; ofician ceremonias religiosas; y educan a los fieles en las actividades favorecidas por sus dioses. Las ciudades pueden llegar a tener varios templos dedicados a dioses individuales que sean importantes para la comunidad, pero los asentamientos más pequeños quizá solo posean un único santuario, consagrado a cualesquiera deidades sean veneradas en el lugar.

Para crear de forma rápida un panteón para tu mundo, limítate a inventar un dios para cada uno de los ocho dominios que los clérigos tienen a su disposición: Conocimiento, Engaño, Guerra, Luz, Muerte, Naturaleza, Tempestad y Vida. Puedes definir un nombre y una personalidad para estos dioses o tomar prestadas divinidades de otros panteones. Esta técnica te proporcionará un pequeño panteón que cubrirá las facetas más esenciales de la existencia y será fácil extrapolar sobre qué otros aspectos de la vida posee cada dios. El dios

DEIDADES DE LA GUERRA DEL AMANECER

Deidad	Alineamiento	Dominios recomendados	Símbolo
Asmodeo, dios de la tiranía	LM	Engaño	Tres triángulos muy juntos
Avandra, diosa del cambio y la suerte	CB	Engaño	Tres líneas onduladas una encima de otra
Bahamut, dios de la justicia y la nobleza	LB	Guerra, Vida	Cabeza de dragón de lado, mirando a la izquierda
Corellon, dios de la magia y las artes	CB	Luz	Estrella de ocho puntas
Erathis, diosa de la civilización y el ingenio	LN	Conocimiento	Mitad superior de un engranaje de relojería
Gruumsh, dios de la destrucción	CM	Guerra, Tempestad	Ojo triangular con protuberancias óseas
Ioun, diosa del conocimiento	N	Conocimiento	Cayado con la forma de un ojo estilizado
Kord, dios de la fuerza y las tormentas	CN	Tempestad	Espada con un relámpago por guarda
Lolth, diosa de las arañas y las mentiras	CM	Engaño	Estrella de ocho puntas parecida a una telaraña
Melora, diosa de la naturaleza y el mar	N	Naturaleza, Tempestad	Remolino ondulante
Moradin, dios de la creación	LB	Conocimiento, Guerra	Yunque ardiendo
Pelor, dios del sol y la agricultura	NB	Luz, Vida	Círculo con seis puntos que radian hacia fuera
Perdición, dios de la guerra y la conquista	LM	Guerra	Dorso de una garra con tres dedos
Reina Cuervo, diosa de la muerte	LN	Muerte, Vida	Cabeza de cuervo de lado, mirando a la izquierda
Sehanine, diosa de la luna	CB	Engaño	Luna en cuarto creciente
Tharizdun, dios de la locura	CM	Engaño	Espiral serrada que gira en sentido antihorario
Tiamat, diosa de la riqueza, la codicia y la venganza	LM	Engaño, Guerra	Estrella de cinco puntas curvadas
Torog, dios del Underdark	NM	Muerte	*T* enganchada a una argolla circular
Vecna, dios de los secretos malvados	NM	Conocimiento, Muerte	Cráneo parcialmente quebrado con un solo ojo
Zehir, dios de la oscuridad y el veneno	CM	Engaño, Muerte	Serpiente con la forma de una daga

del Conocimiento, por ejemplo, podría ser también el patrón de la magia y las profecías, mientras que el dios de la Luz quizá sea el dios del sol y del tiempo.

UN PANTEÓN DE EJEMPLO

El panteón de la Guerra del Amanecer es un ejemplo de panteón elaborado en su mayor parte a través de elementos que ya existían, adaptados a las necesidades de una campaña concreta. Es el panteón por defecto del *Player's Handbook* de la cuarta edición (2008). Puedes ver los dioses que lo componen en la tabla "deidades de la Guerra del Amanecer".

Este panteón toma varias divinidades no humanas y las convierte en dioses universales. Estas deidades son Bahamut, Corellon, Gruumsh, Lolth, Moradin, Sehanine y Tiamat. Así, los humanos veneran a Moradin y Corellon como dioses de sus respectivos ámbitos, en lugar de como a deidades específicas de una raza. El panteón también incluye al archidiablo Asmodeo como dios de la dominación y la tiranía.

Algunas de las divinidades están cogidas de otros panteones, a veces incluso cambiándoles el nombre. Perdición proviene de los Reinos Olvidados. De Falcongrís se tomó a Kord, Pelor, Tharizdun y Vecna. Atenea (renombrada como Erathis) y Tique (renombrada como Avandra) son diosas del panteón griego, aunque ambas han sido modificadas. Set (renombrado como Zehir) viene del panteón egipcio. La Reina Cuervo es similar a Hela del panteón nórdico y Wee Jas de Falcongrís. Por tanto, quedan tres dioses, que fueron creados desde cero: Ioun, Melora y Torog.

OTROS SISTEMAS RELIGIOSOS

Para tu campaña, puedes crear panteones de dioses que estén fuertemente relacionados pero formen parte de una misma religión, religiones monoteístas (que adoran a un solo dios), religiones dualistas (centradas en dos deidades o fuerzas opuestas), cultos mistéricos (que implican una devoción personal a un solo dios, normalmente como parte de un panteón), religiones animistas (que veneran los espíritus de la naturaleza) o incluso fuerzas y filosofías que no se articulan en torno a ninguna divinidad.

PANTEONES CONCISOS

A diferencia de los panteones dispersos, los concisos representan una única religión cuyas enseñanzas y preceptos abrazan un pequeño grupo de deidades. Los seguidores de un panteón conciso prefieren a una de las divinidades que lo componen por encima del resto, aunque respetan a todas y las honran con sacrificios y oraciones, según convenga.

El aspecto clave de un panteón conciso es que sus fieles se adhieren a un dogma y unos valores comunes a todos sus dioses. Las deidades de estos panteones trabajan al unísono para proteger y guiar a sus feligreses. Puedes pensar en este grupo de divinidades como en una familia. Una o dos de ellas, que lideran el panteón, sirven de figuras paternales, mientras que el resto actúan como patrones de los aspectos más importantes de la cultura que venera al panteón. Un solo templo rinde culto a todos sus miembros.

La mayoría de los panteones concisos poseen uno o dos dioses aberrantes: deidades cuya adoración no es aprobada por todo el conjunto de sacerdotes del panteón. Suele tratarse de deidades malvadas y enemigas de las demás, como los titanes griegos. Estos dioses suelen tener sus propios cultos, que atraen a los descastados y a los villanos. Estas sectas se parecen a los cultos mistéricos, pues sus miembros están entregados a un único dios, incluso aunque los sectarios de los cultos aberrantes visiten los templos del panteón y aparenten venerar a sus deidades.

Las divinidades nórdicas son un buen ejemplo de panteón conciso. Odín es su líder y la figura paterna. Las deidades como Thor, Tyr y Freyja encarnan las facetas más importantes de la cultura nórdica. Mientras tanto, Loki y sus devotos acechan en las sombras. A veces ayudan a otros dioses, pero también suelen aliarse con los enemigos del panteón para enfrentarse a las demás deidades.

CULTOS MISTÉRICOS

Un culto mistérico es una organización religiosa hermética, basada en un ritual de iniciación en el que el individuo es identificado místicamente con un dios o un grupo muy pequeño de dioses. Los cultos mistéricos son profundamente personales, centrándose únicamente en la relación del iniciado con lo divino.

A veces un culto mistérico es un tipo de adoración distinto dentro de un panteón. Reconoce los mitos y rituales de dicho panteón, pero da preferencia a los suyos propios. Por ejemplo, un grupo reservado de monjes podría entablar una relación mística con un dios que, al mismo tiempo, es parte de un panteón venerado abiertamente.

Los cultos mistéricos enfatizan la historia de su dios, que es recreada de forma simbólica durante el ritual de iniciación. El mito fundacional de estos cultos suele ser simple e implicar la muerte y resurrección del dios, o su viaje al inframundo y posterior retorno. Los cultos mistéricos tienden a adorar a dioses del sol, de la luna o de la agricultura, pues sus ámbitos reflejan los ciclos de la naturaleza.

RANGO DIVINO

Los seres divinos del multiverso suelen estar clasificados de acuerdo con su poder cósmico. Ciertos dioses son reverenciados en varios mundos y poseen un rango diferente en cada uno, en función de la influencia que ejercen en este.

Las **deidades mayores** están más allá de la comprensión de los mortales. No pueden ser invocadas, y prácticamente ninguna se implica directamente con los asuntos de los mortales. En muy raras ocasiones, se manifiestan en forma de avatar como los de las deidades menores, pero matar un avatar de una deidad mayor no tiene efecto alguno en el dios.

Las **deidades menores** poseen un cuerpo en algún lugar de los planos. Ciertas deidades menores viven en el Plano Material, como es el caso de la diosa unicornio Lurue de los Reinos Olvidados y el titánico dios tiburón Sekolah, adorado por los sahuagins. Otras habitan en los Planos Exteriores; por ejemplo, Lolth en el Abismo. Los mortales pueden llegar a encontrarse con estos dioses.

Las **cuasideidades** tienen origen divino, pero no atienden a las oraciones de sus fieles, otorgan conjuros a clérigos o controlan aspectos de la vida de los mortales. Son seres inmensamente poderosos y, en teoría, podrían alcanzar el estatus de auténtica divinidad si acumularan un número suficiente de adoradores. Las cuasideidades pueden dividirse en tres subcategorías: semidioses, titanes y vestigios.

Los *semidioses* son el producto de la unión entre un dios y un mortal. Poseen ciertas características divinas, pero su linaje mortal les convierte en el tipo de cuasideidad más débil.

Los *titanes* son creaciones de los dioses. Pueden surgir de la unión entre dos deidades, ser fabricados en una forja divina, nacer de la sangre derramada de un dios o aparecer por cualquier otro acto de voluntad o sustancia divinas.

Los *vestigios* son las deidades que han perdido a prácticamente todos sus fieles. Los mortales las consideran extintas. Ciertos rituales esotéricos permiten contactar con estas entidades y recurrir a su poder latente.

El ritual de iniciación sigue un patrón marcado por el mito fundacional. Los neófitos vuelven a trazar los pasos del dios para compartir su destino final. En el caso de aquellas deidades que mueren y resurgen, el fallecimiento simbólico del iniciado representa la idea de la muerte de una antigua vida y el renacimiento a una existencia transformada. Estos iniciados dan comienzo a una nueva vida, todavía en el mundo de los asuntos mortales, pero sintiéndose ascendidos a una esfera superior. Se les promete un lugar en el reino del dios tras su muerte, aunque también sienten que sus vidas tienen un nuevo significado.

MONOTEÍSMO

Las religiones monoteístas adoran a un único dios y, en algunos casos, llegan a negar la existencia de cualquier otra deidad. Si añades una religión de este tipo a tu campaña, tendrás que decidir también si existen otros dioses. Pero ten en cuenta que, incluso aunque la respuesta a esta pregunta sea negativa, sigue siendo posible que otras religiones coexistan con la monoteísta. Si estas religiones poseen clérigos con la capacidad de lanzar conjuros, estos podrían tener extraer su poder del único dios verdadero, de espíritus menores que no sean divinidades (como aberraciones poderosas, celestiales, feéricos, infernales o elementales) o incluso de la propia fe del lanzador.

La deidad de una religión monoteísta tiene un ámbito muy extenso y suele ser representada como la creadora, controladora y responsable de todo lo que existe. Por tanto, un fiel de este dios le entregará a él sus oraciones y sacrificios, independientemente de para qué aspecto de la vida necesite la ayuda divina. Ya marche a la guerra, parta en un viaje o aspire a conseguir el efecto de alguien, sus rezos irán dirigidos a la misma deidad.

Ciertas religiones monoteístas describen diferentes aspectos de su dios. Un único ser divino podría aparecer bajo diferentes manifestaciones, como el Creador y el Destructor, por ejemplo. De la misma forma, los clérigos del dios se centrarán en un aspecto por encima de los demás. Esto determinará a qué dominios tienen acceso e incluso su alineamiento. Así, un clérigo que venere el aspecto del Destructor elegirá como dominio la Tempestad o la Guerra, mientras que otro que se concentre en el aspecto del Creador escogerá el dominio de la Naturaleza o de la Vida. En algunas religiones monoteístas, los clérigos se agrupan en órdenes religiosas, que sirven para separarlos en grupos en función del dominio elegido.

DUALISMO

Una religión dualista concibe el mundo como el escenario de un conflicto entre dos deidades o fuerzas divinas diametralmente opuestas. En la mayoría de los casos, estas fuerzas son el bien y el mal, y los dioses en oposición las representan. Para ciertos panteones, las fuerzas o deidades de la ley y el caos son los opuestos fundamentales en un sistema dual. Vida y muerte, luz y oscuridad, materia y espíritu, cuerpo y mente, salud y enfermedad, pureza y corrupción, energías positiva y negativa... El universo de D&D está lleno de opuestos que pueden servir como base de una religión dualista. Pero, independientemente de cómo se exprese la dualidad, una de sus mitades suele ser entendida como "buena" (beneficiosa, deseable o sagrada) y la otra como "mala", o incluso directamente malvada. Si el conflicto fundamental de una religión está expresado como la oposición entre la materia y el espíritu, sus seguidores creerán que uno de los dos (normalmente la materia) es malvado y el otro (el espíritu) es bueno, por lo que tratarán de liberar sus almas del mundo material y la maldad que este conlleva a través del ascetismo y la contemplación.

Unos pocos sistemas dualistas creen que debe mantenerse un equilibrio entre las dos fuerzas en oposición, con una tensión creativa entre ambas, que buscan separarse, pero permanecen unidas.

En aquellas cosmologías definidas por un conflicto eterno entre el bien y el mal, se espera que los mortales elijan uno de los bandos. La mayoría de los fieles de una religión dualista adoran a la deidad o fuerza identificada con el bien. Se entregan al poder de este dios esperando que les proteja de los esbirros de la deidad malvada. Como, en estas religiones, esta última divinidad suele ser la responsable de todo aquello que es pernicioso para la existencia, solo los protervos y los depravados la veneran. Los monstruos y los infernales también la sirven, al igual que ciertos cultos herméticos. Los mitos de una religión dualista suelen predecir que la deidad del bien triunfará en una batalla apocalíptica, pero las fuerzas del mal piensan que el resultado de este conflicto no está predeterminado, y hacen lo posible por intentar que su dios venza.

Los dioses de los sistemas dualistas tienen ámbitos muy extensos. Cualquier aspecto de la existencia refleja la lucha entre los dos opuestos y, por tanto, todas las cosas pueden acabar en uno u otro bando. La agricultura, la compasión, el cielo, la medicina y la poesía forman parte del ámbito de la deidad buena, mientras que la hambruna, la enfermedad y la guerra pertenecen a la malvada.

ANIMISMO

El animismo es la creencia de que los espíritus habitan en todo lo que forma parte del mundo natural. Según esta visión del universo, todo posee un espíritu: desde la montaña más grandiosa hasta la piedra más humilde, desde el inmenso océano hasta el burbujeante arroyo, desde el sol y la luna hasta la espada ancestral de un guerrero. Todos estos elementos, así como los espíritus que los habitan, son conscientes. Aunque algunos son más perceptivos, atentos o inteligentes que otros. Los más poderosos de estos espíritus podrían incluso ser considerados dioses. Pero todos ellos son dignos de respeto e, incluso, de veneración.

Los animistas no suelen profesar lealtad a un espíritu por encima de los demás. En lugar de eso, ofrecen oraciones y sacrificios a espíritus distintos en momentos diferentes, según sea apropiado para las circunstancias. Un personaje piadoso podría rezar y realizar ofrendas diarias a los espíritus de sus ancestros y su hogar; hacer peticiones periódicas a los espíritus más importantes, como las Siete Fortunas de la Buena Suerte; llevar a cabo sacrificios de incienso ocasionales a los espíritus de ciertos lugares, como un bosque; y orar esporádicamente a una enorme cantidad de otros seres.

Las religiones animistas son muy tolerantes. A la mayoría de los espíritus no les importa a qué otras entidades haga ofrendas un personaje, siempre y cuando reciba los sacrificios y el respeto que merece. Cuando una religión nueva se extiende por una región animista, esta religión suele ganar seguidores pero no conversos. Las personas incorporan los nuevos espíritus y deidades a sus oraciones, sin por ello desplazar a los que ya poseían. Los estudiosos y aquellos dedicados a la contemplación adoptan complejas prácticas y sistemas filosóficos, pero no abandonan la creencia y el respeto por los espíritus que ya veneraban.

El animismo funciona como un panteón conciso muy grande. Los clérigos animistas sirven al panteón en su conjunto, así que pueden elegir cualquier dominio, que representará el espíritu favorito del clérigo.

FUERZAS Y FILOSOFÍAS

No es necesario que todos los poderes divinos provengan de dioses. En algunas campañas, los creyentes poseen tal convicción en su concepción del universo que esta les proporciona poderes mágicos. En otras, las fuerzas impersonales de la naturaleza o la magia son las que otorgan su poder a los mortales sintonizados con ellas, cumpliendo el papel de los dioses de una campaña típica. Al igual que los druidas y los exploradores obtienen sus facultades mágicas de la fuerza de la naturaleza y no de un dios de la naturaleza concreto, ciertos clérigos se entregan a un ideal en lugar de a una deidad. De la misma forma, los paladines podrían servir a una filosofía basada en la justicia y la caballerosidad en vez de a un dios.

Las fuerzas y las filosofías no son adoradas, pues no son seres que puedan escuchar y atender a las oraciones o aceptar sacrificios. La devoción a una de ellas no es incompatible con el servicio a un dios. Un personaje puede estar dedicado a la filosofía del bien y, al mismo tiempo, venerar a varias deidades benévolas; o reverenciar la fuerza de la naturaleza mientras honra a las divinidades naturales, a las que quizá conciba como manifestaciones concretas de una fuerza impersonal. En un mundo en el que los dioses demuestren de forma tangible su poder (a través de sus clérigos), la mayoría de las filosofías no negarán su existencia, si bien es cierto que algunas creencias filosóficas afirman que los dioses son más parecidos a los mortales de lo que les gustaría reconocer. Según estas creencias, los dioses no son verdaderamente inmortales, solo poseen vidas muy largas, y los mortales pueden alcanzar la divinidad. De hecho, conseguir este estado es el objetivo definitivo de cierta clase de filosofías.

El poder de una filosofía deviene de la creencia que los mortales ponen en ella. Una en la que solo crea un individuo no será lo bastante fuerte como para concederle poderes mágicos.

LOS HUMANOIDES Y LOS DIOSES

En lo que a los dioses se trata, los humanos exhiben una variedad de creencias e instituciones mucho mayor que las otras razas. En muchas ambientaciones de D&D, los orcos, elfos, enanos, goblins y otros humanoides tienen panteones concisos. De un orco se espera que venere a Gruumsh o a uno del puñado de dioses subordinados a este. La humanidad, en comparación, abraza a una variedad asombrosa de deidades. Cada cultura humana podría tener su propio conjunto de divinidades.

En la mayoría de las ambientaciones, no existe ningún dios que pueda afirmar haber creado a la humanidad. Además, la tendencia de los humanos a crear instituciones también se extiende de la religión. Basta un profeta carismático para convertir a todo un reino a la fe de un nuevo dios. Con la muerte de dicho profeta, la religión podría crecer o desaparecer. Y quizá los seguidores del profeta se vuelvan los unos contra los otros, fundando varias religiones que compiten entre sí.

En comparación, la religión de la sociedad enana está grabada en piedra. Los enanos de los Reinos Olvidados identifican a Moradin como su creador. Aunque ciertos individuos concretos puedan ser fieles de otros dioses, los enanos como cultura están entregados a Moradin y al panteón que dirige. Sus enseñanzas y su magia están tan arraigadas en la cultura enana que sería necesario un cambio cataclísmico para reemplazarlas.

Ten esto presente cuando consideres el papel de los dioses en tu mundo y sus lazos con las razas de humanoides. ¿Poseen todas las razas un dios creador? ¿Cómo afecta este dios a la cultura de su raza? ¿Están otros pueblos atados por estos lazos divinos o son libres de adorar a quienes deseen?

¿Se ha vuelto alguna raza contra su creador? Si una nueva raza ha aparecido recientemente, ¿fue creada por un dios hace tan solo unos años?

Una deidad también podría tener lazos con un reino, un linaje noble o cualquier otra institución cultural. Tras la muerte de un emperador, la elección del nuevo regente podría venir determinada por portentos producto de un dios que protegía el imperio cuando este todavía estaba formándose. En una región así, la adoración de otros dioses podría estar prohibida o sometido a un control férreo.

Por último, considera las diferencias entre las divinidades vinculadas a razas concretas y las que poseen una mayor diversidad de seguidores. ¿Disfrutan las razas con panteones propios de algún privilegio en tu mundo? Quizá sus dioses se involucren personalmente en sus asuntos. ¿Son el resto de razas ignoradas por los dioses? Puede que sean precisamente ellas las que decanten el equilibrio de poder entre deidades hacia uno u otro lado.

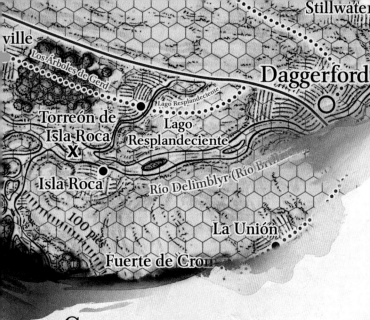

Stillwater

Daggerford

Monasterio Caído

Los Árboles de Gerd

Torreón de
Isla Roca
X

Lago
Resplandeciente

Isla Roca

Río Delimblyr (Río Bra...

100 pies

La Unión

Fuerte de Cron

CARTOGRAFIAR
TU CAMPAÑA

Cuando estés creando el mundo en el que se desarrolle tu campaña, querrás un mapa. Puedes confeccionarlo de dos formas, de arriba a abajo o de abajo a arriba. Algunos DM prefieren empezar por arriba, definir la idea general del mundo al empezar la campaña, diseñando un mapa que muestre continentes enteros, para después enfocarse en regiones más pequeñas. A otros les gusta más hacer justo lo contrario, comenzar su campaña con una región pequeña, cartografiada a nivel de provincia o de reino, y luego ampliar el mapa cuando las aventuras arrastren a los personajes a nuevos territorios.

Independientemente de qué acercamiento te guste más, los hexágonos son una buena forma de cartografiar espacios abiertos: entornos naturales en los que se puede viajar en cualquier dirección y resulte importante calcular distancias. Una hoja de papel pautado con hexágonos en el que cada uno de ellos mida medio centímetro es ideal para la mayoría de mapas. Utiliza la escala que más te convenga para el nivel de detalle que quieres emplear. El capítulo 5 contiene más información sobre cómo crear una región y cartografiarla.

ESCALA DE PROVINCIA

Para las regiones más detalladas de tu mundo puedes utilizar una escala de provincia, en la que cada hexágono representa 1 milla. Un mapa a esta escala que ocupe toda una página representa una zona que puede ser recorrida en un día de viaje en cualquier dirección si se parte del centro del mapa, asumiendo terreno sin obstáculos. Por consiguiente, la escala de provincia resulta útil para cartografiar la zona inicial de la campaña (consulta "Crear una campaña" más adelante en este mismo capítulo), así como cualquier localización en la que sospeches que vaya a ser necesario registrar los movimientos de los aventureros en horas en lugar de días.

Una región de este tamaño contendrá extensiones amplias de un tipo de terreno predominante, aderezado con algún que otro tipo de terreno diferente, aislado.

Una región civilizada cartografiada a esta escala podría contener un pueblo y de ocho a doce aldeas o caseríos. Una región más agreste podría albergar una única fortaleza, sin ningún asentamiento. También puedes indicar qué tierras, de las que rodean a cada asentamiento, están dedicadas a la agricultura. En un mapa a escala de provincia, lo más habitual es que estas tomen la forma de un cinturón de unos pocos hexágonos de anchura alrededor de cada pueblo y aldea. Incluso las aldeas son capaces de explotar toda la tierra arable a una distancia de una o dos millas.

ESCALA DE REINO

En la escala de reino cada hexágono representa 6 millas. Un mapa a esta escala cubre una región amplia, del tamaño de Gran Bretaña o la mitad de España. Hay sitio de sobra para vivir aventuras.

El primer paso para cartografiar una zona a esta escala es bosquejar las costas y las masas de agua más grandes. ¿Es una región interior o con acceso al océano? Una zona costera podría incluir también islas, y una interior quizá posea grandes lagos o un mar interior. Otra posibilidad es que la región sea una única isla muy grande, un istmo o península con varias zonas de costa.

A continuación, esboza las cordilleras más importantes. Sus estribaciones irán descendiendo en altitud hasta dar paso a tierras bajas, de modo que las regiones circundantes podrían exhibir amplias extensiones de suaves colinas.

El resto de tu mapa será relativamente llano: praderas, bosques, pantanos y demás. Coloca estas zonas como te parezca oportuno.

Dibuja los cursos de los ríos que cruzan la región. Los ríos nacen en montañas o zonas interiores que reciban muchas precipitaciones y serpentearán hasta alcanzar la masa de agua más cercana que no les obligue a cruzar una zona de mayor altitud. Los afluentes se unen a los ríos, aumentando su caudal, avanzando hasta un lago o el mar.

Por último, sitúa los pueblos más importantes y las ciudades de la región. A esta escala, no tienes que preocuparte de pueblos pequeños o aldeas, como tampoco de representar cada zona de tierra arable. No obstante, una región civilizada de este tamaño probablemente posea entre ocho y doce ciudades o pueblos, que tendrás que ubicar en el mapa.

ESCALA DE CONTINENTE

Si quieres cartografiar un continente entero, utiliza una escala en la que cada hexágono represente 60 millas. A este nivel solo pueden apreciarse las formas de las masas de tierra, las cordilleras más grandes, los ríos más caudalosos, lagos enormes y las fronteras entre naciones. Un mapa de esta escala es útil para indicar cómo varios mapas a escala de reino se unen entre sí, pero no para registrar los viajes de los aventureros día a día.

Para cartografiar un continente puedes emplear el mismo método que para los mapas a escala de reino. Un continente puede tener entre ocho y doce grandes ciudades, dignas de aparecer en el mapa. Probablemente sean importantes centros de comercio y las capitales de cada reino.

COMBINAR ESCALAS

Independientemente de con qué escala comiences, será fácil ampliar o reducir la escala según sea necesario. En la escala de continente, cada hexágono representa la misma área que diez hexágonos a escala de reino. Así, dos ciudades que estén separadas por tres hexágonos (180 millas) en tu mapa continental estarán alejadas treinta hexágonos en su mapa de reino correspondiente. Podrían perfectamente representar los dos extremos de la región que estás describiendo. Cada hexágono a escala de reino representa seis hexágonos a escala de provincia, por lo que te será fácil situar la región que abarca tu mapa de provincia en el centro de un mapa a nivel de reino, y así crear regiones interesantes a su alrededor.

Asentamientos

Los lugares en los que viven las personas, ya sean ciudades bulliciosas, pueblos prósperos o diminutas aldeas rodeadas de tierras de cultivo, te ayudarán a definir la naturaleza de la civilización de tu mundo. Un asentamiento concreto, la base de operaciones de los aventureros, es una buena forma de empezar una campaña y, por qué no, también el proceso de construcción de mundos. Hazte las preguntas siguientes cuando des vida a cualquiera de los asentamientos de tu universo:

- ¿Cuál es su propósito dentro del juego?
- ¿Cuál es su tamaño? ¿Quién vive allí?
- ¿Qué aspecto tiene? ¿A qué huele? ¿Cuáles son sus sonidos?
- ¿Quién lo gobierna? ¿Quién más ostenta algún tipo de poder? ¿Es parte de algún estado mayor?
- ¿Cuáles son sus defensas?
- ¿Dónde pueden encontrar los personajes los bienes y servicios que necesitan?
- ¿Qué templos y organizaciones son los más prominentes?
- ¿Qué elementos fantásticos lo distinguen de un asentamiento normal y corriente?
- ¿Por qué debería importarles a los personajes?

Los consejos de esta sección están ahí para ayudarte a construir el asentamiento que quieres para el propósito que tengas en mente. Desecha cualquier directriz que vaya en contra de tu visión para la población.

Propósito

Los asentamientos existen, por encima de todo, para mejorar la trama de tu campaña y hacerla más divertida. Pero, más allá de esto, el propósito de la población determina cuánto detalle debes dedicarle. Crea solo los aspectos que sepas que vas a necesitar, pero da también unas breves pinceladas sobre sus características más generales. Una vez hecho esto, deja que el lugar crezca de forma natural, según los aventureros vayan interaccionando más y más con él. Apunta todas aquellas localizaciones que te inventes.

Un toque de color

Un asentamiento podría servir de lugar en el que los personajes se detienen a descansar y comprar suministros. Una población de este tipo no necesita más que una descripción breve.

Apunta el nombre del lugar, decide su tamaño, añade un toque de color ("El olor de las curtidurías locales impregna todo el pueblo") y deja que los aventureros se ocupen de sus asuntos. La historia de la posada en las que los personajes pasan la noche o los gestos del tendero al que compran suministros son detalles que puedes agregar si quieres, pero no es necesario. Si los aventureros vuelven al mismo asentamiento, podrás añadir estos rasgos locales para que empiece a parecer una base de operaciones, incluso aunque solo cumpla esta función de forma temporal. Deja que el asentamiento se desarrolle solo cuando sea necesario.

Base de operaciones

Los asentamientos pueden proporcionar a los personajes un lugar en el que vivir, entrenarse y recuperarse entre aventura y aventura. Es factible centrar una campaña entera en un pueblo o ciudad concreto. Este tipo de poblaciones serán el punto de partida de los personajes, la localización desde la que saldrán para conocer el mundo que los rodea.

Si está bien diseñada, una base de operaciones puede ocupar un lugar especial en el corazón de los aventureros, especialmente si se preocupan por al menos uno de los PNJ del asentamiento.

Para lograr que una base de operaciones cobre vida, tendrás que invertir algo de tiempo en darle cuerpo. No obstante, los jugadores pueden ayudarte a hacerlo. Pregúntales por sus mentores, familiares y otras personas importantes de la vida de sus personajes. No te cortes a la hora de añadir aspectos o modificar las ideas que tus jugadores te han proporcionado, pero tenlas en cuenta, pues serán los cimientos sobre los que construir los personajes no jugadores (PNJ) importantes para los aventureros. Deja que los jugadores describan dónde y cómo pasan el tiempo sus personajes: una taberna favorita, una biblioteca o un templo, por poner algunos ejemplos.

Parte de estos PNJ y localizaciones para definir el elenco de personajes del asentamiento. Detalla su sistema de gobierno, fuerzas policiales inclusive (esto se discute más adelante). Incluye también personajes que puedan proporcionar información, como eruditos, adivinos, bibliotecarios o vagabundos perceptivos. Los sacerdotes son fuente tanto de conjuros como de conocimientos. Apunta con qué comerciantes podrían relacionarse los aventureros de forma regular. Quizá incluso compitan entre sí por conseguir a tan suculentos clientes. Piensa en quiénes regentan la taberna favorita de los personajes. Por último, añade unos cuantos PNJ que puedan servirte de comodines: un traficante sospechoso, un borracho vividor o cualquier otro individuo que pueda dar un toque de aventura o misterio a tu campaña.

Lugar de aventuras

Una aldea podría ocultar un culto secreto de adoradores de diablos, un pueblo estar controlado por un gremio de hombres rata y una ciudad haber sido conquistada por un ejército hobgoblin. Estos asentamientos no son simplemente lugares en los que detenerse a descansar, sino localizaciones en las que se desarrollan aventuras. En aquellas poblaciones que también sean emplazamientos de aventuras, detalla igualmente las zonas en las que estas se desarrollarán, como torres o almacenes. Si la aventura está basada en eventos, apunta los PNJ que toman parte en ellos. Este trabajo tiene una doble función: construir el mundo y preparar la aventura, pues los personajes que desarrolles para una aventura concreta (incluyendo aliados, patrones, enemigos y extras) podrían acabar convirtiéndose en figuras recurrentes en tu campaña.

Tamaño

La mayoría de los asentamientos de un mundo de D&D serán aldeas agrupadas alrededor de un pueblo grande o una ciudad. Las aldeas alimentarán al pueblo o ciudad mediante sus tierras de cultivo intercambiando el fruto de su trabajo por bienes que los granjeros no pueden producir. En los pueblos y ciudades habitan los nobles que gobiernan la zona circundante. Estos individuos poseen la responsabilidad de defender a las aldeas de ataques. En algunas ocasiones, un señor o señora local vivirá en un fuerte o fortaleza sin ningún pueblo o ciudad cercano.

Aldea

Población: Hasta 1.000.

Gobierno: Un noble (normalmente no residente) gobierna la aldea, pero suele designar a un agente (un alguacil) que se encarga de resolver disputas y recaudar impuestos.

Defensa: El alguacil podría dirigir una pequeña fuerza de soldados. De lo contrario, la aldea recurrirá a una milicia de ciudadanos.

Comercio: Los suministros básicos son fáciles de conseguir, probablemente en una posada o puesto comercial. Otros bienes pueden adquirirse a través de mercaderes itinerantes.

Organizaciones: Una aldea podría tener uno o dos templos o santuarios, pero pocas organizaciones, si es que posee alguna.

La mayoría de los asentamientos son aldeas dedicadas a la agricultura, cuyas cosechas o carne sostienen tanto a la propia aldea como a los pueblos y ciudades cercanos. La función principal de los aldeanos es producir comida, de modo que aquellos que no hacen esta tarea directamente están dedicados a apoyar a los que sí la realizan: herrando caballos, tejiendo prendas, moliendo grano, etc. El resultado de su trabajo alimenta a sus familiares y sirve para comerciar con asentamientos cercanos.

La población de una aldea está dispersa a lo largo de una zona bastante extensa. Los granjeros viven cerca de sus campos de cultivo, por lo que están dispersos alrededor del centro de la población. En el corazón de la aldea se agrupan varias estructuras importantes: un pozo, el mercado, un par de templos pequeños, un punto de reunión y, quizá, una posada para los viajeros.

PUEBLO

Población: Hasta 6.000.

Gobierno: Un noble que reside en el pueblo nombra a un alcalde mayor para que lo administre. Un concejo elegido por los habitantes representa los intereses de la clase media.

Defensa: El noble cuenta con un ejército de soldados profesionales de cierto tamaño. También posee guardaespaldas personales.

Comercio: Los suministros básicos son fáciles de conseguir, aunque encontrar bienes y servicios más exóticos es complicado. Hay tabernas y posadas que sirven a los viajeros.

Organizaciones: Un pueblo contiene varios templos, así como gremios de comerciantes y otras organizaciones.

Los pueblos son centros de comercio, ubicados en zonas en las que industrias importantes o rutas fiables han permitido que la población crezca. Estos asentamientos dependen del comercio: importan materias primas y alimento de las aldeas cercanas y exportan objetos manufacturados a estos mismos asentamientos, así como a otros pueblos o ciudades. La población de un pueblo suele ser mucho más diversa que la de una aldea.

Los pueblos surgen en aquellos puntos en los que una carretera se encuentra con un río, en los cruces entre varias rutas comerciales terrestres de importancia, alrededor de lugares de valor estratégico fácilmente defendibles o cerca de minas u otros recursos naturales.

CIUDAD

Población: Hasta 25.000.

Gobierno: Un noble que reside en la ciudad preside el gobierno, mientras que otros nobles son responsables de las zonas circundantes y de ciertas funciones del gobierno. Uno de estos nobles es el alcalde mayor, que supervisa la administración de la ciudad. Un concejo electo representa a la clase media y podría llegar a poseer más poder que el propio alcalde. Otros grupos también son importantes y pueden ejercer cierta autoridad.

Defensa: La ciudad mantiene a un ejército de soldados profesionales, vigilantes y la guardia de la ciudad. Cada noble que habite en la ciudad paga una pequeña fuerza de guardaespaldas personales.

Comercio: Prácticamente todos los bienes y servicios están disponibles. Hay un gran número de posadas y tabernas a disposición de los viajeros.

Organizaciones: Las ciudades albergan una multitud de templos, gremios y otras organizaciones, algunos de los cuales ostentan mucho poder en los asuntos de la urbe.

Las ciudades son la cuna de la civilización. Su gran número de habitantes exige un apoyo importante por parte de las aldeas circundantes y las rutas comerciales, por lo que son poblaciones poco frecuentes.

Las urbes suelen medrar en zonas en las que grandes extensiones de tierra fértil rodean a una localización de fácil acceso para comerciar, casi siempre con acceso a una vía de agua navegable.

Prácticamente todas las ciudades poseen murallas, y las diferentes fases por las que pasaron durante su crecimiento quedan patentes en la forma en la que los muros se extienden alrededor de su centro. Estas murallas interiores dividen de forma natural a la ciudad en distritos (barrios definidos por características concretas), cada uno administrado por sus propios nobles y con sus propios representantes en el concejo.

Las urbes con más de veinticinco mil habitantes son extremadamente raras. Metrópolis como Waterdeep en los Reinos Olvidados, Sharn en Eberron y la Ciudad Libre de Falcongrís son brillantes faros que representan a la civilización en los mundos de D&D.

ATMÓSFERA

¿Qué es lo primero que notan los aventureros al acercarse o entrar en un asentamiento? ¿Las altas murallas repletas de soldados? ¿Los vagabundos que extienden sus brazos suplicado ayuda en el exterior de las puertas de la ciudad? ¿El bullicio de los comerciantes y sus compradores regateando en la plaza del mercado? ¿La abrumadora peste a estiércol?

Los detalles sensoriales insuflan vida a un asentamiento y transmiten vívidamente su personalidad a los jugadores. Céntrate en un factor definitorio, que resuma las características de la población, y extrapola a partir de él. Quizá la ciudad esté estructurada en torno a canales, como Venecia en el mundo real. Este elemento clave sugerirá una miríada de detalles que pueden percibirse con los sentidos: la visión de coloridos barcos flotando sobre aguas turbias; el sonido de las olas y, quizás, de las canciones de los gondoleros; el olor a pescado y desperdicios que contaminan el agua; la sensación de humedad. O puede que la ciudad esté cubierta de niebla la mayor parte del tiempo. En este caso podrás describir los hilillos de aire neblina helada que se cuelan a través de cualquier abertura o rincón, el apagado sonido que se produce al golpear los cascos el empedrado, el aire gélido que se trae olor a lluvia y una sensación perenne de misterio y peligros acechando.

El clima y terreno del entorno en el que se encuentra un asentamiento, su origen y habitantes, su gobierno y situación política, su importancia en las rutas comerciales... Todo esto influye en la atmósfera que transmite la población. Una ciudad justo en los límites de una selva tendrá un aire muy distinto a una en la frontera con un desierto. Las urbes de los enanos y los elfos tienen sus estéticas propias, claramente identificables si se las compara con las humanas. Los soldados de una ciudad gobernada por un tirano patrullarán las calles en busca de disidentes, mientras que una urbe que esté desarrollando una democracia primitiva podría poseer un mercado al aire libre en el que las ideas se intercambian con la misma libertad que los bienes. Todas las posibles combinaciones de estos factores pueden inspirar una variedad casi infinita de asentamientos en tu mundo de campaña.

GOBIERNO

En la sociedad feudal, la más habitual en los mundos de D&D, el poder y la autoridad están concentradas en pueblos y ciudades. Los nobles gobiernan sobre los asentamientos en los que viven y las tierras circundantes. Recaudan impuestos del pueblo, que luego usan para construir obras públicas, pagar a la soldadesca y mantener un nivel de vida cómodo para sí mismos (aunque los nobles ya suelen haber heredado una fortuna importante). A cambio, prometen proteger a sus vasallos de amenazas como invasores orcos, ejércitos hobgoblins y bandidos humanos.

Los nobles nombran oficiales, sus agentes en las aldeas, para supervisar la recaudación de impuestos y servir de jueces en disputas y juicios criminales. Estos alguaciles, senescales y validos son plebeyos nacidos en las aldeas sobre las que gobiernan, elegidos para desempeñar el cargo porque ya disfrutaban de la confianza de sus conciudadanos.

Dentro los pueblos y ciudades, los señores comparten autoridad y responsabilidades con nobles menores (normalmente familiares suyos) y representantes de la clase media, como pueden ser comerciantes o artesanos. Un alcalde mayor de ascendencia noble suele ser designado como cabeza del concejo del pueblo o ciudad, de modo que ejecuta las mismas funciones administrativas que los alguaciles llevan a cabo en las aldeas. El concejo está compuesto por una serie de representantes elegidos por la clase media. Solo los nobles más inconscientes ignoran los deseos de sus concejos, pues el poder económico ostentado por la clase media es, muchas veces, más importante para la prosperidad de la población que la propia autoridad hereditaria de la nobleza.

Cuanto más grande sea un asentamiento, mayor probabilidad habrá de que existan otros individuos y organizaciones que posean cierto poder. Incluso en una simple aldea, un individuo poderoso (un anciano sabio o un granjero apreciado en la comunidad) puede llegar a ejercer una influencia mayor que la del alguacil. De hecho, si el alguacil es sabio, evitará en la medida de los posible enfrentarse con una persona así. En los pueblos y ciudades, un poder similar podría estar en manos de un templo prominente, un gremio independiente del concejo o una persona dotada de poderes mágicos.

FORMAS DE GOBIERNO

Raro será que un asentamiento exista en soledad. Por supuesto, esta norma tiene excepciones en la forma de, por ejemplo, una ciudad-estado teocrática o una próspera ciudad libre gobernada por un concilio de comerciantes. Sin embargo, lo más probable es que los pueblos y ciudades sean parte de un reino feudal, un imperio burocrático o un dominio remoto gobernado por un tirano inflexible. Piensa en cómo encaja tu asentamiento en el mundo o región; quién lo gobierna y qué otros sentimientos podrían estar también bajo el control de este regente.

A continuación se describen varias formas de gobierno, tanto reales como fantásticas. Escoge una o tira en la tabla "formas de gobierno" para determinar aleatoriamente cómo está gobernada una nación o ciudad.

FORMAS DE GOBIERNO

d100	Gobierno	d100	Gobierno
01–08	Autocracia	43–44	Gerontocracia
09–13	Burocracia	45–53	Jerarquía
14–19	Confederación	54–56	Magocracia
20–22	Democracia	57–58	Matriarcado
23–27	Dictadura	59–64	Militocracia
28–42	Feudalismo	65–74	Monarquía

d100	Gobierno	d100	Gobierno
75–78	Oligarquía	86–92	República
79–80	Patriarcado	93–94	Satrapía
81–83	Meritocracia	95	Cleptocracia
84–85	Plutocracia	96–00	Teocracia

Autocracia. Un gobernante hereditario ostenta el poder absoluto. El autócrata está apoyado por una burocracia o un ejército muy bien desarrollados o representa la única autoridad en la que, de otra forma, sería una sociedad anárquica. Este gobernante dinástico podría ser un inmortal o un muerto viviente. Aundair y Karrnath, dos reinos de la ambientación de Eberron, están regidos por autócratas con sangre real corriendo por sus venas. Aunque la reina Aurala de Aundair recurre a magos y espías para hacer cumplir su voluntad, Kaius, el rey vampiro de Karrnath posee un formidable ejército, compuesto por soldados tanto vivos como muertos vivientes.

Burocracia. El gobierno está compuesto de varios departamentos, cada uno de ellos responsable de un aspecto de su gestión. Los cabezas de departamento, ministros o secretarios responden ante un autócrata (en realidad un hombre de paja) o un concilio.

Confederación. Cada pueblo o ciudad en la confederación se gobierna a sí mismo, pero todos ellos contribuyen con una liga o federación que busca (al menos en teoría) el bien común de todos los estados miembros. Las condiciones y actitudes hacia el gobierno central varían de un sitio a otro dentro de la confederación. La Alianza de los Lores en la ambientación de los Reinos Olvidados es una confederación, aunque poco integrada, de ciudades. Por su parte, los Bastiones de Mror en Eberron son también una confederación, esta vez de clanes enanos aliados entre sí.

Democracia. En una democracia, los ciudadanos o sus representantes electos determinan las leyes. Una burocracia o ejército ejecuta el día a día de las tareas de gobierno y se celebran elecciones abiertas para acceder a sus cargos.

Dictadura. Un gobernante supremo ejerce una autoridad absoluta, pero el origen de su poder no tiene por qué ser dinástico. En lo que al resto de aspectos respecta, se parece mucho a una autocracia. En la ambientación de Falcongrís, un semidemonio llamado Iuz es el dictador de una nación conquistada que ahora comparte su nombre.

Feudalismo. El gobierno típico en la Europa de la Edad Media. Una ciudad feudal está formada por varias capas de señores y vasallos. Estos proporcionan a aquellos soldados o, en su defecto, un servicio de lanzas (pago en metálico en lugar de aportar tropas). A cambio, los señores prometen proteger a sus vasallos.

Gerontocracia. Los ancianos presiden sobre esta sociedad. En algunos casos, se confían las tareas de gobierno a las razas más longevas, como los elfos o los dragones.

Jerarquía. Un gobierno feudal o burocrático en el que todos los miembros, salvo uno, se encuentran subordinados a otro. En la ambientación de Dragonlance, los ejércitos de los dragones de Krynn están estructurados en torno a una jerarquía militar en la que los Altos Señores de los Dragones son los líderes, y ellos a su vez obedecen a Takhisis, la reina de los dragones.

Cleptocracia. Este gobierno está compuesto por grupos o individuos cuyo principal fin es buscar la fortuna personal, en la mayoría de los casos a expensas de sus súbditos. Los avariciosos Reinos Bandidos de la ambientación de Falcongrís son un ejemplo fantástico. Un reino regido por gremios de ladrones también se ajustaría a esta categoría.

Magocracia. El órgano de gobierno está formado por lanzadores de conjuros que se comportan como oligarcas o señores feudales o toman parte en una democracia o burocracia. Algunos ejemplos son los Magos Rojos de Thay en los Reinos Olvidados y los reyes-hechiceros de Athas en la ambientación del Sol Oscuro.

Matriarcado o patriarcado. Esta sociedad está gobernada por el miembro más anciano o importante de uno de los dos sexos. Las ciudades de los drows son un ejemplo de teocracias matriarcales, ya que cada una de ellas es gobernada por un concilio de sumas sacerdotisas drows que responden ante Lolth, la Reina Demoníaca de las Arañas.

Meritocracia. La personas más inteligentes y mejor formadas supervisan la sociedad, normalmente apoyadas por una burocracia que se ocupa del día a día. En los Reinos Olvidados, los monjes más sabios gobiernan la fortaleza-biblioteca de Candlekeep, y ellos a su vez están dirigidos por un maestro del saber llamado el Guardián.

Militocracia. Los líderes militares gobiernan la nación amparándose en la ley marcial, utilizando el ejército y otras fuerzas armadas. Una militocracia podría estar regida por un grupo de soldados de élite, una orden de caballeros de dragones o una liga de príncipes del mar. Solamnia, un país gobernado por caballeros en la ambientación de Dragonlance, entraría dentro de esta categoría.

Monarquía. Un soberano único, cuyo poder proviene de su linaje, lleva la corona. A diferencia de un autócrata, los poderes del monarca están limitados por la ley, y este sirve como cabeza de una democracia, estado feudal o militocracia. El reino de Breland, en Eberron, posee un parlamento, que es quién redacta las leyes, y un monarca, que es el que hace cumplirlas.

Oligarquía. Un pequeño número de dirigentes absolutos comparten el poder, ya sea dividiendo la región en distritos o provincias bajo su control o gobernando juntos. Un grupo de aventureros que se hiciera con el control de una nación y decidieran gobernarla juntos podrían establecer una oligarquía. La Ciudad Libre de Falcongrís es una oligarquía formada por los líderes de varias facciones, cuyo representante es el Alcalde Mayor.

Plutocracia. Esta sociedad está dirigida por los ricos. La élite constituye un consejo de gobierno, compra el derecho a formar parte de la corte a un monarca sin poder real o gobierna simple y llanamente porque el dinero es el auténtico amo del estado. Muchas ciudades de la ambientación de los Reinos Olvidados, como Waterdeep y Puerta de Baldur, son plutocracias.

República. El gobierno es confiado a los representantes de un electorado formado por un grupo de ciudadanos concreto, que rigen en nombre de sus votantes. Cualquier democracia en la que solo los que posean tierras o pertenezcan a ciertas clases puedan votar se considera una república.

Satrapía. Los conquistadores y representantes de otro gobierno ostentan el poder, dirigiendo el asentamiento o la región como parte de un imperio mayor. Los sátrapas suelen ser burócratas u oficiales militares. Aunque, en algunas ocasiones, también pueden serlo personajes inusuales o monstruos. Las ciudades de Portoalto y Suderham en la ambientación de Falcongrís son satrapías bajo el control de los agentes de una banda de saqueadores sádicos conocidos como los Esclavistas.

Teocracia. La regencia recae en un representante directo de un grupo de agentes de una deidad. Los centros de poder de una teocracia suelen encontrarse en lugares sagrados. En la ambientación de Eberron, la nación de Thrane es una teocracia entregada a la Llama de Plata, un espíritu divino que reside en Flamekeep, la capital de Thrane.

JERARQUÍA NOBILIARIA DE EJEMPLO

Rango	Título	Rango	Título
1º	Emperador/ Emperatriz	6º	Conde/Condesa
2º	Rey/Reina	7º	Vizconde/ Vizcondesa
3º	Duque/Duquesa	8º	Barón/Baronesa
4º	Príncipe/Princesa	9º	Baronet/ Baronetesa
5º	Marqués/ Marquesa	10º	Caballero/ Caballera

COMERCIO

Incluso las aldeas pueden proveer a los personajes del equipo que necesitan para sus aventuras. Las provisiones, tiendas, mochilas y armas sencillas son muy comunes. Los mercaderes ambulantes venden armaduras, armas marciales y equipo más especializado. La mayoría de aldeas tienen posadas para los viajeros. En ellas, los aventureros podrán disfrutar de cama y una comida caliente, incluso aunque a veces su calidad deje mucho que desear.

Las aldeas dependen en gran medida del comercio con otros asentamientos, entre ellos pueblos grandes y ciudades. Los mercaderes pasan a través de ellas con frecuencia, vendiendo tanto bienes de primera necesidad como productos de lujo a los aldeanos, por lo que cualquier comerciante mínimamente exitoso tendrá numerosos contactos a lo largo y ancho de la región. Estos mercaderes itinerantes proveerán a los personajes no solo de equipo, sino también de rumores y ganchos de aventura. Como se ganan la vida viajando por carreteras que podrían estar amenazadas por bandidos o monstruos errantes, contratarán guardias que les protejan. Asimismo, llevarán noticias de un pueblo a otro. Algunas de ellas describirán circunstancias que piden a gritos la atención de un grupo de aventureros.

Estos mercaderes no pueden proporcionar los servicios de los que dispone una urbe. De este modo, si los personajes necesitan desesperadamente una biblioteca, un erudito especializado, un adiestrador capaz de ocuparse de los huevos de grifo que han encontrado o un arquitecto capaz de diseñar un castillo, lo mejor es que busquen en una gran ciudad y no en una aldea.

MONEDA

Los términos "pieza de oro" (po), "pieza de plata" (pp), "pieza de cobre" (pc), "pieza de electro" (pe) y "pieza de platino" (ppt) son utilizados en el juego en aras de la claridad. En tu mundo, puedes dar a estas denominaciones nombres más descriptivos e interesantes. Es habitual referirse a cada moneda con un nombre específico, ya sea algo tan sencillo como "duro" o tan elaborado como "bicéfala dorada". Lo normal es que cada país acuñe su propia moneda, que podría corresponderse con los términos de juego. En la mayoría de mundos, unas pocas monedas acaban generalizándose, pero prácticamente todas las divisas son aceptadas en el mundo entero. Solo aquellos que buscan pelea con un extranjero se niegan.

EJEMPLO: LOS REINOS OLVIDADOS

El mundo de los Reinos Olvidados posee una amplia gama de divisas. Aunque el trueque, los contratos de sangre y otras letras de cambio son muy comunes en Faerûn, las monedas y lingotes de metal son lo más utilizado en el día a día.

Monedas comunes. Existe una variedad apabullante de monedas, cada una con su propio nombre y de diferentes formas, tamaños y materiales. Gracias a los ambiciosos comerciantes de Sembia, las monedas de extrañas formas de esta nación pueden encontrarse a lo largo y ancho de Faerûn. En Sembia, el acerenique ha reemplazado a las monedas de cobre. Sus piezas de plata son triangulares y reciben el nombre de cuervos, sus monedas de electro tienen forma de rombo y se llaman harmarks (conocidas comúnmente como "ojos azules") y los nobles son sus piezas de oro de cinco lados. Sembia no acuña monedas de platino. En esta nación se aceptan todas las monedas, incluso las piezas de cobre y de platino de otros países.

En Waterdeep, una bulliciosa y cosmopolita ciudad comercial, las piezas de cobre se llaman puntas, las de plata esquirlas, las de electro lunas, las de oro dragones y las de platino soles. Las dos monedas locales son el toal y la luna de puerto. El toal es una moneda cuadrada de oropel con un agujero central que hace fácil atar varias de ellas con un anillo o una cuerda. Su valor es de 2 po en la ciudad y nada fuera de ella. La luna de puerto es un medialuna de platino con incrustaciones de electro y, de nuevo, un agujero central. Se llama así porque su uso tradicional es para comprar grandes cantidades de mercancías en el puerto. Esta moneda vale 50 po en Waterdeep y 30 po en cualquier otro lugar.

La ciudad norteña de Silverymoon acuña una moneda azul brillante en forma de medialuna llamada luna de electro, que vale 1 po en dicha ciudad y 1 pe en el resto del mundo. Esta ciudad también produce una divisa más grande conocida como luna eclipsada: una medialuna de electro combinada con una cuña de plata más oscura, formando entre las dos partes un círculo valorado en 5 pe dentro de la ciudad y 2 pe fuera.

La forma preferida de intercambiar riqueza en el reino de Cormyr son las acuñaciones reales de la corte, que por un lado tienen un dragón y por el otro una marca del erario que indica la fecha. En esta nación, las piezas de cobre se llaman pulgares, las de plata halcones de plata, las de electro ojos azules, las de oro leones dorados y las de platino tricoronas.

Incluso las ciudades-estado emiten sus propias monedas de cobre, plata y oro. Sin embargo, es más difícil hallar piezas de electro o platino. Las naciones más pequeñas utilizan monedas de otros países o extraídas de tesoros antiguos. Los viajeros de ciertas tierras (en especial los reinos dominados por magos de Thay y Halruaa) emplean las monedas de otros reinos cuando comercian con el exterior, pero porque los demás temen que sus monedas y divisas estén malditas por algún poder mágico y, por consiguiente, las desprecian.

Y a la inversa, las monedas de tierras legendarias o lugares mágicos son honradas, aunque aquellos que las encuentren deberían buscar a un coleccionista en lugar de limitarse a gastarlas en el mercado. Las monedas de la antigua corte elfa de Cormanthyr son particularmente famosas: los thalvers (de cobre), bedoars (de plata), thammarchs (de electro), shilmaers (de oro) y ruendils (de platino). Estas divisas son de buena calidad, abundantes e incluso hoy en día algunos elfos las usan para comerciar entre ellos.

Lingotes comerciales. Es difícil transportar y contabilizar un número elevado de monedas. Por eso, muchos mercaderes prefieren utilizar lingotes comerciales: barras hechas de metales y aleaciones preciosas (normalmente plata) que prácticamente todo el mundo acepta. Estos lingotes están sellados o tallados con el símbolo de la compañía comercial o el gobierno que los fundió. Los lingotes comerciales están valorados de acuerdo con su peso:

- Un lingote de plata de 2 libras vale 10 po y tiene unas 5 pulgadas de largo, 2 de ancho y 1/2 de alto.
- Un lingote de plata de 5 libras vale 25 po y tiene unas 6 pulgadas de largo, 2 de ancho y 1 de alto.
- Un lingote de oro de 5 libras vale 250 po y tiene más o menos las mismas dimensiones que un lingote de plata de 2 libras.

La ciudad de Puerta de Baldur funde un gran número de lingotes comerciales de plata, definiendo así el estándar de este tipo de divisa. La ciudad de Mirabar emite lingotes comerciales de hierro negro con la forma de un hueso y los extremos cuadrados. Cada uno pesa unas 2 libras y está valorado en 10 po dentro de la ciudad, bastante menos en los asentamientos cercanos, y lo mismo que el hierro en el resto del mundo (1 pp por libra).

Otras divisas. Las monedas y los lingotes no son las únicas divisas. Las campanas de Gond son campanitas de latón que la mayoría de comerciantes valoran en 10 po, pero pueden cambiarse por 20 po en un templo de Gond. Los anillos de Shaar, rodajas de marfil pulidas y perforadas que los nómadas de Shaar atan entre sí con cuerdas, están valoradas en 3 po cada una.

CREAR LA TUYA PROPIA

Como habrás podido ver en los ejemplos anteriores, la moneda no tiene por qué seguir un estándar universal en tu mundo. Cada nación y cada era podría poseer sus propias divisas, cada una con un valor distinto. Los aventureros probablemente viajen por muchas tierras distintas y encuentren tesoros perdidos hace mucho. Dar con seiscientos de los antiguos bedoars, acuñados durante el gobierno de Coronal Eltargrim hace doce siglos, aumentará mucho más la sensación de inmersión en el mundo que simplemente hallar 60 pp.

Si varías los nombres y las descripciones de las monedas de los reinos contemporáneos e históricos más importantes de tu mundo, le añadirás una textura adicional. Los leones dorados de Cormyr transmiten la naturaleza noble de ese reino. Si una nación acuña tormentos, unas piezas de oro en las que figuran maliciosos rostros demoníacos, eso dirá mucho sobre el país.

Crear monedas nuevas conectadas con localizaciones concretas, como los toals de Waterdeep o las lunas eclipsadas de Silverymoon, agrega un nuevo nivel de detalle. Mientras el valor de estas nuevas monedas sea fácil de calcular (es decir, no te inventes una moneda que valga 1,62 po), lograrás aportar color a aquellos lugares importantes de tu mundo sin añadir por una complejidad excesiva.

MONEDA DE COBRE

MONEDA DE ORO

MONEDA DE ELECTRO

MONEDA DE PLATA

MONEDA DE PLATINO

ARPISTAS   ORDEN DEL GUANTELETE   ENCLAVE ESMERALDA   ALIANZA DE LOS LORES   ZHENTARIM

IDIOMAS Y DIALECTOS

Cuando añadas detalles a tu mundo, puedes crear idiomas y dialectos nuevos que reflejen su geografía e historia únicas. Puedes reemplazar los lenguajes por defecto que aparecen en el *Player's Handbook* por otros nuevos o dividir un idioma en varios dialectos distintos.

En ciertos mundos, las diferencias regionales pueden ser mucho más importantes que las raciales. Quizá todos los enanos, elfos y humanos que vivan en el mismo reino compartan un idioma común, completamente diferente del hablado en el reino vecino. Esto podría provocar que la comunicación (y la diplomacia) entre ambas naciones se vuelva significativamente más difícil.

Los idiomas más extendidos podrían tener versiones antiguas o tal vez los aventureros encuentren varios lenguajes ancestrales, sin parecido alguno entre sí, en tumbas y ruinas. Estos idiomas aportan un elemento de misterio a las inscripciones y volúmenes con los que se topan los personajes.

También podrías inventar nuevos lenguajes secretos, similares al druídico y la jerga de ladrones, que permitan a los miembros de ciertas organizaciones o afiliaciones políticas comunicarse. Podrías incluso decidir que cada alineamiento tiene su propio lenguaje, aunque quizá estos son tan solo argots que se usan más que nada para discutir temas filosóficos.

En una región en la que una raza ha subyugado a otra, el idioma de los conquistadores puede convertirse en un símbolo de estatus social. De forma similar, la lectura y la escritura podrían estar restringidas por la ley, de modo que solo las clases más altas pueden practicarlas.

FACCIONES Y ORGANIZACIONES

Los templos, gremios, órdenes, sociedades secretas y colegios son actores importantes en la estructura social de cualquier civilización. Su influencia podría extenderse por varios pueblos y ciudades, incluso aunque estas no se encuentren bajo la misma autoridad política. Las organizaciones pueden desempeñar un papel muy importante en las vidas de los personajes jugadores; convirtiéndose en sus patrones, aliados y enemigos, exactamente igual que cualquier personaje no jugador. Cuando los aventureros se unen a estas organizaciones, pasan a formar parte de algo más grande que ellos, de una estructura que sirve para poner sus aventuras en contexto.

AVENTUREROS Y ORGANIZACIONES

Los trasfondos son una manera fantástica de conectar a los aventureros con el mundo que les rodea cuando la campaña está empezando. Pero, según avance esta, los trasfondos irán perdiendo importancia.

Las facciones y organizaciones creadas con los personajes jugadores en mente son un mecanismo muy útil para que los aventureros de alto nivel sigan conectados con tu mundo, proporcionándoles PNJ claves con los que interaccionar y unos objetivos que van más allá del beneficio individual. De forma similar, las organizaciones malvadas sirven para crear una sensación de amenaza continua, que va más allá de las que podrían producir enemigos concretos.

Tener a varios personajes, cada uno de ellos asociado con una facción distinta, puede generar situaciones interesantes. Siempre y cuando estas facciones posean objetivos similares y no estén continuamente enfrentadas, claro está. Los aventureros que representen a varias organizaciones podrían tener intereses o prioridades enfrentadas, a pesar de perseguir los mismos objetivos.

FACCIÓN DE EJEMPLO: LOS ARPISTAS

Los Arpistas son una red dispersa de lanzadores de conjuros y espías que abogan por la igualdad y se oponen en secreto al abuso de poder, ya sea este mágico o de cualquier otra naturaleza.

Esta organización surgió, fue destruida y se ha vuelto a alzar de nuevo varias veces. Su longevidad y resistencia se deben, sobre todo, a su naturaleza descentralizada, su base popular, el secretismo que la rodea y la autonomía de sus miembros. Los Arpistas están estructurados en torno a células pequeñas y agentes solitarios, dispersos a lo largo y ancho de los Reinos Olvidados. Se relacionan con otros miembros y comparten información de vez en cuando, según dicten las circunstancias. Su ideología es noble y sus miembros se enorgullecen de su ingenio y su incorruptibilidad. Los Arpistas no buscan el poder y la gloria, solo un trato justo e igualitario para todos.

Lema. "Abajo la tiranía. Justicia e igualdad para todos".

Creencias. Las creencias de los Arpistas pueden resumirse como sigue:

- No se puede poseer demasiada información o conocimiento arcano.
- El exceso de poder lleva a la corrupción. Especialmente malo es el abuso de la magia, que debe vigilarse estrechamente.
- Nadie debería estar indefenso.

Objetivos. Recopilar información por todo Faerûn, descifrar las dinámicas de la política de cada región y fomentar la justicia y la igualdad en secreto. Actuar abiertamente solo como último recurso. Derrocar a los tiranos o a cualquier líder, gobierno o grupo que se vuelva demasiado poderoso. Ayudar a los débiles, los pobres y los oprimidos.

Misiones típicas. Las misiones típicas de los Arpistas son hacerse con artefactos capaces de inclinar la balanza de poder en una región, conseguir información sobre un individuo u organización poderosos y descubrir las verdaderas intenciones de una personalidad política o lanzador de conjuros malvado.

Las organizaciones para aventureros también son una buena fuente de otorgar recompensas especiales, más allá de los puntos de experiencia y el tesoro. Una mejor posición dentro de una facción es una recompensa valiosa en sí misma que, además, también podría proporcionar ciertos beneficios más concretos, como el acceso a información, equipo, magia y otros recursos de la organización.

CREAR FACCIONES

Las facciones y organizaciones que crees para tu campaña deberían nacer de las historias más importantes de tu mundo. Inventa organizaciones con las que tus jugadores vayan a querer interaccionar, ya sea como aliados, como miembros o incluso como enemigos.

Para empezar, decide qué papel quieres que desempeñe en tu mundo la organización. ¿Cuál es su temática? ¿Cuáles son sus objetivos? ¿Quién la fundó y por qué? ¿A qué se dedican sus miembros? Tras responder a estas preguntas deberías tener una idea clara de la personalidad de la facción. Ahora, piensa en sus miembros típicos. ¿Cómo los describirían otros? ¿Cuáles son sus clases y alineamientos más habituales? ¿Qué rasgos de personalidad suelen compartir?

Escoger un símbolo y lema para la organización es una buena forma de poner el broche a todo el trabajo que llevas desarrollado hasta este punto. Una facción cuyo símbolo sea un venado probablemente posea una personalidad muy distinta a otra cuyo emblema sea una víbora alada. Para el lema, no te limites únicamente al mensaje en sí. Piensa también en el tono y estilo del discurso más apropiado a la organización, según la has definido hasta este punto. Fíjate en el lema de los Arpistas: "Abajo la tiranía. Justicia e igualdad para todos". Los Arpistas tienen un mensaje directo, que transmite libertad y prosperidad. Compáralo con el lema de la Alianza de los Lores, un grupo de ciudades del Norte que se han aliado para hacer frente común: "Cualquier amenaza al hogar debe ser eliminada sin reserva alguna. En la superioridad está nuestra seguridad". Se trata de personas sofisticadas, que forman parte de una frágil alianza política, que pone más énfasis en la estabilidad que en la justicia o la equidad.

Por último, medita sobre cómo los personajes jugadores podrían entrar en contacto con la organización. ¿Quiénes son sus miembros más relevantes? No solo los líderes, sino también los agentes con los que los aventureros podrían encontrarse. ¿Dónde están más activos? ¿Dónde se sitúan su cuartel general y sus fortalezas? Si los aventureros se unieran a ellos, ¿qué clase de misiones podrían encargarles? ¿Qué recompensas podrían conseguir haciéndolo?

PRESTIGIO

El prestigio es una regla opcional que puedes utilizar para representar la posición de un aventurero en una facción u organización concreta. El prestigio se trata de un valor numérico que empieza en 0 y crece cuando el personaje gana favores y aumenta su reputación en una organización en particular. Puedes asociar ciertos beneficios a este prestigio. Algunos ejemplos son rangos o títulos en la organización y el acceso a determinados recursos.

Cada jugador debe registrar el prestigio con cada organización a la que pertenezca su personaje por separado. De este modo, un aventurero podría tener prestigio 5 con una facción y 20 con otra, en función de cómo se haya relacionado con cada una de ellas a lo largo de la campaña.

GANAR PRESTIGIO

Los personajes reciben prestigio al completar misiones o encargos que sirvan a los propósitos de la organización o estén relacionados con ella de manera directa. Tú serás el que decida cuánto prestigio obtienen los aventureros al completar con éxito estas misiones. Lo normal es que lo otorgues al mismo tiempo que das los puntos de experiencia.

Fomentar los intereses de una organización aumenta el prestigio del personaje con dicha facción en 1. Terminar con éxito una misión asignada específicamente por la organización, o que la beneficia de forma directa, aumenta el prestigio del personaje en 2 en lugar de solo 1.

Así, un grupo de aventureros relacionados con la noble Orden del Guantelete logran completar una misión que consistía en liberar un pueblo de la tiranía de un dragón azul. Como la orden gusta de castigar a los malhechores, los personajes podrían aumentar cada uno de ellos su prestigio con ella en 1. Pero, si un superior de la orden les encomendó la misión de acabar con el dragón, terminar con éxito esta tarea reportaría un aumento de prestigio de 2 a cada personaje relacionado con la Orden del Guantelete, pues habrían demostrado ser aliados fiables.

Al mismo tiempo, el pícaro del grupo quizá haya tomado, de entre los tesoros del dragón, una caja que contiene venenos raros y se la haya vendido a un perista que es, en realidad, un agente de los Zhentarim. En este caso, podrías aumentar el prestigio del pícaro con los Zhentarim en 2, ya que esta acción aumenta de forma directa tanto el poder como las riquezas de esta organización, incluso aunque la tarea no le fuera asignada por un agente Zhentarim.

VENTAJAS DEL PRESTIGIO

El prestigio en una organización puede otorgar varias ventajas, como el rango o autoridad en ella, el trato amable por parte de sus miembros y otros beneficios.

Rango. Los personajes pueden ascender a medida que su prestigio va creciendo. Puedes definir varios umbrales de prestigio, que harán las funciones de requisitos (aunque no tienen por qué ser el único requisito) necesarios para alcanzar un determinado rango. La tabla "ejemplos de rangos de facciones" muestra algunos. Así, un personaje que se uniera a la Alianza de los Lores tras conseguir 1 de prestigio con dicha organización, obtendría el título de Capa. Si, posteriormente, lograra aumentar su prestigio con esta facción, podría convertirse en candidato para rangos superiores.

Puedes añadir otros requisitos a la consecución de un rango. Por ejemplo, un personaje afiliado con la Alianza de los Lores podría tener que alcanzar el nivel 5 antes de poder convertirse en un Filo Punzante, el nivel 10 antes de ser candidato a Duque de la Guerra y el nivel 15 antes de poder aspirar a ocupar el cargo de Corona de León.

EJEMPLOS DE RANGOS DE FACCIONES

Prestigio	Arpistas	Orden del Guantelete	Enclave Esmeralda	Alianza de los Lores	Zhentarim
1	Vigilante	Chevall	Guardia de la Primavera	Capa	Colmillo
3	Sombra de Arpa	Marcheon	Caminante del Verano	Cuchillo Rojo	Lobo
10	Vela Brillante	Halcón Blanco	Saqueador del Otoño	Filo Punzante	Víbora
25	Búho Sabio	Vindicador	Acechador del Invierno	Duque de la Guerra	Ardragón
50	Alto Arpista	Mano Justa	Maestro de la Naturaleza	Corona de León	Amo del Terror

Puedes situar estos umbrales de prestigio en los números que te parezcan más apropiados para tus partidas, creando rangos y títulos para las organizaciones que formen parte de tu campaña.

Actitud de los miembros de la organización. Al ir creciendo el prestigio de un personaje con una facción, también aumentará la probabilidad de que los miembros de esta hayan oído hablar de las andanzas del aventurero. También puedes crear umbrales, a partir de los cuales la actitud inicial de los miembros hacia el personaje será indiferente o incluso amistosa. Por ejemplo, los integrantes del Enclave Esmeralda (una facción dedicada a preservar el orden natural) podrían mostrarse poco amables con los personajes que no posean al menos prestigio 3 con dicha organización, pero tener una actitud amistosa hacia aquellos aventureros que posean al menos prestigio 10 con el Enclave Esmeralda. Estos umbrales afectan a la actitud por defecto de la mayoría de miembros de la organización, pero no tiene por qué ocurrir siempre así. Un aventurero podría, a pesar de su prestigio (o puede que precisamente por culpa de él) caer mal a algún PNJ que pertenezca a la facción.

Beneficios. Alcanzar un rango en una organización conlleva una serie de beneficios. Tú serás el que decida cuales. Un personaje de rango bajo podría disponer de un refugio, un contacto fiable que le proporcione ganchos de aventura o un comerciante que le venda equipo de aventurero con descuento. Un aventurero de rango medio podría obtener un seguidor (consulta el capítulo 4: "Crear personajes no jugadores"), acceso a pociones y pergaminos, la posibilidad de pedir un favor o apoyo en aquellas misiones más peligrosas. Los personajes de rango alto podrían llegar a comandar un pequeño ejército, recibir la custodia de un poderoso objeto mágico, tener acceso a un lanzador de conjuros poderoso o incluso asignar misiones especiales a miembros de rango inferior.

Actividades entre aventuras. Quizá quieras permitir a los personajes invertir su tiempo entre aventuras en conseguir contactos y obtener prestigio en una organización. El capítulo 6: "Entre aventuras" contiene más información sobre las actividades entre aventuras.

PERDER PRESTIGIO

Las desavenencias entre miembros de una organización no son motivo suficiente para provocar una pérdida de prestigio con dicha facción. No obstante, ofensas serias contra la propia organización o sus miembros podrían resultar en la pérdida de prestigio y rango. La magnitud de la pérdida dependerá de la gravedad de la infracción, por lo que es tu responsabilidad decidir sobre este punto. El prestigio de un personaje con una organización nunca puede reducirse por debajo de 0.

PIEDAD

Es posible adaptar el sistema de prestigio para que represente la fortaleza del vínculo de un personaje con los dioses. Solo son necesarias unas pocas modificaciones y es una opción fantástica para aquellas campañas en las que los dioses participen de forma activa en el mundo.

Si decides hacer esto, registra el prestigio con cada una de las figuras divinas de tu campaña. Cada personaje tendrá la opción de escoger a una deidad o panteón patronos, con los objetivos, doctrinas y tabúes que hayas creado. El prestigio con los dioses recibe el nombre de piedad. Así, los personajes ganarán piedad al honrar a sus deidades, seguir sus mandatos y respetar sus prohibiciones. En cambio, perderán piedad al oponerse a sus dioses, deshonrarlos, profanar sus templos y frustrar sus planes.

Los dioses conceden sus dones a quienes demuestran su devoción. Por cada rango de piedad obtenido, el personaje podrá rezar para pedir el favor de su dios una vez al día. Este favor suele manifestarse como un conjuro de clérigo, como *bendición*. Además, también viene acompañado de una señal por parte del benefactor divino. De este modo, el conjuro recibido por un fiel de Thor podría manifestarse mientras suena el retumbar de un trueno.

Un nivel de piedad especialmente alto podría otorgar al aventurero un beneficio persistente, como una bendición o una gracia (consulta el capítulo 7: "Tesoro" para ver cómo funcionan estos regalos sobrenaturales).

LA MAGIA EN TU MUNDO

En la mayoría de los mundos de D&D, la magia es una fuerza natural fascinante y, algunas veces, también aterradora. La existencia de la magia es de dominio público, ya que la mayoría de las personas ve alguna prueba de su existencia en algún momento de sus vidas. Permea el cosmos y se manifiesta a través de las posesiones ancestrales de héroes legendarios, las misteriosas ruinas de imperios caídos, aquellos tocados por los dioses, las criaturas nacidas con un poder sobrenatural y los individuos que estudian los secretos del multiverso. Las historias y los relatos narrados al calor del hogar están repletos de quienes la empuñan.

Cuánto sabe de la magia el común de los mortales dependerá de dónde viva y de si conoce a algún personaje que la utilice. Los ciudadanos de una aldea aislada quizá no hayan visto a un verdadero usuario de la magia desde hace

---

FACCIÓN DE EJEMPLO: LOS ZHENTARIM

Los Zhentarim (también conocidos como la Red Negra) es una organización clandestina y sin escrúpulos que aspira a expandir su influencia y poder por los Reinos Olvidados.

La faceta pública de la Red Negra aparenta ser relativamente benigna. Ofrece los bienes y servicios más baratos y de mejor calidad, tanto si son legales como si no. De esta forma, destruye a sus competidores y logra que todos dependan de ella.

Los miembros de los Zhentarim se ven a sí mismos como los integrantes de una gran familia, y recurren a la Red Negra para conseguir recursos y seguridad. Sin embargo, cada miembro también disfruta de la autonomía necesaria para perseguir sus propios intereses, de manera que así logra cierta cantidad de fortuna e influencia para sí mismo. Como conjunto, los Zhentarim prometen "lo mejor de lo mejor", aunque lo cierto es que el principal interés de esta organización es difundir su propia propaganda e influencia, no conseguir lo mejor para sus miembros.

Lema. "Únete a nosotros y prospera. Oponte a nosotros y sufre".

Creencias. Las creencias de los Zhentarim pueden resumirse como sigue:

- Los Zhentarim somos tu familia. Tú cuidas de nosotros y nosotros cuidamos de ti.
- Eres el dueño de tu propio destino. Nunca seas menos de lo que mereces ser.
- Todo y todos tienen un precio.

Objetivos. Amasar riquezas, poder e influencia y, una vez hecho esto, dominar Faerûn.

Misiones típicas. Las misiones típicas de los Zhentarim son saquear o robar un tesoro, un objeto mágico poderoso o un artefacto; cerrar un acuerdo comercial lucrativo o hacer cumplir uno que ya existiera; y afianzarse en lugares en los que la facción aún no posee mucha influencia.

generaciones, y probablemente hablen en susurros de los extraños poderes del viejo ermitaño que habita en el bosque. En la ciudad de Waterdeep, en la ambientación de los Reinos Olvidados, la Orden Vigilante de Magos y Protectores es un gremio de magos. Estos arcanistas desean hacer la magia más accesible, para que así sus miembros puedan lucrarse vendiendo sus servicios.

En algunas ambientaciones la magia está más presente que en otras. En Athas, el áspero mundo del Sol Oscuro, la magia arcana es una práctica aborrecida, pues puede succionar la vida del mundo. La mayoría de la magia de Athas está en manos de malhechores. En el mundo de Eberron, por el contrario, la magia es tan común como cualquier otra mercancía. Las casas comerciales ofrecen objetos y servicios mágicos a cualquiera que pueda permitírselos. Es posible comprar billetes para viajar en aeronaves y trenes impulsados por magia elemental.

Piensa en las siguientes preguntas cuando decidas cómo funcionará la magia de tu mundo:

- ¿Hay algún tipo de magia común?, ¿y alguno no admitido por la sociedad? ¿Qué clase de magia es rara?
- ¿Cuán frecuentes son los miembros de cada clase lanzadora de conjuros? ¿Cómo de habitual es encontrar a alguien capaz de emplear conjuros de alto nivel?
- ¿Hasta qué punto son raros los objetos, criaturas y localizaciones mágicos? ¿A partir de qué nivel de poder dejan de formar parte del día a día y se convierten en algo exótico?
- ¿Cómo regulan las autoridades el uso de la magia? ¿Qué relación tiene la gente normal con la magia y cómo se protege de ella?

Las respuestas a algunas de estas preguntas también te ayudarán a responder a otras. Si, por ejemplo, es habitual hallar lanzadores de conjuros de bajo nivel (como sucede en Eberron), entonces tanto las autoridades como el pueblo llano habrán tenido contacto con ellos y harán uso de los resultados de su magia. Adquirir magia común no solo será posible, sino además relativamente barato. Lo más probable es que las personas tengan presente la magia más conocida y sepan cómo protegerse de ella, especialmente en situaciones arriesgadas.

RESTRICCIONES SOBRE LA MAGIA

Algunas zonas civilizadas podrían restringir o prohibir el uso de la magia. Quizá sea necesaria una licencia o permiso especial para poder utilizarla. En lugares como estos, los objetos mágicos y los efectos mágicos continuos serán raros. La única excepción serán las protecciones contra la magia.

Algunas poblaciones podrían prohibir conjuros concretos. Probablemente sea un crimen lanzar cualquier conjuro que sirva para robar o estafar, como pueden ser los que confieren invisibilidad o producen ilusiones. Los encantamientos que hechizan o dominan a otros estarán terminantemente prohibidos, pues privan a otros de su libre albedrío. Lo más lógico es que los conjuros destructivos también sean ilegales, por razones obvias. Un gobernante local podría tener fobia a un efecto o conjuro concretos (como los que permiten cambiar de forma si teme ser suplantado) y, si este es el caso, promulgará una ley que prohíba esta clase de magia.

ESCUELAS MÁGICAS

Las reglas hacen referencia a las escuelas de magia (abjuración, ilusionismo, nigromancia, etc.), pero es tarea tuya definir el papel que representan en tu mundo. De igual manera, algunas opciones de clase sugieren la existencia de organizaciones que emplean la magia, como colegios bárdicos o círculos druídicos, aunque solo hacen referencia a ellas. Tú serás el responsable de darles el detalle necesario.

Es más, podrías decidir que en tu mundo no existen estructuras formales como estas. Quizá los magos (o los bardos, o los druidas...) sean tan poco numerosos que cualquier personaje jugador de esta clase deberá haber aprendido todo lo que sabe de un mentor, de manera individual. Podría incluso morir sin haberse cruzado con ningún otro mago. En situaciones como estas, los magos adquirirán su especialización en una escuela sin ningún tipo de entrenamiento formal.

Si, por el contrario, la magia fuera más común, quizá existan academias que encarnen escuelas de magia concretas. Estas instituciones tendrán sus propias jerarquías, tradiciones, normativas y procedimientos. Materos el Nigromante, por ejemplo, podría ser un hermano de la cábala nigromántica de Thar-Zad. Como símbolo de su elevada posición dentro de la jerarquía de la orden, se le permite vestir la túnica roja y verde propia de un maestro. Por consiguiente, cuando porte estas vestiduras será fácilmente identificable por aquellos que conozcan el funcionamiento de la cábala. Este reconocimiento podría resultar tanto beneficioso como contraproducente, ya que la cábala de Thar-Zad posee una reputación aterradora.

Si decides hacer esto, puedes tratar a las escuelas de magia, colegios bárdicos y círculos druídicos como organizaciones, de modo que emplees las reglas y directrices para ellas que aparecían un poco antes en este mismo capítulo. Un personaje jugador nigromante podría obtener prestigio con la cábala de Thar-Zad, mientras que su compañero bardo hace lo propio con el colegio de Mac-Fuirmidh.

CÍRCULOS DE TELETRANSPORTACIÓN

La presencia de círculos de teletransportación permanentes en las ciudades más importantes sirve para cementar su categoría como centros económicos de un mundo fantástico. Los conjuros como *desplazamiento entre planos*, *teletransporte* y *círculo de teletransportación* permiten acceder a estos círculos, que suelen estar ubicados en templos, academias, los cuarteles generales de organizaciones arcanas y lugares públicos importantes. No obstante, como cada círculo de teletransportación es un punto de entrada a la ciudad, lo normal es que estén vigilados por una guardia y posean protecciones mágicas.

Cuando diseñes una ciudad fantástica, piensa en qué círculos de teletransportación puede contener y, de entre ellos, cuáles conocerán los aventureros. Si estos suelen volver a su base de operaciones usando un círculo de teletransportación, utiliza dicho círculo como gancho para cambios en la trama de tu campaña. ¿Qué harán los personajes si llegan a un círculo de teletransportación y se encuentran que todas las protecciones están desactivadas y los guardias yacen muertos en el suelo? ¿Y si su llegada interrumpe una discusión entre dos sacerdotes en el interior de un templo? ¡La aventura está asegurada!

TRAER DE VUELTA A LOS MUERTOS

Cuando una criatura muere, su alma abandona el cuerpo, dejando atrás el Plano Material, y viaja a través del Plano Astral hasta alcanzar el plano en el que reside su deidad, donde se asienta. Si la criatura no adoraba a ningún dios, su alma partirá hacia el plano que se corresponde con su alineamiento. Por ello, traer a alguien de vuelta de entre los muertos implica recuperar su alma del plano en el que se encuentra y volver a introducirla en su cuerpo.

Los enemigos pueden tomar ciertas medidas para que sea más difícil conseguir que un personaje retorne de entre los muertos. Custodiar el cuerpo impedirá que otros utilicen *alzar a los muertos* o *resurrección* para devolver la vida al difunto.

Un alma que no quiera volver a la vida no puede ser obligada a hacerlo. El espíritu conoce el nombre, alineamiento y deidad patrona (si es que posee alguna) del personaje que está intentando revivirlo, por lo que podría negarse a resucitar en base a esta información. Así, si el honorable caballero Sturm Brightblade es asesinado y la suma sacerdotisa de Takhisis (diosa de los dragones malvados) se hace con su cadáver, Sturm podría evitar que esta le devolviera la vida. Cualquier intento de resucitarlo por parte de la sacerdotisa fracasaría. Por tanto, si esta malvada clérigo desea revivirle para poder interrogarle, primero deberá hallar la forma de engañar a su alma. Podría embaucar a un clérigo bondadoso para que le resucite y después capturar a Sturm, ya vivo.

Crear una campaña

El mundo al que das vida es el escenario sobre el que se desarrollan tus aventuras. No tienes por qué considerar ningún otro aspecto. Puedes dirigir aventuras como si de episodios se trataran, siendo los personajes en único nexo de unión entre ellas. No obstante, también puedes entretejer ciertos temas en dichas historias, para así construir una saga más extensa que narra los logros de los personajes en el mundo.

Planear una campaña entera puede parecer una tarea abrumadora, pero no tienes por qué definir hasta el último detalle desde el principio. Puedes partir de los elementos básicos, dirigir un par de aventuras y después pensar en las tramas más importantes, las que querrás explorar según se vaya desarrollando la campaña. Posees libertad absoluta para añadir tanto o tan poco detalle como quieras.

El comienzo de una campaña es muy similar al de una aventura. Querrás pasar rápidamente a la acción, mostrando a los jugadores lo que les aguarda y captar su atención desde el primer momento. Dales información suficiente como para que les apetezca volver a jugar semana tras semana. Que deseen saber cómo sigue la historia.

Empieza con algo pequeño

Cuando empieces a construir tu campaña, parte de algo pequeño. Los personajes solo necesitan conocer la ciudad, pueblo o aldea en la que comiencen el juego y, si acaso, la mazmorra cercana. Podrías decidir que la baronía está en guerra con un ducado próximo o que un bosque remoto está plagado de ettercaps y arañas gigantes. Deberías apuntar esto, pero, nada más empezar la campaña, la región más próxima será suficiente para poner en marcha las cosas. Sigue los pasos siguientes para crear esta zona:

1. Crea una base de operaciones

Consulta la sección "Asentamientos", un poco antes en este mismo capítulo, para aprender cómo diseñar este lugar. Un pueblo o aldea en la frontera con la naturaleza salvaje es una base de operaciones fantástica para la mayoría de campañas de D&D. Utiliza un pueblo grande o una ciudad si quieres que tu campaña se centre en aventuras urbanas.

2. Crea la región local

Consulta "Cartografiar tu campaña", antes en este mismo capítulo, para hacer esto. Traza un mapa a escala de provincia (1 hexágono = 1 milla) cerca de cuyo centro se encuentre la base de operaciones. Puebla la zona que esté a un día de viaje (unas 25 o 30 millas) de dicho lugar. Salpiméntala con entre dos y cuatro mazmorras o lugares de aventura similares.

Es probable que una región de este tamaño también tenga entre uno y tres asentamientos además del que sirve de base de operaciones, así que dedícales también algo de tiempo.

3. Confecciona una aventura inicial

Una única mazmorra suele ser una buena aventura inicial para la mayoría de campañas. Consulta el capítulo 3, "Crear aventuras", para obtener consejos y directrices.

La base de operaciones representa una localización de partida para los personajes. Este lugar podría tratarse de la aldea en la que se criaron o una ciudad a la que han viajado desde muy lejos. O quizá la campaña empiece con los personajes en las mazmorras del castillo del malvado barón, encerrados por haber cometido algún crimen (real o imaginario). En este caso ya se encontrarán en el meollo de la aventura.

Para cada uno de estos pasos, dota a cada localización de tanto detalle como creas que sea necesario. No tendrás por qué identificar cada uno de los edificios de una aldea o poner nombre a todas las calles de una ciudad. Si los aventureros empiezan en las mazmorras del barón, entonces deberás detallar esta primera localización, pues la aventura se desarrolla en ella, pero no te sientas forzado a dar un nombre a todos los caballeros del barón. Esboza un mapa sencillo, piensa en la zona circundante y considera con quién será más probable que los personajes interaccionen durante los primeros compases de la campaña. Y, lo que es más importante, visualiza cómo encaja esta zona en el tema y la historia que tienes en mente para tu campaña. ¡Ya solo queda empezar a trabajar en tu primera aventura!

Prepara el escenario

Al principio, cuando estés desarrollando tu campaña, tendrás que informar a los jugadores de sus aspectos básicos. Para facilitar este proceso, compila la información esencial en un resumen de la campaña. Lo más habitual es que este resumen incluya el material siguiente:

- Cualquier restricción u opciones nuevas que afecten a la creación de personajes, como pueden ser razas nuevas o prohibidas.
- Cualquier parte del trasfondo de tu campaña que los personajes deban conocer. Si hay alguna temática o rumbo hacia los que quieras encaminar la campaña, la información que aparezca en este punto podría ser una buena forma de dar pistas sobre ellos.
- Información básica sobre la región en la que empiezan los personajes, como el nombre del asentamiento, las localizaciones más relevantes en las cercanías, los PNJ a los que probablemente conozcan y quizá incluso rumores que den pistas sobre los problemas que están a punto de producirse.

Intenta que este resumen sea breve y conciso. No debería ocupar más de dos páginas. Incluso aunque te veas poseído por un arrebato de energía creativa y escribas veinte maravillosas páginas de inspirador trasfondo, contente y guárdatelas para cuando hagas aventuras. Deja que los jugadores vayan descubriendo los detalles poco a poco, según vayan jugando.

Implicar a los personajes

Una vez hayas identificado el tema principal de la campaña, permite que los jugadores te ayuden a contar su historia decidiendo cómo sus personajes se ven implicados en ella. Esta es su oportunidad de enlazar el pasado y el trasfondo de sus aventureros con la campaña y la tuya para decidir cómo ciertos aspectos del trasfondo de cada personaje se verán imbricados en la trama. Algunos ejemplos: ¿qué secreto ha aprendido el personaje ermitaño? ¿Cuál es el estatus social de la familia del aventurero noble? ¿Qué destino le espera al héroe del pueblo?

Quizá a algunos jugadores les cueste dar con una idea apropiada, ya que no todo el mundo tiene una imaginación desbordante. Espolea la creatividad de estos jugadores haciéndoles unas cuantas preguntas sobre sus personajes:

- ¿Eres nativo de la región, has nacido y te has criado en ella? Si la respuesta es afirmativa: ¿cómo es tu familia? ¿A qué se dedica el personaje actualmente?
- ¿Eres un recién llegado? ¿De dónde vienes? ¿Por qué has viajado a la región?
- ¿Posees algún tipo de vínculo con las organizaciones o individuos implicados en los eventos que dan el pistoletazo de salida a la campaña? ¿Son tus aliados o tus enemigos?

Escucha las ideas de los jugadores y, en la medida de la posible, responde afirmativamente a sus peticiones. Así, aunque prefieras que todos los personajes se hayan criado en el pueblo inicial, sopesa la posibilidad de aceptar a un aventurero recién llegado o inmigrante si su historia es convincente. Sugiere modificaciones a la historia de cada personaje para que se adapte mejor a tu mundo o enlaza las primeras hebras de tu campaña con dicha historia.

Crear un trasfondo

Los trasfondos han sido diseñados para enraizar a los personajes jugadores en el mundo, por lo que crear trasfondos nuevos es una forma fantástica de presentar a los jugadores las facetas más especiales de tu mundo. Los trasfondos con vínculos a culturas, organizaciones o eventos históricos específicos de tu campaña son opciones particularmente sólidas. Quizá los sacerdotes de una religión concreta vivan como mendigos, subsistiendo gracias a la caridad del pueblo y dedicando su vida a cantar relatos que narran las hazañas de su deidad, entreteniendo y educando a sus fieles. Podrías diseñar el trasfondo "sacerdote mendicante" o modificar el trasfondo "acólito" para reflejar estas características. Sería competente con un instrumento musical y su rasgo probablemente tenga que ver con la hospitalidad que reciben de los feligreses.

El capítulo 9: "Taller del Dungeon Master" contiene guías para crear trasfondos nuevos.

Eventos de una campaña

Los eventos más importantes de la historia de un mundo fantástico tienden a ser cataclísmicos: guerras que enfrentan a las fuerzas del bien contra las del mal en una confrontación épica, desastres naturales que arrasan civilizaciones enteras, invasiones de ejércitos inmensos u hordas extraplanarias y asesinatos de líderes mundiales. Dichos sucesos, capaces de sacudir los cimientos del mundo, darán título a los capítulos que conforman la historia.

En las partidas de D&D, estos eventos proporcionarán la chispa que puede alimentar y mantener viva una campaña. El problema principal de las historias seriadas que no tienen un principio, punto medio y final definidos, es la inercia. Como sucede con muchas series de televisión y series de cómics, las campañas de D&D corren el riesgo de volver a tratar los mismos temas una y otra vez, continuando mucho después del punto en el que estos dejan de ser divertidos. Así como los actores o los escritores pueden acabar distanciándose de su medio, lo mismo podría sucederle a los jugadores, pues ellos son los actores y escritores de una partida de D&D. Las sesiones se estancan cuando pasa mucho tiempo sin que la historia cambie de tono, cuando los mismos villanos y las mismas aventuras se vuelven cansinas y predecibles, del mismo modo que cuando el mundo no cambia con los personajes ni responde a sus acciones.

Los eventos más trascendentales fuerzan el conflicto. Producen a su vez nuevos eventos y ponen en marcha a grupos de poder. Sus desenlaces transforman el mundo al alterar el tono de la ambientación de forma significativa. Marcan su historia de forma indeleble. El cambio, en especial aquel que ocurre como resultado de las acciones de los personajes, hace posible que la historia siga avanzando. Si este cambio es imperceptible, los actos de los aventureros carecerán de sentido. Si el mundo se vuelve previsible, eso significa que ha llegado el momento de darle un cambio radical.

PONER EN MARCHA EVENTOS

Un evento importante puede suceder en cualquier momento de la campaña o la trama, pero los incidentes más trascendentales tienden a producirse, de forma natural, al principio, al final o en el punto medio de una historia.

Esta disposición refleja la estructura intrínseca de las historias dramáticas. En su comienzo, algo debe pasar para cambiar la situación del mundo en el que se encuentran los personajes, para así obligarlos a entrar en acción. Los aventureros tendrán que tomar la iniciativa y resolver sus problemas, pero otras fuerzas se opondrán a ellos. Justo cuando alcancen un hito significativo en la persecución de sus objetivos, un conflicto importante afectará a los planes de los personajes, volviendo a cambiar su situación; el fracaso parecerá inminente. Al acabar la historia, tanto si han salido victoriosos como si no, el mundo se verá profundamente afectado por las acciones de los aventureros, ya sea para bien o para mal.

Al principio de una campaña de D&D, los eventos trascendentales crean inmediatamente ganchos de aventura y afectan de forma directa a las vidas de los personajes. En la mitad de ella, se convierten en fantásticos puntos de inflexión que transforman radicalmente la suerte de los aventureros, que se alzan tras una derrota o caen tras una victoria. Cerca del final de la campaña, estos eventos representan poderosos clímax, cuyas consecuencias tienen un gran alcance. Podrían darse incluso después del final de la historia, como resultado de las acciones de los personajes.

CUÁNDO NO CAMBIAR LAS COSAS

Al construir una trama, ten cuidado con las "falsas acciones", es decir, aquellas acciones que son un fin en sí mismas. Las falsas acciones no avanzan la historia, implican a los personajes o les fuerzan a cambiar. Muchas películas de acción son víctimas de las falsas acciones, ya que en ellas las persecuciones, tiroteos y explosiones no suelen representar más que un inconveniente menor para los personajes. Estas situaciones acaban aburriendo al espectador por su repetición y porque realmente no hay nada en juego. Ciertas campañas también caen en esta trampa, pues encadenan un desastre global tras otro, pero estos carecen de impacto alguno en los personajes o el mundo. Por eso, no suele ser buena idea reconstruir el mundo cada vez tras cada momento de respiro, pues de lo contrario los eventos trascendentales acabarán convirtiéndose en el pan de cada día.

Como regla general, cada campaña puede tolerar hasta tres eventos a gran escala: uno cerca del comienzo, otro por la mitad y un tercero próximo al final. En cambio, puedes recurrir a tantos eventos de pequeña escala como quieras, pues se limitan a afectar a un microcosmos cerrado: pueblos, aldeas, tribus, feudos, ducados, provincias, etc. Al fin y al cabo, todo evento significativo altera profundamente la vida de alguien, por insignificante que esta sea. Puedes permitir que sucesos terribles e inesperados aflijan con frecuencia a

las regiones más pequeñas, pero, salvo que tu historia así lo exija, guárdate los eventos a gran escala para los momentos más importantes y grandiosos de tu campaña.

EVENTOS TRASCENDENTALES

Puedes recurrir a esta sección para inspirarte y así desarrollar aquellos eventos trascendentales que ya se estén produciendo en tu mundo (o estén a punto de hacerlo). O, si lo prefieres, puedes limitarte a hacer una tirada en las tablas que encontrarás a continuación para generar al azar un evento que estimule tu imaginación. Buscar la forma de justificar un resultado obtenido aleatoriamente puede dar lugar a consecuencias inesperadas.

Para empezar, elige una categoría de suceso trascendental o tira en la tabla "eventos trascendentales".

EVENTOS TRASCENDENTALES

d10	Evento
1	Ascenso de un líder o una era
2	Caída de un líder o una era
3	Cataclismo
4	Asalto o invasión
5	Rebelión, revolución o derrocamiento
6	Extinción o agotamiento
7	Nueva organización
8	Descubrimiento, expansión o invención
9	Predicción, presagio o profecía
10	Mito o leyenda

1-2. ASCENSO O CAÍDA DE UN LÍDER O UNA ERA

Las eras suelen venir marcadas por sus líderes, innovadores o tiranos más notorios de la época. Estas personas cambian el mundo y dejan una marca indeleble en los anales de la historia. Cuando se alzan con el poder, dan forma al tiempo y el lugar en el que viven de formas monumentales. Cuando pierden su poder o fallecen, el fantasma de sus obras sigue presente.

Determina qué clase de líder marcó la era que termina o define la que está por venir. Puedes escoger el tipo que prefieras o tirar en la tabla "tipos de líderes" para obtener uno aleatoriamente.

TIPOS DE LÍDERES

d6	Tipo de líder
1	Político
2	Religioso
3	Militar
4	Criminal / bajos fondos
5	Arte / cultura
6	Filosofía / aprendizaje / magia

Los líderes políticos son los monarcas, nobles y jefes. Entre los religiosos se encuentran los avatares de los dioses, los sumos sacerdotes y los mesías, así como aquellos al cargo de monasterios o los dirigentes de sectas influyentes. Los líderes militares más importantes controlan las fuerzas armadas de una nación. Entre ellos se cuentan los dictadores militares, los señores de la guerra o el concilio de guerra de un soberano. Los comandantes de milicias locales, bandas y otras organizaciones marciales similares son ejemplos de dirigentes militares de poca importancia. A gran escala, los líderes criminales o de los bajos fondos ostentan el poder a través de sobornos, una red de espías y el control del mercado negro. A pequeña escala, suelen ser jefes de bandas locales, capitanes piratas y bandoleros. Un líder en el mundo del arte o la cultura es un virtuoso cuyo trabajo refleja el espíritu de su tiempo y cambia la forma en la que las personas piensan: un dramaturgo importante, un bardo o un bufón de palacio en cuyas palabras, arte o representaciones el pueblo percibe la verdad de las cosas. En un ámbito más pequeño, un líder de este tipo podría ser un poeta local influyente, un juglar, un escritor de sátiras o un escultor. Los grandes líderes de la filosofía, el aprendizaje o la magia suelen ser consejeros de los emperadores, filósofos de extraordinaria genialidad, pensadores ilustrados, directores de las instituciones de enseñanza más importantes del mundo o archimagos. Un líder menor de esta clase podría ser un erudito de la zona, un vidente, un milagrero, un anciano sabio o un profesor.

Ascenso de un líder, comienzo de una era. En las historias más dramáticas, el ascenso de un líder suele suceder al final de un periodo tumultuoso y conflictivo. A veces alcanza el poder mediante una guerra o alzamiento, pero en otras ocasiones su éxito es el resultado de unas elecciones, la muerte de un tirano, el cumplimiento de una profecía o el nombramiento de un héroe. Aunque también puede darse la situación contraria, que el nuevo líder sea un tirano, un infernal o un villano de negro corazón. En estos casos, la era que acaba de finalizar podría haber estado caracterizada por la paz, la tranquilidad y la justicia.

El nuevo líder sacudirá los cimientos de tu mundo y marcará el comienzo de una nueva era en la región afectada. ¿Cómo afecta este individuo o era al mundo? Hay varios aspectos que vale la pena considerar cuando determines su impacto en la campaña:

- Nombra algo que, hasta ahora, haya sido cierto en el mundo de forma consistente, pero que haya dejado de serlo debido al acenso o influencia del líder. Este es el cambio más importante producido por el alzamiento del líder, el aspecto definitorio de la era, la característica por la que será recordada.
- Nombra la persona (o personas) cuya muerte, derrota o pérdida hizo posible el ascenso al poder del líder. Podría ser a causa de una derrota militar, el abandono de viejas ideas, un renacimiento cultural o cualquier otra razón. ¿Quién murió, perdió algo o fue derrotado? ¿Sobre qué aspecto no estaba dispuesto a transigir? ¿Es el nuevo líder cómplice de la muerte, pérdida o derrota, o simplemente se vio beneficiado por ella?
- A pesar de las virtudes del líder, uno de sus defectos en particular indigna a parte de la población. ¿De qué defecto se trata? ¿Qué persona o grupo de personas harán lo que esté en sus manos para acabar con el líder por culpa de este defecto? Y lo opuesto: ¿cuál es la mayor virtud del líder y quién se alzará para defenderle debido a ella?
- ¿Cuáles de los seguidores del líder todavía albergan dudas sobre él? Se trata de alguien muy cercano al líder, digno de su confianza y conocedor de sus miedos, dudas y vicios secretos.

Caída de un líder, fin de una era. Todo lo que tiene un principio tiene un final. Cuando los soberanos son derrocados, es necesario volver a trazar mapas, las leyes cambian, se imponen nuevas costumbres y las antiguas caen en desgracia. La actitud de los ciudadanos hacia sus antiguos líderes, ahora caídos, cambia solo sutilmente al principio, pero acaba por dar un giro de 180 grados cuando miran hacia atrás o recuerdan los tiempos pasados.

Puede que el líder caído fuera un soberano benévolo, un ciudadano influyente o incluso un adversario de los personajes. ¿Cómo afecta la muerte de esta persona a los que estaban bajo su mando o influencia? Hay varios aspectos que vale la pena considerar cuando determines el impacto del fallecimiento de un líder.

- Nombra un cambio obrado por el líder que fuera positivo para sus dominios o esfera de influencia. ¿Sigue este cambio presente tras su muerte?
- Define la actitud o el estado de ánimo general de las personas que estaban bajo el poder del líder. ¿De qué hecho o aspecto importante sobre el gobernante o su reinado no son conscientes ahora, pero acabarán siéndolo?
- Nombra una persona o grupo que intente ocupar el lugar del líder; llenar el vacío de poder resultante.
- Nombra una persona o grupo que conspirara contra el líder.
- Nombra tres hechos por los que este líder será recordado.

3. Cataclismo

Terremotos, hambrunas, incendios, plagas, inundaciones... Los desastres a gran escala pueden erradicar civilizaciones enteras sin previo aviso. Las catástrofes, ya sean naturales o mágicas, son capaces de asolar los mapas, destruir economías y alterar mundos. A veces los supervivientes logran reconstruir a partir de las ruinas. El gran incendio de Chicago, por ejemplo, dio la oportunidad de rehacer la ciudad de acuerdo a una planificación más moderna. No obstante, la mayoría de los cataclismos solo dejan ruinas a su paso: enterradas bajo las cenizas, como Pompeya, o sumergidas bajo las olas, como la Atlántida.

Puedes escoger el tipo que prefieras o tirar en la tabla "cataclismos" para obtener uno aleatoriamente.

CATACLISMOS

d10	Cataclismo
1	Terremoto
2	Hambruna/sequía
3	Incendio
4	Inundación
5	Plaga/enfermedad
6	Lluvia de fuego (impactos de meteoritos)
7	Tormenta (huracán, tornado, tsunami)
8	Erupción volcánica
9	Magia desatada o deformación planar
10	Juicio divino

Algunos de los desastres de la tabla podrían, tras un primer vistazo, no tener sentido en el contexto de tu mundo. ¿Una inundación en el desierto? ¿Una erupción volcánica en unas praderas? Si, al tirar, acabas con un desastre que entra en conflicto con tu ambientación, puedes repetir la tirada. Dicho esto, si te esfuerzas en justificar cómo dicho cataclismo podría aplicarse a tu mundo quizá obtengas resultados muy interesantes.

Salvo dos excepciones, los desastres de la tabla se parecen a los que pueden afectar a nuestro mundo. Piensa en las deformaciones planares y la magia desatada como si de accidentes nucleares se trataran. Son eventos catastróficos que afectan a la tierra y sus habitantes de manera antinatural. En la ambientación de Eberron, por ejemplo, una catástrofe mágica arrasó por completo una nación entera, transformándola en un erial hostil y poniendo fin a la Última Guerra.

Los juicios divinos, sin embargo, son algo completamente distinto. Este tipo de cataclismo puede tomar la forma que desees, pero siempre se tratará de una señal grande, impactante y en absoluto sutil del disgusto de la deidad.

Podrías decidir borrar por completo un asentamiento, una región o una nación del mapa. Los cataclismos arrasan la tierra y, a todos los efectos, eliminan un lugar que los personajes conocían. Deja a uno o dos supervivientes con vida, para que puedan contar a los aventureros los sucedido. Así estos sentirán la magnitud del impacto de la catástrofe. ¿Qué efectos a largo plazo produce el cataclismo? Los siguientes puntos te ayudarán a definir la naturaleza y consecuencias del desastre:

- Decide cuál es la causa del cataclismo y dónde se ha originado.
- Un presagio, o una serie de señales y portentos, anticiparon la llegada del desastre. Detállalos.
- Describe o nombra a la criatura que avisó a la población del cataclismo inminente. ¿Quién la hizo caso?
- ¿Quiénes fueron los afortunados (o desafortunados) supervivientes?
- Describe el aspecto de la región tras el desastre, en contraposición al que tenía antes.

4. Asalto o invasión

Las invasiones, uno de los eventos trascendentales más comunes, se producen cuando un grupo ejerce su dominio sobre otro mediante la fuerza, normalmente militar, pero a veces también a través de la infiltración o la ocupación.

Los asaltos difieren de las invasiones en que las fuerzas atacantes no tienen por qué estar interesadas en ocupar un lugar o hacerse con el poder. No obstante, un asalto podría ser el paso previo a una invasión.

Independientemente de su escala, un asalto o invasión trascendental destaca porque sus repercusiones cambian el mundo de los personajes y sus consecuencias siguen vigentes mucho después del ataque o toma de poder.

Imagina cómo una parte de tu mundo es atacado o invadido. En función de la escala actual de tu campaña, esta zona podría ser desde una pequeña parte de una ciudad hasta un continente entero, o incluso todo un mundo o plano de existencia.

Define al agresor y concreta si este es un enemigo conocido con anterioridad o un adversario de nuevo cuño. Elige una amenaza que ya represente un peligro para la región escogida o usa la tabla "fuerzas invasoras" para determinarlo.

Fuerzas invasoras

d8	Fuerza invasora
1	Una empresa criminal
2	Monstruos o un monstruo único
3	Una amenaza interplanar
4	Un adversario del pasado, reanimado, renacido o resurgido
5	Una facción escindida
6	Una tribu salvaje
7	Una sociedad secreta
8	Un aliado traicionero

Ahora, considera otros aspectos del conflicto:

- Nombra un aspecto de la invasión o asalto que los defensores no esperaban o no pueden repeler.
- Algo les ha ocurrido a los primeros defensores que se enfrentaron al enemigo; un hecho del que nadie quiere hablar. ¿De qué se trataba?
- Los atacantes o invasores poseen un motivo ulterior para sus acciones, que no resulta obvio o fácil de comprender a primera vista. ¿Cuál es?
- ¿Quién se convirtió en traidor y en qué momento lo hizo? ¿Por qué lo hizo? ¿Hubo algún atacante que intentó poner fin a la incursión? ¿Hubo algún defensor importante que se pusiera del lado de los atacantes?

5. Rebelión, revolución o derrocamiento

Una persona o grupo, desencantado con la situación en la que viven, derroca al régimen actual y usurpa el poder (o fracasa al intentar hacerlo). Independientemente del resultado, las revoluciones (incluso las meras tentativas) pueden moldear el destino de naciones enteras.

Una revolución no tiene por qué representar una lucha a gran escala de los desfavorecidos contra la nobleza. Puede ser algo tan pequeño como un gremio de comerciantes que se vuelve contra los que lo rigen o un templo que derroca a su casta sacerdotal para abrazar una nueva fe. Los espíritus de un bosque podrían tratar de deshacerse de las fuerzas de la civilización, que habitan en una ciudad cercana y talan los árboles para conseguir madera. En el otro extremo de la escala, una revolución podría ser algo tan imponente como la humanidad alzándose contra los dioses.

Piensa en cómo parte de tu mundo puede verse presa de una revolución. Elige un grupo de poder de tu campaña y nombra (o inventa) otro que se le oponga, fomentando la revolución. A continuación, sigue los puntos siguientes para dar vida al conflicto:

- Nombra tres cosas que los rebeldes quieren o esperan conseguir.
- Los rebeldes se alzan con una victoria (aunque sea pírrica) contra aquellos a los que quieren derrocar. ¿Cuál de sus tres objetivos alcanzan? ¿Durante cuánto tiempo logran mantenerlo antes de volver a perderlo (si es que esto sucede)?
- Indica el precio que el antiguo orden debe pagar tras su caída del poder. ¿Sigue alguno de sus miembros gobernando, ahora como parte del nuevo régimen? Si el antiguo orden no es derrotado, describe una forma en la que sus líderes castigan a los revolucionarios.
- Uno de los líderes rebeldes más notorios (en algunos aspectos, el rostro visible de la revolución) posee una razón personal para tomar parte en lo que acontece. Describe a esa persona y su auténtico motivo para dirigir la revuelta.
- ¿Qué problema existía antes de la rebelión y persiste a pesar de esta?

6. Extinción o agotamiento

Algo que antes estaba presente en el mundo ha desaparecido. El recurso perdido podría ser un metal precioso, una especie vegetal o animal que ocupaba un lugar importante en el ecosistema de la región o, incluso, una raza o cultura entera. Su ausencia provoca una reacción en cadena que afecta a todas las criaturas que lo usan o dependen de él.

Puedes eliminar una cultura, lugar o cosa que hasta ese momento formaba parte de una localización o región de tu mundo. A pequeña escala, quizá el último miembro de una dinastía muera sin descendencia o un asentamiento minero, antaño boyante, vaya despoblándose hasta convertirse en un pueblo fantasma. A gran escala, la magia misma podría desaparecer, el único dragón vivo morir o el último representante de la nobleza feérica partir de este mundo.

¿Qué es lo que el mundo (o la región del mismo que escojas) ha perdido? Si no se te ocurre la respuesta a esta pregunta inmediatamente, utiliza la tabla "extinciones o agotamientos" como fuente de ideas.

EXTINCIONES O AGOTAMIENTOS

d8	Recurso perdido
1	Un tipo de animal (insecto, ave, pez, ganado)
2	Tierra habitable
3	Magia o usuarios de la magia (toda la magia o escuelas concretas)
4	Un recurso mineral (piedras preciosas, metales, menas)
5	Un tipo de monstruo (unicornio, mantícora, dragón)
6	Un pueblo (linaje, clan, cultura, raza)
7	Un tipo de planta (cultivo, árbol, hierba, bosque)
8	Una masa de agua (río, lago, océano)

Una vez hecho esto, considera las preguntas siguientes:

- Nombra un territorio, raza o tipo de criatura que dependiera de lo que sea que se ha perdido. ¿Cómo se adaptan a su ausencia? ¿Cómo intentan sustituir lo que ha desaparecido?
- ¿Quién o qué tiene la culpa de la pérdida?
- Describe una consecuencia inmediata de la extinción o agotamiento. Piensa también en algún impacto o cambio en el mundo a largo plazo. ¿Quién o qué se lleva la peor parte de la pérdida? ¿Y quién o qué obtiene el mayor beneficio de ella?

7. Nueva organización

La fundación de una nueva orden, reino, religión, sociedad, cábala o culto puede agitar los cimientos del mundo. Sus acciones, doctrina, dogma y políticas son capaces de cambiarlo todo. A escala local, una organización recién surgida deberá lidiar con los grupos de poder ya existentes; influenciándolos, socavándolos, dominándolos o aliándose con ellos para fortalecerse. Las facciones más grandes y poderosas pueden ejercer una influencia tal que les permita dominar el mundo. Ciertas organizaciones recién surgidas se benefician del apoyo del pueblo, mientras que otras crecen hasta amenazar a la civilización que antaño protegieron.

Quizá una nueva facción importante vea la luz en alguna parte de tu mundo. Ya tenga orígenes humildes o auspiciosos, una cosa es cierta: está destinada a cambiar el mundo si sigue avanzando por el camino que sigue actualmente. A veces el alineamiento de la organización es evidente desde el mismo momento de su concepción, pero en otros casos su posición moral no estará del todo clara hasta que sus doctrinas, políticas y tradiciones se vayan revelando, con el paso del tiempo. Elige un tipo de organización o tira en la tabla "nuevas organizaciones" para inspirarte.

NUEVAS ORGANIZACIONES

d10	Nueva organización
1	Sindicato criminal o confederación de bandidos
2	Gremio (masones, apotecarios, orfebres)
3	Círculo o sociedad mágicos
4	Orden militar o de caballería
5	Familia, dinastía, tribu o clan nuevos
6	Filosofía o disciplina dedicadas a un principio o ideal
7	Reino (aldea, pueblo, ducado, reino)
8	Religión, secta o confesión
9	Escuela o universidad
10	Sociedad, culto o cábala secretos

A continuación, considera algunas (o todas) de las opciones siguientes:

- La nueva organización sustituye a uno de los grupos de poder actuales, haciéndose con territorio, conversos o desertores y haciendo menguar las filas del grupo previamente existente. ¿A quién o qué reemplaza esta nueva facción?
- La nueva organización es especialmente atractiva para un público en particular. Decide si se trata de una raza, estrato social o clase de personaje.
- El líder de la nueva facción es famoso por una característica que sus seguidores tienen en alta estima. Detalla un poco en qué consiste este respeto y qué ha hecho el líder para hacerse con el apoyo de sus seguidores (o mantenerlo).
- Un grupo rival se opone a la creación de la nueva organización. Elige un grupo de poder que ya estuviera presente en tu campaña o crea uno nuevo a partir de las categorías que aparecen en la tabla. Esta facción será rival de la nueva organización. Decide también quién la lidera, por qué se opone a la nueva organización y qué planea realizar para detenerla.

8. Descubrimiento, expansión o invención

El descubrimiento de una región nueva no solo hace crecer los mapas, sino que puede incluso afectar a las fronteras de imperios. En lo que a la magia y la tecnología respecta, los descubrimientos e invenciones más recientes permiten ir más allá de lo que se creía posible. Recursos naturales antes desconocidos y hallazgos arqueológicos son motivo suficiente para que grupos de individuos u organizaciones enteras se pongan en marcha, ansiando conseguir el control de la riqueza u oportunidades que proporcionan.

Un descubrimiento (o redescubrimiento) nuevo puede causar un enorme impacto en tu mundo, cambiando el curso de la historia y dando forma a los eventos de una era. Piensa en este descubrimiento como en un enorme gancho de aventura o una serie de ganchos. Además, es una oportunidad perfecta para crear un monstruo, objeto, dios, plano o raza únicos de tu mundo. Siempre y cuando el descubrimiento en sí sea importante, no te preocupes en exceso porque lo descubierto sea original. Tan solo ha de ser apropiado para tu campaña.

Un hallazgo es mucho más impresionante si los aventureros son los responsables de haberlo realizado. Si encuentran un mineral nuevo con propiedades mágicas, cartografían una tierra ignota apta para la colonización o descubren un arma ancestral con el poder de devastar el mundo, lo más probable es que pongan en marcha una cadena de eventos trascendentales. Esto da a los jugadores la oportunidad de ver de primera mano la influencia que sus actos tienen en tu mundo.

Decide el tipo de descubrimiento o utiliza la tabla "descubrimientos", que puede darte muchas ideas.

DESCUBRIMIENTOS

d10	Descubrimiento
1	Ruina antigua o ciudad perdida de una raza legendaria
2	Animal, monstruo o mutación mágicos
3	Invención, tecnología o magia (útil, destructiva)
4	Dios o entidad planar nuevos (u olvidados)
5	Artefacto o reliquia religiosa nuevos (o redescubiertos)
6	Tierra nueva (isla, continente, mundo perdido, semiplano)
7	Objeto extraterrestre (portal interplanar, nave espacial alienígena)
8	Pueblo (raza, tribu, civilización perdida, colonia)
9	Vegetal (hierba milagrosa, parásito fúngico, planta consciente)
10	Recurso o fuente de riqueza (oro, piedras preciosas, mithral)

Una vez determinado el tipo de descubrimiento, detállalo un poco decidiendo en qué consiste exactamente, quién es el descubridor y qué efectos podría provocar sobre el mundo. Lo ideal es que aventuras previas te permitan rellenar los huecos, pero también deberías tener presente lo siguiente:

- El descubrimiento beneficia a una persona, grupo o facción más que a los demás. ¿De quién o qué se trata? Nombra igualmente tres beneficios que obtendrá del descubrimiento.
- El hallazgo perjudica directamente a una persona, grupo o facción. ¿De quién o qué se trata?
- El descubrimiento trae consecuencias. Señala tres repercusiones o efectos secundarios. ¿Quién puede ignorar estas repercusiones?
- Indica dos o tres individuos o facciones que se disputan la posesión o el control del descubrimiento. ¿Cuál es más probable que se haga con la victoria? ¿Qué pueden obtener y qué están dispuestos a realizar para controlar el hallazgo?

9. Predicción, presagio o profecía

A veces el presagio de un evento trascendental acaba convirtiéndose en un evento trascendental en sí mismo, como una profecía que anticipa la caída de un imperio, la perdición de una raza o el fin del mundo. Quizá la predicción indique un cambio para bien, como la llegada de un héroe o mesías legendario. Sin embargo, las profecías más dramáticas advierten de tragedias futuras y predicen eras oscuras. A diferencia de otros sucesos trascendentales, en este el resultado final no se muestra inmediatamente. En lugar de eso, ciertos individuos y facciones buscan cumplir con la profecía, evitarla o controlar la forma exacta en la que esta va a manifestarse. Siempre pretendiendo cumplir sus propios intereses. Quienes quieren ayudar o impedir lo que está escrito pueden crear, mediante sus acciones, nuevos ganchos de aventura. Estos presagios deberían anticipar un evento importante y de gran escala, ya que necesitan cierto tiempo para cumplirse (o ser evitados).

Imagina que una profecía capaz de cambiar cómo el mundo ve la luz. Si todo sigue su curso actual, esta se cumplirá y, como resultado, el mundo dejará de ser el que era. No temas a la hora de hacer la profecía demasiado importante e inquietante. Ten en cuenta los puntos siguientes:

- Crea una profecía que prediga un cambio importante en tu mundo. Puedes diseñar una tú mismo, a partir de ideas que ya estén presentes en la campaña o determinando al azar un evento trascendental para luego detallarlo.
- Escribe una lista de al menos tres presagios que van a acontecer antes de que la profecía se cumpla. Puedes recurrir a eventos que ya hayan ocurrido en tu campaña, para que así el destino final esté más cerca de alcanzarse. El resto serán sucesos que pueden o no suceder, en función de los actos de los personajes.
- Describe a la persona o criatura que ha descubierto la profecía y cómo lo ha hecho. ¿Qué ganó revelándola al mundo? ¿Y qué perdió o tuvo que sacrificar?
- Describe al individuo o facción que apoya a la profecía y trabaja para que esta termine llegando a término. Haz lo propio con el individuo u organización que llevará a cabo todo lo que esté en su mano para impedirlo. ¿Cuál es el primer paso de cada uno? ¿Quién es víctima por sus esfuerzos?
- Una parte de la profecía es errónea. Escoge uno de los presagios que escribiste antes o uno de los detalles del evento trascendental que estos predicen. El presagio o detalle es falso y, en caso de ser posible, ocurre lo contrario.

10. Mito o leyenda

Clasificamos a las guerras, plagas, descubrimientos y sucesos similares como trascendentales, pero hay eventos míticos que incluso llegan a superarlos. Un suceso mítico podría desencadenarse obedeciendo a una profecía ancestral ya olvidada o como consecuencia de una intervención divina.

Como hemos comentado antes, lo más probable es que tu campaña posea algún tema o idea capaz de dar forma a este evento. Pero, si necesitas inspiración, tira 1d8 en la tabla "eventos trascendentales", en lugar del d10 que usarías normalmente. Desarrolla los puntos del suceso en cuestión, pero amplifica el resultado hasta la escala más grande que seas capaz de concebir.

El ascenso o caída de un líder o una era se transformaría en el nacimiento o muerte de un dios, o en el fin de una era global (o del propio mundo). Un cataclismo de este tipo podría tratarse de una inundación que afecte al mundo entero, una glaciación o un apocalipsis zombi. Un asalto o invasión se convertiría en una guerra mundial, una invasión demoníaca a nivel global, el despertar de un monstruo capaz de amenazar a todo el planeta o el combate final entre el bien y el mal. Las rebeliones a esta escala derrocan dioses y son capaces de encumbrar a un ser (como un señor demoníaco) a la categoría de deidad. Las nuevas organizaciones deberían ser imperios que se extienden por todo el globo o incluso panteones. Un descubrimiento de este calibre podría tratarse de un artefacto capaz de provocar el fin del mundo o un portal a dimensiones ultraterrenas, en las que moran horrores cósmicos inconmensurables.

Registrar el paso del tiempo

Un calendario te permitirá registrar el paso del tiempo en tu campaña. Y, lo que es más importante, te servirá para planear con antelación los eventos más críticos, los que darán forma al mundo. Si no quieres complicarte en exceso, utiliza un calendario del año actual en el mundo real. Escoge una fecha a partir de la cual dará comienzo la campaña y apunta los días que los aventureros pasan viajando o realizando cualquier otra actividad. Este calendario te indicará el momento en que cambian tanto las estaciones como el ciclo lunar. Además, podrás emplearlo para saber cuándo van a producirse festivales y fiestas importantes, así como los sucesos claves de tu campaña.

Este método es un buen punto de partida, pero el calendario de tu mundo no tiene por qué corresponderse con uno moderno del mundo real. Si quieres, puedes personalizarlo con algunos detalles únicos de tu mundo. Considera los aspectos que se explican a continuación.

Lo básico

El calendario de un mundo de fantasía no ha de ser similar al actual, pero podría darse el caso (la caja de texto "El calendario de Harptos" contiene un ejemplo de esto). ¿Poseen nombre cada una de las semanas dentro del mes? ¿Hay días con nombres específicos, como las calendas, las nonas y los idus de los romanos?

Ciclos físicos

Decide cuándo cambian las estaciones, siguiendo los solsticios y los equinoccios. ¿Se corresponden los meses con las fases de la luna (o las lunas)? ¿Ocurre algún efecto mágico o extraño al mismo tiempo que estos fenómenos?

Días de precepto y fiestas religiosas

Reparte unos cuantos días solemnes por el calendario. Cada deidad importante de tu mundo debería tener al menos un día sagrado al año. Además, en el caso de algunos dioses estas festividades coincidirán con fenómenos celestiales, como lunas nuevas o equinoccios. Los días sagrados representan el ámbito de cada divinidad (el dios de la agricultura será honrado durante la cosecha) o algún evento importante en la historia de sus fieles, como el nacimiento o muerte de un santo, la ocasión en la que el dios se manifestó, el ascenso del sumo sacerdote actual, y así.

Ciertos días sagrados son también fiestas ciudadanas, que todos los habitantes de la población en la que se encuentra el templo de la divinidad guardan. Los festivales de la cosecha suelen ser celebraciones a gran escala. Otros días de precepto solo son importantes para los más devotos de una deidad en particular. E incluso hay fiestas que solo los sacerdotes celebran, llevando a cabo rituales o sacrificios privados en el interior de sus templos en días u horas muy concretos. También existen festividades eminentemente locales, que solo los fieles de un templo en particular guardan.

Medita un poco sobre cómo los sacerdotes y el pueblo llano celebran los días sagrados. Acudir al templo, sentarse en un banco y escuchar un sermón no es la forma de adoración habitual en la mayoría de religiones fantásticas. Lo más normal es que los celebrantes ofrezcan sacrificios a sus dioses, ya sea trayendo reses al templo o quemando incienso. Los ciudadanos más pudientes entregan animales especialmente grandes, para así presumir de riquezas y demostrar a todos lo piadosos que son. Mucha gente hace libaciones sobre las tumbas de sus ancestros, pasan noches enteras de vigilia en santuarios en penumbra o disfrutan de festines opíparos para celebrar la munificencia de su deidad.

Celebraciones laicas

Los días sagrados representan la mayoría de las fiestas de casi todos los calendarios, pero eso no quiere decir que las celebraciones laicas no existan. El cumpleaños del monarca, el aniversario de una gran victoria, los festivales de artesanía, los días de mercado y otros eventos similares son una excusa perfecta para festejar.

Eventos fantásticos

Como tu campaña estará ambientada en un mundo de fantasía y no en una simple y mundana sociedad medieval, puedes añadir unos pocos eventos de naturaleza claramente mágica. Podrías, por ejemplo, decidir que un castillo fantasmal surge en cierta colina una vez al año, durante el solsticio de invierno. O quizá los licántropos experimenten un ansia de sangre especialmente intensa cada tres lunas llenas. Otra posibilidad es que la decimotercera noche de cada mes se aparezcan los nómadas fantasmales de una tribu olvidada hace mucho.

Los eventos extraordinarios, como el paso de un cometa o un eclipse lunar, son buenos ingredientes de aventuras. Además, puedes ponerlos en cualquiera de los días de tu calendario, ya que, aunque este te permita predecir cuándo van a producirse una luna llena o un eclipse, siempre puedes cambiar la fecha si te conviene.

Terminar una campaña

El final de una campaña debería atar todos los cabos sueltos que surgieron durante su comienzo y desarrollo, pero eso no quiere decir que los personajes tengan que llegar a nivel 20. Puedes darla por terminada cuando la historia alcance su final de forma natural.

Asegúrate de que dejas espacio y tiempo cerca del final de la campaña para que los personajes alcancen sus objetivos personales. Sus propias historias también merecen acabar de manera satisfactoria, al igual que la trama global. De hecho, lo ideal sería que algunos personajes consigan sus metas individuales al mismo tiempo que logren el objetivo

El calendario de Harptos

El mundo de los Reinos Olvidados se rige por el calendario de Harptos, que recibe su nombre del mago que lo inventó, fallecido hace mucho. Cada año, de 365 días, está dividido en doce meses de treinta días cada uno, que se corresponden aproximadamente con los del calendario gregoriano del mundo real. Cada mes está dividido en tres decanas. Hay cinco fiestas especiales que se sitúan entre algunos meses y marcan los cambios de estación. Además, otra festividad especial, la Cumbre del Escudo, se inserta en el calendario justo después del Estival, cada cuatro años. Es similar a los días que se añaden a los años bisiestos en nuestro calendario gregoriano.

Mes	Nombre	Nombre común
1	Martillo	El Pleno Invierno
Festividad anual: Hibernal.		
2	Alturiak	La Garra del Invierno
3	Ches	La Garra de los Ocasos
4	Tarsakh	La Garra de las Tormentas
Festividad anual: Verdor.		
5	Mirtul	El Deshielo
6	Kythorn	La Temporada de las Flores
7	Flamaregia	El Apogeo del Verano
Festividad anual: Estival.		
Festividad cada cuatro años: Cumbre del Escudo.		
8	Eleasias	La Solana
9	Eleint	El Marchito
Festividad anual: Buena Cosecha.		
10	Marpenoth	La Caduca
11	Uktar	El Podrido
Festividad anual: Festejo de la Luna.		
12	Noctal	La Retirada

final de la última aventura. Da a aquellos aventureros que posean tareas pendientes la oportunidad de terminarlas antes de que llegue el final definitivo.

Una vez finalizada una campaña, es el momento de empezar otra. Si vas a dirigírsela al mismo grupo de jugadores, usa los actos de sus anteriores personajes como base para mitos y leyendas, para que así se involucren con la campaña desde el primer momento. Permite que los aventureros recién creados experimenten los cambios que el mundo ha sufrido a consecuencia de las acciones de los personajes de la campaña anterior. Aunque, al final, no conviene olvidar que la campaña que ahora se inicia es una historia nueva, con protagonistas nuevos. No deberían tener que compartir el protagonismo con los héroes de antaño.

Estilo de juego

Al construir un mundo en el que jugar (o tomar otro que ya exista) y crear los eventos que darán el pistoletazo de salida a tu campaña, habrás determinado de qué va a tratar esta. Ahora te toca decidir cómo vas a dirigirla.

¿Cuál es la forma correcta de dirigir una campaña? Las respuesta a esta pregunta depende de tu estilo de juego y de las motivaciones de tus jugadores. Piensa en sus gustos, tus puntos fuertes como DM, las reglas que utilizaréis (esto se discute en la tercera parte) y el tipo de partida que quieres dirigir. Explica a los jugadores tu visión del juego y deja que ellos, a su vez, te den su opinión. Ten en cuenta que el juego también es de ellos. Sienta estas bases lo antes posible, para que así puedan tomar sus decisiones con conocimiento de causa y te ayuden a mantener el estilo de juego que quieres.

Fíjate en los siguientes dos estilos de juego, ambos exagerados para que sea más fácil ver los contrastes entre ambos.

Sajarraja

Los aventureros echan abajo a patadas la puerta de la mazmorra, luchan contra los monstruos y les quitan sus tesoros. Este estilo de juego es directo, divertido, emocionante y orientado a la acción. Los jugadores pasan comparativamente poco tiempo desarrollando sus alter egos, interpretando en escenas sin combate o discutiendo cualquier otra cosa que no sean los peligros más inmediatos que la mazmorra les plantea.

Un mundo que explorar

Durante una campaña, la mayor parte del tiempo los aventureros estarán viajando de un lugar a otro, explorando el terreno y aprendiendo sobre el mundo fantástico en el que habitan. Esta exploración puede llevarse a cabo en cualquier entorno, ya sea a campo abierto, en una mazmorra laberíntica, bajos los oscuros pasadizos del Underdark (*Infraoscuridad* en español), en las abarrotadas calles de una ciudad o sobre las ondulantes olas del océano. Encontrar la forma de sortear un obstáculo, hallar un objeto oculto, investigar un mecanismo extraño en una mazmorra, descifrar una pista, resolver un acertijo y sortear o desactivar una trampa son varios aspectos de la exploración.

En ocasiones, la exploración pasa a un segundo plano. Podrías, por poner un ejemplo, describir por encima un viaje sin importancia, diciendo a los jugadores que viajan por la carretera durante tres días, sin que ocurra nada. Así, les harías avanzar sin dilación hasta el siguiente punto de interés. Pero, otras veces, la exploración es lo más importante del juego; se trata de la oportunidad de describir una parte maravillosa del mundo o de la historia, de manera que ayude a los jugadores a sumergirse en la aventura. Por eso, deberías considerar poner el énfasis en la exploración, sobre todo si tus jugadores disfrutan resolviendo acertijos, encontrando la forma de evitar obstáculos o buscando puertas secretas en los corredores de una mazmorra.

En una partida como esta, los aventureros se enfrentan a monstruos y oponentes claramente malvados y, de vez en cuando, se encuentran con PNJ buenos que les ayudan. No esperes que los personajes mediten largo y tendido sobre qué hacer con los prisioneros o que debatan si hacen lo correcto al invadir y arrasar la guarida de unos osgos. No lleves la cuenta del dinero ni del tiempo que pasan en poblaciones. Una vez han terminado una tarea con éxito, manda a los personajes de vuelta a la acción lo antes posible. Los aventureros no necesitan más motivación que el deseo de matar monstruos y conseguir tesoros.

Sumergirse en la narración

Waterdeep se ve amenazada por una tormenta política. Los aventureros deben convencer a los Señores Enmascarados, los amos secretos de la ciudad, de que dejen a un lado sus diferencias. Pero solo podrán lograrlo si tanto los personajes como los señores reconcilian sus perspectivas y planes. Este estilo de juego es profundo, complejo y desafiante. El foco no está en el combate, sino en las negociaciones, los tejemanejes políticos y la interacción entre personajes. Es posible jugar una sesión entera sin realizar ni una sola tirada de ataque.

En este estilo de juego los PNJ son tan complejos y detallados como los propios aventureros, aunque este nivel de detalle se centra en sus motivaciones y personalidades, no en sus valores de juego. Asume que cada jugador explicará largo y tendido lo que hace su personaje y el porqué. Acudir a un templo a pedir consejo a un sacerdote puede ser un encuentro tan importante como un combate contra orcos. De hecho, no esperes que los personajes luchen contra los orcos si no tienen una buena razón para hacerlo. A veces, un aventurero ni siquiera llevará a cabo lo que su jugador consideraría más razonable, pues no sería "lo que su personaje haría".

Como el combate no es tan importante, las reglas del juego se echan a un lado para dejar paso al desarrollo de los personajes. Los modificadores a las pruebas de característica y las competencias con habilidades se vuelven más importantes que los bonificadores en combate. Ignora o cambia cualquier regla para que se adapte mejor a la interpretación de los personajes. No te cortes. Recurre a los consejos que aparecen en la tercera parte de este libro.

Un punto medio

El estilo de juego de la mayoría de las campañas se encuentra en un punto medio entre estos dos extremos. Hay acción a raudales, pero la campaña posee una trama continuada en el tiempo y la interacción entre personajes es importante. Los jugadores detallan las motivaciones de sus personajes, pero también ansían demostrar su valía en combate. Para mantener este equilibrio, lo mejor es utilizar una mezcla de encuentros de interpretación y de combate. Que estar en el interior de una mazmorra no te impida presentar PNJ que sirvan para algo más que para morir. Los aventureros podrían ayudarlos, negociar con ellos o simplemente hablarlos.

Para determinar mejor tu estilo de juego preferido, medita sobre las siguientes preguntas:

- ¿Te encantan el realismo, la crudeza y representar las terribles consecuencias de los actos de los personajes o prefieres que tu partida se parezca más a una película de acción?
- ¿Quieres que el juego dé una sensación de fantasía medieval o prefieres explorar líneas temporales alternativas y representar una forma de pensar más moderna?
- ¿Quieres que el tono de la partida sea serio o buscas el humor?
- Independientemente de la seriedad del juego, ¿prefieres que la acción sea desenfadada o intensa?

- ¿Te gusta recompensar la audacia o prefieres que los jugadores sean cautos y cuidadosos?
- ¿Prefieres tenerlo todo planeado de antemano o disfrutas improvisando sobre la marcha?
- ¿Está el juego lleno de la gran variedad de elementos que D&D puede ofrecer o se centra en un tema concreto, como el horror?
- ¿Es la partida para todos los públicos o, por el contrario, trata temas adultos?
- ¿Te sientes cómodo con la ambigüedad moral, permitiendo que los personajes exploren si el fin justifica o no los medios? A lo mejor prefieres un heroísmo más arquetípico, que sigue principios como la justicia, el sacrificio o el auxilio a los necesitados.

NOMBRES DE LOS PERSONAJES

Parte del estilo de tu campaña vendrá determinado por los nombres de los personajes. A este respecto, es buena idea definir unas cuantas normas básicas con tus jugadores antes de empezar. En un grupo formado por Sithis, Travok, Anastrianna y Kairon, el guerrero humano Pepe II va a desentonar demasiado, especialmente si el personaje es exactamente igual que Pepe I, que murió a manos de unos kobolds. No pasa absolutamente nada si todo el mundo escoge nombres a la ligera, pero si la mayoría de los jugadores prefieren tomarse a sus personajes, y por tanto sus nombres, un poco más en serio, pide al jugador que controla a Pepe que busque un nombre más apropiado.

Los nombres de los personajes jugadores deberían cuadrar unos con otros, tanto en estilo como en concepto. También tendrían que encajar en el mundo en el que se ambienta la campaña, es decir, con los nombres de los PNJ y lugares que crees. Travok y Kairon no querrán embarcarse en una misión para Lord Cupcake, visitar la Isla del Chicle o derrotar a un mago loco llamado Ramón.

CAMPAÑAS CONTINUAS O EPISÓDICAS

La columna vertebral de una campaña es siempre una serie de aventuras conectadas, pero puedes enlazarlas de dos formas distintas.

En una campaña continua, las aventuras comparten un propósito mayor o de un tema (o temas) recurrente. Quizá estas historias tengan los mismos villanos, formen parte de una gran conspiración o una sola mente maestra esté detrás de todas y cada una de ellas.

Las campañas continuas están diseñadas en torno a un tema y un arco argumental, de modo que transmiten la misma sensación que una historia épica de fantasía. Los jugadores se sienten satisfechos porque saben que sus actos en cada aventura afectan a las siguientes. Planear y dirigir una campaña de este tipo puede ser muy exigente para el DM, pero el resultado es una historia grandiosa y memorable.

Por contra, una campaña episódica es como una serie de televisión, en el sentido de que cada episodio es una historia autocontenida, que no forma parte de una historia que las abarca a todas. Puede estar construida sobre una premisa que explica esta circunstancia: quizá los personajes sean aventureros que se venden al mejor postor o exploradores que se internan en lo desconocido, enfrentándose a peligros que no están conectados entre sí. Tal vez incluso sean arqueólogos, que se adentran en ruinas en busca de artefactos. Este estilo de juego te permite crear aventuras (o comprarlas ya hechas) e incorporarlas a tu campaña sin tener que preocuparte de que casen con las que se jugaron antes o están por venir.

TEMA DE LA CAMPAÑA

El tema de una campaña expresa, al igual que en las obras literarias, el mensaje subyacente tras la historia y los elementos de la experiencia humana que esta ha decidido explorar. Tu campaña no tiene por qué ser digna de una novela, pero sí beber de una serie de temas comunes que le den un sabor especial a sus historias. Fíjate en estos ejemplos:

- Una campaña que toque el tema de la inevitabilidad de la muerte, ya sea a través del fallecimiento de seres queridos o la presencia de muertos vivientes.
- Una campaña que gire en torno a un mal insidioso, ya sean dioses oscuros, razas monstruosas como los yuan-tis o criaturas de reinos desconocidos, ajenas a los problemas de los mortales. Al enfrentarse a este mal, los personajes deberán combatir también las tendencias frías y egoístas de sus propios congéneres.
- Una campaña protagonizada por héroes afligidos, que no solo deben combatir el salvajismo de los seres que acechan por el mundo, sino también la bestia que llevan dentro de sí mismos: la rabia y la furia que yace en sus propios corazones.
- Una campaña que explore el deseo insaciable de poder y dominación, ya sea a través de los amos de los Nueve Infiernos o de gobernantes humanoides que aspiran a conquistar el mundo.

A partir de un tema como "enfrentarse a la mortalidad" puedes construir un enorme abanico de aventuras, que no tienen por qué estar protagonizadas por el mismo villano. En una de ellas los monstruos podrían surgir de sus tumbas y amenazar a todo un pueblo. En la siguiente, quizá un mago enloquecido haya creado un gólem de carne, con la vana esperanza de resucitar a su amor perdido. Ciertos villanos son capaces de llegar muy lejos en aras de conseguir la inmortalidad, de evitar su propio destino final. Los personajes podrían ayudar a un fantasma a aceptar su muerte y pasar página, ¡o quizá sea uno de los aventureros el que acabe convertido en un fantasma!

VARIACIONES SOBRE UN TEMA

Mezclar ideas distintas de vez en cuando es interesante, pues permitirá a tus jugadores disfrutar de aventuras muy variadas. Incluso una campaña muy centrada en un tema concreto puede desviarse un poco algunas veces. Aunque tu campaña esté protagonizada por la intriga, el misterio y la interpretación, tal vez tus jugadores agradezcan alguna mazmorra de tanto en cuanto, sobre todo si esta tiene relación con la trama principal de la campaña. Y lo contrario también es cierto: si tus aventuras suelen ser expediciones a mazmorras, cambia de tercio recurriendo a una historia de misterio ambientada en una ciudad que, eso sí, conduzca al grupo a una mazmorra (como una torre o edificio abandonado). Si diriges aventuras de terror semana sí, semana también, intenta utilizar un villano que resulte ser normal, cómico incluso. El alivio cómico es una variación excelente que puede aplicarse a casi cualquier campaña de D&D, aunque suelen ser los propios jugadores los que lo proporcionan.

ESCALONES DE JUEGO

Según vaya aumentado el poder de los aventureros, también crecerá su capacidad para cambiar el mundo que los rodea. Es bueno tener esto presente cuando crees tu campaña. Como los personajes causarán un impacto mayor en su entorno, también acabarán enfrentándose a enemigos más peligrosos, tanto si quieren como si no. Las facciones más poderosas los percibirán como una amenaza y conspirarán para eliminarlos. Por su parte, los grupos de poder más amistosos intentarán ganarse su favor o forjar una alianza.

Los escalones de juego representan los momentos ideales para introducir nuevos eventos trascendentales en la campaña. Cuando los personajes logren ocuparse de uno de ellos, surgirá un peligro nuevo o la amenaza ya existente se transformará, respondiendo a los actos de los aventureros. Al ir aumentando el poder de los personajes, estos sucesos deberán crecer en magnitud y alcance, volviéndose más dramáticos y haciendo que lo que está en juego sea cada vez más importante.

Esta estrategia te permitirá dividir tu campaña en bloques más pequeños. Diseña material (como aventuras, PNJ, mapas, etc.) para un escalón en concreto. Solo tendrás que preocuparte de los detalles del escalón siguiente cuando los personajes se aproximen a él. Además, lo normal es que, como consecuencia de las acciones de los jugadores, la campaña cambie de formas inesperadas. Si sigues este sistema, no tendrás que rehacer mucho trabajo.

NIVELES 1-4: HÉROES LOCALES

Los personajes de este escalón aún están aprendiendo el abanico de rasgos de clase que los definen (elección de especialización incluida). Pero incluso los aventureros de nivel 1 son héroes, que destacan por encima del común de los mortales debido a sus aptitudes naturales, habilidades aprendidas y los indicios de que un destino superior les aguarda.

Al principio de sus carreras, los personajes utilizarán conjuros de los primeros dos niveles y equipo mundano. Los objetos mágicos con los que se encontrarán serán consumibles comunes (pociones o pergaminos) y unos pocos objetos permanentes infrecuentes. Sus poderes mágicos pueden tener un impacto enorme en un encuentro concreto, pero no serán capaces de cambiar el curso de una aventura.

El destino de una aldea podría descansar sobre los hombros de los aventureros de niveles bajos, que se ven obligados a confiar sus vidas a sus capacidades, todavía no desarrolladas del todo. Estos personajes se abren paso por terreno peligroso y exploran criptas encantadas, en las que probablemente hallen salvajes orcos, feroces lobos, arañas gigantes, sectarios malvados, gules sedientos de sangre y matones a sueldo. Si se encuentran con un dragón harían bien en salir corriendo, por muy joven que sea la criatura.

NIVELES 5-10: DEFENSORES DEL REINO

Para cuando alcanzan este escalón, los aventureros ya han dominado los aspectos básicos de su clase, aunque continúan mejorándolos a lo largo de estos niveles. Han hallado su lugar en el mundo y comienzan a relacionarse con los peligros que les rodean.

Los lanzadores de conjuros que se centran en su disciplina mágica pueden lanzar conjuros de nivel 3 en cuanto alcanzan este escalón. De repente, los personajes pueden volar, dañar a una gran cantidad de enemigos con una *bola de fuego* o un *relámpago* e incluso *respirar bajo el agua*. Al final de este escalón ya dominan los conjuros de nivel 5. Ciertos conjuros, como *círculo de teletransportación*, *escudriñar*, *golpe flamígero*, *conocer las leyendas* y *alzar a los muertos*, pueden tener un impacto muy significativo en sus aventuras. Ya comienzan a adquirir objetos mágicos más permanentes (infrecuentes y raros), que les serán útiles durante el resto de su carrera como aventureros.

El destino de una región podría depender de las aventuras que llevan a cabo un grupo de personajes de niveles 5 a 10. Estos aventureros se adentran en tierras salvajes y ruinas ancestrales, lugares en los que se enfrentan a brutales gigantes, feroces hidras, gólems incapaces de conocer el miedo, malvados yuan-tis, diablos manipuladores, demonios ansiosos de probar la sangre, arteros azotamentes y asesinos drows. Quizá sean capaces de derrotar a un dragón pequeño, que se haya establecido en una guarida pero que aún no sea capaz de influenciar un territorio muy grande.

NIVELES 11-16: AMOS DEL REINO

Para cuando llegan a nivel 11, los personajes son ejemplos deslumbrantes de valor y determinación; auténticos parangones que están muy por encima de la mayoría de la gente. En este escalón, los aventureros son mucho más versátiles que a niveles bajos, lo que les permite encontrar la herramienta adecuada para enfrentarse a casi cualquier problema.

A nivel 11, muchos lanzadores de conjuros obtienen la capacidad de lanzar conjuros de nivel 6, algunos de los cuales pueden cambiar radicalmente su relación con el mundo. Sus poderes mágicos más grandes y llamativos son determinantes en combate: *desintegrar*, *barrera de cuchillas* y *curar*, por ejemplo. Pero otros conjuros más sutiles, como *palabra de regreso*, *encontrar el camino*, *contingencia*, *teletransporte* y *visión veraz*, cambian la forma en la que los jugadores afrontan a las aventuras. Cada nivel de conjuros por encima de este incluye efectos nuevos, que tienen un impacto igual de grande. Los aventureros hallarán objetos mágicos raros (y muy raros) que les otorgarán facultades igual de poderosas.

El destino de una nación, o quizá incluso del mundo, depende de las cruciales misiones en las que se embarcan los personajes. Exploran territorios ignotos y se internan en mazmorras olvidadas tiempo ha, en las que se ponen a prueba contra hambrientos gusanos púrpuras y los terribles intelectos de los Planos Inferiores (como los astutos rakshasas o los malignos contempladores). Podrían encontrarse, e incluso derrotar, a un poderoso dragón adulto, ya establecido en su guarida; sin duda una presencia importante en el mundo.

En este escalón, los aventureros dejarán su marca en la historia de muchas formas distintas, no solo a través de sus hazañas, sino también al gastar los tesoros que han obtenido y sacar partido a sus reputaciones. Los personajes de este nivel construyen fortalezas en tierras que les han sido otorgadas por los señores locales; fundan gremios, templos y órdenes marciales; acogen a aprendices o estudiantes; negocian la paz entre naciones o las conducen a la guerra; y, por último, su formidable popularidad atrae la atención de enemigos muy poderosos.

NIVELES 17-20: AMOS DEL MUNDO

A nivel 17, los personajes ya poseen capacidades superheroicas, por lo que sus hazañas y aventuras se han convertido en leyendas. La gente común no puede ni siquiera soñar con alcanzar estos niveles de poder o enfrentarse a peligros tan terribles.

Los lanzadores de conjuros especializados que llegan a este escalón pueden utilizar los increíblemente poderosos conjuros de nivel 9, como *deseo*, *portal*, *tormenta de la venganza* o *proyección astral*. Los personajes tendrán a su disposición varios objetos mágicos raros y muy raros e, incluso, empezarán a descubrir objetos legendarios, como una *espada vorpal* o un *bastón de los magos*.

A estos niveles, las aventuras tienen consecuencias trascendentales, llegando incluso a afectar a los destinos de millones de almas, tanto en el Plano Material como en lugares más allá de este. Los personajes viajan a través de reinos ultraterrenos y exploran semiplanos y otras localizaciones extraplanares. Combaten contra balors, titanes, archidiablos, liches, archimagos y hasta los avatares de los propios dioses. Los dragones con los que se encuentran son seres de un poder tremendo: los que aún duermen preocupan a reinos enteros y los que han despertado amenazan la propia existencia.

Los personajes que llegan a nivel 20 han alcanzado el pináculo de lo que un mortal es capaz de lograr. Sus gestas serán registradas en los anales de la historia y narradas por los bardos durante siglos. Ha llegado la hora de sus destinos últimos. Un clérigo podría ser recibido en los cielos para servir como la mano derecha de su dios. Quizá un brujo se convierta en el patrón de otros como él. Es posible que un mago descubra los secretos de la inmortalidad (o la muerte en vida) y dedique eones a explorar los confines más remotos del multiverso. Un druida podría hacerse uno con la tierra, transformándose en un espíritu de la naturaleza, que encarna un lugar o un aspecto concreto del mundo natural. En cuanto al resto de personajes, podrían fundar clanes o dinastías que veneren el recuerdo de sus honorables ancestros generación tras generación, crear obras maestras de literatura épica que sean cantadas una y otra vez durante miles de años u establecer gremios u órdenes que mantengan vivos sus principios y aspiraciones.

Llegar a este punto no implica necesariamente que la campaña deba terminar. Estos personajes, increíblemente poderosos, podrían ser llamados a embarcarse en grandes aventuras a nivel cósmico. Como resultado de estas hazañas, sus capacidades podrían continuar creciendo. No obtendrán más niveles a partir de este punto, pero todavía pueden avanzar de otras formas y seguir llevando a cabo gestas épicas que resonarán por todo el multiverso. El capítulo 7 contiene varios dones épicos que puedes utilizar como recompensas para que estos aventureros sigan teniendo una sensación de progreso.

EMPEZAR A NIVELES SUPERIORES

Los jugadores más expertos, que quizá estén familiarizados con las clases de personaje y quieran vivir grandes aventuras cuanto antes, podrían abrazar la idea de empezar una campaña con personajes de nivel superior a 1. Para crear un personaje de nivel más alto puedes emplear los mismos pasos que se indican en el *Player's Handbook*. Dicho personaje tendrá más puntos de golpe, rasgos de clase y conjuros y probablemente empiece con mejor equipo.

Qué equipo inicial posean los personajes de nivel superior a 1 queda a tu discreción, ya que eres el que decide a qué ritmo reciben tesoros los aventureros. Dicho esto, puedes utilizar la tabla "equipo inicial" como guía.

ESTILOS DE FANTASÍA

DUNGEONS & DRAGONS es un juego de fantasía, pero esta es una categoría muy amplia, que abarca una amplia variedad de subgéneros. Por tanto, existe un gran número de estilos de fantasía, presentes tanto en la ficción como el cine. ¿Quieres jugar una campaña terrorífica, inspirada en las obras de H. P. Lovecraft o Clark Ashton Smith? ¿O visualizas un mundo repleto de musculosos bárbaros y ágiles ladrones, que beba de los clásicos de la espada y brujería escritos por Robert E. Howard y Fritz Leiber? Tu elección puede tener un impacto importante en la campaña.

FANTASÍA HEROICA

La fantasía heroica es el género por defecto, el que asumen las reglas de D&D. El *Player's Handbook* describe este estilo: una miríada de razas humanoides coexisten junto a los humanos en mundos de fantasía. Los aventureros recurren a poderes mágicos para derrotar a las monstruosas amenazas con las que se enfrentan. Estos personajes suelen provenir de trasfondos mundanos, pero algo les ha empujado a una vida de aventuras. Los aventureros son los "héroes" de la campaña, pero es posible que su comportamiento no sea precisamente heroico, sino que se limiten a vivir persiguiendo sus razones egoístas. La tecnología y la sociedad están basadas en normas medievales, aunque la cultura no tiene por qué ser necesariamente europea. Las campañas tienden a girar en torno a la exploración de mazmorras antiguas, ya sea en busca de tesoros o para derrotar a monstruos o villanos.

Este género también es muy común en la literatura fantástica. La mayoría de las novelas ambientadas en los Reinos Olvidados pueden ser categorizadas como fantasía heroica y siguen el camino marcado por muchos de los autores que aparecen listados en el apéndice E del *Player's Handbook*.

ESPADA Y BRUJERÍA

Un guerrero adusto y corpulento destripa al sumo sacerdote del dios serpiente sobre su propio altar. Una pícara risueña malgasta su botín, adquirido mediante malas artes, emborrachándose con vino barato en sucias tabernas. Aventureros duros y recios se aventuran en una selva inexplorada, pues buscan la legendaria Ciudad de las Máscaras Doradas.

EQUIPO INICIAL

Nivel del personaje	Campaña con poca magia	Campaña estándar	Campaña con mucha magia
1–4	Equipo inicial normal	Equipo inicial normal	Equipo inicial normal
5–10	500 po y 1d10 × 25 po, equipo inicial normal	500 po y 1d10 × 25 po, equipo inicial normal	500 po y 1d10 × 25 po, un objeto mágico infrecuente, equipo inicial normal
11–16	5.000 po y 1d10 × 250 po, un objeto mágico infrecuente, equipo inicial normal	5.000 po y 1d10 × 250 po, dos objetos mágicos infrecuentes, equipo inicial normal	5.000 po y 1d10 × 250 po, tres objetos mágicos infrecuentes, un objeto mágico raro, equipo inicial normal
17–20	20.000 po y 1d10 × 250 po, dos objetos mágicos infrecuentes, equipo inicial normal	20.000 po y 1d10 × 250 po, dos objetos mágicos infrecuentes, un objeto mágico raro, equipo inicial normal	20.000 po y 1d10 × 250 po, tres objetos mágicos infrecuentes, dos objetos mágicos raros, un objeto mágico muy raro, equipo inicial normal

Las campañas de espada y brujería emulan ciertas historias clásicas de la literatura fantástica. Es una tradición que se remonta a las mismas raíces del juego. En ellas encontrarás mundos crueles y oscuros, poblados por hechiceros malvados y ciudades decadentes. Sus protagonistas no actúan movidos por un deseo altruista de hacer el bien, sino por la codicia y el propio interés. Los personajes guerreros, pícaros y bárbaros suelen ser mucho más comunes que los magos, los clérigos o los paladines. En las ambientaciones de fantasía "pulp" como esta, aquellos capaces de utilizar la magia simbolizan la decadencia y corrupción de la civilización. Por ello, los magos son los villanos más típicos de estos mundos. Además, los objetos mágicos son raros y, a menudo, peligrosos.

Ciertas novelas de DUNGEONS & DRAGONS se inspiran en las obras de espada y brujería clásicas. El mundo de Athas (que aparece en las novelas y otros productos del Sol Oscuro), habitado por heroicos gladiadores y despóticos reyes-hechiceros, encaja en este género como anillo al dedo.

FANTASÍA ÉPICA

Una paladina devota, protegida por su brillante armadura, agarra con fuerza su lanza mientras carga contra un dragón. Despidiéndose del amor de su vida, un noble mago se embarca en una misión que le llevará a clausurar un portal a los Nueve Infiernos que se ha abierto en los confines del mundo. Un grupo de amigos leales lucha para sobreponerse a las fuerzas de un tirano.

Las campañas de fantasía épica enfatizan el conflicto entre el bien y el mal. Este elemento suele ser central en ellas y los aventureros tienden a encuadrarse en el bando del bien. Estos personajes son héroes en el sentido más estricto de la palabra, pues les motiva un propósito mayor en lugar de la ambición o un anhelo personal. Además, se enfrentan a peligros increíbles sin pestañear. Los aventureros podrían sufrir ante dilemas morales, y no solo luchan contra el mal que amenaza el mundo, sino también contra las tendencias malignas que ellos mismos albergan en su interior. Las historias de estas campañas tienden a incluir también algún toque de romanticismo: amoríos trágicos entre amantes desafortunados, pasiones que trascienden la propia muerte o una casta adoración entre caballeros devotos y los monarcas o nobles a los que sirven.

Las novelas de la saga de la Dragonlance son ejemplo de la relación de D&D con la fantasía épica.

FANTASÍA MÍTICA

Mientras un dios iracundo trata de destruirle, un pícaro astuto, superviviente de una guerra, lleva a cabo un largo viaje que le devolverá a su hogar. Enfrentándose a los terroríficos guardianes del Inframundo, una noble guerrera se adentra en la oscuridad para recuperar el alma de su amor perdido. Apelando a su linaje divino, un grupo de semidioses ejecuta doce trabajos, que les permitirán conseguir la bendición de los dioses para otros mortales.

Una campaña de fantasía mítica se inspira en los temas e historias de los mitos y leyendas de la Antigüedad, desde Gilgamesh hasta Cú Chulainn. Los aventureros intentarán llevar a cabo gestas legendarias, ya sea ayudados u obstaculizados por los dioses o sus agentes. Quizá incluso posean sangre divina corriendo por sus propias venas. Los monstruos y villanos a los que se enfrentan probablemente tengan un origen similar. El minotauro de la mazmorra no será un simple humanoide con cabeza de toro, sino *el* Minotauro: la desdichada prole producto de los amoríos de un dios. Las aventuras podrían conducir a los héroes, a través de una serie de pruebas, a los reinos de los dioses, en los que buscarán un regalo o favor.

Estas campañas pueden beber de las tradiciones y leyendas de cualquier cultura, no solo de los mitos griegos a los que estamos tan acostumbrados.

FANTASÍA OSCURA

Los vampiros merodean por las almenas de sus castillos malditos. En oscuras mazmorras, los nigromantes se afanan en crear horribles siervos, confeccionados a partir de carne muerta. Los diablos corrompen a los inocentes y los hombres lobo acechan durante la noche. La conjunción de todos estos elementos evoca los aspectos más terroríficos del género fantástico.

Si quieres darle un aire de horror a tu campaña, dispones de abundante material en el que inspirarte. El *Monster Manual* está lleno de criaturas más que adecuadas para una historia centrada en el terror sobrenatural. Sin embargo, el elemento más importante de una campaña de este tipo no es algo que cubran las reglas. Una ambientación de fantasía oscura precisa de una atmósfera de pavor creciente, creada a partir de un adecuado control del ritmo y descripciones evocadoras. Tus jugadores también deben poner de su parte; tienen que estar dispuestos a abrazar el ambiente que buscas evocar. Tanto si quieres dirigir una campaña de fantasía oscura entera, como si simplemente deseas jugar una aventura más inquietante de lo normal, deberías hablarlo antes con los jugadores, para asegurarte de que están de acuerdo. El horror puede ser algo muy intenso y personal, y no todo el mundo se siente cómodo con una partida de este género.

Las novelas y otros productos ambientados en Ravenloft, el Semiplano del Terror, explora elementos de fantasía oscura dentro del contexto de D&D.

INTRIGA

El corrupto visir conspira junto a la hija mayor del barón para asesinar a este último. Un ejército hobgoblin envía a espías doppelgangers para que se infiltren en la ciudad antes de invadirla. En el salón de la embajada, el espía oculto en la corte real contacta con su patrón.

Las maniobras políticas, el espionaje, los sabotajes y otras actividades de intriga y misterio pueden ser la base de una emocionante campaña. En este tipo de partida, los personajes podrían estar más interesados en entrenar habilidades y conseguir contactos que en obtener conjuros de ataque o armas mágicas. La interpretación y las interacciones sociales cobran una importancia mayor que el combate y cabe la posibilidad de que juguéis varias sesiones sin que el grupo se cruce con un monstruo.

Una vez más, asegúrate de que tus jugadores saben con antelación que quieres dirigir este tipo de campaña. De lo contrario, alguno de ellos podría crearse un paladín enano enfocado a la defensa, para luego darse cuenta de que no pinta nada entre tanto embajador semielfo y espía tiefling.

La serie de novelas *Brimstone Angels*, de Erin M. Evans, se centra en la intriga en los Reinos Olvidados, desde las traicioneras maniobras políticas de los Nueve Infiernos hasta el problema de sucesión en la realeza de Cormyr.

MISTERIO

¿Quién ha robado las tres legendarias armas mágicas y las ha escondido en una mazmorra remota dejando tan solo una enigmática pista que apunta a su ubicación? ¿Quién ha sumergido al duque en un sueño mágico y qué se puede hacer para despertarlo? ¿Quién asesinó al líder gremial y cómo consiguió el asesino acceder a las cámaras acorazadas del gremio?

Una campaña centrada en el misterio obligará a los personajes a asumir el papel de investigadores. Quizá tengan que viajar de pueblo en pueblo, resolviendo casos difíciles, de los que las autoridades locales son incapaces de ocuparse. Las campañas de este género ponen el énfasis en los acertijos y la resolución de problemas, y no solo en la pericia en combate.

Un misterio particularmente relevante podría ser el pistoletazo de salida de la propia campaña. ¿Por qué alguien ha matado al mentor de los personajes, forzándoles a seguir la senda del aventurero? ¿Quién controla realmente al Culto de la Mano Roja? En estos casos, los aventureros deberán ir descubriendo las pistas de este misterio mayor poco a poco; es posible que muchas aventuras solo se relacionen con este de forma tangencial. Una dieta compuesta exclusivamente de acertijos puede acabar siendo frustrante, así que asegúrate de intercalar varios tipos de encuentros.

Las novelas de algunas ambientaciones de D&D han explorado el género de misterio, pero dándole un toque de fantasía. Más concretamente, las novelas *Murder in Cormyr* (de Chet Williamson), *Murder in Halruaa* (de Richard S. Meyers) y *Spellstorm* (de Ed Greenwood) son misterios ambientados en los Reinos Olvidados. *Asesinato en Tarsis* (de John Maddox Roberts) hace lo propio con Dragonlance.

CAPA Y ESPADA

Marineros armados con estoques rechazan a unos sahuagins que les han abordado. Unos gules acechan en navíos abandonados, esperando la oportunidad de devorar a cazadores de tesoros. Un pícaro galante y una paladina encantadora se mueven como pez en el agua entre intrigas palaciegas, para después saltar desde un balcón hasta unos caballos, que les esperan justo debajo.

Las aventuras de capa y espada, protagonizadas por piratas y mosqueteros, son una oportunidad fantástica de crear una campaña muy dinámica. Estos personajes suelen pasar más tiempo en ciudades, cortes reales y a bordo de barcos que en mazmorras, por lo que las habilidades que les permitan relacionarse con los demás serán más valiosas (aunque no llega a los extremos de una campaña totalmente centrada en la intriga). No obstante, sigue siendo posible que los héroes acaben en mazmorras tradicionales, como cuando registran las alcantarillas que se encuentran bajo el palacio en busca de la cámara secreta del duque.

Un ejemplo paradigmático de pícaro de capa y espada en los Reinos Olvidados es Jack Ravenwild, que aparecen en novelas de Richard Baker *City of Ravens* y *Prince of Ravens*.

GUERRA

Un ejército hobgoblin marcha hacia la ciudad, acompañado de elefantes y gigantes capaces de derribar sus muros y fortificaciones. Los dragones sobrevuelan la horda bárbara, desperdigando a sus enemigos mientras los furiosos guerreros aprovechan la ocasión para dejar huella en campos y bosques por igual. Las salamandras se reúnen bajo las órdenes de los ifrits, dispuestas a asaltar una fortaleza astral.

La guerra en los mundos de fantasía proporciona incontables oportunidades de aventura. Una campaña bélica no suele enfocarse en los movimientos de tropas, sino en los héroes y sus acciones, con las que cambian el curso de las batallas. Los personajes ejecutan misiones concretas: capturar un estandarte mágico que dota de energías a los ejércitos de muertos vivientes, reunir a los refuerzos necesarios para romper un asedio o abrirse paso a través del flanco enemigo para alcanzar a un comandante demoníaco. En otras situaciones, el grupo apoya al ejército principal manteniendo el control sobre una localización estratégica hasta que puedan llegar refuerzos, acabando con exploradores enemigos antes de que puedan informar de sus hallazgos o interrumpiendo las cadenas de suministros. La recopilación de información o las misiones diplomáticas pueden servir para complementar las aventuras más orientadas al combate.

La Guerra de la Lanza (de las Crónicas de la Dragonlance) o la Guerra de la Reina Araña (que aparece en las novelas del mismo nombre) son dos ejemplos prototípicos de novelas bélicas de D&D.

WUXIA

Cuando una sensei desaparece misteriosamente, sus estudiantes deben ocupar su lugar y cazar al oni que aterroriza la aldea. Héroes consumados, maestros de sus respectivas artes marciales, vuelven al hogar tras liberarlo de un malvado señor de la guerra hobgoblin. El maestro rakshasa de un monasterio cercano ejecuta rituales que despiertan a fantasmas afligidos, perturbando su descanso.

Las campañas que beben de los tópicos de las películas de artes marciales asiáticas casan perfectamente con D&D. Los jugadores pueden elegir el aspecto y equipo que prefieran para sus personajes, por lo que estos pueden adaptarse sin problemas a la campaña. De la misma forma, los conjuros solo necesitan pequeños cambios cosméticos para reflejar la idiosincrasia de la ambientación. Así, podéis interpretar los conjuros o aptitudes especiales que permitan a los personajes teletransportarse distancias cortas como saltos acrobáticos. Las pruebas de característica para trepar ya no representarán los esfuerzos del aventurero por encontrar asideros, sino su capacidad para brincar entre paredes o árboles. Siguiendo con este espíritu, los guerreros aturden a sus oponentes golpeando puntos de presión. Piensa que, aunque las descripciones elaboradas no cambian ni un ápice las reglas del juego, sí que afectan profundamente a las sensaciones que transmite la campaña.

De igual forma, las clases no precisan reglas nuevas para reflejar otras influencias culturales; un cambio de nombre suele ser suficiente. Un paladín que empuñara una espada llamada Juramento de Venganza podría ser perfectamente el héroe de un wuxia chino, mientras que una samurái japonesa podría estar representada mediante una paladina con un Juramento de Entrega específico (el *bushido*) que incluye la lealtad a su señor (*daimyo*) entre sus principios. Un ninja sería un monje que siga el Camino de la Sombra. Aunque reciba el nombre de wu jen, tsukai o swami, un mago, hechicero o brujo encaja perfectamente dentro de una ambientación inspirada por las culturas asiáticas del medievo.

NOMBRES DE ARMAS PARA WUXIA

Si logras que los jugadores de una campaña wuxia hablen de un *tetsubo* o una *katana* en lugar de un garrote grande o una espada larga, conseguirás dar un toque mucho más especial a la ambientación. La tabla "nombres de armas para wuxia" contiene una lista de nombres alternativos para las armas más comunes del *Player's Handbook*. También indica de qué cultura del mundo real proviene el nombre. Este cambio de nombre no modifica ninguna de las propiedades de las armas, que aparecen descritas en el *Player's Handbook*.

CRUZAR LOS RAYOS

El famoso paladín Murlynd, del mundo de Oerth (que aparece en las novelas y otros productos de Falcongrís) viste con el atuendo típico del viejo oeste de la Tierra y lleva un par de revólveres colgando de su cinturón. La Maza de San Cuthbert, un arma sagrada que pertenece al dios de la justicia de Falcongrís, llegó al Museo de Victoria y Alberto de Londres en el año 1985. Se dice que en algún punto de los Picos Barrera, en Oerth, descansan los restos de una nave espacial, repleta de extrañas formas de vida alienígenas y objetos tecnológicamente avanzados. De hecho, corren rumores de que el famoso mago Elminster de los Reinos Olvidados se deja ver de tanto en cuando por la cocina del escritor canadiense Ed Greenwood. Es más, suele reunirse allí con otros magos, provenientes de los mundos de Oerth y Krynn (donde se ambienta la saga de Dragonlance).

Los géneros de la ciencia ficción y la ciencia ficción fantástica están profundamente imbricados en las raíces de D&D, así que tu campaña puede beber también de estas fuentes. No pasa nada si los personajes llegan al País de las Maravillas de Lewis Carroll tras atravesar un espejo mágico, pilotan una nave que viaja entre las estrellas, o habitan en un mundo del futuro lejano en el que los proyectiles mágicos coexisten con las pistolas láser. Las posibilidades son infinitas. El capítulo 9, "Taller del Dungeon Master", te proporciona las herramientas necesarias para dar rienda suelta a estas posibilidades.

NOMBRES DE ARMAS PARA WUXIA

Arma	Otros nombres (cultura)
Alabarda	*Ji* (China); *kamayari* (Japón).
Arco corto	*Hankyu* (Japón)
Arco largo	*Daikyu* (Japón)
Bastón	*Gun* (China); *bo* (Japón).
Cimitarra	*Liuyedao* (China); *wakizashi* (Japón).
Daga	*Bishou, tamo* (China); *kozuka, tanto* (Japón).
Dardo	*Shuriken* (Japón)
Espada corta	*Shuangdao* (China)
Espada larga	*Jian* (China); *katana* (Japón).
Espadón	*Changdao* (China); *nodachi* (Japón).
Flagelo	*Nunchaku* (Japón)
Garrote	*Bian* (China); *tonfa* (Japón).
Garrote grande	*Tetsubo* (Japón)
Guja	*Guandao* (China); *bisento, naginata* (Japón).
Hacha de guerra	*Fu* (China); *masakari* (Japón).
Hacha de mano	*Ono* (Japón)
Hoz	*Kama* (Japón)
Jabalina	*Mau* (China); *uchi–ne* (Japón).
Lanza	*Qiang* (China); *yari* (Japón).
Lanza de caballería	*Umayari* (Japón)
Maza	*Chui* (China); *kanabo* (Japón).
Pica	*Mao* (China); *nagaeyari* (Japón).
Pico de guerra	*Fang* (China); *kuwa* (Japón).
Tridente	*Cha* (China); *magariyari* (Japón).

Capítulo 2: Crear un multiverso

UANDO LOS AVENTUREROS ALCANCEN LOS NIVELES más altos, sus hazañas empezarán a desarrollarse en otras dimensiones: los planos de existencia que forman el multiverso. Los personajes podrían verse obligados a internarse en las terroríficas profundidades del Abismo para rescatar a un amigo o a navegar por las brillantes aguas del río Océano. Quizá tengan la oportunidad de brindar con cerveza junto a los gigantes de Ysgard o deban enfrentarse al caos del Limbo para poder contactar con un agostado sabio githzerai.

Los planos de la existencia desafían los límites de lo extraño y suelen ser entornos peligrosos. Sus localizaciones más estrambóticas son lugares imposibles de imaginar en el mundo natural. Las aventuras en los planos presentan peligros y maravillas sin precedentes. Los aventureros caminarán por calles construidas a partir de fuego sólido o pondrán a prueba su valía en un campo de batalla en el que los caídos son resucitados tras cada amanecer.

Los planos

Los diversos planos de existencia son reinos de mitos y misterio. No se trata simplemente otros mundos, sino dimensiones formadas y gobernadas por principios espirituales y elementales.

Los Planos Exteriores son reinos de espiritualidad y pensamiento. En estas esferas moran los celestiales, infernales y dioses. El plano del Elíseo, por poner un ejemplo, no es sencillamente un lugar en el que habitan criaturas bondadosas, como tampoco es únicamente la tierra a la que los espíritus de los que vivieron haciendo el bien viajan al morir. Se trata del plano de la bondad, un reino espiritual en el que el mal no puede florecer. Es tanto un estado del ser y de la mente como una ubicación física.

Los Planos Interiores ejemplifican la esencia física y la naturaleza elemental del aire, la tierra, el fuego y el agua. Así, el Plano Elemental del Fuego encarna la esencia de este elemento. Toda su sustancia está bañada en la naturaleza fundamental del fuego: energía, pasión, transformación y destrucción. Incluso los objetos de bronce y basalto sólidos parecen danzar al ritmo de una llama, convirtiéndose en una manifestación física y palpable de la vitalidad de los dominios del fuego.

En este contexto, el Plano Material es el nexo en el que todas estas fuerzas filosóficas y elementales chocan, dando forma a la confusa existencia de la vida mortal y la materia mundana. Los mundos de D&D existen en el interior del Plano Material, por lo que este será el punto de partida de la mayoría de campañas y aventuras. El resto del multiverso se define en relación a este plano.

Categorías planares

Los planos de la cosmología que D&D usa por defecto están agrupados en las categorías siguientes:

El Plano Material y sus ecos. El Feywild y el Shadowfell son reflejos del Plano Material.

Los Planos de Transición. El Plano Etéreo y el Plano Astral son reinos en su mayor parte uniformes y monótonos, cuya función principal es servir de enlace entre otros dos planos.

Los Planos Interiores. Los cuatro Planos Elementales (Aire, Agua, Fuego y Tierra), así como el Caos Elemental que los rodea, son los Planos Interiores.

Los Planos Exteriores. Los dieciséis Planos Exteriores se corresponden con los ocho alineamientos (sin contar la neutralidad) y los diferentes matices filosóficos entre ellos.

Los Planos Positivo y Negativo. Estos dos planos envuelven al resto de la cosmología, proporcionando las fuerzas de la vida y la muerte en su forma más pura, que se imbrican en el resto de la existencia del multiverso.

Cómo encajan unos planos con otros

La cosmología por defecto de D&D, tal y como se describe en el *Player's Handbook*, contiene más de dos docenas de planos. En lo que a tu campaña respecta, tú eres quien decide qué planos incluir, quizá inspirándote en los planos estándar, tomando algunos de los mitos de la Tierra o creando otros de cosecha propia.

No obstante, la mayoría de campañas de D&D necesitan de, como mínimo, los siguientes elementos:

- Un plano de origen de los infernales.
- Un plano de origen de los celestiales.
- Un plano de origen de los elementales.
- Un hogar para las deidades, que bien podría incluir alguno de, o incluso todos, los planos anteriores.
- Un lugar al que las almas de los mortales viajan después de la muerte, que, de nuevo, podría incluir algunos de los primeros tres planos.
- Una forma de viajar entre planos.
- Una forma de hacer que los conjuros y monstruos que utilizan los Planos Astral y Etéreo puedan funcionar.

Una vez hayas decidido qué planos quieres usar en tu campaña, puedes, aunque esto es opcional, enlazarlos para formar una cosmología coherente. Como la manera principal de viajar entre planos, incluso aunque se recurra a los Planos de Transición, es mediante portales mágicos que los unen entre sí, la auténtica relación entre planos es un problema eminentemente teórico. Ningún ser del multiverso puede bajar la vista y observar los planos dispuestos uno junto al otro, como si mirara el diagrama de un libro. No existe mortal alguno que pueda corroborar si el Monte Celestia está físicamente entre Bitopía y Arcadia. Esta forma de clasificarlos es, aunque útil, una mera construcción teórica que se sustenta en las diferencias filosóficas entre estos tres planos y la importancia relativa que se le da al bien y al orden en cada uno.

Los eruditos han elaborado varios modelos teóricos similares para poder dar sentido a la amalgama de planos, especialmente los Exteriores. Los tres modelos más comunes son la Gran Rueda, el Árbol del Mundo y el Eje Mundial, pero puedes crear o adaptar el que mejor case con los planos que quieras emplear en tus partidas.

INVENTAR TUS PROPIOS PLANOS

Todos y cada uno de los planos descritos en este capítulo afectan de alguna manera a los viajeros que se internan en ellos. Es una buena idea que, cuando diseñes tus propios planos, te adaptes a esta estructura. Crea una característica específica sencilla, que los jugadores noten, no complique mucho el juego y sea fácil de recordar. Intenta reflejar la filosofía y el estado de ánimo que inspira el lugar, no solo sus peculiaridades más tangibles.

La Gran Rueda

La disposición cosmológica por defecto, que aparece en el *Player's Handbook*, representa los planos como un grupo de ruedas concéntricas, con el Plano Material y sus ecos en el centro. Los Planos Interiores forman una de estas ruedas, alrededor del Plano Material, envuelto por el Plano Etéreo. Los Planos Exteriores configuran otra rueda, pasando por delante y por detrás (o por arriba y por debajo) de la anterior, dispuestos de acuerdo a su alineamiento, con las Tierras Exteriores enlazándolos unos a otros.

Esta organización tiene sentido si se observa la forma en la que el río Estigio fluye entre los Planos Inferiores, conectando Aqueronte, los Nueve Infiernos, Gehenna, Hades, Carceri, el Abismo y Pandemónium, como cuentas de un collar. Pero no es la única forma de explicar el curso de este río.

El Árbol del Mundo

Otra forma distinta de concebir los planos los idea como las ramas y raíces de un gran árbol cósmico, ya sea literal o figurativamente.

La mitología nórdica, por ejemplo, se centra en el Árbol del Mundo Yggdrasil. Sus raíces tocan los tres reinos: Asgard (un Plano Exterior que incluye Valhalla, Vanaheim, Alfheim y otras regiones), Midgard (el Plano Material) y Niflheim (el inframundo). El Bifrost, el puente arcoíris, es un Plano de Transición único, que conecta Asgard y Midgard.

Una manera de entender los planos en los que viven las deidades de los Reinos Olvidados es similar a esta, pues según ella estos son las ramas del Árbol del Mundo, mientras que los planos infernales están conectados por el Río de Sangre. Los planos neutrales se encuentran separados de ellos. Cada uno de estos planos es, a grandes rasgos, el dominio de una o más divinidades, incluso aunque al mismo tiempo sean los hogares de las criaturas celestiales o infernales.

El Eje Mundial

Según esta visión del cosmos, el Plano Material y sus ecos se hallan entre dos reinos en oposición. El Plano Astral (o Mar Astral) flota sobre ellos, albergando cualquier cantidad de dominios divinos (los Planos Exteriores). Debajo del Plano Material se haya el Caos Elemental, un plano elemental único y sin diferenciar en el que todos los elementos chocan entre sí. En lo más profundo del Caos Elemental puede encontrarse el Abismo, que parece un agujero desgarrado en el tejido del cosmos.

Otras concepciones

Valora la posibilidad de utilizar alguna de las alternativas siguientes cuando des forma a tu cosmología.

El Omniverso. Esta cosmología, de las más sencillas, cubre el mínimo imprescindible: un Plano Material; los Planos de Transición; un único Caos Elemental; un Supracielo, en el que habitan las deidades bondadosas y los celestiales; y el Inframundo, en el que moran los dioses malvados y los infernales.

La Miríada de Planos. En esta concepción, un número incontable de planos se aglomeran como pompas de jabón, cruzándose unos con otros al moverse más o menos al azar.

El Planetario. Todos los Planos Interiores y Exteriores orbitan alrededor del Plano Material, ejerciendo una influencia mayor o menor sobre en función de su distancia a este. El mundo de Eberron emplea este modelo cosmológico.

El Camino Serpenteante. Según esta concepción, cada plano es una parada a lo largo de un camino infinito. Todos los planos están adyacentes a otros dos, pero no tiene por qué haber cohesión alguna entre planos contiguos; un viajero podría caminar desde las laderas del Monte Celestia hasta las de Gehenna.

El Monte Olimpo. En la cosmología griega, el Monte Olimpo se halla en el centro del mundo (el Plano Material) y su pico se eleva a una altura tal que es, en realidad, otro plano de existencia: el Olimpo, la casa de los dioses. Todas las deidades griegas, con la excepción de Hades, poseen sus propios dominios en el Olimpo. En el Hades, que recibe el nombre de su gobernante, las almas de los mortales moran como sombras insustanciales, hasta que finalmente se desvanecen en la nada. El Tártaro, lugar de infinita oscuridad en el que se encuentran prisioneros los titanes, se encuentra bajo el Hades. Y lejos, al oeste del mundo conocido del Plano Material se extienden los Campos Elíseos, donde residen las almas de los grandes héroes.

La Barca Solar. La cosmología egipcia está marcada por el periplo diario del sol: a través del cielo del Plano Material, para descender después por las Campiñas de las Ofrendas en el oeste, donde las almas de los rectos disfrutan de una recompensa eterna, y después seguir por debajo del mundo, atravesando las horripilantes Doce Horas de la Noche. La Barca Solar es, aunque diminuto, un Plano Exterior por derecho propio. Existe en el interior del Plano Astral y el resto de Planos Exteriores son las etapas de su viaje.

El Mundo Único. En este modelo no existe ningún plano de existencia más allá del Plano Material, que incluye en su interior lugares como el Abismo sin fondo, el brillante Monte Celestia, la extraña ciudad de Mechanus o la fortaleza de Aqueronte, entre otros. Todos los planos son ubicaciones en el mundo, que pueden alcanzarse utilizando medios de transporte convencionales. Aunque quizá haya que hacer grandes esfuerzos. Por ejemplo, para llegar a las islas benditas del Elíseo es necesario cruzar el mar.

El Otro Mundo. En esta cosmología, el Plano Material posee un reino gemelo que desempeña el papel de todos los demás planos. Como el Feywild, se superpone con el Plano Material y puede ser alcanzado mediante "lugares diluidos", en los que los mundos están muy próximos entre sí: atravesando cuevas, navegando a un lugar lejano en el océano o alcanzando un anillo feérico en un bosque remoto. Tiene regiones oscuras y malvadas (hogares de infernales y dioses malignos), islas sagradas (hogares de celestiales y las almas de los muertos benditos) y reinos de furia elemental. A veces este Otro Mundo está supervisado por una metrópolis eterna o por cuatro ciudades, cada uno representando un aspecto de la realidad. La cosmología celta posee un Otro Mundo, llamado Tír na nÓg, y las mitologías de ciertas religiones orientales tienen un Mundo Espiritual de naturaleza similar.

Viaje interplanar

Cuando los aventureros viajan a otros planos de existencia, lo que están haciendo es una travesía legendaria, que podría obligarles a afrontar guardianes sobrenaturales y numerosas ordalías. La naturaleza de estos viajes y las pruebas que tendrán que superar durante ellos dependerán en gran parte del medio de transporte utilizado, ya sea un portal mágico o un conjuro.

PORTALES INTERPLANARES

Sus ojos examinaron el acceso, todos sus detalles por insignificantes que fueran. No era necesaria tanta concentración, lo había visto un millar de veces en sueños y en sus largos períodos de duermevela. Además, los sortilegios que habían de abrirlo eran sencillos. Lo único que debía hacer era propiciar mediante la frase correcta a cada uno de los cinco dragones que lo custodiaban, elaborar un orden adecuado. En cuanto pronunciase sus hechizos y la sacerdotisa suplicase a Paladine que mantuviera franca la entrada, podrían traspasarla.

La hoja se cerraría luego tras ellos, y se enfrentaría al mayor desafío que jamás pudo imaginar.

—Margaret Weis y Tracy Hickman, *La guerra de los enanos.*

"Portal" es un término genérico que hace referencia a cualquier conexión interplanar estacionaria que enlaza una ubicación concreta de un plano con otra situada en uno distinto. Algunos portales funcionan como una entrada que puede cruzarse, mostrándose en forma de ventanas transparentes o corredores cubiertos de niebla, y basta atravesarlos para llevar a cabo el viaje interplanar. Otros son localizaciones, como círculos de piedras verticales, torres que se elevan a grandes alturas o incluso poblaciones enteras, que existen en múltiples planos a la vez o que saltan de uno a otro siguiendo una secuencia. También hay algunos que toman la forma de vórtices, que unen un Plano Elemental con un lugar de similares características en el Plano Material, como pueden ser el corazón de un volcán (que lleva al Plano del Fuego) o las profundidades del océano (que conduce al Plano del Agua).

Atravesar uno de estos portales puede ser la manera más sencilla de viajar desde el Plano Material hasta el lugar deseado en otro plano. Aunque la mayoría de las veces un portal será una aventura en sí mismo.

Para empezar, los aventureros deberán encontrar el portal que los lleva a donde quieren ir. La mayoría se encuentran en ubicaciones remotas, que suelen tener alguna relación con el plano hacia el que conduce el portal. Así, un portal hacia el Monte Celestia podría estar situado en una cumbre montañosa.

En segundo lugar, estos accesos generalmente poseen unos guardianes, cuya labor es asegurarse de que personas indeseables no los cruzan. En función de a dónde lleve el portal, una "persona indeseable" podría ser un personaje malvado (o bueno), un cobarde, un ladrón, alguien que vista túnica o incluso cualquier mortal. Estos guardianes suelen ser criaturas mágicas y muy poderosas, como genios, esfinges, titanes o nativos del plano de destino.

Por último, la mayoría de portales no permanecen abiertos todo el tiempo, sino que solo pueden utilizarse en circunstancias concretas o cuando se cumplen ciertos requisitos. Estos últimos pueden ser prácticamente cualquier cosa que conciba la imaginación, pero estos son los más comunes:

Tiempo. El portal funciona únicamente en momentos concretos: durante la luna llena del Plano Material, cada diez días o cuando las estrellas están en una posición específica. Una vez activado, un portal de este tipo solo permanecerá abierto a lo largo de un tiempo limitado, como los tres días posteriores a la luna llena, una hora o 1d4 + 1 asaltos.

Situación. El portal funciona solo si se da una condición en particular. Estos accesos podrían abrirse en una noche despejada, cuando llueve o si se lanza un conjuro concreto en sus inmediaciones.

Aleatorio. Los portales aleatorios funcionan durante una cantidad de tiempo determinada al azar y luego se cierran durante otro periodo similar, también aleatorio. Lo habitual es que un portal de este tipo permita a 1d6 + 6 viajeros atravesarlo, pero luego quede clausurado durante 1d6 días.

Palabra de activación. El portal únicamente funciona si se pronuncia una palabra de activación concreta. Hay veces en las que esta palabra debe enunciarse al tiempo que el personaje cruza el portal propiamente dicho, camuflado bajo la apariencia de una puerta, ventana o apertura mundana similar. Otros portales se abren cuando se dice la palabra en cuestión, pero se mantienen abiertos durante un breve periodo de tiempo.

Llave. El portal se activa si el personaje está sujetando cierto objeto, que desempeña, a todos los efectos, las funciones de llave. Esta última podría ser un simple objeto normal y corriente o una creación específica para un portal concreto. La ciudad de Sigil, sobre las Tierras Exteriores, también recibe el nombre de Ciudad de las Puertas, ya que contiene un número inabarcable de portales de esta clase.

Aprender y cumplir con los requisitos de un portal puede llevar a los personajes a vivir más aventuras, pues quizá tengan que buscar un objeto clave, registrar bibliotecas viejas en busca de una palabra de activación o consultar con eruditos para descubrir el momento propicio para visitar el portal.

CONJUROS

Sarya alzó sus manos y comenzó a declamar las palabras de un poderoso conjuro, uno de los más peligrosos que conocía, diseñado para romper las barreras que separan los planos y crear un puente mágico hacia otro reino de existencia. El mythal tamborileó en respuesta. El intangible latido del viejo artefacto asumió un tono nuevo y diferente. Sarya ignoró este cambio en la piedra y terminó de ejecutar el conjuro de portal, con habilidad y confianza.

—¡La puerta se ha abierto! —gritó—. ¡Malkizid, muéstrate! —Un gran anillo de magia dorada cobró forma frente a Sarya, apareciendo de la nada. A través de él podía ver el reino de Malkizid, un páramo infernal de desiertos resecos, grietas azotadas por el viento y cielos negros e iracundos, desgarrados por relámpagos carmesíes. Y entonces, al archidiablo Malkizid apareció, atravesando el portal. Con un delicado paso, franqueó la entrada que separaba el plano infernal de la sala del mythal.

—Richard Baker, *Farthest Reach.*

Existen varios conjuros que ofrecen la posibilidad de acceder, ya sea directa o indirectamente, a otros planos. *Desplazamiento entre planos* y *portal* pueden transportar a los aventureros de forma directa, con diferentes niveles de precisión, a otro plano de existencia. *Excursión etérea* permite a los personajes entrar en el Plano Etéreo y *proyección astral* envía a los propios aventureros al Plano Astral, desde donde es posible acceder a los Planos Exteriores.

Desplazamiento entre planos. El conjuro *desplazamiento entre planos* padece de dos grandes limitaciones. La primera es que su componente material: una vara de metal pequeña y bifurcada en dos (como un diapasón) sintonizada con el destino planar deseado. Este conjuro exige que la vara resuene a la frecuencia adecuada para localizar el lugar correcto, y debe estar hecha del material adecuado (muchas veces una aleación compleja) para poder concentrar la magia del conjuro de la forma apropiada. Fabricar esta vara resulta caro (al menos 250 po) e investigar los parámetros de construcción correctos podría ser el motivo de una aventura. Al fin y al cabo, no hay mucha gente que quiera visitar voluntariamente las profundidades de Carceri, por lo que serán pocos los que conozcan qué clase de vara es necesaria para viajar hasta ese lugar.

La segunda es que, salvo que el lanzador posea información especializada, este conjuro no le transportará a una localización concreta. La secuencia de símbolos de un círculo de teletransportación ubicado en otro plano permitirá al lanzador viajar directamente hasta el lugar donde se encuentra, pero este es un conocimiento aún más difícil de obtener que las especificaciones de la vara. De lo contrario, el conjuro transportará al lanzador a alguna localización en las inmediaciones del punto deseado. Lo más probable es que, independientemente de a dónde lleguen, los aventureros todavía tengan que viajar para poder alcanzar el objetivo de su periplo interplanar.

Portal. El conjuro *portal* abre un portal unido a un punto concreto de otro plano de existencia. Este conjuro crea un atajo hasta un destino situado en otro plano, de manera que se evitan la mayoría de los guardianes y pruebas que normalmente hubieran sido necesarias para alcanzarlo. Pero este conjuro, de nivel 9, está fuera del alcance de prácticamente todos los personajes, y no permite anular los obstáculos que les esperen en su destino.

Portal es un conjuro poderoso, pero no infalible. Una divinidad, señor demoníaco u otra entidad de un poder similar puede evitar que se abra un portal dentro de sus dominios.

PLANO ASTRAL

Halisstra abrió los ojos y se encontró vagando por un mar de plata infinito. Suaves nubes grisáceas se movían lentamente en lontananza, mientras que unas extrañas manchas oscuras se agitaban con violencia en el cielo, ancladas en puntos tan remotos que era incapaz de percibirlos. Su forma de moverse le recordaba a un amasijo de cuerdas retorcidas entre los dedos de un niño juguetón. Bajó la vista, preguntándose qué fuerza estaría sosteniéndola, pero a su alrededor no había nada salvo el extraño cielo perlado.

Inspiró de forma súbita, sorprendida por el espectáculo, llenando sus pulmones de algo indudablemente más dulce y quizá más sólido que el aire. Pero en lugar de ahogarse o atragantarse, su cuerpo pareció reaccionar a la sustancia con normalidad. Una sensación electrizante recorrió sus miembros, pues se sentía fascinada por el mero hecho de respirar.

—Richard Baker, *Condemnation.*

El Plano Astral es un reino de pensamiento y sueños, en el que sus visitantes viajan de forma incorpórea para alcanzar los Planos Exteriores. Se trata de un gran mar plateado, igual hacia arriba que hacia abajo, con remolinos llenos de volutas blancas o grises, que se mezclan con motas de luz que se brillan como estrellas distantes. La mayor parte del Mar Astral es una extensión vasta y vacía. Aunque, ocasionalmente, sus visitantes se cruzan con el cadáver petrificado de un dios muerto u otros fragmentos de roca en perpetua deriva en este océano de plata. Mucho más comunes que estos encuentros son los estanques de color; concentraciones mágicas de luz coloreada que parpadean como monedas brillantes en rotación.

Las criaturas del Plano Astral no envejecen ni padecen de hambre o sed. Por eso, los humanoides que viven en el Plano Astral (como los githyanki) suelen edificar puestos avanzados en otros planos, habitualmente el Plano Material, para que así sus hijos puedan crecer hasta alcanzar la madurez.

Los viajeros del Plano Astral son capaces moverse con tan solo pensar en ello, pero la idea de distancia carece de sentido en este lugar. No obstante, en combate, la velocidad caminando de una criatura será de tres veces su puntuación de Inteligencia en pies. Cuanto más lista sea, más fácil le será controlar su movimiento, que no es sino un acto de voluntad pura.

PROYECCIÓN ASTRAL

Viajar por el Plano Astral mediante el conjuro *proyección astral* implica proyectar la propia consciencia a este plano, habitualmente en busca de un acceso al Plano Exterior que se desea visitar. Como los Planos Exteriores son tanto estados espirituales del ser como lugares físicos, esta estrategia permitirá a un personaje manifestarse en un Plano Exterior como si hubiera viajado físicamente hasta allí, pero de forma similar a un sueño. La muerte del personaje, ya sea en el Plano Astral o en el plano de destino, no le causa daño alguno. Solo si se secciona su cordón de plata mientras se encuentra en el Plano Astral (o si su cuerpo, indefenso, muere en el Plano Material) se puede llegar a matar al personaje. Por esta razón, los personajes de alto nivel a veces viajan a los Planos Exteriores usando *proyección astral* en lugar de a través de un portal o un conjuro más directo.

Hay pocas cosas que sean capaces de cortar el cordón de plata de un viajero, siendo la más común de ellas el viento psíquico (descrito más adelante). Las legendarias espadas de plata de los githyanki también poseen esta capacidad. Un personaje cuyo cuerpo viaje al Plano Astral, ya sea mediante el conjuro *desplazamiento entre planos* o uno de los pocos portales que llevan directamente a él, no tendrá cordón de plata.

ESTANQUES DE COLOR

Las entradas que conducen desde el Plano Astral a otros planos suelen tomar la apariencia de ondulantes estanques bidimensionales de varios colores, de 1d6 × 10 pies de diámetro. Para viajar a otro plano es necesario hallar un estanque de color que lleve al plano deseado. Estas puertas a otros planos pueden ser identificadas por su coloración, tal y como se indica en la tabla "estanques de color astrales". Encontrar el color apropiado es cuestión de suerte: hacerlo requiere 1d4 × 10 horas de viaje.

ESTANQUES DE COLOR ASTRALES

d20	Plano	Color del estanque
1	Ysgard	Añil
2	Limbo	Negro
3	Pandemónium	Magenta
4	El Abismo	Amatista
5	Carceri	Verde oliva
6	Hades	Óxido
7	Gehenna	Teja
8	Los Nueve Infiernos	Rubí
9	Aqueronte	Rojo llameante
10	Mechanus	Azul diamantino
11	Arcadia	Azafrán
12	Monte Celestia	Oro
13	Bitopía	Ámbar
14	Elíseo	Naranja
15	Las Tierras de las Bestias	Verde esmeralda
16	Arbórea	Azul zafiro
17	Las Tierras Exteriores	Marrón cuero
18	Plano Etéreo	Espirales blancas
19–20	Plano Material	Plata

VIENTO PSÍQUICO

Un viento psíquico no es un vendaval físico como los que se dan en el Plano Material, sino una tormenta de pensamiento que golpea las mentes de los viajeros en lugar de sus cuerpos. Este viento está hecho de las memorias perdidas, ideas olvidadas, pequeñas cavilaciones y miedos subconscientes que se han perdido en el Plano Astral, aglomerándose hasta formar esta poderosa fuerza.

La primera señal del viento psíquico es un oscurecimiento del grisáceo cielo. Tras unos asaltos, la zona se vuelve tan oscura como una noche sin luna. Mientras esto ocurre, el viajero se siente zarandeado y sacudido, como si el propio plano se rebelara contra la tormenta. Sin embargo, tan pronto como esta aparece, también pasa de largo, por lo que el cielo volverá a la normalidad en unos pocos asaltos.

El viento psíquico produce dos tipos de efectos: uno sobre la localización y el otro sobre la mente. El grupo de viajeros en su totalidad se verá afectado por el primero, mientras que cada uno de ellos deberá realizar una tirada de salvación de Sabiduría CD 15 de forma independiente. Si la falla, el viajero sufrirá también el efecto mental. Tira 1d20 dos veces y consulta la tabla "efectos del viento psíquico" para determinar los efectos sobre la localización y sobre la mente.

EFECTOS DEL VIENTO PSÍQUICO

d20	Efecto sobre la localización
1–8	Desviados; añade 1d6 horas al tiempo de viaje.
9–12	Arrojados fuera de curso; añade 3d10 horas al tiempo de viaje.
13–16	Perdidos; al final del tiempo de viaje, los personajes llegan a una localización distinta a la que pretendían alcanzar.
17–20	Enviados a través de un estanque de color a un plano al azar (tira en la tabla "estanques de color")

d20	Efecto sobre la mente
1–8	Aturdido durante 1 minuto; puedes repetir la tirada de salvación al final de cada uno de tus turnos para librarte del efecto.
9–10	Locura de corto plazo (consulta el capítulo 8)
11–12	11 (2d10) de daño psíquico
13–16	22 (4d10) de daño psíquico
17–18	Locura de largo plazo (consulta el capítulo 8)
19–20	Inconsciente durante 5 (1d10) minutos; te libras del efecto si recibes daño u otra criatura utiliza su acción para despertarte.

Encuentros en el Plano Astral

Existen varios viajeros interplanares y refugiados de otros planos vagando por el Plano Astral. Sus habitantes más notorios son los githyanki, una raza de saqueadores exiliados que navegan en barcos astrales, asesinan a los viajeros con los que se encuentran y hacen incursiones sobre los planos que entran en contacto con el Astral. Su ciudad, Tu'narath, está edificada sobre una enorme roca (en realidad el cuerpo de un dios muerto) que se desplaza por el Plano Astral.

Celestiales, infernales e incluso mortales suelen explorar este plano en busca de estanques de color que los lleven a los destinos de su elección. Los personajes que se entretengan demasiado en el Plano Astral podrían acabar topándose con ángeles, demonios, diablos, sagas de la noche, yugoloths u otros viajeros astrales.

Plano Etéreo

Tamlin sintió como una mano le tocaba, notó como su cuerpo centelleaba hasta convertirse en niebla. Los gritos y alaridos sonaban muy lejos. Las paredes que le rodeaban tenían el aspecto de meras sombras grises. Rivalen y Brennus estaban a su lado.

—El Plano Etéreo —dijo Rivalen—. El aliento del dragón no puede afectarnos aquí.

—Paul S. Kemp, Shadowstorm.

El Plano Etéreo es una dimensión brumosa y cubierta de niebla. Sus "costas", llamadas la Frontera Etérea, se superponen con los Planos Interiores y el Plano Material, por lo que todas las ubicaciones de dichos planos tienen su localización correspondiente en el Plano Etéreo. El alcance de la vista en la Frontera Etérea está limitado a 60 pies. Las profundidades del plano conforman una región de niebla arremolinada que recibe el nombre de Profundidad Etérea. En este lugar la visibilidad es aún más reducida, tan solo de 30 pies.

Los personajes pueden utilizar el conjuro *excursión etérea* para entrar en la Frontera Etérea. Por su parte, el conjuro *desplazamiento entre planos* les permite viajar tanto a la Frontera Etérea como a la Profundidad Etérea, pero, salvo que el destino deseado sea una localización concreta o un círculo de teletransportación, podrían aparecer en cualquier lugar del plano.

Frontera Etérea

Un viajero que observe desde la Frontera Etérea podrá ver también lo que se encuentra en el plano con el que esta se superponga, pero aparecerá apagado y poco definido, con los colores diluidos y los bordes entre objetos difusos. Es como mirar a través de un cristal distorsionado y cubierto de hielo, en el que es imposible ver nada a más de 30 pies de distancia. En cambio, el Plano Etéreo suele resultar invisible sin ayuda de la magia para aquellos que se hayan en el plano con el que superpone.

Salvo circunstancias excepcionales, las criaturas en la Frontera Etérea no pueden atacar a criaturas que se hallen en el otro plano, y viceversa. Los viajeros en el Plano Etéreo serán invisibles en el plano superpuesto y tampoco emitirán ningún sonido en este. Además, los objetos sólidos del otro plano no obstaculizarán el movimiento de una criatura en la Frontera Etérea, aunque sigue siendo imposible atravesar a seres vivos o ciertos efectos mágicos, entre ellos cualquier objeto hecho de fuerza mágica. Debido a esto, el Plano Etéreo es un lugar ideal desde el que reconocer el terreno, espiar a los oponentes o moverse sin ser detectado. Asimismo, tampoco se aplican las leyes de la gravedad, por lo que cualquier criatura puede moverse hacia arriba o hacia abajo como si caminara.

Profundidad Etérea

Para alcanzar la Profundidad Etérea es necesario utilizar un conjuro de *desplazamiento entre planos* o *portal* o un portal mágico ya existente. Quienes visiten la Profundidad Etérea se verán completamente envueltos por una neblina agitada y turbia. Aunque en este plano existen cortinas de un color vaporoso, esparcidas por aquí y allá. Atravesar una de ellas llevará al viajero a una región de la Frontera Etérea conectada con un Plano Interior, el Plano Material, el Feywild o el Shadowfell. El color de la cortina indica a qué plano está vinculada la Frontera Etérea que se esconde tras ella. Consulta la tabla "cortinas etéreas".

Cortinas etéreas

d8	Plano	Color de la cortina
1	Plano Material	Turquesa brillante
2	Shadowfell	Gris oscuro
3	Feywild	Blanco iridiscente
4	Plano del Aire	Azul pálido
5	Plano de la Tierra	Marrón rojizo
6	Plano del Fuego	Naranja
7	Plano del Agua	Verde
8	Caos Elemental	Mezcla arremolinada de colores

Desplazarse por la Profundidad Etérea para llegar de un plano a otro no se parece en nada a un viaje físico. El concepto de distancia carece de sentido, por lo que los viajeros sienten que pueden moverse por pura fuerza de voluntad. Registrar el paso del tiempo es difícil y medir la velocidad directamente imposible. Para trasladarse entre planos a través de la Profundidad Etérea son necesarias 1d10 × 10 horas, independientemente del origen o del destino. No obstante, en lo que al combate respecta, se asume que las criaturas se mueven a su velocidad habitual.

CICLONES DE ÉTER

Un ciclón de éter es una columna serpenteante que se desplaza girando a través del plano. Estos ciclones aparecen bruscamente, distorsionando o arrancando de cuajo las formas etéreas que se encuentran en su camino y enviando restos a leguas de distancia. Los viajeros con una puntuación de Sabiduría (Percepción) pasiva de 15 o más estarán sobre aviso, al escuchar un zumbido grave en la materia etérea, 1d4 asaltos antes de que llegue el ciclón. Todas las criaturas que no logren alcanzar una cortina o portal que lleve a otra parte sufrirán el efecto del ciclón. Tira 1d20 y consulta la tabla "ciclones de éter" para determinar el efecto sobre todas las criaturas que se encuentren en las inmediaciones.

CICLONES DE ÉTER

d20	Efecto
1–12	Duración del viaje alargada
13–19	Arrastrado a una zona de la Frontera Etérea en contacto con un plano al azar (tira en la tabla "cortinas etéreas")
20	Lanzado al Plano Astral

El efecto más común de un ciclón de éter es extender la duración de un viaje. Todos los personajes que estén viajando en grupo deberán realizar una tirada de salvación de Carisma CD 15. Si la supera al menos la mitad, todo el grupo se verá retrasado 1d10 horas. De lo contrario, el tiempo necesario para trasladarse se duplica. Menos frecuentemente, un grupo se verá expulsado a una región de la Frontera Etérea superpuesta con un plano determinado aleatoriamente. También existe la posibilidad, aunque es raro, que el ciclón desgarre un agujero en el tejido del plano y arroje al grupo al interior del Plano Astral.

ENCUENTROS EN EL PLANO ETÉREO

La mayoría de encuentros en la Frontera Etérea serán con criaturas del Plano Material cuyos sentidos u otras capacidades especiales se extiendan al Plano Etéreo, como las arañas de fase. Los fantasmas también pueden moverse libremente entre los Planos Etéreo y Material.

En la Profundidad Etérea, casi todos los encuentros se darán con otros viajeros, en especial aquellos que provienen de los Planos Interiores (como genios, elementales y salamandras) o, de vez en cuando, con algún celestial, feérico o infernal.

FEYWILD

Franquear el portal fue como sumergirse en un baño cálido, a pesar de que el frescor no había desaparecido del aire. Al principio todo parecía apagado: el rugido del río al chocar con las rocas, el sonido de las ranas y los grillos, el bullicio de la ciudad que se encontraba tras él... Pero, un instante después, el mundo estalló, lleno de vida. Las aves nocturnas y las ranas cantaban a coro; el aire estaba inundado de olores otoñales; la luz de la luna coloreaba las flores de un azul, plata y violeta brillantes; y el tronar del río se convirtió en una compleja sinfonía.

—James Wyatt, *Oath of Vigilance.*

El Feywild (*Parajes Feéricos* en español), también conocido como el Plano Feérico, es una tierra de luz suave y maravillas, un lugar de música y muerte. Es un reino sumido en un crepúsculo eterno, en el que luces encantadas oscilan lentamente en la gentil brisa y rollizas luciérnagas zumban entre bosques y campos. El cielo está iluminado por los apagados colores de un crepúsculo imperecedero, que no llega nunca a ponerse (o alzarse) por completo; un sol inmóvil en el horizonte. Más allá de los asentamientos, gobernados por los feéricos seelie, que forman la Corte del Verano, la tierra es una maraña de zarzas afiladas y pantanos melosos; el territorio perfecto para que los noseelie salgan de caza.

El Feywild existe paralelo al Plano Material, en una dimensión alternativa que ocupa el mismo espacio cosmológico. El paisaje de este lugar es un espejo del mundo natural, pero uno que transforma sus rasgos en forma espectaculares al reflejarlos. Donde en el Plano Material hay un volcán, en el Feywild se yergue una montaña en cuya cima crecen cristales del tamaño de rascacielos que brillan con torres de fuego interior. Un río ancho y cenagoso en el Plano Material podría tener su eco en un arroyo serpenteante de increíble belleza, mientras que el reflejo de un marjal podría ser un pantano negro de aspecto siniestro. Y un viajero que penetrara en el Feywild desde unas viejas ruinas en el Plano Material podría encontrarse cruzando la puerta del castillo de un señor feérico.

El Feywild está habitado por seres de los bosques: elfos, dríades, sátiros, duendes y sprites; así como por centauros y criaturas mágicas como perros intermitentes, dragones feéricos, ents o unicornios. Las regiones más siniestras de este plano son el hogar de criaturas malévolas: sagas, marchitas, goblins, ogros y gigantes.

TRAVESÍAS FEÉRICAS

Las travesías feéricas son lugares en el Plano Material que destacan por su misterio y belleza. Se trata de reflejos casi perfectos del Feywild, que crean un portal en el que ambos planos se tocan. Un viajero podría cruzar una travesía feérica al penetrar en el claro de un bosque, sumergirse en un estanque, situarse en el centro de un círculo de setas o arrastrarse bajo el tocón de un árbol. Desde su perspectiva, es como si hubiera llegado al Feywild dando un simple paso, pero, para un observador externo, donde antes se encontraba el viajero ahora ya no hay nadie.

Como el resto de portales entre planos, la mayoría de las travesías feéricas se abren con muy poca frecuencia. Una en particular podría ser franqueable solo durante la luna llena,

---

FEÉRICOS SEELIE Y NOSEELIE

Dos reinas gobiernan sobre el Feywild, y la mayoría de sus habitantes deben lealtad a una u otra. La Reina Titania y su Corte del Verano lideran a los feéricos seelie, mientras que la Reina del Aire y la Oscuridad, que gobierna en la Corte Crepuscular, impone su voluntad sobre los feéricos noseelie.

No existe una correspondencia directa entre estos reinos y el bien y el mal, aunque muchos mortales asuman que es así. Muchos seelie son bondadosos y muchos noseelie malvados, pero la oposición entre ambos se fundamenta en la rivalidad entre sus reinas y no en ideas morales abstractas. Los moradores más feos del Feywild, como los fomorés o las hadas, no suelen ser miembros de ninguna de las dos cortes. Como tampoco lo son los feéricos de espíritu más independiente, que rechazan por completo a ambos bandos. Las cortes han estado en guerra muchas veces, pero también compiten de formas más amistosas e incluso se alían entre sí de formas pequeñas y secretas.

al amanecer de un día concreto o si se lleva un objeto de un tipo determinado. Una travesía feérica podría cerrarse permanentemente si la zona en cualquiera de sus dos extremos se ve fuertemente alterada; como, por ejemplo, si se construye un castillo sobre un calvero en el Plano Material.

REGLAS OPCIONALES: MAGIA DEL FEYWILD

Las leyendas hablan de niños secuestrados por criaturas feéricas, que se los llevan a su hogar para devolverlos años después. Estas pobres criaturas no han envejecido ni un día desde su partida y no tienen recuerdo alguno de sus captores o del reino del que provienen. De forma similar, los aventureros que vuelven de un periplo por el Feywild suelen descubrir, alarmados, que el tiempo ha discurrido de forma distinta mientras se encontraban en el Plano Feérico. Además, no consiguen recordar con precisión su visita. Puedes recurrir a estas reglas opcionales para plasmar la extraña magia que permea este plano.

PÉRDIDA DE MEMORIA

Las criaturas que abandonen el Feywild deberán realizar una tirada de salvación de Sabiduría CD 10. Los feéricos tendrán éxito en esta tirada automáticamente. Lo mismo sucederá con los elfos, ya que poseen el atributo Linaje Feérico. Si una criatura falla esta tirada de salvación, no logrará recordar nada del tiempo vivido en el Feywild. Y, si tiene éxito, conservará sus recuerdos, pero de forma ligeramente nebulosa. Cualquier conjuro capaz de acabar con una maldición permitirá a la criatura recobrar sus vivencias perdidas.

DISTORSIÓN TEMPORAL

Aunque el tiempo en los Feywild parece discurrir con normalidad, los personajes podrían pasar un día en este plano y descubrir, al salir de él, que ha pasado más (o menos) tiempo en resto del multiverso.

Cada vez que una criatura o grupo de criaturas abandone los Feywild tras permanecer al menos 1 día en este plano, elige un cambio en el paso del tiempo que sea apropiado para tu campaña, si es que alguno lo es, o tira en la tabla "distorsiones temporales en el Feywild". Un conjuro de *deseo* será capaz de deshacer esta distorsión sobre un máximo de 10 criaturas. Algunos feéricos poderosos poseen la facultad de conceder estos deseos, y probablemente lo harán si los beneficiarios aceptan someterse de forma voluntaria a un conjuro de *geas*, para asegurarse de que cumplen con la misión que les encomienda tras haber lanzado el conjuro de *deseo*.

DISTORSIONES TEMPORALES EN EL FEYWILD

d20	Resultado	d20	Resultado
1–2	Los días se convierten en minutos	14–17	Los días se convierten en semanas
3–6	Los días se convierten en horas	18–19	Los días se convierten en meses
7–13	Nada cambia	20	Los días se convierten en años

SHADOWFELL

Riven se encontraba en la sala más alta de la torre central de su ciudadela; una fortaleza de sombras y piedra oscura esculpida en la misma ladera de una afilada montaña... La negra bóveda carente de estrellas que hacía las veces de cielo en este plano se cernía sobre un paisaje de grises y negros, habitado por meros simulacros de seres reales. Sombras, apariciones, espectros, fantasmas y otros muertos vivientes se arremolinaban en el aire alrededor de la fortaleza, o merodeaban en las estribaciones y llanuras cercanas, tan numerosos que sus ojos brillantes parecían enjambres de luciérnagas. Sentía la oscuridad en todo lo que su vista alcanzaba a contemplar, como una extensión de sí mismo, dándole un poder excesivo.

—Paul S. Kemp, *The Godborn.*

El Shadowfell (*Páramo Sombrío* en español), también conocido como el Plano de la Sombra, es una dimensión de blancos, grises y negros, en la que cualquier otro color ha desaparecido por completo. Se trata de un lugar cubierto por una oscuridad tóxica, que odia la luz, donde el cielo es una bóveda negra sin sol ni estrellas.

El Shadowfell se superpone con el Plano Material de forma muy similar a como lo hace el Feywild. De hecho, salvo por el descolorido paisaje, tiene un aspecto muy similar al Plano Material. Los puntos más relevantes de este son fácilmente identificables en el Shadowfell, pero suelen aparecer retorcidos y deformados, como reflejos torturados de lo que existe en el Plano Material. Una montaña del Plano Material podría corresponderse con una afilada formación rocosa con la forma de una calavera, un montón de escombros o incluso la ruina de lo que antaño fuera un grandioso castillo. Los bosques del Shadowfell son lugares oscuros y retorcidos; las ramas de sus árboles intentan apresar las capas de los viajeros y sus raíces hacerles tropezar.

Los dragones sombríos y los muertos vivientes moran en este deprimente plano, junto a otros seres que medran entre las sombras, como los mantoscuros o los mantos.

TRAVESÍAS SOMBRÍAS

Las travesías sombrías, análogas de las travesías feéricas para el Shadowfell, son los puntos en los que el velo que separa el Plano Material del Shadowfell es tan delgado que las criaturas pueden atravesarlo. Una concentración de sombras en la esquina de una cripta polvorienta o una tumba abierta podrían ser perfectamente travesías sombrías, pues estas se forman en lugares melancólicos, habitados por espíritus o infestados del hedor de la muerte, como campos de batalla, cementerios y tumbas. Solo se manifiestan en la oscuridad, cerrándose en cuanto reciben el beso de la luz.

DOMINIOS DEL TERROR

Desde los rincones más remotos del Shadowfell se puede acceder fácilmente a terroríficos semiplanos, gobernados por entidades malditas y profundamente malvadas. El más famoso de ellos es el valle de Barovia, dominado por las altas agujas del Castillo Ravenloft y gobernado por el conde Strahd von Zarovich, el primer vampiro. Unos seres del Shadowfell, conocidos como los Poderes Oscuros, crearon estos dominios para mantener prisioneros a estos "señores oscuros" y, ya fuera por crueldad o simple descuido, acabaron atrapando también a mortales inocentes.

Regla opcional: desesperación del Shadowfell

Una atmósfera melancólica envuelve por completo el Shadowfell. Por ello, los viajes prolongados en este plano pueden acabar causando una profunda desesperación en los personajes. Esto se refleja en la siguiente regla especial.

Cuando te parezca apropiado (aunque casi nunca más de una vez al día), puedes pedir a un personaje que no sea nativo del Shadowfell que haga una tirada de salvación de Sabiduría CD 10. Si la falla, se verá afectado por la desesperación. Tira 1d6 para determinar qué efecto tiene sobre él, consultado la tabla "desesperación del Shadowfell". Puedes sustituir algunos de estos efectos por otros de tu propia cosecha.

Desesperación del Shadowfell

d6	Efecto
1–3	**Apatía.** El personaje sufre desventaja en las tiradas de salvación contra muerte y en las pruebas de Destreza para iniciativa. Además, recibe el defecto siguiente: "No creo ser capaz de marcar la diferencia, para nada ni para nadie".
4–5	**Pavor.** El personaje sufre desventaja en todas las tiradas de salvación y recibe el defecto siguiente: "Estoy convencido de que este sitio va a acabar matándome".
6	**Locura.** El personaje sufre desventaja en las pruebas de característica y tiradas de salvación que utilicen Inteligencia, Sabiduría y Carisma, y recibe el defecto siguiente: "Ya no puedo distinguir lo que es real de lo que no".

Si un personaje falla la tirada de salvación cuando ya estaba sufriendo un efecto de desesperación, el nuevo reemplazará al anterior. Tras finalizar un descanso largo, el personaje puede intentar sobreponerse a la desesperación realizando una tirada de salvación de Sabiduría CD 15. Ahora la CD es más alta porque es más difícil escapar del desánimo cuando este ya se ha apoderado de ti. Si tiene éxito en la tirada, se librará del efecto de la desesperación.

Un conjuro de *calmar emociones* o cualquier efecto mágico capaz de levantar una maldición eliminarán la desesperación.

Evernight

La ciudad de Neverwinter, en el mundo de los Reinos Olvidados, posee un reflejo oscuro en el Shadowfell: la ciudad de Evernight. Es una urbe de edificios construidos con piedras agrietadas y hogares hechos a partir de madera podrida. El pavimento de sus caminos es polvo de tumba compactado y en sus calles faltan tantos adoquines que estas parecen tener cicatrices de viruela. El cielo es de un gris cadavérico y la brisa, fría y húmeda, produce escalofríos.

Los únicos ciudadanos todavía vivos son comerciantes corruptos, que trafican con carne humana, nigromantes enloquecidos, adoradores de deidades malvadas o cualquiera que pueda resultar útil a la ciudad y esté tan desequilibrado como para querer vivir en ella. Con todo, los vivos son minoría en Evernight, ya que el grueso de su población está compuesto de muertos sin descanso. Muchos zombis, tumularios, vampiros y otros muertos vivientes consideran a esta ciudad su hogar, aunque todos ellos viven bajo la vigilante mirada de la casta gobernante: gules inteligentes que se alimentan de carne.

Corren rumores de que este horripilante lugar es el reflejo de una ciudad de cada mundo.

Planos Interiores

Estaba tumbado boca arriba sobre una piedra quemada, aún caliente, mientras contemplaba un cielo lleno de las columnas de humo gris que surgían de fuegos tan distantes que era imposible alcanzar a verlos. A su alrededor, de un mar de lava, surgían constantemente burbujas de gas y lenguas de fuego. El Plano Elemental del Fuego.

Gracias a los caídos, pensó Vhok. Nunca me habría imaginado que estaría tan contento de encontrarme aquí.

—Thomas M. Reid, *The Gossamer Plain.*

Los Planos Interiores rodean y envuelven al Plano Material y sus ecos, proporcionando la materia prima elemental a partir de la que están hechos los mundos. Los cuatro Planos Elementales (Aire, Agua, Fuego y Tierra) forman un anillo alrededor del Plano Material, suspendidos dentro de un agitado reino conocido como el Caos Elemental. Estos planos están conectados entre sí, y hay quién entiende las regiones fronterizas entre ellos como planos por derecho propio.

En sus límites interiores, los puntos más próximos al Plano Material (en un sentido más conceptual que geográfico), los cuatro Planos Elementales se parecen a lugares que podrían existir en el Plano Material. Los cuatro elementos se mezclan al igual que lo hacen en este, formando tierra, océanos y cielo. Pero el elemento dominante siempre ejerce una influencia mayor sobre el entorno, que refleja sus cualidades fundamentales.

Entre los habitantes de este anillo interior se encuentran los aarakocra, azers, dragones tortuga, gárgolas, genios, mephits, salamandras y xorns. Algunos de ellos tienen su origen en Plano Material y pueden viajar hasta él (siempre que tengan acceso a la magia necesaria para ello) y sobrevivir sin problemas allí.

En las zonas más alejadas del Plano Material, los Planos Elementales se tornan extraños y hostiles. Los elementos se manifiestan en su forma más pura, como grandes extensiones de tierra sólida, fuego ardiente, agua cristalina o aire inmaculado. Cualquier sustancia foránea es tremendamente rara en ellos; en los límites exteriores del Plano de la Tierra no hay prácticamente aire, y lo mismo puede decirse de la tierra en las zonas más remotas del Plano del Fuego. Estas regiones resultan mucho más inhóspitas que las cercanas al Plano Material para los viajeros que provienen de este. De hecho, son zonas poco conocidas, de modo que cuando alguien habla sobre, por ejemplo, el Plano del Fuego, quien lo hace suele referirse únicamente a sus fronteras.

Las regiones exteriores son los dominios de espíritus elementales que cuesta reconocer como criaturas. Los seres comúnmente llamados elementales moran aquí. Entre ellos se hallan los Príncipes del Mal Elemental (entidades primordiales de furia elemental en estado puro) y los espíritus elementales que los lanzadores de conjuros pueden atar a su voluntad, creando galebs duhrs, gólems, acechadores invisibles, magmins y extraños de agua. Estas criaturas, debido a su naturaleza elemental, no necesitan comida ni ningún otro alimento mientras se encuentran en sus planos natales, pues las energías elementales que saturan estos lugares les proporcionan todo el sustento que necesitan.

Caos Elemental

En los límites más remotos de los Planos Elementales, los elementos se disuelven y se mezclan en un tumulto interminable de energías que se hallan y sustancias que chocan entre sí: el Caos Elemental. Aquí también hay elementales, pero no suelen permanecer durante mucho tiempo, ya que prefieren la comodidad de sus planos de origen. Hay informes que indican la existencia de extraños elementales híbridos nativos del Caos Elemental, pero rara vez se encuentra a estas criaturas en otros planos.

PLANO DEL AIRE

La esencia del aire es el movimiento, la animación y la inspiración. Es el hálito vital, los vientos de cambio, la brisa fresca que limpia las brumas de la ignorancia y la pomposidad de las ideas viejas.

El Plano del Aire es una extensión diáfana recorrida constantemente por vientos de fuerza variable. Por aquí y allá aparecen fragmentos de piedra flotando en el vacío; los restos de invasiones fracasadas por parte de los habitantes del Plano de la Tierra. Estas masas de tierra sirven de hogar a las criaturas del aire elemental, por lo que muchas están cubiertas de exuberante vegetación. Otras criaturas, que viven en los bancos de nubes, están llenas de la magia suficiente como para convertirse en superficies sólidas, lo bastante fuertes como para cimentar ciudades o castillos sobre ellas.

Los bancos de nubes a la deriva pueden obstaculizar la visión dentro de este plano. Las tempestades se producen con frecuencia, y aunque la mayoría de las veces su fuerza es comparable a la de una tormenta eléctrica, algunas son tan potentes como tornados o, en algunos casos, incluso huracanes. La temperatura del aire es agradable, excepto cerca del Plano del Agua (donde está helado) y del Plano del Fuego (donde está ardiendo). Solo llueve o nieva en las cercanías del Plano del Agua.

La mayor parte del Plano del Aire es un complejo entramado de corrientes de aire, ráfagas y vientos que reciben en su conjunto el nombre de **Vientos Laberínticos**. Entre ellos se encuentran tanto suaves brisas como tremendos vendavales, capaces de despedazar a una criatura. Incluso los seres voladores más capaces deben moverse por estas corrientes con cuidado; volando con los vientos, no en su contra.

En algunos puntos de los Vientos Laberínticos se encuentran reinos ocultos, alcanzables solo si se recorre una secuencia de vientos muy concreta, por lo que están bien protegidos frente a posibles invasores. Uno de estos reinos es la mítica **Aaqa**, un dominio resplandeciente de chapiteles argénteos y verdes jardines que se alzan sobre un fragmento de tierra fértil. Los duques del Viento de Aaqa están entregados a la ley y el bien. Mantienen una atenta vigilia contra las depredaciones del mal elemental y la intrusión del Caos Elemental. Les sirven los aarakocra y una raza muy poco conocida, los vaati.

La región del Plano del Aire que más cerca está de la Gran Conflagración es conocida como los **Estrechos del Siroco**. En ella, vientos secos y ardientes azotan constantemente las masas de tierra, convirtiéndolas en trozos de roca áridos y estériles. Las gárgolas y sus aliados del Plano de la Tierra se reúnen aquí para preparar sus incursiones sobre el reino de Aaqa.

Entre el Mar de Fuego (en el Plano del Fuego) y los Estrechos del Siroco se yergue una inmensa tormenta de fuego llamada la **Gran Conflagración**, también conocida como el Plano de la Ceniza. Los aullantes vientos del Plano del Aire se mezclan con las tormentas de ascuas y lava del Plano del Fuego, creando un frente tormentoso infinito: un muro de fuego, humo y cenizas. La masa de cenizas impide ver nada a más de unas pocas docenas de pies y los batientes vientos hacen que viajar sea difícil. Esporádicamente, las cenizas se concentran, formando reinos flotantes en los que se refugian descastados y forajidos.

En el extremo opuesto del plano, cerca del Yermo Helado (el plano del hielo que hace de frontera con el Plano del Agua), se encuentra una región de vientos gélidos llamada la **Extensión del Mistral**. Estas galernas empujan tormentas de nieve hacia y desde el Yermo Helado, llegando a transportarlas hasta el propio corazón del plano. Los fragmentos de tierra de esta extensión están cubiertos de nieve y hielo.

PLANO DEL AGUA

La naturaleza del agua es fluir, pero no como el soplar del viento o el brincar de una llama, sino firme e incesantemente. Es el ritmo de las mareas, el néctar de la vida, las amargas lágrimas del duelo y el bálsamo de la simpatía o la curación. Con el tiempo suficiente, el agua puede abrirse paso a través de cualquier cosa que se interponga en su camino.

En el Plano del Agua, un sol cálido dibuja un arco a lo largo del cielo, como si surgiera y se sumergiera en las aguas visibles en los límites del horizonte. No obstante, varias veces al día el cielo se llena de nubes que descargan diluvios, normalmente acompañadas de espectaculares relámpagos, para volver a desvanecerse inmediatamente después. De noche, un deslumbrante despliegue de estrellas y auroras engalana el firmamento.

El Plano del Agua es un océano infinito, llamado el **Mar de los Mundos** del que asoman de vez en cuando atolones e islas, que se levantan sobre descomunales arrecifes de coral que parecen sumergirse hasta alcanzar el infinito. Las tormentas que se desplazan sobre el mar a veces crean portales que permiten acceder de forma temporal al Plano Material y arrastran navíos hasta el Plano del Agua. Así, sobre sus aguas navegan los barcos que han sobrevivido a este proceso, surcando el mar, pero habiendo perdido prácticamente toda esperanza de volver al hogar.

El clima de este plano no tiene término medio: cuando no reina la calma, el mar está azotado por la tempestad. En raras ocasiones, un temblor en el firmamento planar produce una ola solitaria, pero de enormes dimensiones, que se desplaza por el plano engullendo islas enteras y empujando a los barcos contra los arrecifes.

La vida florece en las regiones más cercanas a la superficie del Mar de los Mundos, que reciben el nombre de **Mar de la Luz** debido a la luz solar que ilumina estas zonas. Los humanoides acuáticos construyen sus castillos y fortalezas en los arrecifes de coral. De entre ellos, los marids son los laxos administradores de esta región, pues se contentan con ver como las razas inferiores compiten por el territorio. El emperador, aunque solo en nombre, de los marids vive en la **Ciudadela de las Diez Mil Perlas**, un opulento palacio hecho de colar y tachonado de perlas.

Las partes más recónditas de este plano, donde no alcanza la luz del sol, son conocidas como las **Profundidades Oscuras**. En ellas habitan criaturas horripilantes, y el tremendo frío y la abrumadora presión destrozan casi inmediatamente a las criaturas acostumbradas a la superficie o al Mar de la Luz. Los krakens y otros portentosos leviatanes son los amos de este reino.

Las pocas criaturas que respiran aire en este plano pugnan ferozmente por cualquier masa de tierra firme sobre la superficie del mar. Pero, cuando no hay ninguna disponible, flotas de balsas o barcos atados entre sí hacen las veces de suelo. La mayoría de los nativos de este plano nunca han llegado a emerger a la superficie del mar, por lo que ignoran la existencia de estos asentamientos.

Una de las pocas islas auténticas de este plano es la **Isla del Pavor**. Está conectada con el Plano Material mediante una tormenta que, periódicamente, se abalanza sobre la isla. Los viajeros que conocen las extrañas mareas y corrientes de este plano pueden desplazarse libremente entre mundos, pero las tempestades también hunden navíos del Plano Material y provocan naufragios en las costas de esta isla.

La región del Plano del Agua más próxima al Pantano del Olvido (en el Plano de la Tierra) son los **Llanos de Sal**. En ellos el agua se espesa, mezclándose con tierra y lodo, convirtiéndose en un suelo cenagoso que acaba dando paso al gran pantano que se halla entre los planos.

En el otro extremo del plano se encuentra el **Mar de Hielo**, que bordea el Yermo Helado. Estas aguas, gélidas, están plagadas de icebergs y placas de hielo, sobre las que habitan las criaturas amantes del frío que igualmente pueden verse en el Yermo Helado. Los icebergs errantes pueden acabar transportando a estos seres a las zonas interiores del Plano del Agua, desde donde amenazan a islas y barcos de zonas más cálidas.

El **Yermo Helado**, también conocido como el Plano del Hielo, es la frontera entre los Planos del Aire y del Agua; un aparentemente infinito glaciar azotado por furiosas ventiscas incansables. El Plano del Hielo está horadado por retorcidas cavernas, en las que viven yetis, remorhazs, dragones blancos y otras criaturas del frío. Los habitantes de este plano viven en una continua lucha por demostrar su fuerza y, de este modo, sobrevivir.

Sus peligrosos monstruos y punzante frío hacen del Yermo Helado un lugar muy peligroso, por lo que la mayoría de los viajeros interplanares se mantienen en el aire, desafiando a los potentes vientos y nieves torrenciales para evitar poner el pie en el gran glaciar.

PLANO DEL FUEGO

El fuego representa la vitalidad, la pasión y el cambio. En su faceta más oscura, como la de los ifrits de fuego, causa una destrucción cruel y caprichosa. Sin embargo, también puede reflejar la luz de la inspiración, el calor de la compasión y la llama del deseo.

En el cénit de los cielos dorados del Plano del Fuego se encuentra un sol abrasador, que se expande y contrae siguiendo un ciclo de 24 horas. Su color va desde un blanco ardiente a mediodía hasta un rojo profundo a medianoche, por lo que las horas más oscuras de este plano están teñidas de un tono crepuscular. En su punto más álgido, este brillo resulta cegador, por lo que la mayoría de los negocios de la Ciudad de Oropel, descrita más adelante, se llevan a cabo durante las horas menos calurosas.

El clima en este plano está marcado por vientos feroces y cenizas espesas. Aunque el aire es respirable, las criaturas que no son nativas del plano deben cubrir sus bocas y ojo para evitar las ardientes ascuas. Los ifrits recurren a su magia para mantener a las tormentas de brasas alejadas de la Ciudad de Oropel, pero, en el resto del plano el viento es, como poco, tempestuoso, llegando a golpear con la fuerza de un huracán durante las peores tormentas.

El calor en el Plano del Fuego es comparable al de un desierto abrasador en el Plano Material, y representa un peligro similar para los viajeros (consulta "Calor extremo" en el capítulo 5: "Entornos para aventuras"). Cuanto más se interna uno en el plano, más difícil es encontrar agua. Llegado a cierto punto, desaparecen por completo las fuentes de este líquido, por lo que los viajeros deberán llevar sus propios suministros o crear agua mediante la magia.

El Plano del Fuego está dominado por el vasto **Desierto de Ascuas**, una enorme extensión de brasas negras y rescoldos cruzado por ríos de lava. En él, grupos itinerantes de salamandras se pelean unos con otros, saquean asentamientos de los azers y evitan a los ifrits. En algunos puntos del desierto pueden verse ruinas ancestrales, los restos de civilizaciones ya olvidadas.

El hogar de los azers es una gran cordillera de volcanes llamada las **Fuentes de la Creación**. Estos picos rocosos se extienden desde los límites del Plano de la Tierra, rodeando el Desierto de Ascuas, hasta llegar al ardiente corazón del plano. La parte de estas cordilleras que pasa por la frontera del plano también recibe el nombre de Plano del Magma.

Los gigantes de fuego y los dragones rojos se establecen aquí, al igual que las criaturas de los dos planos vecinos.

La lava fluye desde los volcanes hacia el plano del aire y se acumula hasta formar un enorme mar conocido como el **Mar de Fuego**, por el que navegan los ifrits y los azers, en monumentales barcos de oropel. Islas de obsidiana y basalto sobresalen de la masa de lava, y sobre ellas pueden encontrarse ruinas antiguas y las guaridas de los dragones rojos más poderosos. En la costa del Mar de Fuego se alza la **Ciudad de Oropel**.

LA CIUDAD DE OROPEL

La Ciudad de Oropel es, probablemente, la localización más famosa de los Planos Interiores, y está edificada a orillas del Mar de Fuego. Es la mítica urbe de los ifrits y sus adornadas espiras y muros de metal reflejan su naturaleza pomposa y cruel. La esencia del Plano del Fuego hace que todo lo que se encuentre en el interior de la ciudad parezca animado por llamas danzantes; una muestra de la vibrante energía del lugar.

Los aventureros suelen frecuentar esta urbe en busca de magia legendaria. Si algún objeto mágico está a la venta, lo más probable es que sea en la Ciudad de Oropel, aunque el precio bien podría ir más allá del simple oro. Los ifrits gustan de intercambiar favores, sobre todo si tienen la sartén por el mango. Quizá el único lugar en qué adquirir la cura para esa enfermedad o veneno mágicos sean los bazares de la ciudad.

El corazón de la urbe es el Palacio de Carbón, desde el que el déspota sultán de los ifrits gobierna con autoridad suprema, rodeado por los nobles ifrits y una caterva de esclavos, guardias y aduladores.

PLANO DE LA TIERRA

La tierra simboliza estabilidad, rigidez, determinación y tradición. Este plano está situado en oposición al Plano del Aire en el anillo de en torno al que se ubican los Planos Elementales, pues refleja lo contrario a prácticamente todo lo que el aire representa.

El Plano de la Tierra es una cadena montañosa que se alza por encima de cualquier cordillera del Plano Material. Sobre ella no brilla el sol y en sus cimas más altas no hay aire. La mayoría de los visitantes de este plano llegan a través de las cuevas y cavernas que recorren el interior de las montañas.

En la más grande de ellas, conocida como la Gran Caverna Funesta o el Dédalo Séptuple, se ubica la capital de los daos, la **Ciudad de las Joyas**. Estos genios se enorgullecen enormemente de sus riquezas y envían equipos de esclavos a lo largo y ancho del plano, en busca de nuevas vetas de minerales y piedras preciosas que explotar. Gracias a sus esfuerzos, todos y cada uno de los edificios y objetos significativos de la urbe están hechos de gemas y metales. Un ejemplo son los delicados minaretes incrustados de joyas que coronan la mayoría de las construcciones. La ciudad está protegida por un poderoso conjuro, que alerta a la totalidad de los daos que habitan en ella en el instante en que alguien trata de robar ni siquiera una piedra. El robo está penado con la muerte. Es más, este castigo se extiende a los familiares del ladrón.

Las montañas más cercanas a las Fuentes de la Creación (en el Plano del Fuego) son conocidas como los **Altos Hornos**. La lava se filtra a través de sus cuevas y el aire en ellas apesta a azufre. Los daos han construido inmensas forjas y fundiciones en ellas, para procesar la mena y dar forma a los metales preciosos.

Plano del Agua

Yermo Helado (Plano del Hielo)

Mar de Hielo

Isla del Pavor

Mar de los Mundos

Llanos de Sal

Pantano del Olvido (Plano del Cieno)

Aaqa

Extensión del Mistral

Colinas de Barro

Vientos Laberínticos

Shadowfell

Plano Material

Feywild

Ciudad de las Joyas

Estrechos del Siroco

Los Altos Hornos

Plano de la Tierra

Gran Conflagración (Plano de la Ceniza)

Ciudad de Oropel

Desierto de Ascuas

Fuentes de la Creación (Plano del Magma)

Mar de Fuego

Fuentes de la Creación

no del Aire

LOS PLANOS ELEMENTALES

Plano del Fuego

La región que hace de frontera entre los Planos del Agua y de la Tierra es un hórrido pantano en el que árboles retorcidos y enredaderas cubiertas de espina surgen de una fangosa capa de limo. Multitud de lagos de agua estancada, llenos de matorrales y de monstruosos enjambres de mosquitos, están desperdigados por esta región, conocida como el **Pantano del Olvido** o el Plano del Cieno. Los escasos asentamientos que en ella se encuentran no son más que estructuras de madera suspendidas por encima del fango. La mayoría están construidas sobre plataformas tendidas entre los árboles, aunque algunas pocas se apoyan en estacas ancladas profundamente en el barro. Pero, por mucho que se descienda, no se hallará tierra sólida bajo la cenagosa superficie del pantano, por lo que las casas construidas sobre estacas acaban hundiéndose irremediablemente.

Se dice que cualquier objeto que se lance al Pantano del Olvido no podrá volver a ser encontrado hasta pasado al menos un siglo. De vez en cuando, algún alma desesperada decide arrojar un artefacto de poder en este lugar, eliminándolo del multiverso durante un tiempo. La promesa del poder mágico de estos objetos atrae a aventureros al pantano, que se enfrentan a los monstruosos insectos y las sagas que moran en él con tal de hallarlos.

La región de este plano más próxima al Pantano del Olvido se conoce como las **Colinas de Barro**. Los movimientos de tierra constantes desgastan las laderas de estas elevaciones, enviando avalanchas de tierra y piedra sobre el pantano sin fondo. El Plano de la Tierra parece estar regenerándose continuamente, creando nuevos cerros mientras los viejos se erosionan hasta desaparecer.

PLANOS EXTERIORES

Serpentinas de gases nocivos manchaban la bóveda carmesí como si de nubes sucias se tratara. Se retorcían hasta adoptar una forma similar a la de ojos gigantes que bajaban la vista, pero desaparecían justo antes de poder fijar la vista, volviéndose a formarse de nuevo, una y otra vez. Bajo el brillo del color del rubí yacía una oscura tierra de pesadilla, de rocas desnudas y canales por los que discurrían chispas y llamas. Sobre su superficie se podían entrever seres que reptaban y se agitaban bajo el amparo de las sombras. Las montañas arañaban el cielo carmesí. La Tierra de los Dientes, como la había llamado Azuth una vez, sondeando las imposiblemente astilladas piedras. Se encontraba ante los Terrenos de la Bienvenida, el reino de horror que había tomado las vidas de incontables mortales. Sobrevolaba Averno, la capa más superior de los Nueve Infiernos.

—Ed Greenwood, *Elminster in Hell.*

Así como los Planos Interiores son la materia y la energía puras de las que está hecho el multiverso, los Planos Exteriores le proporcionan dirección, pensamiento y propósito. De hecho, muchos eruditos se refieren a los Planos Exteriores con los nombres de planos divinos, planos espirituales o planos de los dioses, pues su aspecto más conocido es que son los hogares de las deidades.

Cuando se trata cualquier tema relacionado con los dioses, es necesario recurrir a términos metafóricos. Así, los hogares de las divinidades no son "lugares" en sentido literal, sino que se usa esta palabra para dar a entender que los Planos

Exteriores son reinos de pensamiento y espíritu. Al igual que con los Planos Elementales, uno puede imaginarse la parte perceptible de los Planos Exteriores como una especie de frontera, mientras que las regiones espirituales más amplias son imposibles de procesar por los sentidos.

E incluso en esas zonas perceptibles, las apariencias pueden engañar. Al principio, muchos Planos Exteriores pueden parecer acogedores y familiares para los nativos del Plano Material. No obstante, el terreno puede cambiar si a las poderosas fuerzas que viven en estos planos se les antoja. Los deseos de las portentosas voluntades que moran en estos planos pueden rehacerlos por completo. A efectos prácticos, pueden borrar y reescribir la existencia para que esta se ajuste mejor a sus necesidades.

La distancia es un concepto que carece de sentido en los Planos Exteriores. Las regiones perceptibles de estos planos a veces parecen pequeñas, pero pueden extenderse hasta lo que parece ser el infinito. Para los aventureros sería posible hacer una visita guiada a los Nueve Infiernos, desde la primera capa hasta la novena, en un solo día; siempre y cuando los poderes de los Infiernos lo desearan. Pero también podrían ser necesarias semanas simplemente para llevar a cabo un agotador viaje a través de una única capa.

El grupo estándar de Planos Exteriores son dieciséis planos que se corresponden con los ocho alineamientos (sin contar la neutralidad, que está representada por las Tierras Exteriores, como se describe en la sección "Otros planos") y los diferentes matices entre ellos.

LOS PLANOS EXTERIORES

Plano Exterior	Alineamiento
Monte Celestia, los Siete Cielos de	LB
Bitopía, los Paraísos Gemelos de	NB, LB
Elíseo, los Campos Benditos de	NB
Las Tierras de las Bestias, la Naturaleza Salvaje de	NB, CB
Arbórea, la Floresta Olímpica de	CB
Ysgard, los Dominios Heroicos de	CN, CB
Limbo, el Caos en Perpetua Mutación de	CN
Pandemónium, las Profundidades Azotadas por el Viento de	CN, CM
El Abismo, las Infinitas Capas de	CM
Carceri, las Profundidades Tártaras de	NM, CM
Hades, el Yermo Gris de	NM
Gehenna, la Eternidad Desalentadora de	NM, LM
Los Nueve Infiernos de Baator	LM
Aqueronte, el Campo de Batalla Infinito de	LN, LM
Mechanus, el Nirvana de Mecanismos de	LN
Arcadia, los Reinos Pacíficos de	LN, LB

Los planos con la esencia de la bondad en su naturaleza reciben el nombre de **Planos Superiores**, mientras que los que poseen la de la maldad son conocidos como **Planos Inferiores**. El alineamiento de un plano es su esencia, por lo que un personaje cuyo alineamiento no coincida con el del plano experimentará una profunda sensación discordante mientras se encuentre en él. De este modo, cuando una criatura buena visita Elíseo se siente en armonía con el plano, pero cuando es una criatura malvada quien lo hace, se percibe fuera de lugar e incómoda.

Los Planos Superiores son el hogar de las criaturas celestiales, como los ángeles, couatls o pegasos. Por su parte, los Planos Inferiores son la tierra de los infernales: demonios, diablos, yugoloths y su ralea. En los planos entre ambos extremos habita una enorme variedad de seres únicos: los modrons, una raza de autómatas, vive en Mechanus, mientras que las aberraciones conocidas como slaads medran en Limbo.

CAPAS DE LOS PLANOS EXTERIORES

La mayoría de los Planos Exteriores poseen varios entornos o reinos. Estos últimos suelen ser imaginados y representados como una pila de partes relacionadas del mismo plano, por lo que los viajeros suelen pensar en ellas como capas. Así, Monte Celestia se parece a una tarta de siete pisos, los Nueve Infiernos tienen (como su nombre indica) nueve niveles y el Abismo posee un número de capas casi infinito.

La mayoría de portales que provienen del exterior solo permiten acceder a la primera capa de un plano que posea varias. Esta capa suele representarse como la más alta o la más baja, en función del plano. Como es el punto de llegada de la mayoría de visitantes, hace las funciones de ciudad-portal de su plano.

VIAJAR POR LOS PLANOS EXTERIORES

Viajar de un Plano Exterior a otro no se diferencia mucho del proceso necesario para alcanzar uno de ellos. Los personajes pueden usar el conjuro *proyección astral* para trasladarse al Plano Astral y, una vez allí, buscar un estanque de color que lleve al destino deseado. Igualmente, pueden emplear *desplazamiento entre planos* para alcanzar el plano al que quieren llegar de forma más directa. Con todo, la mayor parte de las veces recurrirán a portales, que pueden enlazar los planos origen y destino directamente, o acudirá a Sigil, la Ciudad de las Puertas, que contiene portales a todos los planos que existen.

Dos accidentes geográficos conectan varios Planos Exteriores entre sí: el río Estigio y la Escalera Infinita. Aunque quizá en tu campaña también existan otras rutas interplanares, como un Árbol del Mundo cuyas raíces toquen los Planos Inferiores y posea ramas que lleguen hasta los Planos Superiores. O puede que en tu cosmología se pueda viajar de un plano a otro simplemente andando.

EL RÍO ESTIGIO

Este río burbujea con la grasa, los horribles restos flotantes y los putrefactos despojos de las batallas que se lucharon en sus orillas. Cualquier criatura que no sea un infernal y pruebe o toque esta agua se verá afectada por el conjuro *romper la mente*. La CD de la tirada de salvación de Inteligencia para resistir el efecto es 15.

El río Estigio discurre a través de las capas superiores de Aqueronte, los Nueve Infiernos, Gehenna, Hades, Carceri, el Abismo y Pandemónium. Los tributarios del Estigio serpentean hasta llegar a capas inferiores de estos planos. Por ejemplo, un afluente serpentea a través de todas y cada una de las capas de los Nueve Infiernos, permitiendo el paso de una a la siguiente.

Sobre las aguas del Estigio flotan siniestros transbordadores, tripulados por navegantes expertos en sortear las impredecibles corrientes y remolinos del río. Si se les paga el precio adecuado, estos navegantes están dispuestos a llevar pasajeros de un plano a otro. Algunos son infernales, mientras que otros son las almas de los difuntos del Plano Material.

LA ESCALERA INFINITA

La Escalera Infinita es una escalera espiral extradimensional que conecta los planos. La entrada a ella suele mostrarse como una puerta normal y corriente. Tras este portal se encuentra un pequeño rellano con unas escaleras igualmente anodinas, que ascienden y descienden. La Escalera Infinita cambia de apariencia al ir subiendo y bajando, pasando de ser simples peldaños de madera o piedra a complejos revoltijos de escalones que cuelgan de un espacio radiante, en el que es imposible dar dos pasos sin

cambiar de orientación gravitacional. Se dice que es posible hallar lo que el corazón anhela dentro de la Escalera Infinita, aunque es necesario un buscar diligentemente en cada rellano.

Las puertas que llevan a la Escalera Infinita suelen estar apartadas, en lugares polvorientos y prácticamente olvidados que nadie frecuenta o presta atención. Puede haber varios accesos a la Escalera Infinita en el mismo plano, aunque no suelen ser de dominio público, y a veces están vigilados por devas, esfinges, yugoloths u otros monstruos poderosos.

REGLAS OPCIONALES

Cada uno de los Planos Exteriores tiene sus propias características peculiares, que provocan que viajar por él sea una experiencia única. La influencia de un plano puede afectar a sus visitantes de varias formas, obligándolos a asumir rasgos de personalidad o defectos que reflejen el temperamento del plano o, incluso, llegando a modificar de forma leve su alineamiento para que este se ajuste mejor al de los nativos del plano. La descripción de cada uno contiene una o más reglas opcionales que puedes utilizar para hacer que las experiencias de los aventureros en el plano sean memorables.

REGLA OPCIONAL: DISONANCIA PSÍQUICA

Cada uno de los Planos Exteriores emana una disonancia psíquica que afecta a los visitantes de un alineamiento incompatible (criaturas buenas en los Planos Inferiores y malas en los Planos Superiores) si pasan demasiado tiempo en el plano. Puedes reflejar esta disonancia mediante la siguiente regla opcional: Al final de cada descanso largo en un plano incompatible, el visitante deberá realizar una tirada de salvación de Constitución CD 10. Si falla, recibirá un nivel de cansancio. La incompatibilidad entre alineamientos legales y caóticos no presenta los mismos problemas, por lo que tanto Mechanus como Limbo carecen de esta característica.

MONTE CELESTIA

La singular montaña sagrada conocida como Monte Celestia se alza desde el brillante Mar Argénteo hasta altitudes incomprensibles, tan elevadas que la vista prácticamente no es capaz de alcanzarlas. Posee siete altiplanos que marcan sus siete capas celestiales. Este plano es el modelo de justicia y orden, de gracia celestial y misericordia infinita, donde los ángeles y los campeones del bien ejercen de protectores contra las incursiones del mal. Es uno de los pocos lugares en los planos en los que los viajeros pueden bajar la guardia. Sus habitantes se esfuerzan constantemente, tratando de encarnar la justicia tanto como sea posible. Incontables criaturas intentan alcanzar el pico más alto y sublime de la montaña, pero está reservado a las almas más puras. El mero hecho de posar la vista en dicha cumbre es capaz de sobrecoger incluso a los viajeros más hastiados.

REGLA OPCIONAL: BENEVOLENCIA BENDITA

Así como las criaturas malvadas experimentan una fuerte disonancia aquí, las bondadosas son bendecidas por la benevolencia que permea este plano. Las criaturas de alineamiento bueno reciben los beneficios de un conjuro de *bendición* mientras permanezcan en el plano. Además, finalizar un descanso largo aquí concede a las criaturas buenas un beneficio equivalente al conjuro *restablecimiento menor*.

BITOPÍA

Las dos capas de los Paraísos Gemelos de Bitopía son similares, aunque opuestas: una es un paisaje domesticado y pastoral, mientras que la otra es una tierra salvaje e indómita. Ambas reflejan la bondad del plano y su aceptación de la ley y el orden cuando estos son necesarios. Bitopía es el cielo del trabajo productivo, la satisfacción de una labor bien hecha. La bondad que fluye a través de este lugar crea sensaciones de buena voluntad y felicidad en las criaturas que habitan aquí.

REGLA OPCIONAL: BUENA VOLUNTAD PENETRANTE

Al final de cada descanso largo realizado en este plano, todo visitante que no sea legal bueno ni neutral deberá realizar una tirada de salvación de Sabiduría CD 10. Si la falla,

su alineamiento cambiará a legal bueno o neutral bueno, el que se aproxime más a su alineamiento actual. Este cambio se vuelve permanente si la criatura no abandona el plano en 1d4 días. De lo contrario, su alineamiento volverá a la normalidad tras pasar un día en un plano que no sea Bitopía. Lanzar un conjuro de *disipar el bien y el mal* también devolverá a la criatura su alineamiento original.

ELÍSEO

Elíseo es el hogar de criaturas de amabilidad y compasión sin límites, un refugio para los viajeros interplanares que busquen dónde cobijarse. Los bucólicos parajes de este plano refulgen, llenos de belleza y vida en su máximo esplendor. La tranquilidad se cuela entre los huesos y las almas de los que entran aquí. Es el cielo del descanso bien merecido, un lugar en el que las lágrimas de felicidad brillan en más de una mejilla.

REGLA OPCIONAL: FELICIDAD ABRUMADORA

Los visitantes que pasen cualquier periodo de tiempo en este plano se arriesgan a quedar atrapados por abrumadoras sensaciones de alegría y felicidad. Al final de cada descanso largo hecho en este plano, los visitantes deberán realizar una tirada de salvación de Sabiduría CD 10. Si la fallan, las criaturas serán incapaces de abandonar el plano antes de llevar a cabo otro descanso largo. Si una criatura falla tres tiradas de salvación, se negará a marcharse voluntariamente de este plano y, si se le obliga a hacerlo, hará todo lo que esté en su mano para volver. Un conjuro de *disipar el bien y el mal* libra a la criatura de este efecto.

LAS TIERRAS DE LAS BESTIAS

Las Tierras de las Bestias es un plano de naturaleza desatada, de bosques repletos de manglares cubiertos de musgo o pinos cargados de nieve, de espesas junglas cuyas ramas están tan próximas que no dejan pasar la luz, de vastas llanuras en las que campos de cereales o flores se agitan vivazmente con el viento. Este plano encarna la belleza y salvajismo de la naturaleza, pero también da voz al animal que se oculta en todos los seres vivos.

REGLA OPCIONAL: PARAÍSO DEL CAZADOR

Los visitantes de las Tierras de las Bestias descubren que su habilidad para la caza y el rastreo se ve sumamente mejorada, por lo que los personajes tendrán ventaja en las pruebas de Sabiduría (Percepción), Sabiduría (Supervivencia) y Sabiduría (Trato con Animales) mientras se hallen aquí.

REGLA OPCIONAL: TRANSFORMACIÓN EN BESTIA

Cada vez que un visitante mate a una bestia nativa de este plano deberá superar una tirada de salvación de Carisma CD 10 o se transformará (como con el conjuro *polimorfar*) en el tipo de bestia que fue asesinada. Mientras se encuentre en esta forma, la criatura mantendrá su inteligencia y su capacidad para hablar. La criatura polimorfada puede repetir la tirada de salvación al final de cada uno de sus descansos largos. Si la supera, volverá a asumir su auténtica forma. Pero, si falla tres tiradas de salvación, la transformación no podrá deshacerse más que mediante un conjuro de *levantar maldición* o un efecto mágico similar.

ARBÓREA

Más grande que la propia vida, Arbórea es un lugar de ánimos violentos y afectos profundos, de caprichos respaldados por el acero y pasiones que arden con fuerza hasta que se consumen. Sus habitantes, de buen talante, están entregados a luchar contra el mal, pero tienden a perder el control de sus imprudentes emociones, trayendo consecuencias devastadoras. En Arbórea, la furia es tan común y respetada como la alegría. En este plano, las montañas y los bosques son de dimensiones y belleza extraordinarias. Cada claro y arroyo está habitado por espíritus de la naturaleza que no toleran desaire alguno. Por ello, los viajeros deben andarse con cuidado.

Arbórea es el hogar de muchos elfos y deidades élficas. Los elfos que han nacido aquí poseen el tipo "celestial" y un corazón salvaje, dispuesto a combatir el mal en un latido. No obstante, por lo demás, parecen y se comportan como elfos normales.

REGLA OPCIONAL: ANHELO INTENSO

Lleva la cuenta del número de días que cada visitante pasa en Arbórea. Cuando se marche, deberá realizar una tirada de salvación de Carisma contra una CD de 5 + 1 por cada día que haya permanecido en este plano. Si la falla, la criatura se verá poseída por el anhelo de volver a Arbórea. Mientras persista este efecto, sufrirá desventaja en sus pruebas de característica. Puede repetir la tirada de salvación al final de cada descanso largo, librándose del efecto si tiene éxito. Un conjuro de *disipar el bien y el mal* elimina este efecto de la criatura.

YSGARD

Ysgard es un agreste reino de montañas elevadas, fiordos profundos y campos de batalla azotados por el viento, con veranos largos y ardientes e implacables inviernos extremadamente fríos. Sus continentes flotan sobre océanos de roca volcánica, bajo los cuales se esconden cavernas heladas tan enormes que pueden albergar reinos enteros de gigantes, humanos, enanos, gnomos y otros seres. Los héroes llegan a Ysgard para poner a prueba su valía contra el propio plano, pero también frente a gigantes, dragones y otras criaturas terribles que rugen a lo largo y ancho de sus vastos territorios.

REGLA OPCIONAL: IRA INMORTAL

Ysgard es el hogar de los héroes caídos que guerrean eternamente en campos de batalla llenos de gloria. Cualquier criatura (salvo autómatas y muertos vivientes) que muera a manos de un ataque o conjuro mientras se encuentre en Ysgard volverá a la vida al amanecer del día siguiente. La criatura recuperará todos sus puntos de golpe y cualquier estado o aflicción que sufriera antes de morir desaparecerá.

LIMBO

Limbo es un plano de caos puro, una sopa agitada de materia y energía incapaces de asumir una forma fija. La piedra se deshace en agua, que se congela en metal, para luego transformarse en diamante, que arde en un humo que se coagula en nieve. Y así una y otra vez en un proceso de cambio eterno e impredecible. Los fragmentos de paisajes más normales, como trozos de bosques o praderas, castillos en ruinas e incluso arroyos burbujeantes, van a la deriva a través de este desorden. La totalidad del plano es una algarada de pesadilla.

Limbo no posee gravedad alguna, por lo que las criaturas que lo visitan flotan. No obstante, pueden moverse hasta su velocidad caminando en cualquier dirección con tan solo pensar en hacerlo.

Este plano se adapta a la voluntad de las criaturas que lo habitan. Las mentes más disciplinadas y poderosas pueden crear islas enteras de su propia invención, llegando incluso a mantener estos lugares durante años. Sin embargo, las criaturas más simples, como los peces, dispondrían de poco más de un minuto antes de que la masa de agua que las rodea se congelara, desvaneciera o transformara en cristal. Los slaads viven aquí, nadando en medio del caos, pero sin crear nada, mientras que los monjes githzerais construyen monasterios enteros con el mero poder de su mente.

REGLA OPCIONAL: EL PODER DE LA MENTE

Una criatura en Limbo puede utilizar una acción y realizar una prueba de Inteligencia para mover mentalmente un objeto que esté en el interior del plano, a 30 pies y pueda ver. La CD depende del tamaño del objeto: CD 5 para uno Diminuto, CD 10 para uno Pequeño, CD 15 para uno Mediano, CD 20 para uno Grande y CD 25 para uno Enorme o más grande. Si la criatura tiene éxito, podrá desplazar el objeto hasta 5 pies más 1 pie adicional por cada punto por el que haya superado la CD.

Una criatura también puede usar una acción y realizar una prueba de Inteligencia para alterar un objeto no mágico que no lleve o vista nadie. Se aplican las mismas reglas que antes para la distancia y la CD depende, de nuevo, del tamaño del objeto: CD 10 para uno Diminuto, CD 15 para uno Pequeño,

CD 20 para uno Mediano y CD 25 para uno Grande o mayor. Si tiene éxito, la criatura transformará el objeto en otra forma no viva del mismo tamaño. Podría, por ejemplo, convertir un pedrusco en una esfera de fuego.

Por último, una criatura puede emplear una acción y realizar una prueba de Inteligencia para estabilizar un área esférica centrada en ella. La CD depende del radio de la esfera. La CD base es de 5, para una esfera de 10 pies de radio, pero por cada 10 pies de radio adicionales la CD aumentará en 5. Si tiene éxito, la criatura evitará que el área sea alterada por el plano durante 24 horas o hasta que la criatura vuelva a utilizar esta capacidad.

PANDEMÓNIUM

Pandemónium es un plano de locura, una descomunal masa de roca plagada de túneles horadados por vientos aullantes. Es un lugar frío, ruidoso y oscuro, que carece por completo de luz natural. El viento extingue rápidamente cualquier llama desprotegida que no sea mágica, como es el caso de las antorchas y las hogueras. También hace imposible comunicarse si no se grita e, incluso, en este caso solo hasta una distancia de 10 pies. Todas las criaturas tienen desventaja en las pruebas de característica que dependan del oído.

La mayoría de los habitantes de este plano son criaturas expulsadas aquí y sin esperanza alguna de escapar. Muchas de ellas han enloquecido por los incesantes vientos o se han visto obligadas a refugiarse en lugares en los que estos amainan ligeramente, donde suenan los aullidos de tormento en la lejanía.

REGLA OPCIONAL: VIENTOS ENLOQUECEDORES

Los visitantes deberán realizar una tirada de salvación de Sabiduría CD 10 tras cada hora que pasen entre los vientos aullantes. Si fallan, recibirán un nivel de cansancio. Si una criatura llega a tener seis niveles de cansancio en este plano no morirá. En lugar de eso, recibirá una forma de locura indefinida determinada al azar, tal y como se explica en el capítulo 8: "Dirigir el juego". Finalizar un descanso largo no reducirá el nivel de cansancio de una criatura, salvo si esta puede encontrar algún modo de escapar de los vientos enloquecedores.

EL ABISMO

El Abismo encarna todo lo que es perverso, repelente y caótico. Sus virtualmente infinitas capas descienden en espiral hasta tomar formas todavía más abominables.

Cada capa del Abismo hace gala de un entorno propio, a cuál más horrible. Aunque no hay dos capas iguales, todas ellas son crueles e inhóspitas. Además, cada una de ellas refleja la naturaleza entrópica del Abismo. De hecho, la mayoría de lo que uno puede ver o tocar en este plano parece estar corroído, derrumbado o en decadencia.

REGLA OPCIONAL: CORRUPCIÓN ABISAL

Cualquier visitante no malvado que finalice un descanso largo en el Abismo deberá realizar una tirada de salvación de Carisma CD 10. Si la falla, la criatura será corrompida. Consulta la tabla "corrupción abisal" para determinar qué efectos tiene esta corrupción. Puedes sustituir algunos de estos efectos por otros de tu propia cosecha.

Tras finalizar un descanso corto, la criatura corrupta puede realizar una tirada de salvación de Carisma CD 15. Si tiene éxito en la tirada, el efecto de la corrupción terminará. Un conjuro de *disipar el bien y el mal* o cualquier efecto mágico que elimine una maldición también acabará con el efecto.

Si la criatura corrupta no abandona el plano en 1d4 + 2 días, su alineamiento cambiará a caótico malvado.

Lanzar un conjuro de *disipar el bien y el mal* devolverá a la criatura su alineamiento original.

CORRUPCIÓN ABISAL

d10	Resultado
1–4	**Traición.** El personaje recibe el defecto siguiente: "La única forma de conseguir mis objetivos es asegurarme de que mis compañeros no alcanzan los suyos".
5–7	**Ansia de sangre.** El personaje recibe el defecto siguiente: "Disfruto matando por el puro placer de matar y, una vez empiezo, me cuesta parar".
8–9	**Ambición desmedida.** El personaje recibe el defecto siguiente: "Estoy destinado a gobernar el Abismo y mis compañeros son herramientas para este fin".
10	**Posesión demoníaca.** El personaje estará poseído por una entidad demoníaca hasta que se le libere mediante un conjuro de *disipar el bien y el mal* o un efecto mágico similar. Siempre que el personaje poseído saque un 1 en una tirada de ataque, prueba de característica o tirada de salvación, el demonio tomará el control del personaje y decidirá cómo se comporta. Al final de cada uno de los turnos del poseído, este podrá realizar una tirada de salvación de Carisma CD 15. Si la supera, el personaje recuperará el control de su propio ser hasta que vuelva a sacar un 1.

CAPAS IMPORTANTES

Las capas del Abismo están definidas por los señores demoníacos que las gobiernan, como ilustran los siguientes ejemplos. Puedes obtener más información sobre estos infernales en el *Monster Manual*.

Las Fauces Abiertas. La capa de Demogorgon en el Abismo es una vasta tierra llena de salvajismo y locura conocida como las Fauces Abiertas. En ella incluso los demonios poderosos pueden enloquecer de terror. Como reflejo de la doble naturaleza de Demogorgon, las Fauces Abiertas están compuestas de un inmenso continente primordial cubierto de densas junglas y rodeado por salares y océanos que parecen extenderse hasta el infinito. El Príncipe de los Demonios gobierna esta capa desde sus torres serpentinas, que emergen de un mar turbulento. Cada una de ellas está coronada por una enorme calavera de afilados colmillos. Las espiras constituyen la fortaleza del Abismo, en la que pocas criaturas pueden internarse sin descender a la locura.

Tánatos. Si Orcus se saliera con la suya, todos los planos se parecerían al reino muerto de Tánatos y todas las criaturas se convertirían en muertos vivientes bajo su control. Bajo los negros cielos de esta capa se extienden montañas desoladas, brezales estériles, ciudades en ruinas y bosques de retorcidos árboles del color del azabache. Tumbas, mausoleos, lápidas y sarcófagos salpican el paisaje. Una multitud de muertos vivientes campa a sus anchas, escapando de sus tumbas y criptas para desgarrar a cualquier criatura lo bastante inconsciente para viajar hasta aquí. Orcus gobierna Tánatos desde un vasto palacio que recibe el nombre de Everlost, hecho de obsidiana y hueso. Edificado sobre un erial llamado Final del Olvido, está rodeado de tumbas y fosas comunes, excavadas en las laderas de unos valles estrechos, creando una necrópolis de varios niveles.

La Telaraña Demoníaca. La capa de Lolth es una inmensa red de gruesas telarañas mágicas que crean una miríada de pasadizos y salas similares a capullos. A lo largo y ancho de esta telaraña cuelgan edificios, estructuras, barcos y otros objetos, como si estuvieran atrapados en la trampa de una araña. La naturaleza de la telaraña de Lolth crea portales al azar en varios puntos del plano, robando estos objetos y construcciones de semiplanos o mundos del Plano Material que formen parte de las maquinaciones de la

Reina Araña. Los siervos de Lolth también construyen mazmorras en este entramado, para así cazar a los enemigos jurados de su señora, atrapándolos en zigzagueantes corredores de piedras unidas usando tela de araña.

Muy por debajo de estas mazmorras se encuentran los pozos sin fondo conocidos como los Fosos de la Telaraña Demoníaca, donde mora la Reina Araña. En este lugar Lolth se halla rodeada de sus doncellas, yochlol creadas con el único fin de atenderla, superiores en rango a demonios más poderosos mientras permanezcan en los dominios de la Reina Araña.

El Laberinto Infinito. La capa de Bafomet en el Abismo es una mazmorra infinita cuyo centro alberga el enorme palacio zigurat del Rey Astado. Este edificio no es sino confuso batiburrillo de pasadizos tortuosos y una miríada de salones, y está rodeado de un foso de una milla de ancho que esconde un exasperante caos de escaleras y túneles sumergidos que conducen al interior de la fortaleza.

El Reino Triple. El Príncipe Oscuro Graz'zt gobierna sobre el reino de Azzagrat, que se extiende por tres capas del Abismo. El asiento de su poder es el fantástico Palacio Argénteo de la ciudad de Zelatar, cuyos bulliciosos mercados y palacetes del placer atraen a visitantes de todo el multiverso, que buscan conocimientos mágicos inextricables o deleites perversos. Por voluntad de Graz'zt, los demonios de Azzagrat muestran una fachada de civismo y cortesía. Sin embargo, el llamado Reino Triple esconde tantos peligros como cualquier otra parte del Abismo y los visitantes interplanares pueden desaparecer sin dejar rastro en sus laberínticas ciudades o en los bosques donde los árboles tienen serpientes por ramas.

Valles de la Muerte. Yeenoghu gobierna sobre una capa de quebradas conocida como los Valles de la Muerte. En ella, las criaturas deben cazar para poder sobrevivir. Incluso las plantas, que se ven obligadas a bañar sus raíces en sangre, son capaces de atrapar al incauto. Yeenoghu acecha por sus dominios en busca de presas mientras sus siervos le ayudan a saciar su hambre. Para ello, capturan criaturas del Plano Material y las liberan en el reino del Señor de los Gnolls.

CARCERI

Carceri, el modelo de las demás prisiones de la existencia, es un plano de desolación y desesperanza. Sus seis capas contienen ciénagas inmensas, junglas fétidas, desiertos barridos por el viento, montañas escarpadas, océanos gélidos y hielo negro. Todos estos lugares conforman un entorno miserable en el que los traidores y cambiacapas deben cumplir condena.

REGLA OPCIONAL: PLANO PRISIÓN

Nadie puede salir de Carceri con facilidad. Cualquier intento de usar un conjuro para escapar de este plano fracasará, siendo *deseo* la única excepción a esta regla. Los portales y accesos que se abren hacia este plano solo funcionan en un sentido. Existen formas secretas de salir de Carceri, pero están bien escondidas y protegidas por trampas y monstruos letales.

HADES

Las capas de Hades son conocidas como las Tres Pesadumbres; lugares sin alegría, esperanza o pasión alguna. Hades es una tierra gris cubierta por un cielo ceniciento, el destino de muchas almas que no son reclamadas por los dioses de los Planos Superiores ni los regentes infernales de los Planos Inferiores. Estos espíritus se transforman en larvas y pasan la eternidad en este lugar, que carece de sol, luna, estrellas o estaciones. Sin color o emoción algunas, esta pesadumbre es mucho más de lo que la mayoría de visitantes pueden soportar. La regla "desesperación del Shadowfell"

que apareció antes en este capítulo puede servir para representar este efecto sobre los visitantes.

REGLA OPCIONAL: TRANSFORMACIÓN VIL

Al final de cada descanso largo realizado en este plano, todo visitante debe realizar una tirada de salvación de Sabiduría CD 10. Si la falla, recibirá un nivel de cansancio, del que no podrá librarse mientras permanezca en el Hades. Si una criatura llega a tener seis niveles de cansancio en este plano no morirá. En lugar de eso, se transformará permanentemente en una larva, momento en el que todos los niveles de cansancio que afligieran a la criatura se desvanecerán.

La larva es un infernal miserable que mantiene los rasgos faciales de su forma anterior, pero posee el cuerpo de un gusano abotargado. Solo tiene vagos recuerdos de su vida previa y su perfil es el que aparece a continuación.

Hades está plagado de larvas, que se arrastran por su superficie. Las sagas de la noche, liches y rakshasas las cosechan para utilizarlas en sus infames rituales, mientras que otros infernales se alimentan de ellas.

LARVA
infernal Mediano, neutral malvado

Clase de Armadura: 9
Puntos de golpe: 9 (2d8)
Velocidad: 20 pies

FUE	DES	CON	INT	SAB	CAR
9 (–1)	9 (–1)	10 (+0)	6 (–2)	10 (+0)	2 (–4)

Sentidos: Percepción pasiva 10
Idiomas: entiende los idiomas que conoció en vida, pero no puede hablar
Desafío: 0 (10 PX)

ACCIONES

Mordisco. Ataque con arma cuerpo a cuerpo: +1 a impactar, alcance 5 pies, un objetivo. *Impacto:* 1 (1d4 – 1) de daño perforante.

GEHENNA

Gehenna es una tierra de codicia y suspicacia. Es la cuna de los yugoloths, que moran en gran número aquí. Un gran volcán domina cada una de las cuatro capas de Gehenna, donde masas de tierra de origen volcánico se desplazan por el aire, chocando entre sí y contra los enormes volcanes.

Las rocosas laderas del plano hacen que moverse sea difícil y peligroso. El suelo tiene una inclinación de, como mínimo, 45 grados en prácticamente todas partes. Es más, en algunos puntos hay obstáculos aún más formidables: barrancos casi verticales y profundos cañones. Pero también hay otros peligros, como fisuras volcánicas que expulsa gases nocivos o llamas abrasadoras.

En Gehenna no hay espacio para la misericordia o la compasión. Los infernales que viven aquí se cuentan entre lo más codiciosos y egoístas de todo el multiverso.

REGLA OPCIONAL: OBSTÁCULO CRUEL

La cruel naturaleza del plano provoca que sea difícil para los viajeros ayudarse los unos a los otros. Cada vez que un visitante quiera lanzar un conjuro que produzca un efecto beneficioso, incluyendo aquellos que recuperan puntos de golpe o eliminan estados, deberá realizar antes una tirada de salvación de Carisma CD 10. Si la falla, el conjuro falla, el espacio de conjuro se pierde y la acción es desperdiciada.

LOS NUEVE INFIERNOS

Los Nueve Infiernos de Baator inflaman la imaginación de los viajeros, la codicia de los buscadores de tesoros y la furia combativa de todas las criaturas mortales. Este plano es la encarnación definitiva de la ley y la maldad, el epítome de la crueldad premeditada. Los diablos de los Nueve Infiernos se ven forzados a obedecer las leyes que dictan sus superiores, pero se rebelan contra aquellos de su misma casta. La mayoría serán capaces de intentar ejecutar cualquier maquinación, por terrible que esta sea, para obtener un beneficio personal. En el punto más alto de la jerarquía se encuentra Asmodeo, que todavía no ha sido superado. Pero si alguien le derrotara, podría ocupar su lugar como gobernante del plano. Así lo dicta la ley de los Nueve Infiernos.

REGLA OPCIONAL: MALDAD PENETRANTE

El mal está siempre presente en los Nueve Infiernos, por lo que los que los visitan sienten su influencia. Al final de cada descanso largo realizado en este plano, todo visitante que no sea malvado deberá realizar una tirada de salvación de Sabiduría CD 10. Si la falla, su alineamiento cambiará a legal malvado. Esta cambio se vuelve permanente si la criatura no abandona el plano en 1d4 días. De lo contrario, su alineamiento volverá a la normalidad tras pasar un día en un plano que no sean los Nueve Infiernos. Lanzar un conjuro de *disipar el bien y el mal* también devolverá a la criatura su alineamiento original.

LAS NUEVE CAPAS

Los Nueve Infiernos están estructurados en nueve capas. Las ocho primeras están gobernadas por archidiablos que solo responden ante Asmodeo, el archiduque de Neso, la novena capa. Para alcanzar la capa más profunda de los Nueve Infiernos, hay que atravesar las otras ocho que están sobre ella, en orden. La manera más rápida de hacer esto es a través del río Estigio, que se hunde cada vez más profundamente hacia cada una de las siguientes capas. Tan solo los aventureros más valientes son capaces de aguantar el tormento y el horror de tal viaje.

Averno. No existen portales interplanares que conecten directamente con las capas inferiores de los Nueve Infiernos, pues Asmodeo así lo ha ordenado. Por tanto, Averno, la primera capa, es el punto de llegada de los visitantes de este plano. Es un erial rocoso recorrido por ríos de sangre y nubes de moscas hambrientas. De vez en cuando caen ardientes cometas desde su oscuro cielo, dejando cráteres humeantes a su paso. Los campos de batalla vacíos, en los que solo se pueden ver armas y huesos, muestran los puntos en las que las legiones de los Nueve Infiernos salieron victoriosas tras enfrentarse a aquellos enemigos que se atrevieron a pisar su hogar.

La archiduquesa Zariel es la regente de Averno. Suplantó a su rival, Bel, que había caído en desgracia ante los ojos de Asmodeo y ahora se ve obligado a servirla como su consejero. Tiamat, la Reina de los Dragones Malvados, está prisionera en esta capa, gobernando sobre sus propios dominios, pero confinada a los Nueve Infiernos por el propio Asmodeo como parte de algún contrato ancestral, cuyos términos solo conocen la propia Tiamat y los Amos de las Nueve.

Zariel dirige su capa desde una altísima atalaya de basalto, adornada con los cadáveres parcialmente incinerados de los invitados que no lograron ganarse su favor. Zariel se muestra bajo la forma de un ángel cuya piel y alas, antaño hermosas, han sido arruinadas por el fuego. Sus ojos arden con una luz blanca llena de furia, capaz de hacer que las criaturas que le devuelvan la mirada estallen en llamas.

Dis. Dis, la segunda capa de los Nueve Infiernos, es un laberinto de cañones esculpidos entre impresionantes montañas llenas de ricas vetas de oro. Numerosas carreteras de hierro se extienden por los cañones, retorciéndose. Son vigiladas por las guarniciones de las fortalezas de hierro, que observan desde lo alto de afilados pináculos.

La segunda capa toma su nombre de su actual amo: Dispater. Manipulador y embustero, el archiduque es diabólicamente hermoso, siendo unos pequeños cuernos, una cola y la pezuña en la que termina su pierna izquierda lo único que lo distingue de un humano. Su trono carmesí descansa en el corazón de la Ciudad de Hierro de Dis, una espantosa metrópolis, la más grande de los Nueve Infiernos. Los viajeros interplanares que acuden aquí a conspirar con diablos y cerrar tratos con sagas de la noche, rakshasas, íncubos, súcubos u otros infernales. Dispater se cobra una parte de todos estos acuerdos mediante unas cláusulas especiales añadidas a todos los contratos firmados en su capa de los Nueve Infiernos.

Dispater es uno de los vasallos más leales y capaces de Asmodeo, pues pocos seres del multiverso pueden superarle en astucia. Está aún más obsesionado que la mayoría de los diablos con cerrar tratos con mortales que quieran ofrecer sus almas, y sus emisarios trabajan incansablemente para fomentar sus propósitos malignos en el Plano Material.

Minauros. La tercera capa de los Nueve Infiernos es una ciénaga hedionda. La lluvia ácida se precipita desde sus cielos ocres, espesas capas de suciedad cubren su putrefacta superficie y los pozos ocultos bajo el barro aguardan la oportunidad de devorar a viajeros descuidados. Ciudades ciclópeas de piedras intrincadamente ornamentadas se alzan desde el lodazal, destacando entre ellas la gran urbe de Minauros, de la que toma el nombre esta capa.

Los pegajosos muros de esta ciudad se yerguen cientos de pies hacia el cielo, protegiendo los inundados salones de Mammón. El archiduque de Minauros toma la forma de una serpiente colosal con el tronco y la cabeza de un humanoide sin pelo pero con cuernos. La codicia de Mammón es legendaria, ya que es uno de los pocos archidiablos que intercambia favores a cambio de oro en lugar de almas. Su guardia está repleta de los tesoros que portaban los que intentaron (y fallaron) cerrar un trato ventajoso con él.

Phlegethos. Phlegethos, la cuarta capa, es una tierra ardiente, cuyos mares de magma fundido desatan huracanes de viento abrasador, humo asfixiante y cenizas piroclásticas. En el interior de la caldera del más grande de sus volcanes, repleta de llamas, se ubica Abriymoch, una urbe fortaleza forjada a partir de obsidiana y cristal oscuro. Con ríos de lava fundida descendiendo por sus muros exteriores, esta ciudad parece la pieza central de una fuente infernal de dimensiones portentosas.

Desde Abriymoch gobiernan los dos archidiablos que rigen, conjuntamente, los destinos de esta capa: el archiduque Belial y la archiduquesa Fierna, su hija. Belial es un diablo hermoso y de complexión fuerte, que rebosa civismo incluso cuando sus palabras contienen amenazas veladas. Su hija es una diabla escultural, cuya belleza es capaz de atrapar al corazón más negro de los Nueve Infiernos. La alianza entre Belial y Fierna es indestructible, pues ambos son conscientes de que su supervivencia mutua depende de ella.

Estigia. La quinta capa de los Nueve Infiernos es un reino congelado en el que arden llamas heladas. Un mar helado rodea por completo esta capa y su triste cielo cruje con el brillo de los relámpagos.

El archiduque Levistus traicionó una vez a Asmodeo y, como castigo, ahora yace atrapado en lo más profundo del hielo de Estigia. Sigue gobernando sobre su capa como

siempre, comunicándose telepáticamente con sus seguidores y siervos, tanto en los Nueve Infiernos como en el Plano Material.

Estigia también es el hogar de su anterior regente, el serpentino archidiablo Gerión, que fue depuesto por Asmodeo para permitir al apresado Levistus recuperar su cargo. La caída en desgracia de Gerión ha generado un intenso debate en las cortes infernales. Nadie sabe con seguridad si Asmodeo tenían alguna razón secreta para destituir al archidiablo o si simplemente está poniendo a prueba su lealtad para un fin más importante.

Malbolge. Malbolge, la sexta capa, ha sobrevivido a muchos gobernantes, entre los cuales se cuentan la Saga Condesa Malagard y el archidiablo Moloch. Malagard cayó en desgracia y Asmodeo puso fin a su reinado en un ataque de rencor. Su predecesor, Moloch, todavía se encuentra en alguna parte de la sexta capa, bajo la forma de un diablillo que maquina para recuperar el favor de Asmodeo. Malbolge tiene la forma de una rampa aparentemente infinita, como la ladera de una montaña imposiblemente grande. Ciertas partes de esta capa se desprenden de cuando en cuando, produciendo avalanchas de piedra mortales y ensordecedoras. Los habitantes de Malbolge viven en una fortaleza desmoronada y en amplias cavernas talladas en el lateral de la montaña.

La actual archiduquesa de Malbolge es Glasya, la hija de Asmodeo. Su apariencia es la de una súcubo con cuernos pequeños, alas coriáceas y una cola terminada en dos puntas. Ha heredado la crueldad y el amor por los planes maquiavélicos de su padre. La ciudadela que hace las veces de su domicilio sobre la pendiente de Malbolge está soportada por pilares quebrados y contrafuertes que, aunque muy robustos, parecen a punto de derrumbarse. Bajo este palacio se encuentra un laberinto lleno de celdas y cámaras de tortura, en las que Glasya confina y atormenta a los que la disgustan.

Maladomini. La séptima capa del Infierno, Maladomini, es un páramo cubierto de ruinas. Las ciudades muertas conforman un desolado paisaje urbano, y entre ellas yacen canteras vacías, carreteras destrozadas, montones de desechos, los cascarones desiertos de fortalezas abandonadas y enjambres de moscas hambrientas.

El archiduque de Maladomini es Belcebú, el Señor de las Moscas. Es un infernal abotargado, con la parte inferior del cuerpo de una babosa gigantesca. Esta forma es un castigo de Asmodeo, que encontró que su lealtad no estaba a la altura. Belcebú es una monstruosidad miserable y degenerada, que lleva intentando conspirar para usurpar el poder a Asmodeo desde hace mucho, pero hasta ahora siempre ha fracasado. Carga con una maldición que provoca que cualquier trato que se cierre con él solo conduzca a la calamidad. De vez en cuando, Asmodeo concede su favor a Belcebú, a pesar de que este no es capaz de imaginar por qué. Algunos sospechan que el archiduque de Neso aún respeta la valía de su derrotado adversario.

Cania. Cania, la octava capa de los Nueve Infiernos, es una tierra helada, cuyas tormentas de nieve pueden arrancar la piel de los huesos. Sus ciudades, incrustadas en el hielo, dan cobijo a los invitados y prisioneros del regente de Cania, Mefistófeles, un diablo brillante y calculador.

Mefistófeles mora en la ciudadela gélida de Mephistar, desde donde planea hacerse con el Trono de Baator y conquistar los planos. Es el mayor enemigo y aliado de Asmodeo, que parece confiar en el consejo de Mefistófeles cuando este se lo ofrece. Mefistófeles sabe que no puede derrocar a Asmodeo hasta que su adversario no haya cometido un error de cálculo garrafal, por lo que ambos aguardan hasta el momento en que las circunstancias les obliguen a volverse el uno contra el otro.

Además, Mefistófeles es una especie de padrino de Glasya, lo que complica todavía más su relación.

Mefistófeles es un diablo alto y llamativo, con unos cuernos enormes y una actitud fría. Comercia con almas, como el resto de archidiablos, pero rara vez dedica su tiempo a criaturas indignas de su atención personal. Sus instintos son tan afilados como los gélidos vientos de Cania y se dice que solo Asmodeo ha sido capaz de engañarle o frustrar sus planes.

Neso. La capa más baja de los Nueve Infiernos, Neso, es un reino de pozos oscuros cuyos muros están cuajados de fortalezas. En él, los diablos de la sima leales a Asmodeo acuartelan sus legiones diabólicas y planean la conquista del multiverso. En el centro de esta capa se encuentra una vasta grieta cuya profundidad se desconoce. De su interior surge la gran espiral-ciudadela de Malsheem, hogar de Asmodeo y su corte infernal.

Malsheem parece una estalagmita gigantesca cuyo interior hubiera sido vaciado. Este lugar también es una prisión para aquellas almas que Asmodeo ha decidido mantener encerradas y a buen recaudo. Convencerlo de liberar siquiera una de estas almas costaría un altísimo precio, pues se rumorea que, en el pasado, el archiduque de Neso ha pedido reinos enteros a cambio de estos favores.

Asmodeo suele manifestarse como un humanoide atractivo con barba, pequeños cuernos en su frente, penetrantes ojos rojos y una túnica amplia. Además, puede asumir otras formas y rara vez se deja ver sin su cetro coronado por un rubí. Asmodeo es el archidiablo más astuto y con mejores modales. El mal definitivo que encarna solo se muestra cuando él así lo quiere, aunque a veces se deja llevar por estallidos de ira, que permiten traslucir su verdadera naturaleza.

AQUERONTE

Aqueronte tiene cuatro capas, cada una de ellas hecha a partir de enormes cubos de hierro que flotan en un espacioso vacío. A veces estos cubos chocan entre sí, y en este plano aún perduran ecos de colisiones pasadas, que se entremezclan con el fragor de ejércitos enfrentándose. Esa es la naturaleza de Aqueronte: conflicto y guerra. En él los espíritus de soldados caídos combaten en una pugna eterna contra orcos devotos de Gruumsh, trasgos leales a Maglubiyet y legiones congregadas por otros dioses belicosos.

REGLA OPCIONAL: ANSIA DE SANGRE

Aqueronte recompensa a las criaturas que hagan daño a otras, imbuyéndolas de la fuerza necesaria para seguir luchando. Mientras se encuentre en Aqueronte, toda criatura que reduzca los puntos de golpe de una criatura hostil a 0 recibirá la mitad de sus puntos de golpe máximos como puntos de golpe temporales.

MECHANUS

En Mechanus es un reflejo de la ley, un reino de engranajes de relojería, todos ellos conectados y girando de acuerdo a su medida. Estas ruedas dentadas forman parte de un cálculo tan vasto que no existe deidad alguna que pueda desentrañar su propósito. Mechanus encarna el orden absoluto. Su influencia puede sentirse en todos aquellos que pasan tiempo aquí.

Los modrons son los principales habitantes de Mechanus, aunque este plano también es el hogar de su creador: una entidad de condición divina conocida como Primus.

REGLA OPCIONAL: LEY DEL PROMEDIO

Todas las criaturas que estén en Mechanus utilizarán la media de sus tiradas de daño de ataques y conjuros, en vez de tirar. Así, un ataque que normalmente causaría 1d10 + 5 de daño siempre causará 10 de daño en Mechanus.

REGLA OPCIONAL: ORDEN IMPONENTE

Al final de cada descanso largo realizado en este plano, todo visitante que no sea legal neutral deberá realizar una tirada de salvación de Sabiduría CD 10. Si la falla, su alineamiento cambiará a legal neutral. La criatura recuperará su alineamiento normal tras pasar un día en un plano distinto a Mechanus. Lanzar un conjuro de *disipar el bien y el mal* también devolverá a la criatura su alineamiento original.

ARCADIA

Arcadia está repleta de huertos de árboles perfectamente alineados, arroyos tan rectos que parecen trazados con un patrón, campos de cultivo ordenados, carreteras perfectas y ciudades dispuestas en formas geométricas agradables a los sentidos. Sus montañas no muestran signo alguno de erosión. Todo lo que existe en Arcadia trabaja para conseguir un bien común y una existencia sin mácula. Aquí, la pureza es eterna y no hay nada que perturbe esta armonía.

La noche y el día vienen marcados por un orbe que flota sobre el pico más alto de Arcadia. Una mitad del orbe radia luz solar y trae el día, la otra emite un brillo lunar y viene acompañada de una noche estrellada. Este orbe rota a un ritmo perfectamente constante, distribuyendo la noche y el día por la totalidad del plano.

El clima de Arcadia está gobernado por cuatro semidioses aliados entre sí, los Reyes de la Tormenta: el Rey Nube, la Reina Viento, el Rey Relámpago y la Reina Lluvia. Cada uno de ellos vive en un castillo rodeado por el tipo de clima que controla.

Bajo las hermosas montañas de Arcadia se esconden un gran número de reinos enanos, que han aguantado el paso de los milenios. Los enanos nacidos en este plano poseen el tipo "celestial" y son siempre valientes y de buen corazón, pero, por lo demás, tienen el aspecto de un enano normal y se comportan como tales.

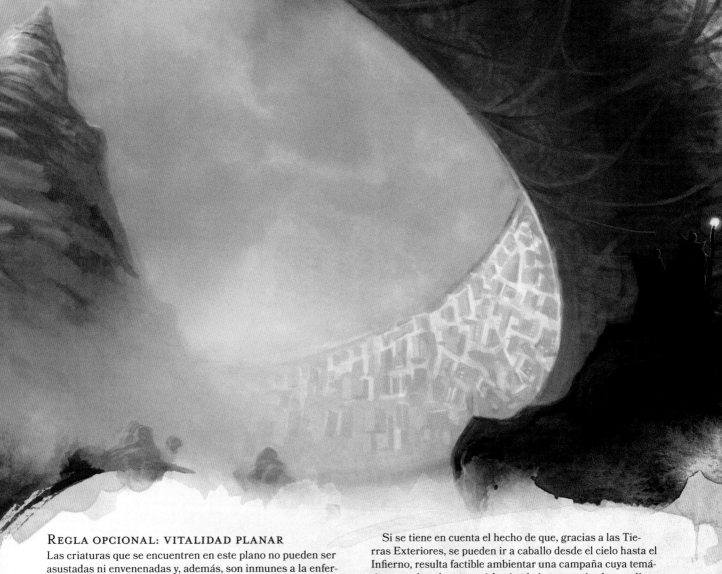

REGLA OPCIONAL: VITALIDAD PLANAR

Las criaturas que se encuentren en este plano no pueden ser asustadas ni envenenadas y, además, son inmunes a la enfermedad y el veneno.

OTROS PLANOS

Entre los planos de existencia, o más allá de ellos, existe una amplia variedad de otros reinos.

LAS TIERRAS EXTERIORES Y SIGIL

Las Tierras Exteriores es el plano que se encuentra entre los Planos Exteriores. Se trata de un plano de neutralidad, que incorpora un poquito de todo, manteniendo un equilibrio paradójico, al mismo tiempo en armonía y en oposición. Es una extensa región de terrenos variados, con praderas, montañas y ríos poco profundos.

Las Tierras Exteriores son circulares, como una gran rueda. De hecho, los que conciben los Planos Exteriores en forma de rueda señalan las Tierras Exteriores como prueba de su tesis, considerándolas un microcosmos de los planos. Sin embargo, este argumento es circular, ya que la geografía de las Tierras Exteriores fue lo que inspiró la teoría de la Gran Rueda.

Alrededor del borde exterior del círculo, intercaladas uniformemente, se encuentran las ciudades-portal: dieciséis asentamientos construidos alrededor de un portal que lleva a uno de los Planos Exteriores. Cada urbe comparte muchas características con el plano al que transporta. Los emisarios interplanares suelen reunirse en estas ciudades, por lo que a veces se ven parejas extrañas, como un celestial y un infernal discutiendo en una taberna mientras comparte una botella de vino.

Si se tiene en cuenta el hecho de que, gracias a las Tierras Exteriores, se pueden ir a caballo desde el cielo hasta el Infierno, resulta factible ambientar una campaña cuya temática sean los planos aquí, haciendo innecesarios los medios de viaje interplanar tradicionales. Las Tierras Exteriores representan lo máximo que los Planos Exteriores llegan a parecerse a un mundo del Plano Material.

CIUDADES-PORTAL DE LAS TIERRAS EXTERIORES

Ciudad	Destino del portal
Excelsior	Los Siete Cielos de Monte Celestia
Puerta del Comercio	Los Paraísos Gemelos de Bitopía
Éxtasis	Los Campos Benditos de Elíseo
Faunel	La Naturaleza Salvaje de las Tierras de las Bestias
Sylvania	La Floresta Olímpica de Arbórea
Glorium	Los Dominios Heroicos de Ysgard
Xaos	El Caos en Perpetua Mutación de Limbo
Manicomio	Las Profundidades Azotadas por el Viento de Pandemónium
Plaga-Mort	Las Infinitas capas del Abismo
Execrada	Las Profundidades Tártaras de Carceri
Desesperada	El Yermo Gris de Hades
Antorcha	La Eternidad Desalentadora de Gehenna
Costillas	Los Nueve Infiernos de Baator
Rigus	El Campo de Batalla Infinito de Aqueronte
Autómata	El Nirvana de Mecanismos de Mechanus
Fortaleza	Los Reinos Pacíficos de Arcadia

SIGIL, LA CIUDAD DE LAS PUERTAS

En el centro de las Tierras Exteriores, haciendo las veces de eje de la rueda, se halla la Espira, una montaña en forma de aguja que se alza hacia el cielo hasta alturas imposibles. Sobre su delgada cumbre flota una ciudad en forma de anillo llamada Sigil. Sus edificios están construidos en el lado interior del anillo, por lo que cualquiera que se encuentre en sus calles puede ver la ciudad curvarse sobre su cabeza y (lo más desconcertante de todo) observar el extremo opuesto de Sigil directamente encima de él. Conocida como la Ciudad de las Puertas, esta bulliciosa metrópolis planar alberga incontables portales a otros planos y mundos.

Sigil es el paraíso de los comerciantes. Bienes, mercancías e información llegan a ella desde todos los planos. De hecho, se da un intercambio muy activo en lo que a datos pertinentes a los planos se refiere, en particular las palabras de mando o los objetos que permiten operar ciertos portales. En Sigil se compran y venden llaves para todo tipo de accesos interplanares.

Esta ciudad es el dominio de la inescrutable Señora del Dolor, una entidad tan anciana como los dioses y cuyos propósitos desconocen incluso los eruditos de su propia ciudad. ¿Es Sigil su prisión? ¿Es la Señora del Dolor la creadora original del multiverso, ahora caída en desgracia? Nadie lo sabe. O, si alguien posee esta información, no la divulga.

SEMIPLANOS

Los semiplanos son espacios extradimensionales, que pueden manifestarse de muchas formas distintas y poseen sus propias leyes de la física. Algunos son creados mediante conjuros. Pero también pueden existir de forma natural, como un pliegue de una realidad ya existente que ha sido separada del resto del multiverso. En teoría, el conjuro *desplazamiento entre planos* puede transportar a los viajeros a un semiplano, pero hacer resonar el diapasón a la frecuencia apropiada para esto es sumamente difícil. El conjuro *portal* es más fiable, siempre y cuando el lanzador ya conozca el semiplano.

Un semiplano puede ser tan pequeño como una única sala o tan grande como para contener un reino entero. Por poner dos ejemplos, el conjuro *mansión magnífica de Mordenkainen* crea un semiplano compuesto por un recibidor y varias habitaciones adjuntas, mientras que la nación de Barovia (de la ambientación Ravenloft) existe por completo en el interior de un semiplano que obedece los caprichos del vampiro que lo gobierna: Strahd von Zarovich. Cuando un semiplano está conectado al Plano Material u otro plano, acceder a él puede ser tan sencillo como franquear una entrada o atravesar una pared hecha de niebla.

EL REINO LEJANO

El Reino Lejano está más allá del multiverso conocido. Es más, podría tratarse incluso de otro universo aparte, con sus propias leyes físicas y mágicas. En aquellos lugares donde las energías perdidas por el Reino Lejano se filtran en otro plano, la materia es retorcida y deformada hasta adquirir formas extrañas, que desafían la geometría y biología ordinarias. Aberraciones como los azotamentes y los contempladores son seres nativos de este plano o criaturas deformadas por su influencia.

Las entidades que residen en el Reino Lejano son tan diferentes a lo conocido que una mente normal no puede aceptarlas sin un enorme esfuerzo. Criaturas titánicas se deslizan a través de la nada y entidades innombrables susurran terribles verdades a aquellos que se atreven

a escucharlas. Para los mortales, el conocimiento del Reino Lejano es una pugna de la mente por sobrepasar los límites de la materia, el espacio y la cordura. Algunos brujos abrazan este saber y forman pactos con los seres de este lugar. Aquellos que han vislumbrado el Reino Lejano solo aciertan a farfullar sobre horrores, ojos y tentáculos.

No hay ningún portal conocido al Reino Lejano, o al menos ninguno que aún funcione. Antiguamente, abrieron un vasto portal al Reino Lejano en el interior del pico Firestorm, una montaña. Sin embargo, su civilización se colapsó, víctima de un sangriento terror, y la ubicación del portal, así como la del mundo en que se encuentra, se olvidó hace mucho. Pero todavía podrían existir accesos perdidos, marcados por la magia alienígena que retuerce la zona que los rodea.

MUNDOS CONOCIDOS DEL PLANO MATERIAL

Los mundos del Plano Material son infinitamente diversos. Los mundos más conocidos son aquellos que han sido publicados como entornos de campaña oficiales para D&D a lo largo de los años. Si vuestras partidas se desarrollan en uno de ellos, este os pertenecerá tanto a ti como a tu campaña. Por ello, tu versión del mundo podría diferir inmensamente de la publicada.

En **Toril** (el mundo de fantasía heroica de los Reinos Olvidados), ciudades y reinos de fantasía se yerguen entre los restos de imperios ancestrales y reinos olvidados tiempo ha. Este mundo es vasto y sus mazmorras poseen una rica historia. Toril no solo incluye el continente central, Faerûn, sino también las regiones de Al-Qadim, Kara-Tur y Maztica.

En **Oerth** (el mundo de espada y brujería de Falcongrís), los héroes como Bigby y Mordenkainen están motivados por la codicia y la ambición. El núcleo de la región de Flanaess es la Ciudad Libre de Falcongrís, una urbe de canallas y archimagos, repleta de aventura. Iuz, un malvado semidiós, gobierna sobre un reino de pesadilla en el norte, desde donde amenaza a toda civilización.

En **Krynn** (el mundo de fantasía épica de Dragonlance), el retorno de los dioses ha sido eclipsado por el ascenso de Takhisis, la reina de los dragones malvados, y sus ejércitos de los dragones, que saquean el continente de Ansalon, arrastrándolo a la guerra.

En **Athas** (el mundo de espada y brujería de Sol Oscuro), una gota de agua puede tener más valor que una vida. Los dioses abandonaron este mundo desértico, en el que los reyes-hechiceros gobiernan como tiranos y el metal es un bien escaso y preciado.

En **Eberron** (el mundo de fantasía heroica de Eberron), un conflicto terrible acaba de terminar, dando paso a una guerra fría alimentada por intrigas políticas. En el continente de Khorvaire la magia está a la orden del día, las casas de las marcas del dragón rivalizan con los reinos en poder y los vehículos elementales hacen posible viajar hasta los rincones más remotos del mundo.

En **Aebrynis** (el mundo de fantasía heroica de Birthright), los vástagos de los linajes divinos se reparten el continente de Cerilia. Monarcas, prelados, maestros gremiales y grandes magos mantienen un equilibrio entre los deberes de un regente y la lucha contra la amenaza que representan las horribles abominaciones nacidas de la sangre de un dios malvado.

En **Mystara** (un mundo de fantasía heroica nacido de las primeras ediciones de D&D), una gran diversidad de culturas, monstruos salvajes e imperios en guerra entran en conflicto. Además, el destino de este mundo está marcado por las intromisiones de los Inmortales: antiguos aventureros que alcanzaron un estatus cuasidivino.

Capítulo 3: Crear aventuras

REAR AVENTURAS ES UNA DE LAS MEJORES RECOMpensas que proporciona ser Dungeon Master. Las aventuras suponen una forma de expresión personal, pues te permiten diseñar lugares fantásticos y encuentros con monstruos, trampas, acertijos y conflictos. Cuando estás trazando una aventura, tú mandas; las cosas se hacen exactamente como quieres que se hagan.

Las aventuras son, en su esencia, historias. Comparten numerosas características con otros medios, como novelas, películas, cómics o los episodios de una serie de televisión. De hecho, estos dos últimos poseen muchos elementos en común con las aventuras, ya que, aunque todos ellos tienen un alcance y duración limitados, pueden concatenarse entre sí para crear una narrativa mayor. Así como una aventura puede equipararse con un número de una colección de cómic o un episodio individual, una campaña es similar a la serie en su conjunto.

Ya crees tus propias aventuras o recurras a material publicado, los consejos de este capítulo te ayudarán a diseñar una experiencia divertida y memorable para tus jugadores.

Para crear una aventura es necesario mezclar escenas de exploración, interacciones sociales y combate en un todo cohesionado, que cumpla con las expectativas tanto de tus jugadores como de tu campaña. Pero es mucho más que eso. Los elementos básicos que conforman una narrativa de calidad te guiarán a lo largo de este proceso, para que así los jugadores sientan la aventura como una historia y no una secuencia inconexa de encuentros.

Ingredientes de una gran aventura

Las mejores aventuras tienen varios aspectos en común.

Una amenaza creíble

Toda aventura precisa de una amenaza digna de la atención de los héroes. Esta podría ser un único villano o monstruo, un villano con sus lacayos, una selección de varios monstruos o una organización malvada. Independientemente de su naturaleza, los antagonistas deberían poseer objetivos que los héroes puedan descubrir y frustrar.

Clichés típicos con giros atípicos

Puede parecer demasiado típico construir una aventura en torno a dragones, orcos y magos locos que moran en sus torres, pero es que estos son los elementos esenciales de las historias de fantasía. Y quizá empezar la aventura en una taberna esté algo trillado, pero es una idea que se encuentra fuertemente entroncada en D&D. No pasa nada por recurrir a elementos típicos de la fantasía, siempre y cuando tanto tú como los jugadores les deis algún giro original de vez en cuando. Por ejemplo: la misteriosa figura que ofrece a los aventureros una misión en nombre del rey podría tratarse del propio gobernante, disfrazado. O tal vez el mago que habita en la torre no sea sino una ilusión creada por una banda de codiciosos ladrones gnomos, que quieren proteger su botín.

Centrarse en el presente

Las aventuras tratan del aquí y del ahora. Probablemente sea necesaria una breve introducción para que la historia pueda ponerse en marcha, y es posible que los aventureros descubran aspectos interesantes sobre el pasado a lo largo de la aventura. Pero intenta que, en la medida de lo posible, el trasfondo del mundo sea evidente en la situación actual. En lugar de insistir en lo que ocurrió en el pasado, una aventura debería centrarse en describir lo que está sucediendo ahora, qué es lo que los malos pretenden hacer y cómo se verán implicados en la historia los personajes.

Héroes que importan

La aventura debería permitir que las acciones y decisiones de los aventureros tengan relevancia. Aunque pueda parecerse a una novela o a un episodio de una serie, cada historia ha de poder acabar de más de una forma. De lo contrario, los personajes podrían sentir que están siendo encarrilados; encauzados a través de un curso de acción que solo conduce a un único destino, independientemente de cuánto se esfuercen en que esto no suceda. De este modo, si un villano importante aparece antes del final de la aventura, esta debería contemplar la posibilidad de que los héroes logren derrotarlo en ese momento.

Algo para cada tipo de jugador

Tal y como se explicó en la introducción de este libro, los jugadores participan en la aventura con múltiples expectativas en mente. Por tanto, deberás tener en cuenta los diferentes jugadores y personajes de los que se compone tu grupo, implicándoles en la historia de la mejor manera posible.

Como punto de partida, empieza pensando en tu aventura en términos de las tres actividades básicas del juego: exploración, interacciones sociales y combate. Si equilibras bien las tres, será probable que agrade a todos los tipos de jugadores.

Con todo, una aventura que crees con el fin expreso de encajar en tu campaña no tiene por qué gustar a todos los jugadores del mundo, solo a los que se van a sentar a tu mesa. Si a ninguno de tus jugadores le atrae luchar por encima del resto de actividades, no te esfuerces en aumentar el volumen de combates de tu aventura.

Sorpresas

Busca oportunidades para sorprender y hacer disfrutar a tus jugadores. Así, la exploración de un castillo en ruinas sobre una colina podría devenir en el descubrimiento de la tumba de un dragón, que estaba enterrado bajo la fortaleza. Un viaje a través de la naturaleza tal vez acabe con el hallazgo de una torre que solo aparece en las noches de luna llena. Los jugadores se acuerdan de estas localizaciones.

Demasiadas sorpresas podrían desagradar a los jugadores, pero meter algún giro de vez en cuando les proporcionará la oportunidad de cambiar sus estrategias y buscar soluciones creativas. Puedes dar un poco de color a la guarida de unos goblins añadiendo zapadores con barriles de aceite atados a la espalda. También podrías complicar el asalto a la mansión del villano haciendo que justo en ese momento se presente un invitado especial.

Cuando prepares posibles encuentros de combate, piensa en grupos de monstruos que no suelan verse juntos, como un señor de la guerra hobgoblin y su mantícora mascota o unos fuegos fatuos aliados con un dragón negro joven. Haz que aparezcan refuerzos inesperados o intenta que los monstruos utilicen tácticas poco ortodoxas. Añade de vez en cuando alguna pista falsa, engaño o giro de la trama para que los jugadores no se confíen, pero tampoco te pases. A veces, un encuentro sencillo y directo con un guardia orco puede resultar igual de divertido.

Mapas útiles

Una buena aventura precisa de mapas dibujados con cabeza. Las regiones naturales serán mucho más interesantes si cuentan con lugares emblemáticos u otras características especiales, en lugar de ser simples y monótonas extensiones de terreno. Las mazmorras cuyos pasillos se bifurquen o incluyan otras localizaciones similares, en las que elegir un camino u otro, darán a los jugadores la oportunidad de escoger por dónde avanzarán sus personajes. Proporcionar opciones a los aventureros servirá para que los jugadores tengan poder de decisión y para hacer la aventura impredecible.

Si dibujar mapas no se te da bien, en Internet podrás encontrar multitud de mapas para aventuras que podrás usar gratuitamente. Y siempre puedes recurrir a planos de edificios reales o imágenes que te inspiren. Además, también existen programas específicos para crear mapas.

Aventuras publicadas

Puedes adquirir aventuras publicadas si no dispones del tiempo o el interés para escribir las tuyas propias, o si simplemente te apetece probar algo distinto. Estos productos incluyen un escenario ya creado, que viene acompañado de los mapas, PNJ, monstruos y tesoros que necesitarás para jugarlo. La *Caja de Inicio* de D&D contiene un ejemplo de aventura publicada.

También es posible modificar estas aventuras como creas pertinente, para que se ajusten mejor a tu campaña y gusten más a tus jugadores. Podrías, por ejemplo, sustituir al villano protagonista por otro, que los aventureros hayan encontrado antes o durante la campaña, o añadir al trasfondo de la historia algún aspecto que enlace a los personajes de tus jugadores de formas que el diseñador de la aventura no pudo haber imaginado.

Las aventuras publicadas no pueden predecir todo lo que los personajes son capaces de llegar a hacer. No obstante, lo bueno que tienen es que te permiten centrar tu tiempo de preparación de juego en el desarrollo de la trama específica de tu campaña, algo que, por su propia naturaleza, no pueden cubrir.

Además, estas aventuras también son buenas fuentes de inspiración. Aunque no emplees algunas de ellas tal cual están escritas, quizá te den ideas o puedas tomar una parte y reutilizarla para tus propios fines. Así, podrías coger el mapa de un templo, pero repoblarlo con los monstruos que tú elijas. Otra posibilidad sería usar una persecución como modelo de una escena de búsqueda en tu campaña.

Estructura de una aventura

Como toda historia, una aventura típica posee un inicio, un nudo y un desenlace.

Inicio

La aventura ha de empezar con un gancho que interese a los jugadores. Los buenos ganchos llaman su atención y les proporcionan una razón sólida para que sus personajes se impliquen en la aventura. Es posible que los aventureros se hayan topado con algo que no debían ver, que los monstruos les ataquen cuando están de viaje, que un asesino intente quitarles la vida o que un dragón se presente en las puertas de la ciudad. Este tipo de ganchos involucrarán a los jugadores con la historia de forma inmediata.

El inicio de una buena aventura debería ser emocionante y conciso. Quieres que los jugadores se vayan con ganas de más, así que déjales claro hacia dónde se mueve la historia y dales algo que les haga desear volver a jugar.

Nudo

El nudo de la aventura es donde se desarrolla la mayor parte de la trama. Con cada nuevo desafío, los aventureros tomarán decisiones importantes, que tendrán un efecto significativo en cómo terminará la historia.

Al desgranarse la aventura, los personajes podrían descubrir secretos que les revelen nuevos objetivos o cambien su meta original. También podría variar su comprensión de lo que realmente está sucediendo. Quizá los rumores de tesoro no eran más que un truco para atraerlos a una trampa mortal. O puede que lo que creían era un espía en la corte de la reina resultara ser un complot de la propia monarca para acumular todavía más poder.

Al mismo tiempo que los aventureros intentan acabar con sus adversarios, estos últimos tratan de ejecutar sus perversos planes. Además, estos enemigos podrían intentar ocultar sus actos, confundir a potenciales rivales o enfrentarse directamente a los problemas, llegando incluso a atentar contra la vida de quienes se entrometan.

Recuerda que los personajes son los héroes de la historia. Nunca permitas que se conviertan en meros espectadores que observan cómo la historia se desarrolla a su alrededor, pero sin poder influir en ella.

Desenlace

El desenlace incluye el clímax: la escena o encuentro en la que la tensión que se ha ido acumulando durante la aventura alcanza su máximo. Un clímax potente debería mantener a los jugadores en vilo; con el destino de sus personajes, y potencialmente mucho más, en juego. El resultado de la aventura, que depende de las acciones y decisiones de los personajes, nunca debería estar decidido de antemano.

El desenlace no tiene por qué dejar todos los hilos bien atados. Algunos elementos de la trama pueden quedarse en el aire, a la espera de ser resueltos en una aventura posterior. Estos asuntos pendientes son una buena forma de pasar de una aventura a la siguiente.

Tipos de aventura

Las aventuras pueden estar basada en localizaciones o en eventos, tal y como se explica en las secciones siguientes.

Aventuras basadas en localizaciones

Las aventuras ambientadas en mazmorras derruidas o lugares remotos, en medio de la naturaleza, son la piedra angular de incontables campañas. De hecho, muchas de las mejores aventuras de todos los tiempos están basadas en localizaciones.

Para crear una aventura de este tipo pueden seguirse una serie de pasos. Cada uno de ellos incluye varias tablas. Puedes tomar de su contenido los elementos básicos de tu aventura o, si lo prefieres, tirar en ellas y dejar que los resultados aleatorios te inspiren. Si quieres, puedes cambiar el orden de los pasos.

1. Decide los objetivos del grupo

La tabla "objetivos de la mazmorra" contiene varias motivaciones que podrían atraer a los aventureros a una mazmorra. De forma similar, la tabla "objetivos del entorno natural" proporciona metas para una historia centrada en explorar una región. Finalmente, la tabla "otros objetivos" sugiere posibles aventuras basadas en localizaciones que no casan exactamente con ninguna de las otras dos categorías.

OBJETIVOS DE LA MAZMORRA

d20	Objetivo
1	Impedir que los monstruosos moradores de la mazmorra saqueen el mundo de la superficie
2	Frustrar el plan maligno de un villano
3	Destruir una amenaza mágica en el interior de la mazmorra
4	Conseguir un tesoro
5	Encontrar un objeto en particular para un propósito concreto
6	Recuperar un objeto robado que está escondido en la mazmorra
7	Encontrar información necesaria para un propósito especial
8	Rescatar a un cautivo
9	Descubrir el destino de un grupo de aventureros anterior
10	Encontrar a un PNJ que desapareció en la zona
11	Matar a un dragón u otro monstruo peligroso
12	Descubrir la naturaleza y el origen de un fenómeno o localización extraños
13	Perseguir a enemigos que, al huir, se han refugiado en la mazmorra
14	Escapar de la mazmorra en la que están prisioneros
15	Despejar unas ruinas para que puedan ser reconstruidas y ocupadas de nuevo
16	Descubrir por qué un villano está interesado en la mazmorra
17	Ganar una apuesta o completar un rito de paso al sobrevivir en la mazmorra durante cierto tiempo
18	Parlamentar con un villano en la mazmorra
19	Esconderse de una amenaza en el exterior de la mazmorra
20	Tira dos veces, ignorando los resultados de 20

OBJETIVOS DEL ENTORNO NATURAL

d20	Objetivo
1	Encontrar una mazmorra u otro lugar de interés (tira en la tabla "objetivos de la mazmorra" para descubrir por qué)
2	Estimar el alcance de un desastre natural o antinatural
3	Escoltar a un PNJ a su destino
4	Llegar a un destino sin ser observado por las fuerzas del villano
5	Impedir que los monstruos asalten caravanas y granjas
6	Establecer una ruta comercial con una población remota
7	Proteger a una caravana que viaja a una población remota
8	Cartografiar una región nueva
9	Encontrar un lugar en el que fundar una colonia
10	Encontrar un recurso natural
11	Cazar un monstruo concreto
12	Volver a casa desde un lugar lejano
13	Conseguir información de un ermitaño solitario
14	Encontrar un objeto que se perdió en la naturaleza
15	Descubrir el destino de un grupo de exploradores perdido
16	Perseguir a enemigos que huyen
17	Estimar el tamaño de un ejército que se aproxima
18	Escapar del reinado de un tirano
19	Proteger una ubicación en el entorno natural de agresores
20	Tira dos veces, ignorando los resultados de 20

Otros objetivos

d12	Objetivo
1	Tomar el control de una ubicación fortificada, como un castillo, una población o un barco
2	Defender una localización de agresores
3	Recuperar un objeto que se encuentra en una ubicación segura dentro de un asentamiento
4	Recuperar un objeto de una caravana
5	Rescatar un objeto o unos bienes de una caravana o navío perdidos
6	Ayudar a un prisionero a fugarse de una cárcel o campo de concentración
7	Escapar de una cárcel o campo de concentración
8	Viajar con éxito a través de un circuito lleno de obstáculos para conseguir reconocimiento o una recompensa
9	Infiltrarse en una ubicación fortificada
10	Encontrar el origen de un suceso extraño en una casa encantada u otra localización
11	Interferir con el discurrir de un negocio
12	Rescatar un personaje, monstruo u objeto de un desastre natural o antinatural

2. Identifica a los PNJ importantes

Utiliza las tablas "villanos para aventuras", "aliados para aventuras" y "patrones para aventuras" para ayudarte a identificar a estos PNJ. Consulta el capítulo 4 para ver cómo dotarlos de vida.

Villanos para aventuras

d20	Villano
1	Bestia o monstruosidad sin planes concretos
2	Aberración que planea corromper o dominar
3	Infernal que planea corromper o destruir
4	Dragón que planea dominar o saquear
5	Gigante que planea saquear
6–7	Muerto viviente con cualquier plan posible
8	Feérico con un objetivo misterioso
9–10	Sectario humanoide
11–12	Conquistador humanoide
13	Humanoide que busca venganza
14–15	Conspirador humanoide que busca gobernar
16	Genio criminal humanoide
17–18	Saqueador o invasor humanoide
19	Humanoide maldito
20	Fanático humanoide confundido

Aliados para aventuras

d12	Aliado	d12	Aliado
1	Aventurero experto	7	Buscador de venganza
2	Aventurero inexperto	8	Lunático enloquecido
3	Plebeyo entusiasta	9	Aliado celestial
4	Soldado	10	Aliado feérico
5	Sacerdote	11	Monstruo disfrazado
6	Erudito	12	Villano haciéndose pasar por aliado

Patrones para aventuras

d20	Patrón	d20	Patrón
1–2	Aventurero retirado	15	Viejo amigo
3–4	Gobernante local	16	Antiguo profesor
5–6	Oficial militar	17	Progenitor u otro miembro de la familia
7–8	Funcionario de un templo	18	Plebeyo desesperado
9–10	Erudito	19	Comerciante acosado
11–12	Anciano respetado	20	Villano haciéndose pasar por patrón
13	Deidad o celestial		
14	Feérico misterioso		

3. Detalla la localización

El capítulo 5 contiene numerosas sugerencias que te ayudarán a dar vida al lugar donde se desarrolla la aventura. Incluye tablas que te permitirán definir los elementos más importantes de una mazmorra, una localización en el entorno natural o un asentamiento.

4. Encuentra la introducción perfecta

Una aventura puede comenzar con una interacción social en la que los personajes descubran qué deben hacer y por qué. También podría empezar con un ataque por sorpresa o haciendo que los aventureros se encuentren con cierta información por accidente. Las mejores introducciones suelen surgir de forma natural a partir de los objetivos y la ambientación de la aventura. Deja que la tabla "introducciones para aventuras" te inspire.

Introducciones para aventuras

d12	Introducción
1	Mientras viajan, los personajes se hunden en sumidero que se abre súbitamente bajo sus pies, acabando en la localización de la aventura
2	Mientras viajan, los personajes observan la entrada a la localización de la aventura
3	Mientras viajan por un camino, los personajes son atacados por monstruos que huyen a la localización de la aventura, que está cerca
4	Los aventureros encuentran un mapa en un cadáver. Este mapa lleva a la localización de la aventura. Además, el villano también quiere el susodicho mapa.
5	Un objeto mágico misterioso o un villano cruel teletransporta a los personajes a la localización de la aventura
6	Un extraño se acerca a los personajes en una taberna y les insta a ir a la localización de la aventura
7	Una ciudad o pueblo necesita voluntarios que vayan a la localización de la aventura
8	Un PNJ por el que los personajes se preocupan necesita que vayan a la localización de la aventura
9	Un PNJ al que los personajes deben obedecer les ordena ir a la localización de la aventura
10	Un PNJ al que los personajes respetan les pide que vayan a la localización de la aventura
11	Una noche, todos los personajes sueñan que entran en la localización de la aventura
12	Un fantasma se aparece y aterroriza a un pueblo. Tras investigar, se descubre que la única forma de que descanse en paz es entrar en la localización de la aventura.

5. Piensa en el clímax ideal

El clímax final de una aventura es el colofón que sirve de desenlace a todo lo que ha sucedido antes. Aunque este clímax debería depender de los éxitos (o los fracasos) de los personajes hasta ese momento, la tabla "clímax para aventuras" contiene varias ideas en las que puedes apoyarte para dar forma al final de tu aventura.

Clímax para aventuras

d12	Clímax
1	Los aventureros se enfrentan al villano principal y a un grupo de esbirros en una sangrienta batalla a muerte
2	Los aventureros persiguen al villano mientras esquivan obstáculos diseñados para ralentizarles. Esto les lleva a una confrontación final dentro o fuera del refugio del villano.
3	Las acciones de los aventureros o el villano desembocan en un evento catastrófico del que los personajes deben escapar
4	Los aventureros se apresuran para alcanzar el lugar en el que el villano planea concluir su plan maestro, llegando justo cuando este está a punto de completarse
5	El villano y dos o tres lugartenientes ejecutan rituales separados en una sala grande. Los aventureros deben interrumpir todos los ritos al mismo tiempo.
6	Un aliado traiciona a los aventureros cuando estaban a punto de conseguir su objetivo (usa este clímax con cuidado, no abuses de él).
7	Se abre un portal a otro plano de existencia. Las criaturas en el otro lado lo atraviesan, forzando a los aventureros a cerrar el portal y lidiar con el villano al mismo tiempo.
8	Varias trampas, obstáculos u objetos animados se vuelven contra los aventureros mientras el villano principal ataca
9	La mazmorra empieza a derrumbarse mientras los aventureros se enfrentan al villano principal, que intenta escapar aprovechándose del caos
10	Aparece una amenaza más poderosa que los aventureros, destruye al villano principal, y después dirige su atención hacia los personajes
11	Los aventureros se verán obligados a elegir entre perseguir al villano principal, que huye, o salvar a un PNJ por el que se preocupan (o un grupo de inocentes)
12	Los aventureros deben descubrir la debilidad secreta del villano principal si quieren tener alguna esperanza de derrotarlo

6. Planea los encuentros

Una vez creada la localización y diseñada la historia principal de la aventura, ha llegado el momento de planear los encuentros de los que esta se compondrá. La mayoría de los encuentros de una aventura basada en una localización estarán asociados a puntos concretos en un mapa. Deberás establecer una clave que, para cada sala o zona del mapa de la aventura, describa qué hay en ese lugar, sus características físicas y cualquier encuentro que se pueda desarrollar en él. Esta clave transformará un sencillo boceto lleno de zonas numeradas y dibujado sobre papel pautado en una serie de encuentros diseñados para divertir e intrigar a tus jugadores.

La sección "Crear encuentros", que aparece más adelante en este mismo capítulo, contiene directrices que te ayudarán a prepararlos.

Aventuras basadas en eventos

Las aventuras basadas en eventos se centran en las acciones de los personajes y los villanos, así como en las consecuencias de estos actos. El dónde suceden tiene una importancia menor.

Construir una aventura basada en eventos lleva más trabajo que diseñar una basada en una localización, pero el proceso de creación puede simplificarse siguiendo una serie de pasos bien estructurados. Estos pasos se apoyan en tablas; elige los elementos que quieras de ellas o tira y deja que el resultado determinado al azar te inspire. Al igual que con las aventuras basadas en localizaciones, no es necesario que sigas estos pasos en orden.

1. Empieza con un villano

Dedicar esfuerzo a crear un villano tiene su recompensa más adelante, ya que este juega un papel fundamental en la trama. Utiliza la tabla "villanos para aventuras" de la sección anterior como punto de partida y recurre a la información del capítulo 4 para darle más personalidad.

Tu villano podría ser, por poner un ejemplo, un muerto viviente que quiere vengarse de un cautiverio o herida pasados. Un aspecto interesante de este villano muerto viviente podría ser que la herida ocurrió hace siglos, por lo que se vengará de los descendientes de quienes se la causaron realmente. Imagina a un vampiro que fue encerrado por una orden religiosa de caballeros y que ahora va a hacérselo pagar a los actuales miembros de la orden.

2. Determina las acciones del villano

Una vez tengas al villano, habrá llegado la hora de decidir qué pasos va a seguir para alcanzar sus objetivos. Crea una línea temporal en la que se indique qué cosas hace y cuándo las hace, asumiendo que los aventureros no frustran sus planes.

Siguiendo con el ejemplo anterior, podrías determinar que tu villano, un vampiro, asesina a varios caballeros. Gracias a su habilidad para atravesar puertas cerradas usando su forma gaseosa, al principio será capaz de hacer que creer que las muertes han ocurrido de forma natural, pero pronto quedará claro que hay un asesino depravado tras los homicidios.

Si necesitas ideas, aquí tienes algunos ejemplos de cómo las acciones del villano podrían desarrollarse durante la aventura.

Acciones de un villano en una aventura basada en eventos

d6	Tipo de acciones	d6	Tipo de acciones
1	Corrupción creciente	4	Ola de crímenes
2	Crímenes en serie	5	Paso a paso
3	Evento importante	6	Una y se acabó

Corrupción creciente. La influencia y el poder del criminal aumentan con el paso del tiempo, afectando a más víctimas en un área cada vez mayor. Esto podría tomar la forma de ejércitos que conquistan nuevos territorios, de un culto malvado que recluta un número creciente de miembros o la propagación de una plaga. Un pretendiente al trono podría intentar asegurarse el apoyo de la nobleza del reino en los días o semanas previos al golpe de estado, mientras que un líder gremial podría corromper a los miembros del concejo de una ciudad o sobornar a los oficiales de la guardia.

VILLANO VAMPIRO

Evento importante. Los planes del villano dan fruto durante un festival, una conjunción astral, un ritual sagrado (o impío), una boda real, el nacimiento de un niño o cualquier otro momento concreto. Los actos del villano hasta ese momento han estado encaminados a prepararse para el evento.

Ola de crímenes. El villano comete actos que se vuelven cada vez más atrevidos y desagradables con el paso del tiempo. Un asesino podría empezar acabando con la vida de los más desfavorecidos para después protagonizar una masacre en el mercado, de manera que aumente el horror y el número de cadáveres con cada crimen.

Paso a paso. Con el fin de alcanzar su objetivo, el villano ejecuta una serie de acciones en un orden muy particular. Un mago podría robar los objetos que necesita para fabricar una filacteria y convertirse en un liche o un sectario podría secuestrar a los sacerdotes de las siete divinidades alineadas con el bien para ofrecerlos en sacrificio. Otra opción es que el villano esté siguiendo un rastro que le lleve al objeto de su venganza, matando a una víctima tras otra mientras se acerca a su verdadero objetivo.

Una y se acabó. El villano comete un único acto de maldad e intenta evitar las consecuencias. Su plan no consiste en realizar más crímenes, sino en pasar desapercibido o huir.

3. Decide los objetivos del grupo

Puedes utilizar la tabla "objetivos de aventuras basadas en eventos" para determinar cual es la motivación de los personajes. Estas metas también sugieren formas en las que los aventureros podrían verse envueltos en los planes del villano y qué deberían hacer exactamente para frustrarlos.

Objetivos de aventuras basadas en eventos

d20	Objetivo
1	Entregar al villano a la justicia
2	Limpiar el nombre de un PNJ inocente
3	Proteger o esconder a un PNJ
4	Proteger un objeto
5	Descubrir la naturaleza y el origen de un fenómeno extraño que podría ser obra del villano
6	Encontrar a un fugitivo buscado por la justicia
7	Derrocar a un tirano
8	Destapar una conspiración para derrocar a un gobernante
9	Negociar la paz entre naciones enemigas o familias enfrentadas
10	Conseguir la ayuda de un gobernante o un concilio
11	Ayudar a un villano a redimirse
12	Parlamentar con un villano
13	Pasar armas de contrabando a fuerzas rebeldes
14	Detener a una banda de contrabandistas
15	Conseguir información sobre una fuerza enemiga
16	Ganar un torneo
17	Descubrir la identidad del villano
18	Encontrar un objeto perdido
19	Asegurarse de que una boda termina sin contratiempos
20	Tira dos veces, ignorando los resultados de 20

Imagina que sacas un 10 en la tabla. Eso significaría que el objetivo del grupo es conseguir el apoyo de un gobernante o concilio. Podrías decidir enlazarlo con los líderes de la orden sobre la que el vampiro ha puesto sus miras. Quizá estos líderes posean un cofre con las gemas que robaron al

Crímenes en serie. El villano comete un crimen tras otro, pero son siempre actos de naturaleza similar, en lugar de ir empeorando con el tiempo. La clave para atrapar a estos villanos es ser capaz de encontrar el patrón subyacente en los crímenes. Aunque los asesinos en serie son un ejemplo muy habitual de este tipo de villanos, el tuyo podría tratarse de un pirómano en serie, que prefiere ciertos tipos de edificios; una enfermedad mágica, que afecta a los lanzadores de conjuros que utilizan cierta magia concreta; un ladrón que solo roba a un tipo específico de comerciantes; o un doppelganger que secuestra y suplanta a un noble tras otro.

vampiro hace siglos y los personajes puedan usarlo como anzuelo para atraer al villano.

4. IDENTIFICA A LOS PNJ IMPORTANTES

Muchas aventuras basadas en eventos exigen un elenco de PNJ adecuadamente detallados. Algunos de estos PNJ serán claramente aliados o patrones, pero lo más probable es que la actitud de la mayoría de ellos hacia los aventureros no quede clara hasta que interaccionen con los personajes. El capítulo 4 contiene más información en lo que a crear PNJ respecta.

Los elementos de la aventura que has determinado hasta ahora deberían proporcionarte una idea clara de qué personajes secundarios necesitas crear, así como la cantidad de detalle que debes dar a cada uno. Aquellos PNJ que tengan pocas probabilidades de participar en un combate no precisarán un perfil completo. De la misma forma, sería bueno que los que vayan a verse envueltos en la historia posean ideales, vínculos y defectos. Si te resulta útil, tira en las tablas "aliados para aventuras" y "patrones para aventuras" que aparecían en la sección "Aventuras basadas en localizaciones" de este mismo capítulo.

5. TEN PREVISTAS LAS REACCIONES DEL VILLANO

¿Cómo va a reaccionar el villano cuando los personajes persigan sus objetivos y frustren sus planes? ¿Recurrirá a la violencia o les enviará una advertencia terrible? Quizá busque la solución más simple para sus problemas, o puede que diseñe complejos planes para evitar a los entrometidos.

Fíjate en las acciones del villano que enumeraste en el paso 2. Piensa en la reacción más probable de los aventureros cuando se produzcan los eventos consecuencia de cada una de esas acciones. Si son capaces de evitar una acción o reducir de alguna forma su éxito, ¿qué efectos tendrá esto en los planes del villano? ¿Qué va a hacer para compensar este revés?

Una forma de registrar las reacciones de un villano es mediante un diagrama de flujo. Este diagrama podría nacer de la línea temporal que describe sus planes, explicando cómo va a intentar recuperarse tras ser obstaculizado por los aventureros. También es posible que el diagrama de flujo sea una entidad aparte de la línea temporal, que indique las acciones que los personajes podrían llevar a cabo y las respuestas del villano a ellas.

6. DETALLA LOCALIZACIONES CLAVE

Como las localizaciones no son el foco de este tipo de aventuras, puedes limitarte a lugares más pequeños que un complejo de mazmorras o una región. Podrían tratarse de ubicaciones concretas dentro de una ciudad o incluso habitaciones específicas en las que sea probable que estalle un combate o que sea necesario explorar: la sala del trono, el cuartel general de un gremio, la derruida mansión de un vampiro o la casa capitular de una orden de caballería.

7. ELIGE UNA INTRODUCCIÓN Y UN CLÍMAX

La tabla "introducciones para aventuras" de la sección "Aventuras basadas en localizaciones" te ofrece varias opciones divertidas para implicar a los personajes con los eventos de tu aventura, como sueños, mansiones encantadas o una simple petición de ayuda. De igual forma, la tabla "clímax para aventuras" contiene diversos finales que podrían servir igual de bien para aventuras basadas en eventos.

Así, la tabla "introducciones para aventuras" podría ayudarte a decidir que un aliado por el que los personajes se preocupan necesita su auxilio. Quizá este PNJ sea un caballero de la orden que cree que el vampiro intenta matarlo, o

se trate de un amigo o familiar de un miembro asesinado que quiere dar con el perpetrador. Este PNJ sirve para que los personajes sean conscientes de los crímenes del vampiro.

Siguiendo con este ejemplo, tras consultar la tabla "clímax para aventuras", podrías planear que los aventureros usarán el cofre lleno de joyas que fue robado de la guarida del vampiro para atraerlo. Y, para rizar el rizo, podrías decidir que el verdadero objetivo del vampiro es, en realidad, recuperar un colgante que forma parte del tesoro. Este colgante está engarzado con nueve gemas que, en manos del vampiro, le permitirían abrir un portal a los Nueve Infiernos. Si el vampiro tiene éxito, los aventureros tendrán problemas más graves de los que ocuparse, pues un poderoso diablo atravesará el portal y hará honor a un pacto ancestral que selló con el villano.

8. PLANEA LOS ENCUENTROS

Una vez diseñada la trama principal de la aventura, habrá llegado el momento de planificar los encuentros que irán asociados a sus eventos. En una aventura de este tipo, los encuentros se darán cuando los planes del villano se crucen en el camino de los personajes. No siempre podrás anticipar con exactitud cuándo o dónde van a ocurrir, pero puedes confeccionar una lista de posibles encuentros. Esta lista podría materializarse como una descripción de las fuerzas, lugartenientes y esbirros del villano, así como varios encuentros enlazados a localizaciones clave para la aventura.

La sección "Crear encuentros", que aparece más adelante en este mismo capítulo, contiene directrices que te ayudarán a prepararlos.

MISTERIOS

Un misterio es una aventura basada en eventos que se centra en el intento por parte de los personajes de resolver un crimen, normalmente un robo o un asesinato. Pero, a diferencia de un escritor de novelas de misterio, el Dungeon Master no puede predecir siempre lo que los aventureros van a hacer.

Un villano cuyos actos sean "ola de crímenes", "una y se acabó" o "crímenes en serie" podría inspirarte para crear una aventura que se articule en torno a sus delitos. De forma similar, si entre los objetivos de la aventura se encuentra descubrir la identidad del villano, esta también podría ser un misterio.

Para diseñar una aventura de misterio sigue los mismos pasos que para cualquier aventura basada en eventos. Una vez hecho esto, piensa en tres elementos adicionales, que será necesario añadir: la víctima, los sospechosos y las pistas.

VÍCTIMA

Reflexiona sobre la relación de la víctima con el villano. Aunque puedes crear un escenario sólido sin que exista esta relación, parte de lo que consigue que un misterio sea interesante es averiguar los retorcidos lazos que atan a los PNJ entre sí y cómo dichas relaciones acabaron llevando al crimen. Un asesinato al azar puede ser igual de misterioso, pero carece de la conexión emocional.

Busca también una conexión entre la víctima y al menos uno de los aventureros. Una forma infalible de atraer a los personajes a un misterio (e incluso convertirles en sospechosos) es hacer que la víctima sea un conocido de los aventureros.

SOSPECHOSOS

Tu elenco de personajes debería incluir unos cuantos PNJ que no cometieron el crimen, pero que tuvieran los motivos, los medios o la oportunidad de ejecutarlo. Los sospechosos podrían ser obvios o salir a la luz durante la investigación. Una técnica que se usa mucho en las historias de detectives es definir un círculo cerrado de sospechosos: un número limitado de individuos cuyas circunstancias les conviertan en los únicos sospechosos posibles.

Un truco para mantener tanto a los personajes como a los jugadores en la incógnita de quién es el villano es que te asegures de que varios sospechosos poseen algún secreto. Así, cuando los aventureros les interroguen, podrían mostrarse nerviosos o intentar mentir, incluso a pesar de ser inocentes del crimen. Un acuerdo comercial secreto, una aventura amorosa, un aspecto oscuro de su pasado o un vicio fuera de control son defectos que harán de los sospechosos personas más interesantes que un PNJ que no tenga nada que ocultar.

PISTAS

Las pistas apuntan a la identidad del villano. Algunas son verbales, como los testimonios de los sospechosos o los testigos, y ayudarán a los personajes a hacerse una idea de lo que ha ocurrido. En cambio, otras pistas son físicas, como un mensaje a medio terminar escrito con la sangre de la víctima, una joya que el villano se ha dejado al escapar o un arma escondida en la habitación de un sospechoso.

Cada pista debería conectar a un sospechoso con el crimen, normalmente sacando a la luz sus motivos, sus medios o su oportunidad. Ciertas pistas apuntarán al sospechoso equivocado, llevando a los aventureros en una dirección incorrecta. En algún momento acabarán encontrando otras pistas que señalen a un sospechoso distinto o darán con una prueba que demuestre su inocencia.

Es mejor pasarse poniendo pistas que quedarse corto. Puede que te disgustes si los aventureros resuelven el misterio demasiado rápido, pero, por su parte, los jugadores experimentarán una enorme sensación de logro. Por contra, si el misterio es demasiado difícil, los jugadores se frustrarán. Como tienes que prever la posibilidad de que los personajes pasen por alto algunas pruebas, prepara pistas redundantes, para así asegurarte de que los jugadores poseerán la información necesaria para capturar al villano.

INTRIGA

Las aventuras de intriga también están basadas en eventos, pero en este caso se articulan en torno a luchas de poder. Este tipo de aventuras son comunes en las cortes de los nobles, aunque pueden desarrollarse con igual facilidad en gremios de comerciantes, sindicatos del crimen y jerarquías eclesiásticas.

En lugar de eventos siniestros y planes de un villano, las aventuras de intriga suelen enfocarse en el intercambio de favores, el ascenso y caída de individuos poderosos e influyentes, y las melifluas palabras de la diplomacia. Los esfuerzos de un príncipe por ser nombrado heredero al trono, la ambición de un cortesano por convertirse en la mano derecha de la reina o los intentos de un mercader por abrir una ruta comercial a través de tierras enemigas son ejemplos de aventuras de intriga.

Como el resto de aventuras, las basadas en la intriga solo funcionarán si tanto a los jugadores como a sus personajes les importa el resultado. Si a nadie del grupo le interesa quién es el chambelán del rey o quién disfrutará de los derechos de tala en los bosques élficos, una aventura centrada en estos temas les parecerá aburrida. Sin embargo, si tener acceso al chambelán del rey significa que los personajes podrán utilizar a los soldados reales para defender su propia fortaleza o las fronteras, será fácil implicar a los jugadores.

Los aventureros suelen acabar enredados en una intriga cuando necesitan un favor de una criatura poderosa y han de hacerle un favor a cambio, o cuando los planes de PNJ poderosos se interponen entre los personajes y sus objetivos.

Algunos de los eventos explicados anteriormente en esta misma sección son especialmente apropiados para aventuras de intriga. Si, por ejemplo, los personajes deben desenmascarar una conspiración, negociar un tratado de paz o asegurarse la ayuda de un gobernante o concilio es posible que estés ante una aventura de intriga.

El proceso necesario para crear una aventura de intriga es similar al de cualquier otra aventura basada en eventos, pero con dos diferencias fundamentales: la forma de controlar a los villanos y la capacidad de los personajes para ganar influencia.

VILLANOS

Algunas aventuras de intriga están movidas por las acciones de un único villano, como cuando un noble planea asesinar al monarca. No obstante, una aventura de este tipo puede perfectamente tener varios villanos o, incluso, ninguno en absoluto.

Sin villano. Ciertas aventuras de intriga giran en torno al intercambio de favores en lugar de alrededor de un villano. En estos casos, sáltate los pasos 1 y 2 de el proceso de creación de aventuras basadas en eventos (el villano y sus actos) y pasa directamente a los objetivos de los aventureros, el paso 3. Averigua cómo los personajes se van a ver envueltos en la intriga e invierte la mayor parte de tu tiempo en crear a los PNJ con los que interaccionarán.

Muchos villanos. Hay aventuras de intriga con un amplio elenco de villanos, cada uno de ellos con sus propios objetivos, motivaciones y métodos. Los personajes podrían verse arrastrados a las luchas de poder de una corte plagada de nobles que buscan hacerse con el trono tras la súbita muerte del rey. O quizá acaben negociando el cese de hostilidades en una mortal guerra por el territorio entre gremios de ladrones. En un escenario de este tipo pasarás mucho tiempo en los pasos 1 y 2, desarrollando los PNJ principales, cada uno un villano único con sus propios planes.

Cuando llegues al paso 5 tendrás que definir las reacciones de cada villano a los contratiempos que puedan sufrir durante la aventura. Sin embargo, no habrás de dedicar el mismo esfuerzo en detallar las reacciones de cada uno, ya que muchos actuarán de la misma manera que los demás o se anularán los unos a los otros. Cada vez que los aventureros desbaraten los planes de un villano, haz que otro tome la delantera, avanzando la aventura tanto si los villanos que han sido frustrados reaccionan como si no.

INFLUENCIA

En función del escenario, es posible que tengas que registrar la influencia que el grupo ejerce sobre varios PNJ o facciones. Quizá incluso debas llevar la cuenta de este aspecto para cada personaje por separado.

Una forma de controlar la influencia es tratarla igual que a la inspiración. Así, un personaje ganará influencia en una situación concreta solo si tú lo decides, y la forma de utilizarla es que el jugador la gaste. Los personajes obtendrán influencia haciendo favores a los PNJ, ayudando a la causa de una organización o demostrando su poder y heroísmo, lo que te parezca más apropiado. Como con la inspiración, un personaje puede elegir gastar su influencia para conseguir ventaja en una tirada que sea relevante a la influencia empleada.

Otra forma de modelar la influencia es tratarla igual que el prestigio (consulta el capítulo 1); de modo que permitas a los personajes ganar prestigio en la corte y dentro de ciertas facciones.

Eventos marco

Es posible basar una aventura entera en un evento marco, en el que se encuadra lo que está sucediendo. También puedes recurrir a él para atraer la atención de los jugadores. La tabla "eventos marco" presenta varias ideas, que puedes usar tal cual o utilizarlas de trampolín para inventar las tuyas propias.

Eventos marco

d100	Evento
01–02	Aniversario del reinado de un monarca
03–04	Aniversario de un evento importante
05–06	Evento en una arena, coliseo o estadio
07–08	Llegada de una caravana o un barco
09–10	Llegada de un circo ambulante
11–12	Llegada de un PNJ importante
13–14	Llegada de modrons marchando
15–16	Representación artística
17–18	Evento deportivo o atlético
19–20	Nacimiento de un niño
21–22	Cumpleaños de un PNJ importante
23–24	Festival municipal
25–26	Aparición de un cometa
27–28	Conmemoración de una tragedia del pasado
29–30	Consagración de un templo nuevo
31–32	Coronación
33–34	Reunión del concilio
35–36	Equinoccio o solsticio
37–38	Ejecución
39–40	Festival de la fertilidad
41–42	Luna llena
43–44	Funeral
45–46	Graduación de cadetes o magos
47–48	Festival de la cosecha
49–50	Día sagrado
51–52	Investidura de un caballero u otro noble
53–54	Eclipse lunar
55–58	Festividades del solsticio estival
59–60	Festividades del solsticio invernal
61–62	Migración de muertos
63–64	Baile organizado por el monarca
65–66	Luna nueva
67–68	Año nuevo
69–70	Indulto de un prisionero
71–72	Conjunción interplanar
73–74	Conjunción astral
75–76	Investidura de un sacerdote
77–78	Procesión de fantasmas
79–80	Acto en recuerdo de los caídos en la guerra
81–82	Proclama o discurso real
83–84	Día de la audiencia con el rey
85–86	Firmas de un tratado
87–88	Eclipse solar
89–91	Torneo
92–94	Juicio
95–96	Alzamiento violento
97–98	Boda o aniversario de una boda
99–00	Dos eventos a la vez (tira dos veces, ignorando los resultados de 99 o 100)

Complicaciones

A veces las aventuras no serán tan sencillas y directas como en un principio podría parecer.

Dilemas morales

Si quieres que los personajes experimenten una crisis que ni la magia ni la espada puedan resolver, incorpora un dilema moral a la aventura. Estos dilemas son problemas de conciencia en los que los aventureros deben tomar una decisión, que en ningún caso será fácil.

Dilemas morales

d20	Dilema	d20	Dilema
1–3	Relativo a un aliado	13–16	Relativo a un rescate
4–6	Relativo a un amigo	17–20	Relativo al respeto
7–12	Relativo al honor		

son mejores que él. Un PNJ débil podría implorar por una oportunidad de ganarse el favor de los aventureros, llevando a cabo una misión esencial pero peligrosa.

Dilema relativo al honor. Un personaje se ve forzado a elegir entre la victoria y un juramento o código de honor personal. Un paladín que sigue un juramento de virtud podría darse cuenta de que el camino más corto hacia el éxito pasa por el engaño y el subterfugio. Un clérigo legal podría sentirse tentado de desobedecer los mandatos de su fe. Si utilizas este dilema, asegúrate de ofrecer al personaje la oportunidad de expiar sus pecados.

Dilema relativo a un rescate. Los aventureros deben escoger si atrapar (o perjudicar) al villano o salvar vidas inocentes. Por ejemplo, los personajes podrían descubrir que el villano está acampado cerca, pero también que parte de sus fuerzas está a punto de marchar sobre un pueblo y arrasarlo hasta los cimientos. Los aventureros tendrán que elegir entre ocuparse del villano o proteger a los aldeanos inocentes, entre los que podrían contarse sus familiares o amigos.

Dilema relativo al respeto. Dos aliados importantes proporcionan consejos o directrices directamente enfrentadas a los aventureros. Quizá el sumo sacerdote les sugiera negociar la paz con los belicosos elfos del bosque cercano, pero un guerrero veterano les urja a hacer una demostración de fuerza atacando primero y de forma decisiva. Los personajes no podrán seguir ambos cursos de acción al mismo tiempo e, independientemente de por quién opten, perderán el respeto del otro aliado, que incluso podría negarse a ayudarles en el futuro.

GIROS

Los giros pueden complicar una historia y provocar que a los personajes les sea más difícil cumplir sus objetivos.

GIROS

d10	Giro
1	Los aventureros están compitiendo con otras criaturas por conseguir el mismo objetivo
2	Los aventureros son responsables de la seguridad de un PNJ no combatiente
3	Los aventureros tienen prohibido matar al villano, pero este no siente reparo alguno en hacer lo propio
4	Los aventureros tienen un límite de tiempo
5	Los aventureros han recibido información falsa o superflua
6	Terminar una aventura con éxito cumple una profecía o evita que una profecía se cumpla
7	Los aventureros tienen dos objetivos distintos, pero solo pueden conseguir uno
8	Alcanzar el objetivo hace que, en secreto, el villano salga beneficiado
9	Los aventureros deben cooperar con un enemigo jurado para conseguir su objetivo
10	Los aventureros están bajo los efectos de una compulsión mágica (como un conjuro de *geas*) que les obliga a intentar alcanzar el objetivo

MISIONES SECUNDARIAS

También puedes añadir una o más misiones secundarias a tu aventura. Estas misiones desvían a los personajes del camino definido por las localizaciones o eventos de la historia principal. Las misiones secundarias son accesorias en lo que al objetivo principal de los aventureros respecta, pero completarlas con éxito les proporcionará algún beneficio que les ayudará a alcanzar su meta original.

Dilema relativo a un aliado. Los aventureros tendrán más oportunidades de conseguir sus objetivos con el apoyo de dos individuos cuya pericia es prácticamentc indispensable. Pero estos dos PNJ se odian el uno al otro y se negarán a trabajar juntos, incluso si el destino del mundo está en juego. Los aventureros deberán elegir al PNJ que más les va a ayudar a alcanzar su meta.

Dilema relativo a un amigo. Un PNJ por el que al menos uno de los aventureros se preocupa les pide un imposible. Un interés amoroso podría exigir a un personaje que abandone una misión peligrosa. Un amigo querido podría suplicar al grupo que perdonen la vida al villano, para así demostrar que

Misiones secundarias

CREAR ENCUENTROS

Los encuentros son las escenas individuales de las que se compone la historia de tu aventura.

Lo primero y más importante es que los encuentros tendrían que resultar divertidos para los jugadores. En segundo lugar, jugarlos no debería ser molesto para ti. Los encuentros bien construidos, más allá de estos dos puntos, suelen poseer un objetivo claro y alguna conexión con la historia de tu campaña; apoyándose en encuentros previos de la misma y anticipando los que están por venir.

Cada encuentro terminará de una de las tres formas posibles: los personajes consiguen el éxito por completo, alcanzan el triunfo solo parcialmente o fracasan. Por tanto, los encuentros deberán tener en cuenta estos tres desenlaces. Además, estos resultados han de traer consecuencias, para que los jugadores sientan que sus logros y fallos importan.

OBJETIVOS DE LOS PERSONAJES

Si los jugadores no saben qué deben hacer en un encuentro dado, este degenerará rápidamente en aburrimiento y frustración. Un objetivo transparente disminuirá el riesgo de que los jugadores pierdan interés.

De este modo, si el arco principal de tu aventura es una misión para entregar una reliquia de valor incalculable a un monasterio remoto, cada uno de los encuentros del camino a recorrer será una oportunidad para presentar un objetivo más pequeño, que avance la trama. Los encuentros durante este viaje podrían estar protagonizados por enemigos que buscan robar la reliquia a los personajes o por monstruos que amenazan el monasterio de forma constante.

Algunos jugadores crearán sus propios objetivos. Esto es normal e incluso deseable. La campaña es, al fin y al cabo, tan suya como tuya. Un personaje podría, por poner un ejemplo, intentar sobornar a sus enemigos en lugar de combatir con ellos o perseguir a un adversario que se retira para ver a dónde se dirige. Los jugadores que ignoren los objetivos tendrán que enfrentarse a las consecuencias, otra faceta importante del diseño de encuentros.

OBJETIVOS DE EJEMPLO

Los objetivos siguientes pueden suponer un buen punto de partida a la hora de crear encuentros. Aunque estos ejemplos suelen ser el motivo de un único encuentro a lo largo de toda una aventura, es posible utilizar el mismo objetivo en varios encuentros para combinarlos y así crear un problema u obstáculo mayor, que los aventureros deberán superar.

Hacer las paces. Los personajes deben convencer a dos grupos opuestos (o a sus líderes) de que den por terminado el conflicto que les enfrenta. Como complicación, los aventureros podrían tener enemigos en uno o ambos bandos, o quizá un tercero esté avivando las llamas del conflicto por su propio beneficio.

Proteger un PNJ u objeto. Los personajes deben hacer de guardaespaldas o custodiar un objeto. Algunos ejemplos de complicaciones son que los PNJ bajo la protección del grupo estén malditos, padezcan una enfermedad, sean propensos a ataques de pánico, sean demasiado jóvenes o viejos para luchar, o pongan en peligro las vidas de los aventureros al tomar decisiones cuestionables. También es posible que el objeto que los personajes han jurado proteger sea consciente, esté maldito o resulte difícil de transportar.

Recuperar un objeto. Los aventureros tendrán que hacerse con un objeto concreto que está en la zona del encuentro, a ser posible antes de que el combate termine. Como complicación, los enemigos podrían desear el objeto tanto como el grupo, hecho que obligará a ambos bandos a luchar por él.

Escapar. Los aventureros deberán atravesar una zona peligrosa. El objetivo es similar a recuperar un objeto, en cuanto a que alcanzar la salida es más importante que acabar con los enemigos. Un límite de tiempo supone una buena complicación. También lo es un punto en el que sea necesario decidir entre dos opciones, una de las cuales hará que los personajes se pierdan. Otras complicaciones podrían ser trampas, peligros o monstruos.

Infiltrarse. Los aventureros han de atravesar la zona del encuentro sin que sus enemigos sean conscientes de su presencia. Las complicaciones se darán si son detectados.

Detener un ritual. Los planes de líderes de cultos malvados, brujos arteros y poderosos infernales suelen conllevar la ejecución de rituales, que los aventureros deberán desbaratar. Para interrumpir un ritual suele ser necesario abrirse paso luchando contra esbirros malvados, para posteriormente perturbar las poderosas energías mágicas del rito. Una complicación podría ser que el ritual estuviera a punto de terminar cuando por fin aparecen los personajes, imponiéndoles un límite de tiempo. Además, y dependiendo del tipo de ritual, la conclusión del mismo podría tener consecuencias inmediatas.

Eliminar a un objetivo concreto. El villano está rodeado de siervos lo bastante poderosos como para matar a los aventureros. Los personajes deberán huir, con la esperanza de enfrentarse a su enemigo en otra ocasión, o intentar abrirse paso a través de los esbirros para así acabar con el villano. Como complicación, los siervos podrían ser criaturas inocentes controladas por el villano. Matarle las liberaría de esta dominación, pero los aventureros tendrán que aguantar sus ataques hasta que lo logren.

CREAR UN ENCUENTRO DE COMBATE

Cuando diseñes un encuentro de combate, da rienda suelta a tu imaginación y crea algo que tus jugadores vayan a disfrutar. Una vez hayas decidido los detalles del encuentro, utiliza la información de esta sección para ajustar su dificultad.

DIFICULTAD DE UN ENCUENTRO DE COMBATE

Los encuentros de combate pueden clasificarse en cuatro categorías en función de su dificultad.

Fácil. Un encuentro fácil no consumirá los recursos de los personajes ni les pondrá realmente en peligro. Puede que pierdan unos cuantos puntos de golpe, pero su victoria estará, casi con total seguridad, garantizada.

Dificultad media. Un encuentro de dificultad media puede dar un susto o dos a los personajes, pero estos deberían salir victoriosos sin sufrir baja alguna. Es probable que uno o más aventureros tengan que consumir recursos para curarse.

Difícil. Un encuentro difícil puede acabar mal para los aventureros. Los personajes más débiles podrían quedar fuera de combate y existe una pequeña posibilidad de que alguno, o incluso varios, mueran.

Mortal. Un encuentro mortal podría resultar letal para uno o más personajes. Los aventureros tendrán que elaborar una buena estrategia y reaccionar con rapidez si quieren sobrevivir. Existe un riesgo muy grande de que el grupo salga derrotado.

UMBRALES DE PX POR NIVEL DEL PERSONAJE

Nivel del personaje	Dificultad del encuentro			
	Fácil	Media	Difícil	Mortal
1	25	50	75	100
2	50	100	150	200
3	75	150	225	400
4	125	250	375	500
5	250	500	750	1.100
6	300	600	900	1.400
7	350	750	1.100	1.700
8	450	900	1.400	2.100
9	550	1.100	1.600	2.400
10	600	1.200	1.900	2.800
11	800	1.600	2.400	3.600
12	1.000	2.000	3.000	4.500
13	1.100	2.200	3.400	5.100
14	1.250	2.500	3.800	5.700
15	1.400	2.800	4.300	6.400
16	1.600	3.200	4.800	7.200
17	2.000	3.900	5.900	8.800
18	2.100	4.200	6.300	9.500
19	2.400	4.900	7.300	10.900
20	2.800	5.700	8.500	12.700

EVALUAR LA DIFICULTAD DE UN ENCUENTRO

Utiliza este método para estimar la dificultad de cualquier encuentro de combate.

1. Determina los umbrales de PX. En primer lugar, averigua los umbrales de puntos de experiencia (PX) de cada uno de los personajes del grupo. La tabla "umbrales de PX por nivel del personaje" muestra cuatro umbrales de PX para cada nivel, uno por cada categoría de dificultad de encuentros. Utilízala para, a partir del nivel del personaje, determinar sus umbrales y repite este proceso para todos los miembros del grupo.

VALOR DE DESAFÍO

Cuando diseñes un encuentro o una aventura, especialmente a niveles más bajos, ten cuidado si usas monstruos cuyo valor de desafío es superior al nivel medio del grupo. Estas criaturas infligen tanto daño que son capaces, con una sola acción, de dejar fuera de combate a un aventurero de niveles más bajos. Por ejemplo, un ogro, cuyo valor de desafío es 2, puede matar a un mago de nivel 1 de un solo golpe.

Además, algunos monstruos poseen atributos que los personajes de nivel más bajo pueden tener difícil, o incluso imposible, superar. Un rakshasa, con valor de desafío 13, es inmune a los conjuros de nivel 6 o menos. Como los lanzadores de conjuros de nivel 12 o menos no poseen conjuros de nivel superior a 6, serán incapaces de afectar a este monstruo con su magia. Si estos personajes se enfrentan a un rakshasa tendrán graves problemas. Un encuentro de este tipo representa un reto mucho más difícil para el grupo de lo que su valor de desafío podría sugerir.

2. Determina los umbrales de PX del grupo. Suma, para cada una de las categorías de dificultad, los umbrales de PX de todos los personajes. Estos totales serán los umbrales de PX del grupo. Habrá cuatro en total, uno para categoría de dificultad de encuentro posible.

Así, si tu grupo está formado por tres personajes de nivel 3 y uno de nivel 2, calcularás los umbrales de PX del grupo de la siguiente forma:

Fácil: 275 PX (75 + 75 + 75 + 50)
Dificultad media: 550 PX (150 + 150 + 150 + 100)
Difícil: 825 PX (225 + 225 + 225 + 150)
Mortal: 1.400 PX (400 + 400 + 400 + 200)

Toma nota de estos totales, porque los usarás para todos los encuentros de la aventura.

3. Determina el total de PX de los monstruos. Suma los PX de todos los monstruos que forman parte del encuentro. La cantidad que proporciona cada uno se muestra en su perfil.

4. Modifica el total de PX teniendo en cuenta el número de monstruos. Si el encuentro está compuesto por más de un monstruo, deberás multiplicar el total de PX por un número. Cuantos más monstruos haya, más tiradas de ataque contra los personajes harás en cada asalto, aumentando la dificultad del encuentro. Para poder estimar con más precisión la dificultad de un encuentro, multiplica su total de PX (ya sumados los de todos los monstruos) por el valor que aparece en la tabla "multiplicadores de encuentros".

De este modo, si tu encuentro está formado por cuatro monstruos y, sumando sus PX, tienes un total de PX de 500, deberás multiplicar este número por dos, acabando con un total ajustado de 1.000 PX. Este valor ajustado no quiere decir que derrotar a los monstruos proporcione esa cantidad de PX; su único fin es ayudarte a calibrar mejor la dificultad del encuentro.

Cuando hagas este cálculo, no tengas en cuenta para el número de monstruos a aquellos cuyo valor de desafío sea significativamente menor al valor de desafío medio del resto de monstruos del encuentro, salvo que pienses que estas criaturas, normalmente débiles, pueden contribuir de forma apreciable a la dificultad del encuentro.

MULTIPLICADORES DE ENCUENTROS

Número de monstruos	Multiplicador	Número de monstruos	Multiplicador
1	× 1	7–10	× 2,5
2	× 1,5	11–14	× 3
3–6	× 2	15 o más	× 4

5. Compara los PX. Compara el valor en PX ajustado de los monstruos, que acabas de calcular, con los umbrales de PX del grupo. El umbral que coincida con el valor en PX ajustado determinará la dificultad del encuentro. Si ninguno coincide, utiliza el que más se aproxime por debajo.

Es decir, que un encuentro compuesto de un osgo y tres hobgoblins, con un valor en PX ajustado de 1.000, será difícil para un grupo formado por tres personajes de nivel 3 y uno de nivel 2, pues su umbral para encuentros difíciles es de 825 PX y su umbral para encuentros mortales es de 1.400 PX.

TAMAÑO DEL GRUPO

Las directrices que acabas de leer asumen que el grupo está compuesto por entre tres y cinco aventureros.

Si está formado por menos de tres personajes, aplica el multiplicador de la fila siguiente en la tabla "multiplicadores de encuentros". Así, deberás emplear un multiplicador de 1,5 cuando un grupo de estas características se enfrente a un monstruo solitario y un multiplicador de 5 para encuentros con quince o más monstruos.

Si el grupo se compone de seis personajes o más, haz lo opuesto, utiliza el multiplicador inmediatamente anterior en la tabla. En estos casos, usa un multiplicador de 0,5 si solo hay un monstruo.

ENCUENTROS EN VARIAS PARTES

En algunos encuentros los aventureros no se enfrentarán a todos los enemigos al mismo tiempo. Los monstruos podrían, por ejemplo, atacar en oleadas. En estas situaciones, trata cada una de las partes como un encuentro separado en lo que a su dificultad respecta.

El grupo no tendrá posibilidad de realizar un descanso corto entre cada una de las partes de un encuentro de este tipo, por lo que los personajes no podrán utilizar Dados de Golpe para recuperar puntos de golpe o reponer atributos o rasgos que requieran de un descanso corto para poder volver a usarse. Como norma general, si el valor en PX ajustado de un encuentro en varias partes es mayor que un tercio de la cantidad de PX esperada para un día de aventuras del grupo (consulta "Día de aventuras" más adelante), este encuentro será más difícil que lo que la simple suma de sus partes podría sugerir.

CREAR ENCUENTROS PARTIENDO DE UN PRESUPUESTO

Puedes diseñar un encuentro sabiendo de antemano qué dificultad quieres que tenga. Los umbrales de PX del grupo te proporcionarán un "presupuesto" de PX que puedes gastar en monstruos, para así confeccionar encuentros fáciles, de dificultad media, difíciles o mortales. Eso sí, no olvides que los grupos de monstruos consumirán un presupuesto mayor que la simple suma de los PX que otorga cada monstruo (consulta el paso 4).

Si tomamos como ejemplo el grupo de aventureros que aparecía en el paso 2, podemos crear un encuentro de dificultad media asegurándonos que el valor en PX ajustado está entre 550 PX (el umbral del grupo para dificultad media) y 825 PX (su umbral para un encuentro difícil). Un único monstruo con valor de desafío 3 (como una mantícora o un osgo) vale 700 PX, así que este será un posible encuentro. Pero, si queremos utilizar una pareja de monstruos,

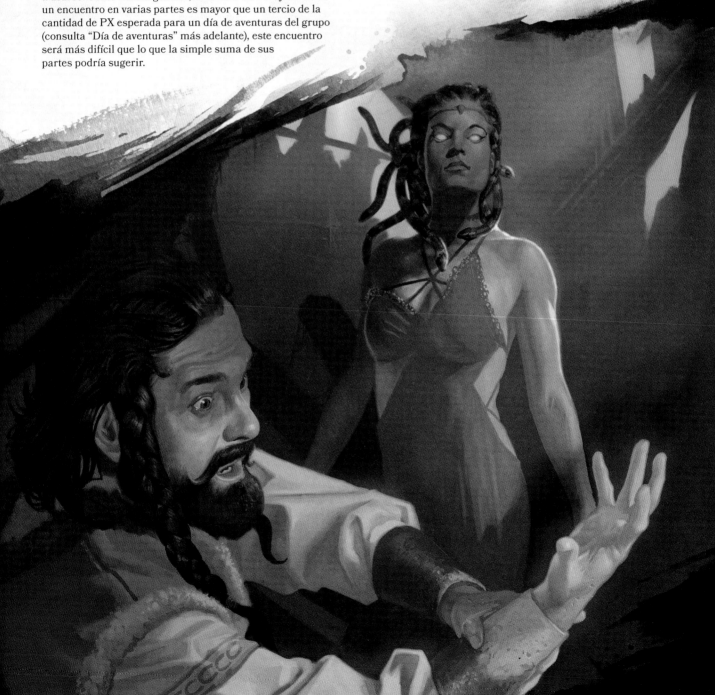

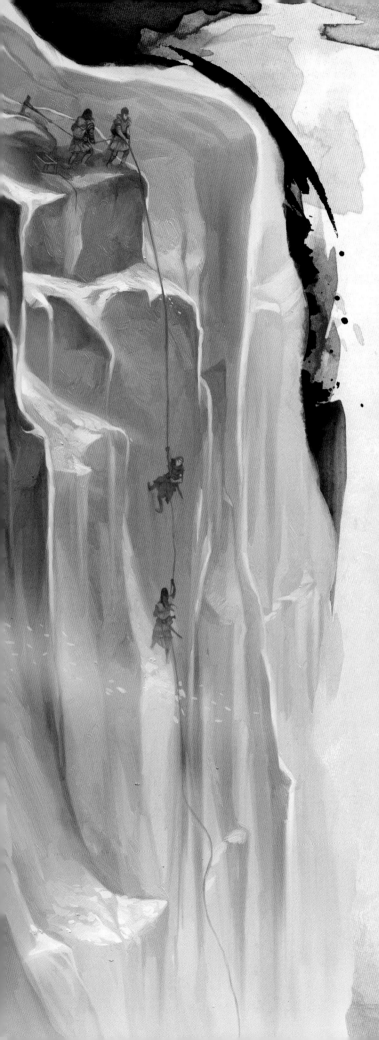

cada uno de ellos costará 1,5 veces su cantidad de PX. Una pareja de lobos terribles (cada uno valorado en 200 PX) tendrá un valor en PX ajustado de 600, haciendo de ellos un encuentro de dificultad media para este grupo.

Para ayudarte a hacer estos cálculos, el apéndice B contiene una lista de todas las criaturas que aparecen en el *Monster Manual* ordenadas por su valor de desafío.

Día de aventuras

Asumiendo las condiciones en las que normalmente se lleva a cabo una aventura y que los aventureros no poseen ni muy buena ni muy mala suerte, la mayoría de grupos podrán enfrentarse a entre seis y ocho encuentros de dificultad media o difíciles al día. Si la aventura tiene encuentros más fáciles, podrán lidiar con más en un mismo día. Si, por el contrario, alberga más encuentros mortales, podrán superar una menor cantidad de ellos.

Puedes utilizar el valor en PX de los monstruos y otros oponentes de una aventura como guía para intuir hasta qué punto es probable que el grupo avance, de forma similar a como hacías para calcular la dificultad de un encuentro.

Consulta la tabla "PX por día de aventuras" para cada personaje del grupo. Así podrás estimar cuántos PX debería conseguir al día un aventurero de su nivel. Suma los valores correspondientes a cada personaje para obtener el total del grupo. Esta suma te proporcionará una estimación del valor en PX ajustado de los encuentros a los que los aventureros pueden enfrentarse antes de tener que realizar un descanso largo.

PX por día de aventuras

Nivel	PX ajustados por personaje y día	Nivel	PX ajustados por personaje y día
1	300	11	10.500
2	600	12	11.500
3	1.200	13	13.500
4	1.700	14	15.000
5	3.500	15	18.000
6	4.000	16	20.000
7	5.000	17	25.000
8	6.000	18	27.000
9	7.500	19	30.000
10	9.000	20	40.000

Descansos cortos

En general, a lo largo de un día de aventuras, el grupo probablemente tenga que hacer dos descansos cortos, uno tras una tercera parte del día y el otro pasadas dos terceras partes.

Modificar la dificultad de un encuentro

Un encuentro puede volverse más fácil o todo contrario, dependiendo de dónde se lleve a cabo y las circunstancias que lo rodeen.

Aumenta la dificultad del encuentro un nivel (de fácil a dificultad media, por ejemplo) si los personajes sufren algún inconveniente que sus oponentes no. Redúcela un nivel si ocurre lo contrario: los aventureros disfrutan de algún beneficio del que sus enemigos no disponen. Cualquier otro beneficio o inconveniente desplazará el encuentro un nivel en la dirección pertinente. Si los personajes poseen un benefi-cio, pero al mismo tiempo sufren un inconveniente, los dos se anulan el uno al otro.

Algunos inconvenientes debidos a la situación podrían ser:

- El grupo en su conjunto es sorprendido, pero sus enemigos no.
- El enemigo dispone de cobertura y los personajes no.
- Los aventureros no pueden ver a sus enemigos.
- Los personajes están recibiendo daño todos los asaltos y sus oponentes no. Este daño podría deberse a algún aspecto del entorno o a un origen mágico, por ejemplo.
- Los aventureros están colgando de una cuerda, intentando escalar un muro o un acantilado, pegados al suelo o en cualquier otra circunstancia que limite severamente su movilidad o les convierta en objetivos fáciles.

Los beneficios debidos a la situación son similares a los inconvenientes, con la salvedad de que favorecen al grupo en lugar de a sus enemigos.

Encuentros de combate divertidos

Los siguientes aspectos te pueden ayudar a hacer los encuentros de combate más emocionantes y divertidos:

- Características del terreno que representen un riesgo tanto para los personajes como para sus oponentes, como un puente de cuerda en mal estado o charcos de limo verde.
- Características del terreno que conformen varias alturas, como pozos, pilas de cajas vacías o balcones.
- Aspectos que sugieran (o incluso obliguen) a los personajes y a sus enemigos a moverse, como lámparas de araña, barriles de pólvora o aceite y trampas de cuchillas giratorias.
- Enemigos en posiciones difíciles de alcanzar o bien defendidas, para que así los personajes que normalmente atacarían a distancia se vean obligados a moverse por el campo de batalla.
- Varios tipos de monstruos luchando juntos.

Encuentros aleatorios

Los personajes, al explorar una región salvaje o un complejo de mazmorras, acabarán por toparse con lo inesperado. Los encuentros aleatorios son una buena forma de añadir este componente de incertidumbre, y suelen representarse mediante una tabla. Cuando se produzca un encuentro aleatorio, tirarás un dado y consultarás esta tabla para averiguar con qué se cruza el grupo.

Algunos jugadores y DM perciben estos encuentros como una pérdida de tiempo, pero si están bien diseñados son muy útiles. Sirven para:

- **Crear una sensación de urgencia.** Los aventureros procurarán no perder el tiempo si sienten la amenaza de un encuentro aleatorio sobre sus cabezas. El deseo de evitar monstruos errantes es un buen incentivo para buscar un lugar seguro en el que descansar. Tirar los dados detrás de la pantalla del DM puede producir este efecto sin, en realidad, estar utilizando ningún encuentro aleatorio.
- **Crear atmósfera.** La aparición de criaturas con lazos temáticos como encuentros aleatorios ayuda a dar un tono y una atmósfera consistentes a la aventura. Así, una tabla de encuentros llena de murciélagos, apariciones, arañas gigantes y zombis creará una sensación de horror y transmitirá a los a aventureros que deben prepararse para luchar con criaturas de la noche todavía más peligrosas.
- **Consumir los recursos del grupo.** Los encuentros aleatorios pueden reducir los puntos de golpe y espacios de conjuro del grupo, logrando que los personajes se sientan menos poderosos y vulnerables. Sirven para generar tensión, pues los jugadores se verán obligados a tomar decisiones sabiendo que sus aventureros no están al máximo de sus facultades.

- **Proporcionar socorro.** Algunos encuentros aleatorios pueden beneficiar a los personajes en lugar de perjudicarlos o dañarlos. Una criatura o un PNJ amistoso podría proporcionar a los aventureros información útil o ayuda cuando más lo necesitan.
- **Añadir interés.** Los encuentros aleatorios pueden desvelar detalles sobre tu mundo. También pueden augurar un peligro o dar pistas que ayudarán a los aventureros a prepararse para lo que está por venir.
- **Reforzar los temas de la campaña.** Los encuentros aleatorios pueden recordar a los jugadores los temas principales de la campaña. De este modo, si en tu campaña se está librando una guerra entre dos naciones, podrías diseñar tablas de encuentros aleatorios que hicieran hincapié en la naturaleza omnipresente del conflicto. En territorio amigo, estas tablas podrían contener tropas desaliñadas que vuelven de una batalla, refugiados que huyen de las fuerzas invasoras, caravanas bien protegidas llenas a rebosar de armas o mensajeros a caballo que se dirigen en solitario hacia el frente. Si los personajes se encuentran tras las líneas enemigas, las tablas podrían incluir campos de batalla plagados de cadáveres recién asesinados, ejércitos de humanoides malvados marchando y horcas improvisadas, de las que cuelgan los cuerpos de los desertores que trataron de huir del conflicto.

Los encuentros aleatorios nunca deberían resultaros cansados ni a ti ni a tus jugadores. Estos podrían sentir que no están progresando si, cada vez que intentan avanzar, un encuentro aleatorio se interpone en su camino. No quieres que suceda esto, como seguramente tampoco desees perder el tiempo en encuentros que no añaden nada a la trama de la aventura o interfieran con el ritmo que quieras marcar.

No a todos los DM les gusta utilizar encuentros aleatorios. Quizá descubras que te distraen de las partes que más te interesan del juego o que crean más problemas de los que resuelven. Por eso, si a ti no te sirven, no los uses.

Utilizar encuentros aleatorios

Como lo ideal es que los encuentros aleatorios contribuyan a la historia de la partida en lugar de obstaculizarla, deberás elegir con cuidado en qué circunstancias pueden producirse. Piensa en encuentros aleatorios que puedan darse en las situaciones siguientes:

- Los jugadores se están distrayendo y ralentizando la marcha del juego.
- Los personajes se detienen para llevar a cabo un descanso corto o largo.
- Los aventureros están realizando un viaje largo y sin complicaciones.
- Los personajes atraen la atención cuando deberían estar pasando desapercibidos.

Cuándo se producen los encuentros aleatorios

Puedes decidir de forma unilateral que un encuentro aleatorio va a darse o hacer una tirada para ver si esto sucede. Valora la posibilidad de tirar para ver si se produce un encuentro aleatorio cada hora, cada cuatro horas, cada ocho horas, una vez al día o en cada descanso largo. Elige siempre en lo que tenga más sentido en función de la actividad en la zona.

Si escoges tirar, hazlo con 1d20. Si obtienes un 18 o más, se producirá un encuentro aleatorio. Si este es el caso, deberás realizar una tirada en la tabla de encuentros aleatorios apropiada, para así determinar con qué se topan los aventureros. Puedes volver a tirar si el resultado no tiene sentido en las circunstancias del momento.

casual (como un temblor de tierra o un desfile) o un descubrimiento fortuito (como un cuerpo calcinado o un mensaje escrito en una pared).

Prepara tus encuentros. Una vez hayas decidido la localización en la que es más probable que se desarrolle la aventura, sea esta el aire libre o en un complejo de mazmorras, confecciona una lista de las criaturas que podrían merodear por la zona. Si no estás seguro de qué seres incluir, el apéndice B contiene un listado de monstruos clasificados por el tipo de terreno en que suelen encontrarse.

Para un bosque podrías crear una tabla que incluya centauros, dragones feéricos, pixies, duendes, dríades, sátiros, perros intermitentes, alces, osos lechuza, ents, búhos gigantes y un unicornio. Si hay elfos viviendo en este bosque, la tabla también podría contener druidas y batidores de esta raza. Quizá haya gnolls acosando este bosque, por lo que podrías añadir también gnolls y hienas a la tabla, algo que de seguro resultará una sorpresa interesante para los jugadores. Otra forma de sorprenderles es introducir a un depredador errante, como una bestia trémula, que gusta de cazar perros intermitentes. Asimismo, esta tabla podría contener algunos encuentros aleatorios de una naturaleza menos monstruosa, como una zona de árboles quemados (obra de los gnolls), una estatua élfica cubierta de enredaderas o una planta cuyas bayas vuelven invisibles a las criaturas que las ingieren.

Cuando decidas qué monstruos van a formar parte de la tabla de encuentros aleatorios, intenta imaginar qué razón podría llevarles a salir de sus guaridas. ¿Qué planea cada monstruo? ¿Está de patrulla? ¿Cazando para alimentarse? ¿Buscando algo? Ten también en cuenta si la criatura se mueve sigilosamente al desplazarse por la región.

Al igual que sucede con los planeados con antelación, los encuentros aleatorios resultan más interesantes si se desarrollan en lugares memorables. En exteriores, los aventureros podrían encontrarse cruzando un calvero cuando se tropiezan con un unicornio o estar abriéndose paso a través de una sección del bosque especialmente densa y cruzarse con un nido de arañas. Al atravesar un desierto, los personajes podrían hallar un oasis maldito por la presencia de tumularios o una formación rocosa a la que se encarama un dragón azul.

Probabilidades. Hay muchas formas de crear una tabla de encuentros aleatorios, algunas muy sencillas (tira 1d6 para elegir uno de entre seis encuentros posibles) y otras más complicadas (tira 1d100, modifica el resultado según la hora del día y busca una referencia cruzada con el nivel de la mazmorra). La tabla de encuentros aleatorios que se incluye en este capítulo utiliza un abanico de resultados que va del 2 al 20 (19 filas en total), generados tirando 1d12 + 1d8. La curva de probabilidad de esta tirada provoca que los encuentros de la mitad de la tabla sean más frecuentes que aquellos que están al principio y al final de la misma. Una tirada de 2 o de 20 será rara (un 1 % de probabilidades cada una), mientras que cada resultado entre el 9 y 13 se dará algo más de un 8 % de las veces.

La tabla "encuentros en el bosque" es un ejemplo de tabla de encuentros aleatorios que ejecuta las ideas mencionadas hasta este punto. Los nombres de criaturas que aparecen en **negrita** hacen referencia a perfiles que se hallan en el *Monster Manual*.

Es posible que la aventura que estés jugando venga con sus propias tablas de encuentros aleatorios, pero también puedes utilizar la información de este capítulo para construir las tuyas propias. Crear estas tablas es la mejor forma de reforzar los temas y la ambientación de una campaña de cosecha propia.

No todas las criaturas con las que se crucen los personajes se considerarán un encuentro aleatorio. Las tablas de encuentros no suelen incluir conejos que se mueven entre la maleza, ratas inofensivas que corretean por los pasillos de una mazmorra o ciudadanos normales y corrientes que caminan por las calles de una ciudad. Las tablas de encuentros aleatorios presentan obstáculos y eventos que avanzan la trama, presagian elementos o temas importantes para la aventura, o sirven como una distracción divertida.

Crear tablas de encuentros aleatorios

Construir tus propias tablas de encuentros aleatorios es un proceso bastante sencillo. Decide qué tipo de encuentros podrían darse en la zona concreta de una mazmorra, piensa en cómo de probable es que se produzca cada uno de ellos y ordena los resultados. En este caso, un "encuentro" podría ser un único monstruo o PNJ, un grupo de ellos, un evento

Desafío de encuentros aleatorios

No es necesario que los encuentros aleatorios sean desafíos apropiados para el nivel de los aventureros, pero no se considera adecuado que el grupo acabe muerto durante uno de estos encuentros, ya que muchos jugadores entenderían este final como anticlimático.

No todos los encuentros aleatorios con monstruos tienen que acabar en un combate. Por ejemplo, un grupo de personajes de nivel 1 podría cruzarse con un dragón que sobrevuela el bosque, por encima de las copas de los árboles, en busca de comida. En este caso los personajes tendrían la opción de, si el dragón los avista, esconderse o negociar con la criatura. O quizá los aventureros se encuentren con un gigante de piedra al viajar por unas colinas, pero este no tenga intención alguna de hacer daño a nadie. De hecho, podría incluso evitar a los personajes si se trata de un individuo tímido o solitario. Tal vez solo ataque si los personajes lo molestan.

Dicho esto, las tablas de encuentros aleatorios suelen incluir monstruos hostiles (aunque no necesariamente malvados) cuyo fin es combatir con los personajes. Los monstruos siguientes se consideran un desafío en combate apropiado para estas tablas:

- Un único monstruo cuyo valor de desafío sea igual o inferior al nivel del grupo.
- Un grupo de monstruos cuyo valor en PX ajustado los convierta en un encuentro fácil, de dificultad media o difícil para el grupo, tal y como se indica en la guía para crear encuentros que aparecía un poco antes en este mismo capítulo.

Encuentros en el bosque

d12 + d8	Encuentro
2	1 **bestia trémula**
3	1 **líder de manada gnoll** y 2d4 **gnolls**
4	1d4 **gnolls** y 2d4 **hienas**
5	Una zona de árboles calcinados. Los personajes que busquen en el área y superen una prueba de Sabiduría (Supervivencia) CD 10 encontrarán huellas de gnoll. Si siguen este rastro durante 1d4 horas tendrán un encuentro con gnolls o descubrirán sus apestosos cadáveres atravesados por flechas de manufactura élfica.
6	1 **búho gigante**
7	Una estatua de una deidad o un héroe elfo cubierta de enredaderas
8	1 **dríade** (50 %) o 1d4 **sátiros** (50 %)
9	1d4 **centauros**
10	2d4 **batidores** (elfos). Un batidor porta un cuerno y puede utilizar su acción para soplarlo. Si hace esto dentro de los límites del bosque, tira otra vez en esta tabla. Si el resultado indica un encuentro con uno o varios monstruos, estos aparecen en 1d4 minutos. Si estas criaturas no son gnolls, hienas, osos lechuza ni bestias trémulas, se mostrarán amistosas hacia los batidores.
11	2d4 **pixies** (50 %) o 2d4 **duendes** (50 %)

d12 + d8	Encuentro
12	1 **oso lechuza**
13	1d4 **alces** (75 %) o 1 **alce gigante** (25 %)
14	1d4 **perros intermitentes**
15	Una planta mágica con 2d4 bayas brillantes. Cualquier criatura que ingiera una de ellas se volverá invisible durante 1 hora, o hasta que ataque o lance un conjuro. Estas bayas pierden sus propiedades mágicas 12 horas después de ser recogidas. Vuelven a crecer a medianoche, pero, si todas las bayas de la planta son recogidas, esta pierde su magia y no volverá a producir estos frutos.
16	Una brisa suave trae consigo una canción élfica
17	1d4 **dragones feéricos** naranjas (75 %) o azules (25 %)
18	1 **druida** (elfo). Inicialmente, este druida se muestra indiferente hacia el grupo, pero se tornará amistoso si los personajes acceden a ayudarle a liberar el bosque de la infestación de gnolls.
19	1 **ent**. El ent será amistoso hacia el grupo si este contiene al menos un elfo o si van acompañados de una criatura feérica claramente visible. Será hostil hacia los personajes si estos llevan llamas descubiertas. Si no se da ninguno de los dos casos, será indiferente y no anunciará su presencia mientras los aventureros pasan a su lado.
20	1 **unicornio**

Capítulo 4: Crear personajes no jugadores

N personaje no jugador es cualquier personaje controlado por el Dungeon Master. Los PNJ pueden ser tanto enemigos como aliados, desde personas normales y corrientes hasta monstruos únicos. El tabernero local, el anciano mago que habita en la torre a las afueras del pueblo, el caballero de la muerte empeñado en destruir el reino y el dragón que cuenta sus riquezas en su caverna son todos ejemplos de PNJ.

Este capítulo te permitirá insuflar vida a los personajes no jugadores de tus partidas. Si lo que buscas es cómo crear un perfil similar al de un monstruo para un PNJ, consulta el capítulo 9: "Taller del Dungeon Master".

Diseñar PNJ

No hay nada capaz de animar tanto una aventura o campaña como un elenco de PNJ bien desarrollado. Dicho esto, rara vez será necesario que un PNJ llegue a los niveles de complejidad de los personajes de una novela o película. Al fin y al cabo, la mayoría de los PNJ son actores secundarios en la historia protagonizada por los aventureros.

PNJ rápidos

Un PNJ que no represente una amenaza no necesitará poseer los valores de juego necesarios para combatir. Es más, la mayoría de PNJ solo precisan de un detalle o dos para hacerlos memorables. Tus jugadores no tendrán problema alguno en recordar a ese herrero que siempre va directo al grano y tiene tatuada una rosa negra en su hombro izquierdo o a aquel bardo con la nariz rota.

PNJ detallados

Aquellos PNJ que desempeñen papeles más importantes en tus aventuras necesitarán que les dediques más tiempo, para así poder detallar más su pasado y personalidad. Como comprobarás más adelante, diez frases son suficientes para resumir los elementos principales de un PNJ digno de ser recordado. Una frase para cada uno de los aspectos siguientes:

- Ocupación e historia.
- Apariencia.
- Características.
- Talento.
- Peculiaridades.
- Interacciones con los demás.
- Conocimientos útiles.
- Ideal.
- Vínculo.
- Defecto o secreto.

Aunque el contenido de esta sección se centra en los PNJ humanoides, puedes modificar estos detalles para trabajar con PNJ monstruos sin mayores problemas.

Ocupación e historia

Escribe, en una sola frase, la ocupación del PNJ y una breve nota histórica que dé pistas sobre su pasado. Un PNJ podría haber servido en el ejército, sido apresado por un crimen o partido de aventuras, por poner algunos ejemplos.

Apariencia

Describe, utilizando una frase, los rasgos físicos más distintivos del PNJ. Puedes tirar en la tabla "apariencia de un PNJ" o escoger un rasgo que se ajuste al personaje.

Apariencia de un PNJ

d20	Rasgo
1	Joyas distintivas: pendientes, colgante, diadema, brazaletes.
2	Piercings
3	Ropas ostentosas o extravagantes
4	Ropas formales y limpias
5	Ropas sucias y rasgadas
6	Cicatriz pronunciada
7	Le faltan dientes
8	Le faltan dedos
9	Color de ojos inusual (o cada ojo de un color)
10	Tatuajes
11	Marca de nacimiento
12	Color de piel inusual
13	Calvicie
14	Cabello o barba trenzados
15	Color de pelo inusual
16	Tic nervioso en un ojo
17	Nariz característica
18	Postura característica (encorvado o envarado)
19	Extraordinariamente hermoso
20	Extraordinariamente feo

Características

No tienes que asignar puntuaciones de característica al PNJ, pero sí anotar cuáles están por encima o por debajo de la media (una gran fuerza o una estupidez monumental, por ejemplo) y utilizarlas para describir las capacidades del PNJ.

Características de un PNJ

d6	Característica alta
1	Fuerza: poderoso, fornido, fuerte como un toro.
2	Destreza: flexible, ágil, elegante.
3	Constitución: robusto, sano, saludable.
4	Inteligencia: estudioso, culto, inquisitivo.
5	Sabiduría: perceptivo, espiritual, perspicaz.
6	Carisma: persuasivo, insistente, líder nato.

d6	Característica baja
1	Fuerza: débil, enclenque.
2	Destreza: torpe, manazas.
3	Constitución: enfermizo, paliducho.
4	Inteligencia: mentecato, tonto.
5	Sabiduría: distraído, inconsciente.
6	Carisma: soso, aburrido.

TALENTO

Piensa en una frase que explique algo que el PNJ sea capaz de hacer y le distinga de los demás, si es que posee una habilidad así. Tira en la tabla "talentos de un PNJ" o inspírate en ella.

TALENTOS DE UN PNJ

d20	Talento
1	Toca un instrumento musical
2	Habla varios idiomas con fluidez
3	Increíblemente afortunado
4	Memoria perfecta
5	Se le dan bien los animales
6	Se le dan bien los niños
7	Se le da bien resolver acertijos
8	Se le da bien un juego concreto
9	Se le da bien hacer imitaciones
10	Dibuja muy bien
11	Pinta muy bien
12	Canta muy bien
13	Gran aguante para el alcohol
14	Carpintero experto
15	Cocinero experto
16	Campeón de dardos o de hacer la rana con una piedra
17	Malabarista experto
18	Gran actor o maestro del disfraz
19	Bailarín experto
20	Conoce la jerga de ladrones

PECULIARIDADES

Describe, utilizando solamente una frase, algún aspecto especial de los gestos o forma de comportarse del PNJ que ayude a los jugadores a recordarle. Tira en la tabla "peculiaridad de un PNJ" o fíjate en ella para coger ideas.

PECULIARIDADES DE UN PNJ

d20	Peculiaridades
1	Tendencia a cantar, silbar o tararear levemente
2	Habla en rimas o de alguna otra forma peculiar
3	Voz especialmente fuerte o débil
4	Mascula, cecea o tartamudea
5	Enuncia de forma especialmente clara
6	Habla a gritos
7	Susurra
8	Usa frases elaboradas o palabras complicadas
9	Tiende a utilizar la palabra incorrecta
10	Pronuncia exclamaciones y juramentos pintorescos
11	Está todo el rato haciendo bromas o chanzas
12	Tiende a hacer predicciones funestas
13	Siempre está toqueteando algo
14	Es bizco
15	Se queda mirando al infinito
16	Siempre mastica algo
17	Camina de un lado a otro
18	Da golpecitos con los dedos
19	Se muerde las uñas
20	Juega con su pelo o se mesa la barba

INTERACCIONES CON LOS DEMÁS

En una frase, resume la manera de relacionarse del PNJ con los demás, recurriendo a la tabla "formas de interaccionar de un PNJ" de ser necesario. La manera de comportarse de un PNJ puede variar en función de con quién esté tratando. Un tabernero podría mostrarse amigable con los invitados, pero maleducado con sus empleados.

FORMAS DE INTERACCIONAR DE UN PNJ

d12	Forma	d12	Forma
1	Contencioso	7	Honesto
2	Arrogante	8	Temperamental
3	Furioso	9	Irritable
4	Maleducado	10	Pensativo
5	Curioso	11	Callado
6	Amistoso	12	Sospechoso

CONOCIMIENTOS ÚTILES

Escribe una frase que explique algo que el PNJ conozca y pueda resultar de utilidad a los aventureros. Podría ser algo tan banal como cuál es la mejor posada de la ciudad o tan importante como la pista clave para resolver un asesinato.

IDEAL

Describe, de nuevo utilizando solo una frase, un ideal importante para el PNJ, que sirva de eje en torno al que articular sus actos. Los personajes jugadores que descubran este ideal podrán emplearlo para influenciar al PNJ en una interacción social, tal y como se describe en el capítulo 8: "Dirigir el juego".

Los ideales pueden estar conectados con su alineamiento, como se indica en la tabla "ideales de un PNJ". Aunque estos lazos entre ideal y alineamiento son solo sugerencias. Un personaje malvado podría tener como ideal la belleza, por ejemplo.

IDEALES DE UN PNJ

d6	Ideal bueno	Ideal malvado
1	Belleza	Dominación
2	Bien mayor	Fuerza
3	Caridad	Codicia
4	Respeto	Castigo
5	Sacrificio	Masacre
6	Vida	Dolor

d6	Ideal legal	Ideal caótico
1	Comunidad	Cambio
2	Honor	Libertad
3	Justicia	Creatividad
4	Lógica	Independencia
5	Responsabilidad	Ausencia de límites
6	Tradición	Caprichos

d6	Ideal neutral	Otros ideales
1	Conocimiento	Descubrimiento
2	Equilibrio	Aspiración
3	Moderación	Nación
4	Neutralidad	Redención
5	Personas	Conocerse a uno mismo
6	Vive y deja vivir	Gloria

VÍNCULO

Resume en una frase las personas, lugares u objetos especialmente importantes para el PNJ. La tabla "vínculos de un PNJ" sugiere varias categorías que puedes utilizar.

Los trasfondos de personajes del *Player's Handbook* exploran los vínculos en mayor detalle. Los aventureros que descubran el vínculo de un PNJ podrán aprovecharse de este conocimiento para influir en él durante una interacción social (como se explica en el capítulo 8).

VÍNCULOS DE UN PNJ

d10	Vínculo
1	Dedicado a alcanzar un objetivo vital personal
2	Protector con los miembros de la familia cercana
3	Protector con los compañeros o los compatriotas
4	Leal a un benefactor, patrón o empleador
5	Cautivado por un interés romántico
6	Atraído a un lugar especial
7	Protector con un recuerdo sentimental
8	Protector con una posesión valiosa
9	Buscando venganza
10	Tira dos veces, ignorando los resultados de 10

DEFECTO O SECRETO

Describe, en una frase, el defecto del PNJ: algún elemento de su personalidad o pasado que tenga el potencial de llevarle a la ruina. También puedes escribir, en lugar de esto, un secreto que el PNJ quiere mantener oculto.

La tabla "defectos y secretos de un PNJ" contiene varios ejemplos, y los trasfondos del *Player's Handbook* son una buena forma de definir defectos más detallados. Los personajes jugadores que descubran un defecto o secreto podrán utilizarlo para influenciar al PNJ en una interacción social, tal y como se describe en el capítulo 8: "Dirigir el juego".

DEFECTOS Y SECRETOS DE UN PNJ

d12	Defecto o secreto
1	Amor prohibido o enamoradizo
2	Disfruta de placeres decadentes
3	Arrogante
4	Envidia las posesiones o el cargo de otra criatura
5	Codicia incontrolable
6	Propenso a la ira
7	Posee un enemigo poderoso
8	Fobia específica
9	Pasado vergonzoso o escandaloso
10	Crimen o fechoría secreta
11	Posee conocimientos prohibidos
12	Valentía inconsciente

MONSTRUOS COMO PNJ

Los monstruos con nombre propio y que juegen un papel significativo en una aventura merecen la misma atención que le darías a un PNJ humanoide. Dótalos de peculiaridades, ideales, vínculos, defectos y secretos. Si un contemplador es el señor del crimen que se encuentra tras las actividades delictivas de una ciudad, no te apoyes solo en la entrada en el de esta criatura para describir su apariencia y personalidad. Dedica el tiempo necesario a darle un trasfondo adecuado, un detalle o apariencia únicos y, sobre todo, un ideal, un vínculo y un defecto.

Pongamos como ejemplo a Xanathar, un contemplador que dirige un gran número de operaciones criminales en la ciudad de Waterdeep. Su cuerpo, esférico, se cubre de una piel coriácea con una textura similar a la de los adoquines. Sus tallos oculares están articulados, como las patas de un insecto, y algunos de ellos se adornan con anillos mágicos. Xanathar habla de forma lenta y deliberada y prefiere no apuntar su ojo central hacia las criaturas a las que se está dirigiendo. Como todos los contempladores, ve a los demás como seres inferiores, aunque entiende perfectamente la utilidad de sus esbirros humanoides. Emplea las alcantarillas de Waterdeep para acceder a prácticamente cualquier lugar dentro o debajo de la ciudad.

El ideal de Xanathar es la codicia; ansía hacerse con objetos mágicos poderosos y rodearse a sí mismo de oro, platino y piedras preciosas. Su vínculo es su guarida: un elaborado complejo subterráneo excavado entre las retorcidas alcantarillas de Waterdeep, que heredó de sus predecesores y aprecia por encima de todas las cosas. Su defecto es su debilidad por los placeres exóticos: alimentos preparados con esmero, aceites perfumados y especias raras.

Dejar clara esta información te permite transformar a Xanathar en algo más que un contemplador normal y corriente. Los detalles de su caracterización aumentarán la probabilidad de que se produzcan interacciones memorables e historias interesantes.

PERFIL DE UN PNJ

Tienes, a grandes rasgos, tres formas de dotar de un perfil de juego a un PNJ: darle solo aquellos valores que realmente vaya a necesitar, usar el perfil de un monstruo o crear un personaje con su clase y sus niveles. Las dos últimas opciones requieren una explicación un poco más detallada.

USAR UN PERFIL DE MONSTRUO

El apéndice B del *Monster Manual* enumera una serie de perfiles para PNJ genéricos que puedes personalizar según sea necesario. Asimismo, el capítulo 9 de este libro explica cómo ajustar este perfil o crear uno nuevo.

UTILIZAR CLASES Y NIVELES

Puedes crear el PNJ como si de un personaje jugador se tratara, siguiendo las instrucciones del *Player's Handbook*. Podrías incluso utilizar una hoja de personaje para registrar la información más importante de este PNJ.

Opciones para clases. Además de las que aparecen en el *Player's Handbook*, dispones de otras dos opciones para clases, diseñadas para aventureros y PNJ malvados: el dominio de la Muerte para los clérigos y el Rompejuramentos para los paladines. Ambas opciones se describen al final de este capítulo.

Equipo. La mayoría de PNJ no necesitan una lista de equipo exhaustiva. Los enemigos a los que el grupo vaya a enfrentarse en combate precisarán de armas y armaduras, además de cualquier tesoro que puedan llevar encima (incluyendo objetos mágicos que puedan usar contra los aventureros).

Valor de desafío. Los PNJ diseñados para entrar en combate necesitan un valor de desafío. Utiliza las reglas del capítulo 9 para determinarlo, exactamente igual a como lo harías con un monstruo de tu propia creación.

PNJ MIEMBROS DEL GRUPO

Los PNJ podrían unirse al grupo de aventureros, ya sea porque deseen una parte del botín y estén, por tanto, dispuestos a asumir una parte del riesgo, o debido a un vínculo de lealtad, gratitud o amor. Puedes controlar estos PNJ tú mismo o delegar esta responsabilidad en los jugadores. Pero, incluso aunque sea interpretado por un jugador, será tarea tuya asegurarte de que el PNJ se comporta como un individuo independiente, no limitándose a ser un siervo que los jugadores puedan manipular para su propio beneficio.

Cualquier PNJ que acompañe a los aventureros contará como un miembro del grupo y participará en el reparto de los puntos de experiencia exactamente igual que los demás. Cuando determines la dificultad de un encuentro de combate (consulta el capítulo 3), asegúrate de incluir en los cálculos a estos PNJ.

SEGUIDORES DE NIVEL BAJO

Tu campaña podría permitir a los personajes jugadores tener PNJ de nivel bajo como seguidores. Así, un paladín podría estar acompañado por otro paladín de nivel 1 como su escudero, un mago de nivel 2 podría ser el aprendiz del mago del grupo, un clérigo podría escoger (o serle asignado) un clérigo de nivel 3 como acólito y un bardo podría estar tutelando a otro miembro de su clase, esta vez de nivel 4.

Una ventaja de consentir a este tipo de personajes unirse al grupo es que los jugadores tendrán personajes de respaldo si se da el caso de que su aventurero principal se toma un descanso, se retira o muere. Pero la desventaja es que tanto tú como tus jugadores habréis de ocuparos de más miembros del grupo.

Como los PNJ de nivel bajo reciben la misma cantidad de PX que sus mentores, subirán de nivel mucho más deprisa que los aventureros (la ventaja de estudiar con maestros expertos) y podrían acabar alcanzándolos. Esto también significa que el avance de los aventureros se ralentizará, ya que deben compartir sus PX con PNJ que están contribuyendo en mucha menor medida a los éxitos del grupo.

Los monstruos más poderosos, que serán un desafío apropiado para personajes de nivel alto, infligirán el daño suficiente como para matar o incapacitar de un solo golpe a los personajes de nivel más bajo. Por eso, los aventureros tendrán que asumir que deben dedicar parte de sus recursos a proteger a los miembros del grupo de nivel bajo y curarlos cuando no logren evitar que les ataquen.

PNJ AVENTUREROS

Si no tienes jugadores suficientes como para formar un grupo completo, siempre puedes recurrir a PNJ para llenar el hueco. Estos PNJ deberían ser del mismo nivel que el aventurero de nivel más bajo y estar creados (ya sea por ti o por los jugadores) utilizando las reglas de creación y avance de personajes del *Player's Handbook*. Lo más fácil para ti será dejar que sean el resto de jugadores los que creen y jueguen con estos personajes de apoyo.

Anima a los jugadores a interpretar a estos personajes en concordancia con sus rasgos de personalidad, ideales, vínculos y defectos, siempre en la medida de lo posible. No deben parecer meros autómatas. Si no crees que estén interpretando bien a un PNJ, toma tú el control del mismo, dáselo a otro jugador o haz que abandone el grupo.

Será más fácil jugar con los PNJ de apoyo si pones límite a las opciones de clase que pueden escoger. Algunos ejemplos de buenos candidatos para este tipo de personajes son un clérigo del dominio de la Vida, un guerrero del arquetipo Campeón, un pícaro del arquetipo Ladrón o un mago especializado en Evocación.

REGLA OPCIONAL: LEALTAD

La lealtad es una regla opcional a la que puedes recurrir para determinar hasta qué extremos llegará un PNJ miembro del grupo para proteger o ayudar a sus compañeros (incluso a aquellos que no le caigan especialmente bien). Es más probable que un PNJ del que se abuse o ignore acabe traicionando al grupo, mientras que un PNJ que le deba la vida a los aventureros o comparta sus objetivos podría llegar a luchar hasta la muerte por ellos. Puedes representar esta lealtad mediante la interpretación o utilizar las reglas siguientes.

PUNTUACIÓN DE LEALTAD

La lealtad de un PNJ se mide con una escala numérica, que va del 0 al 20. La puntuación de lealtad máxima de un PNJ es igual a la puntuación de Carisma más alta de entre las de todos los aventureros del grupo. La puntuación de lealtad inicial será la mitad de ese número. Si el Carisma más alto cambia (quizá un personaje muera o deje el grupo), ajusta la puntuación de lealtad del PNJ para reflejar esto.

REGISTRAR LA LEALTAD

Apunta en secreto la puntuación de lealtad de cada PNJ, para que los jugadores no puedan estar seguros de si un miembro del grupo en particular es leal o no. Haz esto incluso aunque sea un jugador el que controla al PNJ.

La puntuación de lealtad de un PNJ aumentará en 1d4 si otro miembro del grupo le ayuda a alcanzar un objetivo asociado a su vínculo. Esta puntuación también se acrecentará en 1d4 si el PNJ es tratado especialmente bien (regalándole un objeto mágico, por ejemplo) o es rescatado por otro miembro del grupo. La puntuación de lealtad de un PNJ nunca puede subir por encima de su máximo.

Cuando otro miembro del grupo se comporte de una manera que se oponga al alineamiento o vínculo del PNJ, reduce la puntuación de lealtad de este último en 1d4. Si el resto de miembros del grupo abusan, engañan o ponen en peligro al PNJ por razones puramente egoístas, disminuye su lealtad en 2d4. Un PNJ cuya puntuación de lealtad se reduzca a 0 ya no será leal al grupo y podría marcharse. Esta puntuación nunca podrá ser inferior a 0.

Los PNJ con puntuaciones de lealtad de 10 o más arriesgarán la vida y la integridad física para ayudar a sus compañeros de grupo. Sin embargo, si esta puntuación se encuentra entre 1 y 10, su lealtad no será muy firme. Un PNJ con una lealtad de 0 dejará de actuar en defensa de los intereses del grupo, de manera que dejará el grupo (atacando a cualquier personaje que quiera impedirlo) o trabajará en secreto para propiciar su caída.

CONTACTOS

Los contactos son PNJ con una relación cercana con al menos uno de los personajes jugadores. No parten de aventuras con ellos, pero pueden proporcionarles información, rumores, suministros o consejo profesional, ya sea gratis o a precio de coste. Algunos de los trasfondos del *Player's Handbook* sugieren ciertos contactos para los aventureros recién creados, y los personajes seguramente consigan más a lo largo de sus aventuras.

Lo único que necesitas para un contacto poco importante es su nombre y unos pocos detalles, pero deberías dedicar tiempo a dar profundidad a los contactos recurrentes, especialmente aquellos que podrían acabar convirtiéndose en

aliados o enemigos en el furuto. Como mínimo, tendrías que pensar en algunos objetivos del contacto y en cómo podrían aparecer durante el juego.

PATRONES

Un patrón es un contacto que contrata a los aventureros, les entrega ayuda y recompensas y les encomienda misiones o les proporciona ganchos de aventura. La mayor parte del tiempo, el patrón tendrá interés en que los personajes tengan éxito, por lo que no será necesario persuadirlo para que los ayude.

Este patrón podría ser un aventurero retirado que busca a jóvenes héroes que se encarguen de nuevas amenazas o un alcalde consciente de que la guardia de la ciudad no podrá encargarse del dragón que les exige tributo. Un sheriff podría convertirse en patrón tras ofrecer una recompensa por la cabeza de unos saqueadores kobolds que están aterrorizando las granjas locales. Una situación similar sería la de un noble que quiere que alguien acabe con los monstruos que invaden su mansión abandonada.

ASALARIADOS

Los aventureros pueden pagar a PNJ para que estos les proporcionen una gran variedad de servicios. La información relativa a los asalariados aparece en el capítulo 5: "Equipo" del *Player's Handbook*.

Rara vez un asalariado será importante para una aventura, por lo que la mayoría no necesitan que se les dedique mucho esfuerzo. Aunque los aventureros contraten a un conductor para que los lleve en carruaje por la ciudad o necesiten que se entregue una carta en su nombre, muchas veces no llegarán a hablar con quién cumple con estas tareas e, incluso, es probable que ni siquiera sepan su nombre. No obstante, el capitán de un barco que lleva a los aventureros a través del océano no deja de ser un asalariado, pero un personaje así tiene el potencial de acabar convirtiéndose en un aliado, un patrón o incluso un enemigo, dependiendo de cómo discurran los acontecimientos.

Cuando los aventureros contratan a un PNJ para una tarea a largo plazo, añade el coste de dicho servicio a los gastos relativos al nivel de vida de los personajes. Consulta la sección "Gastos periódicos" del capítulo 6: "Entre aventuras" para obtener más información.

EXTRAS

Los extras son los personajes y criaturas que se cruzan con los protagonistas, pero con los que estos prácticamente nunca llegan a relacionarse.

Los extras podrían acabar asumiendo papeles de mayor importancia si los aventureros se fijan en ellos. Por ejemplo, un jugador podría interesarse por un huérfano de las calles de la ciudad que menciones de pasada, acercándose al chico y entablando una conversación con él. De repente, un extra al que no habías dado importancia alguna se convierte en protagonista de una escena de interpretación.

Siempre que haya extras presentes, debes estar preparado para inventarte nombres y peculiaridades para ellos sobre la marcha. Llegado el caso, puedes recurrir a los nombres típicos de cada raza que aparecen en el capítulo 2: "Razas", del *Player's Handbook*.

VILLANOS

Gracias a los villanos, los héroes nunca se quedarán sin trabajo. El capítulo 3 puede ayudarte a encontrar un villano apropiado para tu aventura, pero el objetivo de esta sección es detallar sus planes malignos, su modus operandi y sus debilidades. Deja que las tablas siguientes te inspiren.

PLAN DEL VILLANO

d8	Objetivo y planes
1	*Inmortalidad (d4)*
	1 Conseguir un objeto legendario que prolonga la vida
	2 Alcanzar la divinidad
	3 Convertirse en un muerto viviente o conseguir un cuerpo más joven
	4 Robar la esencia de una criatura planar
2	*Influencia (d4)*
	1 Obtener una posición de poder o un título
	2 Ganar un concurso o torneo
	3 Conseguir el favor de un individuo poderoso
	4 Situar a un peón en una posición de poder
3	*Magia (d6)*
	1 Obtener un artefacto ancestral
	2 Construir un autómata o dispositivo mágico
	3 Ejecutar los deseos de una deidad
	4 Ofrecer sacrificios a una deidad
	5 Contactar con una deidad o poder perdido
	6 Abrir una puerta a otro mundo
4	*Caos (d6)*
	1 Cumplir una profecía apocalíptica
	2 Encarnar la voluntad vengadora de un dios o patrón
	3 Esparcir una infección malvada
	4 Derrocar a un gobierno
	5 Provocar un desastre natural
	6 Destruir por completo a un linaje o clan
5	*Pasión (d4)*
	1 Prolongar la vida de un ser amado
	2 Mostrarse digno del amor de otra persona
	3 Alzar o traer de entre los muertos a un ser amado
	4 Destruir a los rivales por el afecto de otra persona
6	*Poder (d4)*
	1 Conquistar una región o incitar a la rebelión
	2 Tomar el control de un ejército
	3 Convertirse en el poder tras el trono
	4 Obtener el favor de un gobernante
7	*Venganza (d4)*
	1 Vengar una humillación o insulto pasados
	2 Vengar un cautiverio o herida pasados
	3 Vengar la muerte de un ser querido
	4 Recuperar una propiedad robada y castigar al ladrón
8	*Riquezas (d4)*
	1 Controlar recursos naturales o una ruta comercial
	2 Casarse para conseguir riquezas
	3 Saquear ruinas antiguas
	4 Robar tierras, bienes o dinero

MÉTODOS DEL VILLANO

d20	Métodos		
1	*Devastación agrícola (d4)*		
	1	Plaga	
	2	Malas cosechas	
	3	Sequía	
	4	Hambruna	
2	*Asalto o palizas*		
3	*Cazar recompensas o asesinar*		
4	*Cautividad o coacción (d10)*		
	1	Soborno	
	2	Seducción	
	3	Deshaucio	
	4	Encarcelamiento	
	5	Secuestro	
	6	Intimidación legal	
	7	Leva	
	8	Encadenar	
	9	Esclavitud	
	10	Amenazas u hostigamiento	
5	*Estafa (d6)*		
	1	Violación de contrato	
	2	Trampas	
	3	Charlatanería	
	4	Letra pequeña	
	5	Fraude o timo	
	6	Curandería o trucos	
6	*Difamación (d4)*		
	1	Tender una trampa	
	2	Rumores o calumnias	
	3	Humillación	
	4	Injurias o insultos	
7	*Duelo*		
8	*Ejecución (d8)*		
	1	Decapitación	
	2	Quemar en la estaca	
	3	Enterrar vivo	
	4	Crucifixión	
	5	Arrastrar y descuartizar	
	6	Ahorcar	
	7	Empalar	
	8	Sacrificio (vivo)	
9	*Suplantación o disfraz*		
10	*Mentira o perjuro*		
11	*Caos mágico (d8)*		
	1	Posesiones	
	2	Ilusiones	
	3	Pactos infernales	
	4	Control mental	
	5	Petrificación	
	6	Alzar o animar a los muertos	
	7	Invocar monstruos	
	8	Manipular el clima	

d20	Métodos		
12	*Homicidio (d10)*		
	1	Asesinato	
	2	Canibalismo	
	3	Desmembramiento	
	4	Ahogamiento	
	5	Electrocución	
	6	Eutanasia (involuntaria)	
	7	Enfermedad	
	8	Envenenamiento	
	9	Apuñalamiento	
	10	Estrangulación o asfixia	
13	*Negligencia*		
14	*Política (d6)*		
	1	Traición o delación	
	2	Conspiración	
	3	Espionaje	
	4	Genocidio	
	5	Opresión	
	6	Subir impuestos	
15	*Religión (d4)*		
	1	Maldiciones	
	2	Profanación	
	3	Dioses falsos	
	4	Herejía o cultos	
16	*Acoso*		
17	*Robo o crimen contra la propiedad (d10)*		
	1	Incendio provocado	
	2	Chantaje o extorsión	
	3	Hurto	
	4	Falsificación	
	5	Bandolerismo	
	6	Saqueo	
	7	Atraco	
	8	Caza furtiva	
	9	Incautar propiedad	
	10	Contrabandismo	
18	*Tortura (d6)*		
	1	Ácido	
	2	Cegar	
	3	Marcar	
	4	Potro	
	5	Aplastapulgares	
	6	Latigazos	
19	*Vicio (d4)*		
	1	Adulterio	
	2	Drogas o alcohol	
	3	Apuestas	
	4	Seducción	
20	*Guerra (d6)*		
	1	Emboscada	
	2	Invasión	
	3	Masacre	
	4	Mercenarios	
	5	Rebelión	
	6	Terrorismo	

DEBILIDAD DEL VILLANO

d8	Debilidades
1	Un objeto escondido contiene el alma del villano
2	El poder del villano se quebrará si la muerte de su amor verdadero es vengada
3	El villano se debilita en presencia de un artefacto concreto
4	Un arma especial inflige daño adicional si se usa contra el villano
5	El villano será destruido si se pronuncia su nombre verdadero
6	Una profecía o acertijo ancestral revelan la forma de derrocar al villano
7	El villano caerá cuando un antiguo enemigo perdone sus acciones del pasado
8	El villano perderá su poder si un pacto místico que cerró en el pasado se termina

OPCIONES DE CLASE PARA VILLANOS

Puedes usar las reglas del *Player's Handbook* para crear PNJ con clases y niveles, exactamente igual a como lo haces con los personajes jugadores. Las opciones de clase que aparecen a continuación te permiten dar forma a dos arquetipos de villano: el sumo sacerdote malvado y el caballero maligno, también conocido como antipaladín.

El domino de la Muerte es una opción de dominio adicional para los clérigos y el Rompejuramentos es una senda alternativa que pueden seguir aquellos paladines que caen en desgracia. Los jugadores solo podrán escoger alguna de estas opciones si les das permiso explícito para ello.

CLÉRIGO: DOMINO DE LA MUERTE

El dominio de la Muerte se ocupa de las fuerzas que ponen fin a la vida, pero también de la energía negativa que permite alzarse a los muertos vivientes. Deidades como Chemosh, Myrkul y Wee Jas son patrones de nigromantes, caballeros de la muerte, liches, señores de las momias y vampiros. Los dioses del dominio de la Muerte también encarnan el asesinato (Anubis, Bhaal y Pyremius), el dolor (Iuz o Loviatar), la enfermedad o el veneno (Incabulos, Talona o Morgion) y el inframundo (Hades y Hela).

CONJUROS DE DOMINIO DE LA MUERTE

Nivel de clérigo	Conjuros
1	*falsa vida, rayo nauseabundo*
3	*rayo debilitador, sordera/ceguera*
5	*animar a los muertos, toque vampírico*
7	*guarda contra la muerte, marchitar*
9	*caparazón antivida, nube aniquiladora*

COMPETENCIA ADICIONAL

A nivel 1, cuando el clérigo escoge este dominio, gana competencia con armas marciales.

SEGADOR

A nivel 1, el clérigo aprende un truco de nigromancia de su elección de cualquier lista de conjuros. Cuando el clérigo lance un truco de nigromancia que, en condiciones normales, solo tendría como objetivo a una criatura, en lugar de eso podrá tener como objetivo a dos criaturas dentro del alcance y que se encuentren a 5 pies o menos la una de la otra.

DEBILIDAD SECRETA DEL VILLANO

Encontrar y aprovecharse de la debilidad secreta del villano puede ser muy gratificante para los jugadores, aunque los enemigos más astutos intentan ocultarlas por todos los medios a su alcance. Los liches, por ejemplo, poseen una filacteria: un receptáculo mágico para sus almas. Y la mantienen siempre bien escondida, porque la única forma de destruir por completo a estos seres es acabando con este objeto.

Canalizar Divinidad: Toque de la Muerte

A partir de nivel 2, el clérigo puede utilizar Canalizar Divinidad para destruir la fuerza vital de otra criatura con tan solo tocarla.

Cuando el clérigo impacte a una criatura con un ataque cuerpo a cuerpo, podrá usar Canalizar Divinidad para infligir daño necrótico adicional al objetivo. Este daño es 5 + dos veces su nivel de clérigo.

Destrucción Inevitable

A partir de nivel 6, la capacidad del clérigo para canalizar energía negativa se vuelve más poderosa. El daño necrótico causado por los conjuros de clérigo y las opciones de Canalizar Divinidad ignora la resistencia al daño necrótico.

Golpe Divino

A nivel 8, el clérigo obtiene la facultad para imbuir los golpes de su arma con energía necrótica. Una vez por cada uno de los turnos del clérigo, cuando este impacte a una criatura con un ataque con arma, puede hacer que dicho ataque cause 1d8 de daño de necrótico adicional al objetivo. Cuando el clérigo llega a nivel 14, este daño adicional pasa a ser 2d8.

Segador Mejorado

A partir de nivel 17, cuando el clérigo lance un conjuro de la escuela de nigromancia de niveles 1 a 5 que, en condiciones normales, solo tendría como objetivo a una criatura, en lugar de eso podrá tener como objetivo a dos criaturas dentro del alcance y que se encuentren a 5 pies o menos la una de la otra. Si este conjuro consume componentes materiales, el clérigo deberá proporcionar los necesarios para cada objetivo.

Paladín: Rompejuramentos

Un Rompejuramentos es un paladín que quebrantó sus votos sagrados para perseguir una ambición oscura o servir a un poder maligno. La luz que pudiera haber en el corazón del paladín se ha extinguido. En su lugar solo queda oscuridad.

Un paladín debe ser malvado y de, al menos, nivel 3, para convertirse en un Rompejuramentos. Sustituirá los rasgos específicos de su Juramento Sagrado por los del Rompejuramentos.

Conjuros de un Rompejuramentos

Un paladín Rompejuramentos pierde todos los conjuros de juramento que hubiera ganado hasta este momento y, en lugar de eso, recibe los conjuros de Rompejuramentos de los niveles de paladín pertinentes.

Conjuros de Rompejuramentos

Nivel de paladín	Conjuros
3	*infligir heridas, represión infernal*
5	*corona de la locura, oscuridad*
9	*animar a los muertos, imponer maldición*
13	*confusión, marchitar*
17	*contagio, dominar persona*

Canalizar Divinidad

Un paladín Rompejuramentos de nivel 3 o más recibe las dos opciones de Canalizar Divinidad siguientes:

Controlar Muertos Vivientes. El paladín utiliza una acción para elegir a una criatura muerta viviente que se encuentre a 30 pies o menos y pueda ver. El objetivo deberá hacer una tirada de salvación de Sabiduría. Si la falla, tendrá que obedecer las órdenes del paladín durante las 24 horas siguientes o hasta que este vuelva a usar esta opción de Canalizar Divinidad. Los muertos vivientes cuyo valor de desafío sea igual o superior al nivel del paladín serán inmunes a este efecto.

Aspecto Aterrador. El paladín emplea una acción, canaliza sus emociones más oscuras y las concentra en un estallido de amenaza mágica. Todas las criaturas situadas a 30 pies o menos del paladín, que puedan verle y que este elija deberán realizar una tirada de salvación de Sabiduría. Si la fallan, estarán asustadas del paladín durante 1 minuto. Si una criatura asustada por este efecto termina su turno a 30 pies o más del paladín, podrá intentar hacer de nuevo la tirada de salvación de Sabiduría para librarse del efecto.

Aura de Odio

A partir de nivel 7, el paladín, así como todos los infernales y muertos vivientes que se encuentren a 10 pies o menos de él, reciben un bonificador igual al modificador por Carisma del paladín (mínimo de +1) a las tiradas de daño de los ataques con arma cuerpo a cuerpo. Si hay varios paladines usando este rasgo al mismo tiempo, cada criatura solo podrá beneficiarse del de uno de ellos.

A nivel 18 el alcance de esta aura aumenta a 30 pies.

Resistencia Sobrenatural

A partir de nivel 15, el paladín obtiene resistencia a daño contundente, cortante y perforante de armas no mágicas

Amo del Pavor

A nivel 20, el paladín podrá, utilizando una acción para ello, rodearse de un aura de pesadumbre que durará 1 minuto. Esta aura reducirá cualquier luz brillante en un radio de 30 pies alrededor del paladín a luz tenue. Siempre que un enemigo que esté asustado del paladín empiece su turno dentro del aura, recibirá 4d10 de daño psíquico. Además, el paladín y las criaturas que este elija dentro del aura estarán arropadas en una sombra aún más profunda. Las criaturas que dependan de la vista sufrirán desventaja en las tiradas de ataque contra las criaturas envueltas en sombras.

Mientras esta aura se mantenga activa, el paladín podrá emplear una acción adicional durante su turno para que las sombras del aura ataquen a una criatura. El paladín realiza un ataque de conjuro cuerpo a cuerpo contra el objetivo. Si este impacta, el objetivo sufrirá 3d10 + el modificador por Carisma del paladín de daño necrótico.

Una vez activada el aura, el paladín no podrá volver a hacerlo hasta que finalice un descanso largo.

Expiación de un Rompejuramentos

Si dejas a un jugador escoger como opción al Rompejuramentos, quizá quieras permitir que, más adelante, el personaje expíe sus pecados y vuelva a convertirse en un auténtico paladín.

Si un paladín desea redimirse deberá, en primer lugar, abandonar su alineamiento malvado y demostrar este cambio a través de sus palabras y sus actos. Una vez hecho esto, el paladín perderá todos sus rasgos de Rompejuramentos y deberá escoger una deidad y un juramento sagrado. Si te parece oportuno, el jugador podría incluso elegir un dios o juramento sagrado distinto al que poseía originalmente. Sea como fuere, el paladín no recibirá los rasgos de clase específicos de dicho juramento hasta que no termine con éxito alguna misión o prueba peligrosa, lo que el DM decida.

Un paladín que rompa su juramento por segunda vez volverá a convertirse en un Rompejuramentos, pero ya no podrá expiar sus pecados nunca más.

Capítulo 5: Entornos para aventuras

UCHAS AVENTURAS DE D&D GIRAN EN TORNO a una mazmorra. Amplios salones y criptas, cubiles subterráneos de monstruos terribles, laberintos plagados de trampas mortales, complejos de cavernas naturales que se extienden durante millas y castillos en ruinas son solo algunos ejemplos de estas localizaciones.

Sin embargo, no todas las aventuras se desarrollan en estos lugares. El mero hecho de viajar a través del Desierto de la Desolación o internarse en las horribles junglas de la Isla del Pavor pueden ser aventuras por derecho propio. Solo al aire libre pueden encontrarse dragones volando en círculos en busca de una presa, tribus de hobgoblins que surgen de sus terribles fortalezas para guerrear contra sus vecinos, ogros que saquean granjas en busca de comida o arañas monstruosas que descienden desde las copas de árboles cubiertos de sus telas.

Dentro de una mazmorra, los aventureros estarán confinados por las puertas y paredes que los rodean, pero en exteriores podrán viajar en prácticamente cualquier dirección que les plazca. Y aquí es donde radica la diferencia principal entre las mazmorras y los lugares al aire libre: es mucho más fácil predecir hacia dónde podría dirigirse el grupo cuando se encuentra dentro de una mazmorra, ya que sus opciones están más limitadas, algo que no sucede en exteriores.

Las aldeas, pueblos y ciudades son el hogar de la civilización en un mundo peligroso, pero también ofrecen oportunidades de aventura. Aunque es poco probable toparse con monstruos tras los muros de una ciudad, las urbes tienen sus propios villanos y peligros. Al fin y al cabo, el mal puede tomar muchas formas y los asentamientos no son siempre el refugio seguro que podrían parecer a primera vista.

Este capítulo te proporciona un breve resumen de estos tres entornos (y otros algo menos usuales), para así ayudarte durante el proceso de creación de una localización para aventuras. Está lleno de tablas aleatorias con las que inspirarte.

Mazmorras

Algunas mazmorras son viejas fortalezas abandonadas por sus constructores. En otros casos se trata de cuevas naturales o extrañas guaridas excavadas por monstruos terribles. Atraen a sectas malignas, tribus de monstruos y criaturas solitarias. Las mazmorras también son el hogar de tesoros antiguos: monedas, joyas, objetos mágicos y otros objetos de valor ocultos en la oscuridad. Estas riquezas suelen estar protegidas por trampas o la codicia de los monstruos que las han acumulado.

Construir una mazmorra

Cuando te dispongas a crear una mazmorra, piensa primero en sus características distintivas. Una mazmorra que vaya a servir como ciudadela para unos hobgoblins será muy distinta a un tempo antiguo habitado por yuan-tis. Esta sección describe el proceso necesario para construir una mazmorra y dotarla de vida.

Ubicación de la mazmorra

Puedes utilizar la tabla "ubicación de la mazmorra" para determinar dónde está situada. Tira los dados o escoge un resultado que te inspire.

Ubicación de la mazmorra

d100	Ubicación
01–04	Un edificio en una ciudad
05–08	Catacumbas o alcantarillas bajo una ciudad
09–12	Bajo una granja
13–16	Bajo un cementerio
17–22	Bajo un castillo en ruinas
23–26	Bajo una ciudad en ruinas
27–30	Bajo un templo
31–34	En un abismo
35–38	En el lateral de un acantilado
39–42	En un desierto
43–46	En un bosque
47–50	En un glaciar
51–54	En un desfiladero
55–58	En una selva
59–62	En un paso de montaña
63–66	En un pantano
67–70	Debajo o encima de una meseta
71–74	En cuevas submarinas
75–78	En varias mesetas interconectadas
79–82	En la cumbre de una montaña
83–86	En un promontorio
87–90	En una isla
91–95	Bajo el agua
96–00	Tira en la tabla "ubicaciones exóticas"

Ubicaciones exóticas

d20	Ubicación
1	Entre las ramas de un árbol
2	Alrededor de un géiser
3	Tras una cascada
4	Enterrada por una avalancha
5	Enterrada por una tormenta de arena
6	Enterrada por ceniza volcánica
7	Castillo o estructura hundida en un pantano
8	Castillo o estructura en el fondo de un sumidero
9	Flotando en el mar
10	En un meteorito
11	En un semiplano o dimensión de bolsillo
12	En una zona devastada por una catástrofe mágica
13	En una nube
14	En el Feywild
15	En el Shadowfell
16	En una isla de un mar subterráneo
17	En un volcán
18	En la espalda de una criatura Gargantuesca viva
19	Sellada en el interior de una cúpula de fuerza mágica
20	Dentro de una *mansión magnífica de Mordenkainen*

Creador de la mazmorra

Toda mazmorra es un reflejo de sus creadores. Un templo perdido de los yuan-ti, reclamado por la jungla y cubierto de vegetación, podría tener rampas en lugar de escaleras. Las cavernas horadadas por el rayo desintegrador de un contemplador podrían poseer paredes antinaturalmente lisas y la guarida de esta criatura probablemente tenga conductos verticales que comuniquen los distintos niveles entre sí.

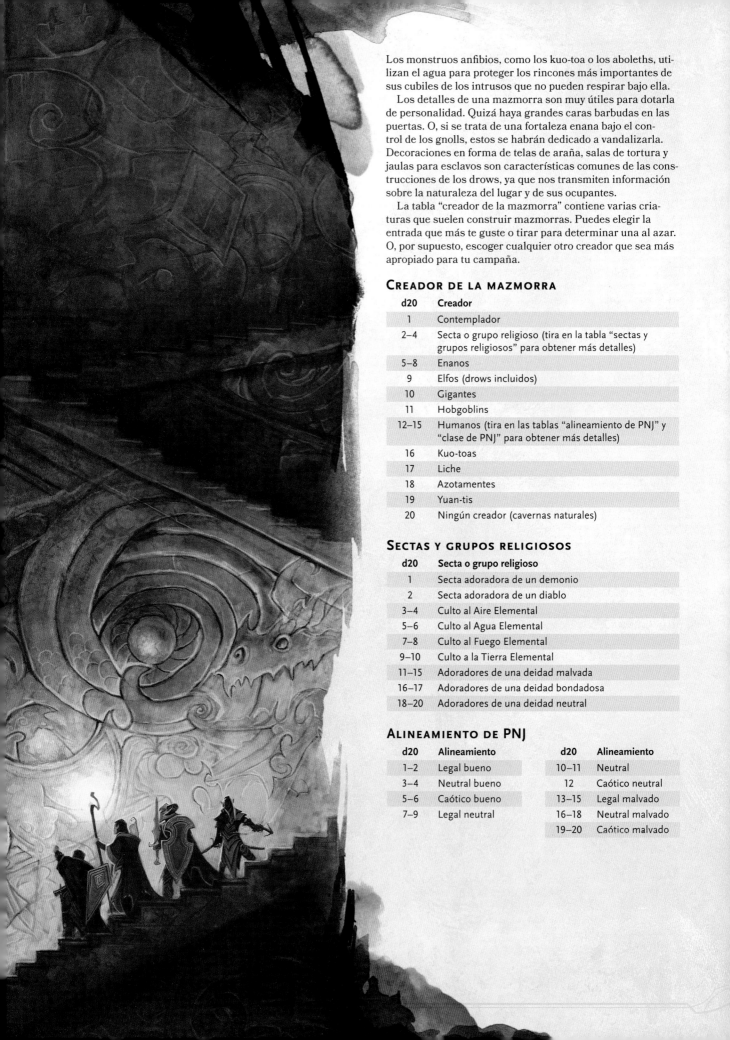

Los monstruos anfibios, como los kuo-toa o los aboleths, utilizan el agua para proteger los rincones más importantes de sus cubiles de los intrusos que no pueden respirar bajo ella.

Los detalles de una mazmorra son muy útiles para dotarla de personalidad. Quizá haya grandes caras barbudas en las puertas. O, si se trata de una fortaleza enana bajo el control de los gnolls, estos se habrán dedicado a vandalizarla. Decoraciones en forma de telas de araña, salas de tortura y jaulas para esclavos son características comunes de las construcciones de los drows, ya que nos transmiten información sobre la naturaleza del lugar y de sus ocupantes.

La tabla "creador de la mazmorra" contiene varias criaturas que suelen construir mazmorras. Puedes elegir la entrada que más te guste o tirar para determinar una al azar. O, por supuesto, escoger cualquier otro creador que sea más apropiado para tu campaña.

CREADOR DE LA MAZMORRA

d20	Creador
1	Contemplador
2–4	Secta o grupo religioso (tira en la tabla "sectas y grupos religiosos" para obtener más detalles)
5–8	Enanos
9	Elfos (drows incluidos)
10	Gigantes
11	Hobgoblins
12–15	Humanos (tira en las tablas "alineamiento de PNJ" y "clase de PNJ" para obtener más detalles)
16	Kuo-toas
17	Liche
18	Azotamentes
19	Yuan-tis
20	Ningún creador (cavernas naturales)

SECTAS Y GRUPOS RELIGIOSOS

d20	Secta o grupo religioso
1	Secta adoradora de un demonio
2	Secta adoradora de un diablo
3–4	Culto al Aire Elemental
5–6	Culto al Agua Elemental
7–8	Culto al Fuego Elemental
9–10	Culto a la Tierra Elemental
11–15	Adoradores de una deidad malvada
16–17	Adoradores de una deidad bondadosa
18–20	Adoradores de una deidad neutral

ALINEAMIENTO DE PNJ

d20	Alineamiento	d20	Alineamiento
1–2	Legal bueno	10–11	Neutral
3–4	Neutral bueno	12	Caótico neutral
5–6	Caótico bueno	13–15	Legal malvado
7–9	Legal neutral	16–18	Neutral malvado
		19–20	Caótico malvado

CLASE DE PNJ

d20	Clase	d20	Clase
1	Bárbaro	8–9	Guerrero
2	Bardo	10	Hechicero
3	Brujo	11–14	Mago
4–5	Clérigo	15	Monje
6	Druida	16	Paladín
7	Explorador	17–20	Pícaro

PROPÓSITO DE LA MAZMORRA

Excepto si se trata de una caverna natural, la mazmorra habrá sido construida y ocupada para un propósito específico, que determinará su diseño y características. Puedes elegir el que quieras de la tabla "propósito de la mazmorra", tirar para elegir uno al azar o utilizar alguna de tus ideas.

PROPÓSITO DE LA MAZMORRA

d20	Propósito	d20	Propósito
1	Almacén de tesoros	13–15	Mina
2–5	Fortaleza	16	Portal entre planos
6–9	Guarida	17–19	Templo o santuario
10	Laberinto	20	Trampa mortal
11–12	Mausoleo		

Almacén de tesoros. Construidos para proteger objetos mágicos poderosos y grandes fortunas, los almacenes de tesoros están bien guardados por monstruos y trampas.

Fortaleza. Las fortalezas son las bases de operaciones de villanos y monstruos, lugares que estos consideran seguros. Suelen estar gobernadas por un único individuo poderoso, como un mago, un vampiro o un dragón. Normalmente se trata de espacios más grandes y complejos que una simple guarida.

Guarida. La guarida es el lugar en el que viven los monstruos. Ruinas y cuevas son las guaridas más habituales.

Laberinto. La finalidad de un laberinto es engañar o confundir a los que entran en él. Algunos presentan obstáculos elaborados que protegen un tesoro, mientras que otros son desafíos que los prisioneros deben superar para evitar ser cazados y devorados por los monstruos que habitan en el lugar.

Mausoleo. Los mausoleos suponen un imán para los cazadores de tesoros, así como para los monstruos que ansían los huesos de los difuntos.

Mina. Una mina abandonada suele tardar poco en acabar infestada de monstruos. Además, los mineros que excavan demasiado profundamente podrían abrirse paso hasta el Underdark.

Portal entre planos. Las mazmorras construidas alrededor de un portal interplanar tienden a verse transformadas por las energías que rezuman del acceso que guardan.

Trampa mortal. Esta mazmorra ha sido construida para eliminar a cualquier criatura que se atreva a pisarla. Una trampa mortal podría proteger el tesoro de un mago enloquecido o estar diseñada para atraer a los aventureros a su muerte con algún propósito macabro, como alimentar con almas la filacteria de un liche.

Templo o santuario. Esta mazmorra está consagrada a una deidad u otra entidad planar. Sus adoradores controlan el complejo y ejecutan sus ritos en él.

HISTORIA

La mayoría de las veces, los arquitectos originales de la mazmorra habrán desaparecido hace mucho, y la pregunta de qué ocurrió con ellos puede ayudarte a dar forma al estado actual de la estructura.

La tabla "historia de la mazmorra" enumera eventos clave que son capaces de transformar un lugar, que pierde su propósito original para convertirse en una mazmorra que los aventureros puedan explorar. De hecho, una mazmorra especialmente antigua puede tener una historia con varios sucesos clave, en la que cada uno de ellos la transforma un poco más.

HISTORIA DE LA MAZMORRA

d20	Evento clave
1–3	Abandonada por sus creadores
4	Abandonada por culpa de una plaga
5–8	Conquistada por invasores
9–10	Creadores destruidos por incursores
11	Creadores destruidos por un descubrimiento hecho en el lugar
12	Creadores destruidos por un conflicto interno
13	Creadores destruidos por una catástrofe mágica
14–15	Creadores destruidos por un desastre natural
16	Localización maldita por los dioses y abandonada
17–18	El creador original aún la controla
19	Invadida por criaturas de los planos
20	Lugar de un gran milagro

HABITANTES DE LA MAZMORRA

Una vez los creadores originales de la mazmorra se han marchado, cualquiera podría ocuparla en su lugar. Monstruos inteligentes, carroñeros descerebrados, depredadores o presas pueden verse atraídos al lugar.

Los monstruos de una mazmorra no son una mera colección de criaturas escogidas al azar que da la casualidad que viven cerca unas de otras. Hongos, alimañas, carroñeros y depredadores pueden coexistir, formando un ecosistema complejo, junto a seres inteligentes que comparten el espacio vital, ya sea mediante la dominación, la negociación o el derramamiento de sangre.

Los aventureros podrían infiltrarse en una mazmorra, aliarse con una facción o enfrentar a varias entre sí para reducir la amenaza que representan los monstruos más poderosos. Por ejemplo, en una mazmorra habitada por azotamentes y sus esclavos trasgos, los personajes podrían incitar a los goblins, hobgoblins y osgos a rebelarse contra sus amos ilícidos.

FACCIONES DE LA MAZMORRA

Algunas mazmorras están dominadas por un único grupo de humanoides inteligentes, ya se trate de una tribu de orcos que se ha hecho con un complejo de cuevas o una banda de trolls que habita unas ruinas en la superficie. Pero otras, especialmente las más grandes, albergan a varios grupos de criaturas, que comparten el espacio y compiten por recursos.

Así, los orcos que moran en las minas de una ciudadela enana en ruinas podrían estar en constante pugna con los hobgoblins que ocupan los niveles superiores de la fortaleza. Al mismo tiempo, los azotamentes, que han establecido una colonia en los subterráneos más profundos de estas minas, podrían manipular y dominar a ciertos hobgoblins importantes para así deshacerse de los orcos. Y puede que incluso exista una célula oculta de exploradores drows, observando desde la distancia y planeando acabar con los azotamentes y esclavizar a las criaturas supervivientes.

Es fácil pensar en una mazmorra como una colección de encuentros que los aventureros afrontan echando abajo puerta tras puerta y matando lo que se encuentra al otro lado. Pero los ascensos y caídas de los diferentes grupos que habitan en una mazmorra son una enorme fuente de oportunidades para desarrollar interacciones más sutiles. Los moradores de estos lugares están acostumbrados a forjar alianzas improbables y los aventureros representan un comodín que no pueden desaprovechar.

Las criaturas inteligentes que vivan en una mazmorra tendrán objetivos, ya sea algo tan simple como la supervivencia a corto plazo o tan ambicioso como apoderarse de la totalidad de la mazmorra y luego fundar un imperio. Estas criaturas podrían ofrecer una alianza a los aventureros, esperando que estos no saqueen su guarida y combatan contra sus enemigos. Debes dotar de cierta idiosincrasia a los PNJ que hacen de líderes de estos grupos, siguiendo las directrices del capítulo 4. Detalla sus rasgos de personalidad, objetivos e ideales. Utiliza estos elementos para definir cómo se comportará su facción cuando reciba la visita de los aventureros.

ECOSISTEMA DE LA MAZMORRA

Toda mazmorra habitada posee su propio ecosistema. Las criaturas que moran en ella necesitan comer, beber, respirar y dormir, exactamente igual que las que viven al aire libre. Los depredadores tienen que ser capaces de hallar presas y las criaturas inteligentes buscarán guaridas que ofrezcan la combinación perfecta de aire, comida, agua y seguridad. Considera estos factores cuando diseñes una mazmorra que deba resultar creíble a los jugadores. Los aventureros tendrán problemas para tomar decisiones con cabeza en un lugar que carece de lógica interna.

Piensa que, si los personajes se encuentran un pozo de agua potable en una mazmorra, asumirán que muchas de las criaturas de la zona acudirán a ese sitio a beber. Podrían usar este conocimiento para tender una emboscada cerca del pozo. De forma similar, las puertas cerradas (o las que requieren de las manos para abrirse) pueden restringir el movimiento de ciertos seres. Si todas las puertas de una mazmorra están cerradas, los personajes podrían preguntarse cómo es posible que los carroñeros reptantes o las estirges que no hacen más que encontrarse logran sobrevivir.

DIFICULTAD DE LOS ENCUENTROS

Podrías sentirte tentado de aumentar la dificultad de los encuentros según los personajes se van internando en la mazmorra, pensando que es una buena forma de hacer que las cosas sigan siendo interesantes cuando los aventureros suben de nivel o para aumentar la tensión. Pero esta estrategia puede acabar transformando la mazmorra en una rutina. Suele ser mejor idea mezclar encuentros de varios niveles de dificultad por todo el complejo. El contraste entre encuentros fáciles y difíciles, o sencillos y complejos, fuerza a los personajes a variar sus estrategias y evitar que todos los combates parezcan iguales.

CARTOGRAFIAR UNA MAZMORRA

Toda mazmorra necesita un mapa que muestre su estructura. La ubicación, creador, propósito, historia y habitantes del complejo deberían servirte de punto de partida para dibujar tu propio mapa. Si necesitas más inspiración, puedes encontrar unos cuantos mapas listos para usar en Internet o incluso usar el de alguna localización del mundo real. Otra opción es que cojas el mapa de una aventura publicada o lo generes aleatoriamente utilizando las tablas que aparecen en el apéndice A.

Una mazmorra puede variar en tamaño desde las pocas salas de un templo en ruinas hasta un laberinto de habitaciones y pasadizos que se extiende durante cientos de pies en todas direcciones. El objetivo de los aventureros suele encontrarse en un punto tan alejado de la entrada como es posible, obligando a los personajes a penetrar en las profundidades de la tierra o internarse en el corazón del complejo.

La forma más fácil de cartografiar una mazmorra es mediante papel cuadriculado, representando cada uno de los cuadrados una zona de 10 por 10 pies. Si utilizas miniaturas y juegas con una cuadrícula, quizá prefieras emplear una escala en la que cada cuadrado tenga 5 pies de lado. También puedes subdividir la cuadrícula de 10 pies por casilla en otra de 5 pies por casilla cuando dibujes una zona en la que se va a combatir. Cuando traces tu mapa, ten presente que:

- Las habitaciones y disposiciones asimétricas consiguen que la mazmorra sea menos predecible.
- Debes pensar en tres dimensiones. Las escaleras, rampas, plataformas, salientes, balcones, pozos y otros cambios de elevación hacen que una mazmorra sea más interesante y los encuentros resulten más desafiantes.
- La mazmorra no estará en el mejor de los estados. Salvo que quieras insistir en la increíble habilidad de los creadores, ciertos corredores se habrán derrumbado, separando secciones de la mazmorra que antaño estaban conectadas. Un terremoto podría haber creado grietas, separado salas o corredores y formado obstáculos interesantes.
- Puedes añadir elementos naturales a una mazmorra artificial. Un arroyo subterráneo podría atravesar una fortaleza enana, forzando a los constructores a modificar la forma de las salas o a crear puentes y canales.
- Puede haber varias entradas y salidas. No hay nada que transmita más sensación de libertad a los jugadores que el poder acceder a una mazmorra de varias formas distintas.
- Las puertas y habitaciones secretas recompensan a los jugadores que dedican tiempo a buscarlas.

Si necesitas crear el mapa para una mazmorra desde cero, consulta el apéndice A.

CARACTERÍSTICAS DE LA MAZMORRA

La atmósfera y características tangibles de una mazmorra pueden variar tanto como sus orígenes. Una cripta antigua podría tener muros de piedra y puertas de madera desencajadas, oler a decadencia y no poseer más fuentes de luz que las que los aventureros hayan traído consigo. Por contra, una guarida de origen volcánico tendría paredes de piedra lisa, causadas por erupciones pasadas; puertas de latón reforzado; un profundo hedor a azufre; y la iluminación que proporcionan los chorros de llamas que se producen en casi cada sala y habitación.

PAREDES

Algunas mazmorras tienen paredes de mampostería, mientras que otras poseen muros de roca sólida, tallados para darles un aspecto rugoso y cincelado, o desgastados por el paso del agua o la lava. Una mazmorra sobre la superficie podría estar hecha de madera o una combinación de varios materiales.

A veces las paredes están adornadas con murales, frescos, bajorelieves o soportes para fuentes de luz, como braseros y hacheros para antorchas. Algunas incluso contienen puertas secretas integradas en la propia estructura.

MAPA DE MAZMORRA DE EJÉMPLO

PUERTAS

Las puertas de la mazmorra pueden tener un aspecto convencional y estar rodeadas por un marco o un arco, pero también podrían estar adornadas con tallas de gárgolas o rostros que miran maliciosamente, quizá incluso marcadas con símbolos que dan pistas de lo que se puede encontrar al franquearlas.

Puertas atascadas. Es normal que las puertas de una mazmorra se atasquen si no se usan con frecuencia. Para abrir una puerta atascada es necesario superar una prueba de Fuerza. El capítulo 8: "Dirigir el juego" contiene guías para poder elegir su CD.

Puertas cerradas. Los personajes que no tengan la llave para abrir una puerta cerrada pueden intentar forzar la cerradura superando una prueba de Destreza, aunque para ello es necesario poseer herramientas de ladrón y ser competente con ellas. También pueden echar la puerta abajo teniendo éxito en una prueba de Fuerza, hacerla pedazos causándole

daño o usar un conjuro de *abrir* o un efecto mágico similar. El capítulo 8 indica cómo escoger la CD de estas pruebas y asignar valores de juego a una puerta (entre otros objetos).

Puertas bloqueadas. Una puerta bloqueada funciona de forma similar a una puerta cerrada, pero con la diferencia de que no posee cerradura alguna, teniendo en su lugar una barra que la bloquea desde uno de sus lados. Abrirla desde este lado es tan sencillo como utilizar una acción para sacar la barra de sus enganches.

PUERTAS SECRETAS

Las puertas secretas están construidas para parecer parte de la pared que las rodea. Aunque, a veces, leves fracturas en el muro o marcas en el suelo pueden desvelar su presencia.

Detectar una puerta secreta. Utiliza las puntuaciones de Sabiduría (Percepción) pasiva de los personajes para determinar si alguno de los miembros del grupo detecta una puerta secreta sin buscarla activamente. Los personajes

también pueden encontrarla si buscan en la localización en la que está escondida y superan una prueba de Sabiduría (Percepción). Consulta el capítulo 8 para elegir una CD apropiada.

Abrir una puerta secreta. Una vez detectada una puerta secreta, todavía podría ser necesario tener éxito en una prueba de Inteligencia (Investigación) para descubrir cómo abrirla, especialmente si el mecanismo de apertura no está claro. Escoge una CD que encaje con el nivel de dificultad que te parezca más apropiado de los que figuran en el capítulo 8.

Si los aventureros no logran darse cuenta de cómo abrir una puerta secreta, siempre les queda la opción de echarla abajo. Considérala una puerta cerrada hecha del mismo material que la pared que la rodea y recurre a las directrices del capítulo 8 para elegir la CD o valores de juego apropiados.

Puertas escondidas

Una puerta escondida es una puerta normal que ha sido disimulada para que no sea detectada. Una puerta secreta está construida con sumo cuidado, de tal forma que se funde con la superficie que la rodea, mientras que una puerta escondida suele estar oculta mediante medios más mundanos. Quizá esté cubierta por un tapiz, tapada usando yeso o (sobre todo si se trata de una trampilla) escondida bajo una alfombra. Normalmente no hará falta prueba alguna para encontrar una puerta escondida. Solo será necesario que el personaje investigue en el lugar adecuado o dé los pasos correctos. No obstante, puedes utilizar las puntuaciones de Sabiduría (Percepción) pasiva de los personajes para determinar si alguno de ellos se da cuenta de pisadas o alguna señal que indique que un tapiz o alfombra ha sido desplazado hace poco.

Rastrillos

Un rastrillo es una fila de barras verticales, ya sean de madera o hierro, reforzadas por al menos una barra horizontal. Bloquea el paso a un pasillo o entrada hasta que es alzado mediante una manivela enganchada a una cadena. La mayor ventaja de un rastrillo es que impide el acceso, pero permite a los guardias controlar lo que está ocurriendo al otro lado, e incluso realizar ataques a distancia o lanzar conjuros a través de él.

Para subir o bajar un rastrillo es necesario utilizar una acción. Si un personaje que quiere atravesar un rastrillo no puede alcanzar la manivela (normalmente porque está al otro lado), tendrá que superar una prueba de Fuerza para doblar sus barrotes o levantarlo a pulso una altura suficiente. La CD de estas pruebas dependerá del tamaño y el peso del rastrillo o del grosor de sus barrotes. Consulta el capítulo 8 para elegir una CD apropiada.

LUZ Y OSCURIDAD

La oscuridad es el estado natural tanto en el interior de un complejo subterráneo como en unas ruinas sobre la superficie, pero si la mazmorra está habitada podría tener fuentes de luz.

En los asentamientos bajo tierra, incluso las razas que disfrutan de visión en la oscuridad recurren al fuego para calentarse, cocinar y defenderse. Pero muchas criaturas no poseen necesidad alguna de luz o calor. Los aventureros deben llevar sus propias fuentes de luz si planean internarse en mausoleos polvorientos en los que solo habitan los muertos vivientes, en ruinas abandonadas ocupadas por depredadores y cienos, o en cavernas naturales dominadas por criaturas ciegas.

La luz de una antorcha o una linterna permite a los personajes ver una cierta distancia a su alrededor, pero el resto de criaturas podrán detectar esa luz desde mucho más lejos. La luz brillante en un entorno totalmente oscuro puede verse a millas de distancia. Con todo, trazar una línea de visión sin cruzarse con un obstáculo a tanta distancia es casi imposible bajo tierra. Así, los aventureros que utilicen fuentes de luz en el interior de una mazmorra atraerán a monstruos con frecuencia, al igual que las luces de la mazmorra (como hongos fosforescentes o un portal mágico) les atraerán a ellos.

CALIDAD DEL AIRE

Ciertas zonas de una estructura, tanto bajo tierra como sobre ella, son espacios cerrados por los que corre muy poco el aire. Aunque pocas mazmorras estarán selladas tan herméticamente como para que los personajes tengan problemas para respirar, muchas veces la atmósfera será agobiante y opresiva. Además, los olores de un ambiente cerrado como este se ven amplificados por la ausencia de corrientes de aire.

SONIDOS

Las mazmorras, al ser recintos cerrados, transmiten el sonido con facilidad. El crujido de una puerta al abrirse puede producir un eco que resuena a través de cientos de pies de corredores. Los sonidos más fuertes, como el martillear de una forja o el estrépito de un combate, son capaces de reverberar por toda la mazmorra. Muchas de las criaturas que viven bajo tierra emiten sonidos para localizar a su presa o responden rápidamente ante cualquier ruido que pueda alertarles de la presencia de intrusos.

PELIGROS EN UNA MAZMORRA

Los peligros que se describen aquí son tan solo algunos ejemplos de los que los personajes podrán encontrarse en un subterráneo u otro lugar oscuro. Estos peligros funcionan de forma similar a las trampas, que están descritas al final de este capítulo.

Detectar un peligro. No será necesario superar ninguna prueba de característica para detectar un peligro, salvo si este está oculto. No obstante, aquellos peligros similares a algún objeto o ser benigno, como un grupo de hongos, podrán ser identificados como perniciosos si se supera una prueba de Inteligencia (Naturaleza). Recurre a las directrices del capítulo 8 para elegir la CD de estas tiradas.

Gravedad del peligro. Para determinar la letalidad de un peligro en relación a los personajes, piensa en él como si de una trampa se tratase y compara el daño que causa con el nivel del grupo en la tabla "gravedad del daño por nivel" que aparece más adelante en este capítulo (también se repite en el capítulo 8).

LIMO VERDE

Este limo ácido es capaz de devorar carne, materia orgánica y metal con el mero contacto. De un color verde brillante, húmedo y pegajoso, se adhiere a las paredes, techos y suelos formando parches.

Un parche de limo verde cubre un área cuadrada de 5 pies de lado, tiene visión ciega con un alcance de 30 pies y puede dejarse caer desde muros o techos si percibe movimiento debajo de él. Pero, más allá de esto, no puede moverse en absoluto. Una criatura consciente de la presencia del limo puede evitar ser impactada por él si supera una tirada de salvación de Destreza CD 10. De lo contrario, no podrá intentar esquivar el limo que cae.

Cualquier criatura que entre en contacto con el limo verde recibirá 5 (1d10) de daño de ácido. Además, volverá a recibir este daño al principio de cada uno de sus turnos hasta que se limpie o destruya el limo. Contra madera o metal, el limo inflige 11 (2d10) de daño de ácido cada turno, por lo que cualquier herramienta de madera o metal no mágica usada para retirar el ácido será destruida.

La luz solar, cualquier efecto que cure una enfermedad, así como cualquier efecto que cause daño de frío, fuego o radiante destruirá un parche de limo verde.

MOHO AMARILLO

El moho amarillo crece en lugares oscuros, y una colonia cubre un cuadrado de 5 pies de lado. Si se le toca, expulsará una nube de esporas que cubrirá un cubo de 10 pies con su origen en el moho. Todas las criaturas que se encuentren en esta área deberán superar una tirada de salvación de Constitución CD 15 o recibirán 11 (2d10) de daño de veneno y estarán envenenadas durante 1 minuto. Mientras esté envenenada de esta forma, cada criatura sufre 5 (1d10) de daño de veneno al principio de cada uno de sus turnos. La criatura puede repetir la tirada de salvación al final de cada uno de sus turnos, librándose del efecto si tiene éxito.

La luz solar o cualquier cantidad de daño de fuego destruirán instantáneamente una colonia de moho amarillo.

MOHO MARRÓN

El moho marrón se alimenta de calor, robándolo de cualquiera que se encuentre cerca. Una colonia de moho marrón suele cubrir una superficie cuadrada de 10 pies de lado y la temperatura a 30 pies o menos de él siempre es gélida.

Cuando una criatura se mueva por primera vez en un turno dentro de un radio de 5 pies del moho, o si empieza su turno a esa distancia o menos, deberá realizar una tirada de salvación de Constitución CD 12, recibiendo 22 (4d10) de daño si la falla, o la mitad de ese daño si la supera.

El moho marrón es inmune al fuego, y cualquier fuente de fuego que sea desplazada a 5 pies o menos de él provocará que el moho se expanda violentamente en dirección a ella, cubriendo un área cuadrada de 10 pies de lado centrada en el fuego. Una colonia de moho marrón expuesta a cualquier efecto que cause daño de frío será destruida instantáneamente.

TELARAÑAS

Las arañas gigantes tejen una tela gruesa y pegajosa por los corredores y pozos, de la que se sirven para atrapar a sus presas. Estas áreas cubiertas de telarañas son terreno difícil. Además, cualquier criatura que entre en una de estas zonas por primera vez en un turno o empiece su turno en ellas deberá superar una tirada de salvación de Destreza CD 12 o estará apresada por las telarañas. Una criatura apresada puede utilizar su acción para intentar escapar, consiguiéndolo si supera una prueba de Fuerza (Atletismo) o Destreza (Acrobacias) CD 12.

Cada cubo de 10 pies de telarañas tiene CD 10, 15 puntos de golpe, vulnerabilidad al fuego e inmunidad a daños contundente, perforante y psíquico.

Entorno natural

Entre las mazmorras y los asentamientos de tu mundo habrá prados, bosques, desiertos, cordilleras, océanos y otros espacios naturales esperando a ser explorados. Insuflar vida a estos entornos puede ser una de las partes más divertidas del juego, tanto para ti como para tus jugadores. Las dos estrategias siguientes funcionan bastante bien.

El viaje resumido

A veces el destino es más importante que el viaje. Si el fin de la travesía es que los personajes lleguen al lugar en el que la aventura empieza de verdad, trata por encima el viaje sin comprobar si ocurren encuentros por el camino. Al igual que las películas recurren a montajes que, en tan solo unos segundos, transmiten la idea de que ha tenido un lugar un viaje arduo y prolongado, tú puedes limitarte a resumir con unas pocas frases el periplo de los aventureros.

Describe el viaje del grupo tan vívidamente como quieras, pero sin perder el ímpetu de la sesión. "Camináis durante varias millas sin encontrar nada interesante" es bastante menos evocativo y memorable que: "Una ligera lluvia humedece las praderas mientras avanzáis hacia el norte. Cerca del mediodía paráis para comer bajo un solitario árbol. Allí, el pícaro halla una pequeña roca que parece una cara sonriente, pero aparte de eso no veis nada más que se salga de lo normal". El truco es concentrarse en unos pocos detalles que refuercen el tono que le quieres dar a la aventura, en lugar de describir hasta la última brizna de hierba.

Atrae la atención sobre los aspectos más inusuales del terreno: una cascada, una formación rocosa que proporciona una vista espectacular por encima de las copas de los árboles, una zona del bosque que ha ha sido talada o ha ardido, y así. Describe también los ruidos y olores más llamativos, como el rugir de un monstruo en la lejanía, el hedor a madera quemada o el dulce aroma de las flores en un bosque élfico.

Además de al lenguaje evocador, también puedes recurrir a ayudas visuales para poner a los jugadores en situación. Una búsqueda de imágenes en Internet te proporcionará parajes espectaculares (de hecho, busca literalmente "parajes espectaculares"), tanto reales como fantásticos. Pero, por muy impactantes que sean los entornos naturales reales, los viajes pueden servir para recordar a los jugadores que sus personajes habitan en un mundo de fantasía. Añade de vez en cuando algún detalle verdaderamente mágico a tus descripciones, para darles color. Un bosque podría ser el hogar de pequeños dragoncitos en lugar de pájaros, y sus árboles estar engalanados con telarañas gigantes o poseer una savia inquietante, de color verde brillante. Recurre a estos elementos con mesura; los paisajes demasiado extraños pueden romper la sensación de inmersión de los jugadores en el mundo. Un único elemento fantástico en medio de un paraje realista aunque memorable suele ser más que suficiente.

Utiliza el terreno para crear el ambiente y el tono de la aventura. En un bosque, los árboles están tan juntos que impiden el paso de la luz y parecen observar a los viajeros. En otro, los rayos del sol se filtran entre las hojas de las las ramas más altas y todos los troncos tienen enredaderas cubiertas de flores enroscadas en torno a ellos. Los signos de la corrupción (madera podrida, agua apestosa y piedras cubiertas de pegajoso musgo marrón) pueden avisar a los aventureros de que se están acercando al hogar de un poder maligno, que bien podría ser su destino o proporcionarles pistas sobre la naturaleza de las amenazas que van a encontrar.

Ciertas localizaciones al aire libre concretas pueden poseer sus propias características peculiares. El Bosque de los Espíritus y el Bosque de Spiderhaunt pueden tener distintos tipos de flora, fauna, clima y tablas de encuentros aleatorios.

Por último, ten en cuenta que puedes hacer el viaje más interesante haciendo énfasis en el clima. "Pasáis los tres días siguientes atravesando el pantano" suena mucho menos ominoso que: "Pasáis los tres días siguientes marchando arduamente, hundidos en el barro hasta las rodillas. Los primeros dos días con sus noches sois castigados por una lluvia torrencial, mientras que la jornada restante os azota un sol abrasador y hordas de insectos hambrientos se dan un festín con vuestra sangre".

El viaje paso a paso

A veces el camino merecerá tanto tiempo y atenciones como el propio destino. Si los viajes aparecen con frecuencia en tus aventuras y no es algo que quieras tratar solo por encima, no bastará con un simple resumen. Para poder transmitir las sensaciones propias de un viaje largo y peligroso, tendrás que tener en cuenta aspectos como el orden de marcha del grupo y los encuentros que podrán producirse.

Deja que tus jugadores elijan el orden de marcha (consulta el *Player's Handbook*). Lo más probable es que los personajes del frente sean los primeros en darse cuenta de la presencia de puntos de interés o características especiales del terreno. También serán los responsables de orientarse. A cambio, los aventureros de la retaguardia deben asegurarse de que el grupo no está siendo seguido. Anima a los personajes de la zona media a que hagan algo, en lugar de limitarse a seguir como ovejas a sus compañeros del frente. El *Player's Handbook* sugiere varias actividades apropiadas, como cartografiar o forrajear.

Los viajes por el entorno natural suelen poseer una combinación de encuentros planeados (los que preparas con antelación) y aleatorios (los que determinas tirando en una tabla). Un encuentro planeado podría requerir de un mapa del lugar en el que se produce, ya sea este unas ruinas, un puente que cruza un abismo o cualquier otra ubicación digna de ser recordada. Los encuentros aleatorios no suelen estar atados a una localización específica. Por tanto, cuantos menos encuentros planeados tengas, más tendrás que recurrir a los encuentros aleatorios para hacer el viaje interesante. El capítulo 3 contiene varias directrices para crear tus propias tablas de encuentros aleatorios y cuándo utilizarlas.

Una buena forma de evitar que los encuentros al aire libre se vuelvan repetitivos es asegurarte de que no siempre empiezan y acaban de la misma forma. O, dicho de otra forma, si el entorno natural es el escenario y la aventura la obra de teatro o la película, piensa en cada encuentro como su propia escena e intenta que cada uno se enmarque de una forma distinta, para así mantener el interés de tus jugadores. Si en un encuentro los personajes son atacados de frente, en el siguiente podrían ver como los enemigos les asaltan desde arriba o por la retaguardia. Si en un encuentro participan monstruos sigilosos, la primera señal de la presencia de sus enemigos que los personajes perciban podría ser el resoplido nervioso de un poni. Si en un encuentro aparecen monstruos muy ruidosos, los aventureros tendrán la oportunidad de esconderse o preparar una emboscada. Un grupo de monstruos podría atacar a los aventureros nada más verlos, mientras que otro quizá acepte dejarles pasar a cambio de comida.

Recompensa a los personajes que busquen mientras viajan proporcionándoles cosas que encontrar. Presentarles estatuas rotas, rastros, campamentos abandonados u otros hallazgos es una buena forma de dar color a tu mundo, presagiar eventos o encuentros futuros, y ofrecer ganchos de aventuras.

Para resolver un viaje podrían ser necesarias varias sesiones de juego. Dicho esto, si el periplo incluye largos periodos de tiempo sin encuentros, recurre a la estrategia del viaje resumido para rellenar los huecos entre eventos importantes.

CARTOGRAFIAR UN ENTORNO NATURAL

A diferencia de una mazmorra, un entorno al aire libre ofrece un abanico de posibilidades aparentemente infinito. Los aventureros en un desierto sin caminos o en campo abierto tienen la oportunidad de moverse en cualquier dirección. Así que, ¿cómo puede un DM lidiar con todas las localizaciones o eventos que pueden darse en una campaña en el entorno natural? ¿Qué ocurre si preparas un encuentro para un oasis, pero los personajes se van por otro camino y nunca pasan por él? ¿Cómo puedes evitar que tus sesiones se conviertan en un mero avance lento y monótono por un erial rocoso?

Una solución a estos problemas es enfocar el entorno al aire libre igual que lo harías con una mazmorra. Incluso los terrenos más abiertos presentan rutas claras. Pocas carreteras discurren en una línea perfectamente recta, pues deben seguir los contornos de la tierra para poder encontrar el itinerario más fácil a través de los desniveles del terreno. Los valles y las crestas canalizan a los viajeros de forma natural por determinados caminos. Las cordilleras representan barreras prácticamente imposibles de franquear salvo por ciertos pasos remotos. E incluso los desiertos más uniformes favorecen ciertas rutas, en las que los exploradores y conductores de caravanas han descubierto zonas de roca más fáciles de recorrer que las dunas.

Y, si el grupo se desvía del camino, siempre puedes reubicar alguno de tus encuentros planeados en cualquier otra parte del mapa, para que así el tiempo que les hayas dedicado no se pierda por completo.

El capítulo 1 discute los aspectos básicos de cómo crear un mapa para una zona al aire libre en tres escalas distintas. Así podrás diseñar tanto tu mundo como la región inicial de tu campaña. Piensa, especialmente cuando trabajes a escala de provincia (1 hexágono = 1 milla), en las formas de viajar por la zona: caminos, crestas, pasos, valles y demás. Servirán para guiar los movimientos de los personajes por el mapa.

MOVIMIENTO EN UN MAPA

Describe los viajes con un nivel de detalle apropiado para el mapa que estéis usando. Si estás registrando el movimiento hora a hora en un mapa a escala de provincia (1 hexágono = 1 milla), podrás describir cada pueblo por el que pasen los aventureros. A esta escala, puedes asumir que los personajes encontrarán una localización digna de atención en cada hexágono, salvo si esta está oculta. Tampoco es como si los aventureros fueran a aparecer en la entrada de un castillo en ruinas nada más entrar en el hexágono, pero quizá hallen un camino viejo, ruinas cercanas o cualquier otro símbolo de la presencia de la estructura en la zona.

Si los personajes están realizando un viaje de varios días en un mapa a escala de reino (1 hexágono = 6 millas), no te molestes en detalles lo bastante pequeños como para no aparecer en tu mapa. A los jugadores les basta con saber que, durante el tercer día de su viaje, cruzaron un río y el terreno empezó a elevarse, o que alcanzaron el paso de montaña dos días después.

CARACTERÍSTICAS DEL ENTORNO NATURAL

El mapa de una región no estará terminado hasta que no tenga unos cuantos asentamientos, fortalezas, ruinas y otros lugares que merezcan la pena ser descubiertos. Una docena de localizaciones de este tipo por cada zona de 50 millas de lado es una buena proporción.

GUARIDAS DE MONSTRUOS

Una zona de unas 50 millas de extensión puede mantener a, aproximadamente, media docena de guaridas de monstruos, aunque probablemente solo una de ellas esté ocupada por un depredador alfa como un dragón.

Si esperas que los personajes exploren uno de estos cubiles tendrás que encontrar o dibujar un mapa que lo represente, así como poblarlo como lo harías con una mazmorra.

MONUMENTOS

En los lugares civilizados (o que antaño lo fueron) los aventureros podrían hallar monumentos erigidos en honor de grandes líderes, dioses o culturas. Utiliza la tabla "monumentos" para inspirarte o tira para elegir uno al azar.

MONUMENTOS

d20	Monumento
1	Túmulo o pirámide sellados
2	Túmulo o pirámide saqueados
3	Rostros tallados en una montaña o acantilado
4	Estatuas gigantes esculpidas en una montaña o acantilado
5–6	Obelisco intacto con una advertencia, apunte histórico, dedicatoria o icono religioso grabado
7–8	Obelisco destruido o derribado
9–10	Estatua intacta de una persona o deidad
11–13	Estatua derribada de una persona o deidad
14	Gran muralla de piedra, intacta, con fortificaciones de piedra separadas en intervalos de una milla
15	Gran muralla de piedra en ruinas
16	Gran arco de piedra
17	Fuente
18	Círculo de monolitos intactos
19	Círculo de monolitos destruidos o derribados
20	Tótem

RUINAS

Torres desmoronadas, templos antiguos y ciudades arrasadas son los lugares de aventuras perfectos. Además, señalar la existencia de un viejo muro en ruinas que avanza paralelo al camino, un molino en la cima de una colina o un grupo de monolitos dará personalidad al lugar.

ASENTAMIENTOS

Los asentamientos se levantan en lugares con abundante agua, comida, tierras de cultivo y materiales de construcción. Una provincia civilizada de unas 50 millas de extensión podría contener una ciudad, unos pocos pueblos y multitud de aldeas repartidas por la zona. Una región sin civilizar quizá posea como único asentamiento un solitario puesto comercial, que se erige en los límites de una zona fronteriza.

Además de las poblaciones actualmente habitadas, una provincia también podría albergar pueblos y aldeas en ruinas que, o bien están abandonados o sirven de guarida a bandas de saqueadores o monstruos.

FORTALEZAS

Las fortalezas protegen a la población local en momentos de peligro. La cantidad de fortificaciones de un territorio depende de la sociedad dominante, la importancia estratégica de la región, su vulnerabilidad y la riqueza de la tierra.

LUGARES EXTRAÑOS

Los lugares extraños sirven para insuflar lo fantástico y sobrenatural en las aventuras en exteriores.

LUGARES EXTRAÑOS

d20	Lugar
1–2	Zona sin magia (similar a un conjuro de *campo antimagia*)
3	Zona de magia salvaje (tira en la tabla "sobrecarga de magia salvaje" del *Player's Handbook* cada vez que se lance un conjuro aquí)
4	Roca tallada con rostros que hablan
5	Cueva de cristal que responde preguntas místicamente
6	Árbol antiguo con un espíritu atrapado en su interior
7–8	Antiguo campo de batalla en el que la niebla asume formas humanoides de vez en cuando
9–10	Portal permanente a otro plano de existencia
11	Pozo de los deseos
12	Fragmento gigante de cristal que surge del suelo
13	Barco naufragado, que no tendría por qué estar ni remotamente cerca del agua
14–15	Colina o túmulo encantado
16	Ferry que cruza el río capitaneado por un esqueleto
17	Campo lleno de soldados (u otras criaturas) petrificados
18	Bosque de árboles petrificados o despertados
19	Cañón que alberga un cementerio de dragones
20	Fragmento de tierra flotante con una torre encima

SUPERVIVENCIA EN LA NATURALEZA

Aventurarse en la naturaleza presenta una serie de peligros, que van más allá de encontrarse con depredadores salvajes o saqueadores.

CLIMA

Puedes elegir un clima que resulte apropiado a tu campaña o tirar en la tabla "clima" para determinar el de un día concreto, ajustándolo teniendo en cuenta el terreno y la estación según sea conveniente.

CLIMA

d20	Temperatura
1–14	La normal de la estación
15–17	1d4 × 5°C más frío de lo normal
18–20	1d4 × 5°C más caliente de lo normal

d20	Viento
1–12	Ninguno
13–17	Leve
18–20	Fuerte

d20	Precipitación
1–12	Ninguna
13–17	Lluvia o nieve leves
18–20	Lluvia o nieve intensas

FRÍO EXTREMO

Cualquier criatura directamente expuesta a una temperatura inferior a –15°C deberá superar una tirada de salvación de Constitución CD 10 al final de cada hora o recibirá un nivel de cansancio. Las criaturas con resistencia o inmunidad al daño de frío tendrán éxito en esta tirada automáticamente. Lo mismo ocurrirá con las que lleven equipo adecuado (abrigos gruesos, guantes, etc.) y las que estén adaptadas a climas fríos de forma natural.

CALOR EXTREMO

Cualquier criatura directamente expuesta a una temperatura superior a 40°C y no disponga de agua potable deberá superar una tirada de salvación de Constitución al final de cada hora o recibirá un nivel de cansancio. Esta CD es de 5 para la primera hora y aumenta en 1 por cada hora después de esta. Las criaturas que lleven armadura media o pesada, o que vistan ropas gruesas, tendrán desventaja en la tirada. Las que tengan resistencia o inmunidad al daño de calor tendrán éxito automáticamente. Lo mismo ocurrirá con las que estén adaptadas a climas cálidos de forma natural.

VIENTO FUERTE

Un viento fuerte provoca desventaja en las tiradas de ataque con arma a distancia y las pruebas de Sabiduría (Percepción) que dependan del oído. Además, estos vientos también extinguirán las llamas desprotegidas, dispersarán la niebla y harán que volar mediante medios no mágicos sea prácticamente imposible. Una criatura que esté volando en medio de un viento fuerte deberá aterrizar al final de su turno o caerá.

Los vientos fuertes en desiertos pueden crear tormentas de arena, que provocan desventaja en las pruebas de Sabiduría (Percepción) que dependan de la vista.

PRECIPITACIONES INTENSAS

Un área sobre la que esté cayendo lluvia o nieve intensas se considerará ligeramente oscura, y las criaturas que se encuentren en su interior tendrán desventaja en las pruebas de Sabiduría (Percepción) que dependan de la vista. Además, la lluvia intensa también apaga las llamas desprotegidas y provoca desventaja en las pruebas de Sabiduría (Percepción) que dependan del oído.

ALTITUD ELEVADA

Viajar a una cota de más de 10.000 pies (3.000 m) por encima del nivel del mar es agotador, pues la baja concentración de oxígeno del aire dificulta la respiración. Cada hora que una criatura pase transitando a estas altitudes contará como dos a efectos de determinar cuánto puede viajar.

Las criaturas que necesitan respirar pueden aclimatarse a una altitud si pasan al menos 30 días en ella. No obstante, no podrán acostumbrarse a cotas superiores a los 20.000 pies (6.000 m) si no son nativas del entorno en cuestión.

PELIGROS EN LA NATURALEZA

Esta sección describe unos cuantos peligros de ejemplo con los que los aventureros podrían encontrarse al desplazarse por un entorno natural.

Para percibir algunos de ellos, como el hielo resbaladizo o las enredaderas afiladas, no es necesario superar una prueba de característica. En cambio, otros, como la tierra profanada, son indetectables mediante los sentidos normales. Para percatarse del resto de peligros de esta sección será preciso tener éxito en una prueba de Inteligencia (Naturaleza). Recurre a las directrices del capítulo 8 para elegir la CD de las tiradas para avistar o reconocer un peligro.

AGUA HELADA

Una criatura puede sumergirse en agua helada durante tantos minutos como su puntuación de Constitución sin sufrir ningún efecto adverso. Pero, por cada minuto por encima de esta cantidad que pase en al agua, deberá realizar una tirada de salvación de Constitución CD 10 o recibirá un nivel de cansancio. Las criaturas que posean resistencia o inmunidad al daño de frío tendrán éxito automáticamente. Lo mismo ocurrirá con las que estén adaptadas a vivir en agua a bajas temperaturas de forma habitual.

ARENAS MOVEDIZAS

Una zona de arenas movedizas cubre un área cuadrada de, aproximadamente, 10 pies de lado y suele tener una profundidad de 10 pies. Si una criatura entra en esta área se hundirá 1d4 + 1 pies en la arena y estará apresada. Además, se hundirá otros 1d4 pies más al principio de cada uno de sus turnos. Si la criatura no está completamente sumergida en las arenas movedizas, podrá intentar escapar utilizando una acción y superando una prueba de Fuerza. La CD es de 10 más el número de pies que la criatura se haya hundido. Si está completamente cubierta por la arena no podrá respirar (consulta las reglas de asfixia en el *Player's Handbook*).

Una criatura puede intentar sacar a otra criatura dentro de su alcance de las arenas movedizas. Para ello tendrá que emplear una acción y tener éxito en una prueba de Fuerza cuya CD es de 5 más el número de pies que la criatura a la que intenta rescatar se haya hundido.

ENREDADERA AFILADA

La enredadera afilada es una planta que crece formando setos o marañas. También se agarra a las paredes de los edificios y otras superficies verticales, igual que la hiedra. Un muro o seto de enredaderas afiladas de 10 pies de alto y de ancho y 5 pies de espesor tiene CA 11, 25 puntos de golpe e inmunidad a los daños contundente, perforante y psíquico.

Si una criatura entra en contacto directo con una enredadera afilada por primera vez en un turno, deberá superar una tirada de salvación de Destreza CD 10 o recibirá 5 (1d10) de daño cortante al ser lacerada por las afiladas hojas de la planta.

HIELO DELGADO

El hielo delgado puede aguantar un peso de hasta 3d10 × 10 libras por cada área cuadrada de 10 pies de lado. Si en algún momento el peso total en algún área excede estos límites, ese trozo de hielo se romperá y todas las criaturas que se encuentren sobre él caerán a lo que haya debajo.

HIELO RESBALADIZO

El hielo resbaladizo es terreno difícil. Además, cuando una criatura se mueva sobre una superficie de este tipo por primera vez en un turno, deberá superar una prueba de Destreza (Acrobacias) CD 10 o caerá derribada.

TIERRA PROFANADA

Algunos cementerios y catacumbas están plagados por las huellas invisibles de un mal ancestral. Un área de tierra profanada puede tener cualquier tamaño. Un conjuro de *detectar el bien y el mal* revelará su presencia.

Los muertos vivientes que se encuentren sobre tierra profanada tendrán ventaja en todas las tiradas de salvación.

Se puede esparcir el contenido de un vial de agua bendita sobre un área cuadrada de 10 pies de lado de tierra profanada, de modo que se purifique. Además, el conjuro *consagrar* también purifica toda la tierra profanada en el interior de la zona afectada.

FORRAJEAR

Los personajes pueden conseguir comida y agua mientras el grupo viaja a ritmo normal o lento. Cualquier aventurero que forrajee deberá realizar una prueba de Sabiduría (Supervivencia) cuando se lo pidas. La CD de esta tirada vendrá determinada por la cantidad de agua y alimento presente en la región.

CD PARA FORRAJEAR

Comida y agua disponibles	CD
Comida y fuentes de agua abundantes	10
Comida y fuentes de agua limitadas	15
Comida y fuentes de agua escasas o inexistentes	20

Si hay varios personajes forrajeando, haz que cada uno realice una prueba independientemente. Si un aventurero falla la tirada, no hallará nada. Si tiene éxito, tira 1d6 + el modificador por Sabiduría del personaje para descubrir cuánta comida (en libras) encuentra. A continuación, haz otra tirada de 1d6 + modificador por Sabiduría para determinar la cantidad de agua (en galones) hallada.

COMIDA Y AGUA

Las necesidades de comida y agua de los personajes se indican en el *Player's Handbook*. Los caballos y otras criaturas distintas precisarán de otras cantidades de agua y alimento, en función de su tamaño. Se necesita el doble de agua si hace calor.

NECESIDADES DE COMIDA Y AGUA

Tamaño de la criatura	Comida diaria	Agua diaria
Diminuta	1/4 libra	1/4 galón
Pequeña	1 libra	1 galón
Mediana	1 libra	1 galón
Grande	4 libras	4 galones
Enorme	16 libras	16 galones
Gargantuesca	64 libras	64 galones

PERDERSE

Salvo que estén siguiendo un camino o senda similar, los aventureros corren el riesgo de perderse mientras viajan. El responsable de orientarse del grupo deberá realizar una prueba de Sabiduría (Supervivencia) cuando lo consideres apropiado, contra una CD que depende del terreno predominante, tal y como se indica en la tabla "orientarse en la naturaleza". Si el grupo se está desplazando a ritmo lento, el personaje disfrutará de un bonificador de +5 a la tirada. Si, por el contrario, los aventureros viajan a ritmo rápido, sufrirá un penalizador de –5. Si el grupo dispone de un mapa de la zona, o el sol o las estrellas son visibles, el responsable de orientarse tendrá ventaja en la prueba.

Si se supera la prueba de Sabiduría (Supervivencia), el grupo viajará en la dirección que querían sin perderse. Pero si no, los personajes se moverán en una dirección incorrecta sin darse cuenta de ello, perdiéndose. El responsable de orientarse puede repetir la tirada, pero solo después de que el grupo haya dedicado 1d6 horas a intentar recuperar el rumbo correcto.

ORIENTARSE EN LA NATURALEZA

Terreno	CD
Bosque, selva, pantano, montañas o mar abierto con cielo encapotado y sin ver tierra firme	15
Zona polar, colinas o mar abierto con cielo despejado, pero sin ver tierra firme	10
Pradera, campo abierto o tierras de cultivo	5

ASENTAMIENTOS

Una aldea, pueblo o ciudad es un escenario fantástico para desarrollar una aventura. Los personajes podrían ser responsables de dar con un criminal que se ha ocultado, resolver un asesinato, acabar con una banda de hombres rata o doppelgangers o, incluso, proteger la población durante un asedio.

Cuando diseñes un asentamiento para tu campaña, céntrate en las localizaciones que sean más relevantes para la aventura. Como es lógico, no tienes que poner nombre a cada calle ni saber quién vive en cada edificio. Intentar hacer algo así solo conduce a la locura.

ASENTAMIENTOS ALEATORIOS

Las tablas siguientes te permitirán crear un asentamiento rápidamente. Parten de la premisa de que ya has decidido el tamaño y la forma de gobierno del lugar.

RELACIONES ENTRE RAZAS

d20	Resultado
1–10	Armonía
11–14	Tensión o rivalidad
15–16	La raza mayoritaria son conquistadores
17	Una minoría racial son gobernantes
18	Una minoría racial son refugiados
19	La raza mayoritaria oprime a las minorías
20	Una minoría racial oprime a la raza mayoritaria

SITUACIÓN DEL GOBERNANTE

d20	Gobernante
1–5	Respetado, justo y equitativo
6–8	Tirano temido
9	Débil de voluntad manipulado por otros
10	Gobernante ilegítimo, se cuece una guerra civil
11	Dominados o controlados por un monstruo poderoso
12	Cábala anónima y misteriosa
13	Liderazgo disputado, lucha abierta
14	Cábala que se hizo con el poder abiertamente
15	Patán incompetente
16	En su lecho de muerte, los herederos compiten por el poder
17–18	De voluntad férrea pero respetado
19–20	Líder religioso

CARACTERÍSTICAS DESTACADAS

d20	Característica
1	Canales en lugar de calles
2	Estatua o monumento enorme
3	Templo grandioso
4	Gran fortaleza
5	Parques y jardines frondosos
6	Un río divide la población
7	Importante núcleo comercial
8	Cuartel general de un gremio o familia poderosos
9	Casi toda la población es rica
10	Pobre, en decadencia
11	Olor horrible (curtidurías, alcantarillas abiertas)
12	Centro del comercio de un bien en concreto
13	Lugar en el que se produjeron muchas batallas
14	Lugar en el que se produjo un evento mítico o mágico
15	Biblioteca o archivos de importancia
16	Prohíbe la adoración de cualquier dios
17	Reputación siniestra
18	Academia o biblioteca reputadas
19	Cementerio o mausoleo importante
20	Construido sobre ruinas antiguas

CONOCIDO POR SU...

d20	Característica	d20	Característica
1	Cocina deliciosa	11	Devoción
2	Ciudadanos maleducados	12	Apuestas
3	Mercaderes codiciosos	13	Carencia de dios
4	Artistas y escritores	14	Educación
5	Gran héroe o salvador	15	Vinos
6	Flores	16	Moda
7	Hordas de mendigos	17	Intrigas políticas
8	Duros guerreros	18	Gremios poderosos
9	Magia oscura	19	Bebidas fuertes
10	Decadencia	20	Patriotismo

DESGRACIA ACTUAL

d20	Desgracia
1	Se sospecha de infestación de vampiros
2	Nueva secta busca conversos
3	Personalidad importante ha muerto (se sospecha un asesinato)
4	Guerra entre gremios de ladrones rivales
5–6	Plaga o hambruna (se producen disturbios)
7	Oficiales corruptos
8–9	Saqueos por parte de monstruos
10	Mago poderoso se ha mudado al asentamiento
11	Depresión económica (se interrumpe el comercio)
12	Inundación
13	Muertos vivientes surgen de sus tumbas
14	Profecía que predice una fatalidad
15	Al borde de una guerra
16	Conflicto interno (que lleva a la anarquía)
17	Asediada por enemigos
18	Escándalo que amenaza a familias poderosas
19	Mazmorra descubierta (acuden aventureros en tropel)
20	Sectas religiosas pugnan por el poder

EDIFICIOS ALEATORIOS

A veces, una persecución o huida en el interior de un asentamiento obligará a los personajes a entrar corriendo en el primer edificio que encuentren. Cuando necesites inventar un edificio rápidamente, tira en la tabla "tipo de edificio". Después, tira en la tabla correspondiente al tipo de construcción que hayas obtenido para añadirle más detalles.

Si alguna tirada no tiene mucho sentido para la zona en la que se encuentran los personajes (como una mansión en un arrabal), siempre puedes volver a tirar o escoger el resultado que más te guste. Sin embargo, ten en cuenta que los resultados inesperados pueden estimular tu creatividad. Además, las localizaciones sorprendentes y memorables son una buena forma de hacer tus encuentros urbanos inolvidables.

TIPO DE EDIFICIO

d20	Tipo
1–10	Residencia (tira en la tabla "residencias")
11–12	Religioso (tira en la tabla "edificios religiosos")
13–15	Taberna (tira una vez en la tabla "taberna" y dos veces en la tabla "generador de nombres de taberna")
16–17	Almacén (tira en la tabla "almacenes")
18–20	Tienda (tira en la tabla "tiendas")

RESIDENCIAS

d20	Tipo
1–2	Casucha abandonada
3–8	Hogar de clase media
9–10	Hogar de clase alta
11–15	Edificio de apartamentos abarrotado
16–17	Orfanato
18	Antro para esclavos oculto
19	Tapadera para una secta secreta
20	Mansión lujosa y bien protegida

EDIFICIOS RELIGIOSOS

d20	Tipo
1–10	Templo a una deidad buena o neutral
11–12	Templo a una deidad falsa (dirigido por sacerdotes embusteros)
13	Hogar de ascetas
14–15	Santuario abandonado
16–17	Biblioteca dedicada a estudios teológicos
18–20	Santuario oculto dedicado a un infernal o deidad malvada

TABERNA

d20	Tipo
1–5	Bar tranquilo y de perfil bajo
6–9	Antro estridente
10	Lugar de reunión de un gremio de ladrones
11	Lugar de encuentro de una sociedad secreta
12–13	Club de cenas de la clase alta
14–15	Casa de apuestas
16–17	Clientela de una raza o gremio concretos
18	Club solo para miembros
19–20	Burdel

GENERADOR DE NOMBRES DE TABERNAS

d20	Primera parte	Segunda parte
1	La Anguila	Plateado/a
2	El Delfín	Dorado/a
3	El Enano	Tambaleante
4	El Pegaso	Risueño/a
5	El Poni	Pisador/a
6	La Rosa	de Oropel
7	El Ciervo	Corredor/a
8	El Lobo	Aullador/a
9	El Cordero	Sacrificado/a
10	El Demonio	Lascivo/a
11	La Cabra	Borracho/a
12	El Espíritu	Saltarín
13	La Horda	Rugiente
14	El Bufón	Ceñudo/a
15	La Montaña	Solitario/a
16	El Águila	Vagabundo/a
17	El Sátiro	Misterioso/a
18	El Perro	Ladrador/a
19	La Araña	Negro/a
20	La Estrella	Brillante

ALMACENES

d20	Tipo
1–4	Vacío o abandonado
5–6	Bien protegido, productos valiosos
7–10	Productos baratos
11–14	Productos a granel
15	Animales vivos
16–17	Armas o armaduras
18–19	Bienes de una tierra lejana
20	Cubil secreto de contrabandistas

d20	Tipo	d20	Tipo
1	Casa de empeños	11	Herrero
2	Hierbas/inciensos	12	Carpintero
3	Frutas/verduras	13	Costurero
4	Comida en salazón	14	Joyero
5	Alfarero	15	Panadero
6	Enterrador	16	Cartógrafo
7	Librero	17	Sastre
8	Prestamista	18	Cordelero
9	Armas/armaduras	19	Albañil
10	Candelero	20	Escriba

CARTOGRAFIAR UN ASENTAMIENTO

Cuando dibujes el mapa de un asentamiento para tus partidas, no te preocupes por ubicar cada edificio y, en lugar de eso, céntrate en los aspectos más importantes del lugar.

Si se trata de una aldea, esboza los caminos, incluyendo las rutas comerciales que salen de ella y las sendas que la conectan con las granjas más alejadas. Marca el centro de la población en el mapa y, si los aventureros visitan localizaciones concretas, señala también estos puntos.

En lo que a los pueblos y ciudades respecta, dibuja las calles y los canales más importantes, así como el terreno circundante. Delinea las murallas e indica dónde se encuentran aquellos puntos de interés que consideres más importantes: el castillo del señor, templos relevantes y lugares similares. Para las ciudades, marca igualmente los muros interiores y define la personalidad de cada distrito. Da a cada uno un nombre que refleje su personalidad e identifica sus oficios más representativos (la plaza de los curtidores, la calle de los tiempos), sus características geográficas (cima de una colina, orilla del río) o el lugar más destacado (el distrito de los lores).

ENCUENTROS URBANOS

Aunque a primera vista seguros, los pueblos y ciudades pueden albergar tantos peligros como la más oscura de las mazmorras. El mal se esconde tanto en los rincones oscuros como a plena vista. Los callejones sombríos, alcantarillas, suburbios, tabernas llenas del humo del tabaco, edificios de apartamentos destartalados y mercados abarrotados pueden convertirse en campos de batalla en un abrir y cerrar de ojos. Además, los aventureros tendrán que aprender a moderarse, para no atraer la atención de las autoridades locales.

No obstante, si los personajes no andan buscando meterse en problemas podrán beneficiarse de todas las comodidades que un asentamiento puede ofrecer.

LEY Y ORDEN

Que un asentamiento posea un cuerpo de policía depende de su tamaño y naturaleza. Una ciudad legal y ordenada podría tener una guardia que mantenga el orden y una milicia entrenada para defender sus muros. Sin embargo, un pueblo fronterizo quizá incluso dependa de los aventureros o sean los propios habitantes quienes capturen a los criminales y ahuyenten a los agresores.

JUICIOS

En la mayoría de los asentamientos, los juicios son presididos por los señores o magistrados locales. En algunos pleitos se permiten las alegaciones, para que las partes en conflicto o sus letrados puedan presentar precedentes o pruebas que afecten a la decisión del juez. Este, a su vez, podría recurrir en ciertos casos a la magia o el interrogatorio. Otras acusaciones se resuelven mediante una ordalía o un juicio por combate. Si las pruebas contra el acusado son abrumadoras, el magistrado o gobernante podría saltarse el juicio y pasar directamente a la sentencia.

SENTENCIAS

Muchos asentamientos poseen una celda en la que encerrar a los criminales que están esperando a que se celebre el juicio, pero muy pocas poblaciones albergan una auténtica cárcel, en la que recluir a los criminales convictos. Los culpables de un delito suelen tener que pagar una multa, pero también pueden ser condenados a trabajos forzados durante meses o años, ser obligado a exiliarse o ser ejecutados, en función de la magnitud del crimen.

ENCUENTROS URBANOS ALEATORIOS

La tabla "encuentros urbanos aleatorios" es útil para las aventuras ambientadas en ciudades y pueblos. Comprueba si se produce un encuentro aleatorio al menos una vez al día, y, del mismo modo, una vez cada noche si los personajes no se quedan descansando. Repite la tirada si el resultado no tiene sentido para la hora del día.

ENCUENTROS URBANOS ALEATORIOS

d12 + d8	Encuentro
2	Animales sueltos
3	Anuncio o pregón
4	Pelea
5	Matones
6	Compañero
7	Competición
8	Cadáver
9	Reclutamiento
10	Borracho
11	Incendio
12	Bagatela abandonada
13	Guardias abusando de su autoridad
14	Carterista
15	Procesión
16	Protesta
17	Carro fuera de control
18	Transacción sospechosa
19	Espectáculo
20	Huérfano

Animales sueltos. Los personajes ven uno o más animales, que no esperarían encontrar, sueltos por las calles. Podría tratarse de cualquier tipo de criatura, desde un grupo de babuinos hasta un oso, tigre o elefante escapado del circo.

Anuncio o pregón. Un heraldo, pregonero, loco u otro individuo similar hace una proclama en la esquina de una calle para que le escuche todo el mundo. Este anuncio podría informar sobre algún evento futuro (como una ejecución pública), transmitir información importante a los habitantes (como un decreto real) o comunicar cierto aviso o profecía terribles.

Bagatela abandonada. Los aventureros hallan una bagatela determinada aleatoriamente. Para descubrir de cual se trata, tira en la tabla "bagatelas" del *Player's Handbook*.

Borracho. Un borracho se tambalea hacia un miembro del grupo al azar, confundiéndole con otra persona.

Cadáver. Los aventureros encuentran el cuerpo de un humanoide fallecido.

Carterista. Un ladrón (usa el perfil de espía del *Monster Manual*) intenta robar a un personaje determinado al azar. Los aventureros con puntuaciones de Sabiduría (Percepción) pasiva iguales o superiores al resultado de una prueba de Destreza (Juego de Manos) del carterista le pillarán con las manos en la masa.

Carro fuera de control. Un grupo de caballos desbocados tira de un carro por las calles de la ciudad. Los aventureros deberán apartarse de su camino. Si logran detener el carro, su dueño (que corre desesperado tras el vehículo) les estará profundamente agradecido.

Compañero. Un lugareño se acerca a uno o más de los personajes y se muestra interesado en las actividades del grupo. O quizá, para dar un giro a la situación, el supuesto compañero sea en realidad un espía enviado para recabar información sobre los aventureros.

Competición. Los aventureros se ven arrastrados a una competición improvisada, que podría ser desde una prueba de intelecto hasta un campeonato para ver quién bebe más alcohol. O puede que incluso un duelo.

Espectáculo. Los aventureros presencian alguna forma de entretenimiento público, como la brillante imitación de un familiar del rey que hace un bardo, un circo ambulante, un teatro de marionetas, un truco de magia llamativo, la visita de su majestad o una ejecución pública.

Guardias abusando de su autoridad. Los aventureros son acorralados por 1d4 + 1 guardias que quieren demostrar quién manda aquí. Si se amenaza a estos últimos, pedirán ayuda y podrían atraer la atención de otros guardias o ciudadanos cercanos.

Huérfano. Un huérfano que vive en las calles se encariña con los personajes y les persigue hasta que estos le asusten.

Incendio. Se produce un incendio. Los personajes tienen la oportunidad de ayudar a apagar las llamas antes de que se extiendan.

Matones. Los personajes observan a 1d4 + 2 matones abusando de alguien de fuera de la ciudad (usa el perfil de plebeyo del *Monster Manual* para todos ellos). El matón huirá en cuando reciba cualquier cantidad de daño.

Pelea. Estalla una pelea cerca de los aventureros. Podría tratarse de una trifulca de taberna; un combate entre facciones, familias o bandas rivales; o una lucha entre los guardias de la ciudad y unos criminales. Los personajes podrían ser simples testigos, resultar alcanzados por una flecha perdida o ser confundidos con miembros de uno de los bandos y atacados por el otro.

Procesión. Los aventureros se encuentran un grupo de ciudadanos desfilando como parte de una celebración o en una procesión funeraria.

Protesta. Los aventureros observan cómo un grupo de ciudadanos se manifiestan en contra de una nueva ley o decreto. Unos pocos guardias mantienen el orden.

Reclutamiento. Los personajes son reclutados por un miembro de la guardia de la ciudad, que necesita su ayuda para lidiar con algún problema urgente. Si quieres añadir un giro, haz que el oficial sea en realidad un criminal disfrazado que esté intentando atraer al grupo a una emboscada (usa el perfil de matón del *Monster Manual* para el criminal y sus compañeros).

Transacción sospechosa. Los personajes son testigos de una sospechosa transacción entre dos encapuchados.

ENTORNOS INUSUALES

No todos los viajes ocurren sobre tierra firme. Los aventureros podrían recorrer los mares a bordo de una carabela o un galeón con motores elementales, surcar el cielo a lomos de hipogrifos o una *alfombra voladora*, o incluso montar en caballitos de mar gigantes que les lleven a un palacio de coral en las profundidades del océano.

BAJO EL AGUA

El capítulo 9 del *Player's Handbook* contiene las reglas para combatir bajo el agua.

ENCUENTROS ALEATORIOS BAJO EL AGUA

Puedes comprobar si se producen encuentros aleatorios bajo el agua con la misma frecuencia con la que lo harías sobre tierra firme (consulta el capítulo 3). La tabla "encuentros aleatorios bajo el agua" contiene varias opciones interesantes. Puedes tirar en ella o simplemente elegir el resultado más apropiado en cada momento.

ENCUENTROS ALEATORIOS BAJO EL AGUA

d12 + d8	Encuentro
2	Pecio cubierto de percebes (25 % de probabilidades de que el barco contenga tesoro, tira en las tablas de tesoros del capítulo 7)
3	Pecio con **tiburones de arrecife** (aguas poco profundas) o **tiburones cazadores** (aguas profundas) dando vueltas a su alrededor (50 % de probabilidades de que el barco contenga tesoro, tira en las tablas de tesoros del capítulo 7)
4	Cama de ostras gigantes (cada ostra tiene un 1 % de probabilidades de contener una perla gigante valorada en 5.000 po)
5	Fumarola subacuática (25 % de probabilidades de que se trate de un portal al Plano Elemental del Fuego)
6	Ruinas sumergidas (deshabitadas)
7	Ruinas sumergidas (habitadas o encantadas)
8	Estatua o monolito hundido
9	**Caballito de mar gigante** curioso y amistoso
10	Patrulla de **sirénidos** amistosos
11	Patrulla de **merrows** (aguas cercanas a la costa) o **sahuagins** (aguas profundas) hostiles
12	Masa enorme de algas (tira otra vez en esta tabla para determinar lo que hay dentro de ella)
13	Cueva submarina (vacía)
14	Cueva submarina (guarida de una **saga de los mares**)
15	Cueva submarina (guarida de **sirénidos**)
16	Cueva submarina (guarida de un **pulpo gigante**)
17	Cueva submarina (guarida de un **dragón tortuga**)
18	**Dragón de bronce** buscando tesoros
19	**Gigante de las tormentas** caminando por el fondo del mar
20	Cofre sumergido (25 % de probabilidades de contener algo de valor, tira en las tablas de tesoros del capítulo 7)

NADAR

Salvo que disponga de medios mágicos, un personaje no puede nadar durante las 8 horas de actividad del día. Tras cada hora que pase nadando, deberá superar una tirada de salvación de Constitución CD 10 o recibirá un nivel de cansancio.

Las criaturas que posean velocidad nadando (incluidos aquellos personajes con un *anillo de natación* o algún poder mágico similar) podrán nadar durante todo el día sin penalización alguna y utilizarán las reglas de marchas forzadas normales, que aparecen en el *Player's Handbook*.

Nadar en aguas profundas es parecido a viajar a altitudes elevadas, debido a la presión del agua y las bajas temperaturas. Para las criaturas sin velocidad nadando, cada hora nadando a una profundidad superior a 100 pies (30 m) se considerará como 2 horas a efectos de determinar el cansancio. De forma similar, nadar durante una hora a una profundidad mayor a 200 pies (60 m) cuenta como 4 horas para estas criaturas.

VISIBILIDAD BAJO EL AGUA

La visibilidad debajo del agua depende tanto de la claridad de esta como de la cantidad de luz disponible. Salvo si los personajes poseen sus propias fuentes de luz, utiliza la tabla "distancia para encuentros bajo el agua" para determinar la distancia a la que los aventureros se darán cuenta de un hipotético encuentro.

DISTANCIA PARA ENCUENTROS BAJO EL AGUA

Agua e iluminación	Distancia para encuentro
Aguas cristalinas, luz brillante	60 pies
Aguas cristalinas, luz tenue	30 pies
Aguas turbias u oscuridad	10 pies

EL MAR

Los personajes pueden remar durante 8 horas al día sin problemas. Si se arriesgan a hacerlo durante más tiempo corren el riesgo de cansarse (igual que las reglas de marchas forzadas del capítulo 8 del *Player's Handbook*). Un barco de vela con su tripulación completa puede navegar durante todo el día, siempre y cuando los marineros hagan turnos.

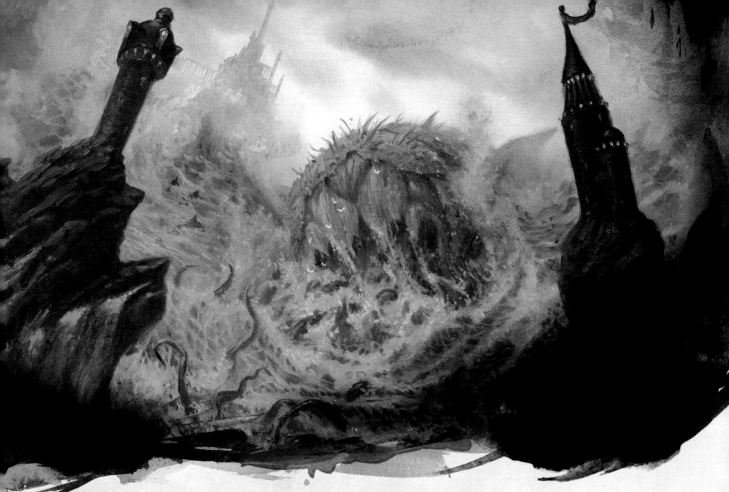

NAVEGACIÓN

Los barcos que viajan por el mar se quedan cerca de la costa siempre que pueden, ya que es mucho más fácil orientarse usando accidentes geográficos como referencia. Una nave que mantenga la tierra firme a la vista no puede perderse. De lo contrario, el navegante del barco deberá recurrir a la navegación a estima (calcular la distancia recorrida y la orientación) o fijarse en el sol y las estrellas.

Utiliza la tabla "orientarse en la naturaleza" que aparecía un poco antes en este mismo capítulo para determinar si el barco se desvía de su rumbo.

NAUFRAGIO

Un naufragio es un elemento narrativo muy potente, siempre y cuando se use con moderación. Puedes utilizarlo para que los personajes acaben en las costas de una isla infestada de monstruos o, si viajaban en aeronave, en mitad de una tierra exótica. No existen reglas para determinar cuándo se produce un naufragio; sucederá cuando tú decidas (o necesites) que suceda.

Incluso el navío más marinero puede zozobrar en una tormenta, encallar en rocas o arrecifes, ser hundido por un ataque de piratas o acabar arrastrado bajo las aguas por un monstruo marino. Y tanto una tormenta como un dragón hambriento son capaces de destrozar una aeronave con facilidad. Los naufragios tienen el potencial de cambiar el rumbo de la campaña por completo. Dicho esto, no son la forma adecuada de matar a los personajes o poner fin a una campaña.

Si tanto tú como tu campaña os las apañáis para hacer naufragar un barco en el que viajan los personajes, se asume que estos sobrevivirán y conservarán el equipo que llevaran puesto o tuvieran encima en cuando se produjo el desastre. Pero eso sí, el destino de cualquier PNJ o carga que fuera en el barco queda en tus manos.

ENCUENTROS ALEATORIOS EN EL MAR

Puedes comprobar si se producen encuentros aleatorios en el mar con la misma frecuencia con la que lo harías sobre tierra firme (consulta el capítulo 3). La tabla "encuentros aleatorios en el mar" muestra varias opciones e ideas que puedes emplear.

ENCUENTROS ALEATORIOS EN EL MAR

d12 + d8	Encuentro
2	Barco fantasma
3	**Dragón de bronce** curioso y amistoso
4	Remolino (25 % de probabilidades de que se trate de un portal al Plano Elemental del Agua)
5	Comerciantes **sirénidos**
6	Navío de guerra de paso (amistoso u hostil)
7–8	Barco pirata (hostil)
9–10	Barco mercante de paso (galera o velero)
11–12	Avistamiento de **orcas**
13–14	Restos flotando
15	Drakkar tripulado por **berserkers** hostiles
16	**Grifos** o **arpías** hostiles
17	Iceberg (fácil de esquivar si se ve desde lejos)
18	**Sahuagins** que tratan de abordar el barco
19	PNJ en el agua (agarrado a restos flotando)
20	Monstruo marino (como un **dragón tortuga** o un **kraken**)

CLIMA EN EL MAR

Usa la tabla "clima" que aparecía antes en este mismo capítulo cuando necesites comprobar qué tiempo hace en el mar.

Si las condiciones climatológicas indican un viento fuerte y lluvia intensa, ambas se combinarán para producir una

VEHÍCULOS VOLADORES Y ACUÁTICOS

Nave	Precio	Velocidad	Tripulación	Pasajeros	Carga (toneladas)	CA	PG	Umbral de daño
Aeronave	20.000 po	8 millas/h	10	20	1	13	300	—
Barcaza	3.000 po	1 milla/h	1	6	1/2	15	100	10
Bote de remos	50 po	1½ millas/h	1	3	—	11	50	—
Drakkar	10.000 po	3 millas/h	40	150	10	15	300	15
Galera	30.000 po	4 millas/h	80	—	150	15	500	20
Navío de guerra	25.000 po	2½ millas/h	60	60	200	15	500	20
Velero	10.000 po	2 millas/h	20	20	100	15	300	15

tormenta con oleaje fuerte. Una tripulación que se vea atrapada en una tormenta perderá de vista todos los puntos de referencia en tierra firme (salvo que haya un faro u otra fuente de luz potente). Además, las pruebas de característica para orientarse durante la tormenta tendrán desventaja.

Si el mar está en calma chicha (no hay viento), ningún barco podrá desplazarse empleando las velas. Deberán recurrir a los remos. Un barco de vela que se desplace en sentido contrario a un viento fuerte lo hará a la mitad de su velocidad.

VISIBILIDAD

La visibilidad es muy buena cuando el mar está en calma. Desde un puesto de vigía se puede observar a otras naves o la costa hasta una distancia de 10 millas, siempre y cuando el cielo esté despejado. Si está nublado, esta distancia se reduce a la mitad. La lluvia y la niebla disminuyen la visibilidad exactamente igual que en tierra.

POSEER UN BARCO

Cabe la posibilidad de que, en algún momento, los personajes quieran hacerse con un barco. Pueden comprarlo, capturar uno o recibirlo para poder cumplir con una misión. Tú decides si hay alguna nave a la venta. Asimismo, también tienes el poder de privar a los aventureros de un barco que ya posean si esto acaba convirtiéndose en un problema para la campaña (mira la caja de texto "Naufragios").

Tripulación. Todo barco necesita una tripulación de asalariados cualificados. Tal y como indica el *Player's Handbook*, cada uno de ellos cuesta al menos 2 po al día. La cantidad mínima de asalariados cualificados para tripular una nave depende del tipo de embarcación. Esto se muestra en la tabla "vehículos voladores y acuáticos".

Puedes llevar la cuenta de la lealtad de cada tripulante por separado o de la tripulación en su conjunto utilizando las reglas opcionales que aparecen en el capítulo 4. Si al menos la mitad de los tripulantes dejan de ser leales (lealtad 0) durante un viaje, la tripulación se volverá hostil y se producirá un motín. Si el barco llega a puerto, los miembros que ya no sean leales abandonarán el barco y no volverán jamás.

Pasajeros. La tabla indica el número de pasajeros Pequeños o Medianos que el barco puede alojar. Dormirán en hamacas compartidas en camarotes estrechos. Un barco que, en vez de este sistema, disponga de estancias privadas, podrá alojar a tan solo una quinta parte de los pasajeros normales.

Se espera que cada pasajero pague 5 pp al día por una hamaca, pero los precios exactos varían de una embarcación a otra. Un camarote privado pequeño suele costar 2 po al día.

Carga. La tabla indica el tonelaje máximo que puede cargar cada tipo de barco.

Umbral de daño. Los barcos son inmunes a todo el daño, salvo aquel que reciban de un ataque o efecto que por sí mismo inflija una cantidad de daño igual o superior al umbral de daño. Recibirán todo el daño de estos ataques o efectos de la forma habitual. Cualquier daño que no iguale o supere el umbral de daño se considera superficial, por lo que no hará perder puntos de golpe al barco.

Reparaciones. Un barco que esté atracado puede ser reparado. Para reparar 1 punto de golpe es necesario invertir 1 día y 20 po en materiales y mano de obra.

EL CIELO

Los personajes con la capacidad de volar pueden moverse de un lugar a otro en una línea relativamente recta, ignorando los accidentes del terreno y los monstruos que no puedan volar ni posean ataques a distancia.

Para calcular la distancia recorrida volando mediante un conjuro u objeto mágico se hace lo mismo que en el caso de un viaje a pie. Esto se explica en el *Player's Handbook*. Una criatura voladora que haga las veces de montura deberá descansar 1 hora por cada 3 horas que vuele y no podrá volar durante más de 9 horas al día. Así, unos personajes montados en grifos (con una velocidad volando de 80 pies) pueden viajar a 8 millas por hora, por lo que cubrirán 72 millas en 9 horas realizando dos descansos de 1 hora a lo largo del día. Las monturas que no se cansan (como un autómata volador) no están sujetas a estas limitaciones.

Comprueba si se producen encuentros aleatorios mientras los personajes viajan volando, exactamente igual que siempre. Eso sí, ignora cualquier resultado que muestre monstruos no voladores, salvo si los personajes están volando lo bastante cerca del suelo como para ser alcanzados por ataques a distancia de criaturas en tierra. Los personajes que se desplacen de esta forma tienen las mismas oportunidades que si viajaran normalmente de detectar a criaturas en tierra, pudiendo decidir si se enfrentan a ellas o no.

Trampas

Puede haber trampas escondidas en casi cualquier parte. Dar un paso en falso en el interior de una antigua tumba podría activar unas cuchillas afiladas, capaces de atravesar armadura y hueso por igual. Las aparentemente inofensivas enredaderas que cuelgan sobre la entrada de una cueva podrían agarrar y asfixiar a quién intente abrirse paso a través de ellas. Una red escondida entre los árboles podría caer sobre los viajeros

que pasan por debajo. En D&D es normal que los aventureros poco precavidos mueran por una caída, sean abrasados vivos o abatidos por una andanada de dardos envenenados.

Las trampas pueden ser mecánicas o mágicas. Las **trampas mecánicas**, como los pozos, las trampas de flechas, las piedras que caen o las habitaciones que se llenan de agua, dependen de un mecanismo para funcionar. Las **trampas mágicas** son conjuros o mecanismos basados en la magia. Estos producen efectos mágicos cuando se activan, mientras que aquellos son directamente conjuros como *glifo custodio* o *símbolo*, que por su propia naturaleza hacen las veces de trampa.

Trampas dentro del juego

Cuando los aventureros se encuentran con una trampa, lo primero que has de tener claro es cómo se activa esta, cuales son sus efectos y qué posibilidades poseen los personajes de detectarla, desactivarla y evitarla.

Activar una trampa
La mayoría de trampas se activan cuando una criatura llega a algún sitio o toca algo que el creador de la trampa quería proteger. Algunas formas habituales de activar una trampa son: pisar una placa de presión o una sección de suelo falsa, tensar un hilo tendido entre dos puntos, girar un pomo o usar la llave incorrecta en una cerradura. Las trampas mágicas suelen activarse cuando una criatura entra en una zona o toca un objeto. Ciertas trampas mágicas (como un conjuro de *glifo custodio*) poseen condiciones de activación más complejas, como una contraseña que evita que la trampa se dispare.

DETECTAR Y DESACTIVAR UNA TRAMPA

Lo normal es que algunos elementos de la trampa sean visibles si se observa con cuidado. Los personajes podrían darse cuenta de que una baldosa ligeramente desnivelada oculta una placa de presión, ver cómo la luz se refleja en un hilo, percatarse de los pequeños agujeros por los que surgirán llamaradas o detectar cualquier otra irregularidad que traicione la presencia de una trampa.

La descripción de cada trampa especifica las pruebas (con su CD) necesarias para detectarla, desactivarla o ambas. Los personajes que estén buscando trampas activamente podrán realizar una prueba de Sabiduría (Percepción) contra la CD de la trampa. También puedes comparar la CD necesaria para detectar la trampa con las puntuaciones pasivas de Sabiduría (Percepción) de cada personaje para determinar si algún miembro del grupo se da cuenta de la trampa al pasar cerca de ella. Si los aventureros detectan una trampa antes de activarla, tendrán la oportunidad de desarmarla, ya sea de forma permanente o el tiempo suficiente como para pasar sin ser afectados por ella. Podrías pedir una prueba de Inteligencia (Investigación) a los personajes para deducir lo que hay que hacer y luego una de Destreza usando herramientas de ladrón para manipularla.

Cualquier aventurero puede realizar una prueba de Inteligencia (Conocimiento Arcano) para intentar detectar o desarmar una trampa mágica, además de cualquier otra prueba especificada en la descripción de la trampa. Las CD son las mismas independientemente del tipo de prueba. Además, el conjuro *disipar magia* es capaz de desactivar la mayoría de trampas de esta naturaleza. La descripción de cada trampa mágica proporciona la CD para las pruebas de característica hechas al utilizar *disipar magia*.

En la mayoría de los casos, la descripción de la trampa es lo bastante clara como para que puedas decidir si las acciones de los personajes bastan para hallarla o desbaratarla. Como en muchos otros casos, no deberías permitir que una tirada de dados se imponga sobre un juego inteligente o una buena planificación. Emplea el sentido común y apóyate en la descripción de la trampa para decidir lo que sucede. Ten en cuenta que es imposible diseñar una que tenga en cuenta todo lo que se les puede ocurrir hacer a los personajes.

Deberías permitir a los personajes descubrir una trampa sin hacer prueba de característica alguna si llevan a cabo una acción que claramente ponga en evidencia la presencia del mecanismo. Por ejemplo, un personaje que levante la alfombra que oculta una placa de presión encontrará la trampa sin necesidad de prueba alguna.

No obstante, desactivar una trampa es más complicado. Imagina un cofre. Si alguien intenta abrirlo sin tirar primero de las dos asas de sus lados, un mecanismo de su interior disparará una andanada de agujas envenenadas hacia quién esté frente al objeto. A pesar de inspeccionar el cofre y realizar unas cuantas pruebas, los personajes todavía no están seguros de si esconde una trampa. Pero en lugar de limitarse a abrirlo, ponen un escudo en frente de él y lo abren desde lejos, utilizando una vara de hierro. En este ejemplo, la trampa se activaría, pero las agujas golpearían contra el escudo, sin causar daño a nadie.

Los mecanismos de las trampas suelen estar diseñados para poder ser desactivados o, como poco, evitados. Al fin y al cabo, los monstruos inteligentes que ponen trampas en o alrededor de sus guaridas necesitan una forma de pasar sin verse afectados por ellas. Por ello, algunas de estas trampas pueden poseer palancas ocultas que las desactivan. También es posible que exista alguna puerta secreta que conduzca por un camino que evita las trampas.

EFECTO DE UNA TRAMPA

Las trampas pueden producir desde simples contratiempos hasta la muerte, y emplean elementos como flechas, estacas, cuchillas, veneno, gas tóxico, explosiones de fuego y pozos profundos. Las trampas más letales combinan varios elementos con el objetivo de matar, herir, atrapar o ahuyentar las criaturas que tienen la mala suerte de activarlas. La descripción de cada una especifica lo que sucede cuando es activada.

El bonificador de ataque de la trampa, la CD para resistir sus efectos y el daño que inflige pueden variar en función de su gravedad. Utiliza las tablas "CD y bonificadores de ataque de las trampas" y "gravedad del daño por nivel" para averiguar qué valores son apropiados para los tres niveles de gravedad de las trampas.

Es poco probable que una trampa que no pretenda ser más que un **contratiempo** dañe seriamente o mate a los personajes de los niveles indicados. Sin embargo, una trampa **peligrosa** posiblemente hiera gravemente (e incluso mate) a aventureros de los niveles que figuran en la tabla. Por último, una trampa **mortal** probablemente mate a personajes de los niveles que se muestran.

CD Y BONIFICADORES DE ATAQUE DE LAS TRAMPAS

Gravedad de la trampa	CD tiradas de salvación	Bonificador de ataque
Contratiempo	10–11	+3 a +5
Peligrosa	12–15	+6 a +8
Mortal	16–20	+9 a +12

GRAVEDAD DEL DAÑO POR NIVEL

Nivel del personaje	Contratiempo	Peligrosa	Mortal
1–4	1d10	2d10	4d10
5–10	2d10	4d10	10d10
11–16	4d10	10d10	18d10
17–20	10d10	18d10	24d10

Trampas complejas

Las trampas complejas funcionan como las normales, salvo porque una vez activadas ejecutan una serie de acciones en cada asalto. Una trampa compleja hace que lidiar con uno de estos mecanismos se parezca a un encuentro de combate.

Cuando una trampa de este tipo sea activada, tira iniciativa para ella. Su descripción incluye el bonificador de iniciativa. Durante su turno, la trampa se activa de nuevo, normalmente llevando a cabo una acción. Podría realizar una serie de ataques contra los intrusos, crear un efecto que cambia con el tiempo o presentar cualquier otro desafío cambiante. Por lo demás, las trampas complejas pueden ser detectadas, desactivadas o evitadas de forma normal.

Por poner un ejemplo, una trampa que provoque que una sala se vaya inundando poco a poco funcionará mejor como una trampa compleja. Durante el turno de la trampa, subirá el nivel del agua. Una vez haya sucedido esto durante varios asaltos, la estancia estará completamente inundada.

Trampas de ejemplo

A continuación puedes ver una serie de trampas (tanto mecánicas como mágicas) de varios grados de letalidad. Se presentan en orden alfabético.

Aguja envenenada
Trampa mecánica

La aguja envenenada está escondida en la cerradura de un cofre cerrado o cualquier otro objeto susceptible de ser abierto por una criatura. Si se abre sin usar la llave correcta, la aguja saltará e inyectará una dosis de veneno.

Al activarse la trampa, la aguja se extenderá una distancia de 3 pulgadas (7,5 cm) en línea recta a partir de la cerradura. Una criatura dentro de este alcance recibirá 1 de daño perforante y 11 (2d10) de daño de veneno, y deberá superar una tirada de salvación de Constitución CD 15 o estará envenenada durante 1 hora.

Un personaje que tenga éxito en una prueba de Inteligencia (Investigación) CD 20 podrá deducir la presencia de la trampa a partir de las pequeñas alteraciones de la cerradura, necesarias para alojar la aguja. Superar una prueba de Destreza CD 15 usando herramientas de ladrón permite desarmar la trampa, extrayendo la aguja de la cerradura. Intentar forzar la cerradura sin éxito activará la trampa.

Dardos envenenados
Trampa mecánica

Si una criatura pisa una placa de presión, unos tubos astutamente tallados en las paredes circundantes dispararán dardos untados con veneno. Una zona podría contener varias placas de presión, cada una enlazada con su propio grupo de dardos.

Los diminutos agujeros de las paredes están ocultos tras polvo y telarañas o camuflados entre bajorrelieves, murales o frescos que adornen los muros. La CD para detectarlos es 15. Una prueba de Inteligencia (Investigación) CD 15 con éxito permitirá discernir la presencia de la placa de presión a partir de las diferencias en la piedra y el mortero utilizados para crearla, distintos a los del resto del suelo. Usar un pincho de hierro o cualquier otro objeto como cuña, situándolo debajo de la placa de presión, impedirá que la trampa se active. También es posible tapar los agujeros con tela o cera, bloqueando así la salida de los dardos.

La trampa se activa cuando hay un peso superior a 20 libras sobre la placa de presión. Si esto sucede, se lanzarán cuatro dardos. Cada uno de ellos realiza un ataque a distancia con un bonificador de +8 contra un objetivo determinado al azar que se encuentre a 10 pies o menos de la placa de presión (la visión no afecta a esta tirada de ataque). Si no hay ningún objetivo en el área, los dardos no impactarán a nadie. Cada impacto causará 2 (1d4) de daño perforante y el objetivo deberá hacer una tirada de salvación de Constitución CD 15, recibiendo 11 (2d10) de daño de veneno si la falla, o la mitad de ese daño si la supera.

Esfera de aniquilación
Trampa mágica

Una oscuridad mágica e impenetrable llena las fauces abiertas de un rostro de piedra tallado en una pared. La boca tiene un diámetro de 2 pies y es prácticamente circular. No surge sonido alguno de ella, ninguna fuente de luz es capaz de iluminar su interior y cualquier materia que entre en ella es aniquilada instantáneamente.

Un personaje que supere una prueba de Inteligencia (Conocimiento Arcano) CD 20 se dará cuenta de que la boca alberga una *esfera de aniquilación* que no puede ser controlada ni desplazada. En el resto de aspectos se comporta igual que una *esfera de aniquilación* normal, descrita en el capítulo 7: "Tesoro".

En ciertas versiones de esta trampa, el rostro de piedra posee un encantamiento que hace que las criaturas especificadas sientan un deseo irrefrenable de acercarse y meterse dentro de la boca. Este efecto funciona como la *simpatía* del conjuro *antipatía/simpatía*. Un *disipar magia* (CD 18) lanzado con éxito eliminará este encantamiento.

Esfera rodante
Trampa mecánica

Cuando un peso de al menos 20 libras se sitúa sobre la placa de presión de esta trampa, una trampilla oculta en el techo se abre, liberando una esfera rodante de piedra de 10 pies de diámetro.

Un personaje que supere una prueba de Sabiduría (Percepción) CD 15 verá la trampilla y la placa de presión. Si se investiga el suelo y se realiza una prueba de Inteligencia (Investigación) CD 15 con éxito, se observarán pequeñas diferencias en el mortero y las piedras del suelo, que revelarán la presencia de la placa de presión. La misma prueba, pero acompañada de una investigación del techo, permitirá detectar las diferencias en el trabajo de la piedra que traicionan la existencia de la trampilla. Usar un pincho de hierro o cualquier otro objeto como cuña, situándolo debajo de la placa de presión, impedirá que la trampa se active.

Si la esfera se activa, todas las criaturas presentes tendrán que tirar iniciativa. La esfera también lo hace, con un bonificador de +8. Durante su turno, se desplazará 60 pies en línea recta. La esfera puede moverse a través de los espacios de otras criaturas, y las criaturas pueden a su vez desplazarse atravesando su espacio, considerándolo como terreno difícil. Cada vez que la esfera entre en el espacio de una criatura o una criatura entre en el de la esfera mientras esta está rodando, la criatura deberá superar una tirada de salvación de Destreza CD 15 o recibirá 55 (10d10) de daño contundente y será derribada.

La esfera se detendrá si choca contra un muro o barrera similar. No puede doblar esquinas, pero si los constructores de la mazmorra son astutos habrán diseñado sutiles pasadizos curvados que permitirán a la esfera seguir rodando.

Una criatura que se encuentre a 5 pies o menos de la esfera puede utilizar una acción para intentar ralentizarla. Deberá realizar una prueba de Fuerza CD 20. Si la supera, la velocidad de la esfera se reduce en 15 pies. Si su velocidad desciende a 0, dejará de moverse y ya no será una amenaza.

ESTATUA QUE ESCUPE FUEGO
Trampa mágica

Esta trampa se activa si algún intruso pisa una placa de presión oculta, lo que provoca que una estatua cercana descargue una llamarada mágica. La estatua puede representar cualquier cosa. Algunos ejemplos son un dragón o un mago lanzando un conjuro.

Detectar la placa de presión o las leves marcas que han dejado las llamas en el suelo y paredes tiene una CD de 15. Un conjuro o cualquier otro efecto capaz de sentir la presencia de magia, como *detectar magia*, revelará un aura de magia de evocación alrededor de la estatua.

La trampa se activa cuando hay un peso superior a 20 libras sobre la placa de presión. Si esto sucede, la estatua producirá un cono de llamas de 30 pies. Todas las criaturas cubiertas por el fuego deberán realizar una tirada de salvación de Destreza CD 13, sufriendo 22 (4d10) de daño si la fallan, o la mitad de ese daño si la superan.

Usar un pincho de hierro o cualquier otro objeto como cuña, situándolo debajo de la placa de presión, impedirá que la trampa se active. Un conjuro de *disipar magia* (CD 13) lanzado con éxito sobre la estatua destruirá la trampa.

POZOS
Trampa mecánica

A continuación se detallan cuatro tipos de trampas de pozo.

Pozo sencillo. Un pozo sencillo no es más que un agujero excavado en el suelo. Está tapado por una tela grande anclada a los extremos del pozo y camuflada con tierra y escombros.

La CD para detectar el pozo es 10. Cualquiera que ponga pie sobre la tela caerá al fondo del agujero, llevándose la tela consigo, y recibirá una cantidad de daño que depende de la profundidad del pozo (normalmente 10 pies, pero algunos son más profundos).

Pozo escondido. Este pozo tiene una cubierta construida a partir del mismo material que el suelo que lo rodea.

Es necesario superar una prueba de Sabiduría (Percepción) CD 15 para darse cuenta de la ausencia de pisadas en la sección de suelo que corresponde a la cubierta. Una prueba de Inteligencia (Investigación) CD 15 con éxito confirmará que la sección de suelo está, en efecto, ocultando una trampa de pozo.

Si una criatura pisa sobre la cubierta, esta se abrirá cual trampilla, provocando que la desafortunada víctima caiga al pozo que está debajo. El abismo suele tener una profundidad de 10 o 20 pies, pero algunos son todavía más profundos.

Una vez detectada la trampa de pozo, bastará con emplear un pincho de hierro u otro objeto similar de cuña, situándolo entre la cubierta del pozo y el suelo circundante, para así impedir que aquella se abra. Hacer esto permitirá cruzar con seguridad. La cubierta también puede mantenerse cerrada utilizando un conjuro de *cerradura arcana* u otro efecto mágico similar.

Pozo que se cierra. Esta trampa de pozo es idéntica al pozo escondido, con una salvedad: la trampilla que cubre el pozo está activada por resortes. Después de que una criatura caiga en su interior, la cubierta volverá a cerrarse, atrapando a la víctima en el interior.

Se necesita superar una prueba de Fuerza CD 20 para abrir la trampilla. Otra opción es destrozar la cubierta a golpes (determina sus valores de juego utilizando las directrices del capítulo 8). Un personaje en el interior del pozo puede intentar desactivar el mecanismo de resorte mediante una prueba de Destreza CD 15 usando herramientas de ladrón, pero solo si el personaje es capaz de alcanzar el mecanismo desde su posición y puede ver. En algunos casos

(normalmente tras una puerta secreta cercana) puede haber un mecanismo que permita abrir el pozo desde fuera.

Pozo con pinchos. Esta trampa es un pozo sencillo, escondido o que se cierra que, además, posee afilados pinchos de madera o hierro en el fondo. Cualquier criatura que caiga en este pozo recibirá 11 (2d10) de daño perforante por culpa de los pinchos, además del daño por caída que sufriría normalmente. Hay versiones todavía más terribles de esta trampa, que tienen las puntas untadas de veneno. Si es este el caso, cualquiera que reciba daño perforante de los pinchos también deberá realizar una tirada de salvación de Constitución CD 13, recibiendo 22 (4d10) de daño de veneno si la falla, o la mitad de ese daño si la supera.

RED QUE CAE
Trampa mecánica

Esta trampa utiliza un hilo que, al tensarse, deja caer una red suspendida del techo.

El hilo se halla a una altura de 3 pulgadas (7,5 cm) por encima del suelo y está tendido entre dos columnas o árboles. La red está oculta por telarañas o follaje. La CD para detectar ambos es 10. Superar una prueba de Destreza CD 15 usando herramientas de ladrón permite cortar el hilo sin más contratiempos. Un personaje que no disponga de herramientas de ladrón puede intentar realizar la prueba empleando cualquier arma o herramienta con filo, pero tendrá desventaja. En cualquiera de los dos casos, si se falla la prueba se activará la trampa.

Si la trampa se activa la red caerá, cubriendo un área cuadrada de 10 pies de lado. Todos los que se encuentren en su interior estarán apresados por la red y, si además fallan una tirada de salvación de Fuerza CD 10, también quedarán derribados. Una criatura puede invertir su acción en hacer una prueba de Fuerza CD 10, logrando liberarse a sí misma o a otra criatura dentro de su alcance si tiene éxito. La red posee CA 10 y 20 puntos de golpe. Además, si se infligen 5 de daño cortante a la red (CA 10), se destruirá una sección cuadrada de 5 pies de lado, liberando a cualquier criatura que se halle en ella.

TECHO QUE SE HUNDE
Trampa mecánica

Esta trampa utiliza un hilo, que, al ser tensado, derriba unos apoyos que mantenían en su sitio una parte del techo a punto de derrumbarse.

El hilo se halla a una altura de 3 pulgadas (7,5 cm) por encima del suelo y está tendido entre dos vigas de soporte. La CD para detectarlo es 10. Superar una prueba de Destreza CD 15 usando herramientas de ladrón permite desarmar el hilo sin más contratiempos. Un personaje que no disponga de herramientas de ladrón puede intentar realizar la prueba empleando cualquier arma o herramienta con filo, pero tendrá desventaja. En cualquiera de los dos casos, si se falla la prueba se activará la trampa.

Cualquiera que inspeccione las vigas se dará cuenta de que solamente están calzadas y no bien sujetas. Un personaje puede emplear su acción para derribar una de ellas, activando la trampa.

El techo directamente encima del hilo está en malas condiciones, por lo que cualquiera que se fije en él podrá concluir que corre peligro de desplomarse.

Cuando la trampa se activa, el techo se hunde. Todas las criaturas que se encuentren en el área debajo del techo inestable deberán realizar una tirada de salvación de Destreza CD 15, sufriendo 22 (4d10) de daño contundente si la fallan, o la mitad de ese daño si la superan. Si se activa la trampa, el suelo de la zona quedará cubierto de escombros, convirtiéndose en terreno difícil.

Capítulo 6: Entre aventuras

NA CAMPAÑA ES MUCHO MÁS QUE UNA MERA SERIE de aventuras. También forma parte de ella lo que los personajes hacen entre ellas; esas tareas y actividades a las que se dedican cuando no están explorando una región salvaje, saqueando una mazmorra o recorriendo el multiverso para cumplir con una misión épica.

El ritmo natural de una campaña suele sosegarse entre aventuras, lo que ofrece a los personajes tiempo para gastar su tesoro y perseguir sus objetivos. Este periodo de descanso les da la oportunidad de enraizarse un poco más en el mundo, implicarse personalmente con las gentes y los lugares que les rodean. Esto, de hecho, puede acabar deviniendo en más aventuras.

El capítulo 5: "Equipo" del *Player's Handbook* detalla los gastos que un personaje debe realizar para cubrir las necesidades básicas del nivel de vida que haya escogido, desde el más pobre al más lujoso. El capítulo 8: "Aventuras", del mismo libro, describe algunas de las actividades entre aventuras que los personajes pueden hacer en estos periodos de descanso. Este capítulo completa lo explicado en los dos antes nombrados, describiendo los costes de poseer una propiedad y contratar PNJ, además de presentar unas cuantas actividades entre aventuras nuevas para los personajes. El principio de este capítulo también contiene una serie de sugerencias sobre cómo enlazar varias aventuras y registrar los eventos de tu campaña.

Enlazar aventuras

Una campaña estructurada en torno a episodios, como las series de televisión, no suele necesitar una historia que enlace sus aventuras entre sí. Cada una tendrá sus propios villanos y lo más normal es que, cuando los personajes hayan terminado la aventura, no queden elementos de la trama sin cerrar. La siguiente aventura les planteará un desafío completamente distinto, que no tendrá nada que ver con el de la la aventura que la precede. Al ir obteniendo puntos de experiencia, los personajes se irán volviendo más poderosos, por lo que los retos a los que se enfrentan también lo harán. Este tipo de campaña es fácil de dirigir, ya que el único esfuerzo que requiere es encontrar o crear aventuras apropiadas para el nivel del grupo.

No obstante, una campaña con una historia conseguirá que los jugadores sientan que sus acciones tienen consecuencias importantes, que no solo están acumulando puntos de experiencia. Con unos cambios leves podrás incluir elementos que añadan una historia general a tu campaña episódica, de modo que plantes en las primeras aventuras unas semillas que germinarán más adelante.

Utilizar una historia general

Esta sección contiene un par de ejemplos de historias generales que, durante años, han alimentado muchas campañas clásicas de D&D.

El objetivo de los aventureros en el primer ejemplo es acumular el poder necesario para derrotar a un enemigo poderoso, que amenaza el mundo. Sin embargo, en el segundo ejemplo deben proteger algo que les importa. Para ello tendrán que destruir lo que sea que lo amenaza. Estas dos historias son, en esencia, la misma (variaciones sobre el conflicto del bien contra el mal) contada de dos formas distintas.

Ejemplo 1: La misión con muchas partes

Puedes enlazar aventuras recurriendo a un objetivo general que solo es posible alcanzar si primero se consigue el éxito en varias misiones relacionadas. Podrías, por ejemplo, crear un villano que no puede ser derrotado hasta que los personajes exploren las nueve mazmorras en las que residen los Nueve Príncipes del Terror. Cada una de ellas estará llena de monstruos y peligros suficientes como para permitir a los aventureros subir dos o tres niveles. Los personajes pasarán toda su carrera como aventureros luchando contra los Nueve Príncipes del Terror, poniendo el broche final con una misión épica cuyo fin es destruir al monstruoso progenitor de los príncipes. Si todas las mazmorras son únicas e interesantes, tus jugadores apreciarán que la campaña esté centrada en un objetivo tan claro.

En otra campaña de naturaleza similar, los aventureros podrían tener que recuperar todos los fragmentos de un artefacto, desperdigados por multitud de ruinas a lo largo y ancho del multiverso. Su misión final sería volver a ensamblar el objeto de poder y utilizarlo para derrotar a una amenaza cósmica.

Ejemplo 2: Agentes de X

También puedes construir una campaña alrededor de la idea de que los personajes son agentes de un ente más grande que ellos mismos: un reino u organización secreta, por ejemplo. Independientemente de a qué deban lealtad, los aventureros se verán motivados por esta, pues su objetivo es proteger a lo que sea que sirven.

La misión general de los personajes quizá sea explorar y cartografiar una región ignota, forjar alianzas siempre que puedan y sobreponerse a las amenazas que se encuentren por el camino. O podrían tener como objetivo hallar la capital de un imperio caído, que se localiza más allá de un reino enemigo, viéndose así obligados a viajar por territorio hostil. Puede que los personajes sean peregrinos en busca de un lugar sagrado o miembros de una orden secreta cuyo fin es defender los últimos bastiones de la civilización de un mundo en declive. Tal vez incluso sean espías y asesinos, que intentan debilitar a una nación enemiga acabando con sus malvados líderes y saqueando sus tesoros.

Plantar semillas de aventura

Puedes conseguir que una campaña transmita la sensación de ser una única historia con muchos capítulos si plantas la semilla de la siguiente aventura antes de terminar con la actual. Esta técnica conduce a los personajes a su próximo objetivo de forma natural.

Si has plantado bien esta semilla, los personajes ya tendrán algo que hacer nada más terminar la aventura presente. Quizá un miembro del grupo bebiera de una fuente mágica que encontraron en el interior de la mazmorra, recibiendo una visión mística que los lleva a su siguiente misión. O puede que los aventureros hallaran un enigmático mapa o reliquia y, una vez descifrado su significado o propósito, este los conduzca a un nuevo destino. Un PNJ podría advertir a los personajes de un peligro inminente o implorar su ayuda.

El truco al hacer esto es no distraer a los aventureros de la aventura en curso. Diseñar un gancho para una aventura futura que funcione bien exige sutileza. Debe ser atractivo, pero no tan irresistible que los jugadores dejen de pensar en lo que sus personajes están haciendo ahora mismo.

Para evitar que los jugadores se dispersen, reserva tus mejores ideas para el final de la aventura o preséntalas durante un periodo de descanso.

A continuación tienes unas cuantas formas de revelar una semilla de aventura:

- Los personajes encuentran en el cuerpo del villano pruebas de que estaba trabajando para otra persona.
- Un PNJ capturado revela la ubicación de alguien o algo que podría interesar a los personajes.
- Los aventureros están dirigiéndose a una taberna local, cuando se fijan en un cartel que promete una cuantiosa recompensa a cambio de hallar a una persona desaparecida.
- Los miembros de la milicia local o la guardia de la ciudad corren la voz de que se ha cometido un crimen y están buscando algún potencial testigo o sospechoso.
- Los personajes reciben una misiva anónima que les revela una trama o evento inminente del que hasta ahora no eran conscientes.

PRESAGIAR

Presagiar eventos futuros es algo que debe hacerse con cuidado, pues es un proceso delicado en el que se plantan semillas de aventuras futuras. No todos los presagios se acaban cumpliendo, sobre todo si las pistas son demasiado sutiles o si las circunstancias conspiran para conducir tu campaña en una dirección inesperada. El propósito de un presagio es dar pistas sobre sucesos futuros y nuevas amenazas, pero sin que sea obvio para los jugadores que les estás contando lo que les espera más adelante. Aquí tienes unos cuantos ejemplos:

- Un objeto en posesión de un enemigo lleva grabado o inscrito el símbolo de una organización hasta ahora desconocida.
- Una mujer enloquecida está de pie en una esquina, balbuceando fragmentos de una antigua profecía mientras señala con un dedo retorcido a los personajes.
- Los reyes anuncian el matrimonio de su heredero con la hija de un monarca vecino, pero varias facciones se oponen al enlace. Se masca la tragedia.
- Unos exploradores osgos están realizando incursiones en tierras civilizadas y espiando asentamientos. Es un preludio a una invasión dirigida por un señor de la guerra hobgoblin.
- Un teatro de marionetas en la plaza del mercado predice un trágico final si dos casas nobles que están a punto de declararse la guerra no se reconcilian.
- Un grupo de PNJ aventureros de la ciudad son asesinados uno a uno de forma muy similar, sugiriendo un destino parecido a los personajes jugadores.

SEGUIMIENTO DE LA CAMPAÑA

Los detalles consistentes insuflan vida a una campaña y una continuidad fuerte ayuda a los jugadores a imaginar que el mundo que habitan sus personajes es real. Si los aventureros frecuentan una taberna concreta, los empleados, la disposición del edificio y su decoración no deberían variar mucho entre visitas. Dicho esto, pueden producirse cambios si estos se relacionan con las acciones de los personajes o sucesos de los que estos pueden enterarse. Cuando los aventureros matan a un monstruo, este se queda bien muerto, salvo que alguien lo resucite. Si se llevan el tesoro de una sala, las riquezas no van a volver a aparecer la siguiente vez que entren en ella. ¡Salvo que se los hayan robado a ellos, claro está! Si se dejan una puerta abierta, seguirá estándolo hasta que alguien la cierre.

Como nadie tiene una memoria infalible, apuntar las cosas siempre compensa. Toma notas directamente sobre el mapa de la aventura para acordarte de qué puertas están abiertas, qué trampas desactivadas y demás. Los eventos que afecten a más de una aventura es mejor apuntarlos en una libreta dedicada a tu campaña. Ya se trate de un cuaderno físico o un archivo en el ordenador, este registro será una forma fantástica de mantener tus notas organizadas.

Tu libreta podría incluir cualquiera de los elementos siguientes:

Planificación para la campaña. Apunta el arco argumental principal de la campaña y anota todo aquello que crees que puede aparecer en aventuras futuras. Actualiza esta información según se vayan desarrollando las cosas, añadiendo cualquier idea que se te pase por la cabeza.

Notas sobre los personajes. Escribe los trasfondos y objetivos de los aventureros, ya que estas notas podrían ayudarte a diseñar aventuras que ofrezcan a los personajes la oportunidad de desarrollarse.

Apunta también las clases y niveles de los aventureros, así como cualquier misión o actividad entre aventuras que estén llevando a cabo.

Si estos tienen una nave o fortaleza, apunta su nombre y ubicación. Escribe también los asalariados al servicio del grupo.

Material para los jugadores. Quédate con una copia de todo el material que des a tus jugadores, para no tener que acordarte de su contenido más adelante.

Registro de las aventuras. Piensa en este registro como en una guía de los episodios de tu campaña. Resume cada sesión de juego y aventura para ayudarte a seguir el progreso de la historia de tu campaña. Si quieres, puedes dejar que los jugadores también tengan acceso a este registro. O, si lo prefieres, a una versión censurada, sin tus notas y secretos. Igualmente, los personajes podrían llevar su propio historial de aventuras, al que podrías recurrir si el tuyo está incompleto por la razón que sea.

Notas sobre los PNJ. Apunta los perfiles y aspectos de interpretación de cualquier PNJ con el que los personajes interaccionen más de una vez. Así, tus notas podrían contener, para cada individuo importante de un asentamiento: su forma de hablar; nombre; lugar de trabajo y vivienda; nombres de sus familiares o asociados; y quizá incluso un secreto de cada uno.

Calendario de la campaña. Tu mundo parecerá más real a los jugadores si sus personajes perciben el paso del tiempo. Anota detalles como el cambio de estaciones o las fiestas más importantes y registra cualquier evento de importancia para la historia principal.

Caja de herramientas. Cada vez que crees o alteres de forma significativa un monstruo, objeto mágico o trampa, apúntalo. Guarda también los mapas, mazmorras aleatorias y encuentros de tu cuño. Hacerlo te ayudará a no trabajar dos veces. Además, así podrás recurrir a este material más adelante.

GASTOS PERIÓDICOS

Además del dinero necesario para mantener un nivel de vida concreto, los aventureros podrían tener otros gastos, que deberán cubrir con los ingresos que obtienen al irse de aventuras. Los personajes que posean propiedades y negocios o contraten a asalariados tendrán que pagar los gastos que implican estos privilegios.

No será raro que los personajes, especialmente a partir de nivel 10, tomen posesión de un castillo, taberna u otra propiedad. Podrían comprarla con su merecidamente ganado botín, ocuparla por la fuerza, conseguirla al robar una carta de una *baraja de múltiples cosas* o adquirirla por cualquier otro medio.

Costes de mantenimiento

Propiedad	Coste total por día	Asalariados cualificados	Asalariados no cualificados
Abadía	20 po	5	25
Cabaña de cazadores	5 pp	1	—
Casa gremial en pueblo o ciudad	5 po	5	3
Finca de noble	10 po	3	15
Fortaleza o castillo pequeño	100 po	50	50
Granja	5 pp	1	2
Palacio o castillo grande	400 po	200	100
Posada en camino	10 po	5	10
Posada en pueblo o ciudad	5 po	1	5
Puesto comercial	10 po	4	2
Puesto fronterizo o fuerte	50 po	20	40
Templo grande	25 po	10	10
Templo pequeño	1 po	2	—
Tienda	2 po	1	—
Torre fortificada	25 po	10	—

La tabla "costes de mantenimiento" muestra el precio por día que cuesta mantener cada propiedad. Este no incluye el coste derivado de residir en ella, ya que eso entra dentro de los gastos relativos al nivel de vida, como se explica en el *Player's Handbook*. Estos costes de mantenimiento deben pagarse cada 30 días. Como los personajes pasan gran parte de su tiempo de aventuras, el personal incluye un administrador que se encarga de realizar los pagos cuando el grupo no está presente.

Coste total por día. Este coste contempla todo lo necesario para mantener la propiedad y asegurarse de que las cosas marchan como es debido, incluyendo los sueldos de los asalariados. Si la propiedad genera capital que pueda usarse para reducir los costes de mantenimiento (comisiones, tributos, diezmos, donaciones o venta de productos), eso ya se ha tenido en cuenta en la tabla.

Asalariados cualificados y no cualificados. El *Player's Handbook* explica la diferencia entre los dos tipos de asalariados.

Negocios

Los negocios propiedad de los aventureros pueden generar capital suficiente para cubrir sus propios costes de mantenimiento. Sin embargo, el dueño ha de asegurarse periódicamente de que las cosas funcionan como deben encargándose del negocio entre aventuras. Consulta la información relativa a regentar un negocio en la sección "Actividades entre aventuras" de este capítulo.

Guarniciones

Los castillos y fortalezas emplean soldados (utiliza los perfiles de veterano y guardia del *Monster Manual*) para su defensa. Por el contrario, las posadas en caminos, puestos fronterizos, fuertes, palacios y templos recurren a guardianes menos experimentados (utiliza el perfil de guardia del *Monster Manual*). Estos hombres de armas constituyen la mayoría de los asalariados cualificados de estas propiedades.

Actividades entre aventuras

La campaña en su conjunto sale ganando si los personajes disponen de tiempo para dedicarse a otras actividades entre aventura y aventura. Dejar que pasen días, semanas o incluso meses entre ellas hace que la campaña se prolongue a lo largo del tiempo y ayuda a los personajes a gestionar su progresión de niveles, evitando que acumulen demasiado poder en un periodo muy breve.

Permitir a los aventureros perseguir sus propios intereses, además, anima a los jugadores a implicarse más con el mundo de la campaña. Si un personaje posee una taberna en una aldea o pasa el tiempo yéndose de juerga con los lugareños, será mucho más probable que se enfrente a las amenazas que afectan a la localidad y sus habitantes.

Al ir desarrollándose la campaña, los personajes jugadores no solo ganarán en poder, sino también en capacidad para influir e implicarse con el mundo. Podrían sentirse inclinados a ejecutar proyectos que requieran de más tiempo entre aventuras, como construir y mantener una fortaleza. Según el grupo vaya ganando niveles, podrás añadir más tiempo de descanso entre aventuras, para que así los personajes puedan tener tiempo para sus propios intereses. Con que pasen unos días o semanas entre aventuras de nivel bajo será suficiente, pero las de un nivel superior podrían disfrutar de periodos de descanso de meses o incluso años.

Más actividades entre aventuras

El capítulo 8: "Aventuras", del *Player's Handbook* describe unas cuantas actividades entre aventuras que los personajes pueden acometer. No obstante, si el estilo de tu campaña y los trasfondos e intereses de los aventureros te lo piden, podrías permitir que algunos personajes realizar alguna (o varias) de las actividades siguientes:

Construir una fortaleza

Un personaje puede pasar el periodo de tiempo entre aventuras erigiendo una fortaleza. Pero antes de poder empezar con los trabajos de construcción deberá adquirir una parcela de tierra. Si el emplazamiento se encuentra en el interior de un reino o dominio similar, será necesario conseguir un permiso real (un documento que concede permiso de la corona para administrar la finca), una cesión de tierras (un documento que cede la custodia de la tierra al personaje mientras este permanezca leal a la corona) o una escritura de propiedad (un documento que prueba que el personaje posee la tierra). Asimismo, la tierra puede ser heredada o adquirida mediante otros medios.

Los permisos reales y las cesiones de tierras suelen ser concedidas por la corona como premio a un acto de servicio, aunque también es posible adquirirlos. Las escrituras pueden comprarse o heredarse. Una finca pequeña podría venderse por entre 100 y 1.000 po, mientras que una grande podría costar 5.000 po o incluso más, si es que está a la venta.

Una vez se posee la finca, el personaje debe conseguir los materiales y obreros necesarios para la construcción. La tabla "construcción de una fortaleza" muestra el coste de edificar la fortaleza (materiales y mano de obra incluidos), así como la cantidad de tiempo necesario para ello. Eso sí, siempre y cuando el personaje pueda utilizar un periodo de descanso entre aventuras para supervisar los trabajos. El trabajo puede progresar mientras el aventurero no esté presente, pero por cada día que permanezca alejado de la obra se añadirán 3 días al tiempo de construcción.

Construcción de una fortaleza

Fortaleza	Coste de construcción	Tiempo de construcción
Abadía	50.000 po	400 días
Casa gremial en pueblo o ciudad	5.000 po	60 días
Finca de noble con mansión	25.000 po	150 días
Fortaleza o castillo pequeño	50.000 po	400 días
Palacio o castillo grande	500.000 po	1.200 días
Puesto comercial	5.000 po	60 días
Puesto fronterizo o fuerte	15.000 po	100 días
Templo	50.000 po	400 días
Torre fortificada	15.000 po	100 días

Irse de juerga

Los personajes pueden pasar el tiempo entre aventuras divirtiéndose de muchas formas distintas, como asistiendo a fiestas, cogiéndose una borrachera, apostando o llevando a cabo cualquier otra actividad que les ayude a aguantar los peligros a los que se enfrentan durante sus aventuras.

Un aventurero que se vaya de juerga deberá gastar dinero como si estuviera manteniendo un nivel de vida lujoso (consulta el capítulo 5: "Equipo", del *Player's Handbook*).

Al final del periodo de tiempo que haya pasado divirtiéndose, el jugador tirará 1d100 y sumará el nivel del personaje, para después buscar el resultado obtenido en la tabla "irse de juerga" y así descubrir lo que le ha sucedido. Si lo prefieres, puedes elegir tú el resultado.

Irse de juerga

d100 + nivel	Resultado
01–10	Acabas encarcelado durante 1d4 días una vez termina el periodo de la actividad. Se te acusa de conducta inmoral y alteración del orden público. Puedes pagar una fianza de 10 po para evitar pasar tiempo en la cárcel. También puedes intentar resistirte al arresto.
11–20	Recobras la consciencia en un lugar desconocido y sin recordar cómo has llegado hasta él. Te han robado 3d6 x 5 po.
21–30	Te has creado un enemigo. Esta persona, negocio u organización es ahora hostil hacia ti. El DM decide a quién (o qué) has ofendido, pero tú eliges cómo lo agraviaste.
31–40	Te ves atrapado en un romance tempestuoso. Tira 1d20. Si sacas de 1 a 5, la cosa acaba mal. Si sacas de 6 a 10, el romance termina de forma amistosa. Si sacas de 11 a 20, la relación no ha terminado todavía. Tú escoges la identidad del interés romántico, pero tu DM debe aprobar la elección. Si el amorío acabó mal, podrías recibir un defecto nuevo. Si terminó bien o aún no ha finalizado, tu interés romántico podría convertirse en un vínculo nuevo.
41–80	Obtienes unas ganancias modestas apostando. Recuperas los gastos relativos al nivel de vida de los días que pasaste de juerga.
81–90	Obtienes unas ganancias modestas apostando. Recuperas los gastos relativos al nivel de vida de los días que pasaste de juerga y además ganas 1d20 x 4 po.
91 o más	Ganas una pequeña fortuna apostando. Recuperas los gastos relativos al nivel de vida de los días que pasaste de juerga y además ganas 4d6 x 10 po. Tus juergas son legendarias y serán recordadas en el lugar.

Fabricar un objeto mágico

Los objetos mágicos son el ámbito del DM, así que solo tú puedes decidir cuándo y cómo caen en manos del grupo. Pero, si quieres, puedes dejar que los personajes fabriquen objetos mágicos.

Crear un objeto mágico es un proceso lento y caro. Para empezar, el personaje necesita poseer una fórmula que describa cómo construir el objeto. Además, deberá ser un lanzador de conjuros con espacios de conjuro y poder lanzar los conjuros que el objeto vaya a reproducir. Por último, el aventurero también tendrá que ser de un nivel mínimo que viene determinado por la rareza del objeto, tal y como se indica en la tabla "fabricar objetos mágicos". Así, un personaje de nivel 3 podría crear una *varita de proyectiles mágicos*

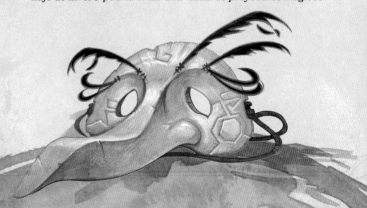

(un objeto infrecuente), pero para ello debe poseer espacios de conjuro y ser capaz de lanzar *proyectil mágico*. Ese mismo personaje será capaz de fabricar un *arma +1* (otro objeto infrecuente), pero no necesitará conocer ningún conjuro en particular para ello.

Puedes decidir que para poder crear ciertos objetos también hacen falta materiales o localizaciones especiales. Por ejemplo, un personaje podría requerir suministros de alquimista para preparar una poción concreta o quizá la fórmula de *lengua de fuego* exija que el arma sea forjada usando lava.

FABRICAR OBJETOS MÁGICOS

Rareza del objeto	Coste de creación	Nivel mínimo
Común	100 po	3
Infrecuente	500 po	3
Raro	5.000 po	6
Muy raro	50.000 po	11
Legendario	500.000 po	17

Cada objeto tiene el coste de creación que se muestra en la tabla "fabricar objetos mágicos" (la mitad de ese coste si se consume, como una poción o un pergamino). Un personaje enfrascado en la fabricación de un objeto mágico progresará en incrementos de 25 po, debiendo invertir esa cantidad de dinero por cada día de trabajo hasta pagar por completo el coste del objeto. Se asume que el personaje trabaja durante 8 horas en cada uno de los días. Por tanto, para crear un objeto mágico infrecuente se necesitan 20 días y 500 po. Eres libre de ajustar estos costes para que se adapten a tu campaña.

Si el objeto que está siendo fabricado va a producir un conjuro, el creador deberá utilizar uno de sus espacios de conjuro del nivel pertinente cada día del proceso de creación. Además, ha de tener a mano los componentes del conjuro durante todo el proceso. Si el conjuro consumiría dichos componentes al ser lanzado, el proceso de creación también lo hace. Si el objeto solo puede producir el conjuro una única vez, como con un *pergamino de conjuro*, los componentes solo serán consumidos una vez. De lo contrario, serán consumidos una vez por cada día que dure el proceso de creación.

Varios personajes pueden aunar fuerzas para fabricar un objeto mágico, pero solo si todos ellos cumplen con los requisitos necesarios. Cada personaje puede contribuir con conjuros, espacios de conjuro y componentes, siempre y cuando todos ellos participen durante la totalidad del proceso. Cada personaje es capaz de aportar hasta 25 po de esfuerzo por cada día que pase fabricando el objeto.

Normalmente, el resultado de este proceso será uno de los objetos mágicos descritos en el capítulo 7: "Tesoro". Pero, si te parece oportuno, puedes permitir que los personajes diseñen sus propios objetos mágicos, siguiendo las guías que aparecen en el capítulo 9: "Taller del Dungeon Master".

Mientras esté fabricando un objeto mágico, el personaje puede mantener un nivel de vida modesto sin tener que pagar 1 po al día o un nivel de vida cómodo aportando solo la mitad del coste (consulta el capítulo 5: "Equipo" del *Player's Handbook*).

GANAR PRESTIGIO

Un personaje puede invertir su tiempo entre aventuras mejorando su renombre con una organización (consulta "Prestigio" en el capítulo 1). Puede dedicarse a llevar a cabo tareas de poca importancia para la organización o a socializar con sus miembros. Tras realizar estas actividades durante un número de días (pueden estar repartidos entre varios periodos entre aventuras) igual a su prestigio actual multiplicado por diez, el prestigio del personaje aumentará en uno.

REALIZAR RITOS SAGRADOS

Un personaje especialmente pío podría invertir su tiempo entre aventuras en llevar a cabo ritos sagrados en un templo afiliado con uno de los dioses a los que venera. Además, entre ritual y ritual, el aventurero puede dedicarse a orar y meditar.

Los personajes que sean sacerdotes de un templo podrán dirigir estos ritos. Algunos ejemplos son bodas, funerales u ordenaciones. En lo que a los laicos respecta, siempre pueden ofrecer sacrificios al tempo o ayudar a un sacerdote como monaguillo.

Un personaje que pase al menos 10 días realizando ritos sagrados recibirá inspiración (descrita en el capítulo 4 del *Player's Handbook*) al principio de cada día durante los siguientes 2d6 días.

REGENTAR UN NEGOCIO

Los aventureros pueden acabar poseyendo negocios que no tengan nada que ver con internarse en mazmorras o salvar el mundo. Un personaje podría heredar una forja, o quizá el grupo reciba una parcela de tierra cultivable o una taberna como recompensa. Si se encariñan del negocio, cabe la posibilidad de que se sientan obligados a dedicar parte de su tiempo entre aventuras a asegurarse de su buena marcha.

El personaje tirará 1d100 y añadirá el número de días que ha pasado en esta actividad entre aventuras (hasta un máximo de 30) y buscará el resultado en la tabla "regentar un negocio" para determinar lo que ocurre.

Si, como resultado de esta tirada, el personaje se ve obligado a pagar un coste, pero se niega a hacerlo, el negocio empezará a hundirse. Por cada deuda de este tipo sin pagar, el personaje recibirá un penalizador de −10 a las siguientes tiradas que realice en esta tabla.

REGENTAR UN NEGOCIO

d100 + días	Resultado
01–20	Debes pagar una vez y media el coste de mantenimiento del negocio para cada uno de los días
21–30	Debes pagar el coste de mantenimiento del negocio para cada uno de los días
31–40	Debes pagar la mitad del coste de mantenimiento del negocio para cada uno de los días. Los beneficios cubren la otra mitad.
41–60	El negocio cubre sus costes de mantenimiento para cada uno de los días
61–80	El negocio cubre sus costes de mantenimiento para cada uno de los días. Además, produce un beneficio de 1d6 x 5 po.
81–90	El negocio cubre sus costes de mantenimiento para cada uno de los días. Además, produce un beneficio de 2d8 x 5 po.
91 o más	El negocio cubre sus costes de mantenimiento para cada uno de los días. Además, produce un beneficio de 3d10 x 5 po.

VENDER OBJETOS MÁGICOS

Pocos pueden permitirse el lujo de comprar un objeto mágico, y aún menos saben cómo encontrar uno. Los aventureros son, debido a la naturaleza de su profesión, excepcionales a este respecto.

Un personaje que posea un objeto mágico común, infrecuente, raro o muy raro que quiera vender deberá dedicar tiempo entre aventuras a buscar un comprador. Esta actividad solo puede realizarse en una ciudad u otra localización en la que se pueda hallar a individuos lo bastante ricos como para estar interesados en comprar objetos mágicos. Los objetos legendarios y los increíblemente valiosos artefactos no pueden ser vendidos durante un periodo entre aventuras.

Localizar a alguien dispuesto a comprar estos objetos mágicos debería ser el motivo de una aventura o una misión.

El personaje deberá realizar una prueba de Inteligencia
(Investigación) CD 20 por cada objeto a la venta, para encontrar compradores. Otro personaje puede invertir su propio
tiempo entre aventuras en ayudar a buscar, dando ventaja al
que hace las tiradas. Si falla la prueba, no se habrá hallado
comprador alguno para ese objeto tras una búsqueda que
habrá llevado 10 días. Si tiene éxito, habrá dado con un comprador tras un número de días que depende de la rareza
del objeto, tal y como se muestra en la tabla "objetos mágicos a la venta".

Un personaje puede intentar localizar compradores para
varios objetos mágicos al mismo tiempo. Aunque para esto
será necesario realizar varias pruebas de Inteligencia (Investigación), las búsquedas ocurren simultáneamente, por lo
que los resultados de varios fallos o aciertos no se suman. De
este modo, si un personaje encuentra un comprador para un
objeto mágico común en 2 días y otro para un objeto infrecuente en 5 días, pero fracasa a la hora de dar con alguien
interesado en uno raro, todas las búsquedas llevarán, en su
conjunto, 10 días.

Por cada objeto que desee vender su personaje, el jugador
tirará 1d100 y consultará la tabla "vender objetos mágicos", aplicando al resultado un modificador en función de la
rareza del objeto, como se indica en la tabla "objetos mágicos a la venta". Además, el personaje también deberá realizar
una prueba de Carisma (Persuasión), cuyo resultado añadirá al total de la tirada percentil. La suma de todos estos
valores determinará el total que el comprador ofrece a cambio del objeto.

Tú decides cuál es la identidad del comprador. Aunque
algunos adquieren los objetos raros y muy raros a través de
intermediarios, para así permanecer en el anonimato. Si el
comprador es de dudosa reputación, puedes determinar que
la venta ocasionará problemas legales al grupo en el futuro.

OBJETOS MÁGICOS A LA VENTA

Rareza	Precio base	Días para encontrar comprador	Modificador a la tirada de d100*
Común	100 po	1d4	+10
Infrecuente	500 po	1d6	+0
Raro	5.000 po	1d8	−10
Muy raro	50.000 po	1d10	−20

*Aplica este modificador a las tiradas en la tabla "vender objetos
mágicos".

VENDER OBJETOS MÁGICOS

d100 + Mod.	Encuentras...
20 o menos	Un comprador que ofrece una décima parte del precio base
21–40	Un comprador que ofrece la cuarta parte del precio base y un comprador de dudosa reputación que ofrece la mitad del precio base
41–80	Un comprador que ofrece la mitad del precio base y un comprador de dudosa reputación que ofrece el precio base
81–90	Un comprador que ofrece el precio base
91 o más	Un comprador de dudosa reputación que ofrece una vez y media el precio base y no hace preguntas

PROPAGAR RUMORES

Cambiar la opinión pública puede ser una forma muy efectiva de derrocar a un villano o encumbrar a un amigo. Difundir un rumor es un modo eficiente, aunque solapado, de conseguir este objetivo. Un rumor en el lugar correcto puede aumentar la estima que la comunidad tiene de un individuo, así como crear un escándalo que le traiga la ruina. Los rumores deben ser sencillos, concretos y difíciles de refutar. Además, los más efectivos suelen ser los más creíbles, pues se aprovechan de la tendencia de los demás a querer creer lo que se dice de la víctima.

Para propagar un rumor sobre un individuo o una organización es necesario dedicar un número de días que depende del tamaño de la comunidad. Esta cantidad figura en la tabla "propagar rumores". En un pueblo o ciudad, este tiempo debe invertirse de una sola vez. Así, si un personaje propaga un rumor durante diez días, se va de aventuras durante varios días y luego vuelve, a su retorno el rumor ya se habrá desvanecido. Los rumores necesitan ser repetidos una y otra vez.

PROPAGAR RUMORES

Tamaño del asentamiento	Tiempo necesario
Aldea	2d6 días
Pueblo	4d6 días
Ciudad	6d6 días

El personaje debe gastar 1 po al día para cubrir el coste de las bebidas, de mantener las apariencias, etc. Al final del periodo de tiempo dedicado a difundir el rumor, el aventurero deberá realizar una prueba de Carisma (Engaño o Persuasión) CD 15. Si tiene éxito, la actitud predominante en la comunidad hacia el sujeto cambiará un paso hacia amistosa u hostil, lo que el personaje prefiera. Si falla, el rumor no logra acogida y cualquier intento futuro de propagarlo fracasará.

Hay que tener en cuenta que modificar la percepción general en la comunidad no implica afectar la de todos sus individuos. Cada persona tendrá su propia opinión, especialmente si ya ha tratado antes con el sujeto de los rumores.

ENTRENARSE PARA SUBIR DE NIVEL

Como regla alternativa, puedes exigir a los personajes que dediquen tiempo entre aventuras a entrenarse o estudiar para poder recibir los beneficios de un nivel nuevo. Si eliges esta opción, cuando un personaje haya acumulado los puntos de experiencia suficientes para alcanzar el siguiente nivel, deberá pasar varios días entrenándose antes de disfrutar de los rasgos de clase asociados al nivel recién adquirido.

El tiempo de entrenamiento necesario depende del nivel al que se sube, como se muestra en la tabla "entrenarse para subir de nivel". El coste indicado es el del periodo completo.

ENTRENARSE PARA SUBIR DE NIVEL

Nivel alcanzado	Tiempo de entrenamiento	Coste del entrenamiento
2–4	10 días	20 po
5–10	20 días	40 po
11–16	30 días	60 po
17–20	40 días	80 po

CREAR ACTIVIDADES ENTRE AVENTURAS

Tus jugadores podrían estar interesados en llevar a cabo actividades entre aventuras que no están contempladas ni en este capítulo ni en el *Player's Handbook*. Si inventas tus propias actividades, ten en cuenta lo siguiente:

- Una actividad nunca debería eliminar la necesidad o el interés de los personajes en partir de aventuras.
- Las actividades que tienen un coste monetario asociado representan una oportunidad para que los personajes jugadores puedan invertir sus duramente ganados tesoros.
- Las actividades que revelan nuevos ganchos de aventuras y aspectos previamente desconocidos de tu campaña pueden servir para presagiar eventos o conflictos futuros.
- Para aquellas actividades que los personajes probablemente repitan varias veces y tengan varios grados de éxito, suele ser conveniente crear una tabla de resultados aleatorios. Inspírate en las de este capítulo.
- Si un personaje pertenece a una clase que posea cierta competencia o a un trasfondo que indique que se le da bien una actividad concreta, valora la posibilidad de otorgarle un bonificador a las pruebas de característica que realice para completar dicha actividad con éxito.

Capítulo 7: Tesoro

OS PERSONAJES ASPIRAN A DIFERENTES COSAS, entre ellas gloria, conocimiento y justicia. Pero muchos también desean algo más tangible: fortuna. Largas cadenas doradas, torres de monedas de platino, coronas enjoyadas, cetros esmaltados, rollos de seda y poderosos objetos mágicos... todos esperando ser encontrados o desenterrados por intrépidos aventureros en busca de tesoros.

Este capítulo detalla los objetos mágicos y la colocación de tesoros en una aventura, así como las recompensas especiales que pueden ser otorgadas sustituyendo o añadiéndose a los objetos mágicos y tesoros mundanos.

Tipos de tesoro

El tesoro toma muchas formas.

Monedas. La forma más básica de tesoro es el dinero, que incluye piezas de cobre (pc), piezas de plata (pp), piezas de electro (pe), piezas de oro (po) y piezas de platino (ppt). 50 monedas de cualquier tipo pesan 1 libra.

Piedras preciosas. Las piedras preciosas son pequeñas, ligeras y fáciles de guardar, comparadas con un valor equivalente en forma de monedas. En la sección "Piedras preciosas" podrás encontrar tipos de piedras, gemas y joyas que pueden ser halladas como tesoro.

Obras de arte. Ídolos de oro macizo, collares ribeteados de gemas, retratos de antiguos reyes, platos enjoyados... Las obras de arte incluyen todo esto, y más. En la sección "Obras de arte" podrás encontrar objetos de artesanía y creaciones decorativas que pueden considerarse tesoro.

Objetos mágicos. Los tipos de objetos mágicos incluyen lo siguiente: armadura, pociones, pergaminos, anillos, varas, bastones, varitas, armas y objetos maravillosos. Los objetos mágicos también tienen rareza: común, infrecuente, raro, muy raro y legendario.

Algunos monstruos inteligentes usan los objetos mágicos que poseen, mientras que otros los ocultan para asegurarse de que no se pierden o son robados. Por ejemplo, si una tribu hobgoblin posee una *espada larga +1* y una *vasija alquímica* en su poder, el señor de la guerra de la tribu empuñará la espada, pero la vasija estará a buen recaudo en un lugar seguro.

Tesoros aleatorios

Las siguientes páginas contienen tablas que puedes emplear para generar de forma aleatoria el tesoro que puedan tener los monstruos, ya sea llevándolo encima, acumulado en su guarida o escondido en algún lado. El posicionamiento concreto del tesoro se deja a tu criterio. Las claves son conseguir que los jugadores se sientan recompensados por jugar y que sus personajes reciban recompensas por sobreponerse a peligrosos desafíos.

Tablas de tesoro

El tesoro puede ser distribuido aleatoriamente basándose en el valor de desafío del monstruo. Las tablas están separadas en valores de desafío 0–4, valores de desafío 5–10, valores de desafío 11–16 y valores de desafío 17 o más alto. Utilízalas para determinar de forma aleatoria cuánto dinero lleva encima un monstruo concreto (el equivalente en D&D del dinero suelto) o las riquezas que pueden ser halladas en un gran tesoro.

Utilización de las tablas de tesoro personal

Las tablas de tesoro personal te ayudan a establecer al azar el tesoro que lleva encima una criatura. Si el monstruo no tiene interés en acumular tesoro, puedes usar estas tablas para determinar el que ha ido quedando de sus víctimas.

Utiliza la tabla de tesoro personal que corresponda al valor de desafío del monstruo. Tira 1d100 y emplea los resultados de la fila correspondiente para determinar cuántas monedas de cada tipo lleva encima la criatura. Esos resultados también incluyen el resultado medio entre paréntesis, por si quieres ahorrar tiempo evitando otra tirada. Al determinar la cantidad total de tesoro individual para un grupo de criaturas similares, puedes acelerar las cosas haciendo la tirada una vez y multiplicando el resultado por el número de criaturas que forman el grupo.

Si no tiene sentido que un monstruo lleve una gran cantidad de monedas, puedes convertirlas en una cantidad de valor equivalente de obras de arte o piedras preciosas.

Utilización de las tablas de tesoro acumulado

Las tablas de tesoro acumulado te ayudan a determinar de forma aleatoria los contenidos de un gran tesoro, ya sea la riqueza acumulada de un grupo de criaturas (como una tribu orca o un ejército hobgoblin), las posesiones de una criatura poderosa a la que le gusta almacenar tesoros (como un dragón) o la recompensa entregada a un grupo después de completar una misión para su benefactor. También puedes dividir las acumulaciones de tesoro para que los aventureros no encuentren o reciban todo de golpe.

Cuando determinas los contenidos de una acumulación que pertenece a un solo monstruo, usa la tabla correspondiente al valor de desafío de ese monstruo. Cuando estés hallando los contenidos del tesoro acumulado por un grupo grande de monstruos, utiliza el valor de desafío del monstruo que los lidere. Si el tesoro acumulado no pertenece a nadie concreto, emplea el valor de desafío del monstruo que presida la mazmorra o guarida que estés dotando de riquezas. Si el tesoro es un regalo de un benefactor, usa como valor de desafío el nivel medio del grupo.

Cada acumulación de tesoro contiene un número aleatorio de monedas, como se muestra en la parte superior de cada tabla. Lanza 1d100 y consulta la tabla para averiguar qué número de piedras preciosas u obras de arte contiene el tesoro, si es que hay alguna. Utiliza esa misma tirada para determinar si contiene objetos mágicos.

Como con las tablas de tesoro personal, los valores medios se encuentran entre paréntesis. Para ahorrar tiempo, puedes emplear el valor medio en vez de tirar los dados.

Si una acumulación de tesoro te parece pequeña, puedes tirar varias veces en la tabla. Haz esto para criaturas a las que les encante juntar riquezas. Las criaturas legendarias que acumulan tesoro son más ricas de lo normal: tira siempre por lo menos dos veces en la tabla adecuada y suma los resultados.

Puedes dar tanto o tan poco tesoro como quieras. A lo largo de una campaña típica, un grupo encontrará las siguientes acumulaciones de tesoro: siete tiradas en la tabla "valor de desafío 0–4", dieciocho tiradas en la tabla "valor de desafío 5–10", doce tiradas en la tabla "valor de desafío 11–16" y ocho tiradas en la tabla "valor de desafío 17+".

PIEDRAS PRECIOSAS

Si un tesoro acumulado incluye piedras preciosas, puedes usar las siguientes tablas para determinar al azar qué tipo de gemas contiene, según su valor. Puedes hacer una sola tirada y considerar todas las gemas iguales o tirar más veces para crear una colección variada.

PIEDRAS PRECIOSAS DE 10 PO

d12	Descripción de la gema
1	Azurita (opaca, azul oscuro moteado)
2	Ágata con franjas (translúcida, con rayas marrones, azules, blancas o rojas)
3	Cuarzo azul (transparente, azul pálido)
4	Ojo de ágata (translúcido, círculos grises, blancos, marrones, azules o verdes)
5	Hematita (opaca, gris-negra)
6	Lapislázuli (opaco, azul claro y oscuro con motas amarillas)
7	Malaquita (opaca, estrías de verde claro y oscuro)
8	Ágata musgosa (translúcida, rosa o blanco amarillento con trazos musgosos verdes o grises
9	Obsidiana (opaca, negro)
10	Rodocrosita (opaca, rosa pálido)
11	Ojo de tigre (translúcido, marrón con núcleo dorado)
12	Turquesa (opaca, azul-verde claro)

PIEDRAS PRECIOSAS DE 50 PO

d12	Descripción de la gema
1	Jaspe sanguíneo (opaco, gris oscuro con motas rojas)
2	Cornalina (opaca, de naranja a marrón rojizo)
3	Calcedonia (opaca, blanco)
4	Crisoprasa (translúcida, verde)
5	Citrino (transparente, amarillo-marrón pálido)
6	Jaspe (opaco, azul, negro o marrón)
7	Piedra de luna (translúcida, blanco con brillos azulados)
8	Ónice (opaco, blanco, negro, o con franjas de ambos colores)
9	Cuarzo (transparente, blanco, gris turbio o amarillo)
10	Sardónice (opaco, franjas rojas y blancas)
11	Cuarzo rosa estrellado (translúcido, piedra rosácea con núcleo en forma de estrella blanca)
12	Zirconita (transparente, azul verdoso pálido)

PIEDRAS PRECIOSAS DE 100 PO

d10	Descripción de la gema
1	Ámbar (transparente, dorado acuoso a dorado profundo)
2	Amatista (transparente, púrpura profundo)
3	Crisoberilo (transparente, de amarillo verdoso a verde pálido)
4	Coral (opaco, carmesí)
5	Granate (transparente, rojo, marrón verdoso o violeta)
6	Jade (translúcido, verde claro, verde oscuro o blanco)
7	Azabache (opaco, negro profundo)
8	Perla (opaco, blanco lustroso, amarillo o rosa)
9	Espinela (transparente, rojo, marrón rojizo o verde oscuro)
10	Turmalina (transparente, verde pálido, azul, marrón o rojo)

PIEDRAS PRECIOSAS DE 500 PO

d6	Descripción de la gema
1	Alejandrita (transparente, verde oscuro)
2	Aguamarina (transparente, azul verdoso pálido)
3	Perla negra (opaco, negro puro)
4	Espinela azul (transparente, azul oscuro)
5	Peridoto (transparente, verde aceituna profundo)
6	Topacio (transparente, amarillo dorado)

PIEDRAS PRECIOSAS DE 1.000 PO

d8	Descripción de la gema
1	Ópalo negro (translúcido, verde oscuro con moteado negro y vetas doradas)
2	Zafiro azul (transparente, azul-blanco a azul medio)
3	Esmeralda (transparente, verde profundo y brillante)
4	Ópalo de fuego (translúcido, rojo fuego)
5	Ópalo (translúcido, azul pálido con moteado verde y dorado)
6	Rubí estrella (translúcido, rubí con núcleo en forma de estrella blanca)
7	Zafiro estrella (translúcido, zafiro azul con núcleo en forma de estrella blanca)
8	Zafiro amarillo (transparente, amarillo fuego o amarillo verdoso)

PIEDRAS PRECIOSAS DE 5.000 PO

d4	Descripción de la gema
1	Zafiro negro (translúcido, negro lustroso con detalles luminosos)
2	Diamante (transparente, azul-blanco, amarillo canario, rosa, marrón o azul)
3	Jacinto (transparente, naranja fuego)
4	Rubí (transparente, rojo claro a rojo profundo)

OBRAS DE ARTE

Si un tesoro acumulado incluye obras de arte, puedes usar las siguientes tablas para determinar al azar cuáles son, según su valor. Tira en la tabla tantas veces como obras de arte haya en el tesoro.

Puede haber más de una obra de arte concreta.

OBRAS DE ARTE DE 25 PO

d10	Objeto
1	Aguamanil de plata
2	Estatuilla tallada en hueso
3	Brazalete de oro pequeño
4	Vestiduras de tela de oro
5	Máscara de terciopelo negro bordada en plata
6	Cáliz de cobre con filigrana de plata
7	Pareja de dados de hueso grabados
8	Conjunto de espejos con marco de madera pintada
9	Pañuelo de seda bordado
10	Relicario con retrato pintado a mano dentro

Obras de arte de 250 po

d10	Objeto
1	Anillo de oro con jaspe sanguino
2	Estatuilla tallada en marfil
3	Brazalete de oro grande
4	Collar de plata con colgante de piedra preciosa
5	Corona de bronce
6	Bata de seda bordada en oro
7	Tapiz grande y de calidad
8	Jarra de latón con incrustación de jade
9	Caja de figuritas de animales de turquesa
10	Jaula de pájaro de oro, con filigrana de electro

Obras de arte de 750 po

d10	Objeto
1	Cáliz de plata con piedras de luna incrustadas
2	Espada de acero revestida en plata con un azabache incrustado en la empuñadura
3	Arpa tallada en madera exótica con incrustaciones de marfil y zirconitas
4	Ídolo de oro pequeño
5	Peine dorado con forma de dragón, cuyos ojos son granates rojos
6	Tapón de vino repujado con pan de oro e incrustado con amatistas
7	Daga ceremonial de electro con perla negra en el pomo
8	Broche de oro y plata
9	Estatuilla de obsidiana con incrustaciones y relieves en oro
10	Máscara de guerra de oro, pintada

Obras de arte de 2.500 po

d10	Objeto
1	Cadena de oro fino con colgante de ópalo de fuego
2	Antigua obra maestra de la pintura
3	Manto de terciopelo, con encaje de seda y numerosas piedras de luna engastadas
4	Brazalete de platino con zafiro engastado
5	Guante bordado con trozos de gema incrustados
6	Ajorca de tobillo enjoyada
7	Caja de música de oro
8	Diadema de oro con cuatro aguamarinas engastadas
9	Parche de ojo con un ojo falso representado mediante zafiro azul y piedras de luna
10	Collar de perlas rosas pequeñas

Obras de arte de 7.500 po

d8	Objeto
1	Corona de oro con piedras preciosas incrustadas
2	Anillo de platino con gemas
3	Estatuilla de oro con rubíes engarzados
4	Copa de oro con esmeraldas
5	Joyero de oro con filigrana de platino
6	Sarcófago de niño pintado en oro
7	Tablero de juego de mesa de jade, con piezas de oro macizo
8	Cuerno para beber de marfil, con filigrana de oro y cuajado de piedras preciosas

Objetos mágicos

Los objetos mágicos pueden encontrarse en los tesoros de monstruos conquistados o ser descubiertos en cámaras perdidas hace mucho tiempo. Estos objetos dotan a los personajes de capacidades que de otra manera les sería muy difícil conseguir o complementan sus habilidades de maneras asombrosas.

Rareza

Cada objeto mágico tiene una rareza: común, infrecuente, raro, muy raro y legendario. Los objetos mágicos comunes, como la *poción de curación*, son los más abundantes. Algunos objetos legendarios, como el *aparato de Kwalish*, son únicos. El juego asume que los secretos necesarios para crear los objetos mágicos más poderosos surgieron hace cientos de años y se han ido perdiendo con las guerras, cataclismos y percances que han ocurrido desde entonces. Ni siquiera los objetos infrecuentes pueden ser fabricados fácilmente. Por tanto, muchos objetos mágicos son antigüedades muy bien conservadas.

La rareza es una manera aproximada de comparar el poder de un objeto mágico respecto a otros. Cada rareza se corresponde con un nivel de personaje, como se muestra en la tabla "rareza de los objetos mágicos". Los aventureros, por ejemplo, no suelen encontrar un objeto mágico raro hasta nivel 5. Sin embargo, no dejes que la rareza se interponga en la historia de tu campaña. Si quieres que un *anillo de invisibilidad* caiga en las manos de un personaje de nivel 1, que así sea. Sin duda dará pie a una estupenda historia.

Si tu campaña permite comerciar con objetos mágicos, la rareza también te puede ayudar a establecer precios para ellos. Como DM, determinas el valor de un objeto mágico individual basándote en su rareza. Los valores sugeridos se encuentran en la tabla "rareza de los objetos mágicos". El valor de un objeto consumible, como una poción o un pergamino, es normalmente la mitad del valor de un objeto permanente de la misma rareza.

Rareza de los objetos mágicos

Rareza	Nivel del personaje	Valor
Común	1 o más	50–100 po
Infrecuente	1 o más	101–500 po
Raro	5 o más	501–5.000 po
Muy raro	11 o más	5.001–50.000 po
Legendario	17 o más	Más de 50.000 po

Comprar y vender

A menos que decidas que tu campaña funciona de otra manera, la mayoría de objetos mágicos son tan raros que no están a la venta. Aunque objetos comunes, como una *poción de curación*, pueden conseguirse a través de un alquimista, herborista o lanzador de conjuros, este proceso no es algo tan fácil como limitarse a entrar en una tienda y elegir un objeto de una balda. El vendedor podría pedir un servicio en vez de dinero.

En una ciudad grande, con una academia de magia o un gran templo, quizá sea posible comprar y vender objetos mágicos, aunque siempre bajo tu criterio. Si tu mundo incluye un gran número de aventureros involucrados en la recuperación de antiguos objetos mágicos, el comercio de estos objetos puede ser más común. Aun así, será similar a la situación en nuestro mundo real con las mejores obras de arte, que aparecen en subastas solo accesibles mediante invitación y tienen tendencia a atraer ladrones.

Vender objetos mágicos es difícil en la mayoría de mundos de D&D, principalmente por lo complicado de encontrar un comprador.

Mucha gente querrá poseer un objeto mágico, pero pocos podrán permitírselo. Aquellos que pueden, normalmente tienen cosas más prácticas en las que gastar su dinero. En el capítulo 6, "Entre aventuras", podrás hallar una manera de gestionar la venta de objetos mágicos.

En tu campaña, los objetos mágicos pueden ser suficientemente comunes como para que los aventureros puedan comprarlos y venderlos con normalidad. Podrían estar a la venta en los bazares o casas de subastas de lugares exóticos, como la Ciudad de Oropel, la metrópolis planar de Sigil o en los mercados de ciudades más ordinarias. La venta de objetos mágicos puede estar regulada, creando un lucrativo mercado negro. Algunos artífices fabrican objetos para uso de aventureros o fuerzas armadas, como en el mundo de Eberron. También puedes permitir a los aventureros que creen sus propios objetos mágicos, como se menciona en el capítulo 6.

IDENTIFICAR UN OBJETO MÁGICO

Algunos objetos mágicos son indistinguibles de sus equivalentes normales, mientras que otros son evidentemente mágicos. Independientemente de su aspecto, el mero hecho de sujetar un objeto mágico transmite al portador la sensación de que hay algo extraordinario en él. Descubrir las propiedades de un objeto mágico, sin embargo, no es algo automático.

El conjuro *identificar* es la manera más rápida de averiguarlas. Otra forma es concentrarse en el objeto durante un descanso corto mientras se mantiene contacto físico con el mismo. Al finalizar el descanso, el personaje habrá aprendido las propiedades del objeto y cómo utilizarlas. Las pociones son la excepción a esta norma; un pequeño sorbo es suficiente para saber las propiedades del brebaje.

A veces un objeto mágico puede dar una pista sobre sus propiedades. Un anillo podría tener su palabra de activación grabada en miniatura dentro del mismo o lucir un adorno de plumas que sugiera que es un *anillo de caída de pluma*.

Llevar o experimentar con un objeto también puede proporcionar indicios de sus facultades. Por ejemplo, si un personaje se pone un *anillo de salto*, puedes decirle que "notas tu zancada extrañamente saltarina". Quizá entonces el personaje intente saltar verticalmente para ver qué pasa. En ese momento, puedes contarle que su personaje alcanza una altura inesperadamente elevada.

VARIANTE: IDENTIFICACIÓN MÁS DIFÍCIL

Si prefieres que los objetos mágicos estén rodeados de un halo de misterio, considera el no permitir averiguar las propiedades de un objeto durante un descanso corto, de tal forma que esto solo será posible mediante el conjuro *identificar*, la experimentación o ambos.

SINTONIZACIÓN

Algunos objetos mágicos requieren que su propietario cree un enlace con el objeto antes de poder usar sus propiedades mágicas.

Este vínculo se llama sintonización, y en ciertos objetos tiene requisitos previos. Si este prerrequisito es una clase, la criatura debe ser miembro de esa clase para poder sintonizarse con el objeto (si esa clase posee capacidades de lanzamiento de conjuros, un monstruo cumple los requisitos si tiene espacios de conjuro y utiliza la lista de conjuros de esa clase.) Si el prerrequisito es ser un lanzador de conjuros, una criatura lo cumple si puede lanzar al menos un conjuro utilizando sus atributos o rasgos, no utilizando un objeto mágico o similar.

TESORO PERSONAL: DESAFÍO 0–4

d100	PC	PP	PE	PO	PPT
01–30	5d6 (17)	—	—	—	—
31–60	—	4d6 (14)	—	—	—
61–70	—	—	3d6 (10)	—	—
71–95	—	—	—	3d6 (10)	—
96–00	—	—	—	—	1d6 (3)

TESORO PERSONAL: DESAFÍO 5–10

d100	PC	PP	PE	PO	PPT
01–30	4d6 × 100 (1,400)	—	1d6 × 10 (35)	—	—
31–60	—	6d6 × 10 (210)	—	2d6 × 10 (70)	—
61–70	—	—	3d6 × 10 (105)	2d6 × 10 (70)	—
71–95	—	—	—	4d6 × 10 (140)	—
96–00	—	—	—	2d6 × 10 (70)	3d6 (10)

TESORO PERSONAL: DESAFÍO 11–16

d100	PC	PP	PE	PO	PPT
01–20	—	4d6 × 100 (1,400)	—	1d6 × 100 (350)	—
21–35	—	—	1d6 × 100 (350)	1d6 × 100 (350)	—
36–75	—	—	—	2d6 × 100 (700)	1d6 × 10 (35)
76–00	—	—	—	2d6 × 100 (700)	2d6 × 10 (70)

TESORO PERSONAL: DESAFÍO 17+

d100	PC	PP	PE	PO	PPT
01–15	—	—	2d6 × 1,000 (7,000)	8d6 × 100 (2,800)	—
16–55	—	—	—	1d6 × 1,000 (3,500)	1d6 × 100 (350)
56–00	—	—	—	1d6 × 1,000 (3,500)	2d6 × 100 (700)

TESORO ACUMULADO: DESAFÍO: 0–4

	PC	PP	PE	PO	PPT
Monedas	6d6 × 100 (2,100)	3d6 × 100 (1,050)	—	2d6 × 10 (70)	—

d100	Gemas u obras de arte	Objetos mágicos
01–06	—	—
07–16	2d6 (7) gemas por valor de 10 po cada una	—
17–26	2d4 (5) obras de arte de 25 po cada una	—
27–36	2d6 (7) gemas de valor 50 po cada una	—
37–44	2d6 (7) gemas de valor 10 po cada una	Tira 1d6 veces en la tabla de objetos mágicos A
45–52	2d4 (5) obras de arte de 25 po cada una	Tira 1d6 veces en la tabla de objetos mágicos A
53–60	2d6 (7) gemas de valor 50 po cada una	Tira 1d6 veces en la tabla de objetos mágicos A
61–65	2d6 (7) gemas de valor 10 po cada una	Tira 1d4 veces en la tabla de objetos mágicos B
66–70	2d4 (5) obras de arte de 25 po cada una	Tira 1d4 veces en la tabla de objetos mágicos B
71–75	2d6 (7) gemas de valor 50 po cada una	Tira 1d4 veces en la tabla de objetos mágicos B
76–78	2d6 (7) gemas de valor 10 po cada una	Tira 1d4 veces en la tabla de objetos mágicos C
79–80	2d4 (5) obras de arte de 25 po cada una	Tira 1d4 veces en la tabla de objetos mágicos C
81–85	2d6 (7) gemas de valor 50 po cada una	Tira 1d4 veces en la tabla de objetos mágicos C
86–92	2d4 (5) obras de arte de 25 po cada una	Tira 1d4 veces en la tabla de objetos mágicos F
93–97	2d6 (7) gemas de valor 50 po cada una	Tira 1d4 veces en la tabla de objetos mágicos F
98–99	2d4 (5) obras de arte de 25 po cada una	Tira una vez en la tabla de objetos mágicos G
00	2d6 (7) gemas de valor 50 po cada una	Tira una vez en la tabla de objetos mágicos G

TESORO ACUMULADO: DESAFÍO: 5–10

	PC	PP	PE	PO	PPT
Monedas	2d6 × 100 (700)	2d6 × 1,000 (7,000)	—	6d6 × 100 (2,100)	3d6 × 10 (105)

d100	Gemas u obras de arte	Objetos mágicos
01–04	—	—
05–10	2d4 (5) obras de arte de 25 po cada una	—
11–16	3d6 (10) gemas de al menos 50 po cada una	—
17–22	3d6 (10) gemas de al menos 100 po cada una	—
23–28	2d4 (5) obras de arte de 250 po cada una	—
29–32	2d4 (5) obras de arte de 25 po cada una	Tira 1d6 veces en la tabla de objetos mágicos A
33–36	3d6 (10) gemas de valor 50 po cada una	Tira 1d6 veces en la tabla de objetos mágicos A
37–40	3d6 (10) gemas de valor 100 po cada una	Tira 1d6 veces en la tabla de objetos mágicos A
41–44	2d4 (5) obras de arte de 250 po cada una	Tira 1d6 veces en la tabla de objetos mágicos A
45–49	2d4 (5) obras de arte de 25 po cada una	Tira 1d4 veces en la tabla de objetos mágicos B
50–54	3d6 (10) gemas de valor 50 po cada una	Tira 1d4 veces en la tabla de objetos mágicos B
55–59	3d6 (10) gemas de valor 100 po cada una	Tira 1d4 veces en la tabla de objetos mágicos B
60–63	2d4 (5) obras de arte de 250 po cada una	Tira 1d4 veces en la tabla de objetos mágicos B
64–66	2d4 (5) obras de arte de 25 po cada una	Tira 1d4 veces en la tabla de objetos mágicos C
67–69	3d6 (10) gemas de valor 50 po cada una	Tira 1d4 veces en la tabla de objetos mágicos C
70–72	3d6 (10) gemas de valor 100 po cada una	Tira 1d4 veces en la tabla de objetos mágicos C
73–74	2d4 (5) obras de arte de 250 po cada una	Tira 1d4 veces en la tabla de objetos mágicos C
75–76	2d4 (5) obras de arte de 25 po cada una	Tira una vez en la tabla de objetos mágicos D
77–78	3d6 (10) gemas de valor 50 po cada una	Tira una vez en la tabla de objetos mágicos D
79	3d6 (10) gemas de valor 100 po cada una	Tira una vez en la tabla de objetos mágicos D
80	2d4 (5) obras de arte de 250 po cada una	Tira una vez en la tabla de objetos mágicos D
81–84	2d4 (5) obras de arte de 25 po cada una	Tira 1d4 veces en la tabla de objetos mágicos F
85–88	3d6 (10) gemas de valor 50 po cada una	Tira 1d4 veces en la tabla de objetos mágicos F
89–91	3d6 (10) gemas de valor 100 po cada una	Tira 1d4 veces en la tabla de objetos mágicos F
92–94	2d4 (5) obras de arte de 250 po cada una	Tira 1d4 veces en la tabla de objetos mágicos F
95–96	3d6 (10) gemas de valor 100 po cada una	Tira 1d4 veces en la tabla de objetos mágicos G
97–98	2d4 (5) obras de arte de 250 po cada una	Tira 1d4 veces en la tabla de objetos mágicos G
99	3d6 (10) gemas de valor 100 po cada una	Tira una vez en la tabla de objetos mágicos H
00	2d4 (5) obras de arte de 250 po cada una	Tira una vez en la tabla de objetos mágicos H

Una criatura que no se sintonice con un objeto mágico que lo requiera solo disfrutará de sus beneficios no mágicos, a menos que la descripción del objeto indique lo contrario. Por ejemplo, un escudo mágico que necesite sintonización proporcionará los beneficios de un escudo normal a una criatura que no se haya sintonizado con él, pero no podrá emplear ninguna de sus propiedades mágicas.

Para sintonizarse con un objeto mágico una criatura tendrá que pasar un descanso corto concentrándose en él. Este descanso corto no puede tratarse del mismo que permite conocer las propiedades del objeto. Esta concentración puede ser en forma de práctica con un arma (para un arma mágica), meditación (para un objeto maravilloso) u otro tipo de actividad apropiada a la naturaleza del objeto.

Si se interrumpe el descanso corto, el intento de sintonización falla. Si no es así, al final del descanso corto, la criatura comprende intuitivamente cómo activar cualquier propiedad mágica del objeto, incluyendo cualquier palabra de activación necesaria.

Un objeto solo puede estar sintonizado con una criatura en un momento dado, y una criatura no puede estar sintonizada con más de tres objetos mágicos a la vez. Cualquier intento de sintonización con un cuarto objeto falla. La criatura debe antes romper su sintonización con otro objeto. Además, una criatura no podrá sintonizarse con más de una copia del mismo objeto. Por ejemplo, no podrá estar sintonizada con más de un *anillo de protección* a la vez.

La sintonización termina si en cualquier momento la criatura deja de cumplir los requisitos, si el objeto está durante 24 horas a más de 100 pies de distancia de ella, si la criatura muere o si otra criatura se sintoniza con el objeto. Si el objeto no está maldito, una criatura puede acabar voluntariamente su sintonización con este utilizando otro descanso corto para concentrarse en él.

Tesoro acumulado: desafío 11–16

	PC	PP	PE	PO	PPT
Monedas	—	—	—	4d6 × 1.000 (14.000)	5d6 × 100 (1.750) pp

d100	Gemas u obras de arte	Objetos mágicos
01–03	—	—
04–06	2d4 (5) obras de arte de 250 po cada una	—
07–09	2d4 (5) obras de arte de 750 po cada una	—
10–12	3d6 (10) gemas de al menos 500 po cada una	—
13–15	3d6 (10) gemas de al menos 1.000 po cada una	—
16–19	2d4 (5) obras de arte de 250 po cada una	Tira 1d4 veces en la tabla de objetos mágicos A y 1d6 veces en la tabla de objetos mágicos B
20–23	2d4 (5) obras de arte de 750 po cada una	Tira 1d4 veces en la tabla de objetos mágicos A y 1d6 veces en la tabla de objetos mágicos B
24–26	3d6 (10) gemas de valor 500 po cada una	Tira 1d4 veces en la tabla de objetos mágicos A y 1d6 veces en tabla de objetos mágicos B
27–29	3d6 (10) gemas de valor 1.000 po cada una	Tira 1d4 veces en la tabla de objetos mágicos A y 1d6 veces en la tabla de objetos mágicos B
30–35	2d4 (5) obras de arte de 250 po cada una	Tira 1d6 veces en la tabla de objetos mágicos C
36–40	2d4 (5) obras de arte de 750 po cada una	Tira 1d6 veces en la tabla de objetos mágicos C
41–45	3d6 (10) gemas de valor 500 po cada una	Tira 1d6 veces en la tabla de objetos mágicos C
46–50	3d6 (10) gemas de valor 1.000 po cada una	Tira 1d6 veces en la tabla de objetos mágicos C
51–54	2d4 (5) obras de arte de 250 po cada una	Tira 1d4 veces en la tabla de objetos mágicos D
55–58	2d4 (5) obras de arte de 750 po cada una	Tira 1d4 veces en la tabla de objetos mágicos D
59–62	3d6 (10) gemas de valor 500 po cada una	Tira 1d4 veces en la tabla de objetos mágicos D
63–66	3d6 (10) gemas de valor 1.000 po cada una	Tira 1d4 veces en la tabla de objetos mágicos D
67–68	2d4 (5) obras de arte de 250 po cada una	Tira una vez en tabla de objetos mágicos E
69–70	2d4 (5) obras de arte de 750 po cada una	Tira una vez en la tabla de objetos mágicos E
71–72	3d6 (10) gemas de valor 500 po cada una	Tira una vez en la tabla de objetos mágicos E
73–74	3d6 (10) gemas de valor 1.000 po cada una	Tira una vez en la tabla de objetos mágicos E
75–76	2d4 (5) obras de arte de 250 po cada una	Tira una vez en la tabla de objetos mágicos F y 1d4 veces en la tabla de objetos mágicos G
77–78	2d4 (5) obras de arte de 750 po cada una	Tira una vez en la tabla de objetos mágicos F y 1d4 veces en tabla de objetos mágicos G
79–80	3d6 (10) gemas de valor 500 po cada una	Tira una vez en la tabla de objetos mágicos F y 1d4 veces en la tabla de objetos mágicos G
81–82	3d6 (10) gemas de valor 1.000 po cada una	Tira una vez en la tabla de objetos mágicos F y 1d4 veces en la tabla de objetos mágicos G
83–85	2d4 (5) obras de arte de 250 po cada una	Tira 1d4 veces en la tabla de objetos mágicos H
86–88	2d4 (5) obras de arte de 750 po cada una	Tira 1d4 veces en la tabla de objetos mágicos H
89–90	3d6 (10) gemas de valor 500 po cada una	Tira 1d4 veces en la tabla de objetos mágicos H
91–92	3d6 (10) gemas de valor 1.000 po cada una	Tira 1d4 veces en la tabla de objetos mágicos H
93–94	2d4 (5) obras de arte de 250 po cada una	Tira una vez en la tabla de objetos mágicos I
95–96	2d4 (5) obras de arte de 750 po cada una	Tira una vez en la tabla de objetos mágicos I
97–98	3d6 (10) gemas de valor 500 po cada una	Tira una vez en la tabla de objetos mágicos I
99–00	3d6 (10) gemas de valor 1000 po cada una	Tira una vez en la tabla de objetos mágicos I

Objetos malditos

Algunos objetos son portadores de una maldición que atormentará a sus usuarios, a veces tiempo después de que hayan dejado de utilizarlos. La descripción de un objeto especifica si este está maldito. La mayoría de maneras de identificar objetos mágicos, incluyendo el conjuro *identificar*, no revelarán estas maldiciones, aunque leyendas y cuentos populares sobre el objeto podrían ofrecer alguna pista. Una maldición debería ser una sorpresa para el usuario del objeto, al revelarse sus poderes.

La sintonización con un objeto maldito no puede terminar voluntariamente a menos que se rompa primero la maldición, como con el conjuro *levantar maldición*.

Categorías de objetos mágicos

Cada objeto mágico pertenece a una de las siguientes categorías: anillos, armas, armaduras, bastones, objetos maravillosos, pociones, pergaminos, varas y varitas.

Anillos

Los anillos mágicos ofrecen una increíble gama de poderes a aquellos afortunados que los encuentran. A menos que la descripción diga lo contrario, un anillo debe ser llevado en un dedo o dígito similar para que su magia funcione.

Armaduras

Las armaduras deben ser vestidas para que su magia funcione, a menos que su descripción diga lo contrario.

Algunas armaduras mágicas especifican de qué tipo son, como cota de malla o armadura de placas. Si no es así, puedes elegir el tipo o determinarlo al azar.

Armas

Las armas mágicas son codiciadas por muchos aventureros, ya fueran forjadas para un propósito vil o para servir a los ideales de caballería más puros.

Algunas de ellas especifican qué tipo de arma son, como arco largo o espada larga. Si no es así, puedes elegir el tipo o determinarlo al azar.

Si un arma mágica tiene la propiedad "munición", la munición que se dispare mediante ella se considera mágica a efectos de superar resistencias y de inmunidades a ataques o daño no mágico.

Bastones

Un bastón mágico mide normalmente 5 o 6 pies (1,5 a 1,8 m). Su apariencia puede ser muy variada: algunos son suaves y de grosor homogéneo, unos retorcidos y nudosos, otros de madera, de metal pulido o cristal. Dependiendo del material, un bastón pesa entre 2 y 7 libras (0,9 y 3,2 kg).

A menos que su descripción diga lo contrario, un bastón puede usarse como arma.

Objetos maravillosos

Entre los objetos maravillosos se incluyen los objetos que se visten, como botas, capas, cinturones o guantes y otras piezas de joyería o accesorios decorativos como amuletos, broches o diademas. Las alfombras, bolas de cristal, bolsas, estatuillas, cuernos o instrumentos musicales también entran dentro de esta categoría.

Pergaminos

El tipo más normal de pergamino es el *pergamino de conjuro*, un conjuro puesto por escrito, pero algunos pergaminos, como el *pergamino de protección*, llevan un ensalmo que no es un conjuro. Independientemente de sus contenidos,

Tesoro acumulado: Desafío 17+

	PC	PP	PE	PO	PPT
Monedas	—	—	—	12d6 × 1.000 (42.000)	8d6 × 1.000 (28.000)

d100	Gemas u obras de arte	Objetos mágicos
01–02	—	—
03–05	3d6 (10) gemas de valor 1000 po cada una	Tira 1d6 veces en la tabla de objetos mágicos C
06–08	1d10 (5) obras de arte de 2.500 po cada una	Tira 1d8 veces en la tabla de objetos mágicos C
09–11	1d4 (2) obras de arte de 7.500 po cada una	Tira 1d8 veces en la tabla de objetos mágicos C
12–14	1d8 (4) gemas de valor 5.000 po cada una	Tira 1d8 veces en la tabla de objetos mágicos C
15–22	3d6 (10) gemas de valor 1.000 po cada una	Tira 1d6 veces en la tabla de objetos mágicos D
23–30	1d10 (5) obras de arte de 2.500 po cada una	Tira 1d6 veces en la tabla de objetos mágicos D
31–38	1d4 (2) obras de arte de 7.500 po cada una	Tira 1d6 veces en la tabla de objetos mágicos D
39–46	1d8 (7) gemas de valor 5.000 po cada una	Tira 1d6 veces en la tabla de objetos mágicos D
47–52	3d6 (10) gemas de valor 1.000 po cada una	Tira 1d6 veces en la tabla de objetos mágicos E
53–58	1d10 (5) obras de arte de 2.500 po cada una	Tira 1d6 veces en la tabla de objetos mágicos E
59–63	1d4 (2) obras de arte de 7.500 po cada una	Tira 1d6 veces en la tabla de objetos mágicos E
64–68	1d8 (4) gemas de valor 5.000 po cada una	Tira 1d6 veces en la tabla de objetos mágicos E
69	3d6 (10) gemas de valor 1.000 po cada una	Tira 1d4 veces en la tabla de objetos mágicos G
70	1d10 (5) obras de arte de 2.500 po cada una	Tira 1d4 veces en la tabla de objetos mágicos G
71	1d4 (2) obras de arte de 7.500 po cada una	Tira 1d4 veces en la tabla de objetos mágicos G
72	1d8 (4) gemas de valor 5.000 po cada una	Tira 1d4 veces en la tabla de objetos mágicos G
73–74	3d6 (10) gemas de valor 1.000 po cada una	Tira 1d4 veces en la tabla de objetos mágicos H
75–76	1d10 (5) obras de arte de 2.500 po cada una	Tira 1d4 veces en la tabla de objetos mágicos H
77–78	1d4 (2) obras de arte de 7.500 po cada una	Tira 1d4 veces en la tabla de objetos mágicos H
79–80	1d8 (4) gemas de valor 5.000 po cada una	Tira 1d4 veces en la tabla de objetos mágicos H
81–85	3d6 (10) gemas de valor 1.000 po cada una	Tira 1d4 veces en la tabla de objetos mágicos I
86–90	1d10 (5) obras de arte de 2.500 po cada una	Tira 1d4 veces en la tabla de objetos mágicos I
91–95	1d4 (2) obras de arte de 7.500 po cada una	Tira 1d4 veces en la tabla de objetos mágicos I
96–00	1d8 (4) gemas de valor 5.000 po cada una	Tira 1d4 veces en la tabla de objetos mágicos I

un pergamino es un rollo de papel, a veces fijado en varillas de madera y que normalmente se guarda en un tubo de cuero, jade, madera, marfil o metal.

Un pergamino es un objeto mágico consumible. Desatar la magia contenida en él requiere que el usuario lea el pergamino. Una vez liberada la magia, el pergamino no podrá ser usado de nuevo. Las palabras se desvanecerán o se convertirá en polvo.

A menos que la descripción del pergamino especifique lo contrario, cualquier criatura que pueda entender un lenguaje escrito puede leer el texto de un pergamino e intentar activarlo.

POCIONES

En esta categoría entran todo tipo de líquidos mágicos distintos: infusiones de hierbas encantadas, agua de fuentes mágicas o manantiales sagrados u óleos que se aplican a una criatura u objeto. La mayoría de las pociones contienen una onza de líquido.

Son objetos mágicos consumibles. Beber una poción o dársela a otro personaje requiere una acción. Aplicar un óleo o aceite puede llevar más tiempo, según se especifique en la descripción. Una vez usada, una poción tiene efecto inmediatamente y queda gastada.

VARAS

Una vara mágica está hecha normalmente de metal, madera o hueso, y tiene forma de cetro o simplemente de cilindro robusto. Mide de 2 a 3 pies (60 a 90 cm) de largo, tiene 1 pulgada (2,5 cm) de grosor y pesa entre 2 y 5 libras (0,9 a 2,3 kg).

VARIANTE: PERCANCES CON PERGAMINOS

Una criatura que intente lanzar un conjuro utilizando un pergamino y falle deberá hacer una tirada de salvación de Inteligencia CD 10. Si no tiene éxito, tira en la tabla "percances con pergaminos".

PERCANCE CON PERGAMINO

d6	Resultado
1	Una sobrecarga de energía mágica inflige al lanzador 1d6 de daño de fuerza por cada nivel del conjuro
2	El conjuro afecta al lanzador o a un aliado (determinado al azar), en vez de al objetivo deseado, o a un objetivo cercano al lanzador si este último era el objetivo deseado
3	El conjuro afecta una localización al azar dentro del alcance
4	El efecto del conjuro es el opuesto al normal, pero no es dañino ni beneficioso. Por ejemplo, un conjuro de *bola de fuego* podría producir un área de un frío inofensivo.
5	El lanzador sufre un efecto menor, pero extraño, relacionado con el conjuro. Este tipo de efectos duran tanto como la duración del conjuro original, o 1d10 minutos en el caso de los que son instantáneos. De este modo, una *bola de fuego* podría provocar que el lanzador eche humo por las orejas durante 1d10 minutos.
6	El conjuro se activa después de 1d12 horas. Si el objetivo era el lanzador, tiene efecto con normalidad. Si no era así, el conjuro es lanzado en la dirección general del objetivo deseado, llegando hasta su alcance máximo si el objetivo se hubiera movido y por tanto el conjuro no lo alcance.

VARITAS

Una varita mágica mide unas 15 pulgadas (38 cm) de largo y está fabricada en metal, hueso o madera. La punta queda cubierta de metal, cristal, piedra u otro material.

VESTIR Y EMPUÑAR OBJETOS

Utilizar las propiedades de un objeto mágico puede implicar vestirlo o empuñarlo. Un objeto que esté pensado para ser llevado debe ser vestido de manera adecuada: los anillos van en el dedo, las botas en los pies, los guantes en las manos y los sombreros y cascos en la cabeza. La armadura mágica debe ponerse, las capas abrocharse por encima de los hombros y los escudos amarrarse al brazo. Un arma ha de ser empuñada.

En la mayoría de los casos, un objeto mágico que esté pensado para ser vestido le servirá a cualquier criatura independientemente de su tamaño o complexión. Muchas vestimentas mágicas están hechas para ser fácilmente ajustables, o se ajustan ellas mismas mágicamente al usuario. Existen excepciones, aunque son raras. Si la descripción da una buena razón para pensar que un objeto solo sirve a criaturas de cierto tamaño o forma, puedes decidir que las que no cumplen con estos requisitos no pueden utilizarlo. Así, una armadura hecha por drows podría

VARIANTE: MEZCLAR POCIONES

Un aventurero podría beber una poción mientras se encuentra bajo los efectos de otra o verter varias de ellas en un solo recipiente. Los extraños ingredientes que se usan en la creación de pociones pueden dar lugar a interacciones impredecibles.

Cuando un personaje mezcle dos pociones, puedes tirar en la tabla "miscibilidad de pociones". Si se juntan más de dos, tira de nuevo por cada poción subsiguiente, combinando los resultados. A menos que los efectos sean obvios de forma inmediata, no los reveles hasta que sean evidentes.

MISCIBILIDAD DE POCIONES

d100	Resultado
01	La mezcla genera una explosión mágica, infligiendo 6d10 de daño de fuerza al mezclador y 1d10 de daño de fuerza a cada criatura a 5 pies de este
02–08	La mezcla se convierte en un veneno ingerido a elección del DM
09–15	Ambas pociones pierden sus efectos
16–25	Una de las pociones pierde sus efectos
26–35	Ambas pociones funcionan con normalidad, pero sus efectos numéricos y duraciones quedan reducidas a la mitad. Una poción que no pueda ser reducida a la mitad de esta manera no tendrá ningún efecto.
36–90	Ambas pociones funcionan con normalidad
91–99	Los efectos numéricos y la duración de una de las pociones se duplican. Si ninguna poción tiene nada que se pueda duplicar, funcionan de forma normal.
00	Solo funciona una de las pociones, pero su efecto es permanente. Elige el efecto que sea más sencillo hacer permanente, o el que parezca más divertido. Por ejemplo, una *poción de curación* podría incrementar los puntos de golpe máximos del que la bebe en 4, o un *aceite de etereidad* podría atrapar al usuario permanentemente en el Plano Etéreo. Bajo tu criterio, el conjuro apropiado, como *disipar magia* o *levantar maldición*, podrían terminar este efecto permanente.

servirle solo a los elfos. De forma similar, los enanos podrían fabricar objetos que solo sean usables por gente de tamaño y forma enanos.

Cuando un no humanoide intente emplear un objeto mágico, utiliza tu criterio para decidir si este funciona como se espera. Un anillo colocado en un tentáculo podría funcionar, pero un yuan-ti con cola de serpiente no podrá llevar botas.

Múltiples objetos del mismo tipo

Utiliza el sentido común para determinar si se puede llevar puesto más de un objeto mágico del mismo tipo. Un personaje, por lo general, no tiene permitido usar más de un calzado, un par de guantes o guanteletes, un par de brazales, una armadura, un objeto que cubra la cabeza y una capa.

Aunque puedes hacer excepciones: un personaje podría llevar una diadema debajo de un casco, por ejemplo, o ponerse una capa encima de otra.

Objetos emparejados

Los objetos que vienen en pares (como botas, brazales, guanteletes y guantes) solo proporcionan su beneficio si se visten ambos miembros del par. Por ejemplo, un personaje que lleve puestas una *bota de zancadas y brincos* en un pie y una *bota élfica* en el otro, no gana ninguno de los dos beneficios.

Activar un objeto mágico

Para activar algunos objetos mágicos es preciso que el usuario realizace algo especial, como sujetar el objeto y pronunciar una palabra de activación. La descripción de cada categoría de objetos u objeto individual describe cómo se activan. Ciertos objetos utilizan las siguientes reglas para su activación.

Si un objeto requiere una acción para ser activado, esa acción no se encuadra como uno de los posibles usos de la acción de Usar un Objeto, por lo que un rasgo como Manos Rápidas de pícaro no se puede usar para activar un objeto.

Palabra de activación

Una palabra de activación es una palabra o frase que debe ser pronunciada para que un objeto funcione. Un objeto mágico que requiera una palabra de activación no puede ser activado en un área donde no se puedan emitir sonidos, como dentro de la zona de un conjuro de *silencio*.

Consumibles

Algunos objetos se gastan cuando se activan. Una poción o elixir deben ser ingeridos, del mismo modo que un aceite aplicado al cuerpo. Las palabras se desvanecen de un pergamino al ser leídas. Una vez utilizado, un objeto consumible pierde su magia.

Fórmulas de objetos mágicos

Una fórmula de objeto mágico explica cómo fabricar un objeto mágico concreto. Este tipo de textos funcionan muy bien como recompensa si permites a tus jugadores crear objetos mágicos, como se explica en el capítulo 6, "Entre aventuras".

Puedes dar como recompensa una fórmula en vez de un objeto mágico. Suelen estar escritas en un libro o pergamino y su rareza es de un nivel superior a la del objeto que enseña a crear. Por ejemplo, la fórmula para un objeto mágico común es infrecuente. No existen fórmulas para objetos legendarios.

No obstante, si la fabricación de objetos mágicos es algo habitual en tu campaña, las fórmulas podrían tener una rareza igual a la del objeto que enseñan a crear. Así, las fórmulas para fabricar objetos comunes e infrecuentes podrían llegar a estar a la venta, aunque al doble del precio del objeto que crean.

Conjuros

Algunos objetos mágicos permiten que el usuario lance un conjuro a través de ellos. El conjuro se lanza con el mínimo nivel de conjuro y lanzador posible, no utiliza ninguno de los espacios de conjuro del usuario y no requiere ningún componente material, a menos que la descripción del objeto especifique lo contrario. El conjuro tiene su tiempo de lanzamiento, alcance y duración normales, y el usuario del objeto deberá concentrarse si el conjuro necesita concentración. Muchos objetos, como las pociones, no requieren que el usuario sea capaz de lanzar conjuros y otorgan los efectos del conjuro con su duración habitual.

Ciertos objetos son una excepción a estas reglas, ya que cambian el lanzamiento, duración u otras partes de un conjuro.

Algunos objetos mágicos, como ciertos bastones, pueden pedir al usuario que emplee su propia aptitud mágica cuando lance un conjuro desde ellos. Si posee más de una aptitud mágica, elige cual usar con el objeto. Si no tiene una aptitud mágica (por ejemplo, un pícaro que utiliza su rasgo Usar Objetos Mágicos), su modificador por aptitud mágica para este objeto es +0, pero su bonificador por competencia sí se aplica.

Cargas

Ciertos objetos mágicos poseen cargas que deben ser gastadas para activar sus propiedades. El número de cargas restantes en un objeto se revela cuando se lanza un conjuro de *identificar* sobre él, así como cuando una criatura se sintoniza con él. Además, cada vez que un objeto recupere cargas, la criatura sintonizada con él sabrá de cuantas dispone.

Resistencia de los objetos mágicos

La mayoría de los objetos mágicos son obras de arte fabricadas con una habilidad excepcional. Gracias a la combinación de cuidadosa factura y refuerzos mágicos, un objeto mágico es como mínimo tan duradero como un objeto no mágico del mismo tipo. La mayoría de objetos mágicos, excepto las pociones y los pergaminos, tienen resistencia a todos los tipos de daño. Los artefactos son prácticamente indestructibles, para acabar con ellos se necesitan medidas extraordinarias.

Rasgos especiales

Puedes darle un encanto especial a un objeto mágico reflexionando sobre su trasfondo. ¿Quién lo fabricó? ¿Hay algo inusual en su construcción? ¿Para qué se hizo y cómo se utilizaba originalmente? ¿Qué particularidades lo separan de otros objetos del mismo tipo? Responder a estas preguntas puede ayudarte a convertir un objeto mágico genérico, como una *espada +1*, en un descubrimiento más excitante.

Las siguientes tablas pueden servirte para obtener las respuestas que necesitas. Tira en tantas de ellas como quieras. Algunas de las entradas serán más apropiadas para ciertos tipos de objetos. Además, algunos objetos mágicos solo los fabrican ciertas criaturas, como las *capa élficas*, que son confeccionadas por elfos y no por enanos. Si el resultado no tiene sentido, vuelve a tirar, elige una entrada más apropiada o utiliza el detalle obtenido como inspiración para crear el tuyo propio.

Variante: varitas que no se recargan

Una varita típica tiene usos que se gastan. Si quieres conseguir que se conviertan en un recurso limitado, puedes decidir que algunas de ellas son incapaces de recuperar cargas. En ese caso, valora la posibilidad de incrementar el número base de cargas para este tipo de varitas, hasta un máximo de 25. Estas cargas nunca se recuperan una vez gastadas.

¿QUIÉN FABRICÓ O PARA QUIÉN SE FABRICÓ EL OBJETO?

d20	Creador o destinatario
1	**Aberración.** Este objeto fue creado por aberraciones en tiempos antiguos, posiblemente para que lo usaran algunos de los siervos humanos favoritos. Cuando es observado por el rabillo del ojo, da la sensación de estar moviéndose.
2–4	**Humano.** Este objeto se creó durante el apogeo de un reino humano ya caído o está relacionado con un humano legendario. Podría tener escritura en una lengua olvidada o símbolos cuyo significado se ha perdido en el pasado.
5	**Celestial.** Esta arma pesa la mitad de lo normal y está grabada con alas con plumas, soles y otros símbolos del bien. Los infernales consideran este objeto repulsivo.
6	**Dragón.** Este objeto está hecho de escamas y garras de la muda de un dragón. Quizá incluye metales y piedras preciosas del tesoro de ese mismo dragón. Se calienta ligeramente cuando está a 120 pies o menos de un dragón.
7	**Drow.** Este objeto pesa la mitad de lo normal. Es negro y está grabado con arañas y telarañas, en honor a Lolth. Si se le expone a la luz del sol durante 1 minuto o más, podría empezar a funcionar mal o incluso a desintegrarse.
8–9	**Enano.** El objeto es muy resistente y tiene runas enanas integradas en el diseño. Podría estar asociado con un clan, al que le gustaría que fuera devuelto a su morada ancestral.
10	**Aire elemental.** Este objeto pesa la mitad de lo normal y parece hueco. Si está hecho de un tejido, es prácticamente transparente.
11	**Tierra elemental.** Lo más probable es que este objeto esté fabricado en piedra. Si tiene partes de tela o cuero, estarán repujadas con piedras cuidadosamente pulidas.

d20	Creador o destinatario
12	**Fuego elemental.** Este objeto se nota ligeramente caliente, con sus partes metálicas hechas de hierro negro. Su superficie está cubierta de grabados de llamas y predominan en ella los tonos naranjas y rojos.
13	**Agua elemental.** El cuero y la tela de este objeto han sido sustituidos por lustrosas escamas de pez, mientras que las partes normalmente metálicas están hechas de conchas y coral trabajado, tan fuertes como cualquier metal.
14–15	**Elfo.** Este objeto pesa la mitad de lo normal. Está adornado con símbolos naturales: hojas, enredaderas, estrellas, etc.
16	**Feérico.** Este objeto está cuidadosamente fabricado a partir de los mejores materiales y brilla a la luz de la luna con un fulgor pálido, de modo que emite luz tenue en un radio de 5 pies. Cualquier fragmento de hierro o acero del objeto ha sido sustituido por su equivalente en plata o mithral.
17	**Infernal.** Este objeto está hecho de acero negro o de cuerno, y cualquier parte de cuero o tela ha sido sustituida por piel de infernales. Su tacto es cálido y su superficie muestra runas grabadas con caras maliciosas o runas repugnantes. Los celestiales consideran este objeto repulsivo.
18	**Gigante.** Este objeto es más grande de lo normal. Fue hecho por gigantes para ser usado por aliados más pequeños.
19	**Gnomo.** Este objeto está fabricado para parecer normal, e incluso podría aparentar estar desgastado. Posiblemente incorpore engranajes y componentes mecánicos que no tienen por qué ser cruciales para su funcionamiento.
20	**Muerto viviente.** El objeto tiene imaginería de la muerte, como huesos y calaveras, y podría haber sido confeccionado a partir de trozos de cadáveres. Está frío al tacto.

¿CUÁL ES SU HISTORIA?

d8	Historia
1	**Arcano.** Fue creado para una antigua orden de lanzadores de conjuros y exhibe el emblema de dicha orden.
2	**Perdición.** El objeto fue creado por los enemigos de una cultura o tipo de criatura concreto. Si esta cultura o criatura todavía existe, podrían reconocer el objeto y señalar al portador como enemigo.
3	**Heroico.** Un gran héroe utilizó este objeto. Cualquiera familiarizado con la historia del objeto tendrá enormes expectativas de los actos del nuevo dueño.
4	**Ornamental.** Este objeto fue creado para conmemorar una ocasión especial. Tiene incrustaciones de oro y platino y está adornado con filigranas de plata.
5	**Profético.** Este objeto es parte de una profecía: su portador está destinado a desempeñar un papel clave en eventos futuros. Otra persona que ansíe ese papel podría intentar robar el objeto, del mismo modo que alguien que no quiera que se cumpla la profecía podría tratar de asesinar al portador.

d8	Historia
6	**Religioso.** Este objeto fue utilizado en ceremonias religiosas de una deidad concreta. Tiene símbolos sagrados grabados. Los seguidores de ese dios podrían intentar persuadir a su dueño de que lo done a un templo, querer robarlo para quedárselo o celebrar que el objeto esté en manos de un paladín o clérigo de su mismo dios.
7	**Siniestro.** El objeto ha quedado ligado a un acto de terrible maldad, como una masacre o un asesinato. Podría tener un nombre propio o estar fuertemente asociado al villano que lo usó. Cualquiera que esté familiarizado con la historia del objeto tratará a su portador con suspicacia.
8	**Símbolo de poder.** El objeto se empleaba como parte de las vestiduras reales o como señal de un alto cargo. Puede que su dueño anterior o sus descendientes aún lo quieran o que alguien confunda a su nuevo dueño con el legítimo heredero del objeto.

¿QUÉ PROPIEDAD MENOR POSEE?

d20	Propiedad menor
1	**Guía.** El propietario puede emplear una acción adicional para hacer que el objeto emita luz brillante en un radio de 10 pies y luz tenue en un radio de 10 pies adicionales, o para apagar la luz.
2	**Brújula.** El portador puede utilizar una acción para saber dónde está el norte.
3	**Conciencia.** Cuando el portador del objeto considera cometer o comete un acto malvado, el objeto provoca que aumenten sus remordimientos.
4	**Subterráneo.** Mientras esté bajo tierra, el portador de este objeto siempre sabrá su profundidad y la dirección de la escalera, rampa o camino hacia el exterior más cercano.
5	**Reluciente.** Este objeto nunca se ensucia.
6	**Guardián.** Este objeto susurra avisos a su portador, proporcionándole un bonificador de +2 a su iniciativa si este último no está incapacitado.
7	**Harmonioso.** Sintonizarse con este objeto solo lleva 1 minuto.
8	**Mensaje oculto.** Hay un mensaje oculto en alguna parte de este objeto. Quizá solo sea visible en un cierto momento del año, bajo la luz de una de las fases de la luna o en una localización específica.
9	**Llave.** Este objeto sirve para abrir un contenedor, cámara, cripta u otro tipo de entrada.
10	**Idioma.** El portador puede hablar y entender un idioma a elección del DM mientras lleve el objeto encima.
11	**Centinela.** Elige un tipo de criatura que sea enemiga del creador del objeto. Este brillará tenuemente cuando haya criaturas de ese tipo a 120 pies o menos de distancia.
12	**Creador de canciones.** Cuando el objeto es golpeado o utilizado para golpear a un enemigo, el portador escucha un fragmento de una canción de otra era.
13	**Material extraño.** El objeto fue creado a partir de un material extraño para su propósito. Esto no afecta a su durabilidad.
14	**Templado.** El portador no sufre daño por la temperatura en ambientes donde esta se mantenga entre −30 °C y 50 °C.
15	**Irrompible.** Este objeto no se romperá. Es necesario tomar medidas especiales para destruirlo.
16	**Líder militar.** El portador puede usar una acción para que su voz alcance con claridad a 300 pies o menos de distancia hasta el final de su próximo turno.
17	**Acuático.** Este objeto flota en agua u otros líquidos. Su portador tiene ventaja en las pruebas de Fuerza (Atletismo) para nadar.
18	**Malvado.** Cuando al portador se le presente una oportunidad de actuar de manera egoísta o malvada, este objeto potenciará su deseo de hacerlo.
19	**Ilusorio.** Este objeto está saturado de magia de la escuela de ilusionismo, lo que permite a su portador alterar detalles menores de la apariencia del objeto. Este tipo de cambios no afectan a cómo se viste, porta o empuña el objeto y, por supuesto, no tiene ningún tipo de efecto en sus propiedades mágicas. Podría, por ejemplo, hacer que una túnica roja se viera azul o que un anillo de oro pareciera de marfil. El objeto vuelve a su apariencia normal si no lo lleva o porta nadie.
20	Tira dos veces en esta tabla, repitiendo los siguientes resultados de 20.

¿QUÉ PECULIARIDAD TIENE?

d12	Peculiaridad
1	**Dichoso.** Mientras posea el objeto, el portador se siente afortunado y optimista acerca del futuro. Las mariposas y otras criaturas juguetean en su presencia.
2	**Confiado.** Este objeto ayuda a su portador a sentirse seguro de sí mismo.
3	**Avaricioso.** El portador de este objeto se obsesiona con acumular riquezas materiales.
4	**Frágil.** El objeto se desmenuza, deshilacha, astilla o se resquebraja al usarlo, activarlo o llevarlo. Esta peculiaridad no posee ningún efecto en sus propiedades, pero si el objeto ha sido utilizado con frecuencia, tendrá un aspecto ruinoso.
5	**Hambriento.** Las propiedades mágicas de este objeto solo funcionan si se le aplica sangre de humanoide cada 24 horas. Solo es necesaria una gota en cada aplicación.
6	**Ruidoso.** Este objeto hace un ruido fuerte cuando se usa, como un golpe, grito o sonido de gong.
7	**Metamórfico.** La apariencia de este objeto cambia ligeramente de manera periódica y aleatoria. El portador no posee control alguno sobre estas alteraciones menores, pero no tienen efecto en el uso del objeto.
8	**Murmurante.** El objeto gruñe y murmura. Una criatura que le escuche cuidadosamente podría aprender algo interesante.
9	**Doloroso.** El portador experimenta una ráfaga de dolor inofensivo cuando utiliza el objeto.
10	**Posesivo.** El objeto exige sintonización cuando se empuña o viste por primera vez, y no permite que su portador se sintonice con otros objetos. Aquellos objetos que ya estuvieran sintonizados con el portador previamente seguirán estándolo de forma normal hasta que la sintonización sea finalizada. Si esto ocurre, el portador no podrá resintonizarse con ellos.
11	**Repulsivo.** El portador siente una sensación de desagrado cuando está en contacto con el objeto, que se mantendrá mientras siga llevándolo o empuñándolo.
12	**Perezoso.** El portador de este objeto se siente letárgico y perezoso. Mientras esté sintonizado con él, necesitará 10 horas para completar un descanso largo.

Objetos mágicos aleatorios

Cuando utilizas una tabla de tesoro acumulado para determinar de forma aleatoria los contenidos de una acumulación de tesoro y tu tirada indica que hay uno o más objetos mágicos, puedes establecer de qué objetos mágicos se trata tirando en la tabla adecuada de entre las que se encuentran a continuación.

Tabla de objetos mágicos A

d100	Objeto mágico
01–50	Poción de curación
51–60	Pergamino de conjuro (truco)
61–70	Poción de trepar
71–90	Pergamino de conjuro (Nivel 1)
91–94	Pergamino de conjuro (Nivel 2)
95–98	Poción de curación mayor
99	Bolsa de contención
00	Globo flotante

Tabla de objetos mágicos B

d100	Objeto mágico
01–15	Poción de curación mayor
16–22	Poción de aliento de fuego
23–29	Poción de resistencia
30–34	Munición +1
35–39	Poción de amistad animal
40–44	Poción de fuerza de gigante de las colinas
45–49	Poción de crecimiento
50–54	Poción de respirar bajo el agua
55–59	Pergamino de conjuro (Nivel 2)
60–64	Pergamino de conjuro (Nivel 3)
65–67	Bolsa de contención
68–70	Ungüento de Keoghtom
71–73	Aceite escurridizo
74–75	Polvo de desaparición
76–77	Polvo de sequedad
78–79	Polvo de estornudar y atragantarse
80–81	Gema elemental
82–83	Filtro de amor
84	Vasija alquímica
85	Gorro de respirar bajo el agua
86	Capa de la mantarraya
87	Globo flotante
88	Anteojos de la noche
89	Yelmo de entender idiomas
90	Vara inamovible
91	Linterna de revelación
92	Armadura de marinero
93	Armadura de mithral
94	Poción de veneno
95	Anillo de natación
96	Túnica de objetos útiles
97	Cuerda de escalada
98	Silla de monta del caballero
99	Varita de detección mágica
00	Varita de secretos

Tabla de objetos mágicos C

d100	Objeto mágico
01–15	Poción de curación superior
16–22	Pergamino de conjuro (nivel 4)
23–27	Munición +2
28–32	Poción de clarividencia
33–37	Poción de encoger
38–42	Poción de forma gaseosa
43–47	Poción de fuerza de gigante de escarcha
48–52	Poción de fuerza de gigante de piedra
53–57	Poción de heroísmo
58–62	Poción de invulnerabilidad
63–67	Poción de leer mentes
68–72	Pergamino de conjuro (nivel 5)
73–75	Elixir de salud
76–78	Aceite de etereidad
79–81	Poción de fuerza de gigante de fuego
82–84	Ficha pluma de Quall
85–87	Pergamino de protección
88–89	Bolsa de judías
90–91	Canica de fuerza
92	Carillón de apertura
93	Decantador de agua interminable
94	Anteojos de visión minuciosa
95	Bote plegable
96	Morral práctico de Heward
97	Herraduras de velocidad
98	Collar de bolas de fuego
99	Talismán de salud
00	Piedras mensajeras

Tabla de objetos mágicos D

d100	Objeto mágico
01–20	Poción de curación suprema
21–30	Poción de invisibilidad
31–40	Poción de velocidad
41–50	Pergamino de conjuro (nivel 6)
51–57	Pergamino de conjuro (nivel 7)
58–62	Munición +3
63–67	Aceite de afilado
68–72	Poción de vuelo
73–77	Poción de fuerza de gigante de las nubes
78–82	Poción de longevidad
83–87	Poción de vitalidad
88–92	Pergamino de conjuro (nivel 8)
93–95	Herraduras del céfiro
96–98	Maravillosos pigmentos de Nolzur
99	Bolsa devoradora
00	Agujero portátil

Tabla de objetos mágicos E

d100	Objeto mágico
01–30	Pergamino de conjuro (nivel 8)
31–55	Poción de fuerza de gigante de las tormentas
56–70	Poción de curación suprema
71–85	Pergamino de conjuro (nivel 9)
86–93	Disolvente universal
94–98	Flecha asesina
99–00	Pegamento soberano

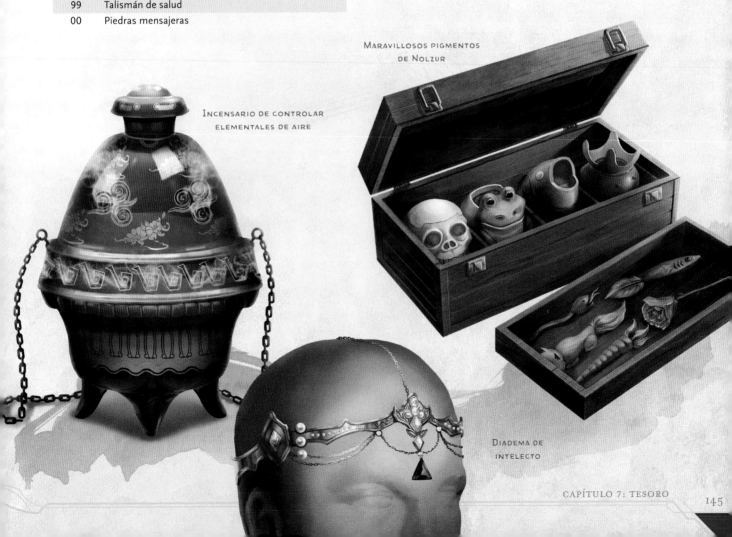

MARAVILLOSOS PIGMENTOS DE NOLZUR

INCENSARIO DE CONTROLAR ELEMENTALES DE AIRE

DIADEMA DE INTELECTO

Tabla de objetos mágicos F

d100	Objeto mágico	d100	Objeto mágico
01–15	Arma +1	71	Bolsa de trucos (marrón)
16–18	Escudo +1	72	Botas de las tierras invernales
19–21	Escudo centinela	73	Diadema de estallidos
22–23	Amuleto a prueba de detección y localización	74	Baraja de ilusiones
24–25	Botas élficas	75	Botella siemprehumeante
26–27	Botas de zancadas y brincos	76	Anteojos de encantamiento
28–29	Brazales de arquería	77	Anteojos de vista de águila
30–31	Broche escudo	78	Estatuilla de poder maravilloso (cuervo de plata)
32–33	Escoba voladora	79	Gema del resplandor
34–35	Capa élfica	80	Guantes atrapaflechas
36–37	Capa de protección	81	Guantes de natación y escalada
38–39	Guanteletes de fuerza de ogro	82	Guantes de ladrón
40–41	Sombrero de disfraz	83	Diadema de intelecto
42–43	Jabalina del relámpago	84	Yelmo de telepatía
44–45	Perla de poder	85	Instrumento de los bardos (laúd de Doss)
46–47	Vara del pacto +1	86	Instrumento de los bardos (bandora de Fochlucan)
48–49	Babuchas de trepar cual arácnido	87	Instrumento de los bardos (cistro de Mac-Fuirmidh)
50–51	Bastón de la víbora	88	Medallón de los pensamientos
52–53	Bastón de la pitón	89	Collar de adaptación
54–55	Espada de la venganza	90	Talismán de cerrar heridas
56–57	Tridente de comandar peces	91	Flauta de la aparición
58–59	Varita de proyectiles mágicos	92	Flauta de las cloacas
60–61	Varita del mago de guerra +1	93	Anillo de salto
62–63	Varita de telaraña	94	Anillo de escudo mental
64–65	Arma de advertencia	95	Anillo de calidez
66	Armadura adamantina (cota de malla)	96	Anillo de caminar sobre las aguas
67	Armadura adamantina (camisa de malla)	97	Carcaj de Ehlonna
68	Armadura adamantina (cota de escamas)	98	Piedra de la buena fortuna
69	Bolsa de trucos (gris)	99	Abanico del viento
70	Bolsa de trucos (rojiza)	00	Botas aladas

BANDORA DE
FOCHLUCAN

MALLA ÉLFICA

BRAZALES DE
ARQUERÍA

BOTAS DE
VELOCIDAD

FLECHA ASESINA

Tabla de objetos mágicos G

d100	Objeto mágico		d100	Objeto mágico
01–11	Arma +2		55	Bandas de hierro de Bilarro
12–14	Estatuilla de poder maravilloso (tira 1d8)		56	Armadura, cuero +1
	1 Grifo de bronce		57	Armadura de resistencia (cuero)
	2 Mosca de ébano		58	Maza disruptiva
	3 Leones dorados		59	Maza castigadora
	4 Cabras de marfil		60	Maza del terror
	5 Elefante de mármol		61	Manto de resistencia a conjuros
	6–7 Perro de ónice		62	Collar de plegarias
	8 Búho de serpentina		63	Colgante de inmunidad al veneno
15	Armadura adamantina (coraza)		64	Anillo de influencia animal
16	Armadura adamantina (de bandas)		65	Anillo de evasión
17	Amuleto de salud		66	Anillo de caída de pluma
18	Armadura de vulnerabilidad		67	Anillo de libertad de acción
19	Escudo atrapaflechas		68	Anillo de protección
20	Cinturón enano		69	Anillo de resistencia
21	Cinturón de fuerza de gigante de las colinas		70	Anillo de almacenamiento de conjuros
22	Hacha berserker		71	Anillo del carnero
23	Botas de levitación		72	Anillo de visión de rayos X
24	Botas de velocidad		73	Túnica de los ojos
25	Cuenco para controlar elementales de agua		74	Cetro de mando
26	Brazales de defensa		75	Vara del pacto +2
27	Brasero para controlar elementales de fuego		76	Cuerda enredadora
28	Capa del charlatán		77	Armadura, cota de escamas +1
29	Incensario de controlar elementales de aire		78	Armadura de resistencia (cota de escamas)
30	Armadura, cota de malla +1		79	Escudo +2
31	Armadura de resistencia (cota de malla)		80	Escudo de atraer proyectiles
32	Armadura, camisa de malla +1		81	Bastón del cautivador
33	Armadura de resistencia (camisa de malla)		82	Bastón de curación
34	Capa de desplazamiento		83	Bastón de enjambre de insectos
35	Capa de murciélago		84	Bastón de los bosques
36	Cubo de fuerza		85	Bastón de marchitamiento
37	Fortaleza instantánea de Daern		86	Piedra de controlar elementales de tierra
38	Daga de la ponzoña		87	Espada solar
39	Grilletes dimensionales		88	Espada ladrona de vida
40	Matadragones		89	Espada hiriente
41	Malla élfica		90	Vara de tentáculos
42	Lengua de fuego		91	Arma feroz
43	Gema de visión		92	Varita de atadura
44	Matagigantes		93	Varita de detectar enemigos
45	Cuero tachonado encantado		94	Varita del terror
46	Yelmo de teletransporte		95	Varita de bolas de fuego
47	Cuerno de estallido		96	Varita de relámpagos
48	Cuerno del Valhalla (plata o latón)		97	Varita de parálisis
49	Instrumento de los bardos (mandolina de Canaith)		98	Varita del mago de guerra +2
50	Instrumento de los bardos (lira de Cli)		99	Varita de las maravillas
51	Piedra Ioun (consciencia)		00	Alas de vuelo
52	Piedra Ioun (protección)			
53	Piedra Ioun (reserva)			
54	Piedra Ioun (sustento)			

Escoba voladora

Tabla de objetos mágicos H

d100	Objeto mágico	d100	Objeto mágico
01–10	Arma +3	66	Espada danzarina
11–12	Amuleto de los planos	67	Armadura demoníaca
13–14	Alfombra voladora	68	Cota de escamas de dragón
15–16	Bola de cristal (versión muy rara)	69	Armadura de placas enana
17–18	Anillo de regeneración	70	Martillo arrojadizo enano
19–20	Anillo de estrellas fugaces	71	Botella de ifrit
21–22	Anillo de telequinesis	72	Estatuilla de poder maravilloso (corcel de obsidiana)
23–24	Túnica de colores hipnóticos	73	Hierro de escarcha
25–26	Túnica de las estrellas	74	Yelmo de fulgor
27–28	Vara de la absorción	75	Cuerno del Valhalla (bronce)
29–30	Vara de la alerta	76	Instrumento de los bardos (arpa de Anstruth)
31–32	Vara de la seguridad	77	Piedra Ioun (absorción)
33–34	Vara del pacto +3	78	Piedra Ioun (agilidad)
35–36	Cimitarra de velocidad	79	Piedra Ioun (fortaleza)
37–38	Escudo +3	80	Piedra Ioun (perspicacia)
39–40	Bastón de fuego	81	Piedra Ioun (intelecto)
41–42	Bastón de escarcha	82	Piedra Ioun (liderazgo)
43–44	Bastón de poder	83	Piedra Ioun (fuerza)
45–46	Bastón de impacto	84	Armadura, cuero +2
47–48	Bastón de truenos y relámpagos	85	Manual de la salud corporal
49–50	Espada de hoja afilada	86	Manual del ejercicio beneficioso
51–52	Varita de polimorfar	87	Manual de gólems
53–54	Varita del mago de guerra +3	88	Manual de rapidez de acción
55	Armadura adamantina (media armadura)	89	Espejo atrapavidas
56	Armadura adamantina (de placas)	90	Ladrona de nueve vidas
57	Escudo animado	91	Arco juramentado
58	Cinturón de fuerza de gigante de fuego	92	Armadura, cota de escamas +2
59	Cinturón de fuerza de gigante de escarcha (o piedra)	93	Escudo de guarda contra conjuros
60	Armadura, coraza +1	94	Armadura, de bandas +1
61	Armadura de resistencia (coraza)	95	Armadura de resistencia (de bandas)
62	Vela de invocación	96	Armadura, cuero tachonado +1
63	Armadura, cota de malla +2	97	Armadura de resistencia (cuero tachonado)
64	Armadura, camisa de malla +2	98	Tomo de pensamiento claro
65	Capa arácnida	99	Tomo de liderazgo e influencia
		00	Tomo de entendimiento

MANUAL DE GÓLEMS
DE HIERRO

COTA DE ESCAMAS DE DRAGÓN

TABLA DE OBJETOS MÁGICOS 1

d100	Objeto mágico	d100	Objeto mágico
01–05	Defensora	77	Aparato de Kwalish
06–10	Martillo de rayos	78	Armadura de invulnerabilidad
11–15	Filo de la fortuna	79	Cinturón de fuerza de gigante de las tormentas
16–20	Espada de la respuesta	80	Portal cúbico
21–23	Vengadora sagrada	81	Baraja de múltiples cosas
24–26	Anillo de invocar djinns	82	Malla de ifrit
27–29	Anillo de invisibilidad	83	Armadura de resistencia (media armadura)
30–32	Anillo de retorno de conjuros	84	Cuerno del Valhalla (hierro)
33–35	Cetro de poder señorial	85	Instrumento de los bardos (arpa de Ollamh)
36–38	Bastón de los magos	86	Piedra Ioun (absorción mayor)
39–41	Espada vorpal	87	Piedra Ioun (maestría)
42–43	Cinturón de fuerza de gigante de las nubes	88	Piedra Ioun (regeneración)
44–45	Armadura, coraza +2	89	Armadura de placas de etereidad
46–47	Armadura, cota de malla +3	90	Armadura de placas de resistencia
48–49	Armadura, camisa de malla +3	91	Anillo de comandar elementales de aire
50–51	Capa de invisibilidad	92	Anillo de comandar elementales de tierra
52–53	Bola de cristal (versión legendaria)	93	Anillo de comandar elementales de fuego
54–55	Armadura, media armadura+1	94	Anillo de los tres deseos
56–57	Frasco de hierro	95	Anillo de comandar elementales de agua
58–59	Armadura, cuero+3	96	Esfera de aniquilación
60–61	Armadura, de placas+1	97	Talismán del bien puro
62–63	Túnica del archimago	98	Talismán de la esfera
64–65	Vara de la resurrección	99	Talismán del mal definitivo
66–67	Armadura, cota de escamas +1	00	Tomo de la lengua detenida
68–69	Escarabajo protector		
70–71	Armadura, de bandas +2		
72–73	Armadura, cuero +2		
74–75	Pozo de los muchos mundos		
76	Armadura mágica (tira d12)		

1–2	Armadura, media armadura +2
3–4	Armadura, de placas+2
5–6	Armadura, cuero tachonado +3
7–8	Armadura, coraza +3
9–10	Armadura, de bandas +3
11	Armadura, media armadura +3
12	Armadura, de placas +3

ARMADURA
DE PLACAS DE
RESISTENCIA

CINTURÓN DE
FUERZA DE GIGANTE
DE PIEDRA

VELA DE
INVOCACIÓN

AMULETO DE LOS
PLANOS

AMULETO A PRUEBA DE
DETECCIÓN Y LOCALIZACIÓN

OBJETOS MÁGICOS DE LA A A LA Z

Los objetos mágicos están dispuestos en orden alfabético. La descripción de un objeto mágico presenta su nombre, categoría, rareza y propiedades mágicas.

ABANICO DEL VIENTO

Objeto maravilloso, infrecuente

Mientras sostengas este abanico, puedes usar una acción para lanzar *ráfaga de viento* (tirada de salvación CD 13) desde él. Una vez empleado, no debe ser utilizado de nuevo hasta el siguiente amanecer. Cada vez que se use antes de ese momento, existe una probabilidad acumulativa del 20 % de que no funcione y se desgarre en jirones inútiles, carentes de magia.

ACEITE DE AFILADO

Poción, muy rara

Este aceite transparente y gelatinoso brilla debido a las minúsculas esquirlas de plata que contiene. Puedes cubrir un arma cortante o perforante o hasta 5 unidades de munición cortante o perforante. Se tarda 1 minuto en aplicar este aceite. Durante 1 hora, el arma recubierta se considera mágica y tiene un bonificador de +3 a las tiradas de ataque y daño.

ACEITE DE ETEREIDAD

Poción, raro

En el exterior de este recipiente se forman y evaporan rápidamente gotitas de un aceite turbio y gris. Este aceite puede cubrir completamente a una criatura Mediana o más pequeña, así como el equipo que vista y cargue. Es necesario un vial adicional por cada categoría de tamaño por encima de Mediano. Se tarda 10 minutos en aplicar este aceite. La criatura afectada gana los efectos del conjuro *excursión etérea* durante 1 hora.

ACEITE ESCURRIDIZO

Poción, infrecuente

Este ungüento negro y pegajoso parece denso y pesado dentro del recipiente, pero fluye rápidamente al verterlo. El aceite puede cubrir completamente a una criatura Mediana o más pequeña, así como el equipo que vista y cargue. Es necesario un vial adicional por cada categoría de tamaño por encima de Mediano. Se tarda 10 minutos en aplicarlo. La criatura afectada gana los efectos del conjuro *libertad de movimiento* durante 8 horas.

De forma alternativa, puede utilizarse una acción para derramar el contenido del frasco, cubriendo una zona de 10 por 10 pies de aceite y replicando los efectos del conjuro *grasa* durante 8 horas.

AGUJERO PORTÁTIL

Objeto maravilloso, raro

Esta delicada tela negra, suave como la seda, está doblada hasta ocupar el espacio de un pañuelo. Se despliega en una sábana circular de 6 pies de diámetro.

Puedes usar una acción para extender un *agujero portátil* y colocarlo en una superficie sólida, donde creará un hueco extradimensional de 10 pies de profundidad. El espacio cilíndrico en el que existe el agujero está en otro plano, por lo que no puede emplearse para crear pasadizos. Una criatura dentro de un *agujero portátil* puede salir del agujero escalando.

Puedes utilizar una acción para cerrar un *agujero portátil* cogiendo los bordes de la tela y doblándola. Plegarla cierra el agujero, de modo que las criaturas u objetos que estuvieran dentro permanecerán ahí. Independientemente de su contenido, el agujero no pesa nada.

Si este se pliega, una criatura situada dentro del espacio extradimensional podrá usar una acción para hacer una prueba de Fuerza CD 10. Si tiene éxito, consigue salir a la fuerza y aparece en un espacio a 5 pies del agujero o de la criatura que lo lleve consigo. Si una criatura que necesite respirar es colocada dentro, podrá sobrevivir durante 10 minutos, tras lo cual empieza a ahogarse.

AMULETO DE SALUD

ALAS DE VUELO

ABANICO DEL
VIENTO

Poner un agujero portátil dentro del espacio extradimensional creado por un *morral práctico de Heward, bolsa de contención* u otro objeto similar destruye instantáneamente ambos objetos y abre un portal al Plano Astral. Se creará en el sitio donde un objeto se metió dentro del otro. Cualquier criatura que se encuentre a 10 pies del portal será absorbida a través de este a una localización aleatoria en el Plano Astral. Después, el portal se cierra. Solo funciona en un sentido y no puede ser reabierto.

ALFOMBRA VOLADORA
Objeto maravilloso, muy raro

Puedes utilizar una acción para pronunciar la palabra de activación de la alfombra y hacer que levite y vuele. Se moverá de acuerdo a tus instrucciones verbales, siempre que permanezcas a 30 pies de ella.

Existen cuatro tamaños de *alfombra voladora*. El DM elige el tamaño o lo determina al azar.

d100	Tamaño	Capacidad	Velocidad volando
01–20	3 × 5 pies	200 lb	80 pies
21–55	4 × 6 pies	400 lb	60 pies
56–80	5 × 7 pies	600 lb	40 pies
81–00	6 × 9 pies	800 lb	30 pies

La alfombra puede cargar hasta dos veces el peso mostrado en la tabla, pero volará a la mitad de velocidad si transporta un peso superior a su capacidad normal (la indicada en la tabla).

ALAS DE VUELO
Objeto maravilloso, raro (requiere sintonización)

Mientras lleves esta capa, puedes usar una acción para pronunciar su palabra de activación. Esto convierte la capa en un par de alas de murciélago o de pájaro que se colocan en tu espalda durante 1 hora o hasta que repitas la palabra de activación.

Las alas te proporcionan una velocidad volando de 60 pies. Cuando desaparecen, no puedes volver a emplearlas durante 1d12 horas.

AMULETO A PRUEBA DE DETECCIÓN Y LOCALIZACIÓN
Objeto maravilloso, infrecuente (requiere sintonización)

Mientras lleves puesto este amuleto, estarás oculto ante la magia de adivinación. No podrás ser objetivo de ningún efecto mágico de ese tipo o ser percibido mediante sensores mágicos de escudriñamiento.

AMULETO DE LOS PLANOS
Objeto maravilloso, muy raro (requiere sintonización)

Mientras lleves puesto este amuleto, puedes usar una acción para nombrar una localización con la que estés familiarizado de otro plano de existencia. Después, haz una prueba de Inteligencia CD 15. Si tienes éxito, lanzas el conjuro *desplazamiento entre planos*. Si fallas, tú y cualquier criatura y objeto que se encuentre a 15 pies o menos de ti os desplazáis a una localización al azar. Tira 1d100. Si sacas entre 1 y 60, viajáis a una localización aleatoria en el plano de existencia nombrado. Si sacas entre 61 y 100, aparecéis en un plano determinado aleatoriamente.

AMULETO DE SALUD
Objeto maravilloso, raro (requiere sintonización)

Tu puntuación de Constitución es de 19 mientras lleves puesto este amuleto. No tiene ningún efecto si tu Constitución es de 19 o más sin él.

ANILLO DE INFLUENCIA ANIMAL

ANILLO DE
LIBERTAD DE
ACCIÓN

ANILLO DE INVOCAR
DJINNS

ANILLO DE COMANDAR
ELEMENTALES DE AIRE

ANILLO DE ALMACENAMIENTO DE CONJUROS

Anillo, raro (requiere sintonización)

Este anillo almacena conjuros lanzados sobre él, hasta que un portador sintonizado con este objeto decida usarlos. Puede guardar conjuros que sumen en total 5 niveles de conjuro. Cuando lo encuentras, tiene 1d6 −1 niveles de conjuros elegidos por el DM.

Cualquier criatura puede lanzar un conjuro de niveles 1 a 5 en el anillo tocándolo mientras lanza el conjuro. Este no tendrá efecto, pero quedará almacenado en el anillo. Si no puede almacenarse el conjuro, este se desperdicia sin efecto. El nivel del espacio utilizado para lanzar el conjuro determina cuanto espacio utiliza.

Mientras lleves puesto el anillo, puedes lanzar cualquiera de los conjuros almacenados. El conjuro emplea el nivel del espacio, CD de la salvación de conjuro, bonificador de ataque y aptitud mágica del lanzador original, pero por lo demás se comporta como si tú lo hubieras lanzado. Un conjuro lanzado desde el anillo deja de ocupar espacio en él.

ANILLO DE CAÍDA DE PLUMA

Anillo, raro (requiere sintonización)

Cuando caigas llevando este anillo puesto, desciendes 60 pies por asalto y no recibes daño por caída.

ANILLO DE CALIDEZ

Anillo, infrecuente (requiere sintonización)

Tienes resistencia al daño de frío cuando llevas puesto este anillo. Además, tú y todo lo que lleves y vistas no se ve dañado por el frío provocado por temperaturas de hasta −45 °C. Por debajo de esta temperatura os veréis afectados normalmente.

ANILLO DE CAMINAR SOBRE LAS AGUAS

Anillo, infrecuente

Mientras lleves este anillo, puedes permanecer encima de cualquier líquido y avanzar sobre él como si fuera terreno sólido.

ANILLO DE COMANDAR ELEMENTALES

Anillo, legendario (requiere sintonización)

Este anillo está vinculado a uno de los cuatro Planos Elementales. El DM elige el plano o lo determina al azar.

Mientras lleves este anillo, tienes ventaja en tiradas de ataque contra elementales del plano vinculado y, a su vez, ellos poseen desventaja en tiradas de ataque contra ti. Además, tendrás disponibles ciertas propiedades, en función del plano vinculado.

El anillo posee 5 cargas. Recupera 1d4 + 1 cargas empleadas cada día, al amanecer. Los conjuros lanzados desde el anillo tienen una CD para salvación de conjuros de 17.

Anillo de comandar elementales de aire. Puedes gastar 2 de las cargas para lanzar *dominar monstruo* sobre un elemental de aire. Además, cuando caigas, desciendes 60 pies por asalto y no recibes daño por caída. También podrás hablar y comprender el aurano.

Si matas (o ayudas a matar) a un elemental de aire mientras estás sintonizado con el anillo, ganas acceso a las siguientes propiedades adicionales:

- Resistencia al daño de relámpago.
- Tienes una velocidad volando igual a tu velocidad caminando y puedes levitar.
- Puedes lanzar los siguientes conjuros desde el anillo, empleando las cargas necesarias: *relámpago en cadena* (3 cargas), *ráfaga de viento* (2 cargas) o *muro de viento* (1 carga).

Anillo de comandar elementales de tierra. Puedes gastar 2 de las cargas para lanzar *dominar monstruo* sobre un elemental de tierra. Además, puedes moverte por terreno difícil compuesto de escombros, rocas o tierra como si fuera terreno normal. También podrás hablar y comprender el terrano.

Si matas (o ayudas a matar) a un elemental de tierra mientras estás sintonizado con el anillo, ganas acceso a las siguientes propiedades adicionales:

- Resistencia al daño de ácido.
- Puedes moverte a través de roca o tierra sólida como si fueran terreno difícil. Si acabas tu turno en ellas, serás expulsado al último espacio desocupado cercano en que hubieras estado.
- Puedes lanzar los siguientes conjuros desde el anillo, empleando las cargas necesarias: *moldear la piedra* (2 cargas), *piel pétrea* (3 cargas) o *muro de piedra* (3 cargas).

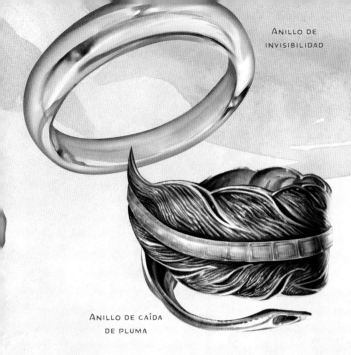

ANILLO DE
INVISIBILIDAD

ANILLO DE
ESCUDO MENTAL

ANILLO DE CAÍDA
DE PLUMA

ANILLO DE EVASIÓN

Anillo de comandar elementales de fuego. Puedes gastar 2 de las cargas para lanzar *dominar monstruo* sobre un elemental de fuego. Además, posees resistencia al daño de fuego. También podrás hablar y comprender el ígneo.

Si matas (o ayudas a matar) a un elemental de fuego mientras estás sintonizado con el anillo, ganas acceso a las siguientes propiedades adicionales:

- Inmunidad al daño de fuego.
- Puedes lanzar los siguientes conjuros desde el anillo, empleando las cargas necesarias: *manos ardientes* (1 carga), *bola de fuego* (2 cargas) o *muro de fuego* (3 cargas).

Anillo de comandar elementales de agua. Puedes gastar 2 de las cargas para lanzar *dominar monstruo* sobre un elemental de agua. Además, puedes andar sobre superficies líquidas como si fueran terreno firme. También podrás hablar y comprender el acuano.

Si matas (o ayudas a matar) a un elemental de agua mientras estás sintonizado con el anillo, ganas acceso a las siguientes propiedades adicionales:

- Puedes respirar bajo el agua y ganas una velocidad nadando igual a tu velocidad caminando.
- Puedes lanzar los siguientes conjuros desde el anillo, empleando las cargas necesarias: *crear o destruir agua* (1 carga), *controlar agua* (3 cargas), *tormenta de hielo* (2 cargas) o *muro de hielo* (3 cargas).

ANILLO DE ESCUDO MENTAL

Anillo, infrecuente (requiere sintonización)

Mientras lleves este anillo, eres inmune a la magia que permita a otras criaturas leer tus pensamientos, determinar si mientes, conocer tu alineamiento o averiguar tu tipo de criatura. Además, solo podrán comunicarse telepáticamente contigo si se lo permites.

Puedes usar una acción para que el anillo se vuelva invisible hasta que emplees otra acción para hacerlo visible, te lo quites o mueras.

Si falleces mientras llevas el anillo, tu alma entrará en él a menos que ya tenga otra dentro. Puedes permanecer en el anillo o partir al más allá. Mientras tu alma permanezca en este objeto, puedes comunicarte telepáticamente con cualquier criatura que lo lleve puesto. Esta última no puede evitar esta comunicación telepática.

ANILLO DE ESTRELLAS FUGACES

Anillo, muy raro (requiere sintonización nocturna al aire libre)

Mientras lleves este anillo en luz tenue u oscuridad, puedes lanzar desde él los conjuros *luces danzantes* y *luz* a voluntad. Lanzar uno de estos conjuros desde el anillo requiere una acción.

El anillo tiene 6 cargas para las siguientes propiedades. Este objeto recupera 1d6 cargas empleadas cada día, al amanecer.

Fuego feérico. Puedes utilizar una acción y gastar 1 carga para lanzar *fuego feérico* desde el anillo.

Bola de rayos. Puedes utilizar una acción y gastar 2 cargas para crear hasta cuatro esferas de relámpago de 3 pies de diámetro. Cuantas más esferas crees, menos poderosas serán individualmente.

Cada esfera aparecerá en un espacio desocupado que puedas ver y que se encuentre a 120 pies o menos de ti. Las esferas permanecerán mientras te concentres (como en un conjuro), hasta 1 minuto. Cada una emite luz tenue en un radio de 30 pies.

Puedes emplear una acción adicional para mover cada esfera hasta 30 pies, pero nunca a un punto a más de 120 pies de ti.

Cuando una criatura que no seas tú se acerque a 5 pies o menos de una esfera, dicha esfera descargará un relámpago sobre ella y desaparecerá. La criatura deberá realizar una tirada de salvación de Destreza CD 15. Si falla, recibe daño de relámpago según el número de esferas que hayas creado.

Esferas	Daño de relámpago
4	2d4
3	2d6
2	5d4
1	4d12

Estrellas fugaces. Puedes utilizar una acción y gastar de 1 a 3 cargas. Por cada carga que emplees, puedes lanzar una mota de luz brillante desde el anillo a un punto que puedas ver y que se encuentre a 60 pies o menos de ti. Todas las criaturas situadas en un cubo de 15 pies con origen en ese punto quedan cubiertas por una lluvia de chispas y deben realizar una tirada de salvación de Destreza CD 15. Recibirán 5d4 de daño de fuego si la fallan o la mitad si tienen éxito.

ANILLO DE PROTECCIÓN

ANILLO DE ALMACENAMIENTO DE CONJUROS

ANILLO DE RESISTENCIA AL FUEGO

ANILLO DE REGENERACIÓN

ANILLO DE TELEQUINESIS

ANILLO DE EVASIÓN

Anillo, raro (requiere sintonización)

Este anillo posee 3 cargas, y recupera 1d3 cargas empleadas cada día, al amanecer. Cuando fallas una tirada de salvación de Destreza mientras lo llevas puesto, puedes usar una reacción para gastar una de las cargas y tener éxito en esa tirada.

ANILLO DE INFLUENCIA ANIMAL

Anillo, raro

Este anillo tiene 3 cargas, y recupera 1d3 cargas empleadas cada día, al amanecer. Mientras lo lleves, puedes utilizar una acción y gastar 1 carga para lanzar uno de los siguientes conjuros:

- *Encantar animal* (tirada de salvación CD 13).
- *Terror* (tirada de salvación CD 13, solo puede lanzarse contra bestias de Inteligencia 3 o menos).
- *Hablar con los animales*.

ANILLO DE INVISIBILIDAD

Anillo, legendario (requiere sintonización)

Siempre que lleves este anillo puesto, puedes volverte invisible usando una acción. Cualquier cosa que vistas o lleves encima será también invisible. Permanecerás así hasta que ataques, lances un conjuro, dejes de llevar puesto el anillo, o utilices una acción adicional para ser visible de nuevo.

ANILLO DE INVOCAR DJINNS

Anillo, legendario (requiere sintonización)

Mientras lleves este anillo, puedes utilizar una acción y pronunciar su palabra de activación para convocar a un djinn concreto del Plano Elemental del Aire. Aparecerá en un espacio desocupado situado a 120 pies o menos de ti. Permanecerá mientras te concentres (como en un conjuro), hasta un máximo de 1 hora o hasta que sus puntos de golpe desciendan a 0. Después volverá a su plano nativo.

Mientras permanezca invocado, se mostrará amistoso hacia ti y tus compañeros. Obedecerá cualquier orden que le des, sin importar el idioma. Si no le das ninguna, se defenderá de criaturas hostiles, pero no realizará ninguna otra acción.

Una vez ha partido, no puede ser invocado hasta pasadas 24 horas. El anillo dejará de ser mágico si el djinn muere.

ANILLO DE LIBERTAD DE ACCIÓN

Anillo, raro (requiere sintonización)

Cuando llevas este anillo puesto, el terreno difícil no te cuesta movimiento extra. Además, la magia no puede reducir tu velocidad ni dejarte paralizado o apresado.

ANILLO DE LOS TRES DESEOS

Anillo, legendario

Mientras lleves este anillo puesto, puedes utilizar una acción y gastar una de sus 3 cargas para lanzar el conjuro *deseo*. El anillo deja de ser mágico cuando utilizas la última carga.

ANILLO DE NATACIÓN

Anillo, infrecuente

Posees una velocidad nadando de 40 pies mientras lleves este anillo puesto.

ANILLO DE PROTECCIÓN

Anillo, raro (requiere sintonización)

Obtienes un bonificador de +1 a la CA y a las tiradas de salvación mientras lleves puesto este anillo.

ANILLO DE REGENERACIÓN

Anillo, muy raro (requiere sintonización)

Mientras lleves este anillo, recuperas 1d6 puntos de golpe cada 10 minutos, siempre que tengas al menos 1 punto de golpe. Si pierdes una parte del cuerpo, el anillo hace que vuelva a crecer y funcionar con normalidad en 1d6 + 1 días, siempre que te mantengas con al menos 1 punto de golpe durante todo el tiempo necesario para que la parte vuelva a crecer.

ANILLO DE RESISTENCIA

Anillo, raro (requiere sintonización)

Posees resistencia a un tipo de daño cuando llevas puesto este anillo. La gema incrustada en el anillo, elegida por el DM o determinada al azar, indica el tipo de daño.

d10	Tipo de daño	Gema
1	Ácido	Perla
2	Frío	Turmalina
3	Fuego	Granate
4	Fuerza	Zafiro

ANILLO DE LOS
TRES DESEOS

ANILLO DEL CARNERO

ANILLO DE RETORNO
DE CONJUROS

ANILLO DE
ESTRELLAS FUGACES

ANILLO DE CAMINAR
SOBRE LAS AGUAS

ANILLO DE VISIÓN
DE RAYOS X

d10	Tipo de daño	Gema
5	Relámpago	Citrino
6	Necrótico	Azabache
7	Veneno	Amatista
8	Psíquico	Jade
9	Radiante	Topacio
10	Trueno	Espinela

ANILLO DE RETORNO DE CONJUROS

Anillo, legendario (requiere sintonización)

Mientras lleves este anillo, posees ventaja en tiradas de salvación contra cualquier conjuro que solo te tenga a ti como objetivo (no como parte de un área de efecto). Además, si obtienes un 20 en la tirada de salvación y el conjuro es de nivel 7 o inferior, este no tendrá efecto alguno sobre ti y, en vez de eso, se volverá contra el lanzador, utilizando su nivel de espacio de conjuro, CD de salvación de conjuros, bonificador de ataque y aptitud mágica.

ANILLO DE SALTO

Anillo, infrecuente (requiere sintonización)

Mientras lleves este anillo, puedes lanzar a voluntad el conjuro *salto* desde él usando una acción adicional, pero solo tú podrás ser el objetivo.

ANILLO DE TELEQUINESIS

Anillo, muy raro (requiere sintonización)

Mientras lleves este anillo, puedes lanzar el conjuro *telequinesis* a voluntad, pero solo contra objetos que no lleve o vista nadie.

ANILLO DE VISIÓN DE RAYOS X

Anillo, raro (requiere sintonización)

Mientras lleves este anillo, puedes utilizar una acción para pronunciar su palabra de activación. Si haces esto, puedes mirar a través del anillo, consiguiendo así que tu visión penetre a través de objetos sólidos durante 1 minuto. Esta visión tiene un radio de 30 pies. En lo que a ti respecta, los objetos sólidos dentro de ese radio se ven transparentes y no impiden el paso de la luz. Esta visión es capaz de atravesar la mayoría de las barreras, pero se ve bloqueada por 1 pie de piedra, 1 pulgada de cualquier metal común o 3 pies de madera o tierra. Una sustancia más densa o una fina lámina de plomo también bloquean la visión.

Cada vez que emplees el anillo de nuevo antes de un descanso largo, deberás tener éxito en una tirada de salvación de Constitución CD 15 o recibirás un nivel de cansancio.

ANILLO DEL CARNERO

Anillo, raro (requiere sintonización)

Este anillo tiene 3 cargas, y recupera 1d3 cargas empleadas cada día, al amanecer. Mientras lo lleves, puedes utilizar una acción y gastar de 1 a 3 cargas para atacar a una criatura que puedas ver y que se encuentre a 60 pies o menos de ti. El anillo produce una cabeza de carnero espectral, que hace su tirada de ataque con un bonificador de +7. Si impacta, el objetivo recibe 2d10 de daño de fuerza por cada carga gastada y es empujado 5 pies en dirección contraria a ti.

De forma alternativa, puedes utilizar una acción y gastar 1 de las 3 cargas del anillo para intentar romper un objeto que puedas ver, esté situado a 60 pies o menos de ti y no lleve o vista nadie. El anillo realiza una prueba de Fuerza con un bonificador de +5 por cada carga que gastes.

ANTEOJOS DE ENCANTAMIENTO

Objeto maravilloso, infrecuente (requiere sintonización)

Estas lentes de cristal cubren los ojos. Tienen 3 cargas. Mientras las lleves puestas, puedes usar una acción para lanzar el conjuro *hechizar persona* (tirada de salvación CD 13) en un humanoide que se encuentre a 30 pies o menos de ti, pero solo si podéis veros el uno al otro. Las lentes recuperan todas las cargas empleadas cada día, al amanecer.

ANTEOJOS DE LA NOCHE

Objeto maravilloso, infrecuente

Mientras lleves estas lentes oscuras, tienes visión en la oscuridad hasta 60 pies. Si ya posees visión en la oscuridad, estos anteojos aumentan su alcance en 60 pies.

ANTEOJOS DE VISIÓN MINUCIOSA

Objeto maravilloso, infrecuente

Estas lentes de cristal cubren los ojos. Mientras las lleves puestas, puedes ver mucho mejor de lo normal hasta una distancia de 1 pie. Tienes ventaja en las pruebas de Inteligencia (Investigación) que dependan de la vista si buscas en un área o estudias un objeto que se encuentren a esa distancia o menos.

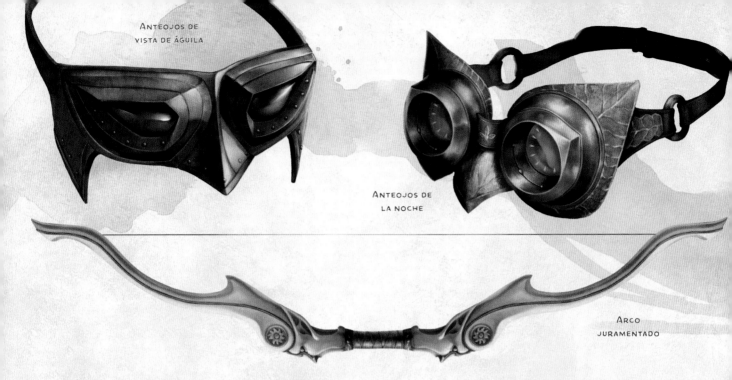

ANTEOJOS DE
VISTA DE ÁGUILA

ANTEOJOS DE
LA NOCHE

ARCO
JURAMENTADO

ANTEOJOS DE VISTA DE ÁGUILA

Objeto maravilloso, infrecuente (requiere sintonización)

Estas lentes de cristal cubren los ojos. Mientras las lleves, tienes ventaja en las pruebas de Sabiduría (Percepción) que dependan de la vista. En condiciones de buena visibilidad, puedes ver detalles de criaturas y objetos extremadamente distantes, siempre que estos midan al menos 2 pies.

APARATO DE KWALISH

Objeto maravilloso, legendario

A primera vista, este objeto parece un barril de hierro sellado, Grande, que pesa 500 libras. Tiene un resorte escondido, que es posible encontrar teniendo éxito en una prueba de Inteligencia (Investigación) CD 20. Activar el resorte abre una escotilla en uno de los extremos del barril, permitiendo entrar arrastrándose a dos criaturas de tamaño Mediano o más pequeñas. Dentro, en el otro extremo, hay 10 palancas, todas ellas en posición neutra y que pueden ser movidas hacia arriba o hacia abajo. Cuando se pulsan ciertas palancas, el aparato se transforma hasta parecer una langosta gigante.

El Aparato de Kwalish es un objeto Grande con el siguiente perfil:

Clase de Armadura: 20
Puntos de golpe: 200
Velocidad: 30 pies, 30 pies nadando (o 0 pies en ambos casos si no se han extendido patas y cola)
Inmunidad a daño: psíquico, veneno

El aparato puede ser usado como vehículo, pero para ello necesita un piloto. Mientras la escotilla esté cerrada, el compartimiento es estanco y hermético. Contiene suficiente aire para respirar durante 10 horas, divididas entre el número de criaturas del interior que necesiten respirar.

El aparato flota en el agua. También puede sumergirse hasta una profundidad de 900 pies. Si desciende por debajo de ella, recibirá 2d6 de daño por minuto debido a la presión.

Una criatura en el compartimento puede emplear una acción para mover hasta dos de las palancas arriba o abajo. Después de cada uso, la palanca vuelve a la posición neutra. Cada palanca, de izquierda a derecha, funciona como se muestra en la tabla "palancas del Aparato de Kwalish".

PALANCAS DEL APARATO DE KWALISH

Palanca	Arriba	Abajo
1	La cola y las patas se extienden, permitiendo que el aparato camine y nade	Las patas y la cola se retraen, reduciendo la velocidad del aparato a 0 e impidiendo que se beneficie de ningún bonificador a su velocidad
2	La persiana de la ventana delantera se abre	La persiana de la ventana delantera se cierra
3	Las persianas de las ventanas laterales se abren (dos por lado)	Las persianas de las ventanas laterales se cierran (dos por lado)
4	Se extienden dos garras de la parte frontal del aparato	Se retraen las garras
5	Cada garra, si está extendida, hace el siguiente ataque con arma cuerpo a cuerpo: +8 a impactar, alcance 5 pies, un objetivo. *Impacto:* 7 (2d6) de daño contundente.	Cada garra, si está extendida, hace el siguiente ataque con arma cuerpo a cuerpo: +8 a impactar, alcance 5 pies, un objetivo. *Impacto:* la criatura es agarrada (CD 15 para escapar).
6	El aparato camina o nada hacia delante	El aparato camina o nada hacia atrás
7	El aparato gira 90 grados a la izquierda	El aparato gira 90 grados a la derecha
8	Unas linternas con forma de ojo emiten luz brillante en un radio de 30 pies y luz tenue 30 pies más allá	La luz se apaga
9	El aparato desciende hasta 20 pies en un medio líquido	El aparato asciende hasta 20 pies en un medio líquido
10	La escotilla trasera se abre	La escotilla trasera se cierra

ARCO JURAMENTADO

Arma (arco largo), muy raro (requiere sintonización)

Cuando preparas una flecha en el arco, este susurrará en élfico "pronta derrota para mis enemigos". Siempre que

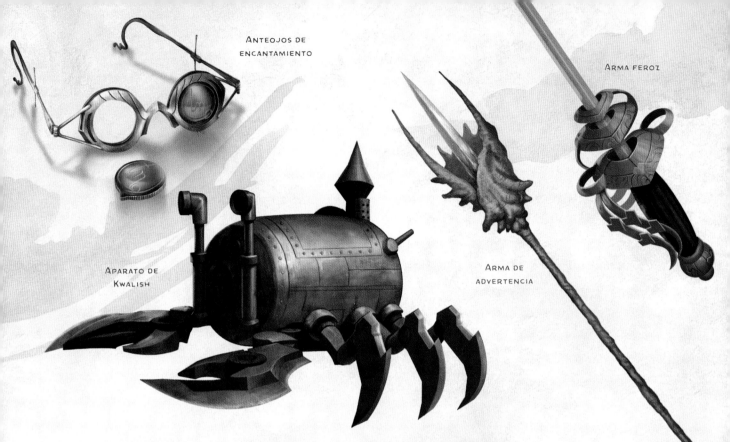

usas esta arma para hacer un ataque a distancia, puedes decir, como palabra de activación, "pronta muerte a aquellos que me han perjudicado". El objetivo de tu ataque se convierte en tu enemigo jurado hasta que muera o pasen siete días. Solo puedes tener un enemigo jurado a la vez. Cuando este muera, puedes elegir uno nuevo después del siguiente amanecer.

Posees ventaja en las tiradas de ataque contra tu enemigo jurado con esta arma. Además, este objetivo no obtiene ningún beneficio de la cobertura, a menos que sea cobertura completa, y no sufrirás desventaja por disparar a largo alcance. Si tu ataque impacta, tu enemigo jurado recibe 3d6 de daño perforante adicional.

Mientras tu enemigo jurado viva, tendrás desventaja en las tiradas de ataque con todas las demás armas.

ARMA DE ADVERTENCIA

Arma (cualquiera), infrecuente (requiere sintonización)

Esta arma mágica te advierte de peligros. Mientras la lleves encima, tienes ventaja en las tiradas de iniciativa. Además, tú y tus compañeros que se encuentren a 30 pies o menos de ti solo podéis ser sorprendidos cuando quedéis incapacitados por una causa distinta al sueño no mágico. El arma os despertará mágicamente, a ti y tus compañeros dentro del alcance, si alguno estáis durmiendo de forma natural cuando comienza el combate.

ARMA FEROZ

Arma (cualquiera), rara

Cuando obtienes un 20 en tu tirada de ataque con esta arma mágica, el objetivo recibe 7 de daño adicionales del tipo del arma.

ARMA +1, +2 o +3

Arma (cualquiera), infrecuente (+1), rara (+2) o muy rara (+3)

Recibes un bonificador a las tiradas de ataque y de daño que hagas con esta arma. Este bonificador viene determinado por la rareza del arma.

ARMADURA +1, +2 o +3

Armadura (ligera, media o pesada), rara (+1), muy rara (+2) o legendaria (+3)

Recibes un bonificador de +1 a la Clase de Armadura cuando llevas puesta esta armadura. El bonificador depende de la rareza de la armadura.

ARMADURA ADAMANTINA

Armadura (media o pesada, pero no de pieles), infrecuente

Esta armadura está reforzada con adamantina, una de las sustancias más duras existentes. Mientras la lleves puesta, cualquier crítico contra ti se convierte en un impacto normal.

ARMADURA DE INVULNERABILIDAD

Armadura (placas), legendaria (requiere sintonización)

Tienes resistencia al daño no mágico cuando llevas puesta esta armadura. Además, puedes utilizar una acción para hacerte inmune al daño no mágico durante 10 minutos o hasta que no vistas la armadura. Una vez empleas esta acción especial, no podrás volver a hacerlo hasta el siguiente amanecer.

ARMADURA DE MARINERO

Armadura (ligera, media o pesada), infrecuente

Mientras lleves esta armadura, tu velocidad nadando es igual a tu velocidad caminando. Además, si empiezas tu turno bajo el agua con 0 puntos de golpe, la armadura te hará flotar 60 pies hacia la superficie. Está decorada con motivos de peces y conchas.

ARMADURA DE MITHRAL

Armadura (media o pesada, pero no de pieles), infrecuente

El mithral es un metal flexible y ligero. Una camisa de malla o coraza de metal puede ponerse bajo ropajes normales. Si la armadura normalmente causaba desventaja en pruebas de Destreza (Sigilo) o tenía un requisito de Fuerza, la versión de mithral no lo hace.

ARMADURA DE
RESISTENCIA AL FRÍO

ARMADURA DE
INVULNERABILIDAD

ARMADURA DE
PLACAS ENANA

ARMADURA DE PLACAS DE ETEREIDAD

Armadura (placas), legendaria (requiere sintonización)

Mientras vistas esta armadura, puedes emplear una acción para pronunciar su palabra de activación y así obtener los efectos del conjuro *excursión etérea*, que durarán 10 minutos, hasta que te quites la armadura o hasta que digas la palabra de activación de nuevo. Esta propiedad de la armadura no puede volver a usarse hasta el siguiente amanecer.

ARMADURA DE PLACAS ENANA

Armadura (placas), muy rara

Recibes un bonificador de +2 a la Clase de Armadura cuando llevas puesta esta armadura. Además, si cualquier efecto te desplaza sobre el suelo contra tu voluntad, puedes usar tu reacción para reducir la distancia que eres movido en 10 pies.

ARMADURA DE RESISTENCIA

Armadura (ligera, media o pesada), rara (requiere sintonización)

Tienes resistencia a un tipo de daño cuando llevas puesta esta armadura. El DM elige el tipo o lo determina al azar de entre las opciones siguientes.

d10	Tipo de daño	d10	Tipo de daño
1	Ácido	6	Necrótico
2	Frío	7	Veneno
3	Fuego	8	Psíquico
4	Fuerza	9	Radiante
5	Relámpago	10	Trueno

ARMADURA DE VULNERABILIDAD

Armadura (placas), rara (requiere sintonización)

Cuando llevas puesta esta armadura, tienes resistencia a un tipo de daño de entre los siguientes: contundente, cortante o perforante. El DM elige el tipo o lo determina al azar.

Maldición. Esta armadura esta maldita, circunstancia que solo se revela cuando se usa el conjuro de *identificar* sobre ella o te sintonizas con ella. Sintonizarse con la armadura te maldice hasta que seas objetivo del conjuro *levantar maldición* o un efecto mágico similar. Quitarse la armadura no acaba con la maldición. Mientras estés maldito, de los tres tipos de daño mencionados arriba, eres vulnerable a los dos contra los que la armadura no te proporciona resistencia.

ARMADURA DEMONÍACA

Armadura (placas), muy rara (requiere sintonización)

Mientras lleves esta armadura, obtienes un bonificador de +1 a tu CA y puedes entender y hablar abisal. Además, los guanteletes con garras de la armadura convierten tus ataques sin armas hechos con tus manos en armas mágicas que infligen daño cortante, con un bonificador de +1 a las tiradas de ataque y daño y cuyo dado de daño es 1d8.

Maldición. Una vez te pones esta armadura, no puedes quitártela hasta que seas objetivo de un conjuro de *levantar maldición* o un efecto mágico similar. Mientras lleves esta armadura, tienes desventaja en tiradas de ataque contra demonios y en tiradas de salvación contra sus conjuros y habilidades especiales.

BABUCHAS DE TREPAR
CUAL ARÁCNIDO

BABUCHAS DE TREPAR CUAL ARÁCNIDO

Objeto maravilloso, infrecuente (requiere sintonización)

Cuando lleves puesto este ligero calzado podrás moverte
hacia arriba, hacia abajo y a través de superficies verticales, así como colgarte del techo. Todos estos movimientos
te permiten mantener tus manos libres. Además, tendrás
una velocidad trepando igual a tu velocidad caminando. Sin
embargo, las babuchas no te permiten desplazarte de esta
manera por una superficie resbaladiza, como, por ejemplo,
una zona cubierta de hielo o aceite.

BANDAS DE HIERRO DE BILARRO

Objeto maravilloso, raro

Esta pequeña esfera de hierro oxidado mide 3 pulgadas de
diámetro y pesa una libra. Puedes usar una acción para
pronunciar la palabra de activación y lanzar la esfera contra una criatura que puedas ver, se encuentre a 60 pies o
menos de ti y sea Enorme o más pequeña. Durante el recorrido del lanzamiento, la esfera se abre en una maraña de
bandas de metal.

 Realiza una tirada de ataque con un bonificador igual a
tu modificador de Destreza más tu bonificador por competencia. Si impactas, el objetivo queda apresado hasta que
utilices una acción adicional para pronunciar de nuevo la
palabra de activación y liberarle. Si haces esto, o si el ataque
falla, las bandas se contraen de nuevo y se vuelven a convertir en una esfera.

 Cualquier criatura, incluyendo la que está apresada,
puede emplear una acción para realizar una prueba de
Fuerza CD 20 y romper las bandas de hierro. Si tiene éxito,
el objeto queda destruido y la criatura apresada se libera.
Si falla, cualquier otro intento de romper las bandas que
haga esa criatura durante las próximas 24 horas fallará
automáticamente.

 Una vez usadas las bandas, no podrán volver a utilizarse
hasta la mañana siguiente.

BARAJA DE ILUSIONES

Objeto maravilloso, infrecuente

Esta caja contiene una baraja de cartas de pergamino. Una
baraja completa tiene 34 cartas. A una baraja encontrada
como tesoro le suelen faltar 1d20 − 1 cartas.

 La magia de la baraja solo funciona si las cartas se roban
al azar (puedes usar una baraja de naipes alterada para
simular esta baraja). Puedes emplear una acción para robar
una carta al azar de la baraja y tirarla al suelo, a un punto
que se encuentre a 30 pies o menos de ti.

ARMADURA
DEMONÍACA

Una ilusión compuesta por una o más criaturas se forma sobre la carta y permanece hasta que sea disipada. Las criaturas ilusorias parecen reales, del tamaño apropiado y se comportan como si fueran reales (como se indica en el *Monster Manual*), excepto porque no pueden hacer daño. Mientras estés a 120 pies de una criatura ilusoria y puedas verla, podrás utilizar una acción para moverla mágicamente a cualquier punto situado a 30 pies o menos de su carta. Cualquier interacción física con la imagen revela que es una ilusión, ya que los objetos pueden atravesarla. Alguien que use una acción para una inspección visual de la criatura la identifica como ilusoria superando una prueba de Inteligencia (Investigación) CD 15. Si tiene éxito, la criatura se verá translúcida.

La ilusión dura hasta que su carta sea movida o la ilusión sea disipada. Cuando la ilusión acabe, la imagen de la carta desaparece y no podrá volver a ser empleada.

Naipe	Ilusión
As de corazones	Dragón rojo
Rey de corazones	Caballero y cuatro guardias
Reina de corazones	Súcubo o íncubo
Jota de corazones	Druida
Diez de corazones	Gigante de las nubes
Nueve de corazones	Ettin
Ocho de corazones	Osgo
Dos de corazones	Goblin
As de diamantes	Contemplador
Rey de diamantes	Archimago y aprendiz de mago
Reina de diamantes	Saga de la noche
Jota de diamantes	Asesino
Diez de diamantes	Gigante de fuego
Nueve de diamantes	Ogro mago
Ocho de diamantes	Gnoll
Dos de diamantes	Kobold
As de picas	Liche
Rey de picas	Sacerdote y dos acólitos
Reina de picas	Medusa
Jota de picas	Veterano
Diez de picas	Gigante de escarcha
Nueve de picas	Troll
Ocho de picas	Hobgoblin
Dos de picas	Goblin
As de tréboles	Gólem de hierro
Rey de tréboles	Capitán bandido y tres bandidos
Reina de tréboles	Erinia
Jota de tréboles	Berserker
Diez de tréboles	Gigante de las colinas
Nueve de tréboles	Ogro
Ocho de tréboles	Orco
Dos de tréboles	Kobold
Comodines (2)	Tú (el dueño de la baraja)

BARAJA DE MÚLTIPLES COSAS

Objeto maravilloso, legendario

Normalmente situada en el interior de una caja o morral, esta baraja contiene cartas hechas de marfil o vitela. La mayoría (el 75 %) de estas barajas solo tienen trece cartas, aunque el resto poseen veintidós.

Antes de robar cartas, debes declarar cuantas quieres robar y, después, hacerlo al azar (puedes usar una baraja de naipes alterada para simular esta baraja). Cualquier carta robada por encima de la cantidad declarada no tiene efecto. Por lo demás, la magia de cada carta provocará su efecto correspondiente en el momento en el que la robes de la baraja. Debes robar cada carta antes de que pase 1 hora desde el robo anterior. Si no robas hasta el número de cartas elegido, las restantes salen volando de la baraja por sí mismas y tienen efecto todas a la vez.

Cuando robas la carta, desaparece de tu mano. A menos sea el Loco o el Bufón, la carta vuelve a la baraja, siendo posible por tanto robarla dos veces.

Naipe	Carta
As de diamantes	Visir*
Rey de diamantes	Sol
Reina de diamantes	Luna
Jota de diamantes	Estrella
Dos de diamantes	Cometa*
As de corazones	Los Hados*
Rey de corazones	Trono
Reina de corazones	Llaves
Jota de corazones	Caballero
Dos de corazones	Gema*
As de tréboles	Garras*
Rey de tréboles	El Vacío
Reina de tréboles	Llamas
Jota de tréboles	Calavera
Dos de tréboles	Idiota*
As de picas	Calabozo*
Rey de picas	Ruina
Reina de picas	Euríale
Jota de picas	Canalla
Dos de picas	Equilibrio*
Comodín (rojo)	Loco*
Comodín (negro)	Bufón

* Solo se encuentra en una baraja de veintidós cartas

Bufón. Ganas 10.000 PX, o puedes robar dos cartas más de las que declaraste inicialmente.

Caballero. Consigues los servicios de un guerrero de nivel 4 que aparece en un espacio de tu elección situado a 30 pies o menos de ti. El guerrero es de tu misma raza, y te servirá con lealtad hasta su muerte, creyendo que el destino le ha llevado hasta ti. Controlas a este personaje.

Calabozo. Desapareces y quedas sepultado en un estado de animación suspendida en una esfera extradimensional. Todo lo que llevaras y vistieras se queda donde estabas, en el espacio que ocupabas cuando desapareciste. Permaneces aprisionado hasta que se te encuentre y saque de la esfera.

UNA CUESTIÓN DE ENEMISTAD

Dos de las cartas de una *baraja de múltiples cosas* pueden hacer que un personaje se granjee la enemistad de otro ser. Con la carta de las Llamas, esta enemistad es pública. El personaje debería experimentar los malévolos intentos del diablo en múltiples ocasiones. Encontrar a este infernal no debe ser tarea fácil y el aventurero tendría que entrar en conflicto con los aliados y seguidores del diablo unas cuantas veces, antes de enfrentarse al diablo mismo.

En el caso de la carta del Canalla, la enemistad es secreta, y debería venir de alguien que es considerado un amigo o aliado. Como Dungeon Master, has de esperar a que se presente un momento apropiadamente dramático para revelar esta enemistad, dejando que el aventurero intente adivinar quién le traicionará hasta entonces.

SOL

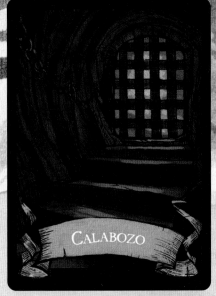

CALABOZO

BUFÓN

EQUILIBRIO

EURIALE

RUINA

CALAVERA

CABALLERO

LLAVES

No puedes ser localizado mediante magia de adivinación, pero sí mediante un conjuro de *deseo*. No robas más cartas.

Calavera. Invocas a un avatar de la muerte, un esqueleto de humanoide vestido con una raída túnica negra y que empuña una guadaña espectral. Aparece en un espacio a elección del DM que se encuentre a 10 pies o menos de ti y te ataca, advirtiendo a todos los demás de que debes salir victorioso tú solo.

El avatar luchará contigo hasta que mueras o sus puntos de golpe desciendan a 0, momento en que desaparece. Si alguien intenta ayudarte, invocará su propio avatar de la muerte. Una criatura caída ante un avatar de la muerte no puede ser devuelta a la vida.

AVATAR DE LA MUERTE
Muerto viviente Mediano, neutral malvado

Clase de Armadura: 20
Puntos de golpe: la mitad que el máximo de su invocador
Velocidad: 60 pies, volar 60 pies (levitar)

FUE	DES	CON	INT	SAB	CAR
16 (+3)	16 (+3)	16 (+3)	16 (+3)	16 (+3)	16 (+3)

Inmunidad a daño: necrótico, veneno
Inmunidad a estados: asustado, envenenado, hechizado, inconsciente, paralizado, petrificado
Sentidos: visión en la oscuridad 60 pies, visión verdadera 60 pies, Percepción pasiva 13
Idiomas: todos los que conozca su invocador
Desafío: – (0 PX)

Movimiento Incorpóreo. El avatar puede moverse a través de otras criaturas y objetos como si fueran terreno difícil. Recibe 5 (1d10) de daño de fuerza si acaba su turno dentro de un objeto.

Inmunidad a Expulsión. El avatar es inmune a los efectos que expulsan muertos vivientes.

ACCIONES

Guadaña segadora. El avatar siega con su guadaña espectral, que atraviesa a una criatura que se encuentre a 5 pies o menos de él, infligiéndole 7 (1d8 +3) de daño cortante y 4 (1d8) de daño necrótico.

Canalla. Un personaje no jugador a elección del DM se vuelve hostil. La identidad de tu nuevo enemigo no es conocida hasta que el PNJ u otro personaje la revelen. Nada excepto un conjuro de *deseo* o la intercesión divina puede hacer que esta hostilidad cese.

Cometa. Si derrotas tú solo al siguiente monstruo o grupo de monstruos hostiles que encuentres, ganas suficientes puntos de experiencia para subir de nivel. En cualquier otro caso, la carta no tiene efecto.

Equilibrio. Tu mente sufre una alteración terrible, haciendo que tu alineamiento cambie. Legal se convierte en caótico, bueno en malvado y viceversa. Si eres neutral verdadero o sin alineamiento, esta carta no tiene efecto alguno sobre ti.

Estrella. Aumenta en 2 una de tus puntuaciones de característica. Puede pasar de 20, pero no de 24.

Euríale. La cara de medusa de la carta te maldice. Recibes un penalizador de −2 a tus tiradas de salvación mientras estés maldito. Solo un dios o la magia de Los Hados pueden acabar con esta maldición.

Garras. Todos los objetos mágicos que lleves o portes quedan desintegrados. Los artefactos que poseas no son destruidos, pero desaparecen.

Gema. Aparecen a tus pies veinticinco joyas de 2.000 po cada una o cincuenta gemas de 1.000 po cada una.

Los Hados. El tejido del universo se desteje y teje de nuevo, permitiéndote evitar o borrar un suceso, como si nunca hubiera ocurrido. Puedes usar esta magia tan pronto como robes la carta o en cualquier momento antes de morir.

Idiota. Reduce tu Inteligencia permanentemente en 1d4 + 1 (hasta un mínimo de 1). Puedes robar otra carta adicional a las que declaraste.

Llamas. Un poderoso diablo se convierte en tu enemigo. Buscará tu ruina y te acosará, saboreando tu sufrimiento antes de intentar matarte. Esta enemistad dura hasta que tú o el diablo muráis.

Llave. Aparece en tus manos un arma rara o de mayor rareza con la que seas competente. El DM elige el arma.

Loco. Pierdes 10.000 PX, descartas esta carta y robas de la baraja de nuevo, contando ambas cartas como uno solo de tus robos declarados. Si perder esta cantidad de PX te haría bajar un nivel, en vez de eso pierdes la cantidad de PX justa para mantener tu nivel actual.

Luna. Obtienes la capacidad de lanzar el conjuro *deseo* 1d3 veces.

Ruina. Todas las formas de riqueza que lleves o poseas, excepto objetos mágicos, se pierden o dejan de ser tuyas. Las propiedades que puedas llevar encima desaparecen. Pierdes todos los negocios, edificios y tierras que tengas de la manera que menos altere la realidad. Cualquier documentación que pruebe que deberías poseer cualquiera de las riquezas perdidas también se desvanece.

Sol. Ganas 50.000 PX y un objeto maravilloso (determinado aleatoriamente por el DM), que aparece en tus manos.

Trono. Te vuelves competente en la habilidad Persuasión y duplicas tu bonificador por competencia en las pruebas de esa habilidad. Además, consigues de pleno derecho la posesión de un pequeño castillo en alguna parte del mundo. Sin embargo, la fortaleza está ocupada por monstruos, que tendrás que derrotar antes de poder reclamar el lugar.

El Vacío. Esta carta negra implica desastre. Tu alma es extraída del cuerpo y atrapada en un objeto situado en un lugar a elección del DM. Uno o más seres poderosos custodian la ubicación. Mientras tu alma esté atrapada de esta manera, tu cuerpo queda incapacitado. El conjuro *deseo* no puede devolver tu alma a donde le corresponde, pero revelará la localización del objeto que la alberga. No robas más cartas.

Visir. En cualquier momento, hasta un año después de robar esta carta, puedes hacer una pregunta mientras meditas y recibir mentalmente una respuesta veraz a dicha cuestión. Esta respuesta no solo proporciona mera información, sino que también puede ayudar a resolver un problema difícil u otro tipo de dilema. Dicho de otro modo, el conocimiento se obtiene junto con la sabiduría necesaria para aplicarlo.

BASTÓN DE CURACIÓN
Bastón, raro (requiere sintonización con un bardo, clérigo o druida)

El bastón tiene 10 cargas. Si lo estás empuñando, puedes usar una acción para gastar 1 o más de sus cargas en lanzar uno de los siguientes conjuros desde el bastón, utilizando tu CD de salvación de conjuros: *curar heridas* (1 carga por nivel de conjuro, hasta nivel 4), *curar heridas en masa* (5 cargas) o *restablecimiento menor* (2 cargas).

El bastón recupera 1d6 + 4 cargas empleadas cada día, al amanecer. Si gastas la última carga, tira 1d20. Con un resultado de 1, el bastón se desvanece con un estallido de luz y queda destruido.

Bastón de enjambre de insectos

Bastón, raro (requiere sintonización con un bardo, brujo, clérigo, druida, hechicero o mago)

Este bastón tiene 10 cargas y recupera 1d6 + 4 cargas empleadas cada día, al amanecer. Si gastas la última carga, tira 1d20. Con un resultado de 1, aparece un enjambre de insectos que consume el bastón y luego se dispersa.

Conjuros. Mientras empuñes este bastón puedes usar una acción para gastar algunas de sus cargas en lanzar desde él uno de los siguientes conjuros, utilizando tu CD de salvación de conjuros: *insecto gigante* (4 cargas) o *plaga de insectos* (5 cargas).

Nube de insectos. Si estás empuñando el bastón, puedes emplear una acción para gastar 1 carga y hacer que un enjambre de insectos inofensivos cubra un radio de 30 pies a tu alrededor. Permanecerán durante 10 minutos, convirtiendo el área en una zona muy oscura para todo el mundo menos para ti. El enjambre se mueve contigo y se mantiene centrado en ti. Un viento de, como mínimo, 10 millas por hora dispersa el enjambre y termina el efecto.

Bastón de escarcha

Bastón, muy raro (requiere sintonización con un brujo, druida, hechicero, o mago)

Tienes resistencia al daño de frío cuando empuñas este bastón.

El bastón posee 10 cargas. Si lo estás empuñando, puedes usar una acción para gastar 1 o más de sus cargas en lanzar uno de los siguientes conjuros desde el bastón, utilizando tu CD de salvación de conjuros: *cono de frío* (5 cargas), *muro de hielo* (4 cargas), *nube de oscurecimiento* (1 carga) o *tormenta de hielo* (4 cargas).

El bastón recupera 1d6 + 4 cargas empleadas cada día, al amanecer. Si gastas la última carga, tira 1d20. Con un resultado de 1, el bastón se convierte en agua y queda destruido.

Bastón de fuego

Bastón, muy raro (requiere sintonización con un brujo, druida, hechicero, o mago)

Tienes resistencia al daño de fuego cuando empuñas este bastón.

El bastón posee 10 cargas. Si lo estás empuñando, puedes usar una acción para gastar 1 o más de sus cargas en lanzar uno de los siguientes conjuros desde el bastón, utilizando tu CD de salvación de conjuros: *bola de fuego* (3 cargas), *manos ardientes* (1 carga) o *muro de fuego* (4 cargas).

El bastón recupera 1d6 + 4 cargas empleadas cada día, al amanecer. Si gastas la última carga, tira 1d20. Con un 1, el bastón se ennegrece, se convierte en cenizas y es destruido.

Bastón de impacto

Bastón, muy raro (requiere sintonización)

Este bastón puede ser utilizado como un bastón mágico que proporciona un +3 a las tiradas de ataque y de daño realizadas con él.

El bastón tiene 10 cargas. Cuando impactes con él en un ataque cuerpo a cuerpo, puedes gastar hasta 3 cargas. Por cada carga empleada, el objetivo recibe 1d6 de daño de fuerza adicional. El bastón recupera 1d6 + 4 cargas gastadas cada día, al amanecer. Si usas la última carga tira 1d20. Con un resultado de 1, el bastón deja de ser mágico.

Bastón de escarcha

Bastón de fuego

Bastón de enjambre de insectos

Bastón de curación

BASTÓN DE LA PITÓN

Bastón, infrecuente (requiere sintonización con un brujo, clérigo o druida)

Puedes usar una acción para pronunciar la palabra de activación del bastón y lanzarlo al suelo, a un punto a 10 pies o menos de ti. El bastón se convierte en una serpiente constrictora gigante (ver perfil en el *Monster Manual*) bajo tu control, y actúa en su propio orden de iniciativa. Utilizando una acción adicional para pronunciar de nuevo la palabra de activación, devuelves el bastón a su forma normal en el espacio que antes ocupaba la serpiente.

En tu turno, puedes dar órdenes mentales a la serpiente si esta se encuentra a 60 pies o menos de ti y no estás incapacitado. Decides qué acción tomará la serpiente y dónde se mueve, o puedes impartirle una orden general, como atacar a tus enemigos o proteger una localización.

Si la serpiente queda reducida a 0 puntos de golpe, muere y retorna a la forma de bastón. En este caso, este objeto mágico se hace añicos y queda destruido. Si la serpiente vuelve a la forma de bastón antes de perder todos sus puntos de golpe, los recupera todos.

BASTÓN DE LA VÍBORA

Bastón, infrecuente (requiere sintonización con un brujo, clérigo o druida)

Puedes usar una acción adicional para pronunciar la palabra de activación del bastón y hacer que su cabeza se convierta en la de una serpiente venenosa animada durante 1 minuto. Puedes emplear otra acción adicional para pronunciar de nuevo la palabra de activación y devolver el bastón a su forma normal inanimada.

Puedes realizar un ataque cuerpo a cuerpo con la cabeza de serpiente, que tiene un alcance de 5 pies. Tu bonificador por competencia se aplica a la tirada de ataque. Si impactas, el objetivo recibe 1d6 de daño perforante y debe tener éxito en una tirada de salvación de Constitución CD 15 o recibirá también 3d6 de daño de veneno.

La cabeza de serpiente puede ser atacada mientras esté animada. Posee Clase de Armadura 15 y 20 puntos de golpe. Si los puntos de golpe de la cabeza descienden a 0, el bastón queda destruido. Mientras no sea destruido, el bastón recupera todos sus puntos de golpe perdidos cada vez que retorna a su forma inanimada.

BASTÓN DE LOS BOSQUES

Bastón, raro (requiere sintonización con un druida)

Este bastón puede ser utilizado como un bastón mágico que proporciona un +2 a las tiradas de ataque y de daño realizadas con él. Mientras lo empuñes, también obtienes un bonificador de +2 a las tiradas de ataque de conjuros.

El bastón tiene 10 cargas, que se pueden utilizar para las siguientes propiedades. Recupera 1d6 + 4 cargas empleadas cada día, al amanecer. Si gastas la última carga, tira 1d20. Con un resultado de 1, pierde sus propiedades y se convierte en un bastón no mágico.

Conjuros. Puedes usar una acción para gastar 1 o más de las cargas del bastón para lanzar desde él uno de los siguientes conjuros, utilizando tu CD de salvación de conjuros: *despertar* (5 cargas), *encantar animal* (1 carga), *hablar con los animales* (1 carga), *hablar con las plantas* (3 cargas), *localizar animales o plantas* (2 cargas), *muro de espinas* (6 cargas) o *piel robliza* (2 cargas).

También puedes utilizar una acción para lanzar el conjuro *pasar sin rastro* desde el bastón sin utilizar ninguna carga.

Forma de árbol. También puedes emplear una acción para plantar un extremo del bastón en tierra fértil y gastar

BASTÓN DE
LA PITÓN

BASTÓN DE
LA VÍBORA

BASTÓN DE
LOS MAGOS

BASTÓN DE LOS
BOSQUES

BASTÓN DE
PODER

BASTÓN DEL
CAUTIVADOR

BASTÓN DE
MARCHITAMIENTO

BASTÓN DE TRUENOS
Y RELÁMPAGOS

1 carga, de modo que el objeto mágico se convierta en un saludable árbol. Este posee 60 pies de altura, 5 pies de diámetro y sus ramas en la copa cubren 20 pies de radio. El árbol parece normal, pero emite una débil aura de magia de transmutación si es objetivo de *detectar magia*. Si tocas el árbol y usas otra acción para pronunciar de nuevo la palabra de activación, devuelves el bastón a su forma normal. Cualquier criatura subida al árbol cae al convertirse este de nuevo en bastón.

BASTÓN DE LOS MAGOS

Bastón, legendario (requiere sintonización con un brujo, mago o hechicero)

Este bastón puede ser utilizado como un bastón mágico que proporciona un +2 a las tiradas de ataque y de daño realizadas con él. Mientras lo empuñes, también obtienes un bonificador de +2 a las tiradas de ataque de conjuros.

El bastón tiene 50 cargas para las siguientes propiedades. Recupera 4d6 + 2 cargas empleadas cada día, al amanecer. Si gastas la última carga, tira 1d20. Con un 20, el bastón recupera 1d12 + 1 cargas.

Absorción de conjuros. Si estás empuñando el bastón, tienes ventaja en tiradas de salvación contra conjuros. Además, puedes usar tu reacción cuando otra criatura lance un conjuro del cual eres el único objetivo. Si haces esto, el bastón absorbe la magia del conjuro, cancelando su efecto y ganando un número de cargas igual al nivel del conjuro absorbido. Sin embargo, si realizar esto eleva el número de cargas del bastón por encima de 50, explota como si hubieras activado su golpe vengador (ver más adelante).

Conjuros. Mientras empuñes el bastón, puedes utilizar una acción para gastar algunas de sus cargas en lanzar uno de los siguientes conjuros desde él, empleando tu aptitud mágica y CD de salvación de conjuros: *abrir* (2 cargas), *bola de fuego* (versión de nivel 7, 7 cargas), *conjurar elemental* (7 cargas), *desplazamiento entre planos* (7 cargas), *disipar magia* (3 cargas), *esfera de llamas* (2 cargas), *invisibilidad* (2 cargas), *muro de fuego* (4 cargas), *pasamuros* (5 cargas), *relámpago* (versión de nivel 7, 7 cargas), *telaraña* (2 cargas), *telequinesis* (5 cargas) o *tormenta de hielo* (4 cargas).

También puedes usar una acción para lanzar uno de los siguientes conjuros desde el bastón sin gastar cargas: *agrandar/reducir*, *cerradura arcana*, *detectar magia*, *luz*, *mano de mago* o *protección contra el bien y el mal*.

Golpe vengador. Puedes utilizar una acción para romper el bastón empleando tu rodilla o una superficie sólida, ejecutando un golpe vengador. El bastón queda destruido, liberando las cargas restantes en una explosión que se expande en una esfera de 30 pies de radio centrada en el bastón.

Tienes un 50 % de probabilidades de viajar instantáneamente a un plano de existencia aleatorio, librándote de la explosión. Si no evitas el efecto, recibes daño de fuerza igual a 16 veces el número de cargas del bastón. Todas las demás criaturas que se encuentren en el área deberán hacer una tirada de salvación de Destreza CD 17. Las criaturas que la fallen reciben daño según la distancia al punto de origen de la explosión, como se ve en la siguiente tabla. Si superan la tirada, reciben la mitad de ese daño.

Distancia al origen	Daño
10 pies o más cerca	8 veces el número de cargas del bastón
11 a 20 pies	6 veces el número de cargas del bastón
21 a 30 pies	4 veces el número de cargas del bastón

Bastón de marchitamiento

Bastón, raro (requiere sintonización con un brujo, clérigo o druida)

Este bastón tiene 3 cargas y recupera 1d3 cargas empleadas cada día, al amanecer.

Puede ser utilizado como un bastón mágico. Hace daño como un bastón normal y, si impactas con él, puedes gastar 1 carga para infligir 2d10 de daño necrótico adicional al objetivo. Además, este deberá tener éxito en una tirada de salvación CD 15 o durante 1 hora sufrirá desventaja en cualquier prueba de característica o tirada de salvación que utilice Fuerza o Constitución.

Bastón de poder

Bastón, muy raro (requiere sintonización con un brujo, hechicero, o mago)

Este bastón puede ser utilizado como un bastón mágico que proporciona un +2 a las tiradas de ataque y de daño realizadas con él. Mientras lo empuñes obtienes un bonificador de +2 a la Clase de Armadura, tiradas de salvación y tiradas de ataque con conjuros.

El bastón tiene 20 cargas que se pueden utilizar para las siguientes propiedades. El bastón recupera 2d8 + 4 cargas empleadas cada día, al amanecer. Si gastas la última carga, tira 1d20. Con un resultado de 1, el bastón mantiene su bonificador de +2 a las tiradas de ataque y daño, pero pierde todas las demás propiedades. Con un 20, el bastón recupera 1d8 + 2 cargas.

Golpe de poder. Cuando impactas con un ataque cuerpo a cuerpo usando el bastón, puedes gastar 1 carga para infligir 1d6 de daño de fuerza adicional al objetivo.

Conjuros. Mientras empuñes el bastón, puedes utilizar una acción para gastar 1 o más de sus cargas en lanzar desde él uno de los siguientes conjuros, empleando tu CD de salvación de conjuros y tu bonificador de ataque con conjuros: *bola de fuego* (versión de nivel 5, 5 cargas), *cono de frío* (5 cargas), *globo de invulnerabilidad* (6 cargas), *inmovilizar monstruo* (5 cargas), *levitar* (2 cargas), *muro de fuerza* (5 cargas), *proyectil mágico* (1 carga), *rayo debilitador* (1 carga) o *relámpago* (versión de nivel 5, 5 cargas).

Golpe vengador. Puedes usar una acción para romper el bastón utilizando tu rodilla o una superficie sólida, ejecutando un golpe vengador. El bastón queda destruido, liberando las cargas restantes en una explosión que se expande en una esfera de 30 pies de radio centrada en el objeto mágico.

Tienes un 50 % de probabilidades de viajar instantáneamente a un plano de existencia aleatorio, librándote de la explosión. Si no evitas el efecto, recibes daño de fuerza igual a 16 veces el número de cargas del bastón. Todas las demás criaturas que se encuentren en el área deberán hacer una tirada de salvación de Destreza CD 17. Las criaturas que la fallen reciben daño según la distancia al punto de origen de la explosión, como se ve en la siguiente tabla. Si superan la tirada, reciben la mitad de ese daño.

Distancia al origen	Daño
10 pies o más cerca	8 veces el número de cargas del bastón
11 a 20 pies	6 veces el número de cargas del bastón
21 a 30 pies	4 veces el número de cargas del bastón

Bastón de truenos y relámpagos

Bastón, muy raro (requiere sintonización)

Este bastón puede ser utilizado como un bastón mágico que proporciona un +2 a las tiradas de ataque y de daño realizadas con él. También tiene las siguientes propiedades adicionales. Cuando se usa una de ellas, dicha propiedad no podrá volver a ser empleada hasta el siguiente amanecer.

Golpe relampagueante. Cuando golpeas con un ataque cuerpo a cuerpo utilizando el bastón, puedes hacer que el objetivo reciba 2d6 de daño de relámpago adicionales.

Golpe atronador. Cuando golpeas con un ataque cuerpo a cuerpo utilizando el bastón, puedes provocar que este emita un chasquido atronador, audible a 300 pies. El objetivo deberá tener éxito en una tirada de salvación CD 17 o quedará aturdido hasta el final de tu próximo turno.

Relámpago. Puedes emplear una acción para que un relámpago surja de la punta del bastón, formando una línea de 5 pies de ancho y 120 pies de largo. Todas las criaturas que se encuentren en dicha línea deberán realizar una tirada de salvación de Destreza CD 17, sufriendo 9d6 de daño de relámpago si la fallan, o la mitad de ese daño si la superan.

Trueno. Puedes utilizar una acción para que el bastón genere un trueno ensordecedor, audible a 600 pies. Todas las criaturas situadas a 600 pies o menos de ti (menos tú) deberán realizar una tirada de salvación de Constitución CD 17. Si fallan la tirada, sufrirán 2d6 de daño de trueno y quedarán ensordecidas durante 1 minuto. Si la superan, recibirán la mitad del daño y no estarán ensordecidas.

Truenos y relámpagos. Puedes usar una acción para utilizar las propiedades golpe relampagueante y golpe atronador a la vez. Hacer esto no consume el empleo diario de esas propiedades, solo de esta.

Bastón del cautivador

Bastón, raro (requiere sintonización con un bardo, brujo, clérigo, druida, hechicero o mago)

Mientras sostengas este bastón, puedes usar una acción para gastar 1 de sus 10 cargas para lanzar *entender idiomas*, *hechizar persona* u *orden imperiosa*. También es posible emplearlo como bastón mágico.

Si estás empuñando el bastón y fallas una tirada de salvación contra un conjuro de encantamiento que solo te tiene a ti como objetivo, puedes convertir ese fallo en un éxito en la tirada. Esta propiedad del bastón no puede volver a utilizarse hasta el siguiente amanecer. Si tienes éxito en una tirada de salvación contra un conjuro de encantamiento que solo te tenga como objetivo a ti, con o sin la ayuda del bastón, puedes usar tu reacción para gastar 1 carga y volver el conjuro en contra de su lanzador, como si tú mismo lo hubieses lanzado.

El bastón recupera 1d8 + 2 cargas empleadas cada día, al amanecer. Si gastas la última carga, tira 1d20. Con un resultado de 1, el bastón deja de ser mágico.

Bola de cristal

Objeto maravilloso, muy raro o legendario (requiere sintonización)

La clásica *bola de cristal*, un objeto muy raro, mide unas 6 pulgadas de diámetro. Si la estás tocando, puedes usarla para lanzar el conjuro *escudriñar* (tirada de salvación CD 17).

Las siguientes variantes de la *bola de cristal* son legendarias y tienen propiedades adicionales.

Bola de cristal de leer mentes. Puedes emplear una acción para lanzar el conjuro *detectar pensamientos* (tirada de salvación CD 17) mientras estás escudriñando con la *bola de cristal*, siendo posibles objetivos las criaturas que puedas ver y que se encuentren a 30 pies o menos del sensor del conjuro. No necesitas concentrarte en este *detectar pensamientos* para mantenerlo a lo largo de su duración, pero acabará si *escudriñar* termina.

Bola de cristal de telepatía. Mientras escudriñas con la bola de cristal, podrás comunicarte telepáticamente con criaturas que puedas ver y que se encuentren a 30 pies o menos del sensor del conjuro. También puedes utilizar una acción para lanzar el conjuro *sugestión* (tirada de salvación CD 17) a través del sensor en una de esas criaturas. No necesitas concentrarte en esta sugestión para mantenerla a lo largo de su duración, pero acabará si *escudriñar* termina. Una vez usado, este poder de *sugestión* de la *bola de cristal* no puede volver a emplearse hasta el siguiente amanecer.

Bola de cristal de visión veraz. Mientras escudriñas con la bolsa de cristal, posees visión verdadera en un radio de 120 pies alrededor del sensor del conjuro.

BOLSA DE CONTENCIÓN

Objeto maravilloso, infrecuente

Esta bolsa posee un espacio interior considerablemente mayor que sus dimensiones exteriores, que son de 2 pies de diámetro en la abertura y 4 pies de profundidad. La bolsa puede contener hasta 500 libras, con un volumen máximo de 64 pies cúbicos. Siempre pesará 15 libras, independientemente del contenido. Sacar un objeto de la bolsa cuesta una acción.

Si se sobrecarga, perfora o rasga la bolsa, esta se rompe por completo y queda destruida, quedando sus contenidos dispersos por el Plano Astral. Si se pone la bolsa del revés, los contenidos serán volcados al exterior, sin quedar dañados, pero la bolsa debe volver a ponerse en su posición inicial antes de poder ser usada de nuevo. Las criaturas dentro de la bolsa que necesiten respirar pueden sobrevivir un número de minutos igual a 10 dividido entre el número de criaturas albergadas (mínimo 1 minuto), tiempo tras el cual comenzarán a ahogarse.

Poner una *bolsa de contención* dentro del espacio extradimensional creado por un *morral práctico de Heward*, un *agujero portátil* u objeto similar destruye instantáneamente ambos objetos y abre un portal al Plano Astral. Se creará en el sitio donde un objeto se metió dentro del otro. Cualquier criatura que se encuentre a 10 pies del portal será absorbida a través de este a una localización aleatoria en el Plano Astral. Después, el portal se cierra. Solo funciona en un sentido y no puede ser reabierto.

BOLSA DE JUDÍAS

Objeto maravilloso, raro

Dentro de esta pesada bolsa de tela hay 3d4 judías secas. La bolsa pesa 1/2 libra, más 1/4 de libra adicional por cada judía que contenga.

Si vacías el contenido de la bolsa en el suelo, este explotará en un radio de 10 pies alrededor de las judías. Todas las criaturas que se encuentren en el área deberán hacer una tirada de salvación de Destreza CD 15, sufriendo 5d4 de daño de fuego si la fallan, o la mitad de ese daño si la superan. Los objetos en el área que no lleve o vista alguien arderán.

Si coges una judía de la bolsa, la plantas en tierra o arena y la riegas, producirá un efecto en el suelo 1 minuto después de ser plantada. El DM puede escoger un efecto de la siguiente tabla, determinarlo al azar o crear uno nuevo.

d100	Efecto
01	Brotan 5d4 hongos venenosos. Si una criatura come uno de estos hongos, tira un dado. Si el resultado es impar, la criatura deberá superar una tirada de salvación de Constitución CD 15 o recibirá 5d6 de daño de veneno y quedará envenenada durante 1 hora. Con un resultado par, la criatura ganará 5d6 puntos de golpe temporales que duran una hora.
02–10	Un géiser surge del suelo, expulsando a borbotones agua, cerveza, zumo de bayas, té, vinagre, vino o aceite (a elección del DM). El chorro tiene una altura de 30 pies y dura 1d12 asaltos.
11–20	Del suelo brota un ent (su perfil está en el *Monster Manual*). Hay un 50 % de probabilidades de que esta criatura sea caótica malvada y ataque inmediatamente.
21–30	Aparece una estatua de piedra animada e inmóvil con tu apariencia. Te amenazará verbalmente. Si la abandonas y otros se acercan, la estatua te describirá como el más vil de los villanos y mandará a los recién llegados a buscarte y atacarte. Si estás en el mismo plano de existencia que la estatua, sabrá donde estás. Se volverá inanimada tras 24 horas.
31–40	Surge una hoguera de llamas azules, que arderá durante 24 horas (o hasta que sea extinguida).
41–50	Brotan del suelo 1d6 + 6 chillones (ver el perfil en el *Monster Manual*).
51–60	Se arrastrarán, saliendo de entre la tierra, 1d4 + 8 sapos de color rosa brillante. Cuando se toque a uno, este se convertirá en un monstruo Grande o más pequeño a elección del DM. El monstruo permanecerá durante 1 minuto y después desaparecerá en una nube de humo rosa brillante.
61–70	Un bulette hambriento (ver el perfil en el *Monster Manual*) sale excavando de la tierra y ataca.
71–80	Un árbol frutal crece rápidamente en el sitio. Tiene 1d10 + 20 piezas de fruta, de las cuales 1d8 se comportan como pociones determinadas aleatoriamente y otra de ellas como un veneno ingerido a elección del DM. El árbol se desvanece en una hora. La fruta que haya sido recogida permanece y la magia se mantiene durante 30 días.
81–90	Aparece un nido con 1d4 + 3 huevos. Cualquier criatura que coma uno de estos huevos deberá realizar una tirada de salvación de Constitución CD 20. Si tiene éxito, incrementará su puntuación de característica más baja en 1, eligiendo al azar si hay varias puntuaciones empatadas por ser la más baja. Si falla, la criatura recibirá 10d6 de daño de fuerza de una explosión mágica interna.
91–99	Una pirámide con una base de 60 pies cuadrados surge del suelo. Dentro hay un sarcófago con un señor de las momias en su interior (ver el perfil en el *Monster Manual*). La pirámide se considera la guarida del señor de las momias y su sarcófago contiene un tesoro a elección del DM.
00	Brota un tallo de judía gigante, que crece hasta la altura que el DM considere oportuno. La parte más alta da acceso a un sitio también a su elección, ya sea el castillo de un gigante de las nubes, una hermosa vista u otro plano de existencia.

BOLSA
DEVORADORA

BOLSA DE
CONTENCIÓN

BOLSA DE
TRUCOS

BOLSA DE
JUDÍAS

BOLSA DE TRUCOS

Objeto maravilloso, infrecuente

Esta bolsa de aspecto ordinario, hecha de tela de color gris, marrón o rojizo, parece vacía. Meter la mano dentro de la bolsa revela, sin embargo, que en su interior hay un objeto pequeño y peludo. La bolsa pesa 1/2 libra.

Puedes usar una acción para sacar el objeto peludo de la bolsa y arrojarlo a un punto a 20 pies o menos de distancia. Cuando aterriza, se convierte en una criatura determinada al azar, tirando 1d8 y consultando la tabla correspondiente al color de la bolsa. Los perfiles de las criaturas podrás encontrarlos en el *Monster Manual*. La criatura desaparecerá al siguiente amanecer o cuando sus puntos de golpe desciendan a 0.

La criatura es amistosa hacia ti y tus compañeros y actúa en tu propio turno. Puedes emplear una acción adicional para decidir cómo se mueve la criatura, qué acción toma en su turno o para darle órdenes más generales, como atacar a tus enemigos. Si no recibe tales órdenes, se comportará de acuerdo a su naturaleza.

Una vez que se han extraído tres objetos peludos de la bolsa, esta no puede volver a utilizarse hasta el siguiente amanecer.

BOLSA DE TRUCOS GRIS

d8	Criatura	d8	Criatura
1	Comadreja	5	Pantera
2	Rata gigante	6	Tejón gigante
3	Tejón	7	Lobo terrible
4	Jabalí	8	Alce gigante

BOLSA DE TRUCOS ROJIZA

d8	Criatura	d8	Criatura
1	Rata	5	Cabra gigante
2	Búho	6	Jabalí gigante
3	Mastín	7	León
4	Cabra	8	Oso pardo

BOLSA DE TRUCOS MARRÓN

d8	Criatura	d8	Criatura
1	Chacal	5	Oso negro
2	Simio	6	Comadreja gigante
3	Babuino	7	Hiena gigante
4	Pico de hacha	8	Tigre

BOLSA DEVORADORA

Objeto maravilloso, muy raro

Esta bolsa tiene un parecido superficial con una *bolsa de contención*, pero en realidad es el orificio de alimentación de una criatura extradimensional gigante. Poner la bolsa del revés cierra el orificio.

La criatura extradimensional enlazada con la bolsa puede sentir cualquier cosa que se ponga dentro de esta. La materia animal o vegetal que se coloque por completo en el interior de la bolsa es devorada y se pierde para siempre. Cuando se pone parte de una criatura viva en la bolsa, como cuando alguien mete la mano, hay un 50 % de probabilidades de que la criatura sea agarrada y metida en la bolsa a la fuerza. Una criatura dentro de la bolsa puede usar su acción para intentar escapar superando una prueba de Fuerza CD 15. Otra criatura puede emplear su acción para meter la mano en la bolsa y tratar de sacar a una criatura, y tendrá éxito si supera una prueba de fuerza CD 20 (suponiendo que no acabe siendo arrastrada también al interior de la bolsa). Una criatura será devorada si comienza su turno dentro de la bolsa. Si ocurre esto su cuerpo será destruido.

Los objetos inanimados pueden ser guardados en la bolsa sin problemas. Esta puede contener un pie cúbico de ese tipo de materiales. Sin embargo, una vez al día, la bolsa se tragará cualquier objeto dentro de ella y lo escupirá en otro plano de existencia. El momento y el plano los determina el DM.

Si la bolsa es perforada o rasgada, queda destruida, y cualquier cosa que contuviera es transportada a un lugar aleatorio del Plano Astral.

BOTAS ALADAS

Objeto maravilloso, infrecuente (requiere sintonización)

Mientras lleves puestas estas botas, tendrás una velocidad volando igual a tu velocidad caminando. Puedes usar las botas para volar hasta 4 horas, todas seguidas o en varios vuelos más cortos. Cada uno de ellos gastará una duración mínima de 1 minuto. Si estás volando cuando la duración expira, desciendes a una velocidad de 30 pies por asalto hasta que aterrices.

Las botas recuperan 2 horas de vuelo por cada 12 horas que no se utilicen.

168   CAPÍTULO 7: TESORO

BOTAS DE LAS
TIERRAS INVERNALES

BOTAS DE ZANCADAS
Y BRINCOS

BOTAS ALADAS

BOTAS ÉLFICAS

BOTAS DE LAS TIERRAS INVERNALES

Objeto maravilloso, infrecuente (requiere sintonización)

Estas botas forradas de pelaje son ceñidas y calentitas. Mientras las lleves puestas, obtendrás los siguientes beneficios:

- Resistencia al daño de frío.
- Ignoras el terreno difícil por nieve o hielo.
- Puedes aguantar temperaturas de hasta −45 °C sin más protección. Si llevas ropas pesadas, puedes soportar hasta −75 °C.

BOTAS DE LEVITACIÓN

Objeto maravilloso, raro (requiere sintonización)

Mientras lleves estas botas, puedes utilizar una acción para lanzar a voluntad el conjuro *levitar* sobre ti mismo.

BOTAS DE VELOCIDAD

Objeto maravilloso, raro (requiere sintonización)

Mientras tengas estas botas puestas, puedes utilizar una acción adicional para hacer que los talones se toquen. Si haces esto, las botas duplicarán tu velocidad caminando y cualquier criatura que realice un ataque de oportunidad contra ti sufrirá desventaja en su tirada de ataque. Si vuelves a hacer que se toquen los talones, el efecto termina.

Cuando has usado esta propiedad de las botas durante un total de 10 minutos, su magia deja de funcionar hasta que puedas terminar un descanso largo.

BOTAS DE ZANCADAS Y BRINCOS

Objeto maravilloso, infrecuente (requiere sintonización)

Tu velocidad caminando cuando llevas puestas estas botas es de 30 pies, salvo que normalmente fuera superior. Esta velocidad no se reduce por estar cargado o por vestir armadura pesada. Además, saltas tres veces la distancia normal, pero nunca más lejos que tu movimiento restante.

BOTAS ÉLFICAS

Objeto maravilloso, infrecuente

Mientras calces estas botas, tus pasos no harán ruido, independientemente de la superficie que pises. También tendrás ventaja en pruebas de Destreza (Sigilo) que requieran moverse silenciosamente.

BOTE PLEGABLE

Objeto maravilloso, raro

Este objeto parece una caja de madera que mide 12 pulgadas de largo, 6 pulgadas de ancho y 6 de profundidad. Pesa 4 pies y flota. Puede abrirse para guardar objetos dentro. El objeto posee tres palabras de activación y cada una de ellas necesita una acción para ser pronunciada.

La primera hace que la caja se despliegue para formar un bote de 10 pies de largo, 4 de ancho y 2 de profundidad. Este bote tiene un par de remos, un ancla, un mástil y una vela latina. El bote puede alojar a cuatro criaturas Medianas con comodidad.

La segunda hace que la caja se despliegue con la forma de un barco de 24 pies de largo, 8 pies de ancho y 6 pies de largo. Este barco posee cubierta, bancadas de remo, 5 juegos de remos, un timón de espadilla, ancla, camarote de cubierta y un mástil con vela cuadrada. El barco puede alojar a quince criaturas Medianas con comodidad.

Cuando la caja se convierte en bote o barco, su peso pasa a ser el de una nave de su tamaño y cualquier cosa que estuviera guardada en la caja permanece en el interior de la embarcación.

La tercera palabra de activación hace que el *bote plegable* se convierta de nuevo en caja, siempre que no haya criaturas a bordo. Cualquier objeto en la embarcación que no quepa dentro de la caja quedará fuera al plegarse esta. Los que sí lo hagan permanecerán dentro.

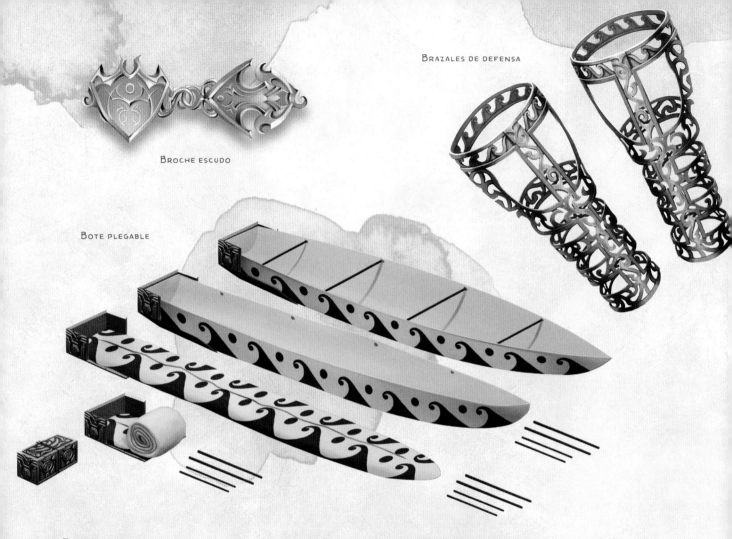

BROCHE ESCUDO

BRAZALES DE DEFENSA

BOTE PLEGABLE

BOTELLA DE IFRIT

Objeto maravilloso, muy raro

Esta botella de latón pintado pesa 1 libra. Cuando usas una acción para quitar el tapón, una nube de humo espeso sale de ella. Al final de tu turno, el humo desaparece en un estallido inofensivo de fuego y en su lugar aparece un ifrit en un espacio libre a 30 pies o menos de ti. Su perfil se encuentra en el *Monster Manual*.

La primera vez que se abra la botella, el DM tira para determinar qué pasa.

d100	Efecto
01–10	El ifrit te ataca. Después de luchar durante 5 asaltos, el ifrit desaparece y la botella pierde su magia.
11–90	El ifrit te sirve durante 1 hora, cumpliendo tu voluntad. Después vuelve a la botella, donde un nuevo tapón le contendrá. El tapón no puede ser retirado durante 24 horas. Las dos próximas veces que se abra la botella ocurre el mismo efecto. Si se abre una cuarta, el ifrit se escapa y desaparece, perdiendo la botella su magia.
91–00	El ifrit puede lanzar el conjuro deseo tres veces para ti. Desaparece cuando lanza el último de ellos o después de 1 hora, y la botella pierde su magia.

BOTELLA SIEMPREHUMEANTE

Objeto maravilloso, infrecuente

El humo se filtra a través del tapón de plomo de esta botella de latón, que pesa 1 libra. Cuando usas una acción para quitar el tapón, una nube de denso humo sale de la botella, cubriendo un radio de 60 pies. Se extiende más allá de las esquinas y el área se considera muy oscura. Cada minuto que la botella permanezca abierta y dentro de la nube, este radio se incrementará en 10 pies, hasta que alcance su radio máximo de 120 pies.

La nube permanece mientras la botella siga abierta. Cerrarla implica emplear una acción para pronunciar la palabra de activación. Una vez la botella está cerrada, la nube se disipará en 10 minutos. Un viento moderado (entre 11 y 20 millas por hora) dispersará el humo en 1 minuto, y uno fuerte (más de 20 millas por hora) lo disipará en 1 asalto.

BRASERO PARA CONTROLAR ELEMENTALES DE FUEGO

Objeto maravilloso, raro

Mientras arda un fuego en este brasero, puedes utilizar una acción para pronunciar su palabra de activación e invocar un elemental de fuego, como si hubieras lanzado *conjurar elemental*. El brasero no puede volver a utilizarse de esta forma hasta el siguiente amanecer.

El objeto pesa 5 libras.

BRAZALES DE ARQUERÍA

Objeto maravilloso, infrecuente (requiere sintonización)

Mientras lleves estos brazales, eres competente con arcos largos y arcos cortos y obtienes un bonificador de +2 a las tiradas de daño en ataques a distancia con estas armas.

BRAZALES DE DEFENSA

Objeto maravilloso, raro (requiere sintonización)

Mientras lleves estos brazales, obtienes un bonificador de +2 a la CA si no vistes armadura ni empuñas un escudo.

BOTELLA
SIEMPREHUMEANTE

BOTELLA
DE IFRIT

BRASERO PARA CONTROLAR
ELEMENTALES DE FUEGO

BROCHE ESCUDO

Objeto maravilloso, infrecuente (requiere sintonización)

Mientras lleves prendido este broche, tienes resistencia al daño de fuerza e inmunidad al daño del conjuro *proyectil mágico*.

CANICA DE FUERZA

Objeto maravilloso, raro

Esta pequeña esfera negra mide 3/4 de pulgada de diámetro y pesa una onza. Normalmente se encontrarán 1d4 + 4 *canicas de fuerza* juntas.

Puedes usar una acción para tirar la canica a un punto a 60 pies o menos de distancia. Explota al impactar y queda destruida.

Cada criatura que se encuentre en un radio de 10 pies del lugar de impacto deberá tener éxito en una prueba de salvación de Destreza CD 15 o recibirá 5d4 de daño de fuerza. Después, el área quedará encerrada en una esfera transparente de fuerza durante 1 minuto. Cualquier criatura que haya fallado la tirada y esté totalmente dentro del área queda atrapada dentro de esta esfera. Las que solo estén parcialmente dentro del área o hayan superado la tirada de salvación son empujadas en dirección contraria al centro hasta que queden completamente fuera del área. A través de la superficie de la esfera solo puede pasar aire respirable, ningún otro ataque o efecto.

Una criatura encerrada puede utilizar su acción para empujar la esfera desde dentro, haciéndola rodar a una velocidad máxima de la mitad de la velocidad de la criatura. La esfera puede ser cogida, y su magia hace que solo pese 1 libra, independientemente del número de criaturas en su interior.

CAPA ARÁCNIDA

Objeto maravilloso, muy raro (requiere sintonización)

Esta delicada prenda está tejida con seda negra y tiene finas hebras plateadas entretejidas. Mientras la lleves, obtendrás los siguientes beneficios:

- Resistencia al daño de veneno.
- Una velocidad trepando igual a tu velocidad caminando.
- Podrás moverte hacia arriba, hacia abajo y por superficies verticales, así como colgarte del techo. Puedes realizar todos estos movimientos mientras mantienes tus manos libres.
- No puedes quedar atrapado en ningún tipo de redes o telarañas, y serás capaz de moverte a través de ellas como si fueran terreno difícil.
- Puedes usar una acción para lanzar el conjuro *telaraña* (CD de salvación 13). La telaraña creada por este conjuro tiene el doble del tamaño normal. Esta propiedad de la capa no puede volver a emplearse hasta el siguiente amanecer.

CAPA DE DESPLAZAMIENTO

Objeto maravilloso, raro (requiere sintonización)

Mientras la lleves, esta capa proyecta una ilusión que hace que parezcas estar en un sitio cercano a tu localización real, lo que provoca que las tiradas de ataque contra ti de cualquier criatura sufran desventaja. Si recibes daño, esta propiedad dejará de funcionar hasta el principio de tu próximo turno. Además, también quedará suprimida mientras estés incapacitado, apresado o seas incapaz de moverte por cualquier razón.

CAPA DE
DESPLAZAMIENTO

CAPA DE
PROTECCIÓN

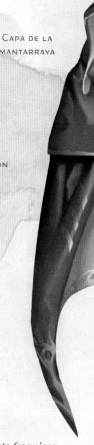

CAPA DE LA
MANTARRAYA

CAPA DE INVISIBILIDAD

Objeto maravilloso, legendario (requiere sintonización)

Mientras portes esta capa, puedes ponerte la capucha para hacerte invisible. Siempre que estés en este estado, cualquier cosa que vistas o lleves encima será también invisible. Te vuelves visible cuando dejas de llevar la capucha puesta. Es necesaria una acción para ponerte o quitarte la capucha.

Resta el tiempo que permaneces invisible, en periodos de 1 minuto, de la duración máxima de la invisibilidad de la capa, que es de 2 horas. Después de 2 horas de uso, deja de funcionar. Por cada periodo de 12 horas ininterrumpidas sin ser utilizada, recupera 1 hora de invisibilidad.

CAPA DE LA MANTARRAYA

Objeto maravilloso, infrecuente

Siempre que lleves esta capa con la capucha puesta podrás respirar bajo el agua y poseerás una velocidad nadando de 60 pies. Es necesaria una acción para ponerte o quitarte la capucha.

CAPA DE MURCIÉLAGO

Objeto maravilloso, raro (requiere sintonización)

Tienes ventaja en las pruebas de Destreza (Sigilo) mientras lleves puesta esta capa. En un área de luz tenue o de oscuridad, puedes agarrar los extremos de la capa con ambas manos y usarla para volar a una velocidad de 40 pies. Si dejas de agarrar los extremos de la capa o si dejas de estar en una zona de oscuridad o luz tenue, pierdes esta velocidad volando.

Además, mientras portes esta capa en un área de luz tenue u oscuridad, puedes emplear tu acción para lanzar *polimorfar* sobre ti mismo, transformándote en murciélago. Mantienes tus puntuaciones de Inteligencia, Sabiduría y Carisma mientras te encuentras convertido en murciélago. La capa no puede volver a utilizarse de esta manera hasta el siguiente amanecer.

CAPA DE PROTECCIÓN

Objeto maravilloso, infrecuente (requiere sintonización)

Obtienes un bonificador de +1 a la CA y a las tiradas de salvación mientras lleves puesta esta capa.

CAPA DEL CHARLATÁN

Objeto maravilloso, raro

Esta capa tiene un ligero aroma a azufre. Mientras la lleves, puedes usar una acción para lanzar el conjuro *puerta dimensional*. Esta propiedad de la capa no puede volver a emplearse hasta el siguiente amanecer.

Cuando desapareces, dejas tras de ti una nube de humo. Cuando apareces, también te rodea una nube similar. Este humo hace que el espacio que abandonas, así como aquel del que surges, estén ligeramente oscuros. El humo se disipa al final de tu próximo turno, aunque un viento suave o más fuerte lo dispersará inmediatamente.

CAPA ÉLFICA

Objeto maravilloso, infrecuente (requiere sintonización)

Mientras lleves esta capa y tengas la capucha puesta, las pruebas de Sabiduría (Percepción) para verte sufrirán desventaja, mientras que tú tendrás ventaja en pruebas de Destreza (Sigilo) para esconderte, ya que el color de la capa varía para camuflarte. Es necesaria una acción para ponerte o quitarte la capucha.

CARCAJ DE EHLONNA

Objeto maravilloso, infrecuente

Cada uno de los tres compartimentos de este objeto está conectado con un espacio extradimensional, lo que permite a esta aljaba contener muchos objetos sin pesar nunca más de 2 libras. El compartimento más pequeño puede guardar hasta sesenta flechas, virotes u objetos similares.

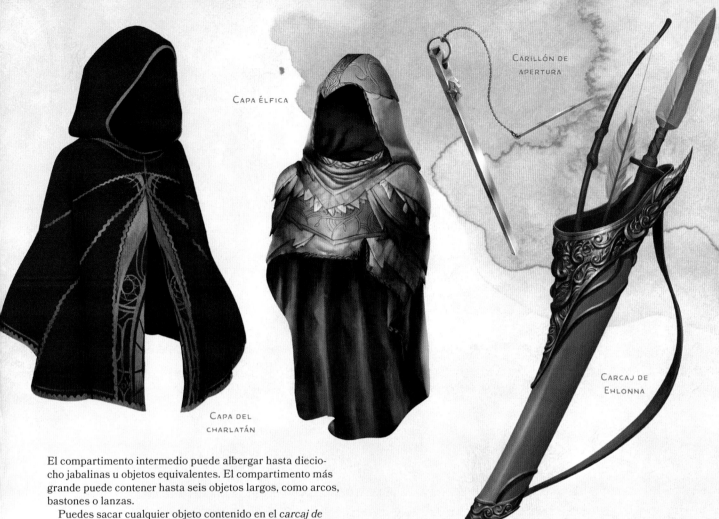

CAPA ÉLFICA

CARILLÓN DE APERTURA

CAPA DEL CHARLATÁN

CARCAJ DE EHLONNA

El compartimento intermedio puede albergar hasta dieciocho jabalinas u objetos equivalentes. El compartimento más grande puede contener hasta seis objetos largos, como arcos, bastones o lanzas.

Puedes sacar cualquier objeto contenido en el *carcaj de Ehlonna* como si lo hicieras de una aljaba o vaina normal.

CARILLÓN DE APERTURA
Objeto maravilloso, raro

Este tubo de metal hueco mide alrededor de 1 pie de largo y pesa 1 libra. Puedes utilizar una acción para tocarlo y apuntarlo hacia un objeto que se encuentre a 120 pies o menos y que pueda ser abierto, como una puerta, tapa o cerradura. El carillón emite un tono prístino y un cierre o cerrojo en el objeto se abre, salvo si el sonido no puede alcanzarlo. Si no quedan cierres, el objeto mismo se abre.

El carillón puede ser usado diez veces. Tras la décima vez, se resquebraja y se vuelve inútil.

CETRO DE MANDO
Vara, rara (requiere sintonización)

Puedes usar una acción para mostrar el cetro y exigir obediencia de cualquier cantidad de criaturas de tu elección que puedas ver y que se encuentren a 120 pies o menos de ti. Cada criatura deberá superar una tirada de salvación de Sabiduría CD 15 o quedará hechizada por ti durante 8 horas. Mientras esté hechizada de esta manera, la criatura te considerará un líder de confianza. Una criatura que sea dañada por ti mismo o por tus compañeros, o a la que pidas hacer algo contrario a su naturaleza, dejará de estar hechizada por este efecto. La vara no puede volver a emplearse de esta manera hasta el siguiente amanecer.

CETRO DE PODER SEÑORIAL
Vara, legendaria (requiere sintonización)

Este cetro, de cabeza con reborde, funciona como una maza mágica que otorga un bonificador de +3 a las tiradas de ataque y daño realizadas con ella. Tiene propiedades asociadas con los seis botones dispuestos a lo largo del mango y otras tres propiedades adicionales.

Seis botones. Puedes pulsar uno de los seis botones del cetro utilizando una acción adicional. El efecto del botón dura hasta que pulses un botón distinto o el mismo de nuevo, que transforma a la vara de nuevo en su forma normal.

Si presionas el **botón 1**, la vara se convierte en una *lengua de fuego*, pues una hoja de llamas brota el extremo opuesto a la cabeza rebordeada del cetro (tú eliges el tipo de espada).

Si presionas el **botón 2**, la cabeza del cetro se pliega sobre sí misma, surgiendo en su lugar dos hojas en forma de media luna. Esto transforma la vara en un hacha de guerra mágica que proporciona un bonificador de +3 a las tiradas de ataque y daño hechas con ella.

Si presionas el **botón 3**, la cabeza del cetro se pliega sobre sí misma y en su lugar brota una cabeza de lanza, a la vez que el mango de la vara se convierte en un asta de 6 pies. Esto transforma la vara en una lanza mágica que proporciona un bonificador de +3 a las tiradas de ataque y daño hechas con ella.

Si presionas el **botón 4**, la cabeza se transforma en una pértiga para escalar, tan larga como especifiques hasta un máximo de 50 pies. Aparecen en ella pitones capaces de anclar la pértiga en superficies tan duras como el granito: tres en el extremo superior y uno en el inferior. Además, del cuerpo principal se despliegan barras horizontales de 3 pulgadas de largo, separadas 1 pie, que forman una escalera. La pértiga aguanta hasta 4.000 libras. Más peso o la ausencia de un anclaje sólido provocarán que el cetro vuelva a su forma normal.

Cetro de
mando

Cetro de poder
señorial

Cinturón de fuerza
de gigante de piedra

Cinturón enano

Si pulsas el **botón 5**, la vara se transforma en un ariete portátil que proporciona al usuario un bonificador de +10 a pruebas de Fuerza realizadas para derribar una puerta, barricada u otro tipo de barrera.

Si presionas el **botón 6**, el cetro vuelve a o permanece en su forma normal e indica el norte magnético (no ocurre nada si esta propiedad se utiliza en una localización que no tiene norte magnético.) La vara también te proporciona conocimiento de la profundidad aproximada a la que te encuentras, si estás bajo tierra, o tu altitud, si estás en la superficie.

Drenar vida. Cuando impactes a una criatura con un ataque cuerpo a cuerpo usando la vara, puedes obligar al objetivo a realizar una tirada de salvación de Constitución CD 17. Si la falla, la criatura sufrirá 4d6 de daño necrótico adicionales y tú recuperas tantos puntos de golpe como la mitad del daño necrótico infligido. Una vez utilizada, esta propiedad no puede volver a emplearse hasta el siguiente amanecer.

Paralizar. Cuando impactes a una criatura con un ataque cuerpo a cuerpo usando la vara, puedes obligar al objetivo a realizar una tirada de salvación de Constitución CD 17. Si la falla, queda paralizado durante un minuto. La criatura puede repetir la tirada de salvación al final de cada uno de sus turnos, librándose del efecto si tiene éxito. Una vez utilizada, esta propiedad no puede volver a emplearse hasta el siguiente amanecer.

Aterrorizar. Mientras empuñes la vara, puedes usar una acción para obligar a cada criatura que puedas ver y que se encuentre a 30 pies o menos de ti a realizar una tirada de salvación de Sabiduría CD 17. Si la fallan, estarán asustadas de ti durante 1 minuto. Una criatura asustada puede repetir la tirada de salvación al final de cada uno de sus turnos, librándose del efecto si tiene éxito. Una vez utilizada, esta propiedad no puede volver a emplearse hasta el siguiente amanecer.

CIMITARRA DE VELOCIDAD
Arma (cimitarra), muy rara (requiere sintonización)

Recibes un bonificador de +2 a las tiradas de ataque y de daño que hagas con esta arma. Además, una vez por turno, podrás usar una acción adicional para realizar un ataque con la cimitarra.

CINTURÓN DE FUERZA DE GIGANTE
Objeto maravilloso, rareza variable (requiere sintonización)

Mientras lleves este cinturón, tu puntuación de Fuerza cambia a un valor determinado por el cinturón concreto. No tendrá ningún efecto si tu Fuerza es igual o superior a la que proporciona el cinturón.

Hay seis variedades de este cinturón, que se corresponden, incluida su rareza, con los seis tipos de gigantes verdaderos.

El *cinturón de fuerza de gigante de piedra* y el *cinturón de fuerza de gigante de escarcha* poseen apariencias diferentes, pero ambos producen el mismo efecto.

Tipo	Fuerza	Rareza
Gigante de las colinas	21	Raro
Gigante de piedra / de escarcha	23	Muy raro
Gigante de fuego	25	Muy raro
Gigante de las nubes	27	Legendario
Gigante de las tormentas	29	Legendario

COLLAR DE BOLAS
DE FUEGO

COLLAR DE
ADAPTACIÓN

COLLAR DE PLEGARIAS

CINTURÓN ENANO

Objeto maravilloso, raro (requiere sintonización)

Mientras lleves este cinturón, obtendrás los siguientes beneficios:

- Tu puntuación de Constitución aumenta en 2, hasta un máximo de 20.
- Tienes ventaja en las pruebas de Carisma (Persuasión) en las que interactúes con enanos.

Además, mientras permanezcas sintonizado con el cinturón, posees un 50 % de probabilidades de que cada día al alba te crezca una barba completa, si normalmente podrías tenerla. Si ya tienes una, se volverá considerablemente más densa.

Si no eres enano, obtendrás los siguientes beneficios adicionales:

- Tienes ventaja en las tiradas de salvación contra veneno y posees resistencia al daño de veneno.
- Visión en la Oscuridad hasta una distancia de 60 pies.
- Puedes hablar, leer y escribir en común y enano.

COLGANTE DE INMUNIDAD AL VENENO

Objeto maravilloso, raro

Esta fina cadena de plata lleva un colgante con un brillante negro incrustado. Mientras lo lleves puesto, los venenos no tienen efecto sobre ti. Eres inmune al estado envenenado y posees inmunidad al daño de veneno.

COLLAR DE ADAPTACIÓN

Objeto maravilloso, infrecuente (requiere sintonización)

Si llevas este collar, puedes respirar normalmente en cualquier entorno y tienes ventaja en tiradas de salvación contra gases y vapores (como los de los conjuros *nube aniquiladora* y *nube apestosa*), venenos inhalados y los ataques de aliento de algunos dragones.

COLLAR DE BOLAS DE FUEGO

Objeto maravilloso, raro

Este collar tiene 1d6 + 3 cuentas colgando de él. Puedes usar una acción para tirar una de estas cuentas a un punto a 60 pies o menos de distancia. Cuando llegue al final de su trayectoria, la cuenta explotará como si fuera un conjuro de *bola de fuego* de nivel 3 (tirada de salvación CD 15).

Puedes arrojar varias cuentas, o incluso todo el collar, en una sola acción. Si lo haces, aumenta el nivel de la *bola de fuego* en 1 por cada cuenta lanzada tras la primera.

COLLAR DE PLEGARIAS

Objeto maravilloso, raro (requiere sintonización con un clérigo, druida o paladín)

Este collar tiene 1d4 + 2 cuentas mágicas hechas de aguamarina, perla negra o topacio. También posee muchas otras cuentas no mágicas fabricadas con gemas como ámbar, jaspe sanguino, citrino, coral, jade, perla o cuarzo. Si se retira una cuenta mágica del collar, pierde su magia.

Existen seis tipos de cuentas mágicas. El DM decide el tipo de cada cuenta o lo determina al azar. Un collar puede tener más de una cuenta del mismo tipo. Para usar una, debes llevar puesto el collar. Cada cuenta contiene un conjuro que puedes lanzar empleando una acción adicional (utilizando tu CD de salvación de conjuros, si fuera necesaria una tirada de salvación). Una vez se lanza el conjuro de una cuenta mágica, esta no puede volver a emplearse hasta la mañana siguiente.

d20	Cuenta...	Conjuro
1–6	Bendita	*Bendición*
7–12	Curativa	*Curar heridas* (nivel 2) o *restablecimiento menor*
13–16	De favor divino	*Restablecimiento mayor*
17–18	Castigadora	*Castigo marcador*
19	Invocadora	*Aliado planar*
20	De caminar los vientos	*Viajar con el viento*

COTA DE ESCAMAS DE DRAGÓN

Armadura (cota de escamas), muy rara (requiere sintonización)

La cota de escamas de dragón está hecha de las escamas de un dragón de un tipo concreto. A veces los dragones recogen sus escamas caídas para regalárselas a humanoides. Otras veces, un cazador desuella cuidadosamente un cadáver de un dragón, preservando la piel. Sea cual sea el origen, la cota de escamas de dragón es muy valorada.

Mientras lleves esta armadura, ganas un bonificador de +1 a tu CA, tienes ventaja en tiradas de salvación contra la

CUERDA
ENREDADORA

CUBO DE FUERZA

CUENCO PARA
CONTROLAR
ELEMENTALES DE AGUA

presencia aterradora y los ataques de aliento de los dragones y disfrutas de resistencia contra un tipo de daño determinado por el dragón que proporcionó las escamas (ver tabla).

Además, puedes utilizar una acción para concentrarte en tus sentidos y discernir mágicamente la distancia y dirección del dragón más cercano, que se encuentre a 30 millas o menos de ti y sea del mismo tipo que la armadura. Una vez usada esta acción especial, no podrás volver a utilizarla hasta el siguiente amanecer.

Dragón	Resistencia	Dragón	Resistencia
Azul	Relámpago	Oro	Fuego
Blanco	Frío	Oropel	Fuego
Bronce	Relámpago	Plata	Frío
Cobre	Ácido	Rojo	Fuego
Negro	Ácido	Verde	Veneno

CUBO DE FUERZA
Objeto maravilloso, raro (requiere sintonización)

Este cubo mide una pulgada de lado. Cada cara tiene un signo específico, que puede ser pulsado. El cubo comienza con 36 cargas y recupera 1d20 cargas cada día, al amanecer.

Puedes usar una acción para pulsar una de las caras del cubo, gastando un número de cargas que depende de la cara en cuestión, como se muestra en la tabla "caras del cubo de fuerza". Cada cara posee un efecto distinto. Si al cubo no le quedan suficientes cargas, no pasa nada. En caso contrario, surge una barrera de fuerza invisible, formando un cubo de 15 pies de lado. La barrera está centrada en ti, se mueve contigo y dura 1 minuto, hasta que emplees una acción para presionar la sexta cara del cubo o hasta que este se quede sin cargas. Puedes cambiar el efecto de la barrera presionando una cara distinta del cubo y gastando el número de cargas requerido, lo que reinicia la duración.

Si tu movimiento hace que la barrera entre en contacto con un objeto sólido que no pueda atravesar el cubo, no serás capaz de acercarte más a ese objeto hasta que la barrera deje de existir.

CARAS DEL CUBO DE FUERZA

Cara	Cargas	Efecto
1	1	Los gases, vientos y nieblas no pueden atravesar la barrera
2	2	La materia inerte no puede atravesar la barrera. Muros, suelos y techos pueden cruzarla a tu discreción.
3	3	La materia viva no puede atravesar la barrera
4	4	Los efectos de conjuros no pueden atravesar la barrera
5	5	Nada puede atravesar la barrera. Muros, suelos y techos pueden cruzarla a tu discreción.
6	0	La barrera se desactiva

El cubo pierde cargas cuando la barrera es objetivo de ciertos conjuros o entra en contacto con algunos efectos de conjuros u objetos mágicos, como se muestra en la siguiente tabla.

Conjuro u objeto	Cargas perdidas
Desintegrar	1d12
Cuerno de estallido	1d10
Pasamuros	1d6
Rociada prismática	1d20
Muro de fuego	1d4

CUENCO PARA CONTROLAR ELEMENTALES DE AGUA
Objeto maravilloso, raro

Mientras este cuenco esté lleno de agua, puedes utilizar una acción para pronunciar la palabra de activación del cuenco e invocar un elemental de agua, como si hubieras lanzado *conjurar elemental*. El cuenco no puede volver a usarse de esta manera hasta el siguiente amanecer.

El cuenco tiene un pie de diámetro y la mitad de profundidad. Pesa 3 libras y puede contener unos 3 galones.

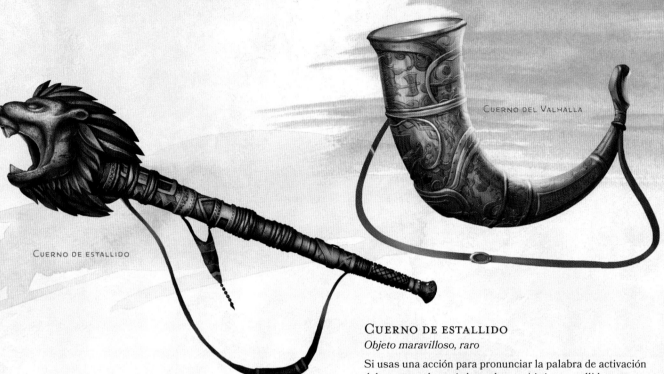

CUERNO DEL VALHALLA

CUERNO DE ESTALLIDO

CUERDA DE ESCALADA

Objeto maravilloso, infrecuente

Esta cuerda de seda de 60 pies de longitud pesa 3 libras y soporta hasta 3.000 libras. Si sujetas un extremo de la cuerda y usas una acción para pronunciar la palabra de activación, la cuerda se animará. Puedes utilizar una acción adicional para ordenar al otro extremo que avance hacia un destino a tu elección. Se moverá 10 pies en el turno en que das la orden y 10 pies en cada uno de tus turnos hasta llegar a su destino, hasta que alcance su máxima longitud o hasta que la ordenes parar. También puedes ordenar a la cuerda que se ate de forma segura a un objeto, que se desate, que se anude, que se desanude o que se enrolle para poder transportarla.

Si le pides anudarse, grandes nudos aparecerán a lo largo de la cuerda a intervalos de 1 pie. Mientras esté anudada, la cuerda reduce su longitud a 50 pies y otorga ventaja en las pruebas para escalarla.

La cuerda posee CA 20 y 20 puntos de golpe. Recupera 1 punto de golpe cada 5 minutos, mientras tenga al menos 1 punto de golpe. Si los puntos de golpe de la cuerda descienden a 0, queda destruida.

CUERDA ENREDADORA

Objeto maravilloso, raro

Esta cuerda tiene 30 pies de largo y pesa 3 libras. Si sostienes un extremo de la cuerda y utilizas una acción para pronunciar su palabra de activación, el otro extremo saldrá volando para enredar a una criatura que puedas ver y que se encuentre a 20 pies o menos de ti. Esta criatura deberá superar una tirada de salvación de Destreza CD 15 o quedará apresada.

Puedes liberar a la criatura empleando una acción adicional para pronunciar la segunda palabra de activación. Una criatura apresada por la cuerda puede usar su acción para realizar una prueba de Fuerza o Destreza (a su elección) con CD 15. Si tiene éxito, dejará de estar apresada.

La cuerda posee CA 20 y 20 puntos de golpe. Recupera 1 punto de golpe cada 5 minutos, mientras tenga al menos 1 punto de golpe. Si los puntos de golpe de la cuerda descienden a 0, queda destruida.

CUERNO DE ESTALLIDO

Objeto maravilloso, raro

Si usas una acción para pronunciar la palabra de activación del cuerno y después lo soplas, emitirá un estallido estruendoso en un cono de 30 pies, audible a 600 pies de distancia.

Cada criatura en el cono deberá hacer una tirada de salvación de Constitución CD 15. Si falla la tirada, sufrirá 5d6 de daño de trueno y quedará ensordecida durante 1 minuto. Si la supera, recibirá la mitad del daño y no estará ensordecida. Los objetos y criaturas hechos de cristal o vidrio tienen desventaja en la tirada de salvación y reciben 10d6 de daño de trueno en vez de 5d6.

Cada empleo de la magia del cuerno posee un 20 % de probabilidades de hacer explotar el cuerno. Esta explosión inflige 10d6 de daño de fuego al soplador y destruye el cuerno.

CUERNO DEL VALHALLA

Objeto maravilloso, raro (plata o latón), muy raro (bronce) o legendario (hierro)

Puedes usar una acción para soplar este cuerno. Acudiendo a tu llamada, espíritus guerreros del plano de Ysgard aparecen a 60 pies o menos de ti. Su perfil es el del berserker del *Monster Manual*. Volverán a Ysgard después de 1 hora o cuando sus puntos de golpe desciendan a 0. Una vez empleado, el cuerno no podrá ser soplado hasta que pasen 7 días.

Se conoce la existencia de cuatro tipos de cuerno del Valhalla, cada uno de un metal distinto. El material del cuerno determina cuantos berserkers responden a su llamada, así como el requisito para poder utilizarlo. El DM elige el tipo o lo determina al azar.

Si soplas el cuerno sin cumplir el requisito, los berserkers convocados te atacarán. En cambio, si lo cumples, serán amistosos hacia ti y tus compañeros y seguirán tus órdenes.

d100	Tipo de cuerno	Berserkers convocados	Requisito
01–40	Plata	2d4 + 2	Ninguno
41–75	Latón	3d4 + 3	Competencia con armas sencillas
76–90	Bronce	4d4 + 4	Competencia con armadura media
91–00	Hierro	5d4 + 5	Competencia con todas las armas marciales

DIADEMA DE
ESTALLIDOS

DAGA DE LA
PONZOÑA

DECANTADOR DE AGUA
INTERMINABLE

DISOLVENTE
UNIVERSAL

DEFENSORA

CUERO TACHONADO ENCANTADO

Armadura (cuero tachonado), raro

Recibes un bonificador de +1 a la Clase de Armadura cuando llevas puesta esta armadura. También puedes usar una acción adicional para pronunciar la palabra de activación y hacer que la armadura tome el aspecto de una vestimenta normal o de otro tipo de armadura. Tú decides qué apariencia tiene, incluyendo color, estilo y accesorios, pero la armadura mantiene su peso y tamaño normal. La apariencia ilusoria dura hasta que utilices esta propiedad de nuevo o te quites la armadura.

DAGA DE LA PONZOÑA

Arma (daga), rara

Recibes un bonificador de +1 a las tiradas de ataque y de daño que hagas con esta arma mágica.

Puedes usar una acción para que un veneno denso y negro cubra la hoja. El veneno permanecerá durante 1 minuto o hasta que un ataque con esta arma impacte a una criatura. La criatura impactada deberá tener éxito en una tirada de salvación de Constitución CD 15 o recibirá 2d10 de daño de veneno y quedará envenenada durante 1 minuto. La daga no puede volver a emplearse de esta manera hasta el siguiente amanecer.

DECANTADOR DE AGUA INTERMINABLE

Objeto maravilloso, infrecuente

Este frasco con tapón suena cuando se agita, como si tuviera líquido dentro. Pesa 2 libras.

Puedes usar una acción para quitar el corcho y pronunciar una de sus tres palabras de activación, momento en el cual cierta cantidad de agua dulce o salada (a tu elección) sale del frasco. Esta agua deja de brotar al principio de tu próximo turno. Elige una de las siguientes opciones.

- "Arroyo" produce 1 galón de agua.
- "Fuente" produce 5 galones de agua.
- "Géiser" produce 30 galones de agua que salen disparados en un géiser de 30 pies de largo y 1 pie de ancho. Puedes utilizar una acción adicional mientras sostienes el decantador para apuntar con el géiser a una criatura que puedas ver y que se encuentre a 30 pies o menos de ti. Dicha criatura deberá tener éxito en una tirada de salvación de Fuerza CD 13 o recibirá 1d4 de daño contundente y caerá derribada. En vez de una criatura, puedes apuntar a un objeto que no lleve o vista nadie y que no pese más de 200 libras. Ese objeto cae a suelo o es empujado hasta 15 pies en dirección contraria a ti.

DEFENSORA

Arma (cualquier espada), legendaria (requiere sintonización)

Recibes un bonificador de +3 a las tiradas de ataque y de daño que hagas con esta arma mágica.

La primera vez que ataques con la espada en cada uno de tus turnos, puedes transferir parte o todo el bonificador de la espada a tu Clase de Armadura en vez de usar el bonificador en los ataques de ese turno. Por ejemplo, puedes reducir el bonificador a tus tiradas de ataque y daño a +1 y obtener un bonificador de +2 a tu CA. Los bonificadores ajustados permanecen en dicha configuración hasta el comienzo de tu próximo turno, aunque debes empuñar la espada para disfrutar del bonificador a la CA que confiere.

ESCARABAJO
PROTECTOR

ESCUDO ANIMADO

DIADEMA DE ESTALLIDOS

Objeto maravilloso, infrecuente

Mientras lleves puesta esta diadema, puedes usar una acción para lanzar el conjuro *rayo abrasador*. Cuando hagas los ataques de este conjuro, tu bonificador de ataque será de +5. La diadema no puede volver a emplearse de esta manera hasta el siguiente amanecer.

DIADEMA DE INTELECTO

Objeto maravilloso, infrecuente (requiere sintonización)

Tu puntuación de Inteligencia es 19 mientras lleves esta diadema. No tiene ningún efecto si tu Inteligencia era de 19 o más sin ella.

DISOLVENTE UNIVERSAL

Objeto maravilloso, legendario

Este tubo contiene un líquido lechoso con un fuerte olor a alcohol. Puedes usar una acción para verter el contenido del tubo en una superficie dentro de tu alcance. El líquido disuelve de manera instantánea hasta 1 pie cuadrado de adhesivo que pueda tocar, incluyendo pegamento soberano.

ELIXIR DE SALUD

Poción, raro

Cuando bebes esta poción, te curas de cualquier enfermedad que te aflija y dejas de sufrir los estados "cegado", "ensordecido", "envenenado" y "paralizado". En el líquido rojo claro albergado en el frasco pueden verse pequeñas burbujas de luz.

ESCARABAJO PROTECTOR

Objeto maravilloso, legendario (requiere sintonización)

Si sostienes este medallón con forma de escarabajo en tu mano durante 1 asalto aparece una inscripción en su superficie, revelando su naturaleza mágica. Proporciona dos beneficios mientras lo lleves contigo:

- Tienes ventaja en las tiradas de salvación contra conjuros.
- El escarabajo posee 12 cargas. Si fallas una tirada de salvación contra un conjuro nigromántico o efecto dañino de una criatura muerta viviente, puedes usar tu reacción para gastar 1 carga y convertir la tirada fallida en una tirada con éxito. El escarabajo se convierte en polvo y queda destruido cuando se utiliza su última carga.

ESCOBA VOLADORA

Objeto maravilloso, infrecuente

Esta escoba de madera, que pesa 3 libras, funcionará como una escoba normal hasta que te montes en ella y pronuncies su palabra de activación. Después, levitará y podrás utilizarla para viajar por el aire. Tiene una velocidad volando de 50 pies. Puede llevar hasta 400 libras, pero su velocidad volando baja a 30 pies si lleva más de 200 libras. La escoba deja de levitar cuando aterrices.

Puedes ordenar a la escoba que viaje por sí misma a una localización que se encuentre a 1 milla de distancia si pronuncias la palabra de activación, nombras el lugar y estás familiarizado con el sitio en cuestión. Si sigue estando a 1 milla de distancia, la escoba volverá si pronuncias otra palabra de activación.

ESCUDO ANIMADO

Armadura (escudo), muy raro (requiere sintonización)

Mientras sostengas este escudo, puedes emplear una acción adicional para pronunciar su palabra de activación y así hacer que se anime. El escudo saltará de tu mano y levitará en tu espacio, protegiéndote como si lo empuñaras, pero dejando tus manos libres. Permanecerá animado durante 1 minuto, hasta que uses una acción adicional para terminar este efecto, o hasta que quedes incapacitado o mueras. Cuando se dé alguna de estas circunstancias, el escudo caerá al suelo o volverá a tu mano si tienes una libre.

ESCUDO ATRAPAFLECHAS

Armadura (escudo), raro (requiere sintonización)

Mientras empuñes este escudo, obtienes un bonificador de +2 a tu CA contra ataques a distancia. Este bonificador se añade al bonificador a la CA normal del escudo. Además, cuando un atacante realice un ataque a distancia contra un objetivo que se encuentre a 5 pies o menos de ti, podrás usar tu reacción para convertirte en el objetivo del ataque.

ESCUDO CENTINELA

Armadura (escudo), infrecuente

Mientras empuñes el escudo, tienes ventaja en pruebas de Sabiduría (Percepción) y en tiradas de iniciativa. El blasón que lo adorna posee el símbolo de un ojo.

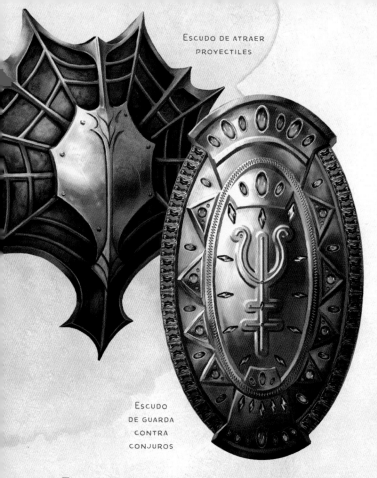

ESCUDO DE ATRAER
PROYECTILES

ESCUDO
DE GUARDA
CONTRA
CONJUROS

ESCUDO DE ATRAER PROYECTILES

Armadura (escudo), raro (requiere sintonización)

Mientras empuñes este escudo, tendrás resistencia al daño de ataques de arma a distancia.

   Maldición. Este escudo está maldito. Sintonizarse con él te maldice hasta que seas objetivo del conjuro *levantar maldición* o un efecto mágico similar. Quitarse el escudo no acaba con la maldición. Cuando un atacante realice un ataque de arma a distancia contra un objetivo que se encuentre a 10 pies o menos de ti, la maldición provocará que tú te conviertas en el objetivo del ataque.

ESCUDO DE GUARDA CONTRA CONJUROS

Armadura (escudo), muy raro (requiere sintonización)

Mientras empuñes este escudo, posees ventaja en tiradas de salvación contra conjuros y otros efectos mágicos, y los ataques de conjuro tienen desventaja contra ti.

ESCUDO +1, +2 o +3

Armadura (escudo), infrecuente (+1), raro (+2) o muy raro (+3)

Mientras empuñes este escudo, tienes un bonificador a la CA determinado por su rareza. Este bonificador se añade al bonificador a la CA normal del escudo.

ESFERA DE ANIQUILACIÓN

Objeto maravilloso, legendario

Esta esfera negra de 2 pies de diámetro es un agujero en el multiverso que levita en el espacio, estabilizado por el campo mágico que lo rodea.

   La esfera aniquila toda la materia que atraviese. Los artefactos son la única excepción: a menos que un artefacto sea vulnerable al daño de una *esfera de aniquilación*, atraviesa la esfera intacto. Cualquier otra cosa que toque la esfera pero no sea completamente absorbida y destruida por ella recibe 4d10 de daño de fuerza.

La esfera permanece fija hasta que alguien la controle. Si estás a 60 pies de una esfera no controlada, puedes usar una acción para hacer una prueba de Inteligencia (Conocimiento Arcano) CD 25. Si tienes éxito, la esfera levita en una dirección de tu elección hasta un número de pies máximo igual a 5 veces tu modificador por Inteligencia (mínimo 1 pie). Si fallas la prueba, la esfera se acerca 10 pies hacia ti. Una criatura en cuyo espacio entre la esfera deberá superar una tirada de salvación de Destreza CD 13 o será tocada por ella, recibiendo 4d10 de daño de fuerza.

   Si quieres intentar controlar una esfera que ya está bajo el dominio de otra criatura, debes realizar una tirada enfrentada de Inteligencia (Conocimiento Arcano) contra la Inteligencia (Conocimiento Arcano) de la otra criatura. El vencedor consigue el control de la esfera y puede hacerla levitar de la manera normal.

   Si la esfera entra en contacto con un portal interplanar, como el creado por el conjuro *portal*, o un espacio extradimensional, como el de un *agujero portátil*, el DM determina aleatoriamente lo que pasa, utilizando la siguiente tabla.

d100	Resultado
01–50	La esfera es destruida
51–85	La esfera atraviesa el portal o espacio extradimensional
86–00	Una grieta en el espacio envía a todas las criaturas y objetos que se encuentren a 180 pies de la esfera, incluyendo la propia esfera, a un plano de existencia aleatorio

ESPADA DANZARINA

Arma (cualquier espada), muy rara (requiere sintonización)

Puedes usar una acción adicional para arrojar esta espada mágica al aire y pronunciar la palabra de activación. En ese momento, el arma comenzará a levitar, volando hasta 30 pies y atacando a una criatura de tu elección que se encuentre a 5 pies o menos de ella. Utiliza tu tirada de ataque y recurre a tu modificador por característica para las tiradas de daño.

   Mientras la espada esté levitando, puedes usar una acción adicional para que vuele a otro lugar situado a 30 pies o menos de ti. Como parte de la misma acción adicional, eres capaz de hacer que ataque a una criatura que se encuentre a 5 pies o menos de ella.

   Después de que la espada flotante ataque por cuarta vez, volará hasta 30 pies e intentará volver a tu mano. Si no posees ninguna mano libre, caerá al suelo a tus pies. Si no dispone de un camino sin obstáculos hasta ti, se acerca todo lo posible y después se desplomará sobre el suelo. También dejará de levitar si la agarras o te alejas más de 30 pies de ella.

ESPADA DE HOJA AFILADA

Arma (cualquier espada que inflija daño cortante), muy rara (requiere sintonización)

Cuando atacas a un objetivo con esta espada mágica e impactas, toma el resultado máximo de los dados de daño contra el objetivo.

   Además, cuando atacas a una criatura con esta arma y obtienes un 20 en la tirada de ataque, el objetivo recibe 14 de daño cortante adicional. Una vez suceda esto, tira otro d20. Si obtienes un 20, seccionarás uno de los miembros del objetivo. Los efectos de esta pérdida son determinados por el DM. Si la criatura no tiene miembros que amputar, cortas una porción de su cuerpo.

   Además, puedes pronunciar la palabra de activación de la espada para que la hoja emita luz brillante en un radio de 10 pies y luz tenue 10 pies más allá. Pronunciar la palabra de activación de nuevo o envainar la espada apaga la luz.

ESPADA DE LA RESPUESTA

Arma (espada larga), legendaria (requiere sintonización con una criatura del mismo alineamiento que la espada)

En el mundo de Falcongrís solo se conocen nueve de estas espadas. Cada una de ellas está creada a la imagen y semejanza de la legendaria espada Fragarach, que se suele traducir por "Palabra Final". Cada una de las nueve espadas tiene su propio nombre y alineamiento, del mimo modo que cada una lleva una gema diferente en su pomo.

Nombre	Alineamiento	Gema
Argüidora	Neutral	Peridoto
Concluyente	Legal neutral	Amatista
Insolente	Caótico malvado	Azabache
Objetora	Legal bueno	Aguamarina
Refutadora	Neutral bueno	Topacio
Replicadora	Caótico bueno	Esmeralda
Represora	Neutral malvado	Espinela
Última palabra	Caótico neutral	Turmalina
Vituperante	Legal malvado	Granate

Recibes un bonificador de +3 a las tiradas de ataque y daño hechas con esta espada. Además, cuando la empuñas, puedes usar tu reacción para hacer un ataque cuerpo a cuerpo con ella contra cualquier criatura dentro de tu alcance que te inflija daño. Tienes ventaja en esta tirada de ataque, y cualquier daño realizado con este ataque especial ignora las inmunidades o resistencias al daño que pudiera tener el objetivo.

ESPADA DE LA VENGANZA

Arma (cualquier espada), infrecuente (requiere sintonización)

Recibes un bonificador de +1 a las tiradas de ataque y de daño que hagas con esta arma mágica.

Maldición. Esta espada está maldita y poseída por un espíritu vengativo. Sintonizarse con ella hará que la maldición te afecte. Mientras permanezcas maldito, no te separarás de la espada voluntariamente, por lo que la llevarás siempre contigo. Siempre que estés sintonizado con ella, tendrás desventaja en las tiradas de ataque con otras armas.

Además, mientras lleves esta espada encima, deberás realizar una tirada de salvación de Sabiduría CD 15 cada vez que recibas daño en combate. Si fallas, tendrás que atacar a la criatura que te dañó hasta que sus puntos de golpe desciendan a 0, hasta que tus puntos de golpe se reduzcan a 0 o hasta que no seas capaz de alcanzar a la criatura para realizar un ataque cuerpo a cuerpo contra ella.

Puedes levantar la maldición de las maneras habituales. Otra opción es lanzar *destierro* sobre la espada, pues esto provoca que el espíritu vengativo la abandone y convierte a la espada en un *arma +1* sin propiedades adicionales.

ESPADA HIRIENTE

Arma (cualquier espada), rara (requiere sintonización)

Los puntos de golpe perdidos por el daño de esta arma solo pueden ser recuperados mediante un descanso corto o largo, no mediante regeneración, magia o de cualquier otro modo.

Una vez por turno, cuando golpeas a una criatura con un ataque usando esta arma mágica, puedes herirla. Al principio de cada uno de los turnos de la criatura herida, esta recibe 1d4 de daño necrótico por cada vez que la hayas herido, tras lo cual puede realizar una tirada de salvación de Constitución CD 15. Tener éxito en esta tirada terminará los efectos de todas estas heridas sobre la criatura. De forma alternativa, la criatura herida o una criatura que se encuentre a 5 pies o menos de ella puede emplear una acción para realizar una prueba de Sabiduría (Medicina) CD 15, acabando con el efecto de estas heridas si la supera.

ESPADA
SOLAR

ESPADA
DANZARINA

ESPADA
LADRONA DE
VIDA

ESPADA
DE HOJA
AFILADA

ESPADA
VORPAL

LEONES DORADOS

CABRAS DE MARFIL

ESPADA LADRONA DE VIDA

Arma (cualquier espada), rara (requiere sintonización)

Cuando atacas a una criatura con esta espada mágica y obtienes un 20 en la tirada de ataque, el objetivo recibe 10 de daño necrótico adicional si no es un autómata o muerto viviente. Además, tú ganas 10 puntos de golpe temporales.

ESPADA SOLAR

Arma (espada larga), rara (requiere sintonización)

Este objeto parece una empuñadura de espada larga. Si la agarras, puedes usar una acción adicional para hacer que brote o desaparezca de ella una hoja de puro resplandor. Mientras la hoja exista, esta espada larga tiene la propiedad sutil. Si eres competente con espadas cortas o espadas largas, también eres competente con la *espada solar*.

Obtienes un bonificador de +2 a las tiradas de ataque y daño realizadas con esta arma, que inflige daño radiante en vez de cortante. Cuando impactas a un muerto viviente con ella, el objetivo recibe 1d8 de daño radiante adicional.

La hoja luminosa de esta espada emite luz brillante en un radio de 15 pies, y luz tenue 15 pies más allá. Esta luz es luz solar. Siempre que la hoja exista, puedes utilizar una acción para agrandar o reducir el radio de luminosidad en 5 pies, hasta un máximo de 30 pies o un mínimo de 10 pies de cada tipo de luz.

ESPADA VORPAL

Arma (cualquier espada que inflija daño cortante), legendaria (requiere sintonización)

Recibes un bonificador de +3 a las tiradas de ataque y de daño que hagas con esta arma. Además, el arma ignora la resistencia al daño cortante.

Cuando ataques con esta arma a una criatura que tenga al menos una cabeza y obtengas un resultado de 20 en la tirada de ataque, cortarás una de sus cabezas. Morirá si no puede sobrevivir sin la cabeza perdida. Una criatura no se

verá afectada por este efecto si es inmune al daño cortante, no posee o no necesita cabeza, tiene acciones legendarias o el DM decide que la criatura es demasiado grande como para que esta arma corte su cabeza. En vez de perder la cabeza, estas criaturas recibirán 6d8 de daño cortante adicional del golpe.

ESPEJO ATRAPAVIDAS

Objeto maravilloso, muy raro

Cuando miras a este espejo de 4 pies de altura de forma indirecta, su superficie muestra tenues imágenes de criaturas. Pesa 50 libras, tiene CA 11, 10 puntos de golpe y es vulnerable al daño contundente. Se fragmenta y destruye si sus puntos de golpe descienden a 0.

Si el espejo cuelga de una superficie vertical y estás a 5 pies del mismo, puedes usar una acción para pronunciar su palabra de activación. Permanecerá activo hasta que emplees otra acción para pronunciar de nuevo la palabra de activación.

Cualquier criatura, aparte de ti, que se encuentre a menos de 30 pies y que vea su reflejo en el espejo, estando este activado, deberá tener éxito en una tirada de salvación de Carisma CD 15 o quedará atrapado, junto con cualquier cosa que lleve o vista, en una de las doce celdas extradimensionales que posee el espejo. La tirada se realiza con ventaja si la criatura conoce la naturaleza del espejo. Los autómatas tienen éxito automáticamente.

Una celda extradimensional es una extensión infinita llena de una densa niebla que impide ver a más de 10 pies de distancia. Las criaturas apresadas en las celdas del espejo no envejecen y no necesitan comer, beber o dormir. Podrán escapar utilizando magia que permita el viaje interplanar. De otro modo, quedarán confinadas en la celda hasta que sean liberadas.

Si el espejo atrapa a una criatura, pero sus doce celdas extradimensionales están llenas, liberará a una de las criaturas apresadas al azar para hacer hueco al nuevo prisionero. La criatura liberada aparecerá en un espacio desocupado a la vista del espejo, pero de espaldas a él. Si el espejo es

CORCEL DE
OBSIDIANA

PERRO DE ÓNICE

MOSCA DE
ÉBANO

ELEFANTE DE
MÁRMOL

BÚHO DE
SERPENTINA

destruido, todas las criaturas contenidas serán liberadas y aparecerán en espacios cercanos.

Mientras estés a 5 pies del espejo, puedes utilizar una acción para pronunciar el nombre de una criatura atrapada o el número de una celda concreta. La criatura mencionada o contenida en la celda especificada aparecerá como imagen en la superficie del espejo. Tú y la criatura podréis comunicaros con normalidad.

De forma similar, puedes usar una acción para pronunciar una segunda palabra de activación y liberar a una de las criaturas atrapadas en el espejo. La criatura liberada aparece en un espacio desocupado a la vista del espejo, pero de espaldas a él.

ESTATUILLA DE PODER MARAVILLOSO

Objeto maravilloso, rareza según estatuilla

Una estatuilla de poder maravilloso es una pequeña escultura de una bestia que cabe en un bolsillo. Si usas una acción para pronunciar la palabra de activación y tiras la estatuilla a un punto del suelo situado a 60 pies o menos de ti, se convertirá en una criatura viva. Si el espacio en el que la criatura aparecería está ocupado por otras criaturas u objetos, o si no hay suficiente espacio para ella, seguirá siendo una estatuilla.

La criatura es amistosa hacia ti y tus compañeros. Entiende tus idiomas y obedece tus órdenes verbales. Si no le das ninguna, se defenderá de criaturas hostiles pero no realizará ninguna otra acción. Los perfiles de las criaturas podrás encontrarlos en el *Monster Manual*, excepto en el caso de la mosca gigante, que aparece aquí.

La criatura existe durante un tiempo concreto, que depende de cada estatuilla. Al final de la duración, volverá a su forma original. También retornará a esta forma si sus puntos de golpe descienden a 0 o si utilizas una acción para pronunciar la palabra de activación de nuevo mientras la tocas. Cuando vuelve a ser una estatua, su propiedad mágica no podrá volver a ser empleada hasta que pase una cierta cantidad de tiempo, que se especifica en la descripción de la estatuilla.

Búho de serpentina (raro) Esta estatuilla de serpentina de un búho puede convertirse en un búho gigante durante 8 horas. Una vez usada, no puede volver a transformarse hasta que hayan pasado 2 días. El búho es capaz de comunicarse telepáticamente contigo a cualquier distancia, siempre que estéis en el mismo plano de existencia.

Cabras de marfil (raras). Estas estatuillas de marfil en forma de cabras siempre se crean en tríos. Cada una posee un aspecto único y funciona de forma distinta a las demás. Sus propiedades son las siguientes:

- La *cabra de viaje* puede convertirse en una cabra Grande con el mismo perfil que un caballo de monta. Tiene 24 cargas, y cada hora o porción de hora que pase en forma de bestia gasta 1 carga. Mientras posea cargas, puedes usarla tantas veces como quieras. Cuando se queda sin cargas, se convierte de nuevo en estatua. No puede ser usada de nuevo hasta que pasen 7 días, momento en el cual recupera todas sus cargas.
- La *cabra de trabajo* se convierte en una cabra gigante durante 3 horas. Una vez utilizada, no puede volver a transformarse hasta que hayan pasado 30 días.
- La *cabra del terror* se convierte en una cabra gigante durante 3 horas. No puede atacar, pero puedes sacarle los cuernos y emplearlos como armas. Un cuerno se convierte en una *lanza +1* y el otro en una *espada larga +2*. Para extraer un cuerno es necesaria una acción, y las armas desaparecen, volviendo los cuernos, cuando la cabra retorna a la forma de estatuilla. Además, la cabra radia un aura de terror de 30 pies de radio mientras tú la cabalgues. Cualquier criatura hostil a ti que comience su turno en el área deberá tener éxito en una tirada de salvación de Sabiduría CD 15 o quedará asustada por la cabra durante 1 minuto o hasta que esta vuelva a forma de estatua. Un objetivo asustado puede repetir la tirada de salvación al final de cada uno de sus turnos, librándose del efecto si tiene éxito. Las criaturas que superen esta tirada de salvación con éxito serán inmunes al aura de la cabra durante 24 horas. Una vez usada, no puede volver a transformarse hasta que hayan pasado 15 días.

Corcel de obsidiana (muy raro). Este caballo de obsidiana pulida puede convertirse en pesadilla durante 24 horas. Solo luchará para defenderse. Una vez usado, no puede volver a transformarse hasta que hayan pasado 5 días.

Si tu alineamiento es bueno, la pesadilla tiene un 10 % de probabilidades cada vez que es utilizada de ignorar tus órdenes, incluyendo volver a convertirse en estatua. Si la montas mientras está rechazando tus órdenes, tú y la pesadilla seréis transportados instantáneamente a un lugar aleatorio del plano de Hades, donde se volverá a transformar en estatua.

Cuervo de plata (infrecuente). Esta estatuilla de plata de un cuervo puede convertirse en cuervo durante 12 horas. Una vez empleada, no puede volver a transformarse hasta que hayan pasado 2 días. En forma de cuervo te permite lanzar sobre ella el conjuro *mensajero animal* a voluntad.

Elefante de mármol (raro). Esta estatuilla de mármol mide unas 4 pulgadas de alto y largo. Puede convertirse en elefante durante 24 horas. Una vez utilizada, no puede volver a transformarse hasta que hayan pasado 7 días.

Grifo de bronce (raro). Una estatuilla de bronce de un grifo rampante. Puede convertirse en grifo durante 6 horas. Una vez usada, no puede volver a transformase hasta que hayan pasado 5 días.

Leones dorados (raras). Estas estatuillas de oro de leones siempre se crean en parejas. Puedes usar una estatuilla o las dos simultáneamente. Cada una puede convertirse en león durante 1 hora. Una vez un león ha sido empleado, no puede volver a transformarse hasta que hayan pasado 7 días.

Mosca de ébano (rara). Esta estatua de ébano está tallada con la forma de un tábano. Puede convertirse en una mosca gigante durante 12 horas y ser empleada como montura. Una vez utilizada, no puede volver a transformarse hasta que hayan pasado 2 días.

MOSCA GIGANTE
Bestia grande, sin alineamiento

Clase de Armadura: 11
Puntos de golpe: 19 (3d10 + 3)
Velocidad: 30 pies, volar 60 pies

FUE	DES	CON	INT	SAB	CAR
14 (+2)	13 (+1)	13 (+1)	2 (–4)	10 (+0)	3 (–4)

Sentidos: visión en la oscuridad 60 pies, Percepción pasiva 10
Idiomas: –

Perro de ónice (raro). Esta estatuilla de ónice de un perro puede convertirse en mastín durante 6 horas. Tiene una Inteligencia de 8 y puede hablar común. También posee visión en la oscuridad a 60 pies y es capaz de ver criaturas y objetos invisibles dentro de ese alcance. Una vez utilizada, no puede volver a transformarse hasta que hayan pasado 7 días.

FICHA DE PLUMA DE QUALL
Objeto maravilloso, raro

Este pequeño objeto parece una pluma. Existen diferentes tipos de fichas de pluma, cada uno con un efecto de un solo uso diferente. El DM elige el tipo o lo determina al azar.

d100	Ficha pluma	d100	Ficha pluma
01–20	Ancla	51–65	Barco cisne
21–35	Pájaro	66–90	Árbol
36–50	Abanico	91–00	Látigo

Abanico. Si estás en un barco o bote, puedes usar una acción para tirar la ficha al aire a 10 pies de altura. Desaparecerá, dando paso a un abanico gigante en movimiento. Este flota y crea un viento lo suficientemente fuerte como para llenar las velas del barco, aumentando su velocidad en 5 millas por hora durante 8 horas. Puedes desconvocar el abanico utilizando una acción.

Ancla. Puedes emplear una acción para tocar un bote o barco con la ficha. Durante las próximas 24 horas, la nave no podrá moverse de ninguna manera. Volver a tocarla con la ficha termina el efecto. Cuando acabe, la ficha desaparece.

Árbol. Debes estar al aire libre para poder usar esta ficha. Puedes emplear una acción para tocar un espacio desocupado del suelo con la ficha. Desaparecerá y en su lugar surgirá de la nada un roble no mágico. El árbol tiene 60 pies de altura y 5 pies de diámetro y las ramas de su copa cubren 20 pies de radio.

Bote cisne. Puedes emplear una acción para tocar con la ficha una masa de agua de al menos 60 pies de diámetro. La ficha desaparecerá y en su lugar aparecerá un bote de 50 pies de largo y 20 de ancho con forma de cisne. El bote es autopropulsado y se mueve por el agua a una velocidad de 6 millas por hora. Puedes utilizar la acción mientras estás en el barco para ordenarle moverse o girar 90 grados. El bote puede alojar hasta 32 criaturas Medianas o de menor tamaño. Una criatura Grande cuenta como cuatro Medianas y una Enorme como nueve. El barco permanece durante 24 horas y luego se desvanece. Puedes desconvocarlo utilizando una acción.

Látigo. Puedes utilizar una acción para tirar la ficha a un punto situado a 10 pies o menos de distancia. Desaparecerá y en su lugar flotará un látigo. Después, podrás usar una acción adicional para realizar un ataque de conjuro cuerpo a cuerpo contra una criatura que se encuentre a 10 pies del arma, con un bonificador de ataque de +9. Si impactas, el objetivo recibe 1d6 + 5 de daño de fuerza. Puedes utilizar una acción adicional en tu turno para mover el látigo hasta 20 pies y repetir el ataque contra una criatura situada a 10 pies o menos de él. El arma desaparece tras 1 hora, cuando uses tu acción para desconvocarla, o cuando quedes incapacitado o mueras.

Pájaro. Puedes utilizar una acción para tirar la ficha al aire 5 pies. Desaparecerá y será sustituida por un enorme pájaro multicolor. Tiene el perfil de un roc (ver *Monster Manual*), pero obedece las órdenes sencillas que le des y no puede atacar. Es capaz de transportar hasta 100 libras volando a máxima velocidad (16 millas por hora, máximo de 144 millas al día, con descansos de una hora cada 3 horas de vuelo) o 1.000 libras a mitad de velocidad. El ave desaparece tras volar su distancia máxima durante un día o si sus puntos de golpe descienden a 0. Puedes desconvocar al pájaro utilizando una acción.

FILO DE LA FORTUNA
Arma (cualquier espada), legendaria (requiere sintonización)

Recibes un bonificador de +1 a las tiradas de ataque y de daño que hagas con esta arma. Mientras lleves esta espada encima, también ganas un bonificador de +1 a tus tiradas de salvación.

Fortuna. Si la espada está contigo, puedes usar su suerte (no necesita acción) para repetir una tirada de ataque, prueba de característica o tirada de salvación cuyo resultado no te guste. Deberás emplear el nuevo resultado. Esta propiedad no puede volver a utilizarse hasta el siguiente amanecer.

Deseo. La espada tiene 1d4 +1 cargas. Si la estás empuñando, puedes usar una acción y gastar 1 carga para lanzar el conjuro *deseo*. Una vez utilizada, esta propiedad no puede volver a emplearse hasta el siguiente amanecer. La espada pierde esta propiedad si no le quedan cargas.

FILTRO DE AMOR
Poción, infrecuente

Quedas hechizado durante una hora de la próxima criatura que veas en los 10 minutos posteriores a beber este filtro. Si la criatura es de un género y especie que normalmente te atraería, la considerarás tu amor verdadero mientras permanezcas hechizado. El líquido efervescente y de tonalidad rosa de esta poción contiene una burbuja, difícil de encontrar, con forma de corazón.

FLAUTA DE LA APARICIÓN
Objeto maravilloso, infrecuente

Debes ser competente con instrumentos de viento para poder usar esta flauta. Tiene 3 cargas. Puedes emplear una acción para tocarla y gastar 1 carga, creando una melodía inquietante pero a la vez fascinante. Todas las criaturas que se encuentren a 30 pies o menos de ti y que te escuchen tocar deberán tener éxito en una tirada de salvación de Sabiduría CD 15 o quedarán asustadas durante 1 minuto. Si así lo deseas, todas las criaturas del área que no sean hostiles hacia ti tendrán éxito automáticamente en esta tirada. Una criatura que haya fallado puede repetir la tirada de salvación al final de cada uno de sus turnos, librándose del efecto si tiene éxito. Una criatura que supere la tirada de salvación es inmune al efecto de la flauta durante 24 horas. La flauta recupera 1d3 cargas utilizadas cada día, al amanecer.

FLAUTA DE LAS CLOACAS
Objeto maravilloso, infrecuente (requiere sintonización)

Debes ser competente con instrumentos de viento para poder usar esta flauta. Mientras estés sintonizado con ella, las ratas ordinarias y gigantes se mostrarán indiferentes hacia ti, y no te atacarán a menos que las dañes o amenaces.

La flauta tiene 3 cargas. Si empleas una acción para tocar la flauta, puedes además utilizar una acción adicional para gastar de 1 a 3 cargas, convocando a un enjambre de ratas (ver perfil en el *Monster Manual*) por cada carga usada, suponiendo que haya suficientes ratas a media milla de ti como para ser convocadas de esta manera. Si no hay suficientes ratas para formar un enjambre, la carga se desperdicia. Los enjambres convocados se desplazan hacia la música por el camino más corto, pero por lo demás no están bajo tu control. La flauta recupera 1d3 cargas empleadas cada día, al amanecer.

Cuando un enjambre de ratas que no esté bajo el control de otra criatura se acerque a 30 pies o menos de ti mientras tocas la flauta, puedes hacer una tirada enfrentada de Carisma contra la Sabiduría del enjambre. Si fallas esta tirada, el enjambre se comporta de forma normal y no puede ser influido por la música de la flauta en las próximas 24 horas. Si la superas, el enjambre se ve influenciado por la música de la flauta y se vuelve amistoso hacia ti y tus compañeros mientras sigas tocando la flauta cada asalto, utilizando una acción para ello. Un enjambre amistoso obedece tus órdenes. Si no les das ninguna, se defenderá de criaturas hostiles pero no realizará ninguna otra acción.

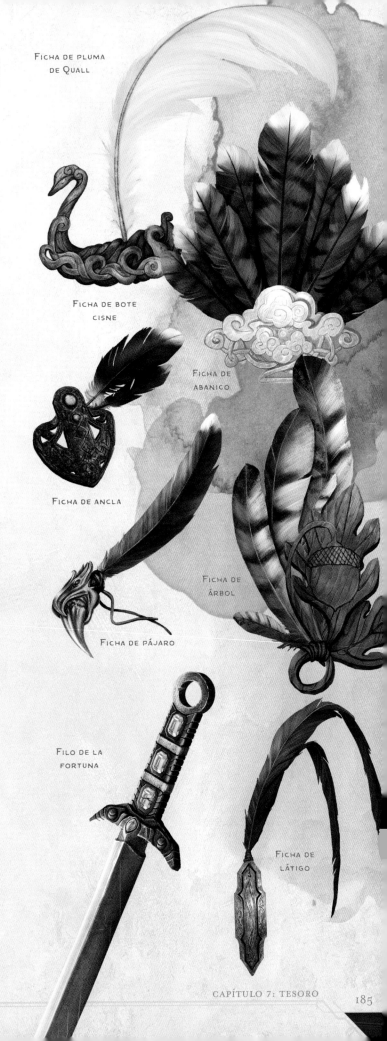

FICHA DE PLUMA DE QUALL

FICHA DE BOTE CISNE

FICHA DE ABANICO

FICHA DE ANCLA

FICHA DE ÁRBOL

FICHA DE PÁJARO

FILO DE LA FORTUNA

FICHA DE LÁTIGO

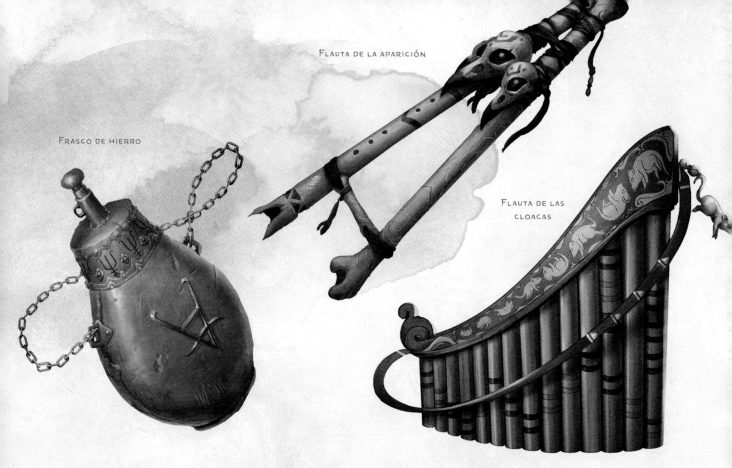

FRASCO DE HIERRO

FLAUTA DE LAS
CLOACAS

Si un enjambre amistoso no puede oír la música de la flauta al principio de su turno, perderás el control sobre él, pasará a comportarse normalmente y no podrá ser influenciado de nuevo de esta manera durante 24 horas.

FLECHA ASESINA

Arma (flecha), muy rara

Una flecha asesina es un arma mágica pensada para matar a un tipo concreto de criatura. Algunas son más específicas que otras. Por ejemplo, hay tanto *flechas asesinas de dragones* como *flechas asesinas de dragones azules*. Si una criatura perteneciente al tipo, raza o grupo asociado con una *flecha asesina* recibe daño de ella, deberá hacer una tirada de salvación de Constitución CD 17. Recibirá 6d10 de daño perforante adicional si falla la tirada o la mitad de ese daño si tiene éxito.

En cuanto una *flecha asesina* inflige su daño adicional a una criatura, se convierte en una flecha no mágica.

Existen otros tipos de municiones similares, como los *virotes asesinos* para ballestas, aunque las flechas son las más comunes.

FORTALEZA INSTANTÁNEA DE DAERN

Objeto maravilloso, raro

Puedes usar una acción para colocar este cubo de metal de 1 pulgada de lado en el suelo y pronunciar su palabra de activación. El cubo crecerá rápidamente hasta convertirse en una fortaleza, que permanecerá hasta que emplees una acción para desconvocarla, lo cual solo funciona si está vacía.

Esta fortificación es una torre cuadrada de 20 pies de lado y 30 de altura, con aspilleras en todos los lados y almenas en la parte superior. El interior está dividido en dos plantas, conectadas por una escalera construida en el muro. Esta escalera acaba en una trampilla que da al techo. Cuando se activa, la torre tiene una pequeña puerta en el lado que te encara. Esta entrada solo se abre bajo tus órdenes, que

puedes dar utilizando una acción adicional. Es inmune al conjuro *abrir* o efectos mágicos similares, como el de un *carillón de apertura*.

Cada criatura que se encuentre en el área cuando aparece la fortaleza deberá realizar una tirada de salvación de Destreza CD 15, recibiendo 10d10 de daño contundente si falla o la mitad si tiene éxito. En cualquier caso, será empujada a un espacio desocupado justo al lado de la fortaleza, pero fuera de esta. Los objetos situados en el área que no lleve o vista alguien, reciben este daño y son empujados automáticamente.

La torre está hecha de adamantina y su magia impide que sea derribada. El techo, puerta y muros poseen cada uno 100 puntos de golpe, inmunidad al daño de armas no mágicas (excepto las de asedio) y resistencia a todo el resto de daño. Solo un conjuro de *deseo* puede reparar esta fortaleza. Utilizar el conjuro de esta manera cuenta como replicar el efecto de un conjuro de nivel 8 o menor. Cada vez que se lance *deseo*, el techo, puerta o un muro recuperan 50 puntos de golpe.

FRASCO DE HIERRO

Objeto maravilloso, legendario

Esta botella de hierro tiene un tapón de latón. Puedes usar una acción para pronunciar la palabra de activación del frasco, eligiendo como objetivo una criatura que puedas ver y que se encuentre a 60 pies o menos de ti. Si el objetivo es nativo de un plano de existencia distinto al actual, deberá tener éxito en una tirada de salvación CD 17 o quedará atrapado en el frasco. Si ya ha sido apresado en él con anterioridad, tendrá ventaja en la tirada de salvación. Una vez encerrada, la criatura permanecerá en el frasco hasta que sea liberada. Este objeto solo puede contener a un objetivo al mismo tiempo. Mientras permanezca atrapada, la criatura no envejecerá y, además, no necesitráa comer, beber ni respirar.

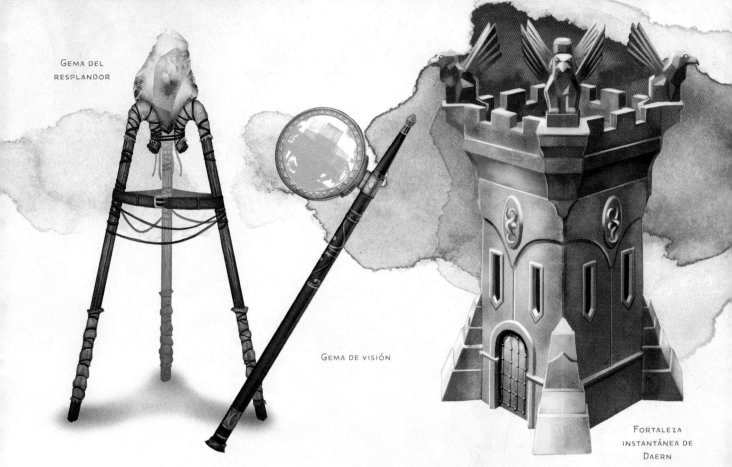

GEMA DEL RESPLANDOR

GEMA DE VISIÓN

FORTALEZA INSTANTÁNEA DE DAERN

Puedes utilizar una acción para quitar el tapón y liberar a la criatura contenida. Esta será amistosa hacia ti y tus compañeros durante 1 hora, obedeciendo tus órdenes durante ese tiempo. Si no le das ninguna orden o le encargas una tarea que pudiera desembocar en su muerte, se defenderá, pero no tomará otro tipo de acciones. Al final de la duración, la criatura actuará de acuerdo a su disposición y alineamiento habituales.

El conjuro *identificar* revela que una criatura está dentro del frasco, pero la única manera de saber de qué tipo se trata es abrir dicho recipiente. Una botella recién descubierta podría contener una criatura, elegida por el DM o determinada al azar.

d100	Contenidos	d100	Contenidos
01–50	Vacía	77–78	Elemental (cualquiera)
51	Arcanaloth	79	Caballero githyanki
52	Cambion	80	Zerth githzerai
53–54	Dao	81–82	Acechador invisible
55–57	Demonio (tipo 1)	83–84	Marid
58–60	Demonio (tipo 2)	85–86	Mezzoloth
61–62	Demonio (tipo 3)	87–88	Saga de la noche
63–64	Demonio (tipo 4)	89–90	Nycaloth
65	Demonio (tipo 5)	91	Planetar
66	Demonio (tipo 6)	92–93	Salamandra
67	Deva	94–95	Slaad (cualquiera)
68–69	Diablo (mayor)	96	Solar
70–72	Diablo (menor)	97–98	Súcubo / Íncubo
73–74	Djinn	99	Ultroloth
75–76	Ifrit	00	Xorn

GEMA DE VISIÓN

Objeto maravilloso, raro (requiere sintonización)

Esta gema tiene 3 cargas. Puedes utilizar una acción para pronunciar la palabra de activación de la gema y gastar 1 carga. Durante los siguientes 10 minutos, tienes visión verdadera hasta 120 pies si miras a través de la gema.

La gema recupera 1d3 cargas empleadas cada día, al amanecer.

GEMA DEL RESPLANDOR

Objeto maravilloso, infrecuente

Este prisma tiene 50 cargas. Mientras lo sostengas, puedes usar una acción para pronunciar una de las tres palabras de activación y causar uno de los siguientes efectos:

- La primera palabra de activación hace que la gema emita luz brillante en un radio de 30 pies y luz tenue otros 30 pies más allá. Este efecto no gasta una carga. Dura hasta que utilices una acción adicional para repetir la palabra de activación o hasta que emplees otra función de la gema.
- La segunda palabra de activación gasta 1 carga y provoca que la gema lance un rayo cegador de luz a una criatura que puedas ver y que se encuentre a 60 pies o menos de ti. Deberá superar una tirada de salvación de Constitución CD 15 o estará cegada durante 1 minuto. La criatura puede repetir la tirada de salvación al final de cada uno de sus turnos, librándose del efecto si tiene éxito.
- La tercera palabra de activación utiliza 5 cargas y hace que la gema se ilumine con un fulgor que cubre un cono de 30 pies con origen en ella misma. Cada criatura dentro del cono deberá hacer una tirada de salvación como si hubiera sido afectada por el rayo creado con la segunda palabra de activación.

Cuando todas las cargas de la gema se gastan, esta se convierte en una joya mundana valorada en 50 po.

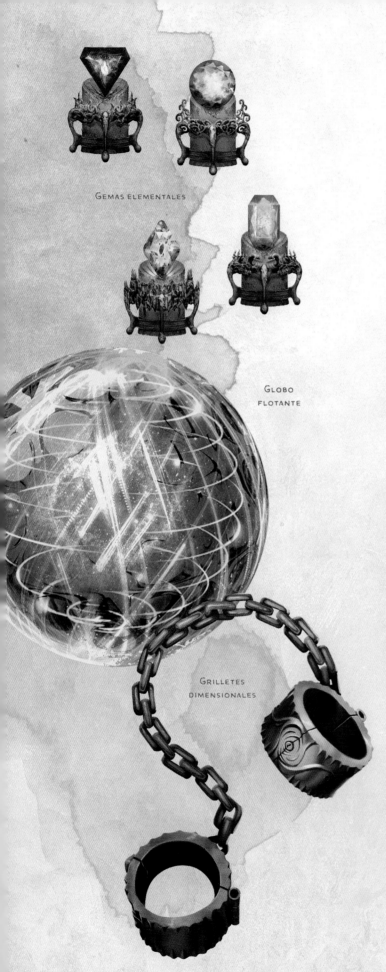

GEMAS ELEMENTALES

GLOBO
FLOTANTE

GRILLETES
DIMENSIONALES

GEMA ELEMENTAL

Objeto maravilloso, infrecuente

Esta gema contiene una mota de energía elemental. Cuando usas una acción para romperla, un elemental es invocado como si hubieras lanzado *conjurar elemental*, y la magia de la gema se pierde. El tipo de gema determina el elemental invocado.

Gema	Elemental invocado
Corindón rojo	Elemental de fuego
Diamante amarillo	Elemental de tierra
Esmeralda	Elemental de agua
Zafiro azul	Elemental de aire

GLOBO FLOTANTE

Objeto maravilloso, infrecuente

Esta pequeña esfera de cristal grueso pesa 1 libra. Si estás a 60 pies o menos de ella, puedes pronunciar su palabra de activación y hacer que emane luz como con los conjuros *luz* o *luz del día*. Esta propiedad no puede volver a usarse hasta el siguiente amanecer.

Puedes utilizar una acción para pronunciar otra palabra de activación y conseguir que el globo iluminado se eleve en el aire y flote a como mucho 1 pie del suelo. Levitará de esta manera hasta que tú u otra criatura lo agarréis. Si te alejas más de 60 pies del globo, te seguirá para permanecer a esa distancia. Lo hará siguiendo el camino más directo. Si se le impide moverse, el globo descenderá suavemente hasta el suelo, quedando inactivo y apagándose su luz.

GORRO DE RESPIRAR BAJO EL AGUA

Objeto maravilloso, infrecuente

Si estás bajo el agua y llevas puesto este gorro, puedes emplear una acción para pronunciar su palabra de activación y crear una burbuja de aire alrededor de tu cabeza. Te permitirá respirar bajo del agua de forma normal. La burbuja se mantendrá contigo hasta que vuelvas a pronunciar la palabra de activación, te quites el gorro o ya no te encuentres bajo el agua.

GRILLETES DIMENSIONALES

Objeto maravilloso, raro

Puedes usar una acción para poner estos grilletes a una criatura incapacitada. Se ajustan a criaturas de tamaños Pequeño a Grande. Además de servir como unas esposas normales, los grilletes impiden a la criatura esposada utilizar cualquier tipo de movimiento extradimensional, incluyendo teletransportación o viaje a otro plano de existencia. Esto no impide que la criatura atraviese un portal interdimensional.

Tú y cualquier criatura que designes al usar los grilletes puede emplear una acción para quitarlos. Una vez cada 30 días, la criatura esposada puede realizar una prueba de Fuerza (Atletismo) con CD 30. Si tiene éxito, se liberará, destruyendo los grilletes.

GUANTELETES DE FUERZA DE OGRO

Objeto maravilloso, infrecuente (requiere sintonización)

Tu Fuerza pasa a ser de 19 cuando llevas estos guanteletes. No tienen efecto si tu Fuerza ya era de 19 o mayor sin ellos.

GUANTES ATRAPAFLECHAS

Objeto maravilloso, infrecuente (requiere sintonización)

Estos guantes parecen fundirse con tus manos cuando los vistes. Cuando un ataque con arma a distancia te impacte llevándolos puestos, podrás usar tu reacción para reducir el daño en 1d10 + tu bonificador de Destreza, siempre y cuando tengas una mano libre. Si reduces el daño a 0, podrás atrapar el proyectil, aunque solo cuando este sea lo bastante pequeño como para que puedas sujetarlo con una mano.

GUANTES DE LADRÓN
Objeto maravilloso, infrecuente

Estos guantes son invisibles mientras los lleves puestos. Si los vistes, ganas un bonificador de +5 a pruebas de Destreza (Juego de Manos) y pruebas de Destreza para forzar cerraduras.

GUANTES DE NATACIÓN Y ESCALADA
Objeto maravilloso, infrecuente (requiere sintonización)

Mientras lleves estos guantes, nadar y escalar no te cuesta movimiento adicional y, además, obtienes un bonificador de +5 a tus pruebas de Fuerza (Atletismo) para nadar o escalar.

HACHA BERSERKER
Arma (cualquier hacha), rara (requiere sintonización)

Recibes un bonificador de +1 a las tiradas de ataque y de daño que hagas con esta arma. Además, mientras estés sintonizado con ella, tus puntos de golpe máximos se incrementan en 1 por cada nivel que poseas.

Maldición. Esta hacha está maldita y al sintonizarte con ella te afectará la maldición. Mientras estés maldito, no aceptarás alejarte del hacha y la mantendrás siempre a tu alcance. También tendrás desventaja en tiradas de ataque con otras armas, a menos que no haya ningún enemigo que puedas ver u oír a 60 pies o menos de distancia.

Cuando una criatura hostil te dañe, si tienes el hacha en tu haber, deberás tener éxito en una tirada de salvación de Sabiduría CD 15 o sucumbirás a una furia berserker. Mientras estés bajo los efectos de esta furia, deberás utilizar tu acción cada asalto para atacar con el hacha a la criatura más cercana. Si puedes realizar ataques adicionales como parte de tu acción de Atacar, lo harás, prosiguiendo con la siguiente criatura después de derrotar a tu objetivo actual. Si tienes varios objetivos posibles, atacarás a uno al azar. Seguirás en este estado hasta que comience tu turno y no haya criaturas que puedas ver u oír a 60 pies o menos de ti.

HERRADURAS DE VELOCIDAD
Objeto maravilloso, raro

Estas herraduras de hierro vienen de cuatro en cuatro. Mientras cuatro de ellas estén fijadas a los cascos de un caballo o criatura similar, este aumentará su velocidad caminando en 30 pies.

HERRADURAS DEL CÉFIRO
Objeto maravilloso, muy raro

Estas herraduras de hierro vienen de cuatro en cuatro. Mientras cuatro de ellas estén fijadas a los cascos de un caballo o criatura similar, permitirán a esta moverse con normalidad, pero flotando 4 pulgadas sobre el suelo. Este efecto implica que la criatura puede cruzar o permanecer sobre superficies no sólidas o inestables, como agua o lava. Además, no deja huellas e ignora terreno difícil. Por último, podrá moverse a velocidad normal hasta 12 horas al día sin sufrir el cansancio por hacer marchas forzadas.

HIERRO DE ESCARCHA
Arma (cualquier espada), muy rara (requiere sintonización)

Cuando impactas con un ataque con esta arma mágica, infliges 1d6 de daño de hielo adicional. Además, mientras empuñes la espada tendrás resistencia al daño de fuego.

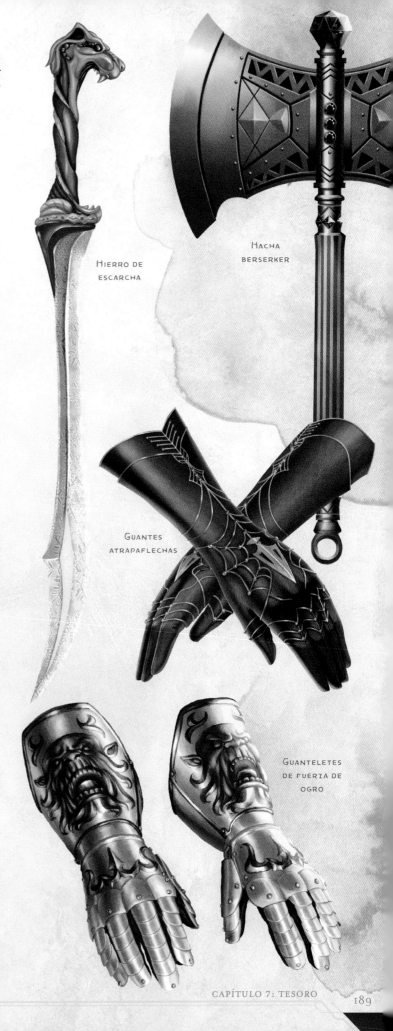

HIERRO DE ESCARCHA

HACHA BERSERKER

GUANTES ATRAPAFLECHAS

GUANTELETES DE FUERZA DE OGRO

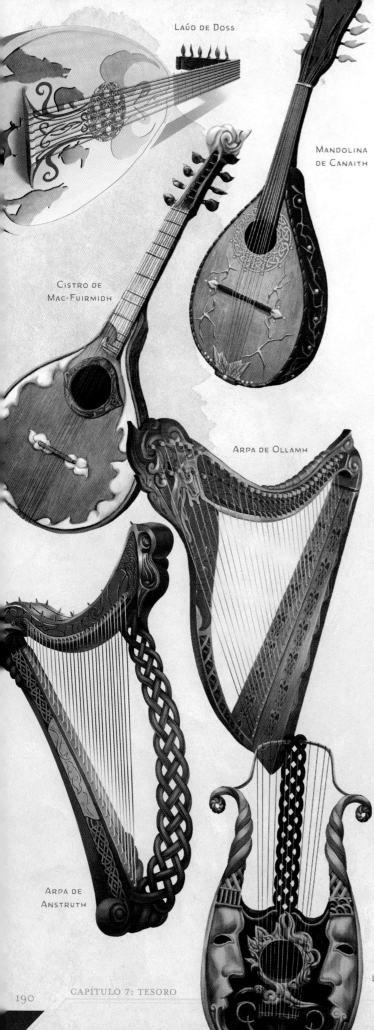

Laúd de Doss

Mandolina de Canaith

Cistro de Mac-Fuirmidh

Arpa de Ollamh

Arpa de Anstruth

Lira de Cli

En temperaturas bajo cero, la espada emite luz brillante en un radio de 10 pies y luz tenue 10 pies más allá.

Cuando desenvainas esta arma, puedes extinguir todas las llamas no mágicas que se encuentren a 30 pies o menos de ti. Esta propiedad no puede ser usada más de una vez por hora.

INCENSARIO DE CONTROLAR ELEMENTALES DE AIRE
Objeto maravilloso, raro

Mientras haya incienso ardiendo en este recipiente, puedes utilizar una acción para pronunciar la palabra de activación del cuenco e invocar un elemental de aire, como si hubieras lanzado *conjurar elemental*. El incensario no puede volver a usarse de esta manera hasta el siguiente amanecer.

Esta vasija de 6 pulgadas de ancho y 1 pie de alto se parece a un cáliz con tapa decorada. Pesa 1 libra.

INSTRUMENTO DE LOS BARDOS
Objeto maravilloso, rareza variable (requiere sintonización con un bardo)

Un instrumento de los bardos es un objeto exquisito, superior a un instrumento ordinario en todos los aspectos. Existen siete tipos de instrumentos de esta clase, cada uno nombrado como un Colegio Bárdico legendario. La siguiente tabla indica la rareza de cada instrumento y los conjuros comunes a todos ellos, así como los que son específicos de cada uno. Una criatura que intente tocar el instrumento sin estar sintonizado con él deberá tener éxito en una tirada de salvación de Sabiduría CD 15 o sufrirá 2d4 de daño psíquico.

Puedes usar una acción para tocar el instrumento y lanzar uno de sus conjuros. Una vez que ha sido empleado para este fin, el instrumento no podrá volver a lanzar ese conjuro concreto hasta la mañana siguiente. Los lanzamientos utilizan tu aptitud mágica y CD de salvación de conjuros.

Mientras lances un conjuro que haga que cualquiera de sus objetivos quede hechizado si falla una tirada de salvación, puedes tocar el instrumento para imponer desventaja en la tirada. Este efecto solo se aplica si el conjuro tiene un componente somático o material.

Instrumento	Rareza	Conjuros
Todos	–	*Invisibilidad, levitar, protección contra el bien y el mal, volar* y los conjuros indicados para cada instrumento particular
Arpa de Anstruth	Muy rara	*Controlar el clima, curar heridas (nivel 5), muro de espinas*
Mandolina de Canaith	Rara	*Curar heridas (nivel 3), disipar magia, protección contra energía (solo relámpago)*
Lira de Cli	Rara	*Moldear la piedra, muro de fuego, muro de viento*
Laúd de Doss	Infrecuente	*Encantar animal, protección contra energía (solo fuego) protección contra veneno*
Bandora de Fochluçan	Infrecuente	*Enmarañar, fuego feérico, hablar con los animales, shillelagh*
Cistro de Mac–Fuirmidh	Infrecuente	*Curar heridas, nube de oscurecimiento, piel robliza*
Arpa de Ollamh	Legendaria	*Confusión, controlar el clima, tormenta de fuego*

JABALINA DEL RELÁMPAGO

Arma (jabalina), infrecuente

Esta jabalina es un arma mágica. Cuando la lanzas y pronuncias su palabra de activación, se convierte en relámpago, formando una línea de 5 pies de ancho que se extiende hasta tu objetivo, que debe encontrarse a un máximo de 120 pies. Todas las criaturas situadas en dicha línea, excepto el objetivo y tú, deberán realizar una tirada de salvación de Destreza CD 13, sufriendo 4d6 de daño de relámpago si la fallan, o la mitad de ese daño si la superan. El relámpago se convierte de nuevo en jabalina al alcanzar el objetivo. Haz un ataque de arma a distancia contra el objetivo. Si impactas, recibirá el daño del ataque de la jabalina y 4d6 de daño de relámpago adicional.

Esta propiedad de la jabalina no puede volver a usarse hasta el siguiente amanecer. Mientras tanto, sigue pudiendo emplearse como arma mágica.

LADRONA DE NUEVE VIDAS

Arma (cualquier espada), muy rara (requiere sintonización)

Recibes un bonificador de +2 a las tiradas de ataque y de daño que hagas con esta arma mágica.

La espada tiene 1d8 +1 cargas. Si consigues un crítico contra una criatura que posea menos de 100 puntos de golpe, esta deberá tener éxito en una tirada de salvación de Constitución CD 15 o morirá instantáneamente, ya que el arma arrancará la fuerza vital de su cuerpo. La espada pierde 1 carga si la criatura muere. El arma pierde esta propiedad si no le quedan cargas.

LENGUA DE FUEGO

Arma (cualquier espada), rara (requiere sintonización)

Puedes usar una acción adicional para pronunciar la palabra de activación de la espada, haciendo que se cubra de llamas. Este fuego emite luz brillante en un radio de 40 pies y luz tenue 40 pies más allá. Mientras la espada esté en llamas, infligirá 2d6 de daño de fuego adicional a cualquier objetivo golpeado. Las llamas permanecen hasta que emplees una acción adicional para pronunciar la palabra de activación de nuevo o hasta que sueltes o envaines el arma.

LINTERNA DE REVELACIÓN

Objeto maravilloso, infrecuente

Siempre que esté encendida, esta linterna sorda luce durante 6 horas con una pinta de aceite, iluminando un radio de 30 pies con luz brillante y otros 30 pies con luz tenue. Las criaturas y objetos invisibles son visibles mientras estén iluminados por la linterna. Puedes utilizar una acción para cubrir la abertura con una tapa, haciendo que la linterna solo emita luz tenue en un radio de 5 pies.

MALLA DE IFRIT

Armadura (cota de malla), legendaria (requiere sintonización)

Mientras lleves esta armadura, obtienes un bonificador de +3 a tu CA, eres inmune al daño de fuego y puedes entender y hablar abisal. Además, puedes estar de pie y andar sobre roca fundida como si fuera terreno firme.

MALLA ÉLFICA

Armadura (camisa de malla), rara

Recibes un +1 a la CA cuando lleves puesta esta armadura. Se te considera competente con esta armadura aunque normalmente no lo fueras con armaduras medias.

JABALINA DEL RELÁMPAGO

LENGUA DE FUEGO

LADRONA DE NUEVE VIDAS

LINTERNA DE REVELACIÓN

MALLA DE
IFRIT

MANTO DE
RESISTENCIA A
CONJUROS

MANUAL DE
GÓLEMS DE
PIEDRA

MANUAL DE GÓLEMS
DE ARCILLA

MANTO DE RESISTENCIA A CONJUROS

Objeto maravilloso, raro (requiere sintonización)

Mientras vistas esta capa tienes ventaja en las tiradas de salvación contra conjuros.

MANUAL DE GÓLEMS

Objeto maravilloso, muy raro

Este tomo contiene la información y los ensalmos necesarios para hacer un tipo concreto de gólem. El DM elige el tipo o lo determina al azar. Para poder descifrar y usar el manual, tienes que ser un lanzador de conjuros con al menos dos espacios de conjuro de nivel 5. Una criatura que no pueda usar el manual de gólems pero intente leerlo, recibirá 6d6 de daño psíquico.

d20	Gólem	Tiempo	Coste
1–5	Arcilla	30 días	65.000 po
6–17	Carne	60 días	50.000 po
18	Hierro	120 días	100.000 po
19–20	Piedra	90 días	80.000 po

Para crear un gólem, debes emplear la cantidad de tiempo mostrada en la tabla, trabajando sin interrupción con el libro a mano y sin descansar más de 8 horas al día. También has de pagar el coste indicado para comprar suministros.

Una vez terminas de crear el gólem, el libro arde en llamas arcanas. El gólem se vuelve animado cuando se esparcen sobre él las cenizas del manual. Estará bajo tu control, y entenderá y obedecerá tus órdenes verbales. Su perfil se encuentra en el *Monster Manual*.

MANUAL DE LA SALUD CORPORAL

Objeto maravilloso, muy raro

Este libro contiene consejos de salud y alimentación, y sus palabras están cargadas de magia. Si inviertes 48 horas durante un periodo de, como mucho, 6 días en estudiar el contenido del libro y poner en práctica sus indicaciones, tu puntuación de Constitución aumentará en 2, así como tu máximo para esa puntuación. Después, el manual perderá su magia, recuperándola tras un siglo.

MANUAL DE RAPIDEZ DE ACCIÓN

Objeto maravilloso, muy raro

Este libro contiene consejos de coordinación y equilibrio, y sus palabras están cargadas de magia. Si inviertes 48 horas durante un periodo de, como mucho, 6 días en estudiar el contenido del libro y poner en práctica sus indicaciones, tu puntuación de Destreza aumentará en 2, así como tu máximo para esa puntuación. Después, el manual perderá su magia, recuperándola tras un siglo.

MANUAL DEL EJERCICIO BENEFICIOSO

Objeto maravilloso, muy raro

Este libro, con sus palabras cargadas de magia, describe diferentes ejercicios para mantenerse en forma. Si inviertes 48 horas durante un periodo de, como mucho, 6 días en estudiar el contenido del libro y poner en práctica sus indicaciones, tu puntuación de Fuerza aumentará en 2, así como tu máximo para esa puntuación. Después, el manual perderá su magia, recuperándola tras un siglo.

Maravillosos pigmentos de Nolzur

Objeto maravilloso, muy raro

Lo normal es encontrar los *maravillosos pigmentos de Nolzur* como 1d4 botecitos y un pincel dentro de una delicada caja de madera (peso total de 1 libra). Estos pigmentos te permiten crear objetos tridimensionales pintándolos en dos dimensiones. La pintura fluye de la brocha para formar el objeto deseado mientras te concentras en él.

Cada bote de pintura es suficiente para cubrir una superficie de 1.000 pies cuadrados, lo que te permite crear objetos inanimados o accidentes del terreno (como una puerta, un pozo, flores, árboles, celdas, habitaciones o armas) con un volumen total de 10.000 pies cúbicos. Tardas 10 minutos en cubrir 100 pies cuadrados.

Cuando terminas de pintar, el objeto o terreno representado se transforma en un objeto no mágico real. De este modo, dibujar una puerta en un muro crea una puerta real, que puede ser abierta para acceder al otro lado. Pintar un pozo en el suelo crea un abismo de verdad, y su profundidad cuenta contra el volumen total de objetos que creas.

Ninguna creación de los pigmentos puede tener un valor superior a 25 po. Si pintas un objeto de mayor valor (como un diamante o un montón de oro), el objeto parecerá auténtico, pero una inspección detallada revela que está hecho de pasta, hueso u otro material sin valor.

Si dibujas algún tipo de energía, como fuego o relámpago, aparecerá al completar el dibujo y se esfumará inmediatamente, sin dañar a nadie.

Martillo arrojadizo enano

Arma (martillo de guerra), muy rara (requiere sintonización con un enano)

Recibes un bonificador de +3 a las tiradas de ataque y de daño que hagas con esta arma. Tiene la propiedad arrojadiza, con un alcance normal de 20 pies y un alcance largo de 60 pies.

Cuando impactas con un ataque a distancia con esta arma, infliges 1d8 de daño adicional o, si el objetivo es un gigante, 2d8. Inmediatamente después del ataque, el arma vuela de vuelta a tu mano.

Martillo de rayos

Arma (maza a dos manos), legendaria

Recibes un bonificador de +1 a las tiradas de ataque y de daño que hagas con esta arma mágica.

Matagigantes (requiere sintonización). Debes llevar un cinturón de fuerza de gigante (cualquier variedad) y unos guanteletes de fuerza de ogro para poder sintonizarte con esta arma. La sintonización acaba inmediatamente si te quitas uno de estos objetos. Mientras estés sintonizado con esta arma y la empuñes, tu atributo de Fuerza aumentará en 4 y podrá superar 20, aunque no 30. Si obtienes un 20 en una tirada de ataque con esta arma contra un gigante, este deberá superar una tirada de salvación de Constitución CD 17 o morirá.

Además, el martillo tiene 5 cargas. Mientras estés sintonizado con él, podrás gastar 1 carga y realizar un ataque de arma a distancia con el martillo, lanzándolo como si tuviera la propiedad arrojadiza, con un alcance normal de 20 pies y un alcance largo de 60 pies. Si el ataque impacta, el martillo libera un trueno audible a 300 pies. El objetivo y cada criatura que se encuentre a 30 pies de él deberán tener éxito en una tirada de salvación de Constitución CD 17 o quedarán aturdidos hasta el final de tu siguiente turno. El martillo recupera 1d4 + 1 cargas empleadas cada día, al amanecer.

MANUAL DE GÓLEMS DE CARNE

MANUAL DE RAPIDEZ DE ACCIÓN

MANUAL DE LA SALUD CORPORAL

MARTILLO ARROJADIZO ENANO

MARTILLO DE RAYOS

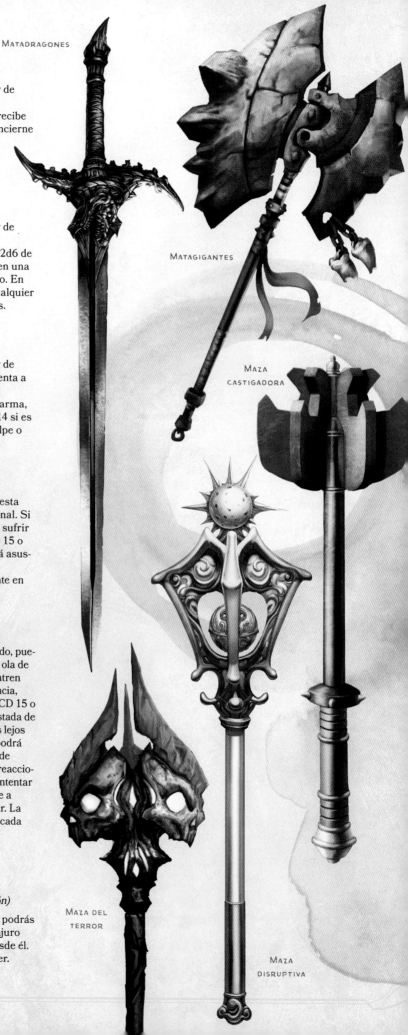

MATADRAGONES

Arma (cualquier espada), rara

Recibes un bonificador de +1 a las tiradas de ataque y de daño que hagas con esta arma mágica.

Cuando impactes a un dragón con esta arma, este recibe 3d6 de daño adicional del tipo del arma. En lo que concierne a esta arma, "dragón" se refiere a cualquier criatura con el tipo "dragón", incluyendo seres como dragones tortuga o guivernos.

MATAGIGANTES

Arma (cualquier espada o hacha), rara

Recibes un bonificador de +1 a las tiradas de ataque y de daño que hagas con esta arma mágica.

Cuando impactes a un gigante con ella, este recibe 2d6 de daño adicional del tipo del arma y deberá tener éxito en una tirada de salvación de Fuerza CD 15 o caerá derribado. En lo que concierne a esta arma, "gigante" se refiere a cualquier criatura con el tipo "gigante", incluyendo ettins y trolls.

MAZA CASTIGADORA

Arma (maza), rara

Recibes un bonificador de +1 a las tiradas de ataque y de daño que hagas con esta arma. Este bonificador aumenta a +3 cuando usas esta maza para atacar a un autómata.

Si obtienes un 20 en una tirada de ataque con esta arma, el objetivo recibirá 7 de daño contundente adicional, 14 si es un autómata. Si al objetivo le quedan 25 puntos de golpe o menos tras sufrir este daño, será destruido.

MAZA DISRUPTIVA

Arma (maza), rara (requiere sintonización)

Cuando impactes a un infernal o muerto viviente con esta maza, el objetivo recibirá 2d6 de daño radiante adicional. Si al objetivo le quedan 25 puntos de golpe o menos tras sufrir este daño, deberá superar una tirada de salvación CD 15 o quedará destruido. Si tiene éxito en esta tirada, estará asustado de ti hasta el final de su siguiente turno.

Mientras la empuñes, esta arma, emitirá luz brillante en un radio de 20 pies y luz tenue 20 pies más allá.

MAZA DEL TERROR

Arma (maza), rara (requiere sintonización)

Esta arma mágica tiene 3 cargas. Si la estás empuñando, puedes utilizar una acción y gastar 1 carga para crear una ola de terror. Todas las criaturas de tu elección que se encuentren a 30 pies o menos de ti y sean conscientes de tu presencia, deberán superar una tirada de salvación de Sabiduría CD 15 o estarán asustadas durante 1 minuto. Una criatura asustada de esta manera deberá dedicar su turno a moverse lo más lejos posible del portador de la maza, si es que puede, y no podrá acercarse a ningún espacio situado a 30 pies o menos de dicho portador. Además, tampoco podrá llevar a cabo reacciones. Solo será capaz de realizar la acción de Correr o intentar escapar de un efecto que le impida moverse. Si no tiene a dónde desplazarse, llevará a cabo la acción de Esquivar. La criatura puede repetir la tirada de salvación al final de cada uno de sus turnos, librándose del efecto si tiene éxito.

La maza recupera 1d3 cargas gastadas cada día, al amanecer.

MEDALLÓN DE LOS PENSAMIENTOS

Objeto maravilloso, infrecuente (requiere sintonización)

El medallón tiene 3 cargas. Mientras lo lleves puesto, podrás utilizar una acción para gastar 1 carga y lanzar el conjuro *detectar pensamientos* (tirada de salvación CD 13) desde él. Recupera 1d3 cargas empleadas cada día, al amanecer.

MATADRAGONES

MATAGIGANTES

MAZA CASTIGADORA

MAZA DEL TERROR

MAZA DISRUPTIVA

Morral práctico de Heward

Medallón de
los pensamientos

Pegamento soberano

MORRAL PRÁCTICO DE HEWARD

Objeto maravilloso, raro

Esta mochila posee un bolsillo central y dos laterales, cada uno de los cuales es un espacio extradimensional. Cada bolsillo lateral puede contener hasta 20 libras de materia que no exceda un volumen de 2 pies cúbicos. En el bolsillo central caben hasta 8 pies cúbicos u 80 libras de materia. El morral siempre pesará 5 libras, independientemente del contenido.

Colocar un objeto dentro sigue las reglas normales de interacción con objetos. Sacar un objeto de la bolsa cuesta una acción. Cuando metes la mano para extraer un objeto concreto, este siempre se encontrará arriba del todo.

El morral tiene algunas limitaciones. Si se sobrecarga, o si un objeto punzante lo perfora o rasga, se romperá y quedará destruido. Si es destruido, sus contenidos se perderán para siempre, aunque un artefacto siempre acabará volviendo a aparecer en alguna parte. Si se da la vuelta a la mochila completamente, los contenidos serán volcados al exterior, sin quedar dañados, pero la mochila deberá devolverse a su posición inicial antes de poder ser usada de nuevo. Si una criatura que necesite respirar es colocada dentro del morral, podrá sobrevivir durante 10 minutos, tiempo tras el cual empezará a ahogarse.

Poner el morral dentro del espacio extradimensional creado por una *bolsa de contención*, un *agujero portátil* u otro objeto similar destruye instantáneamente ambos objetos y abre un portal al Plano Astral, que se creará en el sitio donde un objeto se metió dentro del otro. Cualquier criatura que se encuentre a 10 pies del portal será absorbida a través de este a una localización aleatoria en el Plano Astral. Después, el portal se cierra. Solo funciona en un sentido y no puede ser reabierto.

MUNICIÓN, +1, +2 o +3

Arma (cualquier munición), infrecuente (+1), rara (+2) o muy rara (+3)

Tienes un bonificador a las tiradas de ataque y de daño que hagas con esta unidad de munición mágica. El bonificador depende de la rareza de la munición. Una vez impacte a un objetivo, la munición dejará de ser mágica.

PEGAMENTO SOBERANO

Objeto maravilloso, legendario

Esta sustancia viscosa y blanca como la leche es capaz de formar un vínculo adhesivo permanente entre dos objetos cualesquiera.

Debe ser almacenada en un frasco o bote que haya sido untado con una capa de *aceite escurridizo*. En el momento de encontrar el recipiente, a este le quedarán 1d6 + 1 onzas.

Una onza de pegamento puede cubrir una superficie de 1 pie cuadrado. Tarda un minuto en asentarse y hacer efecto. Una vez asentado, el vínculo creado solo puede romperse aplicando *disolvente universal* o *aceite de etereidad*, o mediante el conjuro *deseo*.

PERGAMINO DE CONJURO

Pergamino, varía

Un pergamino de conjuro contiene las palabras de un único conjuro, escritas usando un código mágico. Si el conjuro pertenece a los que tu clase puede lanzar, puedes gastar una acción para leer el pergamino y lanzar el conjuro sin tener que aportar ninguno de sus componentes. De lo contrario, el conjuro es ininteligible para ti. Lanzarlo leyendo el pergamino precisa del tiempo de lanzamiento normal del conjuro. Una vez lanzado, las palabras escritas en el pergamino desaparecen y el propio pergamino se deshace, convertido en polvo. Si el lanzamiento queda interrumpido, el pergamino no se pierde.

Si el conjuro está en la lista de conjuros de tu clase, pero su nivel es superior a los que puedes lanzar normalmente, deberás hacer una prueba de característica empleando tu aptitud mágica para determinar si logras lanzarlo con éxito. La CD es de 10 + el nivel del conjuro. Si fallas, el conjuro desaparece del pergamino, pero no ocurre nada más.

El nivel del conjuro en el pergamino determina la CD de la tirada de salvación y el bonificador de ataque del conjuro, así como la rareza del pergamino, tal y como se puede ver en la tabla "pergamino de conjuro".

PERGAMINO DE CONJURO

Nivel de conjuro	Rareza	CD de salvación	Bonificador de ataque
Truco	Común	13	+5
1	Común	13	+5
2	Infrecuente	13	+5
3	Infrecuente	15	+7
4	Raro	15	+7
5	Raro	17	+9
6	Muy raro	17	+9
7	Muy raro	18	+10
8	Muy raro	18	+10
9	Legendario	19	+11

Un conjuro de mago en un pergamino de conjuro puede ser copiado del mismo modo que los conjuros en un libro de conjuros. Cuando se copia de un pergamino, el que lo hace debe tener éxito en una prueba de Inteligencia (Conocimiento Arcano) con CD igual a 10 + nivel del conjuro. Si lo consigue, la copia del conjuro se realiza con éxito. Independientemente de que la prueba tenga éxito o fracase, el pergamino de conjuro queda destruido.

PERGAMINO DE PROTECCIÓN

Pergamino, raro

Cada pergamino de protección funciona contra un tipo específico de criatura, elegida por el DM o determinada de forma aleatoria tirando en esta tabla.

d100	Tipo de criatura	d100	Tipo de criatura
01–10	Aberraciones	41–50	Feéricos
11–20	Bestias	51–75	Infernales
21–30	Celestiales	76–80	Plantas
31–40	Elementales	81–00	Muertos vivientes

Utilizar una acción para leer el pergamino te encierra en una barrera invisible que se extiende alrededor de ti, formando un cilindro de 5 pies de radio y 10 de altura. Durante 5 minutos, esta barrera impide a las criaturas del tipo específico entrar o afectar a cualquier cosa al otro lado de la barrera.

El cilindro se mueve contigo, manteniéndose centrado en ti. Sin embargo, si te desplazas de tal manera que una criatura del tipo especificado fuera a acabar dentro del cilindro, el efecto termina.

Una criatura puede intentar sobreponerse al efecto de la barrera empleando una acción para realizar una prueba de Carisma CD 15. Si lo consigue, dejará de estar afectada por la barrera.

PERLA DE PODER

Objeto maravilloso, infrecuente (requiere sintonización con un lanzador de conjuros)

Mientras esta perla esté en tu poder, puedes usar una acción para pronunciar su palabra de activación y recuperar un espacio de conjuro empleado. Si el espacio era de nivel 4 o

más, el que recuperas es de nivel 3. Esta propiedad no puede volver a utilizarse hasta el siguiente amanecer.

PIEDRA DE LA BUENA FORTUNA

Objeto maravilloso, infrecuente (requiere sintonización)

Cuando tienes esta ágata pulida en tu poder, obtienes un +1 a las pruebas de característica y tiradas de salvación.

PIEDRA IOUN

Objeto maravilloso, rareza variable (requiere sintonización)

Las piedras Ioun se llaman así por Ioun, un dios del conocimiento y la profecía adorado en algunos mundos. Existen muchos tipos de estas piedras, cada una de ellas con una combinación distinta de forma y color.

Si usas una acción para lanzar una de estas piedras al aire, esta se quedará orbitando alrededor de tu cabeza, a una distancia de 1d3 pies, y te proporcionará un beneficio. En cualquier momento posterior, otra criatura podrá emplear una acción para intentar agarrar o atrapar la piedra y separarla de ti, ya sea con una tirada de ataque con éxito contra CA 24 o superando una prueba de Destreza (Acrobacias) CD 24. Puedes utilizar una acción para coger y guardar la piedra, finalizando así su efecto.

Una piedra tiene CA 24, 10 puntos de golpe y resistencia a todo el daño. Mientras orbite sobre tu cabeza, se considera un objeto que llevas puesto.

Absorción (Muy rara). Cuando este elipsoide de color lavanda claro orbita alrededor de tu cabeza, puedes usar tu reacción para cancelar un conjuro de nivel 4 o inferior que lance una criatura que puedas ver y del cual seas el único objetivo.

Una vez haya cancelado 20 niveles de conjuros, la piedra se volverá gris, pues su magia se habrá agotado. Si eres objetivo de un conjuro cuyo nivel es mayor que el número de niveles de conjuro restantes en la piedra, esta no podrá cancelarlo.

Absorción mayor (legendaria). Cuando este elipsoide de aspecto marmóreo y colores lavanda y verde claro orbita alrededor de tu cabeza, puedes emplear tu reacción para cancelar un conjuro de nivel 8 o inferior que lance una criatura que puedas ver y del cual seas el único objetivo.

Una vez haya cancelado 50 niveles de conjuros, la piedra se volverá gris, pues su magia se habrá agotado. Si eres objetivo de un conjuro cuyo nivel es mayor que el número de niveles de conjuro restantes en la piedra, esta no podrá cancelarlo.

Agilidad (muy rara). Tu puntuación de Destreza se incrementa en 2, hasta un máximo de 20, mientras esta esfera de color rojo profundo orbite alrededor de tu cabeza.

Consciencia (rara). No puedes ser sorprendido mientras este romboide azul oscuro orbite a tu alrededor.

Fortaleza (muy rara). Tu puntuación de Constitución se incrementa en 2, hasta un máximo de 20, mientras este romboide rosa orbite alrededor de tu cabeza.

Fuerza (muy rara). Tu puntuación de Fuerza se incrementa en 2, hasta un máximo de 20, mientras este romboide azul claro orbite alrededor de tu cabeza.

Intelecto (muy rara). Tu puntuación de Inteligencia se incrementa en 2, hasta un máximo de 20, mientras esta esfera marmórea de colores rojo y azul orbite alrededor de tu cabeza.

Liderazgo (muy rara). Tu puntuación de Carisma se incrementa en 2, hasta un máximo de 20, mientras esta esfera marmórea de colores verde y rosa orbite alrededor de tu cabeza.

Maestría (legendaria). Tu bonificador por competencia aumenta en 1 mientras este prisma verde pálido orbite alrededor de ti.

Perspicacia (muy rara). Tu puntuación de Sabiduría se incrementa en 2, hasta un máximo de 20, mientras esta esfera de color azul incandescente orbite alrededor de tu cabeza.

Protección (rara). Obtienes un bonificador de +1 a la CA siempre que este prisma de color rosa polvoriento orbite a tu alrededor.

Regeneración (legendaria). Recuperas 15 puntos de golpe al final de cada hora si este huso de color blanco nacarado orbita a tu alrededor, siempre y cuando tengas al menos 1 punto de golpe.

Reserva (rara). Este prisma de un color púrpura muy vibrante es capaz de guardar conjuros que se lancen sobre él, almacenándolos hasta que quieras utilizarlos. La piedra puede guardar conjuros que sumen un total de 3 niveles. Cuando la encuentras, contiene conjuros para un total de 1d4 −1 niveles, elegidos por el DM.

Cualquier criatura puede lanzar un conjuro de niveles 1 a 3 sobre la piedra, para ello deberá tocarla mientras ejecuta el lanzamiento. El conjuro no tendrá efecto, pero quedará almacenado en el objeto. Aunque, si este no es capaz de albergarlo, el conjuro no producirá efecto alguno y el lanzamiento se habrá desperdiciado. El nivel del espacio utilizado para lanzar el conjuro determina cuanto espacio de la piedra utiliza.

Si esta piedra está orbitando alrededor de tu cabeza, puedes lanzar cualquiera de los conjuros almacenados. El conjuro utiliza el nivel del espacio, CD de la salvación de conjuro, bonificador de ataque y aptitud mágica del lanzador original, pero por lo demás se comporta como si tú lo hubieras lanzado. Un conjuro lanzado desde la piedra deja de ocupar espacio en ella.

Sustento (rara). No necesitas comer o beber mientras este huso transparente orbite alrededor de ti.

PIEDRA DE LA BUENA FORTUNA

PIEDRAS IOUN

PIEDRA DE CONTROLAR ELEMENTALES DE TIERRA

PIEDRA PARA CONTROLAR ELEMENTALES DE TIERRA

Objeto maravilloso, raro.

Si la piedra está tocando el suelo, puedes usar una acción para pronunciar su palabra de activación e invocar un elemental de tierra, como si hubieras lanzado *conjurar elemental*. La piedra no puede volver a utilizarse de esta manera hasta el siguiente amanecer. Pesa 5 libras.

PIEDRAS MENSAJERAS

Objeto maravilloso, infrecuente

Estas piedras pulidas vienen en parejas, cada una de ella grabada de manera que su pareja es fácilmente identificable. Cuando tocas una piedra, puedes usar una acción para lanzar el conjuro *recado* desde ella. El objetivo es el portador de la otra piedra. Si no hay nadie portando la otra piedra, lo sabes en cuanto empleas la piedra y no llegas a lanzar el conjuro.

Una vez se ha lanzado *recado*, el par no podrá volver a utilizarse hasta la mañana siguiente. Si una de las piedras de la pareja es destruida, la otra deja de ser mágica.

POCIÓN DE ALIENTO DE FUEGO

Poción, infrecuente

Después de beber esta poción, puedes usar una acción adicional para exhalar un aliento de fuego contra un objetivo que se encuentre a 30 pies o menos de ti. El objetivo deberá hacer una tirada de salvación de Destreza CD 13, sufriendo 4d6 de daño de fuego si la falla, o la mitad de ese daño si la supera. El efecto termina cuando emplees el aliento de fuego tres veces o pase una hora.

El frasco de la poción contiene un líquido naranja titilante y un poco de humo, que flota cada vez que se abre el frasco.

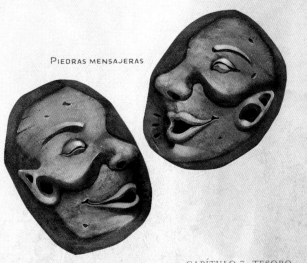

PIEDRAS MENSAJERAS

POCIÓN DE AMISTAD ANIMAL

Poción, infrecuente

Después de beber esta poción podrás lanzar el conjuro *encantar animal* (tirada de salvación CD 13) a voluntad durante 1 hora. Agitar este líquido turbio permite ver diferentes trocitos: una escama de pez, una lengua de colibrí, una garra de gato o un pelo de ardilla.

POCIÓN DE CLARIVIDENCIA

Poción, rara

Cuando bebes esta poción, ganas el efecto del conjuro *clarividencia*. Una esfera ocular flota en el líquido amarillento, pero se desvanece en cuanto se abre el frasco de la poción.

POCIÓN DE CRECIMIENTO

Poción, infrecuente

Cuando bebes esta poción obtienes el efecto de "agrandar" del conjuro *agrandar/reducir* durante 1d4 horas (no requiere concentración). En el recipiente, el rojo de la poción se expande continuamente para teñir el líquido a su alrededor, contrayéndose después hasta una pequeña gota. Agitar la botella no perturba este proceso.

POCIÓN DE CURACIÓN

Poción, rareza variable

Cuando bebes esta poción recuperas puntos de golpe. El número depende de la rareza de la poción, como se muestra en la tabla "pociones de curación". Independientemente de su potencia, el rojo líquido de la poción destella cuando es agitado.

POCIONES DE CURACIÓN

Poción de ...	Rareza	PG recuperados
Curación	Común	2d4 + 2
Curación mayor	Infrecuente	4d4 + 4
Curación superior	Rara	8d4 + 8
Curación suprema	Muy rara	10d4 + 20

POCIÓN DE ENCOGER

Poción, rara

Cuando bebes esta poción obtienes el efecto de "reducir" del conjuro *agrandar/reducir* durante 1d4 horas (no requiere concentración). En el recipiente, el rojo de la poción se contrae continuamente hasta una pequeña gota, expandiéndose después para teñir el líquido a su alrededor. Agitar la botella no perturba este proceso.

POCIÓN DE FORMA GASEOSA

Poción, rara

Cuando bebes esta poción obtienes el efecto del conjuro *forma gaseosa* durante 1 hora (no requiere concentración) o hasta que lo des por terminado utilizando una acción adicional. El frasco parece contener una niebla que se mueve y se derrama como si fuera agua.

POCIÓN DE FUERZA DE GIGANTE

Poción, rareza variable

Cuando bebes esta poción, tu puntuación de Fuerza cambia durante 1 hora. El tipo de gigante determina esta puntuación (ver tabla más adelante). No tendrá ningún efecto si tu Fuerza es igual o superior a la que proporciona la poción.

El líquido de esta poción es transparente, con un pequeño trocito de uña de un gigante del tipo adecuado. La *poción de fuerza de gigante de piedra* y la *poción de fuerza de gigante de escarcha* poseen el mismo efecto.

Tipo de gigante	Fuerza	Rarity
Gigante de las colinas	21	Infrecuente
Gigante de piedra/escarcha	23	Rara
Gigante de fuego	25	Rara
Gigante de las nubes	27	Muy rara
Gigante de las tormentas	29	Legendaria

POCIÓN DE HEROÍSMO

Poción, rara

Obtienes 10 puntos de golpe temporales que duran 1 hora a partir del momento en el que bebes esta poción. Durante ese periodo también estarás bajo los efectos del conjuro *bendición* (no requiere concentración). Esta poción azul burbujea y se evapora como si estuviera hirviendo.

POCIÓN DE INVISIBILIDAD

Poción, muy rara

El frasco de esta poción parece vacío, pero al mismo tiempo da la impresión de tener líquido dentro. Al beberlo te vuelves invisible durante 1 hora. Mientras estés en ese estado, cualquier cosa que vistas o lleves encima será también invisible. El efecto termina si atacas o lanzas un conjuro.

POCIÓN DE INVULNERABILIDAD

Poción, rara

Durante 1 minuto después de beber esta poción, tienes resistencia al daño. El líquido espeso, como sirope, de esta poción parece hierro líquido.

POCIÓN DE LEER MENTES

Poción, rara

Cuando bebes esta poción, ganas el efecto del conjuro *detectar pensamientos* (tirada de salvación CD 13). El líquido denso y púrpura de esta poción tiene una nube rosa ovoide flotando encima.

POCIÓN DE LONGEVIDAD

Poción, muy rara

Al beber esta poción tu edad física se reduce en 1d6 + 6 años, hasta un mínimo de 13 años. Cada vez que tomes una poción de longevidad después de la primera, existe una probabilidad acumulativa del 10 % de que, en vez de eso, envejezcas 1d6 + 6 años. En el frasco, suspendido en el líquido ámbar, se encuentra una cola de escorpión, un colmillo de víbora, una araña muerta y un pequeño corazón que, contra todo pronóstico, todavía late. Estos ingredientes desaparecen cuando se abre la poción.

POCIÓN DE RESISTENCIA

Poción, infrecuente

Cuando bebes esta poción, ganas resistencia a un tipo de daño durante 1 hora. El DM elige el tipo o lo determina al azar de entre las opciones siguientes.

d10	Tipo de daño	d10	Tipo de daño
1	Ácido	6	Necrótico
2	Frío	7	Veneno
3	Fuego	8	Psíquico
4	Fuerza	9	Radiante
5	Relámpago	10	Trueno

POLVO DE
DESAPARICIÓN

POLVO DE ESTORNUDAR
Y ATRAGANTARSE

POCIÓN DE RESPIRAR BAJO EL AGUA

Poción, infrecuente

Puedes respirar debajo del agua durante 1 hora tras beber esta poción. Se trata de un fluido verde turbio que huele a mar y en el que flota una burbuja en forma de medusa.

POCIÓN DE TREPAR

Poción, común

Beber esta poción te dota durante 1 hora de una velocidad trepando igual a tu velocidad caminando. Además, disfrutarás durante el mismo tiempo de ventaja en las pruebas de Fuerza (Atletismo) que realices para escalar. La poción parece separada en tres bandas; marrón, plateada y gris, como si fueran estratos. Agitar la botella no mezcla los colores.

POCIÓN DE VELOCIDAD

Poción, muy rara

Cuando bebes esta poción obtienes el efecto del conjuro *acelerar* durante 1 minuto (no requiere concentración). El líquido amarillo de este brebaje tiene vetas negras y forma remolinos.

POCIÓN DE VENENO

Poción, infrecuente

Este mejunje parece, huele y sabe como una poción de curación o cualquier otra poción beneficiosa. No obstante, en realidad es un veneno enmascarado con magia de ilusionismo. El conjuro *identificar* revelará su verdadera naturaleza.

Si la bebes, recibirás 3d6 de daño de veneno y deberás tener éxito en una tirada de salvación de Constitución CD 13 o quedarás envenenado. Mientras estés envenenado de esta forma, sufrirás 3d6 de daño de veneno al principio de cada uno de tus turnos. Puedes repetir la tirada de salvación al final de cada uno de tus turnos. Si tienes éxito, el daño de veneno que recibes en los próximos turnos se reduce en 1d6. El veneno acaba cuando el daño se reduce a 0.

POCIÓN DE VITALIDAD

Poción, muy rara

Cuando la bebes, esta poción elimina todo el cansancio que sufras y te cura de cualquier enfermedad o veneno que te afecte. Durante las próximas 24 horas, recuperas el máximo número de puntos de golpe de cualquier Dado de Golpe que utilices. El líquido carmesí de este brebaje late regularmente con una luz apagada, recordando a un corazón.

POCIÓN DE VUELO

Poción, muy rara

Beber esta poción te dota durante 1 hora de una velocidad volando igual a tu velocidad caminando.

Si estás en el aire cuando el efecto de la poción termina, caerás a menos que tengas algún otro método para permanecer a flote. El líquido de esta poción flota en la parte superior del frasco, surcado por impurezas blancas con forma de nubes.

POLVO DE DESAPARICIÓN

Objeto maravilloso, infrecuente

Este polvo, que se encuentra en pequeños paquetes, parece arena muy fina. Hay suficiente para un solo uso. Cuando empleas una acción para esparcir el polvo, tú y cada criatura y objeto que se encuentre a 10 pies o menos de ti os volvéis invisibles durante 2d4 minutos. La duración es la misma para todos los afectados, y el polvo es consumido cuando la magia tiene efecto. Si una criatura afectada por el polvo ataca o lanza un conjuro, la invisibilidad termina para esa criatura.

POLVO DE ESTORNUDAR Y ATRAGANTARSE

Objeto maravilloso, infrecuente

Este polvo, que se encuentra en un pequeño recipiente, parece arena muy fina. Aparentemente, se trata de *polvo de desaparición*, y un conjuro de *identificar* así lo señalará. Hay suficiente para un solo uso.

Cuando uses tu acción para esparcir un puñado de polvo, todas las criaturas que necesiten respirar que se encuentren a 30 pies o menos, incluyéndote a ti, deberéis tener éxito en una tirada de salvación de Constitución CD 15 o seréis incapaces de respirar mientras estornudáis incontrolablemente. Una criatura afectada de esta manera estará incapacitada y ahogándose. Mientras permanezca consciente, podrá repetir la tirada de salvación al final de cada uno de sus turnos, terminando el efecto si tiene éxito. El conjuro *restablecimiento menor* también es capaz de terminar con este efecto.

PORTAL CÚBICO

TALISMÁN DE
CERRAR HERIDAS

TALISMÁN DE
SALUD

POLVO DE SEQUEDAD

Objeto maravilloso, infrecuente

Este pequeño paquete contiene 1d6 + 4 pellizcos de polvo.
Puedes usar una acción para echar un pellizco sobre agua.

El polvo convertirá un cubo de agua de 15 pies de lado en
una bolita del tamaño de una canica, que quedará flotando o
en reposo donde se esparció el polvo. El peso de la bolita es
despreciable.

Cualquier criatura puede usar una acción para machacar
la bolita contra una superficie dura, haciendo que estalle y
libere el agua que el polvo había absorbido. Hacer esto acaba
con la magia de la bolita.

Un elemental que esté compuesto principalmente de agua
y quede expuesto a un pellizco del polvo deberá realizar
una tirada de salvación de Constitución CD 13, recibiendo
10d6 de daño necrótico si falla, o la mitad de ese daño en
caso de éxito.

PORTAL CÚBICO

Objeto maravilloso, legendario

Este cubo mide 3 pulgadas de lado y radia una energía
mágica palpable. Cada una de sus seis caras está conectada a un plano de existencia diferente, entre ellos el Plano
Material. Las otras conexiones son a planos determinados por el DM.

Puedes usar una acción para pulsar una cara del cubo, lanzando el conjuro *portal*, de modo que se abra una puerta al
plano vinculado a ese lado. De forma alternativa, si utilizas
una acción para pulsar una cara dos veces, lanzarás el conjuro *desplazamiento entre planos* (tirada de salvación CD 17)
y transportarás a los objetivos al plano vinculado a ese lado.

El cubo tiene 3 cargas. Cada uso gasta 1 carga. Recupera
1d3 cargas gastadas cada día, al amanecer.

POZO DE LOS MUCHOS MUNDOS

Objeto maravilloso, legendario

Esta delicada tela negra, suave como la seda, está doblada
hasta ocupar el espacio de un pañuelo. Se despliega en una
sábana circular de 6 pies de diámetro.

Puedes usar una acción para extender el pozo de los
muchos mundos sobre una superficie sólida, donde creará
un portal a otro plano de existencia que funciona en ambos
sentidos. Cada vez que el objeto abre un portal, el DM decide
adonde lleva. Puedes emplear una acción para cerrar un portal abierto cogiendo los bordes de la tela y plegándola. Una
vez que un pozo de los muchos mundos ha abierto un portal,
no puede volver a hacerlo durante 1d8 horas.

SILLA DE MONTA DEL CABALLERO

Objeto maravilloso, infrecuente

Mientras estés subido a esta silla en una montura, no puedes ser desmontado contra tu voluntad si estás consciente
y, además, los ataques realizados contra la montura tienen desventaja.

SOMBRERO DE DISFRAZ

Objeto maravilloso, infrecuente (requiere sintonización)

Mientras lleves este sombrero, puedes utilizar una acción
para lanzar a voluntad el conjuro *disfrazarse* sobre ti mismo.
El conjuro termina si dejas de vestir el sombrero.

TALISMÁN DE CERRAR HERIDAS

Objeto maravilloso, infrecuente (requiere sintonización)

Mientras lleves este talismán, te estabilizas automáticamente
si al principio de tu turno estás agonizando. Además, cuando
tires un Dado de Golpe para recuperar puntos de golpe,
duplica el número de puntos de golpe que recuperas.

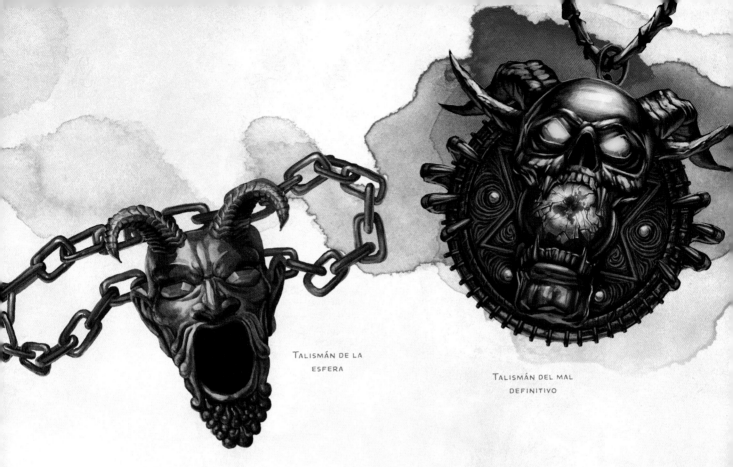

TALISMÁN DE LA
ESFERA

TALISMÁN DEL MAL
DEFINITIVO

TALISMÁN DE SALUD

Objeto maravilloso, infrecuente

No podrás verte afectado por ninguna enfermedad mientras vistas este colgante. Si ya estabas enfermo, los efectos de esa enfermedad quedan suprimidos mientras lo lleves puesto.

TALISMÁN DE LA ESFERA

Objeto maravilloso, legendario (requiere sintonización)

Cuando hagas una prueba de Inteligencia (Conocimiento Arcano) para controlar una *esfera de aniquilación* y sostengas este talismán, duplica tu bonificador por competencia en la prueba. Además, siempre que comienzas tu turno controlando una *esfera de aniquilación*, puedes usar una acción para hacer que levite 10 pies más tantos pies como 10 veces tu modificador por Inteligencia.

TALISMÁN DEL BIEN PURO

Objeto maravilloso, legendario (requiere sintonización con una criatura de alineamiento bueno)

Este talismán es un poderoso símbolo del bien. Una criatura cuyo alineamiento no sea ni bueno ni malo recibe 6d6 de daño radiante si lo toca. En cambio, si es de alineamiento malo, sufrirá 8d6 de daño radiante. En cualquiera de los dos casos, reciben el daño de nuevo cada vez que terminan su turno y están sosteniendo o llevando el talismán.

Si eres un clérigo o paladín bueno, puedes usar el talismán como símbolo sagrado y obtienes un bonificador de +2 a las tiradas de ataque con conjuros mientras lo vistas o lo sostengas.

El talismán tiene 7 cargas. Si lo llevas puesto o lo estás sosteniendo, puedes emplear una acción para gastar 1 carga y elegir una criatura sobre el suelo, que puedas ver, y que se encuentre a 120 pies o menos de ti. Si el objetivo es de

alineamiento malvado, una grieta ardiente se abrirá bajo él. El objetivo deberá tener éxito en una tirada de salvación de Destreza CD 20 o caerá en la grieta y será destruido, sin dejar ningún resto mortal. Después, la grieta se cerrará, sin quedar señal alguna de su existencia. Cuando gastas la última carga, el talismán se convierte en motas de luz dorada y queda destruido.

TALISMÁN DEL MAL DEFINITIVO

Objeto maravilloso, legendario (requiere sintonización con una criatura de alineamiento malvado)

Este objetivo simboliza el mal impenitente. Una criatura cuyo alineamiento no sea ni bueno ni malo recibe 6d6 de daño necrótico si lo toca. En cambio, si es de alineamiento bueno, sufrirá 8d6 de daño necrótico. En cualquiera de los dos casos, reciben el daño de nuevo cada vez que terminan su turno y están sosteniendo o llevando el talismán.

Si eres un clérigo o paladín malvado, puedes usar el talismán como símbolo sagrado y consigues un bonificador de +2 a las tiradas de ataque con conjuros mientras lo vistas o lo sostengas.

El talismán tiene 6 cargas. Si lo llevas puesto o lo estás sosteniendo, puedes emplear una acción para gastar 1 carga y elegir una criatura situada en el suelo, que puedas ver, y que se encuentre a 120 pies o menos de ti. Si el objetivo es de alineamiento bueno, una grieta ardiente se abrirá bajo él. El objetivo deberá tener éxito en una tirada de salvación de Destreza CD 20 o caerá en la grieta y será destruido, sin dejar ningún resto mortal. Después, la grieta se cerrará, sin quedar señal alguna de su existencia. Cuando gastas la última carga, el talismán se disuelve en una baba apestosa y queda destruido.

TOMO DE LIDERAZGO E
INFLUENCIA

TOMO DE
ENTENDIMIENTO

TOMO DE PENSAMIENTO
CLARO

TRIDENTE DE
COMANDAR PECES

TOMO DE ENTENDIMIENTO
Objeto maravilloso, muy raro

Este libro contiene ejercicios de intuición y perspicacia, con palabras cargadas de magia. Si inviertes 48 horas durante un periodo de, como mucho, 6 días en estudiar el contenido del libro y poner en práctica sus indicaciones, tu puntuación de Sabiduría aumentará en 2, así como tu máximo para esa puntuación. Después, el manual perderá su magia, recuperándola tras un siglo.

TOMO DE LA LENGUA DETENIDA
Objeto maravilloso, legendario (requiere sintonización con un mago)

Este tomo forrado en cuero tiene una lengua desecada clavada en la cubierta. Existen cinco de estos libros, sin saberse cuál es el original. La grotesca decoración del primer *tomo de la lengua detenida* perteneció a un antiguo sirviente, traicionero, del dios-liche Vecna, guardián de los secretos. Las lenguas clavadas en las portadas de las otras cuatro copias son de lanzadores de conjuros que traicionaron a Vecna. Las primeras páginas de cada tomo están llenas de garabatos ininteligibles. El resto de páginas están prístinas, en blanco.

Si logras sintonizarte con este objeto, podrás usarlo como libro de conjuros y canalizador. Además, mientras estés sosteniendo el tomo podrás emplear una acción adicional para lanzar un conjuro que tengas escrito en este volumen, sin gastar un espacio de conjuro y sin necesidad de componentes verbales o somáticos. Esta propiedad del libro no puede volver a utilizarse hasta el siguiente amanecer.

Si estás sintonizado con el tomo, puedes retirar la lengua de la cubierta. Si lo haces, todos los conjuros escritos en el libro quedan permanentemente borrados.

Vecna observa a cualquiera que use este tomo. A veces escribirá mensajes crípticos en el libro, que aparecerán a media noche y desaparecerán tras ser leídos.

TOMO DE LIDERAZGO E INFLUENCIA
Objeto maravilloso, muy raro

Este libro contiene indicaciones para influir y embelesar a otros, con palabras cargadas de magia. Si inviertes 48 horas durante un periodo de, como mucho, 6 días en estudiar el contenido del libro y poner en práctica sus indicaciones, tu puntuación de Carisma aumentará en 2, así como tu máximo para esa puntuación. Después, el manual perderá su magia, recuperándola tras un siglo.

TOMO DE PENSAMIENTO CLARO
Objeto maravilloso, muy raro

Este libro contiene ejercicios de lógica y de memoria, con palabras cargadas de magia. Si inviertes 48 horas durante un periodo de, como mucho, 6 días en estudiar el contenido del libro y poner en práctica sus indicaciones, tu puntuación de Inteligencia aumentará en 2, así como tu máximo para esa puntuación. Después, el manual perderá su magia, recuperándola tras un siglo.

TRIDENTE DE COMANDAR PECES
Arma (tridente), infrecuente (requiere sintonización)

Este tridente es un arma mágica. Tiene 3 cargas. Mientras lo lleves, puedes usar una acción y gastar 1 carga para lanzar *dominar bestia* (tirada de salvación CD 15) desde él sobre una bestia que tenga una velocidad nadando innata. El tridente recupera 1d3 cargas gastadas cada día, al amanecer.

TÚNICA DE COLORES HIPNÓTICOS

Objeto maravilloso, muy raro (requiere sintonización)

Esta túnica tiene 3 cargas, y recupera 1d3 cargas empleadas cada día, al amanecer. Mientras la lleves puesta, puedes usar una acción y gastar 1 carga para hacer que la prenda muestre un patrón cambiante de tonos y formas deslumbrantes hasta el final de tu próximo turno. Durante este tiempo, emite luz brillante en un radio de 30 pies y luz tenue 30 pies más allá. Las criaturas que puedan verte tendrán desventaja en los ataques contra ti. Además, cualquier criatura que se encuentre dentro de la luz brillante y pueda contemplarte cuando activas el poder de la túnica, deberá tener éxito en una tirada de salvación CD 15 o quedará aturdida hasta el final del efecto.

TÚNICA DE LAS ESTRELLAS

Objeto maravilloso, muy raro (requiere sintonización)

Esta túnica de color negro o azul oscuro está bordada con pequeñas estrellas blancas o plateadas. Obtienes un bonificador de +1 a la CA y a las tiradas de salvación mientras la lleves puesta.

Seis de las estrellas, colocadas en la parte superior frontal de la túnica, son especialmente grandes. Siempre que vistas la túnica, puedes usar una acción para arrancar una de las estrellas y emplearla para lanzar *proyectil mágico* como conjuro de nivel 5. Cada día, al anochecer, reaparecerán 1d6 de las estrellas arrancadas.

Además, mientras lleves esta túnica podrás utilizar una acción para entrar en el Plano Astral, llevando contigo todo lo que portes o vistas. Permanecerás ahí hasta que uses una acción para volver al plano en el que estabas. Reaparecerás en el espacio que ocupabas antes o en el más cercano disponible si ese ya está ocupado.

TÚNICA DE LOS OJOS

Objeto maravilloso, raro (requiere sintonización)

Esta túnica está decorada con un estampado de ojos. Mientras la lleves puesta, obtendrás los siguientes beneficios:

- La túnica te permite ver en todas direcciones y te proporciona ventaja en las pruebas de Sabiduría (Percepción) que dependan de la vista.
- Visión en la Oscuridad hasta una distancia de 120 pies.
- Puedes ver dentro del Plano Etéreo, así como a criaturas y objetos invisibles, hasta una distancia de 120 pies.

Los ojos de la túnica no pueden cerrarse o desviar la mirada. Aunque tú sí eres capaz de hacer estas dos cosas, no se considera que lo estés haciendo mientras lleves esta túnica.

Si se lanza el conjuro *luz* sobre la túnica, o el conjuro *luz del día* a 5 pies de la túnica, quedarás cegado durante 1 minuto. Al final de cada uno de tus turnos, puedes realizar una tirada de salvación de Constitución CD (CD 11 para *luz* y CD 15 para *luz del día*), la ceguera terminará si tienes éxito.

TÚNICA DE OBJETOS ÚTILES

Objeto maravilloso, infrecuente

Esta túnica está cubierta de parches de tela de diferentes formas y colores. Mientras la lleves puesta, puedes usar una acción para descoser uno de ellos, haciendo que se convierta en el objeto que representa. Una vez que el último parche haya sido quitado, la túnica se convierte en una prenda normal.

Tiene dos de cada uno de los siguientes parches:

- Daga.
- Linterna de ojo de buey (llena y encendida).
- Espejo de acero.
- Vara de 10 pies.
- Cuerda de cáñamo (50 pies, enrollada).
- Saco.

TÚNICA DE LOS OJOS

TÚNICA DE LAS ESTRELLAS

TÚNICA DE OBJETOS ÚTILES

Túnica del
Archimago

Ungüento de
Keoghtom

Túnica del Archimago

Objeto maravilloso, legendario (requiere sintonización con un brujo, mago o hechicero)

Esta elegante prenda está hecha de una tela exquisita de color blanco, gris o negro y adornada con runas plateadas. El color de la tela se corresponde con el alineamiento para el que se ha creado el objeto. La túnica blanca es para alguien bueno, la gris para alguien neutral y la negra para alguien malvado. No puedes sintonizarte con una *túnica del archimago* que no concuerde con tu alineamiento.

Mientras la lleves puesta, obtendrás los siguientes beneficios:

- Mientras no vistas armadura alguna, tu CA será de 15 + tu modificador por Destreza.
- Tienes ventaja en las tiradas de salvación para evitar conjuros y otros efectos mágicos.
- Tu CD de salvación de conjuros y tu bonificador de ataque para conjuros aumentan en 2.

Ungüento de Keoghtom

Objeto maravilloso, infrecuente

Esta jarra de cristal, de 3 pulgadas de diámetro, contiene 1d4 + 1 dosis de una pasta densa que huele ligeramente a aloe. La jarra y sus contenidos pesan 1/2 libra.

Puedes usar una acción para tragar o aplicar a la piel una dosis del ungüento. La criatura beneficiada recuperará 2d8 + 2 puntos de golpe, dejará de estar envenenada y será curada de cualquier enfermedad.

Vara de la absorción

Vara, muy rara (requiere sintonización)

Mientras sostengas esta vara, podrás usar una reacción para absorber un conjuro que te tenga como único objetivo y no como parte de un área de efecto. El efecto del conjuro absorbido será cancelado y la energía del conjuro (no el conjuro en sí mismo) almacenada en la vara. La energía posee el mismo nivel que el conjuro cuando fue lanzado. La vara puede absorber y almacenar hasta 50 niveles de energía durante su existencia. Una vez suma esos 50 niveles, no puede absorber más. Si eres el objetivo de un conjuro que la vara no pueda absorber, esta no tendrá efecto en ese conjuro.

Cuando te sintonizas con la vara, sabes cuántos niveles de energía ha absorbido hasta ahora y cuántos están almacenados en ese momento.

Si eres un lanzador de conjuros y empuñas esta vara, puedes convertir la energía almacenada en ella en espacios de conjuro, que podrás emplear para lanzar conjuros que conozcas o tengas preparados. Solamente puedes crear espacios de conjuro de nivel igual o inferior al mayor de tus espacios de conjuro, hasta un máximo de nivel 5. Puedes usar los espacios de conjuro guardados en lugar de tus propios espacios de conjuro, pero por lo demás lanzas el conjuro de forma normal. Puedes, por ejemplo, utilizar 3 niveles almacenados en la vara como un espacio de conjuro de nivel 3.

Una vara recién encontrada posee 1d10 niveles de energía mágica ya almacenados. Una vara que ya no pueda absorber energía de conjuros y que no tenga energía almacenada deja de ser mágica.

Vara de la alerta

Vara, muy rara (requiere sintonización)

Esta vara posee una cabeza con reborde y las siguientes propiedades:

Alerta. Mientras empuñes la vara, tienes ventaja en las pruebas de Sabiduría (Percepción) y en las tiradas de iniciativa.

Además, la túnica posee otros 4d4 parches. El DM los elige o determina al azar.

d100	Parche
01–08	Bolsa de 100 po
09–15	Cofre de plata (1 pie de largo, 6 pulgadas de ancho y fondo) con un valor de 500 po
16–22	Puerta de hierro (hasta 10 pies de ancho y 10 pies de alto, atrancada desde el lado de tu elección), que puedes situar en una abertura que se encuentre a tu alcance; se ajustará un máximo de 2 pies a la abertura, instalándose y afianzándose con bisagras.
23–30	10 gemas con un valor de 100 po cada una
31–44	Escalera de madera (24 pies de largo)
45–51	Un caballo de monta con alforjas (ver el perfil en el Monster Manual)
52–59	Pozo (un cubo de 10 pies de lado), que puedes colocar en el suelo en un punto situado a 10 pies o menos de ti
60–68	4 pociones de curación
69–75	Bote de remo (12 pies de eslora)
76–83	Pergamino con un conjuro de nivel 1 a 3
84–90	2 mastines (ver el perfil en el Monster Manual)
91–96	Ventana (2 por 4 pies, hasta 2 pies de profundidad), que puedes colocar en una superficie vertical que se encuentre a tu alcance
97–00	Ariete portátil

Conjuros. Mientras empuñes la vara, puedes usar una acción para lanzar uno de los siguientes conjuros desde ella: *detectar el bien y el mal, detectar magia, detectar venenos y enfermedades* o *ver invisibilidad.*

Aura protectora. Puedes emplear una acción para clavar el extremo de la empuñadura en el suelo, tras lo cual la cabeza de la vara emitirá luz brillante en un radio de 60 pies y luz tenue otros 60 pies más allá. Siempre que os encontréis en la luz brillante, tú y cualquier criatura amistosa obtendréis un bonificador de +1 a la CA y las tiradas de salvación y podréis sentir la localización de cualquier criatura hostil invisible que también esté dentro de la zona luz brillante.

La cabeza de la vara dejará de brillar, terminando el efecto, después de 10 minutos o cuando una criatura utilice una acción para sacarla del suelo. Esta propiedad no puede volver a usarse hasta el siguiente amanecer.

VARA DE LA RESURRECCIÓN

Vara, legendaria (requiere sintonización con un clérigo, druida o paladín)

La vara tiene 5 cargas. Si estás empuñando la vara, puedes usar una acción para lanzar uno de los siguientes conjuros desde ella: *curar* (gasta 1 carga) o *resucitar* (gasta 5 cargas).

La vara recupera 1 carga empleada diariamente, al alba. Si queda reducida a 0 cargas, tira 1d20. Con un resultado de 1, la vara desaparecerá en un estallido de luz.

VARA DE LA SEGURIDAD

Vara, muy rara

Si estás empuñando esta vara, puedes usar una acción para activarla. Te transportará instantáneamente, a ti y hasta a 199 criaturas voluntarias más, a un paraíso situado en un espacio extraplanar. Puedes elegir la forma que toma el paraíso. Podría ser un tranquilo jardín, un claro agradable, una taberna alegre, un enorme palacio, una isla tropical, un carnaval fantástico o cualquier cosa que puedas imaginar.

Independientemente de su naturaleza, el paraíso contiene suficiente agua y comida para sustentar a sus visitantes. Cualquier otra cosa con la que se pueda interactuar en este espacio extraplanar solo podrá existir dentro de él. Por ejemplo, una flor recogida de un jardín del paraíso desaparecerá si se saca fuera de su espacio extraplanar.

Por cada hora que permanezca en el paraíso, un visitante recupera tantos puntos de golpe como si hubiera gastado 1 Dado de Golpe. Además, las criaturas no envejecen en el paraíso, a pesar de que el tiempo pasa con normalidad. Los visitantes pueden permanecer en el paraíso un número de días igual a 200 dividido entre el número de criaturas presentes (redondeando hacia abajo).

Cuando el tiempo se agote o emplees tu acción para finalizar el efecto, todos los visitantes reaparecerán en la localización que ocupaban cuando activaste la vara o en el espacio libre más cercano a esa localización. La vara no podrá ser utilizada de nuevo hasta que pasen diez días.

VARA DE TENTÁCULOS

Vara, rara (requiere sintonización)

Esta arma mágica fabricada por los drows es una vara acabada en tres tentáculos gomosos. Mientras la empuñes, puedes usar una acción para dar instrucciones a cada tentáculo para que ataque a una criatura que puedas ver y que se encuentre a 15 pies o menos de ti. Cada tentáculo realiza un ataque cuerpo a cuerpo con un bonificador de +9. Si impacta, causará 1d6 de daño contundente. Si impactas a un solo objetivo con los tres tentáculos, deberá llevar a cabo una tirada de salvación de Constitución CD 15. Si fracasa,

su velocidad quedará reducida a la mitad, tendrá desventaja en las tiradas de salvación de Destreza y no podrá llevar a cabo reacciones durante 1 minuto. Además, en cada uno de sus turnos podrá realizar una acción o una acción adicional, pero no ambas. La criatura puede repetir la tirada de salvación al final de cada uno de sus turnos, librándose del efecto si tiene éxito.

VARA DEL PACTO

Vara, infrecuente (+1), rara (+2) o muy rara (+3) (requiere sintonización con un brujo)

Mientras empuñes esta vara, obtienes, solo para tus conjuros de brujo, un bonificador a las tiradas de ataque de conjuros y a la CD de salvación de conjuros. El bonificador depende de la rareza de la vara.

Además, puedes usar una acción mientras empuñas la vara para recuperar un espacio de conjuro de brujo. Para volver a hacer esto tienes que finalizar primero un descanso largo.

VARA INAMOVIBLE

Vara, infrecuente

Esta vara de hierro posee un botón en uno de sus extremos. Puedes usar una acción para pulsar el botón, haciendo que la vara se fije mágicamente en el sitio. Hasta que otra criatura o tú utilicéis una acción para pulsar de nuevo el botón, la vara no se moverá, desafiando a la gravedad si es necesario. Puede aguantar hasta 8.000 libras de peso; una cantidad mayor provocará que se desactive y caiga. Una criatura puede invertir su acción en realizar una prueba de Fuerza CD 30, moviendo la vara hasta 10 pies si tiene éxito.

VARITA DE ATADURA

Varita, rara (requiere sintonización con un lanzador de conjuros)

Esta varita tiene 7 cargas, utilizables para las propiedades siguientes. Recupera 1d6 + 1 cargas empleadas cada día, al amanecer. Si gastas la última carga, tira 1d20. Si obtienes un 1, la varita se convierte en cenizas y es destruida.

Conjuros. Mientras empuñes la varita, puedes usar una acción para gastar algunas de sus cargas en lanzar uno de los siguientes conjuros (con salvación CD 17): *inmovilizar monstruo* (5 cargas) o *inmovilizar persona* (2 cargas).

Escape asistido. Mientras empuñes la varita, puedes usar tu reacción para gastar 1 carga y disfrutar de ventaja en una tirada de salvación que realices para evitar quedar paralizado o apresado, o puedes emplear 1 carga para obtener ventaja en cualquier prueba hecha para escapar de un agarre.

VARITA DE BOLAS DE FUEGO

Varita, rara (requiere sintonización con un lanzador de conjuros)

Esta varita tiene 7 cargas. Mientras la empuñes, puedes usar una acción para gastar 1 o más de sus cargas en lanzar el conjuro *bola de fuego* desde ella, con salvación CD 15. Si utilizas 1 carga, se tratará de la versión de nivel 3 del conjuro. Puedes subir el nivel del espacio de conjuro en uno por cada carga adicional que emplees.

La varita recupera 1d6 + 1 cargas usadas cada día, al amanecer. Si gastas la última carga, tira 1d20. Si obtienes un 1, la varita se convierte en cenizas y es destruida.

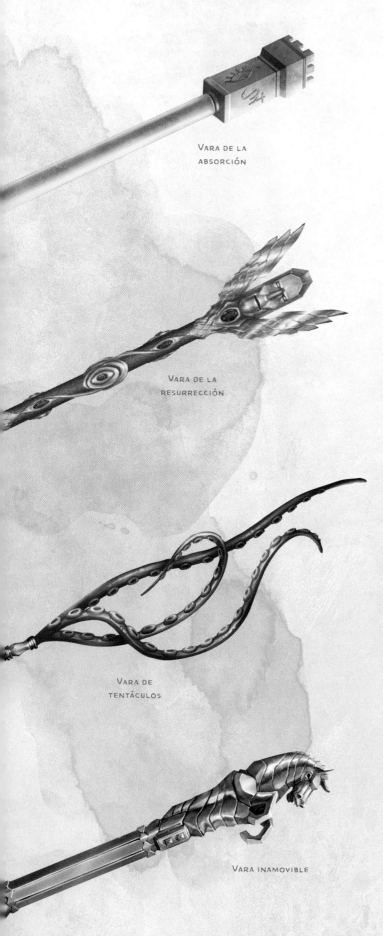

VARA DE LA
ABSORCIÓN

VARA DE LA
RESURRECCIÓN

VARA DE
TENTÁCULOS

VARA INAMOVIBLE

VARITA DE DETECCIÓN MÁGICA

Varita, infrecuente

Esta varita tiene 3 cargas. Mientras la empuñes, puedes utilizar una acción y gastar 1 carga para lanzar el conjuro *detectar magia* desde ella. La varita recupera 1d3 cargas empleadas cada día, al amanecer.

VARITA DE DETECTAR ENEMIGOS

Varita, rara (requiere sintonización)

Esta varita tiene 7 cargas. Mientras la empuñes, puedes usar una acción y gastar 1 carga para pronunciar su palabra de activación. Durante el siguiente minuto, conocerás la dirección de la criatura hostil más cercana a ti que se encuentre a 60 pies o menos, pero no la distancia. La varita permite sentir la presencia de criaturas hostiles que sean etéreas, invisibles o que estén disfrazadas u ocultas, así como de aquellas que se puedan detectar a simple vista. El efecto termina si dejas de empuñar la varita.

La varita recupera 1d6 + 1 cargas gastadas cada día, al amanecer. Si gastas la última carga, tira 1d20. Si obtienes un 1, la varita se convierte en cenizas y es destruida.

VARITA DE LAS MARAVILLAS

Varita, rara (requiere sintonización con un lanzador de conjuros)

Esta varita tiene 7 cargas. Mientras la empuñes, puedes usar una acción para gastar 1 de sus cargas y elegir un objetivo que se encuentre a 120 pies o menos de ti. El objetivo puede ser una criatura, un objeto o un punto del espacio. Tras hacer esto, tira 1d100 y consulta la tabla que aparece más adelante para ver qué sucede.

Si los efectos hacen que lances un conjuro desde la varita, la salvación de conjuros tiene CD 15. Si el conjuro ya poseía un alcance expresado en pies, este pasará a ser de 120 pies.

Si un efecto cubre un área, debes centrarla en el objetivo, incluyéndole. Si un efecto tiene varios posibles objetivos, el DM determina al azar cuáles se ven afectadas.

La varita recupera 1d6 + 1 cargas gastadas cada día, al amanecer. Si gastas la última carga, tira 1d20. Si obtienes un 1, la varita se convierte en polvo y es destruida.

d100	Efecto
01–05	Lanzas *ralentizar*
06–10	Lanzas *fuego feérico*
11–15	Crees que algo asombroso acaba de ocurrir, por lo que quedas aturdido hasta el principio de tu siguiente turno
16–20	Lanzas *ráfaga de viento*
21–25	Lanzas *detectar pensamientos* sobre un objetivo de tu elección. Si no elegiste una criatura, recibes 1d6 de daño psíquico.
26–30	Lanzas *nube apestosa*
31–33	Una densa lluvia cae en un radio de 60 pies alrededor del objetivo. El área se vuelve ligeramente oscura. La lluvia cae hasta el comienzo de tu siguiente turno.
34–36	Un animal aparece en el espacio desocupado más cercano al objetivo. El animal no está bajo tu control y actúa de forma normal. Tira 1d100 para determinar de qué animal se trata. Con un resultado de 01–25, aparece un rinoceronte; con un 26–50, un elefante; y con un 51–100, una rata. Sus perfiles se encuentran en el *Monster Manual*.
37–46	Lanzas *relámpago*

d100	Efecto
47–49	Una nube de 600 mariposas de gran tamaño llena un área circular de 30 pies de radio centrada en el objetivo. Se considera muy oscura. Las mariposas permanecen durante 10 minutos.
50–53	Aumentas de tamaño a un objetivo como si hubieras lanzado *agrandar/reducir*. Si el objetivo no puede ser afectado por el conjuro, o si no elegiste como objetivo a una criatura, tú mismo te conviertes en el objetivo.
54–58	Lanzas *oscuridad*
59–62	Crece hierba en el suelo en un radio de 60 pies alrededor del objetivo. Si ya había hierba allí, esta crece hasta diez veces su tamaño normal y permanece en ese estado durante 1 minuto.
63–65	Un objeto a elección del DM desaparece en el Plano Etéreo. Este no puede medir más de 10 pies en ninguna dimensión y nadie puede estar vistiéndolo o llevándolo ni estar a menos de 120 pies de él.
66–69	Te encoges, como si hubieras lanzado el conjuro *agrandar/reducir* sobre ti mismo
70–79	Lanzas *bola de fuego*
80–84	Lanzas *invisibilidad* sobre ti mismo
85–87	Crecen hojas sobre el objetivo. Si elegiste un punto como objetivo, las hojas aparecerán sobre la criatura más cercana a ese punto. A menos que sean arrancadas, se marchitarán y caerán en 24 horas.
88–90	Un chorro de 1d4 x 10 gemas, cada una de valor 1 po, sale de la punta de la varita formando una línea de 30 pies de largo y 5 de ancho. Cada gema inflige 1 punto de daño contundente, y el daño total de las gemas queda dividido equitativamente entre todas las criaturas que se encuentren en la línea.
91–95	Una explosión de luz resplandeciente se extiende desde ti en un radio de 30 pies. Tú y todas las criaturas que puedan ver en el área deberéis tener éxito en una tirada de salvación de Constitución CD 15 o quedaréis cegadas durante 1 minuto. Una criatura puede repetir la tirada de salvación al final de cada uno de sus turnos, librándose del efecto si tiene éxito.
96–97	La piel del objetivo se vuelve azul durante 1d10 días. Si elegiste un punto, afectarás a la criatura más cercana a ese punto.
98–00	Si tu objetivo es una criatura, deberá realizar una tirada de salvación de Constitución CD 15. Si no elegiste a una criatura como objetivo, tú te conviertes en el objetivo y por tanto deberás hacer la tirada de salvación. Si falla la tirada de salvación por 5 o más, el objetivo será petrificado instantáneamente. Si la falla por menos, quedará apresado y comenzará a convertirse en piedra. Mientras siga apresado de esta manera, el objetivo deberá repetir la tirada de salvación al final de su siguiente turno, y quedará petrificado si la falla o terminará el efecto si tiene éxito. La petrificación permanece hasta que el objetivo sea liberado mediante un conjuro de *restablecimiento mayor* o un efecto mágico similar.

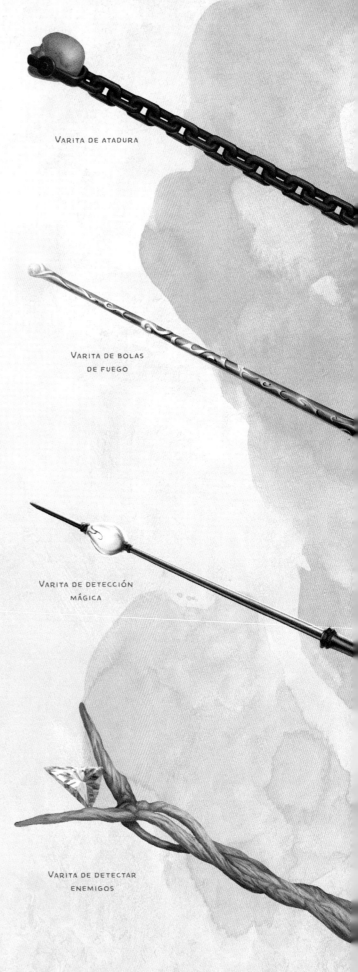

VARITA DE ATADURA

VARITA DE BOLAS
DE FUEGO

VARITA DE DETECCIÓN
MÁGICA

VARITA DE DETECTAR
ENEMIGOS

VARITA DE LAS
MARAVILLAS

VARITA DE PARÁLISIS

VARITA DE POLIMORFAR

VARITA DE PROYECTILES
MÁGICOS

VARITA DE PARÁLISIS

Varita, rara (requiere sintonización con un lanza-
dor de conjuros)

Esta varita tiene 7 cargas. Mientras la empuñes, puedes
usar una acción para gastar 1 de sus cargas en conjurar
un delgado rayo azul, que serpenteará desde la punta del
objeto hacia una criatura que puedas ver y que se encuentre a 60 pies o menos de ti. El objetivo deberá superar una
tirada de salvación de Constitución CD 15 o quedará paralizado durante 1 minuto. La criatura puede repetir la tirada de
salvación al final de cada uno de sus turnos, librándose del
efecto si tiene éxito.

La varita recupera 1d6 + 1 cargas gastadas cada día, al
amanecer. Si consumes la última carga, tira 1d20. Si obtienes un 1, la varita se convierte en cenizas y es destruida.

VARITA DE POLIMORFAR

Varita, muy rara (requiere sintonización con un lanza-
dor de conjuros)

Esta varita tiene 7 cargas. Mientras la empuñes, puedes usar
una acción para gastar 1 o más de sus cargas en lanzar el
conjuro *polimorfar* desde ella, con salvación CD 15.

La varita recupera 1d6 + 1 cargas empleadas cada día, al
amanecer. Si gastas la última carga, tira 1d20. Si obtienes
un 1, la varita se convierte en cenizas y es destruida.

VARITA DE PROYECTILES MÁGICOS

Varita, infrecuente

Esta varita tiene 7 cargas. Mientras la empuñes, pucdes usar
una acción para gastar 1 o más de sus cargas en lanzar el
conjuro *proyectil mágico* desde ella. Si utilizas 1 carga, se
tratará de la versión de nivel 1 del conjuro. Puedes subir el
nivel del espacio de conjuro en uno por cada carga adicional que emplees.

La varita recupera 1d6 + 1 cargas usadas cada día, al amanecer. Si gastas la última carga, tira 1d20. Si obtienes un 1,
la varita se convierte en cenizas y es destruida.

VARITA DE RELÁMPAGOS

Varita, rara (requiere sintonización con un lanza-
dor de conjuros)

Esta varita tiene 7 cargas. Mientras la empuñes, puedes usar
una acción para gastar 1 o más de sus cargas en lanzar el
conjuro *relámpago* desde ella, con salvación CD 15. Si utilizas 1 carga, se tratará de la versión de nivel 3 del conjuro.
Puedes subir el nivel del espacio de conjuro en uno por cada
carga adicional que emplees.

La varita recupera 1d6 + 1 cargas usadas cada día, al amanecer. Si gastas la última carga, tira 1d20. Si obtienes un 1,
la varita se convierte en cenizas y es destruida.

VARITA DE SECRETOS

Varita, infrecuente

La varita tiene 3 cargas. Mientras la empuñes, puedes usar
una acción para gastar 1 de sus cargas y, si hay alguna
trampa o puerta secreta situada a 30 pies o menos de ti, la
varita vibrará y apuntará a la más cercana. Este objeto recupera 1d3 cargas gastadas cada día, al amanecer.

VARITA DE TELARAÑA

Varita, infrecuente (requiere sintonización con un lanza-
dor de conjuros)

Esta varita tiene 7 cargas. Mientras la empuñes, puedes usar
una acción para gastar 1 o más de sus cargas en lanzar el
conjuro *telaraña* desde ella, con salvación CD 15.

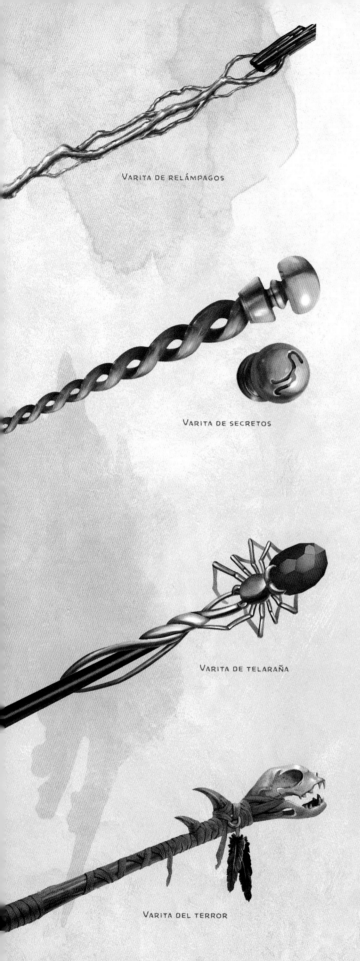

VARITA DE RELÁMPAGOS

VARITA DE SECRETOS

VARITA DE TELARAÑA

VARITA DEL TERROR

La varita recupera 1d6 + 1 cargas empleadas cada día, al amanecer. Si gastas la última carga, tira 1d20. Si obtienes un 1, la varita se convierte en cenizas y es destruida.

VARITA DEL MAGO DE GUERRA, +1, +2 O +3

Varita, infrecuente (+1), rara (+2) o muy rara (+3) (requiere sintonización con un lanzador de conjuros)

Mientras empuñes esta varita, ganas un bonificador a tus tiradas de ataque con conjuros determinado por la rareza de la varita. Además, ignoras la cobertura media cuando haces ataques de conjuros.

VARITA DEL TERROR

Varita, rara (requiere sintonización)

Esta varita tiene 7 cargas, utilizables para las propiedades siguientes. Recupera 1d6 + 1 cargas empleadas cada día, al amanecer. Si gastas la última carga, tira 1d20. Si obtienes un 1, la varita se convierte en cenizas y es destruida.

Orden. Mientras empuñes la varita, puedes usar una acción para gastar 1 carga y ordenar a otra criatura que huya o se postre en el suelo, como con el conjuro *orden imperiosa* (con CD 15).

Cono de terror. Mientras empuñes la varita, puedes usar una acción para gastar 2 cargas y hacer que la punta de la varita emita un cono de 60 pies de luz ámbar. Cada criatura que se encuentre en el cono deberá tener éxito en una tirada de salvación de Sabiduría CD 15 o estará asustada de ti durante 1 minuto. Una criatura asustada de esta manera deberá dedicar su turno a moverse lo más lejos posible del portador de la varita, si es que puede, y no podrá acercarse a ningún espacio a 30 pies o menos de este. Además, tampoco podrá llevar a cabo reacciones. Solo será capaz de realizar la acción de Correr o intentar escapar de un efecto que le impida moverse. Si no tiene a dónde desplazarse, llevará a cabo la acción de Esquivar. La criatura puede repetir la tirada de salvación al final de cada uno de sus turnos, librándose del efecto si tiene éxito.

VASIJA ALQUÍMICA

Objeto maravilloso, infrecuente

Esta vasija de cerámica parece capaz de contener un galón de líquido, y pesa 12 libras tanto si está llena como si no. Al agitarla se escucha un chapoteo proveniente del interior, incluso aunque esté vacía.

Puedes usar una acción y nombrar un líquido de la tabla presentada abajo para que la vasija cree el líquido mencionado. Después, puedes descorcharla como una acción y verter el líquido, hasta 2 galones por minuto. La cantidad máxima de líquido que puede producir la vasija depende del que hayas nombrado.

Una vez que la vasija ha comenzado a producir un líquido, no puede crear otro distinto (o más cantidad del líquido actual si ha alcanzado su máximo) hasta el amanecer siguiente.

Líquido	Cantidad máxima	Líquido	Cantidad máxima
Aceite	1 cuarto de galón	Mayonesa	2 galones
Ácido	8 onzas	Miel	1 galón
Agua fresca	8 galones	Veneno básico	1/2 onza
Agua salada	12 galones	Vinagre	2 galones
Cerveza	4 galones	Vino	1 galón

VELA DE INVOCACIÓN

Objeto maravilloso, muy raro (requiere sintonización)

Esta candela delgada está dedicada a una deidad en concreto, por lo que comparte alineamiento con ella. Este último puede ser detectado con el conjuro *detectar el bien y el mal*. El DM elige el dios y el alineamiento asociado o lo determina al azar.

d20	Alineamiento		d20	Alineamiento
1–2	Caótico malvado		10–11	Neutral
3–4	Caótico neutral		12–13	Neutral bueno
5–7	Caótico bueno		14–15	Legal malvado
8–9	Neutral malvado		16–17	Legal neutral
			18–20	Legal bueno

La magia de la vela se activa al encenderla, lo que requiere una acción. Después de arder durante 4 horas, es destruida. Puedes apagarla antes de que pase este tiempo para seguir usándola después. Resta el tiempo que ha ardido del total, en intervalos de 1 minuto.

Mientras permanezca encendida, la vela producirá luz tenue en un radio de 30 pies. Cualquier criatura dentro de esta luz cuyo alineamiento coincida con el de la vela realizará las tiradas de ataque, salvación y pruebas de característica con ventaja. Además, un clérigo o druida dentro de la luz y cuyo alineamiento coincida con el de la vela podrá lanzar conjuros de nivel 1 que tenga preparados sin gastar espacios de conjuro. El efecto de estos conjuros será el mismo que si se hubieran lanzado con un espacio de conjuro de nivel 1.

De forma alternativa, la primera vez que enciendas la vela puedes utilizarla para lanzar el conjuro *portal*. Hacer esto destruye la vela.

VENGADORA SAGRADA

Arma (cualquier espada), legendaria (requiere sintonización con un paladín)

Recibes un bonificador de +3 a las tiradas de ataque y de daño que hagas con esta arma. Cuando impactes a un infernal o muerto viviente con ella, este recibe 2d10 de daño radiante adicional.

Mientras empuñes la espada, esta crea un aura de 10 pies de radio a tu alrededor. Las criaturas amistosas que se encuentre en el área (incluido tú) tenéis ventaja en las tiradas de salvación contra conjuros y otros efectos mágicos. Si posees 17 o más niveles de paladín, el radio del aura crece hasta 30 pies.

VENGADORA
SAGRADA

VASIJA
ALQUÍMICA

YELMO DE ENTENDER
IDIOMAS

YELMO DE FULGOR

YELMO DE ENTENDER IDIOMAS

Objeto maravilloso, infrecuente

Mientras lleves este yelmo, puedes utilizar una acción para
lanzar a voluntad el conjuro *entender idiomas*.

YELMO DE FULGOR

Objeto maravilloso, muy raro (requiere sintonización)

Este deslumbrante yelmo tiene incrustados 1d10 diamantes, 2d10 rubíes, 3d10 ópalos de fuego y 4d10 ópalos.
Cualquier gema retirada del yelmo se convierte en
polvo. Si todas ellas son retiradas o destruidas, el yelmo
pierde su magia.

Mientras lo lleves, obtendrás los siguientes beneficios:

- Puedes usar una acción para lanzar uno de los siguientes conjuros (tirada de salvación CD 18) utilizando una
de las gemas del tipo especificado como componente:
bola de fuego (ópalo de fuego), *luz del día* (ópalo), *muro de
fuego* (rubí) o *rociada prismática* (diamante). La gema es
destruida cuando el conjuro sea lanzado, por lo que desaparecerá del yelmo.
- Mientras quede al menos un diamante, el yelmo emitirá luz
tenue en un radio de 30 pies si hay algún muerto viviente
en esa área. Cualquier muerto viviente que comience su
turno en la zona recibe 1d6 de daño radiante.
- Siempre que el yelmo tenga al menos un rubí, posees resistencia al daño de fuego.

- Mientras el yelmo todavía tenga incrustado un ópalo de
fuego, podrás utilizar una acción para pronunciar una
palabra de activación y hacer que un arma que sujetes se
vea envuelta en llamas. Las llamas emiten luz brillante en
un radio de 10 pies y luz tenue 10 pies más allá. Además,
son inofensivas para ti y tu arma. Cuando impactas con
un ataque con esta arma llameante, infligirás 1d6 de daño
de fuego adicional. Las llamas duran hasta que uses una
acción adicional para pronunciar la palabra de activación
de nuevo, sueltes o envaines la espada.

Tira 1d20 si llevas puesto el yelmo y recibes daño de fuego
como consecuencia de fallar una tirada de salvación contra
un conjuro. Si obtienes un 1, el yelmo emitirá un rayo de luz
de cada gema restante. Todas las criaturas que se encuentren a 60 pies del yelmo, aparte de ti, deberán tener éxito en
una tirada de salvación de Destreza (CD 17) o serán golpeadas por un rayo, recibiendo daño radiante igual al número de
gemas en el yelmo. El yelmo y las gemas serán destruidos.

YELMO DE TELEPATÍA

Objeto maravilloso, infrecuente (requiere sintonización)

Siempre que lleves este yelmo, puedes utilizar una acción
para lanzar a voluntad el conjuro *detectar pensamientos*
(tirada de salvación CD 13) desde él. Mientras mantengas la
concentración en el conjuro, puedes usar una acción adicional para mandar un mensaje telepático a la criatura en la que
estás enfocado. Esta es capaz de contestar, utilizando una
acción adicional, mientras sigas enfocado en ella.

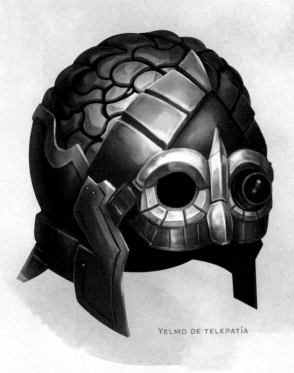

Si estás manteniendo *detectar pensamientos* sobre una criatura, puedes usar una acción para lanzar el conjuro *sugestión* (tirada de salvación CD 13). La propiedad de lanzar *sugestión* del yelmo no puede volver a emplearse hasta el siguiente amanecer.

Yelmo de teletransporte

Objeto maravilloso, raro (requiere sintonización)

Este yelmo tiene 3 cargas. Mientras lo lleves, puedes utilizar una acción y gastar 1 carga para lanzar el conjuro *teletransporte*. El yelmo recupera 1d3 cargas gastadas cada día, al amanecer.

Objetos mágicos conscientes

Algunos objetos mágicos tienen consciencia y personalidad. Un objeto de este tipo puede estar poseído, encantado por el espíritu de un dueño anterior, o ser consciente de sí mismo debido a la magia usada para crearlo. En cualquiera de los casos, el objeto se comporta como un personaje, con sus rasgos de personalidad, ideales, vínculos y a veces defectos. Un objeto consciente puede suponer para su usuario un querido aliado o una molestia continua.

La mayoría de objetos conscientes son armas. Otros tipos de objetos también pueden ser conscientes, pero los objetos consumibles, como pociones y pergaminos, no.

Los objetos conscientes funcionan como PNJ bajo el control del DM. Cualquier propiedad activada del objeto será manejada por este, no por quien lo empuña. Mientras el que emplea el objeto mantenga una buena relación con él, podrá utilizar sus propiedades con normalidad.

Si la relación se deteriora, el objeto puede suprimir sus propiedades activadas o incluso usarlas contra el que lo empuña.

Crear objetos mágicos conscientes

Cuando decidas hacer consciente a un objeto mágico, crea la personalidad del objeto de la misma forma en que lo harías con un PNJ, con las excepciones descritas más abajo.

Características

Un objeto mágico consciente tiene puntuaciones de Carisma, Inteligencia y Sabiduría. Puedes escoger estas puntuaciones o determinarlas al azar. Para hacer esto último, tira 4d6 y descarta el dado con el resultado más bajo, sumando el resto.

Comunicación

Un objeto consciente posee cierta capacidad de comunicarse, ya sea compartiendo sus emociones, emitiendo sus pensamientos telepáticamente o hablando en voz alta. Puedes elegir cómo se comunica o tirar en la siguiente tabla.

d100	Comunicación
01–60	El objeto se comunica transmitiendo emociones a la criatura que lo lleva o empuña
61–90	El objeto puede hablar, leer y entender uno o más idiomas
91–00	El objeto puede hablar, leer y entender uno o más idiomas. Además, es capaz de comunicarse telepáticamente con cualquier personaje que lo lleve o empuñe.

SENTIDOS

La consciencia implica percepción del entorno. Por tanto, un objeto consciente podrá apreciar lo que le rodea hasta cierta distancia. Puedes elegir sus sentidos o tirar en la siguiente tabla.

d4	Sentidos
1	Oído y vista normal hasta 30 pies
2	Oído y vista normal hasta 60 pies
3	Oído y vista normal hasta 120 pies
4	Oído y visión en la oscuridad hasta 120 pies

ALINEAMIENTO

Un objeto mágico consciente tiene alineamiento. Su creador o su naturaleza podrían indicar de cual se trata. En caso contrario, puedes escoger uno o tirar en la tabla siguiente.

d100	Alineamiento	d100	Alineamiento
01–15	Legal bueno	74–85	Caótico neutral
16–35	Neutral bueno	86–89	Legal malvado
36–50	Caótico bueno	90–96	Neutral malvado
51–63	Legal neutral	97–00	Caótico malvado
64–73	Neutral		

CARACTERÍSTICAS

Recurre a la información del capítulo 4, sobre creación de PNJ, para desarrollar los dejes, rasgos de personalidad, ideales, vínculos y defectos de un objeto consciente. También puedes consultar el apartado "Rasgos especiales" situado al principio de este capítulo. Si determinas estas características de forma aleatoria, ignora o adapta cualquier resultado que no tenga sentido en un objeto inanimado. Puedes volver a tirar hasta que obtengas un resultado que te guste.

PROPÓSITO ESPECIAL

Puedes darle a un objeto consciente un objetivo que perseguir, quizá por encima de todo lo demás. Mientras el uso del objeto por parte del que lo empuña esté alineado con este propósito especial, el objeto seguirá cooperando. Si deja de estar alineado, es posible que surja un conflicto entre el usuario y el objeto, de modo que puedes incluso hacer que el objeto no permita el empleo de sus habilidades activadas. Puedes elegir el propósito especial o tirar en la siguiente tabla.

d10	Propósito
1	*Alineado.* El objeto busca derrotar o destruir a aquellos de alineamiento diametralmente opuesto (un objeto como este nunca es neutral).
2	*Perdición.* Este objeto busca destruir o derrotar criaturas de un cierto tipo, como infernales, cambiaformas, trolls o magos.
3	*Protector.* Este objeto quiere defender a una raza o tipo de criatura concreta, como elfos o druidas.
4	*Cruzado.* El objeto quiere derrotar, debilitar o destruir a los sirvientes de una deidad concreta.
5	*Templario.* El objeto quiere defender los intereses y a los sirvientes de una deidad concreta.
6	*Destructor.* El objeto ansía destruir e incitará al que lo empuñe a luchar arbitrariamente.
7	*Buscador de gloria.* Este objeto quiere ser conocido como el mejor y más grande objeto mágico del mundo, por lo que buscará la fama y notoriedad del que lo empuña.

d10	Propósito
8	*Buscador de conocimiento.* Este objeto anhela el conocimiento o está decidido a resolver un misterio, desvelar un secreto o descifrar una críptica profecía.
9	*Buscador del destino.* Este objeto está convencido de que tanto él como quien lo empuña tendrán papeles clave en eventos futuros.
10	*Buscador del creador.* Este objeto busca a su creador y quiere saber por qué fue fabricado.

CONFLICTO

Un objeto consciente tiene voluntad propia, moldeada por su personalidad y alineamiento. Si el que lo empuña actúa de manera opuesta al alineamiento o propósito del objeto, puede surgir un conflicto. En este caso, el objeto realizará una tirada enfrentada de Carisma con el usuario. Si el objeto gana la tirada enfrentada, exigirá una, o más, de las siguientes cosas:

- Ser portado o vestido continuamente.
- Que el usuario se deshaga de cualquier cosa que resulte repugnante al objeto.
- Que el usuario abandone cualquier meta excepto la del propio objeto.
- Ser entregado a otro.

Si el usuario no cumple los deseos del objeto, este hará una, o incluso todas, las cosas siguientes:

- Impedir al usuario sintonizarse con él.
- Suprimir una o más de sus propiedades activadas.
- Intentar tomar el control del usuario.

Si un objeto consciente intenta tomar el control del que lo empuña, este deberá realizar una tirada de salvación de Carisma con una CD de 12 + el modificador de Carisma del objeto. Si falla la tirada, el usuario quedará hechizado por el objeto durante 1d12 horas. Mientras permanezca hechizado, el usuario deberá intentar seguir las órdenes del objeto. Si el que lo empuña recibe daño, podrá repetir la tirada de salvación, terminando el efecto con un éxito. Tanto si el intento de controlar al que lo empuña tiene éxito como si no, el objeto no puede volver a intentar hacerlo de nuevo hasta el siguiente amanecer.

OBJETOS CONSCIENTES DE EJEMPLO

Los objetos conscientes aquí descritos poseen ilustres historias.

NEGRARMA

Arma (espadón), legendaria (requiere sintonización con una criatura de alineamiento no legal)

Escondida en las mazmorras de la montaña del Penacho Blanco, *Negrarma* brilla como un pedazo de cielo nocturno cuajado de estrellas. Su vaina negra está decorada con incrustaciones talladas de obsidiana.

Recibes un bonificador de +3 a las tiradas de ataque y de daño que hagas con esta arma. También posee las siguientes propiedades adicionales.

Devorar alma. Cuando la uses para reducir los puntos de golpe de una criatura a 0, la espada matará a la criatura y devorará su alma, a menos que la criatura sea un muerto viviente o un autómata. Una criatura cuya alma haya sido consumida por *Negrarma* solo puede ser devuelta a la vida mediante un conjuro de *deseo*.

Cuando devora un alma, *Negrarma* te proporciona tantos puntos de golpe temporales como el máximo de puntos de golpe de la criatura asesinada. Estos puntos de golpe desaparecen al cabo de 24 horas. Mientras tengas estos puntos de golpe y empuñes a *Negrarma*, disfrutarás de ventaja en las tiradas de ataque, tiradas de salvación y pruebas de característica.

Si impactas a un muerto viviente con esta arma, recibirás 1d10 de daño necrótico y el objetivo recuperará 1d10 puntos de golpe. Si este daño necrótico reduce tus puntos de golpe a 0, *Negrarma* consumirá tu alma.

Cazador de almas. Mientras empuñes esta arma, serás consciente de la presencia de todas las criaturas de tamaño Diminuto o más grande que no sean autómatas o muertos vivientes y que se encuentren a 60 pies o menos de ti. No puedes ser hechizado o asustado.

Negrarma puede lanzar el conjuro *acelerar* sobre ti una vez al día. Ella decidirá cuándo lanzarlo y mantendrá la concentración en el conjuro de manera que tú no tengas que hacerlo.

Consciencia. *Negrarma* es un arma consciente caótica neutral con Inteligencia 17, Sabiduría 10 y Carisma 19. Su oído y visión en la oscuridad tienen un alcance de 120 pies.

El arma es capaz de hablar, leer y comprender el común, aunque puede comunicarse con el que la usa telepáticamente. Su voz es profunda y con eco. Mientras estés sintonizado con ella, *Negrarma* también entenderá cualquier idioma que tú conozcas.

Personalidad. *Negrarma* habla con tono imperioso, pues está acostumbrada a ser obedecida.

Su propósito es consumir almas. No le importa de quien provengan (incluyendo a su portador). La espada cree que toda la materia y energía surgieron de un vacío de energía negativa y que un día volverán a él. El propósito de *Negrarma* es acelerar este proceso.

Pese a su nihilismo, *Negrarma* siente un extraño vínculo con *Oleaje* y *Rotundo*, otras dos armas encerradas bajo la montaña del Penacho Blanco. Desea que las tres se reúnan y sean empuñadas juntas en combate, aunque está muy en desacuerdo con *Rotundo* y encuentra a *Oleaje* tedioso.

El hambre de almas de *Negrarma* debe ser satisfecha de forma regular. Si la espada lleva tres días o más sin consumir un alma, al siguiente amanecer surgirá un conflicto entre ella y su poseedor.

HOJA LUNAR

Arma (espada larga), legendaria (requiere sintonización con un elfo o semielfo de alineamiento neutral bueno)

De todos los objetos mágicos creados por los elfos, las *hojas lunares* son de los más preciosos y guardados con mayor celo. En otros tiempos, casi todas las casas nobles élficas poseían una de estas espadas. Con el paso de los siglos algunas hojas han desaparecido del mundo, con su magia perdida al extinguirse linajes. Otras se han desvanecido junto a sus portadores en el transcurso de importantes misiones. Así pues, solo quedan unas pocas de estas armas.

Una *hoja lunar* pasa de padres a hijos. La espada elige a su portador y permanece vinculada a esa persona de por vida. Si el portador muere, otro heredero puede reivindicar la espada. Si no existe un heredero digno, la espada permanecerá dormida. Funcionará como una espada larga normal hasta que un alma valiosa la encuentre y reclame su poder.

Una *hoja lunar* solo sirve a un maestro a la vez. El proceso de sintonización requiere un ritual especial en el salón del trono de un regente élfico o en un templo dedicado a los dioses élficos.

Una *hoja lunar* no servirá a nadie a quien considere cobarde, errático, corrupto o que no concuerde con su propósito de preservar y proteger a los elfos. Si la hoja te rechaza, harás las tiradas de ataque y tiradas de salvación, así como las pruebas de característica, con desventaja durante 24 horas. Si la espada te acepta, quedarás sintonizado

con ella y una nueva runa aparecerá en la hoja. Permanecerás sintonizado con ella hasta que mueras o el arma sea destruida.

Una *hoja lunar* posee una runa en su hoja por cada maestro al que ha servido (normalmente 1d6 +1). La primera runa siempre proporciona un bonificador de +1 a las tiradas de ataque y daño. Cada runa después de la primera otorga a la *hoja lunar* una propiedad adicional. El DM elige cada propiedad o la determina al azar mediante la tabla "propiedades de las hojas lunares".

PROPIEDADES DE LAS HOJAS LUNARES

d100	Propiedad
01–40	Incrementa el bonificador a las tiradas de ataque y daño en +1, hasta un máximo de +3. Vuelve a tirar si la *hoja lunar* ya tiene un bonificador de +3.
41–80	La *hoja lunar* obtiene una propiedad menor determinada aleatoriamente (ver el apartado "Rasgos especiales", anteriormente en este capítulo)
81–82	La *hoja lunar* gana la propiedad sutil
83–84	La *hoja lunar* gana la propiedad arrojadiza (alcance 20/60 pies)
85–86	La *hoja lunar* funciona como una *defensora*
87–90	La *hoja lunar* causa un crítico con un resultado de 19 o 20
91–92	Cuando impactes con un ataque con la *hoja lunar*, el ataque inflige 1d6 de daño cortante adicional
93–94	Cuando impactes a una criatura de un tipo determinado (como dragón, infernal o muerto viviente) con la *hoja lunar*, el objetivo recibe 1d6 de daño adicional de uno de los siguientes tipos: ácido, frío, fuego, relámpago o trueno.
95–96	Puedes usar una acción adicional para que la *hoja lunar* brille de forma fulgurante. Cada criatura que se encuentre a 30 pies o menos que pueda verla deberá tener éxito en una tirada de salvación de Constitución CD 15 o quedará cegada durante 1 minuto. La criatura puede repetir la tirada de salvación al final de cada uno de sus turnos, librándose del efecto si tiene éxito. Esta propiedad no puede ser empleada de nuevo hasta que realices un descanso corto estando sintonizado con el arma.
97–98	La *hoja lunar* funciona como un *anillo de almacenamiento de conjuros*
99	Puedes usar una acción para convocar una sombra elfa, siempre que no tengas ya una a tu servicio. Esta sombra elfa aparece en un espacio desocupado situada a 120 pies o menos de ti. Utiliza el perfil de una sombra del *Monster Manual*, excepto por la excepción de que es neutral, inmune a los efectos que expulsen muertos vivientes y no crea nuevas sombras. Tú controlas esta criatura, decidiendo cómo actúa y cómo se mueve. Permanece hasta que sus puntos de golpe desciendan a 0 o hasta que la desconvoques con una acción.
00	La *hoja lunar* funciona como una *espada vorpal*

Consciencia. La *hoja lunar* es un arma consciente neutral buena con Inteligencia 12, Sabiduría 10 y Carisma 12. Su oído y visión en la oscuridad tienen un alcance de 120 pies.

Se comunica transmitiendo emociones, enviando una sensación de hormigueo a través de la mano del que la empuña cuando quiere informar sobre algo que ha percibido. Puede comunicarse de forma más explícita, mediante visiones o sueños, cuando el portador está en trance o dormido.

Personalidad. Todas las *hojas lunares* persiguen el avance de la raza elfa y sus ideales. Valor, belleza, lealtad, música y vida son parte de este propósito.

Estas armas están vinculadas al linaje al que deban servir. Si se unen a un dueño que comparta sus ideales, su lealtad es absoluta.

Si las *hojas lunares* poseen un defecto, es el exceso de confianza. Una vez que se han decidido por un dueño, creerán que solo esa persona puede empuñarlas, incluso aunque este no alcance los ideales élficos.

OLEAJE

Arma (tridente), legendario (requiere sintonización con una criatura que adore a un dios del mar)

Guardada en las mazmorras de la montaña del Penacho Blanco, este tridente es un arma exquisita, grabada con imágenes de olas, conchas y criaturas marinas. Aunque debes adorar a un dios del mar para poder sintonizarte con esta arma, *Oleaje* aceptará a los nuevos creyentes con alegría.

Recibes un bonificador de +3 a las tiradas de ataque y de daño que hagas con esta arma. Si consigues un crítico con ella, el objetivo recibirá daño necrótico adicional igual a la mitad de sus puntos de golpe máximos.

Esta arma también posee las propiedades de un *tridente de comandar peces* y de un *arma de advertencia*. Puede otorgar los beneficios de un *gorro de respirar bajo el agua* mientras la empuñes, y es posible usarla como un *cubo de fuerza* eligiendo el efecto, en vez de presionando los lados del cubo.

Consciencia. *Oleaje* es un arma consciente neutral con Inteligencia 14, Sabiduría 10 y Carisma 18. Su oído y visión en la oscuridad poseen un alcance de 120 pies.

Se comunica telepáticamente con quien la empuñe y puede hablar, leer y entender el acuano. También puede hablar con animales acuáticos, como si empleara el conjuro *hablar con los animales*, utilizando telepatía para incluir a su poseedor en la conversación.

Personalidad. Cuando se inquieta, *Oleaje* tiene la costumbre de canturrear tonadas, desde salomas a himnos sagrados de dioses marinos.

Oleaje posee un ansia fanática de convertir a los mortales en adoradores de uno o más dioses del mar o sumir a los infieles en la muerte. Se generará un conflicto con su poseedor si este no hace progresar los objetivos del arma.

Este tridente siente nostalgia por el sitio donde fue fabricado, la inhóspita isla de Forjatrueno. Un dios del mar aprisionó allí a una familia de gigantes, que forjaron a *Oleaje*, aunque no se sabe si como acto de devoción o de rebeldía.

Oleaje mantiene en secreto sus dudas sobre su naturaleza y propósito. A pesar de su devoción a los dioses del mar, *Oleaje* teme que fuera creada para provocar la caída de una de estas deidades. Quizá este sea un destino que *Oleaje* no pueda evitar.

ROTUNDO

Arma (martillo de guerra), legendaria (requiere sintonización con un enano)

Rotundo es un poderoso martillo de guerra, forjado por enanos y perdido en las mazmorras de la montaña del Penacho Blanco.

Recibes un bonificador de +3 a las tiradas de ataque y de daño que hagas con esta arma. Al amanecer del día siguiente a tu primera tirada de ataque con *Rotundo*, desarrollas un miedo a estar al aire libre que persistirá mientras sigas sintonizado con el arma. Este miedo provocará que tengas desventaja en tiradas de salvación, tiradas de ataque y pruebas de característica mientras puedas ver el cielo diurno.

Arma arrojadiza. *Rotundo* posee la propiedad arrojadiza, con un alcance normal de 20 pies y un alcance largo de 60 pies. Cuando impactes con un ataque de arma a distancia con él, el objetivo recibirá 1d8 de daño contundente adicional, o 2d8 si el objetivo es un gigante. Cada vez que arrojes el arma, esta volverá a tu mano tras el ataque. Si no tienes una mano libre, caerá a tus pies.

Onda sísmica. Puedes usar una acción para golpear el suelo con *Rotundo* y crear una onda sísmica desde el punto de impacto. Cada criatura de tu elección sobre el suelo y que se encuentre a 60 pies o menos de ti deberá tener éxito en una tirada de salvación de Constitución CD 15 o quedará aturdida durante 1 minuto. La criatura puede repetir la tirada de salvación al final de cada uno de sus turnos, librándose del efecto si tiene éxito. Una vez utilizada, esta propiedad no puede volver a emplearse hasta el siguiente amanecer.

Percepción sobrenatural. Mientras empuñes el arma, te alertará de la localización de cualquier puerta oculta o secreta a 30 pies o menos de ti. Además, puedes utilizar una acción para lanzar *detectar el bien y el mal* o *localizar objeto* desde el arma. Si lanzas uno de estos dos conjuros, no podrás volver a lanzar ese mismo conjuro desde el arma hasta el día siguiente.

Consciencia. *Rotundo* es un arma consciente legal neutral con Inteligencia 15, Sabiduría 12 y Carisma 15. Su oído y visión en la oscuridad tienen un alcance de 120 pies.

El arma se comunica telepáticamente con quien la blande y puede hablar, leer y entender enano, gigante y goblin. Lanza gritos de batalla en enano cuando se la usa en combate.

Personalidad. El propósito de *Rotundo* es la matanza de gigantes y trasgos. También quiere proteger a los enanos de todos sus enemigos. Surgirá un conflicto si su portador no consigue salvaguardar a los enanos o destruir gigantes y trasgos.

Rotundo posee vínculos con el clan enano que lo creó, que recibe tanto el nombre de Dankil como el de Martillofuerte. Ansía ser devuelto a ese clan y hará lo que sea para proteger a los enanos que pertenezcan a él de cualquier daño.

Además, el martillo también tiene un secreto vergonzoso. Siglos ha, un enano llamado Ctenmiir lo blandió valientemente durante un tiempo, pero fue convertido en vampiro. Este portador fue capaz de doblegar la voluntad de *Rotundo* y obligarle a participar en sus oscuros actos, entre los que se encontraba el asesinato de miembros de su propio clan.

ARTEFACTOS

Un artefacto es un objeto mágico único de tremendo poder, con origen e historia singulares. Es posible que lo crearan dioses o mortales de increíble poder. Puede haber sido fabricado durante una crisis que amenazaba un reino, el mundo o todo el universo, llevando el peso de ese momento crítico de la historia.

Algunos artefactos aparecen cuando más se los necesita. Otros tienen el efecto contrario al ser descubiertos, ya que provocan que el mundo tiemble ante las consecuencias de su hallazgo. Sea como fuere, introducir un artefacto en una campaña requiere de cierta reflexión. El artefacto podría ser un objeto que diferentes bandos quieren conseguir o algo que los aventureros necesitan para superar su mayor desafío.

Los personajes no suelen encontrar artefactos durante el curso de sus aventuras. De hecho, solo aparecen cuando tú quieras que lo hagan, ya que son a la vez objetos mágicos y partes clave de la trama. Localizar y recuperar un artefacto suele ser el objetivo principal de una aventura. Para hallar lo que buscan, los personajes deberán seguir pistas, afrontar importantes desafíos y aventurarse en lugares peligrosos y olvidados.

PROPIEDADES BENEFICIOSAS MENORES

d100	Propiedad
01–20	Mientras estés sintonizado con el artefacto, te vuelves competente con una habilidad a elección del DM
21–30	Mientras estés sintonizado con el artefacto, eres inmune a enfermedades
31–40	Mientras estés sintonizado con el artefacto, no puedes ser hechizado ni asustado
41–50	Mientras estés sintonizado con el artefacto tienes resistencia a un tipo de daño a elección del DM
51–60	Mientras estés sintonizado con el artefacto puedes usar una acción para lanzar un truco desde él (elegido por el DM)
61–70	Mientras estés sintonizado con el artefacto, puedes usar una acción para lanzar un conjuro de nivel 1 desde él (elegido por el DM). Después de lanzar el conjuro, tira 1d6. Con una tirada de 1–5, no podrás volver a lanzarlo hasta el siguiente amanecer.
71–80	Como la propiedad de 61–70, excepto que el conjuro es de nivel 2
81–90	Como la propiedad de 61–70, excepto que el conjuro es de nivel 3
91–00	Mientras estés sintonizado con el artefacto ganas un bonificador de +1 a tu Clase de Armadura

O podría suceder que uno de los villanos principales poseyera el artefacto. Obtenerlo y destruirlo sería, en este caso, la única manera de asegurarse de que su poder no se usa para el mal.

PROPIEDADES DE LOS ARTEFACTOS

Cada artefacto posee sus propias propiedades mágicas, como el resto de objetos, pero estas son extremadamente poderosas. Un artefacto puede tener también otras propiedades beneficiosas o perjudiciales, que podrás elegir de entre las mostradas en las tablas de este apartado o determinarlas al azar. También puedes inventar otras propiedades de este tipo. Normalmente cambian cada vez que el artefacto aparece en el mundo.

Un artefacto puede poseer hasta cuatro propiedades beneficiosas menores y dos mayores. Además, también puede tener hasta cuatro propiedades perjudiciales menores y dos mayores.

PROPIEDADES BENEFICIOSAS MAYORES

d100	Propiedad
01–20	Mientras estés sintonizado con el artefacto, una de tus puntuaciones de característica (a elección del DM) aumenta en 2, hasta un máximo de 24
21–30	Mientras estés sintonizado con el artefacto, siempre que tengas al menos 1 punto de golpe, recuperas 1d6 puntos de golpe al principio de tu turno
31–40	Mientras estés sintonizado con el artefacto, siempre que impactes con un ataque con arma, el objetivo recibe 1d6 de daño adicional del mismo tipo que el infligido por el arma
41–50	Mientras estés sintonizado con el artefacto, tu velocidad caminando aumenta en 10 pies
51–60	Mientras estés sintonizado con el artefacto, puedes usar una acción para lanzar un conjuro de nivel 4 desde él (elegido por el DM). Después de lanzar el conjuro, tira 1d6. Con una tirada de 1–5, no podrás volver a lanzarlo hasta el siguiente amanecer.
61–70	Como la propiedad de 51–60, excepto que el conjuro es de nivel 5
71–80	Como la propiedad de 51–60, excepto que el conjuro es de nivel 6
81–90	Como la propiedad de 51–60, excepto que el conjuro es de nivel 7
91–00	Mientras estés sintonizado con el artefacto, no puedes ser cegado, ensordecido, petrificado o aturdido

PROPIEDADES PERJUDICIALES MENORES

d100	Propiedad
01–05	Mientras estés sintonizado con el artefacto, tienes desventaja en tiradas de salvación contra conjuros
06–10	La primera vez que toques una gema o joya mientras estés sintonizado con el artefacto, el valor de esa gema o joya quedará reducido a la mitad
11–15	Mientras estés sintonizado con el artefacto, te verás cegado siempre que estés a más de 10 pies de él
16–20	Mientras estés sintonizado con el artefacto, tendrás desventaja en las tiradas de salvación contra veneno
21–30	Mientras estés sintonizado con el artefacto, emites un hedor agrio perceptible a 10 pies
31–35	Mientras estés sintonizado con el artefacto, toda el agua bendita que se encuentre dentro de un radio de 10 pies alrededor de ti queda destruida
36–40	Mientras estés sintonizado con el artefacto, te sentirás enfermo y tendrás desventaja en cualquier prueba de característica o tirada de salvación que utilice Fuerza o Constitución
41–45	Mientras estés sintonizado con el artefacto, tu peso se incrementa en 1d4 × 10 libras
46–50	Mientras estés sintonizado con el artefacto, tu apariencia cambia según decida el DM
51–55	Mientras estés sintonizado con el artefacto, quedas ensordecido siempre que estés a más de 10 pies de él
56–60	Mientras estés sintonizado con el artefacto, tu peso se reduce en 1d4 × 5 libras
61–65	Mientras estés sintonizado con el artefacto, perderás el olfato
66–70	Mientras estés sintonizado con el artefacto, extinguirás todas las llamas no mágicas que se encuentren a 30 pies o menos de ti
71–80	Mientras estés sintonizado con el artefacto, el resto de criaturas no pueden hacer descansos cortos o largos estando a 300 pies o menos de ti
81–85	Mientras estés sintonizado con el artefacto, infliges 1d6 de daño necrótico a cualquier planta que toques que no sea una criatura
86–90	Mientras estés sintonizado con el artefacto, los animales que se encuentren a 30 pies o menos se mostrarán hostiles hacia ti
91–95	Mientras estés sintonizado con el artefacto, cada día deberás comer y beber seis veces más de lo normal
96–00	Mientras estés sintonizado con el artefacto, tu defecto se exagera de una manera que determinará el DM

PROPIEDADES PERJUDICIALES MAYORES

d100	Propiedad
01–05	Mientras estés sintonizado con el artefacto, tu cuerpo se pudre a lo largo de cuatro días, tras lo cual la transformación para. El primer día perderás tu pelo; el segundo las puntas de los dedos de manos y pies; labios y nariz el tercer día; y las orejas al final del cuarto día. El conjuro *regenerar* recupera todas las partes del cuerpo perdidas.
06–10	Mientras estés sintonizado con el artefacto, determinas tu alineamiento cada día, al amanecer, tirando 1d6 dos veces. En la primera tirada, 1–2 indica legal, 3–4 neutral y 5–6 caótico. En la segunda tirada, 1–2 indica bueno, 3–4 neutral y 5–6 malvado.
11–15	Cuando te sintonizas con el artefacto por primera vez, este te encarga una misión elegida por el DM. Debes completarla como si estuvieras afectado por el conjuro geas. Una vez la completes, esta propiedad dejará de afectarte.
16–20	El artefacto aloja a una fuerza vital sin cuerpo, hostil hacia ti. Cada vez que utilices una acción para usar una de las propiedades del artefacto, hay un 50 % de probabilidades de que la fuerza vital intente abandonar el artefacto y entrar en tu cuerpo. Si fallas una tirada de salvación de Carisma CD 20, tiene éxito, y te conviertes en un PNJ bajo el control del DM hasta que esta fuerza vital intrusa sea exorcizada empleando magia como la del conjuro *dispar el bien y el mal*.
21–25	Las criaturas con un valor de desafío de 0, así como las plantas que no sean criaturas, verán sus puntos de golpe reducidos a 0 cuando estén a 10 pies o menos del artefacto
26–30	El artefacto encierra en su interior a un **slaad de la muerte** (consulta el *Monster Manual*). Cada vez que utilices una acción para hacer uso de una de las propiedades del artefacto, el slaad tendrá un 10 % de probabilidades de escapar. Si esto sucede, aparecerá en un punto a 15 pies o menos de ti y te atacará.
31–35	Mientras estés sintonizado con el artefacto, las criaturas de un tipo particular que no sea humanoide (elegido por el DM) serán siempre hostiles hacia ti
36–40	El artefacto diluye las pociones mágicas que se encuentren a 10 pies del mismo, haciendo que pierdan su magia
41–45	El artefacto borra los pergaminos mágicos que se encuentren a 10 pies del mismo, haciendo que pierdan su magia
46–50	Antes de emplear una acción para usar una de las propiedades del artefacto, debes utilizar una acción adicional para hacerte sangrar a ti o a una criatura voluntaria o incapacitada dentro de tu alcance, empleando un arma perforante o cortante para ello. El sujeto recibe 1d4 de daño del tipo adecuado.
51–60	Cuando te sintonizas con el artefacto, adquieres una locura a largo plazo (consulta el capítulo 8, "Dirigir el juego")
61–65	Recibes 4d10 de daño psíquico al sintonizarte con el artefacto
66–70	Recibes 8d10 de daño psíquico al sintonizarte con el artefacto
71–75	Antes de poder sintonizarte con el artefacto, debes matar a una criatura de tu alineamiento
76–80	Cuando te sintonizas con el artefacto, una de tus puntuaciones de característica elegida al azar se ve reducida en 2. El conjuro *restablecimiento mayor* devolverá la puntuación a la normalidad.

d100	Propiedad
81–85	Cada vez que te sintonices con el artefacto, envejeces 3d10 años. Deberás tener éxito en una tirada de salvación CD 10 o morirás de la conmoción. Si mueres, te transformas inmediatamente en un **tumulario** (ver el *Monster Manual*) que ha jurado proteger el artefacto, controlado por el DM.
86–90	Mientras estés sintonizado con el artefacto, pierdes la facultad de hablar
91–95	Mientras estés sintonizado con el artefacto, eres vulnerable a todo el daño
96–00	Cuando te sintonizas con el artefacto, hay un 10 % de probabilidades de atraer la atención de un dios, que enviará a un avatar para que te lo arrebate. El avatar tiene el alineamiento de su creador y el perfil de un **empíreo** (ver el *Monster Manual*). Una vez obtenga el artefacto, el avatar desaparecerá.

DESTRUIR ARTEFACTOS

Un artefacto debe ser destruido siguiendo unos pasos concretos. De otro modo, es inmune al daño.

Cada artefacto posee una debilidad que puede deshacer su creación. Conocer esta debilidad requerirá una investigación exhaustiva o cumplir con éxito una misión. Es el DM quien decide cómo se puede destruir un artefacto concreto. Aquí se proporcionan algunas sugerencias:

- El artefacto debe ser fundido en el volcán, forja o crisol donde fue creado.
- El artefacto debe ser arrojado al río Estigio.
- El artefacto debe ser engullido y digerido por la tarasca u otra criatura ancestral.
- El artefacto debe ser bañado en la sangre de un dios o un ángel.
- El artefacto debe ser golpeado y hecho añicos por un arma creada específicamente para ese propósito.
- El artefacto debe ser pulverizado entre los enormes engranajes de Mechanus.
- El artefacto debe ser devuelto a su creador, que puede destruirlo simplemente con tocarlo.

ARTEFACTOS DE EJEMPLO

Los artefactos presentados aquí han aparecido en al menos uno de los mundos de D&D. Utilízalos como guías cuando crees tus propios artefactos o modifícalos según te parezca oportuno.

ESPADA DE KAS

Objeto maravilloso, artefacto (requiere sintonización)

Cuando el poder de Vecna creció, eligió como su guardaespaldas y mano derecha a uno de sus lugartenientes más despiadados: Kas, el de la Mano Ensangrentada. Este despreciable villano le sirvió de consejero, señor de la guerra y asesino. Sus éxitos le granjearon la admiración de Vecna, así como una recompensa: una espada con un linaje tan negro como el del hombre que la empuñaría.

Durante mucho tiempo, Kas sirvió fielmente al liche, pero su poder creció a la par que su arrogancia. Su espada, que quería gobernar junto a él sobre el vasto imperio de Vecna, le empujó a suplantarle. La leyenda dice que la destrucción del liche vino de la mano de Kas, pero Vecna también causó la caída de su lugarteniente traidor, del que no quedó más que su espada. Y, de esta manera, el mundo se volvió un poco más luminoso.

La *Espada de Kas* es una espada larga mágica y consciente, que otorga un bonificador de +3 a las tiradas de ataque y daño que se hagan con ella. Causa un crítico con resultados de 19 o 20 e inflige 2d10 de daño cortante adicional a los muertos vivientes.

Si la espada no es bañada en sangre durante el primer minuto después de desenfundarla, quien la blanda debe hacer una tirada de salvación de Carisma CD 15. Si tiene éxito, recibirá 3d6 de daño psíquico. Si fracasa, quedará dominado por el arma, como con el conjuro *dominar monstruo*, y la espada exigirá ser bañada en sangre. El conjuro terminará cuando se cumpla esta exigencia.

Propiedades aleatorias. La *Espada de Kas* posee las siguientes propiedades aleatorias:

- 1 propiedad beneficiosa menor.
- 1 propiedad beneficiosa mayor.
- 1 propiedad perjudicial menor.
- 1 propiedad perjudicial mayor.

Espíritu de Kas. Mientras la espada se encuentre contigo, añades 1d10 a tu iniciativa al principio de cada combate. Además, cuando utilices una acción para atacar con la espada, puedes transferir total o parcialmente su bonificador de ataque a tu Clase de Armadura. Estos bonificadores ajustados tienen efecto hasta el principio de tu siguiente turno.

Conjuros. Mientras lleves la espada contigo, puedes usar una acción para lanzar uno de los siguientes conjuros (tirada de salvación CD 18) desde ella: *dedo de la muerte*, *llamar al relámpago* o *palabra divina*. Una vez emplees la espada para lanzar un conjuro, no podrás volver a lanzar ese conjuro concreto desde ella hasta el siguiente amanecer.

Consciencia. La *Espada de Kas* es un arma consciente y caótica malvada con Inteligencia 15, Sabiduría 13 y Carisma 16. Posee oído y visión en la oscuridad hasta 120 pies.

Se comunica telepáticamente con quien la empuñe y puede hablar, leer y entender el común.

Personalidad. El propósito de la espada es la destrucción de Vecna. Matar a sus adoradores, destruir sus obras y desbaratar sus planes son todos ellos actos que sirven para cumplir esta meta.

ESPADA DE KAS

La *Espada de Kas* también busca destruir a cualquiera que haya sido corrompido por el *Ojo* y *Mano de Vecna*. La obsesión de la espada con estos artefactos se convertirá en una obsesión también para su portador.

Destruir la espada. Una criatura sintonizada tanto con el *Ojo de Vecna* como con la *Mano de Vecna* puede usar la propiedad de deseo de la combinación de estos artefactos para destruir la *Espada de Kas*. La criatura debe lanzar el conjuro *deseo* y realizar una tirada enfrentada de Carisma contra el Carisma de la espada. La espada debe estar a 30 pies de la criatura o el conjuro fallará. Si la espada gana la tirada enfrentada, no pasa nada y el conjuro de *deseo* se desperdicia. Si la espada pierde, queda destruida.

HACHA DE LOS SEÑORES ENANOS

Arma (hacha de guerra), artefacto (requiere sintonización)

Viendo el peligro al que se enfrentaba su gente, un joven príncipe enano decidió que lo que su pueblo necesitaba era algo que los uniera. Así pues, se dedicó a forjar un arma que funcionara como símbolo para sus compatriotas.

Aventurándose en lo más profundo de las montañas, más allá de las cuevas recorridas por el resto de enanos, el joven príncipe llegó al corazón ardiente de un gran volcán. Con la ayuda de Moradin, el dios enano de la creación, fabricó primero cuatro grandes herramientas: el *Pico Brutal*, la *Forja del Corazón de la Tierra*, el *Yunque de Canciones* y el *Martillo Moldeador*. Con ellas, forjó el *Hacha de los Señores Enanos*.

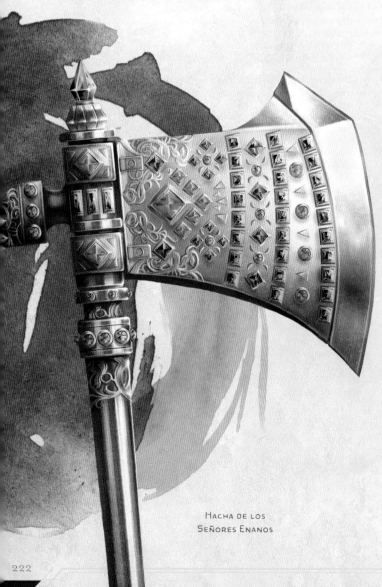

HACHA DE LOS
SEÑORES ENANOS

Armado con este artefacto, el príncipe volvió a los clanes enanos, trayendo la paz consigo. Su hacha acabó con los rencores y resolvió los desprecios. Los clanes se aliaron, expulsaron a sus enemigos y disfrutaron de una era de prosperidad. Este joven enano es recordado como el Primer Rey. Cuando envejeció entregó el arma, que se había convertido en el símbolo de su cargo, a su sucesor. Los legítimos descendientes fueron heredando el arma durante generaciones.

Más tarde, en una era marcada por la traición y la maldad, el hacha se perdió en una sangrienta guerra civil motivada por la codicia que despertaba su poder y el estatus que proporcionaba. Siglos después, los enanos todavía buscan el hacha, y muchos aventureros han hecho carrera persiguiendo rumores y saqueando viejas criptas para encontrarla.

Arma mágica. El *Hacha de los Señores Enanos* es un arma mágica que proporciona un bonificador de +3 a las tiradas de ataque y daño hechas con ella. El hacha también funciona como un *cinturón enano*, un *martillo arrojadizo enano* y una *espada de hoja afilada*.

Propiedades aleatorias. El hacha tiene las siguientes propiedades determinadas aleatoriamente:

- 2 propiedades beneficiosas menores.
- 1 propiedad beneficiosa mayor.
- 2 propiedades perjudiciales menores

Bendición de Moradin. Si eres un enano y estás sintonizado con el hacha, obtienes los siguientes beneficios:

- Inmunidad al daño de veneno.
- El alcance de tu visión en la oscuridad aumenta en 60 pies.
- Ganas competencia con las herramientas de artesano usadas en la herrería, fabricación de cerveza y el trabajo en piedra.

Conjurar elemental de tierra. Si empuñas el hacha, puedes utilizar tu acción para lanzar conjurar elemental desde ella, invocando a un elemental de tierra. Una vez utilizada, esta propiedad no puede volver a emplearse hasta el siguiente amanecer.

Recorrer las profundidades. Puedes usar una acción para tocar con el hacha un fragmento de piedra fija trabajado por enanos y lanzar el conjuro *teletransporte*. Si el destino que quieres alcanzar está bajo tierra, no hay ninguna probabilidad de percance o de llegar a un sitio inesperado. Una vez empleada, no puedes volver a utilizar esta propiedad hasta que hayan pasado 3 días.

Maldición. El hacha lleva consigo una maldición que afecta a cualquier no enano que se sintonice con ella. La maldición permanecerá aunque termine la sintonización. Cada día que pasa, la apariencia física y estatura de la criatura se parecen más a la de un enano. Después de siete días, la criatura es como un enano cualquiera, pero no pierde sus atributos raciales ni gana los de un enano. Los cambios físicos efectuados por el hacha no se consideran mágicos (y por tanto no pueden ser disipados), pero es posible invertirlos mediante cualquier efecto que termine con una maldición, como los conjuros *restablecimiento mayor* o *levantar maldición*.

Destruir el hacha. La única manera de destruir el hacha es fundirla en la *Forja del Corazón de la Tierra*, donde fue creada. Debe permanecer en la forja encendida durante cincuenta años antes de sucumbir al fuego y quedar destruida.

LIBRO DE LA OSCURIDAD VIL

Objeto maravilloso, artefacto (requiere sintonización)

Los contenidos de este repugnante manuscrito de inenarrable maldad no son sino verdaderas delicias para aquellos que se encuentran bajo el yugo del mal. Ningún mortal debería conocer los secretos que alberga, conocimientos tan horripilantes que solo entrever sus garabateadas páginas puede conducir a la locura.

Muchos creen que el *Libro de la Oscuridad Vil* es obra del dios liche, Vecna, el cual grabó en sus páginas cada idea enferma, pensamiento demente y muestra de magia negra que halló. Vecna cubrió todas las disciplinas viles que pudo, haciendo de este libro un grotesco catálogo de la perversidad de los mortales.

Otros practicantes del mal han añadido a esta enciclopedia sus propios artículos. Estos aditamentos posteriores se distinguen claramente: los autores agregaban su texto cosiendo las páginas al tomo o, en algunos casos, como anotaciones o complementos sobre el texto existente. Algunas de las páginas se han perdido, están rotas o tan cubiertas de sangre, tinta y arañazos que no se puede descifrar el texto original.

La naturaleza no puede soportar la presencia del libro. Las plantas ordinarias se marchitan en su presencia, los animales lo rehúyen y el tomo destruye poco a poco todo lo que toca. La piedra misma se resquebraja y convierte en polvo si el libro descansa suficiente tiempo sobre ella.

Una criatura sintonizada con el libro debe pasar 80 horas leyendo y estudiando sus contenidos para ser capaz de asimilarlos y obtener los beneficios que proporcionan. Después, la criatura podrá modificar libremente los contenidos del tomo, siempre que estas modificaciones extiendan el mal y desarrollen el conocimiento reflejado en el volumen.

Cuando una criatura no malvada se sintonice con el *Libro de la Oscuridad Vil*, deberá realizar una tirada de salvación de Carisma CD 17. Si la falla, su alineamiento cambiará a neutral malvado.

El *Libro de la Oscuridad Vil* solo permanecerá contigo siempre que te dediques en cuerpo y alma a extender el mal en el mundo. Si en un periodo de 10 días no cometes un acto malvado o si haces voluntariamente una buena acción, el objeto desaparecerá. Si mueres mientras estás sintonizado con el libro, una entidad de gran maldad reclamará tu alma. No puedes ser devuelto a la vida de ninguna manera mientras tu alma permanezca prisionera.

Propiedades aleatorias. El *Libro de la Oscuridad Vil* tiene las siguientes propiedades aleatorias:

- 3 propiedades beneficiosas menores.
- 1 propiedad beneficiosa mayor.
- 3 propiedades perjudiciales menores.
- 2 propiedades perjudiciales mayores.

LIBRO DE LA
OSCURIDAD VIL

LIBRO DE LAS
OBRAS ELEVADAS

CONOCIMIENTO VIL

El *Libro de la Oscuridad Vil* trata de todos los males del cosmos. Un personaje puede utilizar el conocimiento albergado en el libro para desenterrar terribles secretos que ningún mortal debería conocer. Entre estos contenidos, un personaje podría encontrar lo siguiente, además de cualquier otra cosa que se te ocurra:

- **Apoteosis abyecta.** El libro podría contener un ritual que permita a un personaje convertirse en liche o en caballero de la muerte.
- **Nombres verdaderos.** Los auténticos nombres de cualquier número de infernales podrían aparecer en este libro.
- **Magia oscura.** El libro puede contener varios conjuros de terrible maldad, diseñados y escogidos por el DM. Estos conjuros podrían imponer espantosas maldiciones, desfigurar a otros, requerir sacrificios humanos, afligir con un dolor incapacitante a otras criaturas, extender horribles plagas, etc.

Ajuste de puntuaciones de característica. Después de pasar el tiempo necesario estudiando el libro, una puntuación de característica de tu elección aumenta en 2, hasta un máximo de 24. Al mismo tiempo, otra puntuación de característica de tu elección se reduce en 2, hasta un mínimo de 3. El libro no puede volver a ajustar tus puntuaciones de característica.

Marca de oscuridad. Después de pasar el tiempo necesario estudiando el libro, se produce en ti una deformidad física, un signo espantoso de tu devoción a la oscuridad vil.

Podría aparecer una runa malvada en tu cara, tus ojos volverse de un color negro brillante o salirte cuernos en la frente. También podrías quedar agostado y deforme, perder todos tus rasgos faciales, convertirse tu lengua en bífida o cualquier otro rasgo a elección del DM. Esta marca de oscuridad te proporciona ventaja en pruebas de Carisma (Persuasión) cuando trates con criaturas malvadas y en pruebas de Carisma (Intimidación) cuando interactúes con criaturas no malvadas.

Comandar el mal. Mientras estés sintonizado con el libro y lo sostengas en tu mano, puedes usar una acción para lanzar el conjuro *dominar monstruo* sobre un objetivo malvado (tirada de salvación CD 18). Una vez utilizada, esta propiedad no puede volver a emplearse hasta el siguiente amanecer.

Conocimiento sombrío. Puedes hacer referencia al *Libro de la Oscuridad Vil* cuando realices una prueba de Inteligencia para recordar información sobre algún aspecto del mal, como conocimiento sobre demonios. Si lo haces, duplica tu bonificador por competencia en esa prueba.

Lengua Oscura. Mientras lleves el *Libro de la Oscuridad Vil* contigo y estés sintonizado con él, puedes usar una acción para recitar párrafos de sus páginas en un terrible lenguaje conocido como lengua oscura. Cada vez que hagas esto, recibirás 1d12 de daño psíquico y cada criatura no malvada que se encuentre a 15 pies o menos de ti sufrirá 3d6 de daño psíquico.

Destruir el Libro. El *Libro de la Oscuridad Vil* permite que se arranquen sus páginas, pero cualquier conocimiento malvado contenido en ellas acabará volviendo al volumen, normalmente a base de añadir páginas al tomo un nuevo autor.

Si un solar parte el libro en dos, este quedará destruido durante 1d100 años, tiempo después del cual reaparecerá en algún lugar recóndito del multiverso.

Una criatura que pase cien años sintonizada con el libro puede descubrir una frase oculta en el texto original, que, si se traduce a celestial y se pronuncia en voz alta, destruirá tanto al hablante como al libro en un estallido cegador. Sin embargo, mientras exista el mal en el multiverso, el libro volverá a formarse 1d10 × 100 años después.

Si todo el mal del multiverso fuera erradicado, el libro se convertiría en polvo, destruido para siempre.

Libro de las Obras Elevadas

Objeto maravilloso, legendario (requiere sintonización con una criatura de alineamiento bueno)

El tratado definitivo del bien en el multiverso, el legendario *Libro de las Obras Elevadas*, es una figura importante en muchas religiones. No es un texto dedicado a una fe en concreto, sino que los distintos autores del tomo llenaron las páginas con su propia visión de la virtud verdadera, proporcionando una guía para derrotar al mal.

El *Libro de las Obras Elevadas* no suele estar mucho tiempo en un solo sitio. Tan pronto como es leído, se desvanece para aparecer en otra esquina del multiverso, donde su guía moral pueda traer luz a un mundo oscurecido. Aunque ha habido intentos de copiarlo, han sido en balde, al no conseguir capturar su naturaleza mágica o proporcionar los beneficios que ofrece a los puros de corazón y de propósito firme.

El contenido del libro se mantiene a salvo mediante un pesado cierre, forjado para parecer las alas de un ángel. Solo una criatura de alineamiento bueno y que esté sintonizada con el libro puede abrir este cierre. Una vez abierto el libro, la criatura sintonizada debe pasar 80 horas leyéndolo y estudiándolo para asimilar sus contenidos y obtener los beneficios que proporciona. Otras criaturas que hojeen el libro abierto pueden leer el texto, pero no entenderán el verdadero significado y no disfrutarán de sus beneficios.

Una criatura malvada que intente leer el libro sufrirá 24d6 de daño radiante. Este daño ignora resistencias e inmunidades y no puede ser reducido o evitado de ninguna manera. Una criatura cuyos puntos de golpe desciendan a 0 debido a este daño desaparecerá en un estallido fulgurante y será destruida, dejando atrás sus posesiones materiales.

Los beneficios proporcionados por el *Libro de las Obras Elevadas* duran mientras intentes hacer el bien. Si en un periodo de 10 días no realizas un acto de generosidad o amabilidad, o si actúas de manera malvada a sabiendas, perderás todos los beneficios proporcionados por el libro.

Propiedades aleatorias. El *Libro de las Obras Elevadas* tiene las siguientes propiedades aleatorias:

- 2 propiedades beneficiosas menores.
- 2 propiedades beneficiosas mayores.

Sabiduría acrecentada. Después de pasar el tiempo necesario leyendo y estudiando el libro, tu puntuación de Sabiduría aumenta en 2, hasta un máximo de 24. No puedes obtener esta ventaja más de una vez.

Magia iluminada. Una vez hayas leído y estudiado el libro, cualquier espacio de conjuro que utilices para lanzar un conjuro de paladín o clérigo cuenta como si fuera de un nivel superior.

Halo. Una vez que hayas leído y estudiado el libro, ganas un halo protector. Este halo crea luz brillante en un radio de 10 pies y luz tenue 10 pies más allá. Puedes manifestar o dejar de manifestar el halo utilizando una acción adicional. Mientras esté presente, el halo te proporciona ventaja en pruebas de Carisma (Persuasión) para interactuar con criaturas buenas y en pruebas de Carisma (Intimidación) para tratar con criaturas malvadas. Además, los infernales y muertos vivientes dentro de la luz brillante del halo realizan las tiradas de ataque contra ti con desventaja.

Destruir el libro. Se rumorea que el *Libro de las Obras Elevadas* no puede ser destruido mientras exista el bien en el multiverso. Sin embargo, hundir el libro en el río Estigio retira el texto y las imágenes de sus páginas y deja al libro sin poder durante 1d100 años.

Ojo y Mano de Vecna

Objeto maravilloso, artefacto (requiere sintonización)

Rara vez se pronuncia el nombre de Vecna, salvo en susurros. Vecna fue, en su momento, uno de los magos más poderosos. Con magias oscuras y por medio de la conquista, creó un terrible imperio. Sin embargo, a pesar de todo su poder, Vecna no podía escapar a su propia mortalidad. Comenzó a temer a la muerte, por lo que tomó medidas para que ese momento no llegara nunca.

Orcus, el príncipe demoníaco de la muerte en vida, enseñó a Vecna un ritual que le permitiría vivir como un liche. Por fin fuera del alcance de la muerte, se convirtió en el más grande de todos los liches. Aunque su cuerpo se marchitó y descompuso gradualmente, Vecna continuó expandiendo su señorío del mal. Tan fuerte y espantoso era su temperamento que sus propios súbditos temían pronunciar su nombre. Era denominado el Susurrado, el Maestro del Trono de Arañas, el Rey Inmortal y el Señor de la Torre Podrida.

Algunos dicen que el lugarteniente de Vecna, Kas, quería el Trono de Arañas para sí mismo. Quizá la espada que Vecna forjó para él le sedujo y le hizo rebelarse. Fuera cual fuese la razón, Kas terminó con el imperio del Rey Inmortal en una terrible batalla que redujo a cenizas la torre de Vecna. De Vecna solo quedó una mano y un ojo, grotescos artefactos que todavía intentan cumplir la voluntad del Susurrado en el mundo.

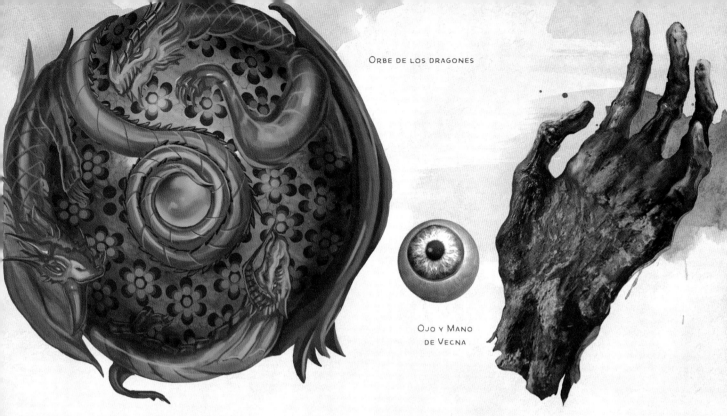

ORBE DE LOS DRAGONES

OJO Y MANO
DE VECNA

El *Ojo de Vecna* y la *Mano de Vecna* pueden ser hallados juntos o por separado. El ojo, inyectado en sangre, parece haber sido arrancado de su cuenca. La mano es una extremidad izquierda, consumida y momificada.

Para sintonizarse con el ojo, uno debe sacarse su propio ojo e insertar el artefacto en la cuenca vacía. El ojo se injerta en la cabeza y permanece ahí hasta la muerte del anfitrión. Una vez colocado, se transforma en un ojo dorado con pupila rasgada, como la de un gato. Si es extraído, el anfitrión muere.

Para sintonizarse con la mano, ha de cercenarse la mano izquierda a la altura de la muñeca y apretar el artefacto contra el muñón. La mano se conectará al brazo, convirtiéndose en un apéndice funcional. Si en cualquier momento es retirada, el anfitrión morirá.

Propiedades aleatorias. El *Ojo de Vecna* y la *Mano de Vecna* tienen cada uno las siguientes propiedades aleatorias:

- 1 propiedad beneficiosa menor.
- 1 propiedad beneficiosa mayor.
- 1 propiedad perjudicial menor.

Propiedades del ojo. Tu alineamiento cambia a neutral malvado y obtienes los siguientes beneficios:

- Visión verdadera.
- Puedes usar una acción para ver como si llevaras puesto un *anillo de visión de rayos X*. Puedes terminar este efecto empleando una acción adicional.
- El ojo tiene 8 cargas. Puedes utilizar una acción y gastar 1 o más cargas para lanzar uno de los siguientes conjuros (tirada de salvación CD 18) desde él: *clarividencia* (2 cargas), *corona de la locura* (1 carga), *desintegrar* (4 cargas), *dominar monstruo* (5 cargas) o *mal de ojo* (4 cargas). El ojo recupera 1d4 + 4 cargas empleadas cada día, al amanecer. Cada vez que lanzas un conjuro desde el ojo, hay un 5 % de probabilidades de que Vecna te arranque el alma, la devore, y tome el control de tu cuerpo como si de una marioneta se tratara. Si esto ocurre, te conviertes en un PNJ bajo el control del DM.

Propiedades de la mano. Tu alineamiento cambia a neutral malvado y obtienes los siguientes beneficios:

- Tu puntuación de Fuerza se convierte en 20, a menos que ya fuera de 20 o superior.
- Cualquier ataque de conjuro cuerpo a cuerpo que realices con esta mano y cualquier ataque con un arma cuerpo a cuerpo empuñada con ella infligen 2d8 de daño de frío adicional.
- La mano tiene 8 cargas. Puedes usar una acción y gastar 1 o más de las cargas para lanzar uno de los siguientes conjuros (tirada de salvación CD 18) desde ella: *dedo de la muerte* (5 cargas), *dormir* (1 carga), *ralentizar* (2 cargas) o *teletransporte* (3 cargas). La mano recupera 1d4 + 4 cargas empleadas cada día, al amanecer. Siempre que lances un conjuro desde la mano, ella lanza el conjuro *sugestión* sobre ti (con salvación CD 18) exigiendo que cometas un acto malvado. La mano puede tener un acto específico en mente o dejarlo a tu imaginación.

Propiedades del ojo y la mano. Si estás sintonizado con el ojo y con la mano, obtienes los siguientes beneficios adicionales:

- Eres inmune a enfermedades y venenos.
- Utilizar la visión de rayos X del ojo no te hace sufrir cansancio.
- Tendrás premoniciones, que te avisarán del peligro y, además, no podrás ser sorprendido.
- Si comienzas tu turno con al menos 1 punto de golpe, recuperas 1d10 puntos de golpe.
- Si una criatura posee esqueleto, puedes intentar convertir sus huesos en gelatina simplemente con tocarla con la *Mano de Vecna*. Para ello, puedes usar una acción para realizar un ataque cuerpo a cuerpo contra una criatura dentro de tu alcance, empleando, a tu elección, tu bonificador de ataque cuerpo a cuerpo con armas o con conjuros. Si impactas, el objetivo deberá tener éxito en una tirada de salvación de Constitución CD 18 o sus puntos de golpe descenderán a 0.
- Puedes utilizar una acción para lanzar *deseo*. No puedes volver a usar esta propiedad hasta que hayan pasado 30 días.

CAPÍTULO 7: TESORO   225

Destruir el ojo y la mano. Si el *Ojo de Vecna* y la *Mano de Vecna* están injertados en la misma criatura y se le da muerte con la *Espada de Kas*, tanto el ojo como la mano estallarán en llamas, se convertirán en cenizas y quedarán destruidos para siempre. Cualquier otro intento de destruir el ojo o la mano parece funcionar, pero los artefactos volverán a aparecer en una de las muchas criptas escondidas de Vecna, a la espera de ser descubiertos de nuevo.

ORBE DE LOS DRAGONES

Objeto maravilloso, artefacto (requiere sintonización)

En otra era, en el mundo de Krynn, los elfos y los humanos libraban una terrible guerra contra los dragones malvados. Cuando el mundo ya parecía estar condenado, los magos de las Torres de la Alta Hechicería se unieron y utilizaron su mejor magia, forjando cinco *Orbes de los Dragones* (u *Orbes Dragón*) para ayudarles a derrotar a los dragones. Se llevó cada orbe a una de las cinco torres, donde fueron empleados para conducir el cauce de la guerra hacia la victoria. Los magos usaron los orbes para atraer dragones, a los que mataron con magia poderosa.

Al caer las Torres de la Alta Hechicería en eras posteriores, los orbes fueron destruidos o desaparecieron en la leyenda. Se cree que solo tres de ellos han sobrevivido. Su magia ha sido distorsionada y pervertida a lo largo de los siglos, por lo que aunque su propósito principal de llamar a los dragones todavía funciona, también permiten tener algo de control sobre ellos.

Cada orbe contiene la esencia de un dragón malvado, una presencia que se molestará ante cualquier intento de extraer poder mágico de ella. Aquellas criaturas con personalidad débil podrían acabar siendo esclavas del orbe.

Un orbe es un globo de cristal grabado de unas 10 pulgadas de diámetro. Cuando se usa, se expande hasta alcanzar unas 20 pulgadas de diámetro y una niebla se arremolina en su interior.

Siempre que estés sintonizado con un orbe, puedes utilizar una acción para mirar en las profundidades del objeto y pronunciar su palabra de activación. Después, debes realizar una prueba de Carisma CD 15. Si tienes éxito, controlarás el orbe mientras sigas sintonizado con él. Si fracasas, quedarás hechizado por el objeto mientras te mantengas sintonizado con él.

Mientras permanezcas hechizado por el orbe, no podrás acabar voluntariamente la sintonización y el orbe lanzará *sugestión* sobre ti a voluntad (tirada de salvación CD 18), exhortándote para que trabajes para hacer realidad sus malvados fines. La esencia del dragón confinada en el orbe podría querer muchas cosas: la aniquilación de un pueblo específico, ser liberada del orbe, crear sufrimiento en el mundo, extender el culto a Takhisis (el nombre de Tiamat en Krynn) o cualquier otro deseo que el DM decida.

Propiedades aleatorias. Un *Orbe de los Dragones* tiene las siguientes propiedades aleatorias:

- 2 propiedades beneficiosas menores.
- 1 propiedad perjudicial menor.
- 1 propiedad perjudicial mayor.

Conjuros. El orbe tiene 7 cargas y recupera 1d4 + 3 cargas empleadas cada día, al amanecer. Si controlas el orbe, puedes usar una acción y gastar 1 o más cargas para lanzar uno de los siguientes conjuros (tirada de salvación CD 18) desde él: *curar heridas* (versión de nivel 5, 3 cargas), *escudriñar* (3 cargas), *guarda contra la muerte* (2 cargas) o *luz del día* (1 carga).

También puedes emplear una acción para lanzar el conjuro *detectar magia* desde el orbe sin utilizar ninguna carga.

Llamar a los dragones. Mientras controles el orbe, puedes usar una acción para hacer que el artefacto lance una llamada telepática que se extiende en todas direcciones hasta una distancia de 40 millas. Los dragones malvados dentro del alcance se ven obligados a acudir hasta el orbe tan pronto como sea posible y por el camino más directo. Las deidades dragón, como Tiamat, no se ven afectadas por esta llamada. Los dragones atraídos hacia el orbe pueden ser hostiles hacia ti por haber forzado su voluntad. Una vez hayas usado esta propiedad, no puede ser empleada de nuevo durante 1 hora.

Destruir un Orbe. Un *Orbe de los Dragones* parece frágil, pero es invulnerable a la mayoría del daño, incluyendo los ataques, también los de aliento, de los dragones. Sin embargo, el conjuro *desintegrar* o un buen golpe con un arma mágica +3 es suficiente para destruirlo.

VARITA DE ORCUS

Varita, artefacto (requiere sintonización)

La abominable *Varita de Orcus* no suele separarse del lado de este infernal. Este artefacto, tan malvado como su creador, comparte la meta del señor demoníaco y busca extinguir las vidas de toda criatura viviente, atrapando el Plano Material bajo el éxtasis de la muerte en vida. Orcus permite que la varita le abandone de vez en cuando. En esos casos, aparecerá mágicamente donde su amo sienta que hay una oportunidad de conseguir algo execrable.

Hecha de huesos tan duros como el hierro, la varita está coronada con una calavera agrandada mágicamente que una vez perteneció a un héroe humano muerto a manos de Orcus. Este objeto cambia mágicamente de tamaño para ajustarse al del usuario. En presencia de la varita, las plantas se marchitan, las bebidas se estropean, la carne se pudre y las alimañas medran.

Cualquier criatura aparte de Orcus que intente sintonizarse con la varita deberá hacer una tirada de salvación de Constitución CD 17. Si tiene éxito, recibirá 10d6 de daño necrótico. Si falla, morirá para alzarse como zombi.

VARITA DE ORCUS

Si quien blande la varita está sintonizado con ella, podrá usarla como una maza mágica que proporciona un bonificador de +3 a las tiradas de ataque y daño realizadas con ella. La varita inflige 2d12 de daño necrótico adicional en cada impacto.

Propiedades aleatorias. La *Varita de Orcus* tiene las siguientes propiedades aleatorias:

- 2 propiedades beneficiosas menores.
- 1 propiedad beneficiosa mayor.
- 2 propiedades perjudiciales menores.
- 1 propiedad perjudicial mayor.

Las propiedades perjudiciales de la *Varita de Orcus* quedan suprimidas mientras la varita esté sintonizada con el mismo Orcus.

Protección. Obtienes un bonificador de +3 a la Clase de Armadura mientras empuñes la varita.

Conjuros. La varita tiene 7 cargas. Mientras la empuñes, puedes utilizar una acción y gastar 1 o más de sus cargas para lanzar uno de los siguientes conjuros (tirada de salvación CD 18) desde ella: *animar a los muertos* (1 carga), *círculo de muerte* (3 cargas), *dedo de la muerte* (3 cargas), *hablar con los muertos* (1 carga), *marchitar* (2 cargas) o *palabra de poder: matar* (4 cargas). La varita recupera 1d4 + 3 cargas empleadas cada día, al amanecer.

Mientras esté sintonizado con la varita, Orcus o uno de sus seguidores al que haya bendecido, puede lanzar los conjuros de la varita usando 2 cargas menos (hasta un mínimo de 0).

Llamar a los muertos vivientes. Mientras empuñes la varita, puedes utilizar una acción para conjurar múltiples esqueletos y zombis. Cada uno de ellos posee los puntos de golpe medios (ver perfil en el *Monster Manual*), y con esta acción puedes invocar tantos como quieras de cada tipo, siempre que entre todos no sumen más de 500 puntos de golpe. Los muertos vivientes se alzan mágicamente del suelo o se forman en espacios libres que se encuentren a 300 pies o menos de ti. Obedecerán tus órdenes hasta ser destruidos o hasta el alba del próximo día, momento en que se derrumbarán en una pila de huesos inanimados y cadáveres en descomposición. Una vez uses esta propiedad de la varita, no podrás volver a hacerlo hasta el próximo amanecer.

Mientras esté sintonizado con la varita, Orcus puede invocar cualquier tipo de muerto viviente, no solo esqueletos y zombis. Los muertos vivientes no perecen o desaparecen al amanecer del siguiente día, sino que permanecen hasta que Orcus los desconvoque.

Consciencia. La *Varita de Orcus* es un objeto consciente caótico malvado con Inteligencia 16, Sabiduría 12 y Carisma 16. Tiene oído y visión en la oscuridad hasta 120 pies.

La varita se comunica telepáticamente con quien la empuña y puede hablar, leer y entender el abisal y el común.

Personalidad. El propósito de la varita es ayudar a cumplir el deseo de Orcus de llevar la muerte a todo lo existente en el universo. Es fría, cruel, nihilista y carente de humor.

Para hacer progresar los planes de su maestro, la varita fingirá devoción hacia su usuario actual, con grandiosas promesas que no tiene ninguna intención de cumplir, como ayudar a derrocar a Orcus.

Destruir la varita. Para destruir la *Varita de Orcus* es preciso que el antiguo héroe cuyo cráneo corona el objeto la lleve hasta el Plano de Energía Positiva. Para que esto sea posible, es necesario en primer lugar revivir a este personaje hace tiempo perdido. No será tarea fácil, ya que Orcus tiene prisionera el alma del héroe, y la mantiene oculta y bien vigilada.

Bañar la varita en energía positiva provocará que se resquebraje y explote, pero a menos que las condiciones anteriores se cumplan, se formará de nuevo en la capa del Abismo de Orcus.

OTRAS RECOMPENSAS

Aunque los aventureros desean tesoros fervientemente, también aprecian otro tipo de recompensas. Esta sección presenta diferentes maneras con las que dioses, monarcas y otros seres poderosos pueden reconocer los logros de los héroes. En ellas se incluyen dones sobrenaturales, que proporcionan nuevas habilidades a los personajes; títulos, tierras u otras marcas de prestigio; y bendiciones solo al alcance de aventureros que hayan ascendido hasta el nivel 20.

DONES SOBRENATURALES

Un don sobrenatural es una recompensa especial otorgada por una fuerza o ser de gran poder mágico. Este tipo de dones sobrenaturales toman dos formas: bendiciones y sortilegios. Las bendiciones suelen ser concedidas por un dios o un ser divino. Los sortilegios, en cambio, generalmente provienen de un espíritu poderoso, un lugar con magia antigua o una criatura con acciones legendarias. A diferencia de un objeto mágico, un don sobrenatural no es un objeto y no requiere sintonización. Proporciona a un personaje una habilidad extraordinaria, que puede ser usada una o más veces.

BENDICIONES

Un personaje podría recibir una bendición de una deidad como recompensa a un acto realmente impresionante: un logro que capte la atención de dioses y mortales.

Matar a unos gnolls desmandados no desembocará en una bendición, pero acabar con el sumo sacerdote de Tiamat cuando está a punto de invocar a la Reina Dragón sí que podría ser un acto merecedor de una.

Una bendición es una recompensa apropiada a uno de los siguientes logros:

- Recobrar el santuario más sacrosanto de un dios.
- Frustrar los planes a gran escala de los enemigos de un dios.
- Ayudar al sirviente favorecido de un dios a completar una misión sagrada.

Un aventurero también podría obtener una bendición en previsión de una encomienda peligrosa. Por ejemplo, un paladín podría recibir una al partir para matar a un terrorífico liche que ha causado una plaga mágica que asola el lugar.

Un personaje solo debería adquirir una bendición que le sea útil, y algunas de ellas conllevan ciertas expectativas por parte del benefactor. Los dioses suelen otorgar una bendición para un propósito concreto, como recuperar los restos mortales de un santo o derrocar un imperio tiránico. El dios podría revocar la bendición si el personaje no trabaja en pos de ese propósito o si actúa de manera contraria a sus ideales.

Un personaje conservará los beneficios de una bendición para siempre o hasta que sea anulada por el dios que la concedió. A diferencia de un objeto mágico, una bendición no puede ser suprimida por un *campo antimagia* o un efecto similar.

La mayor parte de aventureros pasarán toda su vida sin recibir ni una de estas bendiciones. No existe límite al número de ellas que un personaje puede obtener, pero debería ser raro que tenga más de una a la vez. De hecho, un personaje no puede beneficiarse de varias bendiciones iguales. Así, el mismo aventurero no puede disfrutar de dos Bendiciones de Salud a la vez.

A continuación se encuentran varios ejemplos de bendiciones. El texto de cada una de ellas se dirige a su usuario. Si decides crear más bendiciones, ten en cuenta que las bendiciones típicas imitan las propiedades de un objeto maravilloso.

Bendición de Cerrar Heridas. Esta bendición te proporciona los beneficios de un talismán de cerrar heridas.

Bendición del Entendimiento. Tu puntuación de Sabiduría aumenta en 2, hasta un máximo de 22.

Bendición de la Mejora de Arma. Un arma no mágica en tu posesión se vuelve un *arma +1* siempre que la empuñes.

Bendición de la Protección. Obtienes un bonificador de +1 a la CA y a las tiradas de salvación.

Bendición de la Resistencia Mágica. Tienes ventaja en las tiradas de salvación para evitar conjuros y otros efectos mágicos.

Bendición de la Salud. Tu puntuación de Constitución aumenta en 2, hasta un máximo de 22.

Bendición del Valhalla. Esta bendición te otorga el poder de invocar guerreros espirituales, como si hubieras soplado un *cuerno del Valhalla* de plata. Una vez usada esta bendición, no puedes volver a utilizarla hasta que pasen 7 días.

Sortilegios

Un sortilegio es un don sobrenatural menor, que puede ser recibido de distintas maneras. Por ejemplo, un mago que encontrara un secreto arcano en el libro de conjuros de un archimago muerto podría quedar infundido con la magia de un sortilegio, al igual que un personaje que resolviera el enigma de una esfinge o bebiera de una fuente mágica. Las criaturas legendarias, como los dragones de oro ancianos y los unicornios, agraciarán en ocasiones a sus aliados con sortilegios. También obtendrá este tipo de magia un explorador que halle un lugar, hace tiempo perdido, empapado de magia primigenia.

Algunos sortilegios solo pueden ser usados una vez, mientras que otros pueden utilizarse un número concreto de veces antes de que se desvanezcan. Si un sortilegio te permite lanzar un conjuro, serás capaz de hacerlo sin gastar un espacio de conjuro y sin necesitar ningún componente (verbal, somático o material). En cualquier caso, un sortilegio no puede ser empleado dentro del área de un *campo antimagia* o un efecto similar, y sus efectos serán susceptibles a conjuros como *disipar magia* o similares. Sin embargo, el sortilegio en sí mismo no puede ser retirado de una criatura salvo por intervención divina o el conjuro *deseo*.

A continuación puedes ver algunos sorilegios de ejemplo. El texto de un sortilegio se dirige a su usuario. Lo habitual es que un sortilegio imite el efecto de una poción o conjuro, así que resulta fácil crear más sortilegios de tu propia cosecha, si así lo deseas.

Sortilegio de la Caída de Pluma. Este sortilegio te proporciona los beneficios de un *anillo de caída de pluma*. Duran 10 días, tras los cuales el sortilegio se desvanece.

Sortilegio de la Conjuración Animal. Este sortilegio te permite lanzar *conjurar animales* (versión de nivel 3) utilizando una acción. Una vez lo hayas usado tres veces, el sortilegio se desvanece.

Sortilegio del Heroísmo. Este sortilegio te permite, usando una acción, concederte a ti mismo los beneficios de una *poción de heroísmo*. Una vez usado, el sortilegio se desvanece.

Sortilegio del Matador. Una espada en tu posesión se convierte en *matadragones* o *matagigantes* (a elección del DM) durante 9 días. Tras ese tiempo, el sortilegio se desvanece y el arma vuelve a la normalidad.

Sortilegio del Restablecimiento. Tiene 6 cargas. Puedes usar una acción para gastar algunas de las cargas en lanzar uno de los siguientes conjuros: *restablecimiento mayor* (4 cargas) o *restablecimiento menor* (2 cargas). Una vez se hayan usado todas las cargas, el sortilegio desaparece.

Sortilegio de la Visión en la Oscuridad. Este sortilegio te permite lanzar el conjuro *visión en la oscuridad* utilizando una acción, sin utilizar componentes. Una vez lo hayas usado tres veces, el sortilegio se desvanece.

Sortilegio de la Vitalidad. Este sortilegio te permite, usando una acción, concederte a ti mismo los beneficios de una *poción de vitalidad*. Una vez usado, el sortilegio se desvanece.

Signos de prestigio

A veces, la recompensa más memorable para los aventureros es el prestigio que obtienen en un reino. Sus aventuras les harán famosos y poderosos, conseguirán aliados y enemigos y les otorgarán títulos que sus descendientes heredarán. Algunos señores y damas comenzaron como plebeyos que se aventuraron en lugares peligrosos y se forjaron un nombre con sus valientes hazañas.

Esta sección detalla los signos de prestigio que con mayor probabilidad podrán conseguir los aventureros a lo largo de una campaña. Estos signos suelen obtenerse junto a un tesoro, pero a veces representan toda una recompensa por sí mismos.

Cartas de recomendación

Cuando el oro no abunda, el benefactor de los aventureros puede entregarles una carta de recomendación en vez de un pago en efectivo. Este tipo de cartas suelen estar guardadas en bellos estuches o tubos de pergamino, para un transporte seguro, y normalmente llevan la firma y el sello del que las escribió.

Una carta de recomendación de una persona de reputación impecable podría proporcionar a los aventureros acceso a PNJ con los que normalmente no conseguirían reunirse, como un duque, un virrey o una reina. Pueden ser útiles también para aclarar "malentendidos" que hayan surgido con las autoridades locales, las cuales quizá no acepten sin más la palabra de los aventureros.

Una carta de recomendación vale tanto como la persona que la escribió, pero no ofrece ningún beneficio en lugares donde su creador no tenga influencia.

Derechos especiales

Una persona políticamente poderosa puede recompensar a los personajes otorgándoles derechos especiales, que normalmente toman la forma de un documento oficial. Por ejemplo, los aventureros podrían obtener un derecho especial a portar armas en público, a matar a los enemigos de la corona o a negociar en nombre de un duque. Podrían conseguir el privilegio de exigir habitación y comida gratis en cualquier negocio de la comunidad o el poder de reclutar a la milicia local para que les ayude.

Los derechos especiales solo duran tanto como especifique el documento, aunque pueden ser revocados si los aventureros abusan de ellos.

Entrenamiento

Es posible que a un personaje le ofrezcan un entrenamiento especial en vez de una recompensa financiera. Este tipo de entrenamiento no está disponible habitualmente y, por tanto, es muy deseable. Necesita de la existencia de un maestro cualificado, como un aventurero retirado o un campeón que esté dispuesto a actuar como mentor. El personaje podría ser un mago huraño o hechicero arrogante que deba un favor a la reina, el comandante de la guardia real, el líder de un poderoso círculo druídico, un monje estrafalario que vive en una pagoda en una cumbre remota, un cacique bárbaro, un brujo

que habita entre los nómadas ejerciendo de adivino o un distraído bardo cuyas obras de teatro y poesía son conocidas en
todo el país.

Un personaje que acepte el entrenamiento como recompensa debe pasar tiempo con el entrenador (consulta el
capítulo 6 para más información sobre las actividades entre
aventuras). A cambio, el aventurero tiene garantizado un
beneficio especial. Entre los posibles beneficios están:

- El personaje gana inspiración diariamente, al amanecer,
durante 1d4 + 6 días.
- El personaje obtiene competencia con en una habilidad.
- El personaje obtiene una dote.

FAVORES ESPECIALES

Una recompensa podría tomar la forma de un favor que los
personajes puedan cobrarse en un momento futuro. Los
favores especiales funcionan mejor cuando el individuo que
los otorga es de confianza. Un PNJ legal bueno o legal neutral hará lo que sea necesario para mantener una promesa
cuando llegue el momento, excepto romper la ley. Un PNJ
legal malvado hará lo mismo, pero solo porque un trato es un
trato. Un PNJ neutral bueno o neutral devolverá favores para
proteger su reputación. Un PNJ caótico bueno estará más
preocupado de hacer lo correcto respecto a los aventureros,
por lo que pagará cualquier deuda sin preocuparse del riesgo
para su persona o de cumplir la ley.

FORTALEZAS

Una fortaleza es una recompensa que suele otorgarse a
aquellos aventureros que demuestran una lealtad inquebran-
table hacia un gobernante o figura pública poderosa, como
un rey, una orden de caballeros o un concilio de magos. Una
fortaleza puede ser cualquier edificación, desde una torre
fortificada en el corazón de la ciudad a un castillo de provincias en una zona fronteriza. Aunque la fortificación está bajo
el completo control de los personajes, la tierra en la que se
asienta sigue siendo propiedad de la corona o del gobernante
local. Si los personajes se muestran desleales o dejan de ser
merecedores del regalo, se les pedirá que abandonen la fortaleza, por las buenas o por las malas.

Como recompensa adicional, el individuo que lega la fortaleza puede ofrecerse a pagar el mantenimiento durante
uno o más meses. Tras este periodo, esta responsabilidad se transfiere a los personajes. Consulta el capítulo 6
para obtener más información sobre el mantenimiento de
las fortalezas.

MEDALLAS

Aunque suelen estar fabricadas en oro u otros metales preciosos, el valor simbólico de una medalla es aún mayor para
los que las otorgan y los que las reciben.

Las medallas suelen ser concedidas por figuras políticas
poderosas en reconocimiento a actos heroicos. Llevar puesta
una medalla suele ser motivo suficiente para ganarse el respeto de los que entienden su significado.

Diferentes actos heroicos conllevarán distintos tipos
de medallas. El rey de Breland (en la ambientación de
Eberron) podría otorgar a los aventureros una Medalla
Real al Valor (con forma de escudo, y hecha de rubíes y
electro) por la defensa de ciudadanos de Breland. Por otro
lado, el Oso Dorado de Breland (medalla hecha de oro y con
forma de cabeza de oso, sus ojos gemas) podría ser entregado a aquellos aventureros que demuestren su lealtad a la
Corona de Breland descubriendo y desbaratando un plan
para acabar con el Tratado de Thronehold y recomenzar la
Última Guerra.

MEDALLAS

CARTA DE RECOMENDACIÓN

Una medalla no proporciona ningún beneficio en mecánicas de juego específico al que la lleva, pero puede afectar al trato con los PNJ. Así, un personaje que porte orgulloso el Oso Dorado de Breland será visto como un héroe por las gentes de este reino. Fuera del mismo, la medalla no tiene tanto peso, excepto entre los aliados del rey de Breland.

Parcelas de tierra

Una parcela de tierra es simplemente eso, y suele venir acompañada de una carta real confirmando que las tierras han sido entregadas como recompensa a un cierto servicio. Lo habitual es que estas tierras sigan siendo propiedad del gobernante o gobierno local, pero son cedidas a un personaje sabiendo que pueden ser retiradas, especialmente si su lealtad flaquea.

Una parcela de tierra, si es suficientemente grande, podría contener una o más granjas o aldeas en su interior, en cuyo caso el receptor será proclamado señor de ese territorio y se esperará de él que recaude impuestos y cumpla con el resto de deberes que atañen a su cargo.

Un personaje que reciba una parcela de tierra tendrá libertad para construir en ella y se espera que la proteja. Puede cederla como parte de una herencia, pero no es posible venderla o comerciar con ella sin permiso del gobernador o gobierno local.

Las parcelas de tierra son excelentes recompensas para los aventureros que estén buscando un sitio para asentarse o para los que tengan una familia o algún tipo de interés especial en la región donde se encuentran las tierras.

Títulos

Una figura pública políticamente poderosa tiene la capacidad de adjudicar títulos. Normalmente, un título estará vinculado a una parcela de tierra. Por ejemplo, un personaje podría ser nombrado conde de Riotormenta o condesa del Fiordo Dun y esto incluye una parcela de tierra que contiene un asentamiento o región con ese nombre.

Un personaje puede poseer más de un título, y en una sociedad feudal esos títulos serán heredados por los descendientes. Mientras un personaje tenga un título, se espera que actúe de manera apropiada a su categoría. Los títulos pueden ser retirados mediante decreto si el gobierno o gobernante local posee razones para dudar de la lealtad o competencia del personaje.

Dones épicos

Un don épico es un poder especial que solo está disponible para personajes de nivel 20. Los personajes de ese nivel ganarán estos dones únicamente si tú quieres, y solo cuando te parezca apropiado. El mejor momento para otorgarlos es tras completar una misión importante o después de conseguir algo destacado. Un personaje podría obtener un don épico después de destruir un artefacto malvado, derrotar a un antiguo dragón o detener una incursión desde los Planos Exteriores.

Los dones épicos también pueden ser una forma de avance, de proporcionar más poder a personajes que no pueden ganar ya más niveles. Si sigues este enfoque, considera premiar con un don épico a un personaje por cada 30.000 PX que consiga por encima de 355.000 PX.

Tú escoges el don épico que obtiene el aventurero. Idealmente, elegirás uno que pueda usar en aventuras futuras. Puedes dejar que el jugador escoja el don que quiera para su personaje, aunque siempre sujeto a tu aprobación.

Sea cual sea el don conseguido, reflexiona sobre su lugar en tu mundo y tu historia. Muchos de los dones son extraordinarios y representan la transformación gradual del personaje en algo parecido a un semidiós. Adquirir uno de estos dones puede tener un efecto visible en el sujeto. De este modo, podría ser que los ojos de un personaje que obtuviera el Don de la Visión Verdadera brillaran cuando sintiera una emoción intensa, o que un personaje con el Don de la Alta Magia tuviera débiles motas de luz brillando alrededor de su cabeza. Además, deberás decidir cómo se manifiesta por primera vez el don. ¿Aparece de forma espontánea y misteriosa o un ser de poderes cósmicos se presenta y lo otorga? La concesión de un don puede ser, en sí misma, una escena emocionante de una aventura.

El texto de un don se dirige a su usuario. A menos que diga lo contrario, un personaje no puede conseguir cada don más de una vez.

Don del Alma de Fuego

Tienes inmunidad al daño de fuego. También puedes lanzar *manos ardientes* (tirada de salvación CD 15) a voluntad, sin usar espacio de conjuro ni componentes.

Don de la Alta Magia

Consigues un espacio de conjuro de nivel 9, siempre que ya tuvieras otro.

Don del Ataque Imparable

Puedes ignorar las resistencias a daño de cualquier criatura.

Don de la Competencia en Habilidades

Consigues competencia con todas las habilidades.

Don del Destino

Cuando otra criatura que puedas ver y que se encuentre a 60 pies o menos de ti haga una prueba de característica, tirada de ataque o tirada de salvación, puedes tirar 1d10

ALTERNATIVAS A LOS DONES ÉPICOS

Puedes decidir conceder una de las siguientes recompensas a un personaje de nivel 20 en vez de un don épico. Ambas opciones pueden ser recibidas más de una vez por el mismo personaje.

Mejora de característica. El personaje puede aumentar una puntuación de característica en 2 o dos puntuaciones de característica en 1 cada una. La puntuación de característica puede aumentar por encima de 20, hasta un máximo de 30.

Nueva dote. El personaje gana una nueva dote, elegida por el jugador, pero siempre sujeta a tu aprobación.

y aplicarlo como bonificador o penalizador a esa tirada. Una vez utilizado este don, deberás terminar un descanso corto para poder volver a usarlo otra vez.

DON DEL ESPÍRITU DE LA NOCHE

Mientras estés por completo en un área con luz tenue u oscuridad, puedes volverte invisible utilizando una acción. Permanecerás invisible hasta que realices una acción o reacción.

DON DE LA FORTALEZA

Tus puntos de golpe máximos aumentan en 40.

DON DE LA FORTUNA

Puedes añadir una tirada de 1d10 a cualquier prueba de característica, tirada de ataque o tirada de salvación que realices. Una vez utilizado este don, deberás terminar un descanso corto para poder volver a usarlo otra vez.

DON DE LA INDETECTABILIDAD

Consigues un bonificador de +10 a pruebas de Destreza (Sigilo) y, además, no puedes ser detectado o ser objetivo de magia de adivinación, incluyendo sensores mágicos de escudriñamiento.

DON DE LA INMORTALIDAD

Dejas de envejecer. Eres inmune a cualquier efecto que pudiera hacerte envejecer y no puedes morir de edad avanzada.

DON DE LA INVENCIBILIDAD

Cuando recibes daño de cualquier fuente, puedes reducir ese daño a 0. Una vez utilizado este don, deberás terminar un descanso corto para poder volver a usarlo otra vez.

DON DEL LANZAMIENTO RÁPIDO

Elige uno de tus conjuros de niveles 1 a 3 y que tenga un tiempo de lanzamiento de 1 acción. Para ti, el tiempo de lanzamiento de ese conjuro será de 1 acción adicional.

DON DEL LIBRE DE ATADURAS

Tienes ventaja en pruebas de característica para resistirte a ser agarrado. Además, puedes usar una acción para escapar automáticamente de un agarre o para liberarte de cualquier tipo de ataduras.

DON DE LA MAESTRÍA SOBRE CONJUROS

Elige un conjuro de nivel 1 de brujo, hechicero o mago que puedas lanzar. Eres capaz de lanzar ese conjuro en su nivel más bajo sin utilizar un espacio de conjuro.

DON DEL NACIDO DE LA TEMPESTAD

Posees inmunidad al daño de relámpago y de trueno. También puedes lanzar *ola atronadora* (tirada de salvación CD 15) a voluntad, sin usar espacio de conjuro ni componentes.

DON DE LA PERICIA EN COMBATE

Cuando fallas con un ataque con arma cuerpo a cuerpo, en vez de eso puedes elegir impactar. Una vez utilizado este don, deberás terminar un descanso corto para poder volver a usarlo otra vez.

DON DE LA PUNTERÍA SIN IGUAL

Puedes concederte a ti mismo un bonificador de +20 a una tirada de ataque a distancia que hagas. Una vez utilizado este don, deberás terminar un descanso corto para poder volver a usarlo otra vez.

DON DEL RECUERDO DE CONJUROS

Puedes lanzar cualquier conjuro que conozcas o hayas preparado sin utilizar un espacio de conjuro. Una vez hayas hecho esto, no podrás volver a usar este don hasta que termines un descanso largo.

DON DE LA RECUPERACIÓN

Puedes usar una acción adicional para recuperar un número de puntos de golpe igual a la mitad de tus puntos de golpe máximos. Una vez utilizado este don, deberás terminar un descanso largo para poder volver a emplearlo otra vez.

DON DE LA RESISTENCIA

Obtienes resistencia a daño contundente, cortante y perforante de armas no mágicas.

DON DE LA RESISTENCIA MÁGICA

Tienes ventaja en las tiradas de salvación para evitar conjuros y otros efectos mágicos.

DON DE LA SALUD PERFECTA

Eres inmune a todas las enfermedades y venenos. Además, tienes ventaja en las tiradas de salvación de Constitución.

DON DE LA VELOCIDAD

Tu velocidad caminando aumenta en 30 pies.

Además, puedes usar una acción adicional para realizar las acciones de Correr o Destrabarse. Una vez hecho esto, deberás terminar un descanso corto para poder hacerlo de nuevo.

DON DEL VIAJE INTERPLANAR

Cuando consigues este don, elige un plano de existencia que no sea el Plano Material. Puedes usar una acción para lanzar el conjuro *desplazamiento entre planos* (sin utilizar componentes o espacio de conjuro), pero siendo solo tú el objetivo. Viajarás al plano escogido o desde ese plano de vuelta al Plano Material. Una vez empleado este don, deberás terminar un descanso corto para poder volver a usarlo otra vez.

DON DEL VIAJE DIMENSIONAL

Puedes utilizar una acción para lanzar el conjuro *paso brumoso* sin usar componentes o un espacio de conjuro. Una vez hayas hecho esto, no podrás volver a emplear este don hasta que termines un descanso corto.

DON DE LA VISIÓN VERDADERA

Posees visión verdadera hasta 60 pies de distancia.

Capítulo 8: Dirigir el juego

AS REGLAS ESTÁN PARA QUE TANTO TÚ COMO TUS jugadores os lo paséis bien jugando. Ellas os sirven a vosotros, y no al revés. Pero, además de las reglas del juego propiamente dichas, también hay una serie de normas, consensuadas por cada grupo, que afectan a la forma de jugar. Sin ir más lejos, los jugadores deben saber a qué atenerse cuando uno de ellos se pierde una sesión. Igualmente, necesitan estar al tanto de si tienen que traer miniaturas, qué reglas especiales has decidido utilizar y qué hacer cuando un dado se queda "borracho" (cae de tal forma que no queda claro cuál de sus caras es el resultado). Estos aspectos, entre otros muchos, son el objetivo de este capítulo.

Normas de la mesa

Lo ideal es que todos los jugadores compartan el mismo objetivo: pasárselo bien juntos. Para ayudaros a alcanzarlo, esta sección sugiere varias normas que podéis aplicar en vuestra mesa de juego. Estos son los aspectos fundamentales:

Fomentad el respeto. No traigáis conflictos personales a la mesa ni dejéis que una discusión acabe degenerando en algo más serio. No toques los dados de los demás si sabes que no les gusta que lo hagas.

Evitad las distracciones. Apagad la televisión y los videojuegos. Si hay niños pequeños, contratad a un canguro. Al limitar las distracciones será más fácil que los jugadores se metan en sus personajes y puedan disfrutar de la historia. A lo mejor para vosotros que alguien se levante de la mesa no presenta problema alguno, pero ciertos jugadores prefieren decidir con antelación cuándo se harán descansos.

Traed algo para picar. Decidid antes de que empiece la sesión quién traerá la comida y las bebidas. Es perfectamente posible que esta responsabilidad recaiga en los jugadores.

Conversación en la mesa

Definid cómo queréis que los jugadores hablen durante el juego:

- Dejad claro quién está hablando, si el personaje o el jugador (fuera de su personaje).
- Decidid si os parece bien que un jugador posea información que su personaje no conoce. Aclarad también si puede comunicarse con vosotros cuando su personaje sea incapaz de ello por estar inconsciente, muerto o en otra parte.
- ¿Estáis de acuerdo en que los jugadores se retracten de lo que acaban de decir, de modo que se cancelen las acciones de sus personajes?

Tirar dados

Decidid cómo vais a tirar los dados. Lanzarlos siempre delante de los demás es un buen punto de partida. Si ves que un jugador tira sus dados y los agarra de nuevo antes de que nadie más pueda ver el resultado, pídele que sea menos reservado.

Cuando, al tirarlo, un dado se cae al suelo, ¿cuenta o hay que repetir la tirada? Y cuando queda "borracho", apoyado contra un libro, ¿apartáis el libro para ver qué resultado queda o repetís la tirada?

Y en lo que a ti, el DM, respecta, ¿haces tus tiradas delante de todos o escondido tras la pantalla? Ten en cuenta lo siguiente:

- Si tiras los dados donde el resto de jugadores puedan verlos, sabrán que eres imparcial y no te inventas el resultado de las tiradas.
- Lanzar tras la pantalla consigue que los jugadores no estén seguros de la fuerza de sus oponentes. Cuando un monstruo les impacte siempre, no estarán seguros de si es de un nivel muy superior al de ellos o de si simplemente estás sacando tiradas muy buenas.
- Esconderte tras la pantalla te permite cambiar los resultados de una tirada si así lo deseas. Si, por ejemplo, dos críticos seguidos acabarían con la vida de un personaje, podrías ignorar el resultado de la segunda tirada y anunciar que el segundo crítico es simplemente un acierto normal, o incluso un fallo. Sin embargo, no modifiques los resultados de las tiradas con demasiada frecuencia ni hagas saber que lo estás haciendo. De lo contrario, tus jugadores podrían pensar que los peligros a los que se enfrentan no son reales. O algo aún peor: que tienes favoritos.
- Tirar tras la pantalla puede ayudar a mantener el misterio. Si, por ejemplo, un jugador sospecha que puede haber alguien invisible cerca y realiza una prueba de Sabiduría (Percepción), podrías decidir tirar un dado tras la pantalla, incluso aunque en realidad no haya nadie y, por tanto, la tirada sea innecesaria. Así podrás hacer creer al jugador que sí que hay alguien oculto. Con todo, intenta no recurrir demasiado a este truco.
- También cabe la posibilidad de que quieras hacer tú mismo la prueba en lugar del jugador, para que este no sepa el resultado de la tirada. De este modo, si un jugador sospecha que la baronesa está hechizada y desea realizar una prueba de Sabiduría (Perspicacia) para descubrirlo, podrías hacer tú esta tirada en secreto. Si permites que el jugador realice la tirada y este obtiene un resultado alto en el dado, pero el personaje no percibe nada extraño, sabrá con total seguridad que la baronesa no está hechizada. Mientras que, si consigue un resultado bajo, no estará completamente seguro. Así, hacer tú la tirada añade aún más incertidumbre, pues el jugador nunca tendrá la certeza absoluta de la que sí disfrutaría en caso de tirar él y ver un resultado alto en el dado.

Tiradas de ataque y daño

La mayoría de jugadores están acostumbrados a realizar primero la tirada de ataque y luego la de daño. No obstante, si hacéis las dos tiradas al mismo tiempo, lograréis que la acción se desarrolle con un poco más de fluidez.

Discusiones sobre reglas

Quizá necesitéis definir vuestra política en lo que a discusiones sobre las reglas en medio del juego respecta. A ciertos grupos no les importa detener momentáneamente la partida para debatir las diversas interpretaciones de una regla concreta, pero otros prefieren que sea el DM el que decida para poder seguir con el juego. Si tomas una decisión rápida para no perder tiempo en la interpretación de alguna regla, apunta este hecho (esta tarea puede delegarse en un jugador sin mayores problemas) para poder analizarlo con más calma después.

El metajuego

Caer en el metajuego consiste en enfocar la partida centrándose en el hecho de que se está jugando a un juego. Es como si el personaje de una película supiera que se encuentra dentro de una y actuara en consecuencia. Por ejemplo, un jugador podría decir: "¡El DM nunca nos atacaría con un monstruo tan poderoso!" o "El texto de descripción ha dedicado mucho tiempo a detallar esa puerta, ¡vamos a buscar en ella otra vez!".

Puedes disuadir a los jugadores de caer en el metajuego mediante un comentario amable: "¿Qué piensan vuestros personajes?". También puedes limitar el metajuego presentando situaciones difíciles para los personajes, en las que tengan que recurrir a la diplomacia o incluso retirarse si quieren sobrevivir.

JUGADORES AUSENTES

¿Qué deberías hacer con los personajes de los jugadores ausentes? Elige entre las siguientes opciones:

- Haz que otro jugador controle al personaje del jugador ausente. El jugador que está interpretando al segundo personaje debería intentar mantenerlo con vida y usar sus recursos con sabiduría.
- Controla tú mismo al personaje. Es una carga adicional para ti, pero podría funcionar.
- Decide que el personaje no está presente. Invéntate una buena razón para que este se pierda la aventura. Quizá se ha quedado haciendo algo en el pueblo o está llevando a cabo una actividad entre aventuras. Deja la puerta abierta a que el personaje pueda reencontrarse con el grupo cuando vuelva el jugador que lo controla.
- Deja que el personaje pase a un segundo plano. Para que esto sea posible es preciso que todos hagáis un poco la vista gorda sobre lo extraño de la situación, pero a cambio es la solución más sencilla. Comportaos como si el personaje no estuviera presente, pero no intentéis inventaros ninguna explicación dentro del juego para su ausencia. Los monstruos no atacan al personaje, y este hace lo propio con ellos. Cuando su dueño vuelva, el personaje volverá a participar en la aventura como si siempre hubiera estado ahí.

GRUPOS PEQUEÑOS

La mayor parte del tiempo, cada jugador controla un único personaje. Es la mejor forma de jugar, así nadie se verá abrumado. Sin embargo, si tu grupo de juego es pequeño, cada jugador podría manejar a más de un personaje. Otra opción es aumentar el tamaño del grupo mediante PNJ seguidores, recurriendo a los consejos que aparecen en el capítulo 4: "Crear personajes no jugadores". También puedes hacer que los personajes sean más resistentes utilizando la opción de curación súbita, que se describe en el capítulo 9: "Taller del Dungeon Master".

No obligues a un jugador a controlar a varios personajes al mismo tiempo si no quiere hacerlo, pero tampoco muestres favoritismo al permitir realizar esto solo a algunos jugadores. Si dos personajes están manejados por la misma persona, y uno es el mentor de otro, el jugador puede centrarse en interpretar solo a uno de ellos. De lo contrario, un jugador podría verse obligado a hablar consigo mismo para poder jugar con sus personajes, una situación muy incómoda. O incluso tener que renunciar por completo a interpretar precisamente por esto.

Que un mismo jugador controle a varios personajes puede ser una muy buena idea en aquellas partidas en las que el peligro sea constante y la esperanza de vida de los aventureros breve. Si tu grupo accede a esta premisa, haz que cada jugador posea uno o dos personajes adicionales a mano, listos para empezar a jugar en cuanto su aventurero actual muera. Cada vez que el personaje principal suba de nivel, los de reserva también lo harán.

JUGADORES NUEVOS

Cuando un jugador nuevo se una a la partida, permítele crear un personaje del mismo nivel que el personaje de menos nivel del grupo. Sáltate esta norma solo con aquellos jugadores que se estén enfrentando a D&D por primera vez. Si ocurre esto, haz que el jugador empiece con un personaje de nivel 1. Aunque, si el resto del grupo es de un nivel muy superior al primero, plantéate detener temporalmente vuestra campaña y hacer que todo el mundo juegue con un personaje de nivel 1 durante unas pocas sesiones, para que el novato pueda foguearse.

Integrar a un personaje nuevo en el grupo puede ser complicado si los aventureros están en medio de una aventura. Los enfoques siguientes pueden facilitarte esta tarea:

- El personaje nuevo es un amigo o familiar de uno de los personajes, y ha estado buscando al grupo.
- El personaje nuevo es un prisionero de los enemigos a los que se están enfrentando los aventureros. Una vez rescatado, se unirá al grupo.
- El personaje nuevo es el único superviviente de otro grupo de aventureros.

EL PAPEL DE LOS DADOS

Los dados son árbitros neutrales. Su labor es decidir el resultado de una acción sin por ello implicar ninguna intención por parte del DM ni caer en favoritismos. Hasta qué punto te apoyes en ellos es cosa tuya.

DEJARSE LLEVAR POR LOS DADOS

Ciertos DM recurren a las tiradas de dados para casi todo. Cada vez que un personaje intente llevar a cabo alguna tarea, el DM le pide una prueba y elige una CD. Si decides emplear este estilo, no podrás depender del éxito o fracaso de ninguna prueba para controlar el curso de los acontecimientos. Deberás estar preparado para improvisar y reaccionar ante situaciones cambiantes.

Además, confiar en los dados da a los jugadores la impresión de que todo es posible. Sí, parece poco probable que el mediano del grupo pueda saltar sobre la espalda del ogro, cubrirle la cabeza con un saco y escapar de un brinco, pero si la tirada es lo bastante buena podría conseguirlo.

El problema de este enfoque es que los personajes podrían interpretar menos si creen que son las tiradas, y no sus decisiones ni su forma de representar a los personajes, lo que determina el éxito.

IGNORAR LOS DADOS

Otra posibilidad es recurrir a los dados lo menos posible. Algunos DM solo los utilizan durante el combate, de manera que confían en su propio criterio para decidir el éxito o fracaso en el resto de situaciones.

En este enfoque, el DM resuelve si una acción o plan tiene éxito o no basándose en la calidad de la estrategia de los jugadores y de cuán meticulosos o creativos son, entre otros factores. De este modo, los jugadores podrían explicar cómo buscan una puerta secreta, indicando que van palpando el muro e intentan girar el hachero de la antorcha para encontrar el mecanismo de apertura. Esta descripción podría ser suficiente para que el DM les permita hallar la puerta secreta sin que los personajes tengan que superar prueba de característica alguna.

Este enfoque recompensa la creatividad de los jugadores, que deberán averiguar la respuesta al problema en el planteamiento de la situación que les has hecho, en lugar de en sus hojas de personaje o en las capacidades especiales de sus aventureros. El aspecto negativo de este estilo es que ningún DM es completamente neutral. Así, un DM concreto podría favorecer a ciertos jugadores o estrategias, e incluso oponerse a ideas en principio buenas si estas llevan el juego por un camino que no le gusta. Además, este enfoque puede ralentizar el juego si el DM se empecina en una acción "correcta" que los jugadores deben describir para poder superar un obstáculo.

EL TÉRMINO MEDIO

Muchos DM descubren que lo que mejor les funciona es la combinación de los dos enfoques anteriores. Al equilibrar el uso de los dados y la decisión en base a descripciones, puedes alentar a tus jugadores tanto a recurrir a los bonificadores y aptitudes de sus personajes como a prestar atención a lo que ocurre y sumergirse en el juego.

Recuerda que quien dirige eres tú, no los dados. Estos no son más que una parte de las reglas; herramientas que te permiten mantener el juego en movimiento. Cuando te parezca oportuno, puedes decidir que la acción de un personaje tiene éxito de forma automática. También puedes conceder al jugador ventaja en una prueba de característica, reduciendo así las posibilidades de que una mala tirada ponga fin a sus planes. De igual modo, un plan equivocado o circunstancias desafortunadas podrían convertir en imposible la más fácil de las tareas o, como poco, imponer desventaja.

Usar las puntuaciones de característica

La mayoría de las veces que un jugador quiera hacer algo no será necesario tirar ni consultar las puntuaciones de característica del personaje, sino que puede permitírsele tener éxito de forma automática. Por ejemplo: un personaje no debe superar una prueba de Destreza para cruzar una habitación vacía, ni tener éxito en una prueba de Carisma para pedir una jarra de cerveza. Solo debes pedir una tirada si fallar tiene consecuencias significativas.

Para decidir si es necesario hacer una tirada o no, hazte las dos preguntas siguientes:

- ¿Es la tarea tan fácil y carente de oposición o dificultades que no es posible fracasar?
- ¿Es la tarea tan absurda o difícil (como alcanzar la luna con una flecha) que es imposible tener éxito?

Si la respuesta a ambas preguntas es "no", la situación será susceptible de resolverse mediante algún tipo de tirada. Las secciones siguientes te proporcionan una serie de guías que te ayudarán a determinar si debes pedir una prueba de característica, tirada de ataque o tirada de salvación; cómo asignar CD; cuándo otorgar ventaja o imponer desventaja; y otros aspectos relativos a las tiradas.

Pruebas de característica

Las pruebas de característica se utilizan para determinar si una tarea que un personaje está intentando realizar tiene éxito o no. El *Player's Handbook* contiene ejemplos de para qué puede usarse cada una de las puntuaciones de característica. La tabla "pruebas de característica" resume esta información para que puedas consultarla de forma fácil.

Múltiples pruebas de característica

En ocasiones, un personaje que ha fallado una prueba de característica querrá probar de nuevo. En algunos de estos

casos podrá hacerlo sin problemas, ya que el único coste real es el tiempo a invertir. Si posee el tiempo suficiente, el personaje podrá intentarlo las veces que sean necesarias para acabar teniendo éxito. Para acelerar el proceso, asume que un personaje que dispone de diez veces el tiempo necesario para llevar a cabo una tarea alcanza el éxito automáticamente. Sin embargo, ni todo el tiempo del mundo permitirá a un personaje tener éxito en una empresa imposible.

En ciertas situaciones, fallar una prueba de característica hace imposible volver a intentar realizarla. Por ejemplo: un pícaro está pretendiendo engañar al guardia de una ciudad para que piense que los aventureros son agentes encubiertos, al servicio del rey. Si pierde una tirada enfrentada de Carisma (Engaño) contra la Sabiduría (Perspicacia) del guardia, el pícaro no podrá tratar de convencerlo de nuevo con la misma mentira. Los personajes pueden buscar formas alternativas de

Pruebas de característica

Característica	Usada para...	Ejemplos de uso
Fuerza	Capacidades atléticas y fuerza física	Derribar una puerta, empujar una roca, utilizar un pincho para atrancar una puerta
Destreza	Agilidad, reflejos y equilibrio	Escabullirse tras un guardia, caminar sobre un saliente estrecho, liberarse de unas cadenas
Constitución	Vigor y salud	Aguantar una maratón, soportar el dolor de agarrar un metal caliente, vencer en una competición de beber alcohol
Inteligencia	Memoria y raciocinio	Recordar una información concreta, reconocer la importancia de una pista, descifrar un mensaje en clave
Sabiduría	Atención y fuerza de voluntad	Descubrir a una criatura oculta, detectar que alguien está mintiendo
Carisma	Elocuencia y confianza	Persuadir a una criatura de que haga algo, intimidar a una multitud, mentir a alguien de forma convincente

superar el guardia o intentar hacer la misma prueba otra vez, pero con un guardia diferente en una entrada distinta a la ciudad. Además, podrías declarar que este fracaso provoca que las pruebas subsiguientes serán más difíciles.

Tiradas enfrentadas

Una tirada enfrentada es un tipo de prueba de característica en la que dos criaturas se desafían entre sí. Puedes recurrir a estas pruebas cuando un personaje intente algo que se opone de forma directa a los esfuerzos de otra criatura. En una tirada enfrentada los resultados de dos pruebas de característica se comparan entre sí, en lugar de con un número objetivo.

Cuando indiques que es necesaria una tirada enfrentada, escoge la característica que utilizará cada bando, ya sea la misma para los dos o una diferente para cada uno. Si, por ejemplo, una criatura trata de esconderse, participará en una tirada enfrentada de Destreza contra Sabiduría. Pero si dos criaturas están echando un pulso, o si una intenta sujetar una puerta que otra quiere echar abajo, ambas emplearán Fuerza.

Tiradas de ataque

Pide una tirada de ataque cuando un personaje intente impactar a una criatura o un objeto con uno de sus ataques, especialmente si el ataque en cuestión es susceptible de ser frustrado por una armadura, un escudo o un objeto que proporcione cobertura. También puedes recurrir a las tiradas de ataque para resolver actividades que no tengan que ver con el combate, como competiciones de tiro con arco o una partida de dardos.

Tiradas de salvación

Las tiradas de salvación son respuestas inmediatas a un efecto nocivo, y prácticamente nunca se llevan a cabo de forma voluntaria. Una tirada de salvación tendrá sentido cuando algo malo le vaya a suceder a un personaje y este tenga la oportunidad de evitar que esto ocurra. Mientras que una prueba de característica es un intento activo por parte del personaje de conseguir algo, una tirada de salvación es una reacción casi instantánea a un evento producido por algo o alguien.

La mayoría de las tiradas de salvación se llevarán a cabo cuando un efecto concreto (como un conjuro, la aptitud de un monstruo o una trampa) así lo exija. El mismo efecto indicará el tipo de tirada de salvación a realizar, así como su CD.

PRUEBAS DE INTELIGENCIA O DE SABIDURÍA

Si te cuesta escoger entre pedir una prueba de Inteligencia o de Sabiduría para determinar si un personaje se percata de algo, piensa en lo que implica poseer puntuaciones muy altas o muy bajas en estas características.

Un personaje con una Sabiduría alta y una Inteligencia baja es consciente de su entorno, pero le cuesta interpretar el significado de las cosas. Este personaje podría darse cuenta de que una de las secciones de una pared está más limpia y tiene menos polvo que las demás, pero probablemente no fuera capaz de deducir que esto significa que hay una puerta secreta en ella.

Por contra, un personaje con una Inteligencia alta y una Sabiduría baja es distraído pero listo. Este personaje podría no percatarse de la sección antes nombrada, pero si se le avisa de su existencia, caería inmediatamente en la cuenta de por qué está más limpia.

Las pruebas de Sabiduría permiten a los personajes darse cuenta de lo que les rodea (la pared está limpia), mientras que las pruebas de Inteligencia sirven para descubrir la razón de ser de las cosas (por tanto, es posible que haya una puerta secreta).

Sin embargo, también puede darse cierta situación que pida de forma clara una tirada de salvación, habitualmente cuando un personaje sea víctima de algún efecto pernicioso que no pueda ser evitado por su armadura o escudo. En estos casos, tú serás el que decida qué característica es la más apropiada. La tabla "tiradas de salvación" te ofrece unas cuantas sugerencias a este respecto.

TIRADAS DE SALVACIÓN

Característica	Usada para...
Fuerza	Resistirse a una fuerza que intenta desplazarte o apresarte
Destreza	Apartarte del peligro
Constitución	Aguantar una enfermedad, veneno u otro peligro que mine tu vitalidad
Inteligencia	Desconfiar de ciertas ilusiones y resistir asaltos mentales que puedan ser refutados mediante la lógica, la memoria o ambas
Sabiduría	Resistir efectos que hechizan, asustan o atacan a tu voluntad de cualquier otro modo
Carisma	Resistir efectos que anulen tu personalidad, como la posesión, o te arrastren a otro plano de existencia

Clase de Dificultad

Es tarea tuya decidir la Clase de Dificultad de las pruebas de característica y tiradas de salvación para las que ni las reglas ni la aventura a la que estáis jugando te den un valor concreto. E incluso habrá veces en las que consideres oportuno cambiar las CD que se te proporcionan. Sea como fuere, tendrás que pensar en la dificultad de la tarea a realizar, para así obtener la CD asociada a ella, que se muestra en la tabla "CD típicas".

CD TÍPICAS

Tarea	CD	Tarea	CD
Muy fácil	5	Difícil	20
Fácil	10	Muy difícil	25
Moderada	15	Casi imposible	30

Los números asociados a cada nivel de dificultad han sido elegidos para que puedas recordarlos fácilmente y, así, no tengas que consultar este libro cada vez que debas escoger una CD. A continuación, se muestran algunos consejos que pueden servirte para elegir el nivel de dificultad durante el juego.

Si has decidido que es necesario hacer una prueba de característica, entonces lo más probable es que la tarea no sea **muy fácil**, ya que la mayoría de la gente tiene pocas probabilidades de fallar una prueba de CD 5. Salvo que se den circunstancias especiales, permite que los personajes tengan éxito en este tipo de tareas sin necesidad de tirar.

Y ahora pregúntate: ¿La dificultad de esta tarea es fácil, moderada o difícil? Si te limitas a utilizar 10, 15 y 20 como CD posibles, la partida va a salir bien. Ten en cuenta que un personaje que posea 10 en la característica en cuestión, pero no sea competente, tendrá éxito en una tarea **fácil** la mitad de las veces. Una tarea **moderada** precisa de una puntuación más alta o de competencia para poder alcanzar el éxito, mientras que una **difícil** necesita ambas. No obstante, gozar de suerte con el d20 tampoco hace daño.

Si te sorprendes a ti mismo pensando: "Esto es especialmente difícil", puedes poner una CD aún mayor, pero hazlo con precaución y teniendo en cuenta el nivel de los personajes. Es **muy difícil** que un personaje de nivel bajo pueda alcanzar el éxito en una tarea de CD 25, pero esta se vuelve más asequible cuando los aventureros suben a nivel 10. Una tarea de CD 30 es **casi imposible** para la mayoría de personajes de nivel bajo.

Es más, un aventurero de nivel 20 que sea competente y su puntuación en la característica de la prueba sea 20, todavía necesita sacar un 19 o 20 en el dado para superar una tirada de esta dificultad.

VARIANTE: ÉXITO AUTOMÁTICO

A veces la aleatoriedad inherente a tirar 1d20 es capaz de producir resultados ridículos. Digamos que para derribar una puerta concreta es necesario superar una prueba de Fuerza CD 15. Un guerrero con Fuerza 20 podría acabar sacudiendo la puerta una y otra vez, sin éxito, si tiene mala suerte en sus tiradas. Y, al mismo tiempo, un pícaro con Fuerza 10 podría sacar un 20 y arrancarla de sus goznes.

Si este tipo de resultados te molestan, considera la posibilidad de permitir el éxito automático en ciertas pruebas. Si usas esta regla opcional, los personajes superarán automáticamente cualquier prueba de característica cuya CD sea igual o inferior a la puntuación de característica a utilizar menos 5. En el ejemplo anterior, el guerreo echaría la puerta abajo de forma automática. Esta regla no se aplica a tiradas enfrentadas, tiradas de salvación o tiradas de ataque.

Ser competente con una habilidad o herramienta también podría hacer que el personaje tuviera éxito sin necesidad de tirar. Si el bonificador por competencia de un personaje puede aplicarse a la prueba de característica, este superará automáticamente si la CD es de 10 o menos. Además, si el personaje es de nivel 11 o superior, la CD de éxito automático será entonces de 15 o menos.

El defecto de este enfoque es lo predecible que resulta. Piensa que, cuando la puntuación de característica de un personaje llega a 20, todas las pruebas de CD 15 o menos que la empleen serán éxitos automáticos. Los jugadores astutos siempre recurren al personaje con la característica más alta para cada prueba, así que si quieres que haya alguna posibilidad de fracaso tendrás que poner CD más altas. Pero, al hacer esto, empeorarás el problema que aspirabas a resolver: CD más altas precisan de tiradas de dado más altas, por lo que estaréis todavía más a merced de la suerte.

COMPETENCIA

Cuando pidas a un jugador realizar una prueba de característica, piensa en si esta podría beneficiarse de la competencia con alguna habilidad o herramienta. También es posible que sea el propio jugador el que te pregunte si puede utilizar cierta competencia.

Una forma de afrontar esta pregunta es valorar si el entrenamiento y la práctica aumentan las posibilidades de tener éxito en la tarea en cuestión. Si la respuesta es no, puedes decir tranquilamente que no se aplica ninguna competencia. Pero si es sí, elige la competencia con la habilidad o herramienta que resulte más apropiada para representar los efectos del entrenamiento y aplícala.

HABILIDADES

Como se explica en el *Player's Handbook*, la competencia con una habilidad muestra la especialización del personaje en una faceta concreta de la característica. De este modo, de entre todos aquellos aspectos del personaje que representa la Destreza, a un aventurero podría dársele bien moverse en silencio, lo que se materializaría en la competencia en la habilidad Sigilo. Lo normal es que, cuando se emplee esta habilidad, sea utilizando la característica Destreza.

No obstante, en casos concretos, puedes decidir que es posible utilizar la competencia de un personaje en una habilidad con una prueba de otra característica. Por ejemplo, podrías declarar que un personaje que se vea obligado a nadar desde una isla hasta el continente debe superar una prueba de Constitución (en lugar de Fuerza), ya que la distancia a recorrer es muy grande. Si el personaje fuera competente en Atletismo, que incluye, entre otras actividades, la natación, podrías permitirle usar su bonificador por competencia en esta prueba. Estás, a todos los efectos, pidiéndole una prueba de Constitución (Atletismo) en vez de una de Fuerza (Atletismo).

A veces serán los jugadores los que te pregunten si pueden utilizar la competencia con una habilidad en una prueba de característica concreta. Si te dan una explicación convincente de por qué el entrenamiento y la aptitud de sus personajes con esa habilidad pueden ayudarles a superar la prueba, no te lo pienses y dales permiso. Así recompensarás su creatividad.

HERRAMIENTAS

La competencia con una herramienta te permite añadir tu bonificador por competencia a cualquier prueba de característica que hagas empleando dicha herramienta. De esta forma, un personaje competente con herramientas de carpintero podrá sumar su bonificador por competencia a una prueba de Destreza para fabricar una flauta de madera, una de Inteligencia para construir una puerta secreta de madera o una de Fuerza para fabricar un fundíbulo (un arma de asedio). Sin embargo, el bonificador por competencia no se aplicará a una prueba de característica cuyo fin sea identificar que una estructura de madera es inestable o averiguar dónde fue construido un objeto, ya que ninguna de esas dos pruebas precisa del uso de las herramientas.

TIRADAS DE ATAQUE Y DE SALVACIÓN

En lo que a las tiradas de ataque y tiradas de salvación respecta, los personajes simplemente son competentes en una concreta o no lo son, no hay más matices. Si el personaje posee la competencia, el bonificador se aplicará siempre.

VENTAJA Y DESVENTAJA

La ventaja y la desventaja son dos de las mejores herramientas de las que dispones como DM. Reflejan circunstancias temporales que podrían afectar a las posibilidades de que los personajes tengan éxito en una tarea en particular. Además, la ventaja es una forma fantástica de recompensar a los jugadores que muestran una creatividad excepcional.

Lo habitual es que los personajes obtengan ventaja o desventaja a través del uso de capacidades especiales, acciones, conjuros o cualquier otro rasgo de sus clases o trasfondos. Pero, además, en cualquier momento puedes decidir que ciertas circunstancias influyen en una tirada, ya sea positiva o negativamente, y dar así ventaja o desventaja a la misma.

Valora el conceder **ventaja** cuando...

- Circunstancias que no estén relacionadas con las capacidades intrínsecas a una criatura la ayuden.
- Algunos aspectos del entorno aumenten las posibilidades de éxito de un personaje.
- Un jugador muestre una creatividad o astucia excepcionales a la hora de llevar a cabo o describir una tarea.
- Acciones previas, ya fueran ejecutadas por quien hace la prueba u otra criatura, hagan más probable el éxito de un personaje.

Valora el imponer **desventaja** cuando...

- Las circunstancias dificulten el llevar a cabo la tarea.
- Algún aspecto del entorno haga que el éxito sea menos probable. Siempre y cuando este aspecto no haya sido tenido en cuenta ya en forma de penalizador a la tirada.
- Una parte del plan o de la descripción sobre cómo se lleva a cabo la acción reduce las posibilidades de tener éxito.

Como la ventaja y la desventaja se anulan la una a la otra, no es necesario llevar la cuenta de cuántas circunstancias afectan positiva o negativamente.

Por ejemplo, imagina que un mago está corriendo por el pasadizo de una mazmorra, huyendo de un contemplador. Hay una pareja de ogros esperando tras la siguiente esquina. ¿Ha oído el mago a los dos monstruos preparar su emboscada? Fíjate en la puntuación de Sabiduría (Percepción) pasiva del mago y valora la situación.

El aventurero está corriendo, por lo que no puede prestar mucha atención a lo que tiene delante. Esto provoca que la prueba de característica del mago tenga desventaja. Sin embargo, los ogros están preparando una trampa de rastrillo, moviendo un cabestrante que hace mucho ruido, por lo que el mago posee ventaja en su prueba. Teniendo todo esto en cuenta, el personaje no poseerá ni ventaja ni desventaja en su prueba de Sabiduría, y no hay que seguir valorando otros factores. Encuentros previos con otra emboscada de ogros, el hecho de que sus oídos aún estén pitando por la *ola atronadora* que lanzó al contemplador o el nivel de ruido de la mazmorra son irrelevantes. Todos ellos se anulan entre sí.

INSPIRACIÓN

Otorgar inspiración es una buena manera de fomentar que los jugadores interpreten y asuman riesgos. Como se explica en el *Player's Handbook*, disfrutar de inspiración proporciona al personaje un beneficio claro: ventaja en una tirada de ataque, prueba de característica o tirada de salvación. Pero recuerda que cada personaje solo puede tener una inspiración al mismo tiempo.

OTORGAR INSPIRACIÓN

Piensa en la inspiración como en una especia a la que puedes recurrir para dar sabor a tu campaña. Algunos DM prescinden de ella por completo, mientras que otros la convierten en una parte fundamental del juego. Si tienes que quedarte con una única idea de toda esta sección, que sea esta regla de oro:

la inspiración debería conseguir que todos disfrutéis más del juego. Recompensa a los jugadores con inspiración cuando lleven a cabo acciones que hagan la sesión más intensa, divertida o memorable.

Como regla general, trata de otorgar inspiración más o menos una vez a cada jugador en cada sesión. Aunque quizá, según pase el tiempo, decidas conceder inspiración con mayor o menor frecuencia, al ritmo que sea más apropiado para tu mesa. Podrías asentarte en un ritmo concreto, que utilizar durante toda tu carrera como DM, o cambiarlo de campaña a campaña.

Ofrecer inspiración como recompensa potencia ciertos comportamientos en tus jugadores. Piensa en tu estilo de dirección y en las preferencias de tu grupo. ¿Qué podría ayudar a hacer las partidas más divertidas? ¿Qué tipo de acciones son más apropiadas para el estilo o género de tu campaña? La respuesta a estas preguntas servirá para determinar la manera en la que otorgas inspiración.

Interpretación. Utilizar la inspiración para recompensar una buena interpretación es un punto de partida fantástico para la mayoría de los grupos. Concede inspiración a un personaje cuando su jugador lo controle de tal forma que su comportamiento sea consistente con los rasgos de personalidad, defectos o vínculos del aventurero. Las acciones del personaje deberían destacar, de una forma u otra. Podrían hacer avanzar la historia, poner en peligro a los aventureros o provocar que todas las personas de la mesa se rían. En realidad, lo que haces es recompensar al jugador por una interpretación que consigue que todos disfruten más de la partida.

Ten en cuenta los estilos de interpretación de todos los jugadores, de manera que intentes no favorecer a ninguno por encima de los demás. Por ejemplo, Andrea podría sentirse cómoda imitando el acento y reproduciendo los gestos de su aventurero, mientras que Sergio podría ser más cohibido y preferir limitarse a describir las acciones y actitud de su personaje. Ninguno de los dos estilos es mejor que el otro. La inspiración debe animar a los jugadores a participar y esforzarse, por lo que otorgarla de forma justa hará que todos disfruten más del juego.

Heroísmo. Puedes utilizar la inspiración para motivar a los jugadores a correr riesgos. En condiciones normales un guerrero no tendría por qué saltar desde un balcón sobre una jauría de gules hambrientos, pero podrías recompensar un acto tan audaz con inspiración. Conceder inspiración de esta manera transmite a los jugadores que te gusta ver este tipo de acciones, propias del género de la capa y espada.

Este enfoque es ideal para aquellas campañas que enfaticen las heroicidades y la acción. En este tipo de partidas puedes considerar permitir a los jugadores emplear la inspiración después de tirar el d20, en lugar de antes. Admitir esto transformará la inspiración en un colchón para evitar el fracaso, un recurso al que los personajes recurrirán cuando se enfrenten cara a cara a una situación de la que deben salir airosos. Este conocimiento hace que las tácticas arriesgadas intimiden menos.

Recompensa por la victoria. Algunos DM prefieren actuar de la manera más imparcial posible. Si diriges una campaña en la que dejas que los dados sean los árbitros en la mayoría de las situaciones, quizá la forma habitual de otorgar inspiración, que es confiar en el juicio del DM, vaya contra tu estilo de juego. En estos casos, puedes utilizar la inspiración como recompensa cuando los jugadores alcanzan un objetivo o meta importante, representando así el efecto que este éxito tiene en sus energías y su confianza en sí mismos.

Si recurres a esta estrategia, otorga inspiración a todos los miembros del grupo cuando consigan derrotar a un enemigo poderoso, ejecutar con éxito un plan astuto o superar cualquier obstáculo importante.

Emulación del género. La inspiración es una herramienta muy útil para reforzar los clichés de un género concreto. Si empleas este enfoque, piensa en los temas recurrentes del género como si fueran rasgos de personalidad, defectos y vínculos que puedes aplicar a cualquiera de los aventureros. Así, en una campaña inspirada por el cine negro, los aventureros podrían tener un defecto adicional: "No puedo resistirme a ayudar a una persona que me resulte atractiva, incluso aunque sea consciente de que me va a traer problemas". Si los personajes deciden ayudar a un noble sospechoso pero seductor y, a consecuencia de ello, acaban atrapados en una red de intrigas y traiciones, recompénsalos con inspiración.

De forma similar, los protagonistas de una historia de terror no pueden evitar pasar la noche en una casa encantada para así descubrir sus secretos. Además, es probable que, aunque no sea la mejor idea, se separen. Si el grupo se divide, sopesa la posibilidad de otorgar inspiración a cada personaje.

Una persona prudente evitaría inmiscuirse en las intrigas del noble o entrar en la casa encantada, pero en el cine negro y de terror no estamos tratando con personas prudentes, sino con los protagonistas de un tipo de historia muy concreto. Para que esto funcione, elabora una lista de los clichés y las convenciones principales del género y, después, compártela con tus jugadores. Asegúrate, antes de que empiece la campaña, de que tu grupo está de acuerdo en abrazar dichas convenciones.

Jugadores e inspiración. Recuerda que un jugador puede dar su inspiración a otro personaje. A algunos grupos les gusta pensar en la inspiración como en un recurso del todo el grupo, decidiendo entre todos quién va a usarlo y en qué tirada. Lo mejor es dejar a los jugadores que repartan su inspiración como prefieran, pero no temas hablar con ellos si quieres que no crucen ciertas líneas. Especialmente si estás intentando reforzar los clichés de un género concreto.

¿CUÁNDO OTORGAR INSPIRACIÓN?

Piensa en el momento en el que concedes inspiración. Algunos DM prefieren darla en respuesta a una acción, mientras que otros optan por incitar ciertos comportamientos en sus jugadores, sugiriéndoles que les otorgarán inspiración si siguen un curso de acción determinado. Ambas estrategias tienen puntos fuertes y débiles.

Esperar hasta que la acción ha terminado evita que se interrumpa el fluir del juego, pero también significa que los jugadores no sabrán cuales de sus decisiones podrían granjearles inspiración. Además, con este enfoque los jugadores no podrán gastar inspiración en el mismo acto que se la otorga, salvo que les permitas usarla retroactivamente o seas tan ágil como para otorgarla antes de que puedan hacer la tirada correspondiente. Esta estrategia funciona bien con aquellos grupos que priman la inmersión y la voluntad de los jugadores. En ellos el DM se aparta a un lado y les da una mayor libertad para actuar según consideren oportuno.

Decir a un jugador que una acción le va a proporcionar inspiración deja las cosas más claras, pero podría parecer que le estás manipulando o que quieres elegir en su lugar. Ofrecer inspiración antes de que se lleve a cabo la acción funciona bien con los grupos que prefieren poner el énfasis en la emulación de un género o la narración en grupo. Para ellos, la libertad de los personajes no es tan importante como poder crear juntos una historia interesante.

Empieza otorgando inspiración después de que se realice la acción, especialmente si se trata de tu primera campaña o es la primera vez que juegas con este grupo. Este enfoque es el que menos se inmiscuye con el ritmo del juego. Además, evita que los jugadores piensen que los estás manipulando.

LLEVAR LA CUENTA DE LA INSPIRACIÓN

Lo habitual es que cada jugador apunte en su hoja de personaje si posee o no inspiración, pero también podéis usar fichas de póquer o cualquier otro tipo de contador. También puedes darles 1d20 especial que represente la inspiración. Cuando el jugador la gaste, tirará el dado que le has dado y te lo devolverá justo después. Si empleas este sistema y un jugador le da su inspiración a otro, también le hará entrega del d20.

IGNORAR LA INSPIRACIÓN

Cabe la posibilidad de que la inspiración no funcione con tu campaña. Algunos DM piensan que añade una capa de metajuego adicional, mientras que otros opinan que el heroísmo, la interpretación y otros aspectos similares del juego son una recompensa en sí mismos, por lo que no es necesario incentivarlos mediante la inspiración.

Si escoges ignorar la regla de inspiración, estás transmitiendo a tus jugadores la idea de que en tu campaña los dados son los jueces, que las tiradas no pueden modificarse. Es una buena opción para las campañas más descarnadas, en las que el DM se limita a asumir el papel de árbitro imparcial que ejecuta las reglas.

VARIANTE: SOLO LOS JUGADORES OTORGAN INSPIRACIÓN

El DM tiene que estar pendiente de muchas cosas durante el juego, por lo que puede que se olvide de la inspiración y deje de concederla. Como regla opcional, puedes permitir que sean únicamente los jugadores los que otorguen inspiración. Una vez por sesión, cada jugador puede conceder inspiración a otro. Pero, eso sí, siempre siguiendo aquellas normas y guías concernientes a la inspiración que el grupo haya adoptado.

Esta variante te facilitará la vida y dará a los jugadores la oportunidad de recompensarse unos a otros por jugar bien. Con todo, debes asegurarte de que la inspiración se entrega de forma justa.

Este sistema funciona muy bien con los grupos que están más centrados en la trama, pero será un fracaso si los jugadores lo retuercen para conseguir ventaja en las situaciones en las que más les convenga, en vez de otorgar inspiración a las buenas interpretaciones o siguiendo cualesquiera otros criterios que el grupo haya determinado.

Si utilizas esta variante, también puedes permitir que cada jugador conceda inspiración más de una vez por sesión. Si haces esto, la primera vez en cada sesión que un jugador otorgue inspiración a otro no habrá ningún coste adicional. Pero, a partir de ese momento, cada vez que ese jugador conceda inspiración a otro, tú, como DM, también recibirás inspiración, que podrás emplear para dar ventaja a cualquier enemigo de los aventureros. No existe un límite a la cantidad de inspiración que puedes obtener de esta forma, y la que no gastes se guardará para la sesión siguiente.

RESOLUCIÓN Y CONSECUENCIAS

Tú decides las consecuencias de las tiradas de ataque, pruebas de característica y tiradas de salvación. En la mayoría de los casos, esto es muy sencillo. Si un ataque impacta, inflige daño. Si una criatura falla una tirada de salvación, sufre un efecto pernicioso. Si el resultado de una prueba de característica iguala o supera la CD, la prueba tiene éxito.

Como DM, dispones de una serie de técnicas y trucos a los que puedes recurrir para poder determinar el éxito o el fracaso de forma menos binaria, sin que sea simplemente blanco o negro.

ÉXITO PAGANDO UN PRECIO

Si fracasar es duro, la agonía de quedarse a un paso del éxito es aún peor. Cuando un personaje falle una tirada por tan solo 1 o 2 puntos, puedes permitirle tener éxito a costa de una complicación o impedimento. Estas complicaciones pueden ser similares a las siguientes:

- Un personaje logra atravesar las defensas de un hobgoblin con su espada, transformando lo que sería un fallo en un acierto, pero a cambio el hobgoblin golpea al personaje con su escudo y lo desarma.

- Un personaje escapa por los pelos del centro de la deflagración producida por una *bola de fuego*, pero acaba derribado.
- Un personaje fracasa en su intento de intimidar a un prisionero kobold, pero este revela sus secretos de todas formas. Eso sí, gritando a pleno pulmón y alertando a otros monstruos cercanos.
- Un personaje, a pesar de haberse resbalado varias veces, consigue trepar hasta la escarpada cima de un acantilado. Pero entonces se da cuenta de que la cuerda de la que cuelgan el resto de sus compañeros está a punto de romperse.

Cuando presentes inconvenientes de este tipo, intenta recurrir a obstáculos y reveses que transformen la naturaleza de la situación. A cambio del éxito, los jugadores tendrán que buscar nuevas formas de enfrentarse al problema.

También puedes emplear esta técnica cuando un personaje tenga éxito en una prueba obteniendo exactamente la CD pedida. Así añadirás complicaciones interesantes a lo que no es sino un éxito por los pelos.

GRADOS DE FALLO

Habrá veces en las que las consecuencias de no superar una prueba de característica variarán en función de por cuánto se ha fallado. De este modo, un personaje que no logre desarmar la trampa de un cofre la disparará si falla la prueba por 5 o más, o simplemente no conseguirá desarmarla (pero sin que la trampa se active) si falla por menos. Valora la posibilidad de realizar distinciones similares a esta en otras pruebas. Así, fallar una prueba de Carisma (Persuasión) significará que la reina no quiere ayudar. Pero, si además se falla por 5 o más, esto podría implicar que los personajes acabarán en la mazmorra como castigo por su insolencia.

ACIERTOS Y FALLOS CRÍTICOS

Sacar un 20 o un 1 en el dado al hacer una prueba de característica o tirada de salvación no suele tener ninguna implicación especial. Sin embargo, podrías considerar lo excepcional de la tirada a la hora de decidir lo que sucede. Si escoges realizar esto, tú serás el que determine cómo se manifiesta el resultado dentro del juego. Una forma fácil de proceder es aumentar el impacto que posee el éxito o el fracaso. Por ejemplo, fallar sacando un 1 cuando se intenta forzar una cerradura podría implicar que las herramientas de ladrón utilizadas se han roto, mientras que superar una prueba de Inteligencia (Investigación) con un 20 podría revelar una pista adicional.

EXPLORACIÓN

Esta sección te servirá de guía para dirigir las partes de exploración de la partida, por lo que se centra sobre todo en el viaje, el rastreo y la visibilidad.

USAR UN MAPA

Independientemente del entorno que los aventureros estén explorando, puedes emplear un mapa para llevar la cuenta de sus progresos y narrarles los detalles de sus viajes. En el interior de una mazmorra, el mapa te servirá para describir las bifurcaciones, puertas, salas y otras características del lugar con el que los personajes se vayan encontrando mientras lo recorren. Además, ofrece a los aventureros la posibilidad de elegir por qué camino quieren avanzar. De forma similar, el mapa de un entorno natural podría mostrar carreteras, ríos y otros accidentes geográficos que pueden ayudar a los personajes a orientarse mientras viajan. O lo contrario, hacer que se pierdan.

La tabla "ritmo de viaje según mapa" te permite llevar un registro de la distancia recorrida en mapas de varios tipos diferentes. Esta tabla muestra cuánta distancia pueden recorrer los aventureros a pie en varias escalas de tiempo: minutos, horas o días. En ella aparecen los ritmos de viaje (lento, normal y rápido) que se describen en el *Player's Handbook*. Los personajes que se desplacen a ritmo normal pueden viajar unas 24 millas (casi 40 km) al día.

RITMO DE VIAJE SEGÚN MAPA

Escala del mapa	Ritmo lento	Ritmo normal	Ritmo rápido
Mazmorra (1 casilla = 10 pies)	20 casillas/min.	30 casillas/min.	40 casillas/min.
Ciudad (1 casilla = 100 pies)	2 casillas/min.	3 casillas/min.	4 casillas/min.
Provincia (1 hexágono = 1 milla)	2 hexágonos/hora,18 hexágonos/día	3 hexágonos/hora, 24 hexágonos/día	4 hexágonos/hora, 30 hexágonos/día
Reino (1 hexágono = 6 millas)	1 hexágono/3 horas, 3 hexágonos/día	1 hexágono/2 horas, 4 hexágonos/día	1 hexágono/1½ horas, 5 hexágonos/día

RITMOS DE VIAJE ESPECIALES

Las reglas relativas al ritmo de viaje que aparecen en el *Player's Handbook* asumen que un grupo de viajeros marchará a un ritmo que, a la larga, no se verá afectado por las velocidades caminando de cada uno de los miembros. La diferencia de velocidades puede ser significativa durante un combate, pero en lo que a un viaje por tierra respecta, esta leve disparidad desaparece; los viajeros hacen pausas para descansar, los más rápidos esperan a los más lentos y la velocidad de un aventurero concreto se ve compensada por el aguante de otro.

Los personajes que monten en un corcel fantasma, surquen los cielos sobre una *alfombra voladora* o viajen en un artilugio gnomo alimentado por vapor o un velero no se desplazan al ritmo normal, pues la magia, el motor o el viento, a diferencia de las criaturas, no se cansan. Además, el aire es un medio con muchos menos obstáculos que la tierra. Cuando una criatura viaje utilizando una velocidad volando que haya obtenido mediante medios mágicos, gracias a un motor o debido a una fuerza natural (como el viento o una corriente de agua), emplea las reglas siguientes para calcular el ritmo de viaje:

- En 1 minuto podrá recorrer tantos pies como diez veces su velocidad.
- En 1 hora podrá recorrer tantas millas como su velocidad dividida por diez.
- Para calcular la distancia recorrida cada día, multiplica el ritmo por hora por el número de horas viajadas (normalmente 8).
- Si va a un ritmo rápido, aumenta la distancia recorrida en un tercio.
- Si va a un ritmo lento, multiplica la distancia recorrida por dos tercios.

Por ejemplo, un personaje bajo los efectos de *viajar con el viento* obtiene una velocidad volando de 300 pies. En 1 minuto, dicho personaje puede moverse 3.000 pies a ritmo normal, 4.000 pies a ritmo rápido o 2.000 pies a ritmo lento. También puede cubrir 20, 30 o 40 millas en 1 hora, de nuevo en función de su ritmo de viaje. Como este conjuro dura 8 horas, el personaje podrá viajar 160, 240 o 320 millas cada día.

Análogamente, el conjuro *corcel fantasma* crea una montura mágica con una velocidad de 100 pies que, a diferencia de un caballo normal, no se fatiga. Un personaje que cabalgue sobre esta montura puede recorrer 1.000 pies en 1 minuto a ritmo normal, 1.333 pies a ritmo rápido o 666 pies a ritmo lento. En 1 hora puede viajar 7, 10 o 13 millas.

VISIBILIDAD EN EXTERIORES

Mientras viajan por exteriores, los personajes pueden ver hasta 2 millas en cualquier dirección si hace un día despejado, aunque puede que árboles, colinas u otras obstrucciones bloqueen su visión. La lluvia suele reducir la visibilidad máxima a 1 milla y la niebla aún más: a entre 100 y 300 pies.

En un día despejado, los aventureros pueden ver a 40 millas de distancia si están en lo alto de una montaña o una colina alta. Si están en otro tipo de punto elevado, podrán vislumbrar la zona circundante.

PERCIBIR A OTRAS CRIATURAS

Mientras están explorando, los personajes podrán encontrarse con otras criaturas. Cuando esto suceda hay que hacerse una pregunta importante: ¿quién percibe a quién?

En interiores, que un bando pueda ver al otro suele depender de cómo estén dispuestos corredores y salas, aunque la visibilidad también puede estar limitada por las fuentes de iluminación. En lo que a exteriores respecta, el terreno, el clima y la hora del día son factores que pueden afectar a la visión. Además, cabe la posibilidad de que una criatura oiga a otra acercarse antes de poder verla.

Si ninguno de los dos bandos se mueve con sigilo, cualquier criatura percibe a las demás cuando estas entran en su radio de visión u oído. De no ser así, compara los resultados de las pruebas de Destreza (Sigilo) de las criaturas del grupo que está oculto con las puntuaciones de Sabiduría (Percepción) pasiva de los miembros del otro grupo, tal y como se explica en el *Player's Handbook*.

RASTREAR

En ocasiones, los aventureros seguirán el rastro dejado por otras criaturas. ¡O quizá sean estas quienes les sigan a ellos! Para rastrear, al menos una criatura debe superar una prueba de Sabiduría (Supervivencia). También puedes, si te parece oportuno, hacer que los rastreadores realicen una nueva prueba si se da cualquier de las circunstancias siguientes:

- Dejan temporalmente de rastrear para hacer un descanso corto o largo, volviendo a seguir el rastro justo después.
- El rastro cruza un obstáculo en el que no hay huellas, como puede ser un río.
- El clima o las características del terreno cambian, de modo que rastrear sea más difícil.

La CD de la prueba depende de la claridad con la que el suelo muestra las marcas del paso de una criatura. En aquellas situaciones en las que el rastro sea obvio no será necesario tirar. Así, no es necesario superar ninguna prueba para seguir el rastro de un ejército que marcha sobre una carretera embarrada. Sin embargo, encontrar un rastro sobre un suelo de piedra desnuda es bastante más difícil, salvo que la criatura a la que se esté siguiendo deje algún tipo de rastro evidente. Además, conforme pasa el tiempo las señales se van desvaneciendo, haciendo más difícil seguir el rastro. Si se da una situación en la que no hay señal alguna que seguir, puedes decidir que rastrear es imposible.

La tabla "CD para rastrear" te proporciona unas guías que buscan orientarte a la hora de elegir CD. O, si lo prefieres, puedes escoger la CD que te parezca más apropiada para la dificultad. También puedes dar ventaja en la prueba si hay más de un rastro, o desventaja si las huellas atraviesan una zona de paso frecuente.

Si fallan la prueba, los personajes perderán el rastro, aunque podrán volver a dar con él buscando con cuidado en la zona. Bastan 10 minutos para encontrar un rastro en una zona acotada, como puede ser una mazmorra, pero en exteriores es necesaria 1 hora.

CD PARA RASTREAR

Superficie	CD
Superficie blanda, como la nieve	10
Tierra o hierba	15
Piedra desnuda	20
Por cada día desde que pasó la criatura	+5
La criatura deja marcas (como sangre)	−5

INTERACCIONES SOCIALES

Lo habitual en una interacción social es que los aventureros posean algún objetivo. Ya sea obtener información, conseguir apoyo, ganarse la confianza de alguien, escapar de un castigo, evitar el combate, negociar un tratado o cualquier otro fin, la causa de la interacción será precisamente este motivo. Además, las criaturas con las que se interacciona también tienen sus propios planes.

Algunos DM prefieren dirigir las interacciones sociales de forma libre, interpretándolas y recurriendo muy poco a los dados. Pero a otros les gusta más determinar el resultado del encuentro haciendo que los personajes hagan pruebas de Carisma. Cualquiera de los dos enfoques funciona, y la mayoría de grupos optan por un punto medio entre ambas, de manera que se equilibre la habilidad del jugador (interpretación y persuasión) y la del personaje (pruebas de característica).

RESOLVER INTERACCIONES

El *Player's Handbook* proporciona guías para equilibrar el peso de la interpretación y las pruebas de característica a la hora de resolver interacciones sociales (consulta el capítulo 8: "Aventuras" de ese libro). Con el objeto de complementar dicho material, esta sección contiene una forma estructurada de jugar interacciones sociales. Eso sí, la mayor parte de esta estructura será invisible a los jugadores, y no pretende ser un sustituto de la interpretación.

1. ACTITUD INICIAL

Escoge la actitud inicial de la criatura hacia los aventureros que interaccionan con ella: amistosa, indiferente u hostil.

Una criatura **amistosa** quiere favorecer a los personajes y desea que tengan éxito. Normalmente ayudará sin pensárselo a los aventureros en aquellas tareas o acciones que no impliquen un riesgo, esfuerzo o coste significativo. Sin embargo, si tiene que ponerse en riesgo, quizá sea necesario superar una prueba de Carisma para convencer a la criatura para que apoye a los aventureros.

Una criatura **indiferente** podría ayudar o perjudicar al grupo, dependiendo de lo que le parezca que le aporta más beneficio en un momento dado. Esta indiferencia no necesariamente quiere decir que la criatura se vaya a comportar de forma indiferente o distante. Estas criaturas pueden mostrarse educadas y agradables, hoscas e irritables, o cualquier punto entre ambos extremos. Los aventureros deben superar una prueba de Carisma para convencer a una criatura indiferente de que haga lo que quieren.

Una criatura **hostil** se opone a los personajes y a sus objetivos, aunque no significa necesariamente que vaya a atacarlos nada más verlos. Por ejemplo, un noble condescendiente podría desear que el grupo de aventureros novatos fracase, pues no desea que compitan con él por las atenciones del rey. Intentará frustrar sus planes mediante calumnias e intrigas, sin recurrir a la violencia o a amenazas directas. Los aventureros deben superar una prueba desafiante de Carisma para lograr persuadir a una criatura hostil de que haga algo por ellos. Dicho esto, cabe la posibilidad de que la criatura hostil esté tan predispuesta en contra del grupo que sea imposible que una prueba de Carisma mejore su actitud hacia ellos. En estos casos, cualquier intento de influenciarle de manera diplomática estará abocado al fracaso y fallará automáticamente.

2. CONVERSACIÓN

Desarrolla la conversación. Deja que los aventureros defiendan su postura, intentando expresar sus ideas de forma que sean comprensibles para la criatura con la que están interaccionando.

Cambiar actitud. La actitud de la criatura puede cambiar a lo largo de la conversación. Si, durante la interacción, los personajes dicen o realizan las cosas correctas (quizá haciendo referencia a algún ideal, vínculo o defecto de la criatura), tal vez puedan transformar temporalmente la actitud de su interlocutor de hostil a indiferente, o de indiferente a amistosa. De igual forma, una metida de pata, insulto o acto perjudicial hacia la criatura puede hacer que, temporalmente, su actitud pase de amistosa a indiferente, o de indiferente a hostil.

Tú decides en qué momentos la actitud de la criatura es susceptible de modificarse. También eres tú el que determina si los aventureros han logrado formular sus argumentos en términos que puedan importar a la criatura. Lo normal es que la actitud no pueda cambiar más de un nivel durante una interacción, ya sea temporal o permanentemente.

Determinar características personales. Los personajes no siempre entenderán por completo el ideal, vínculo o defecto de la criatura con la que inician una interacción social. Si aspiran a modificar la actitud de la criatura apelando a una de sus características personales, primero necesitarán saber qué cosas le importan. Pueden intentar adivinarlas, pero al hacerlo corren el riesgo de, si se equivocan, cambiar la actitud de la criatura hacia el lado opuesto al que deseaban.

Tras interaccionar con la criatura el tiempo suficiente como para lograr hacerse una idea de sus rasgos de personalidad y características personales a través de la conversación, un personaje podrá hacer una prueba de Sabiduría (Perspicacia) para intentar descubrir una de sus características personales. Tú eliges la CD. Si la prueba falla por 10 o más, el personaje podría identificar erróneamente una característica, por lo que deberías proporcionarle una falsa o el opuesto a una característica que la criatura sí posea. De este modo, si el defecto de un erudito viejo son sus prejuicios contra los incultos, un aventurero que falle la prueba podría pensar que el sabio disfruta educando a los ignorantes.

Con tiempo suficiente, los personajes serán capaces de averiguar las características personales de una criatura a través de otras fuentes: amigos y aliados, correspondencia privada e historias del dominio público. Adquirir este tipo de información podría ser el objetivo de otra serie de interacciones sociales distintas.

3. Prueba de Carisma

Cuando llegue el momento de que los aventureros realicen su petición, demanda o sugerencia, pídeles una prueba de Carisma. También puedes hacer esto cuando decidas que la conversación ya ha dado de sí todo lo que tenía. Cualquier personaje que haya participado activamente en la conversación puede realizar la prueba. En función de cómo hayan enfocado la interacción, podría ser factible que utilizaran las habilidades Persuasión, Engaño o Intimidación. La actitud actual de la criatura determinará la CD necesaria para conseguir una reacción concreta, tal y como se muestra en la tabla "reacciones a una conversación".

Reacciones a una conversación

CD	Reacción de una criatura amistosa
0	La criatura hace lo que se le pide, pero sin correr riesgos o hacer sacrificios
10	La criatura hace lo que se le pide, asumiendo un riesgo o sacrificio menores
20	La criatura hace lo que se le pide, asumiendo un riesgo o sacrificio considerable

CD	Reacción de una criatura indiferente
0	La criatura ni ayuda ni perjudica
10	La criatura hace lo que se le pide, pero sin correr riesgos o hacer sacrificios
20	La criatura hace lo que se le pide, asumiendo un riesgo o sacrificio menores

CD	Reacción de una criatura hostil
0	La criatura se opone a las acciones de los aventureros. Podría incluso correr riesgos para hacerlo.
10	La criatura ni ayuda ni perjudica
20	La criatura hace lo que se le pide, pero sin correr riesgos o hacer sacrificios

Ayudar a la prueba. Otros personajes que hayan contribuido de forma significativa a la conversación podrán apoyar al que hace la prueba. Si el que ayudó dice o realiza algo que podría tener una influencia positiva sobre la interacción, el personaje que hace la prueba de Carisma tendrá ventaja. Pero si otro personaje dijo, sin darse cuenta, algo contraproducente u ofensivo, ocurrirá lo contrario: el que realiza la prueba de Carisma tendrá desventaja.

Múltiples pruebas. Para ciertas situaciones podría ser más apropiado hacer más de una prueba, sobre todo si los aventureros tienen más de un objetivo para la misma interacción.

4. ¿Repetir?

Una vez hecha la prueba de Carisma, intentos subsiguientes de influenciar al interlocutor podrían ser inútiles o, aún peor, correr el riesgo de enfadar o molestar a la criatura, de manera que se llegue incluso a inclinar su actitud hacia la hostilidad. Confía en tu criterio. Por ejemplo: si el pícaro del grupo dice algo que provoca que la actitud del noble hacia el grupo pase de indiferente a hostil, otro personaje podría intentar disipar esta hostilidad mediante una interpretación inteligente y una prueba de Carisma (Persuasión) con éxito.

Interpretación

Interpretar es algo que a algunos DM les sale de forma natural, pero si no es tu caso, no te preocupes. Lo importante es que te lo pases bien representando a tus PNJ o monstruos y que tus jugadores se diviertan en el proceso. No necesitas ser un actor o comediante experto para poder crear dramatismo o humor,

la clave es prestar atención a aquellos elementos de la trama y caracterizaciones que hagan a tus jugadores reír o sentirse emocionalmente implicados. Una vez identificados estos factores, incorpóralos a tu interpretación.

Convertirse en el PNJ

Imagina cómo el personaje o monstruo que estés encarnando reaccionaría a los aventureros. Piensa qué cosas le importan. ¿Tiene algún ideal, defecto o vínculo? Al incorporar estos aspectos en su representación, no solo harás al personaje más creíble, sino que, además, también reforzarás la sensación de que los aventureros forman parte de un mundo vivo.

Esfuérzate en encontrar respuestas y actos que introduzcan enredos en la trama. Por ejemplo, una mujer mayor cuya familia muriera a manos de un mago malvado podría tratar al mago del grupo con suspicacia.

Independientemente de cómo interpretes un personaje o monstruo, el consejo clásico que se suele dar a los escritores es cierto: muestra, no cuentes. Así, en vez de enunciar que un PNJ es superficial y egocéntrico, haz que actúe como una persona superficial y egocéntrica lo haría. Este PNJ podría tener respuestas para todo, un deseo irrefrenable de compartir sus anécdotas personales y una intensa necesidad de ser el centro de todas y cada una de las conversaciones.

Utiliza tu voz

Durante la mayor parte de la sesión utilizarás un tono neutro. Pero, para dar más dramatismo a ciertos momentos, debes estar preparado para lanzar un grito de guerra o hablar en susurros.

Además, los personajes y monstruos con voces distintivas serán más fáciles de recordar. Si no posees dotes naturales para la mímica o la actuación, tomar formas de hablar de la vida real, películas y la televisión es un buen punto de partida. Practica el uso de entonaciones distintas e intenta imitar a personas famosas, para así poder recurrir a ambas técnicas para dar vida a tus PNJ.

Experimenta con diferentes registros. Por ejemplo, una tabernera y un magistrado emplearán las palabras de forma distinta. De manera similar, los campesinos conversarán usando un lenguaje sencillo, mientras que los ricos hablarán de forma arrogante y arrastrando las palabras. Si un PNJ es un pirata, di: "¡Arr, tripulación!" mientras imitas a John Silver el Largo. Haz que los monstruos que sean inteligentes, pero no estén familiarizados con el común, se equivoquen al utilizar gramática compleja, que los borrachos y ciertas criaturas masculen o hablen con dificultad o que los hombres lagarto siseen sus amenazas.

Asegúrate de que, en cualquier interacción en la que participen varios PNJ, los aventureros sean siempre el centro. Que los PNJ hablen con ellos, pero no entre sí. Deja que, en la medida de lo posible, sea uno de los PNJ el que converse la mayor parte del tiempo. Con todo, si tienen que hablar varios, usa entonaciones distintas para cada uno, de forma que los jugadores tengan claro quién es quién.

Emplea tu cara y brazos

Ayúdate de expresiones faciales para mostrar las emociones del personaje. Frunce el ceño, sonríe, haz muecas, gruñe, haz pucheros, pon los ojos bizcos... Lo que haga falta para que el PNJ resulte memorable. Cuando combinas estas expresiones con una entonación diferente, el personaje cobra auténtica vida.

Aunque no es necesario que te levantes de la silla, sí que puedes utilizar los brazos para hacer a un PNJ aún más singular. Un noble podría golpear una y otra vez el aire con una de sus manos mientras habla con voz monótona, mientras que una archimaga podría mostrar su disgusto poniendo los ojos en blanco y frotándose las sienes.

IMPLICAR A LOS JUGADORES

No todos los jugadores disfrutan de la interpretación con la misma intensidad. Pero, independientemente de los gustos de tus personajes, una representación viva de los PNJ y monstruos les inspirará para implicarse al mismo nivel con sus personajes. Por ello, las interacciones sociales son una oportunidad de que todos se metan más en el juego, creando así una historia con protagonistas característicos y llenos de matices.

Para asegurarte de que todo el mundo tiene algo que hacer durante una sesión con mucha interpretación, sopesa emplear alguno de los enfoques siguientes.

Apelar a los gustos de los jugadores. Como se explicaba en la introducción de este libro, habrá ciertas actividades dentro del juego que algunos jugadores prefieran frente a otras. Así, los jugadores que disfrutan actuando estarán como pez en el agua en situaciones en las que puedan interaccionar con otros personajes. Es correcto dejar que dichos jugadores sean el foco de atención en ellas. A veces incluso inspirarán a otros jugadores con su ejemplo, pero asegúrate de que el resto de personas también tienen oportunidad de participar de la diversión.

Aquellos jugadores que disfrutan explorando o narrando suelen estar dispuestos a interpretar, siempre y cuando ello sirva para avanzar la trama de la campaña o revele más aspectos sobre el mundo. Los jugadores que prefieren resolver problemas tienden a pasárselo bien intentando descubrir qué deben decir para cambiar la actitud de un PNJ. Los instigadores disfrutan provocando algún tipo de reacción en los PNJ, así que será fácil implicarles, pero no siempre de forma productiva.

A los jugadores que prefieren optimizar sus personajes y matar monstruos también les gusta discutir, por lo que introducir conflictos en las interacciones suele ayudar a que estos jugadores abracen la interpretación. Con todo, añadir referencias al combate como parte de una interacción larga (como un visir corrupto enviando asesinos para matar a los aventureros) es a menudo la mejor forma de implicar a los jugadores más centrados en la acción.

Centrarte en personajes concretos. Crea situaciones en las que los personajes que normalmente no se implicarían con las interacciones sociales deban, al menos, hablar un poco. Quizá el PNJ en cuestión sea un familiar o un contacto de un aventurero concreto y solo trate con él. Un PNJ de cierta raza o clase podría limitarse a escuchar solo a aquellos personajes por los que sienta afinidad. Hacerles sentir importantes puede ser una buena forma de que ciertos jugadores se impliquen, pero ten cuidado de no apartar a los que ya están interpretando.

Si un par de jugadores han tomado el control de la conversación, haz pausas de vez en cuando para apelar al resto. Puedes hacer esto sin siquiera salirte del personaje: "¿Y qué opina tu amigo, el grandullón? ¡Habla, bárbaro! ¿Qué vas a ofrecerme a cambio de mi favor?". O simplemente pregunta al jugador qué es lo que hace su personaje mientras se desarrolla la conversación. La primera de las dos técnicas es la mejor cuando los jugadores se sienten cómodos hablando a través de sus personajes, mientras que la última funciona bien con jugadores que necesitan algo de ayuda para participar en los momentos de interpretación.

OBJETOS

Cuando los aventureros necesiten cortar una cuerda, hacer añicos una ventana o romper el ataúd de un vampiro, la única regla general es esta: con suficiente tiempo y las herramientas adecuadas, los personajes pueden destruir cualquier cosa susceptible de ser destruida. Recurre al sentido común para decidir si una criatura logra dañar un objeto con éxito. ¿Puede el guerrero cortar un trozo del muro de piedra con su espada? La respuesta es "no". Lo más probable es que la espada se rompa antes que la pared.

A efectos de estas reglas, un objeto es un artefacto discreto e inanimado, como una ventana, puerta, espada, libro, mesa, silla o piedra. No lo sería un edificio ni un vehículo, por ejemplo, ya que están compuestos de muchos otros objetos.

PERFILES DE LOS OBJETOS

Cuando el tiempo es relevante, puedes asignar una Clase de Armadura y un número de puntos de golpe a cualquier objeto destructible. También es posible dotarlo de inmunidades, resistencias y vulnerabilidades a tipos de daño concretos.

Clase de Armadura. La Clase de Armadura de un objeto es una medida de la dificultad de dañarlo cuando se le golpea, ya que al ser inanimado no tiene forma alguna de esquivar o apartarse. La tabla "Clase de Armadura de un objeto" sugiere una serie de valores de CA en función del material.

CLASE DE ARMADURA DE UN OBJETO

Material	CA	Material	CA
Tela, papel, cuerda	11	Hierro, acero	19
Cristal, vidrio, hielo	13	Mithral	21
Madera, hueso	15	Adamantina	23
Piedra	17		

Puntos de golpe. Los puntos de golpe de un objeto determinan la cantidad de daño que puede sufrir antes de perder por completo su integridad estructural. Los objetos resistentes tienen más puntos de golpe que los frágiles. Además, los objetos grandes suelen poseer más puntos de golpe que los pequeños. La excepción es cuando romper una parte pequeña de un objeto grande tiene el mismo efecto que destruir el objeto por completo. La tabla "Puntos de golpe de un objeto" enumera cuántos puntos de golpe son apropiados para objetos, tanto frágiles como resistentes, en función de su tamaño (Grande o más pequeño).

PUNTOS DE GOLPE DE UN OBJETO

Tamaño	Frágil	Resistente
Diminuto (botella, cerrojo)	2 (1d4)	5 (2d4)
Pequeño (cofre, laúd)	3 (1d6)	10 (3d6)
Mediano (barril, lámpara de araña)	4 (1d8)	18 (4d8)
Grande (carreta, ventana de 10 por 10 pies)	5 (1d10)	27 (5d10)

Objetos Enormes y Gargantuescos. Las armas normales no sirven prácticamente de nada contra objetos Enormes y Gargantuescos, como pueden ser una estatua colosal, una alta columna de piedra o una roca gigantesca. Dicho esto, una antorcha es suficiente para hacer arder un tapiz Enorme y un conjuro de *terremoto* puede reducir un coloso a escombros. Si quieres, puedes llevar la cuenta de los puntos de golpe de los objetos de estos tamaños, pero también puedes limitarte a decidir cuánto tiempo pueden aguantar la fuerza o arma con la que están siendo afectados. Si cuentas los puntos de golpe, divide el objeto en secciones Grandes o más pequeñas y apunta los puntos de golpe de cada una de estas secciones de forma independiente. Quizá destruir una de ellas sea suficiente para echar a perder el objeto entero. Por ejemplo, la estatua Gargantuesca de un humano podría caer al suelo si una de sus piernas (de tamaño Grande) es reducida a 0 puntos de golpe.

Objetos y tipos de daño. Los objetos son inmunes al daño psíquico y de veneno. Además, podrías decidir que ciertos tipos de daño son particularmente efectivos contra un objeto o material concreto. Por ejemplo: el daño contundente funciona bien con cosas susceptibles de ser quebradas, pero no sirve para cortar cuerdas o el cuero. Los objetos de papel o de tela podrían ser vulnerables al daño de fuego y relámpago. Un pico puede resultar muy útil para socavar una piedra, pero no servirá para talar un árbol. Como siempre, confía en tu criterio.

Umbral de daño. Los objetos más grandes, como las murallas de un castillo, poseen una resistencia excepcional, que se representa mediante un umbral de daño mínimo. Estos objetos son inmunes a todo el daño, salvo aquel que reciban de un ataque o efecto que por sí mismo inflija una cantidad de daño igual o superior al umbral de daño. El objeto recibirá el daño de estos ataques o efectos de la forma habitual. Cualquier daño que no iguale o supere el umbral de daño se considera superficial, por lo que no hará perder puntos de golpe al objeto.

COMBATE

Esta sección se apoya en las reglas de combate que aparecen en el *Player's Handbook* y contiene una serie de consejos que te ayudarán a conseguir que los combates se desarrollen con fluidez.

REGISTRAR LA INICIATIVA

Hay varios métodos a los que puedes recurrir para llevar la cuenta de cuándo le toca actuar a cada uno en combate.

LISTA OCULTA

Muchos DM prefieren registrar la iniciativa en una lista que los jugadores no puedan ver, normalmente un trozo de papel tras la pantalla o en una hoja de cálculo en una tablet. Este método te permite apuntar la iniciativa de combatientes que todavía no hayan aparecido, además de ser un buen sitio en el que anotar los puntos de golpe actuales de los monstruos, así como cualquier otra nota relevante.

El problema de este método es que tienes que andar recordando a los jugadores cuándo les toca, turno tras turno.

LISTA AL DESCUBIERTO

Puedes apuntar la iniciativa en una pizarra. Pregunta a los jugadores por sus valores de iniciativa y escríbelos en la pizarra, ordenados de mayor a menor, pero dejando algo de espacio entre cada nombre. En lo que a los monstruos respecta, puedes anotar su iniciativa en la lista desde el principio o esperar a que jueguen su primer turno.

Una posible mejora sobre este sistema es utilizar una pizarra magnética e imanes que lleven escrito el nombre de cada personaje o monstruo. También puedes usar estos imanes para sujetar en su sitio tarjetas con los nombres escritos.

Una lista al descubierto hace posible que todos vean el orden de iniciativa. Los jugadores tendrán claro cuándo les toca el turno y podrán ir planeando sus acciones con antelación. Este método también elimina cualquier incertidumbre en lo que al orden de actuación de los monstruos respecta.

Una variante de este sistema es delegar en un jugador la responsabilidad de llevar la cuenta de la iniciativa, ya sea en una pizarra o un trozo de papel que el resto de jugadores puedan contemplar. Así reducirás la cantidad de cosas de las que tienes que estar pendiente.

TARJETAS

En este método cada personaje o grupo de monstruos idénticos posee una tarjeta asignada. Cuando los jugadores te informen de sus valores de iniciativa, escríbelos en la tarjeta del personaje correspondiente. Haz lo propio con la iniciativa de los monstruos y, por último, ordena las tarjetas en función del valor de iniciativa, de mayor a menor. Empezando por la que está más arriba, irás recorriendo el montón. Cuando digas el nombre del personaje al que le toca realizar su turno, anuncia también el del siguiente, para que el jugador afectado vaya pensando lo que quiere hacer. Después de que cada grupo de monstruos o personajes haya actuado, mueve la tarjeta al fondo del montón.

Con este sistema, los jugadores no conocerán el lugar que los monstruos ocupan en el orden de iniciativa hasta que estos hayan hecho su primer turno.

REGISTRAR LOS PUNTOS DE GOLPE DE LOS MONSTRUOS

Durante un combate, necesitarás llevar la cuenta del daño que ha recibido cada monstruo. La mayoría de los DM anotan este daño en secreto, para que los jugadores no sepan cuantos puntos de golpe les quedan a sus oponentes. Tú eliges si prefieres mantener esta información en secreto. Lo que importa es que registres cuántos puntos de golpe tiene cada monstruo de forma independiente.

Llevar la cuenta del daño de un monstruo o dos no es pesado, pero se hace necesario poseer un buen sistema cuando se manejan grupos de monstruos más grandes. Si no estás utilizando miniaturas u otras ayudas visuales, la forma más sencilla de tener a tus monstruos bajo control es asignarles rasgos únicos. Descripciones del estilo de "el ogro con la cicatriz fea" o "el ogro con el yelmo con cuernos" os ayudarán tanto a ti como a tus jugadores a acordaros de cual es cada monstruo. Supongamos, por ejemplo, que vas a dirigir un encuentro en el que participan tres ogros, cada uno de los cuales posee 59 puntos de golpe. Una vez tirada la iniciativa, escribe los puntos de golpe de cada uno de los ogros y añade alguna nota (e incluso un nombre, si quieres) para diferenciarlos:

Krag (ogro con cicatriz): 59
Thod (ogro con yelmo): 59
Mur (ogro que huele a caca): 59

Si empleas miniaturas para representar a los monstruos, una forma fácil de distinguirlos será dar a cada uno de ellos una miniatura diferente. Si tienes que utilizar figuras idénticas para representar varios monstruos, puedes marcarlas con pequeñas pegatinas de colores distintos o con letras y números escritos en ellas.

De este modo, en un encuentro con tres ogros podrías usar tres miniaturas iguales, pero cada una con una pegatina diferente, marcando a cada ogro con una letra distinta: A, B y C. Para llevar la cuenta de los puntos de golpe de cada ogro puedes ordenarlos por letra y sustraer el daño que reciban de sus puntos de golpe. Tras unos cuantos asaltos, tus notas tendrán más o menos esta pinta:

Ogro A: ~~59~~ ~~53~~ ~~45~~ ~~24~~ ~~14~~ 9 muerto
Ogro B: ~~59~~ 51 30
Ogro C: 59

Es habitual que los jugadores pregunten cuán herido parece un monstruo, pero no sientas que debes revelarles exactamente cuántos puntos de golpe le quedan. Eso sí, si el monstruo tiene menos de la mitad de sus puntos de golpe máximos, es justo decirles que posee heridas visibles y se le ve agotado. Puedes calificar a una criatura que haya perdido más de la mitad de sus puntos de golpe como herida, así los jugadores tendrán una sensación de progreso en los combates contra oponentes duros y podrán decidir con conocimiento de causa el momento oportuno para usar sus conjuros y facultades más poderosas.

UTILIZAR Y REGISTRAR ESTADOS

El juego contiene varias reglas y rasgos que dejan claro cuándo una criatura es víctima de un estado. Pero también puedes aplicar estados sobre la marcha, ya que han sido diseñados para que puedas hacer esto de forma intuitiva. Así, si un personaje está en una situación en la que no tiene percepción de su entorno (como durmiendo), puedes decir que se encuentra inconsciente. O, si se ha caído al suelo, puedes afirmar que está derribado.

Llevar la cuenta de quién tiene qué estado puede ser complicado. En lo que a los monstruos respecta, la opción más fácil es registrar los estados en tarjetas o cualquier otro sistema que utilices para apuntar la iniciativa. Los jugadores deberían recordar qué estados afectan a sus personajes, pero como pueden sentirse tentados de pasar por alto u olvidar aquellos estados que les perjudican, quizá quieras apuntarlos en tarjetas o una pizarra.

Otra opción es tratar de tener a mano varias tarjetas con los estados y sus efectos ya apuntados. Así podrás dar la carta que corresponda a cada jugador cuando su personaje se vea afectado por algún efecto. Una tarjeta de color rosa brillante sobre la hoja de personaje logrará que incluso el jugador más despistado recuerde lo que implica que su personaje esté hechizado o asustado.

MONSTRUOS Y CRÍTICOS

Los monstruos están sujetos a las mismas reglas de críticos que los personajes de los jugadores. Sin embargo, quizá te preguntes cómo se resuelven los críticos cuando utilizas el daño medio de los ataques de los monstruos en lugar de tirar. Con este sistema, si el monstruo logra hacer un impacto crítico, deberás tirar los dados de daño del ataque y añadírselos al daño medio. Así, un goblin causaría normalmente 5 (1d6 + 2) de daño cortante con su ataque, pero si hace un crítico infligirá 5 + 1d6 de daño cortante.

IMPROVISAR DAÑO

Lo habitual es que cada monstruo o efecto indique explícitamente la cantidad de daño que inflige. Sin embargo, habrá veces en las que tengas que decidir el daño causado sobre la marcha. La tabla "improvisar daño" te proporciona unos cuantos ejemplos para ayudarte.

IMPROVISAR DAÑO

Dados	Ejemplos
1d10	Quemarse con carbones, ser golpeado por una estantería que se cae, pincharse con una aguja envenenada
2d10	Ser alcanzado por un rayo, caerse en una hoguera
4d10	Ser golpeado por escombros en un túnel que se derrumba, caerse en una cuba de ácido
10d10	Ser aplastado por unas paredes que se cierran, ser golpeado por cuchillas giratorias de acero, vadear un torrente de lava
18d10	Sumergirse por completo en lava, ser golpeado por una fortaleza voladora que se estrella
24d10	Caerse en un vórtice de fuego en el Plano Elemental del Fuego, ser aplastado por las mandíbulas de una criatura de proporciones divinas o un monstruo del tamaño de una luna

La tabla "gravedad del daño por nivel" puede darte una idea de cuán mortales son ciertas cantidades de daño para personajes de varios niveles. Localiza el punto en el que se encuentran el daño infligido y el nivel de la víctima para estimar el peligro que representa.

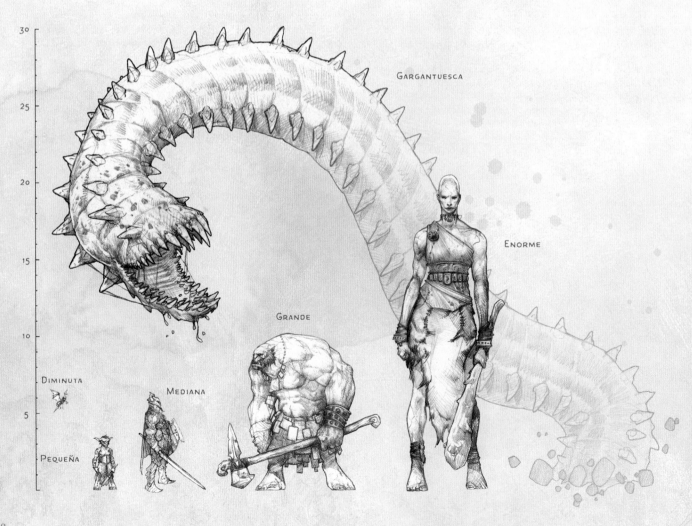

TAMAÑOS DE CRIATURAS EN CASILLAS Y HEXÁGONOS

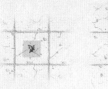

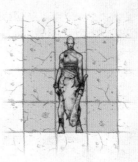

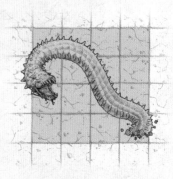

DIMINUTA   PEQUEÑA O MEDIANA   GRANDE   ENORME   GARGANTUESCA

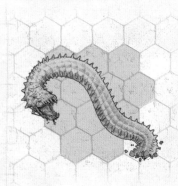

GRAVEDAD DEL DAÑO POR NIVEL

Nivel del personaje	Contratiempo	Peligroso	Mortal
1–4	1d10	2d10	4d10
5–10	2d10	4d10	10d10
11–16	4d10	10d10	18d10
17–20	10d10	18d10	24d10

Una cantidad de daño suficiente para representar un **contratiempo** no suele poner a los personajes del nivel indicado en peligro de muerte, pero un aventurero que ya esté debilitado podría quedar fuera de combate.

Por contra, una cantidad de daño **peligrosa** podría suponer una amenaza significativa para aquellos personajes más débiles e incluso matar a un personaje del nivel mostrado si ya ha perdido muchos puntos de golpe.

Como su nombre sugiere, una cantidad de daño **mortal** es suficiente para hacer que los puntos de golpe de un personaje del nivel indicado desciendan a 0. Este nivel de daño puede incluso llegar a matar directamente a personajes poderosos que ya estuvieran heridos.

JUZGAR ÁREAS DE EFECTO

El juego contiene numerosos conjuros (entre otras fuentes) que crean áreas de efecto de diferentes tipos, como un cono o una esfera. Si no empleas miniaturas o ayudas visuales, puede haber veces en las que sea difícil decidir quién queda dentro del área de efecto y quién no. La forma más fácil de ocuparse de este problema es confiar en tu instinto y resolver lo que te parezca más oportuno.

Aun así, si necesitas un poco de ayuda, valora la posibilidad de utilizar la tabla "objetivos en áreas de efecto". Para usarla, visualiza en tu mente qué combatientes están cercanos entre sí y deja que la propia tabla te guíe a la hora de decidir cuántas de las criaturas cercanas se ven afectadas por el área de efecto. Añade o sustrae objetivos en función de cómo de apelotonados estén los posibles afectados. Una forma de hacer esto es tirar 1d3 para determinar la cantidad a añadir o sustraer.

OBJETIVOS EN ÁREAS DE EFECTO

Área	Número de objetivos
Cilindro	Radio ÷ 5 (redondea hacia arriba)
Cono	Tamaño ÷ 10 (redondea hacia arriba)
Cubo o cuadrado	Tamaño ÷ 5 (redondea hacia arriba)
Esfera o círculo	Radio ÷ 5 (redondea hacia arriba)
Línea	Longitud ÷ 30 (redondea hacia arriba)

Si, por ejemplo, un mago apunta su conjuro *manos ardientes* (un cono de 15 pies) contra un grupo de orcos cercano, puedes utilizar la tabla para decidir que tiene como objetivo a dos orcos (15 ÷ 10 = 1,5, redondeado a 2). De forma similar, un hechicero que lance un *relámpago* (línea de 100 pies) a unos ogros y hobgoblins haría objetivo, según la tabla, a cuatro de los monstruos (100 ÷ 30 = 3,33, redondeado a 4).

Este método pone la sencillez por delante de la precisión. Si prefieres una solución que ponga mayor énfasis en los aspectos tácticos, quizá debas emplear miniaturas.

MANEJAR MUCHEDUMBRES

Puede ser difícil conseguir que un combate se desarrolle con fluidez cuando hay muchos monstruos participando en él. Si tienes que manejar un campo de batalla abarrotado, puedes acelerar el ritmo del juego renunciando a realizar tiradas de ataque. En lugar de ello, lo que harás será tomar el número medio de impactos que un grupo grande de monstruos causaría al objetivo.

En vez de realizar las tiradas de ataque, averigua el resultado mínimo que hay que sacar en el d20 para que la criatura impacte. Para obtenerlo, sustrae el bonificador de ataque del agresor de la CA del objetivo. Como tendrás que hacer referencia a este valor durante todo el combate, lo mejor es que lo apuntes.

Busca en la tabla "ataques de muchedumbres" el mínimo a sacar en la tirada de d20 que acabas de conseguir. La tabla te indicará cuántas criaturas que deban obtener ese resultado necesitan atacar para que una de ellas impacte al objetivo. Así, si ese número de criaturas atacan al mismo objetivo, sus esfuerzos combinados se traducirán en un impacto.

Veámoslo con un ejemplo: ocho orcos rodean a un guerrero. El bonificador de ataque de los orcos es +5 y la CA del guerrero 19. Por tanto, los orcos necesitan sacar un 14 o más para impactar al guerrero. Según la tabla, por cada tres orcos que ataquen, uno de ellos conseguirá impactar al guerrero. Hay orcos suficientes para hacer dos grupos de tres (dos impactos), así que los dos orcos restantes no logran impactar al guerrero.

Si las criaturas atacantes provocan cantidades de daño distintas, considera que la que hace más daño es la que logra impactar. Si la criatura que impacta realiza múltiples ataques con el mismo bonificador de ataque, asume que impacta una vez con cada uno de ellos. Sin embargo, si los bonificadores de ataque son distintos, tendrás que determinar cada ataque por separado.

Este sistema de resolución de ataques ignora la posibilidad de que se produzca un crítico en aras de reducir el número de tiradas a realizar. Cuando el número de oponentes merme, vuelve a hacer tiradas de ataque de forma normal para evitar que se dé una situación en la que un bando sea incapaz de impactar al otro.

ATAQUES DE MUCHEDUMBRE

Resultado en d20 necesario	Atacantes necesarios para un impacto
1–5	1
6–12	2
13–14	3
15–16	4
17–18	5
19	10
20	20

UTILIZAR MINIATURAS

Durante la mayor parte de los combates, tus descripciones bastarán para que los jugadores visualicen el entorno que rodea a sus personajes y dónde se encuentran en relación a sus enemigos. Sin embargo, algunas batallas particularmente complejas son más fáciles de dirigir si se recurre a ayudas visuales. De entre ellas, las miniaturas y una cuadrícula suponen la opción más popular. De hecho, si quieres preparar una representación a escala del terreno, construir mazmorras tridimensionales o dibujar mapas en grandes tapetes de vinilo, probablemente debas utilizar también miniaturas.

El *Player's Handbook* contiene una serie de reglas sencillas que te permiten combatir con miniaturas en una cuadrícula. Esta sección expande dichas reglas.

MAPAS TÁCTICOS

Puedes dibujar mapas tácticos con rotuladores de colores pintando casillas de una pulgada sobre una hoja de papel grande, un tapete de vinilo de los que se borran con agua o cualquier otra superficie similar. Otras opciones, igualmente divertidas, son emplear pósteres con mapas prediseñados, baldosas de cartón reconfigurables o terreno esculpido a partir de yeso o resina.

La unidad de medida más común en los mapas tácticos es la casilla de 5 pies de lado, así que es fácil encontrar mapas cuadriculados de esta forma. Y, si no, puedes hacértelos tú mismo fácilmente. Aunque, si no quieres, no tienes por qué utilizar cuadrícula alguna. Siempre puedes medir las distancias con cinta métrica, cuerda, palitos de madera o incluso limpiapipas cortados a la longitud adecuada. Una alternativa a la cuadrícula es usar una superficie cubierta de hexágonos de 1 pulgada. Esta opción combina la facilidad para medir distancias de la cuadrícula con la flexibilidad de movimientos que se obtiene al jugar sin una. Por otro lado, los pasillos de las mazmorras, con sus paredes y ángulos rectos, no se adaptan muy bien a los hexágonos.

TAMAÑOS DE CRIATURAS EN CASILLAS Y HEXÁGONOS

El tamaño de una criatura determina la cantidad de casillas o hexágonos que ocupa, tal y como se muestra en la tabla "tamaños de criaturas y espacio". No te preocupes si la miniatura que estás utilizando para algún monstruo ocupa más o menos espacio en la mesa del que debería. Pero, eso sí, a efectos del resto de reglas, considera al monstruo como si realmente ocupara lo que tiene que ocupar. De este modo, puedes usar sin problemas una miniatura con una peana tamaño Grande para representar un gigante Enorme. Dicho gigante ocupará menos espacio en el campo de batalla de lo que su tamaño podría sugerir, pero sigue siendo Enorme a efectos de otras reglas, como agarrar.

TAMAÑOS DE CRIATURAS Y ESPACIO

Tamaño	Espacio: casillas	Tamaño: hexágonos
Diminuta	4 por casilla	4 por hexágono
Pequeña	1 casilla	1 hexágono
Mediana	1 casilla	1 hexágono
Grande	4 casillas (2 por 2)	3 hexágonos
Enorme	9 casillas (3 por 3)	7 hexágonos
Gargantuesca	16 casillas (4 por 4) o más	12 hexágonos o más

FLANQUEANDO (CASILLAS)

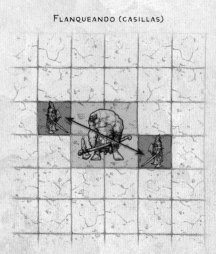

COBERTURA MEDIA (CASILLAS)

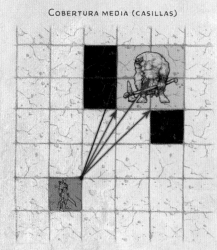

COBERTURA TRES CUARTOS (CASILLAS)

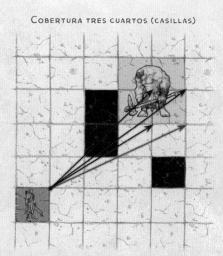

ÁREAS DE EFECTO

Debes traducir el área de efecto de cualquier conjuro, capacidad especial de un monstruo u otro rasgo a casillas o hexágonos, para así poder determinar quién puede verse afectado por ella.

Escoge una intersección entre casillas o hexágonos para que sirva de punto de origen del área de efecto, y a partir de ahí utiliza las reglas de forma normal. Si un área de efecto es circular y cubre al menos la mitad de una casilla, se considerará que la casilla está afectada.

LÍNEA DE VISIÓN

Para determinar con precisión si existe una línea de visión entre dos espacios, elige una de las esquinas de uno de ellos y traza una línea imaginaria desde esa esquina hasta cualquier punto de otro espacio. Si existe al menos una línea con esas características que no atraviese o toque ningún objeto o efecto que bloquee la visión (como una pared, una cortina gruesa o una nube de niebla), habrá línea de visión.

COBERTURA

Para saber si un objetivo cuenta con cobertura contra un ataque o cualquier otro efecto utilizando una cuadrícula, escoge una de las esquinas del espacio del atacante o el punto de origen del área de efecto, según corresponda. A continuación, traza varias líneas imaginarias, que partirán desde ese punto o esquina y llegarán a todas las esquinas de una de las casillas en las que se encuentra el objetivo. Si una o dos líneas están bloqueadas por algún obstáculo (otras criaturas incluidas), el objetivo tendrá cobertura media. Si tres o las cuatro líneas están bloqueadas pero el ataque todavía puede alcanzar a su objetivo (porque esté, por ejemplo, tras una aspillera), este tendrá cobertura tres cuartos.

Con hexágonos el proceso es similar a con una cuadrícula; trazando líneas entre las esquinas de los hexágonos. No obstante, ahora el objetivo tendrá cobertura media si hay hasta tres líneas bloqueadas por obstáculos y cobertura tres cuartos si hay cuatro o más líneas bloqueadas pero el ataque todavía puede alcanzar a su objetivo.

REGLA OPCIONAL: FLANQUEAR

Si usas miniaturas con frecuencia, el flanqueo es una forma fácil de que varios combatientes disfruten de ventaja cuando ataquen a un enemigo común.

Para poder flanquear a un enemigo, la criatura debe poder verlo. Además, tampoco será capaz de flanquear si está incapacitada. Las criaturas Grandes o de mayor tamaño podrán flanquear siempre que al menos una de las casillas o hexágonos de su espacio cumpla con los requisitos para flanquear.

Flanquear con casillas. Cuando una criatura y al menos uno de sus aliados estén adyacentes a un enemigo y en lados o esquinas opuestos con respecto al espacio que este ocupa, podrán flanquearlo, de manera que ambas criaturas obtienen ventaja en cualquier tirada de ataque cuerpo a cuerpo que hagan contra ese enemigo.

Si no estás seguro de si dos criaturas están flanqueando a su oponente, traza una línea imaginaria entre los centros de los espacios de ambas. Si dicha línea atraviesa lados o esquinas opuestos con respecto al espacio del enemigo, este está siendo flanqueado.

Flanquear con hexágonos. Cuando una criatura y al menos uno de sus aliados estén adyacentes a un enemigo y en lados opuestos con respecto al espacio que este ocupa, podrán flanquearlo, de manera que ambas criaturas obtienen ventaja en cualquier tirada de ataque cuerpo a cuerpo que hagan contra ese enemigo. Con hexágonos, cuenta los que, rodeando al enemigo, separan a las dos criaturas aliadas. Si se trata de un enemigo Mediano o más pequeño, los aliados flanquearán si hay 2 hexágonos entre ellos. Si es Grande, podrán flanquear si están separados 4 hexágonos. Si es Enorme, tendrá que haber 5 hexágonos entre ellos para poder flanquear. Y, si es Gargantuesco, deben existir al menos 6 hexágonos entre los aliados para que estos puedan flanquear.

REGLA OPCIONAL: DIAGONALES

El *Player's Handbook* explica una forma sencilla de calcular el movimiento y medir las distancias en una cuadrícula: contar cada casilla recorrida como 5 pies, incluso cuando el movimiento es en diagonal. Es un método rápido, pero rompe las leyes de la geometría y es impreciso en distancias largas. Esta regla opcional es una alternativa más realista.

Cuando midas el alcance o te muevas en diagonal por una cuadrícula, la primera casilla en diagonal cuenta como 5 pies, pero la segunda como 10. Este patrón de primero 5 y luego 10 pies se repite una y otra vez, siempre que sigas contando casillas en diagonal, incluso aunque te muevas horizontal o verticalmente entre dos movimientos diagonales. Así, un personaje podría moverse una casilla en diagonal (5 pies), luego tres en línea recta (15 pies) y, por último, otra en diagonal (10 pies), para sumar un movimiento total de 30 pies.

REGLA OPCIONAL: ENCARAMIENTO

Si te gusta saber con precisión a dónde está mirando cada criatura, probablemente quieras utilizar esta regla opcional.

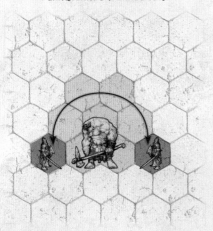

FLANQUEANDO (HEXÁGONOS)

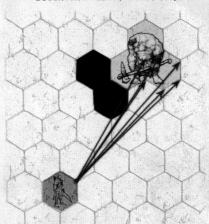

COBERTURA MEDIA (HEXÁGONOS)

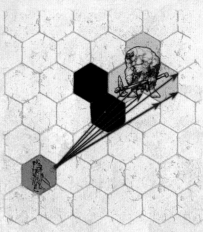

COBERTURA TRES CUARTOS (HEXÁGONOS)

Todas las criaturas tienen un arco frontal (la dirección a la que están encaradas), arcos laterales izquierdo y derecho y un arco trasero. Una criatura puede cambiar su encaramiento al final del movimiento de su turno y como reacción al movimiento de otra criatura.

En condiciones normales, una criatura solo puede elegir como objetivos a otras criaturas que se encuentren en sus arcos frontal o laterales. No puede ver lo que hay en su arco trasero, por lo que una criatura que la ataque mientras se encuentra en su arco trasero disfrutará de ventaja en sus tiradas de ataque. Además, los escudos solo proporcionan sus bonificados a la CA contra ataques que provengan del arco frontal o del arco lateral en el que se encuentra el escudo. Así, un guerrero que empuñe su escudo con la mano izquierda solo podrá usarlo contra ataques que se originen en sus arcos frontal y lateral izquierdo.

Siéntete libre de decidir que no todas las criaturas poseen los cuatro arcos. Por ejemplo, podríais considerar que todos los arcos de una gelatina ocre, que es amorfa, son frontales, mientras que una hidra probablemente posea tres arcos frontales y uno trasero.

Si empleáis casillas, escoge a cuál de los lados del espacio de la criatura está encarada esta. Traza una línea diagonal que surja del centro del espacio y atraviesa las dos esquinas que delimitan ese lado para marcar hasta dónde se extiende del arco frontal. El lado opuesto a este demarca, de forma similar, el arco trasero. Los dos espacios restantes, a ambos lados de la criatura, serán sus arcos laterales.

Decidir cuáles son los arcos frontales, laterales y traseros lleva algo más de esfuerzo si se utilizan hexágonos. Elige uno de los lados del espacio de la criatura y traza una forma de cuña que se expande desde dicho lado, conformando el arco frontal. Haz lo propio en el lado opuesto para definir el arco trasero. Los dos espacios restantes, a ambos lados de la criatura, serán sus arcos laterales.

Una casilla o hexágono podría tener parte de su superficie en varios arcos, en función de cómo dibujes las líneas que surgen del espacio de una criatura. Considera que, si al menos la mitad de una casilla o hexágono se encuentra en un arco, entonces la totalidad de su superficie lo está. Si la línea divisoria atraviesa la casilla o hexágono justo por la mitad, emplea el criterio siguiente: si una de las dos mitades está en el arco frontal, se considerará que toda la superficie lo está. Si una de las mitades está en un arco lateral y otra en el trasero, se considerará que está en el lateral.

DECIDIR CUÁNDO SE EJECUTA UNA REACCIÓN

La mayoría de los combatientes invierten sus reacciones en ataques de oportunidad o en Preparar una Acción. Sin embargo, algunos conjuros y rasgos pueden dar a una criatura otras formas de usar su reacción. Con tantas opciones, a veces será difícil decidir en qué momento exacto se ejecuta cada reacción. Como regla general, lo mejor es seguir el orden que se especifica en la descripción de la propia reacción. Por ejemplo: tanto el ataque de oportunidad como el conjuro *escudo* dejan perfectamente claro que pueden interrumpir aquello que los activa. Pero si la descripción no especifica cuándo tiene lugar la reacción (o este hecho no queda claro), asume que esta ocurre después de que la circunstancia que la haya activado finalice, como con Preparar una Acción.

COMBINAR VARIOS EFECTOS

Múltiples aspectos del juego pueden afectar al mismo objetivo al mismo tiempo. Sin embargo, si varios de estos aspectos poseen exactamente el mismo nombre, solo uno de ellos (el más potente) tendrá efecto mientras sus duraciones se solapen. De este modo, si un objetivo está ardiendo por culpa del atributo Forma de Fuego de un elemental de fuego, el daño continuado de fuego que la criatura está sufriendo no se incrementará si esta vuelve a ser víctima del mismo atributo por segunda vez. Entre estos aspectos del juego se encuentran los conjuros, rasgos de clase, dotes, atributos raciales, capacidades de los monstruos y objetos mágicos. Consulta la regla que aparece en el apartado "Acumular efectos mágicos" del capítulo 10 del *Player's Handbook*.

PERSECUCIONES

Aplicar de forma literal las reglas de movimiento puede convertir una persecución emocionante en una situación predecible y aburrida. Las criaturas más rápidas siempre atraparán a las más lentas, mientras que aquellas que compartan la misma velocidad nunca podrán reducir ni ampliar la distancia que las separa. A continuación tienes un conjunto de reglas que busca dotar de mayor emoción a las persecuciones añadiendo un cierto componente aleatorio.

COMENZAR UNA PERSECUCIÓN

Para que una persecución se produzca es necesario que haya un perseguido y al menos un perseguidor. Todos los participantes que no tengan ya su posición en el orden de iniciativa deberán hacer una tirada de iniciativa. Al igual que en el combate, durante su turno cada participante podrá realizar una acción y moverse. La persecución terminará cuando uno de los dos bandos se retire o el perseguido escape.

Cuando dé comienzo la persecución, determina la distancia inicial entre perseguido y perseguidores. Lleva la cuenta en todo momento de la distancia que los separa y toma nota del perseguidor que esté más cerca del perseguido, pues será el líder. Ten en cuenta que el líder de los perseguidores puede cambiar de asalto a asalto.

DIRIGIR LA PERSECUCIÓN

Los participantes en la persecución poseen muy buenas razones para usar una acción de Correr todos los asaltos. Los perseguidores que se detengan para lanzar conjuros o atacar corren el riesgo de perder al perseguido, mientras que, si es este último el que lo hace, probablemente sea atrapado.

CORRER

Cualquiera de los participantes en la persecución puede Correr tantas veces como 3 + su modificador por Constitución sin problema alguno. Si desea Correr más veces durante la misma persecución, tendrá que superar una prueba de Constitución CD 10 al final de cada turno en el que Corra. Si falla, su cansancio aumentará en un nivel.

Si un participante llega a nivel de cansancio 5 tendrá que retirarse de la persecución, pues su velocidad habrá descendido a 0. Una criatura se recuperará de los niveles de cansancio sufridos durante una persecución al finalizar un descanso corto o largo.

ATAQUES Y CONJUROS

Un participante puede atacar o lanzar conjuros contra cualquier criatura que esté dentro del alcance apropiado. Estos ataques y conjuros se ven afectados por las reglas de cobertura, terreno y demás de forma habitual.

Lo normal es que los participantes no sean capaces de realizarse ataques de oportunidad entre sí, ya que se supone que se están moviendo en la misma dirección al mismo tiempo. Con todo, seguirán pudiendo hacer ataques de oportunidad contra aquellas criaturas que no estén participando en la persecución. Si, por ejemplo, unos aventureros están persiguiendo a un ladrón y, para ello, se ven obligados a pasar junto a una banda de matones en un callejón, cabe la posibilidad de que estos les hagan ataques de oportunidad.

Finalizar una persecución

Una persecución termina cuando uno de los bandos se detiene, cuando el perseguido escapa o cuando los perseguidores están lo bastante cerca del perseguido como para atraparlo.

Si ninguno de los dos bandos abandona, el perseguido debe hacer una prueba de Destreza (Sigilo) para escapar al final de cada asalto, después de que todos los participantes hayan realizado su turno. Compara el resultado de esta prueba con las puntuaciones de Sabiduría (Percepción) pasiva de todos los perseguidores. Si son varios los perseguidos, todos deberán hacer la prueba.

Si el líder de los perseguidores no llega nunca a perder de vista al perseguidor, la prueba fallará automáticamente. En cambio, si el resultado de la prueba es superior a la puntuación pasiva más alta, logrará escapar. De lo contrario, la persecución continuará al menos otro asalto.

El perseguido tendrá ventaja o desventaja en esta prueba en función de las circunstancias del momento, tal y como se muestra en la tabla "circunstancias que afectan al escape". Ten en cuenta que, como siempre, si hay al menos una circunstancia que da ventaja y otra que da desventaja al mismo tiempo, se anulan entre sí y el perseguido no poseerá ni la una ni la otra.

CIRCUNSTANCIAS QUE AFECTAN AL ESCAPE

Circunstancia	La prueba se hace con...
El perseguido está rodeado de cosas tras las que esconderse	Ventaja
El perseguido está en una zona abarrotada o ruidosa	Ventaja
El perseguido tiene pocas cosas tras las que esconderse	Desventaja
El perseguido está en una zona con poca gente o silenciosa	Desventaja
El líder de los perseguidores es competente con Supervivencia	Desventaja

Si lo consideras oportuno, también puedes tener en cuenta otros factores que puedan facilitar u obstaculizar los intentos del perseguido por escapar. Por ejemplo, un perseguido que esté siendo afectado por un conjuro de *fuego feérico* tendría desventaja en las pruebas para escaparse, ya que es muy fácil de detectar.

Que el perseguido logre escaparse no implica necesariamente que haya dejado atrás a sus perseguidores. Sin ir más lejos, "escaparse" en una ciudad puede querer decir que el perseguido se ha mezclado entre la multitud o ha doblado una esquina, sin dejar pista alguna que permita seguirlo.

COMPLICACIONES DURANTE UNA PERSECUCIÓN

Como sucede en las escenas de esta naturaleza en las películas, introducir complicaciones es una forma fantástica de añadir emoción a una persecución. A continuación tienes dos tablas con varias complicaciones de ejemplo, que pueden darse en persecuciones urbanas o en la naturaleza. Será el azar quien determine si se produce o no una complicación. Para ello, haz que cada participante tire 1d20 al final de su turno y consulta la tabla correspondiente para averiguar si ocurre algo. De ser así, el suceso afectará al siguiente participante según el orden de iniciativa, no al que tiró el dado. Tanto el participante que realizó la tirada como el afectado por la complicación podrán gastar inspiración para anularla.

Los personajes pueden tratar de crear sus propias complicaciones para librarse de sus perseguidores; lanzando un conjuro de *telaraña* en un callejón estrecho, por ejemplo. Resuelve estos intentos como te parezca oportuno.

COMPLICACIONES EN PERSECUCIONES URBANAS

d20	Complicación
1	Un obstáculo grande, como un caballo o un carro, se interpone en tu camino. Haz una prueba de Destreza (Acrobacias) CD 15 para superarlo. Si fallas, el obstáculo contará como 10 pies de terreno difícil.
2	Una multitud se interpone en tu camino. Haz una prueba de Fuerza (Atletismo) o Destreza (Acrobacias) CD 10, la que prefieras, para atravesar la masa de gente sin impedimentos. Si fallas, la multitud contará como 10 pies de terreno difícil.
3	Un ventanal de cristal tintado o una barrera de naturaleza similar se interpone en tu camino. Haz una tirada de salvación de Fuerza CD 10 para romperla y seguir adelante. Si fallas, rebotarás contra la barrera y serás derribado.
4	Un laberinto de barriles, cajas u otros obstáculos similares se interpone en tu camino. Haz una prueba de Destreza (Acrobacias) o Inteligencia CD 10, la que prefieras, para escapar de este laberinto. Si fallas, la masa de obstáculos contará como 10 pies de terreno difícil.
5	El suelo que pisas está resbaladizo por culpa de la lluvia, aceite derramado o cualquier otro líquido. Haz una tirada de salvación de Destreza CD 10. Si fallas, serás derribado.
6	Te encuentras con una jauría de perros peleándose por la comida. Haz una prueba de Destreza (Acrobacias) CD 10 para pasar a través de los animales sin problemas. Si fallas, serás mordido, sufriendo 1d4 de daño perforante, y los perros contarán como 5 pies de terreno difícil.
7	Te cruzas con una pelea en proceso. Haz una prueba de Fuerza (Atletismo), Destreza (Acrobacias) o Carisma (Intimidación) CD 15, la que prefieras, para atravesar la trifulca sin que te molesten. Si fallas, sufrirás 2d4 de daño contundente y los participantes en la pelea contarán como 10 pies de terreno difícil.
8	Un mendigo se interpone en tu camino. Haz una prueba de Fuerza (Atletismo), Destreza (Acrobacias) o Carisma (Intimidación) CD 10, la que prefieras, para escapar del mendigo. Tendrás éxito automáticamente si le arrojas una moneda. Si fallas, el mendigo contará como 5 pies de terreno difícil.
9	Un **guardia** demasiado entregado (su perfil se encuentra en el *Monster Manual*) te confunde con otra persona. Si te mueves al menos 20 pies durante tu turno, el guardia te hará un ataque de oportunidad con su lanza (+3 a impactar; 1d6 + 1 de daño perforante si impacta).
10	Te ves obligado a girar bruscamente para evitar chocar con algún objeto infranqueable. Haz una tirada de salvación de Destreza CD 10 para esquivarlo. Si fallas, sufrirás 1d4 de daño contundente al golpearte contra algo duro.
11–20	Sin complicaciones

COMPLICACIONES EN PERSECUCIONES EN LA NATURALEZA

d20	Complicación
1	Tu camino te lleva a atravesar una zona agreste con matorrales. Haz una prueba de Fuerza (Atletismo) o Destreza (Acrobacias) CD 10, la que prefieras, para atravesarla. Si fallas, los matorrales contarán como 5 pies de terreno difícil.
2	El suelo, muy desigual, amenaza con ralentizar tu avance. Haz una prueba de Destreza (Acrobacias) CD 10 para pasar por la zona. Si fallas, los desniveles contarán como 10 pies de terreno difícil.
3	Atraviesas un **enjambre de insectos** (el *Monster Manual* contiene su perfil). El DM elige el tipo de insecto que le parezca más apropiado. El enjambre te hará un ataque de oportunidad (+3 a impactar; 4d4 de daño perforante si impacta).
4	Un torrente, barranco o zona rocosa se interpone en tu camino. Haz una prueba de Fuerza (Atletismo) o Destreza (Acrobacias) CD 10, la que prefieras, para superar el obstáculo. Si fallas, el accidente geográfico contará como 10 pies de terreno difícil.
5	Haz una tirada de salvación de Constitución CD 10. Si fallas, estarás cegado por una nube de arena, polvo, cenizas, nieve o polen hasta el final de tu turno. Tu velocidad se reducirá a la mitad mientras esta nube te tenga cegado.
6	Un descenso inesperado te pilla por sorpresa. Haz una tirada de salvación de Destreza CD 10 para evitar despeñarte. Si fallas, caerás 1d4 × 5 pies, sufriendo 1d6 de daño contundente por cada 10 pies que hayas caído (la cantidad habitual) y quedarás derribado.
7	Tropiezas con la trampa de un cazador. Haz una tirada de salvación de Destreza CD 15 para evitarla. Si fallas, te habrás enganchado en una red y estarás apresado. El capítulo 5 ("Equipo") del *Player's Handbook* contiene las reglas para escapar de la red.
8	Te ves atrapado en una estampida de animales asustados. Haz una tirada de salvación de Destreza CD 10. Si fallas, te arrollarán y sufrirás 1d4 de daño contundente y 1d4 de daño perforante.
9	Tu camino te lleva cerca de un matorral de enredaderas afiladas. Debes invertir 10 pies de movimiento o hacer una tirada de salvación de Destreza CD 15, la opción que prefieras, para evitar las enredaderas. Si fallas, recibes 1d10 de daño cortante.
10	Una criatura autóctona de la zona te persigue. El DM escoge una que sea plausible para el terreno en el que estás.
11–20	Sin complicaciones

DISEÑAR TUS PROPIAS TABLAS DE PERSECUCIÓN

Las dos tablas que aparecen aquí no van a servir para todos los entornos posibles. Una persecución a través de las alcantarillas de Puerta de Baldur o los callejones cubiertos de telarañas de Menzoberranzan podría justificar la creación de una tabla ex-profeso.

DIVIDIRSE

Los perseguidos pueden dividirse en varios grupos más pequeños. Esta estrategia obliga a los perseguidores a fraccionar sus fuerzas o a permitir que parte de los perseguidos escapen. Si una persecución se divide en varias más pequeñas, resuelve cada una de ellas por separado. Juega un asalto de una de ellas, luego un asalto de la siguiente y así sucesivamente, de modo que registres las distancias relativas de cada grupo de perseguidores y perseguidos.

Cartografiar una persecución

Si tienes la oportunidad de preparar una persecución por adelantado, tómate el tiempo que necesites para dibujar un mapa que muestre la ruta a seguir. Añade obstáculos en puntos concretos, especialmente si son del tipo que obliga a los personajes a hacer pruebas de característica o tiradas de salvación para evitar bajar el ritmo o detenerse. También puedes recurrir a una tabla de complicaciones aleatorias, como las que se muestran en esta sección. Pero si no puedes hacer esto, simplemente improvisa durante la partida.

Las complicaciones pueden ser tanto barreras que dificulten el avance como una oportunidad de crear caos. Por ejemplo: un grupo de personajes, perseguido por osgos en un bosque, podría avistar un nido de avispas y bajar un poco el ritmo para poder atacarlo o tirarle piedras. Si lo hacen, crearán un obstáculo que sus perseguidores tendrán que superar.

El mapa de una persecución puede ser tanto lineal como con varias ramas, en función de la naturaleza de esta. Así, una persecución que se desarrolle sobre vagonetas en una mina podría tener muy pocas (o ninguna) ramas, mientras que otra, ambientada en unas alcantarillas, probablemente posea muchas.

Cambio de papeles

Es posible que, durante una persecución, los perseguidores se conviertan en los perseguidos. Si, por ejemplo, los personajes atraviesan un mercado mientras corren tras un ladrón, podrían atraer la atención de otros miembros del gremio de ladrones. Si ocurre esto, además de perseguir al criminal a la fuga, también deberán evitar al resto de ladrones, que los persiguen a ellos. Tira iniciativa para las nuevas incorporaciones y resuelve ambas persecuciones simultáneamente. Pero este ejemplo también podría desarrollarse de otra forma: supongamos que el ladrón antes nombrado se encontrara con sus cómplices, que lo estaban esperando. Al verse súbitamente superados en número, los personajes podrían darse media vuelta y huir, siendo ahora ellos los perseguidos.

Equipo de asedio

Las armas de asedio han sido diseñadas para someter castillos y otras fortificaciones amuralladas. Se usan mucho en las campañas ambientadas en una guerra. La mayoría de armas de asedio no pueden desplazarse por sí mismas, sino que son otras criaturas las que las mueven, recargan, apuntan y disparan.

Ariete
Objeto Grande

Clase de Armadura: 15
Puntos de golpe: 100
Inmunidad a daño: psíquico, veneno

Un ariete es una galería móvil en cuyo interior se encuentra un pesado tronco en posición horizontal, enganchado mediante cadenas a dos de las vigas del techo. La punta del tronco está cubierta de hierro y se usa para golpear repetidamente puertas y barricadas con el fin de destruirlas.

Son necesarias como mínimo cuatro criaturas Medianas para poder operar un ariete. Gracias al techo de la galería, los que utilizan esta arma de asedio disfrutan de cobertura completa contra los ataques que provengan de arriba.

Embestir. Ataque con arma cuerpo a cuerpo: +8 a impactar, alcance 5 pies, un objeto. *Impacto:* 16 (3d10) de daño contundente.

Balista
Objeto Grande

Clase de Armadura: 15
Puntos de golpe: 50
Inmunidad a daño: psíquico, veneno

Una balista es una ballesta enorme, que arroja virotes muy pesados. Para dispararla es preciso haberla cargado y apuntado al objetivo antes. Así, es necesario invertir una acción en cargarla, otra en apuntar y una tercera en disparar.

Virote. Ataque con arma a distancia: +6 a impactar, alcance 120/480 pies, un objetivo. *Impacto:* 16 (3d10) de daño perforante.

Caldero suspendido
Objeto Grande

Clase de Armadura: 19
Puntos de golpe: 20
Inmunidad a daño: psíquico, veneno

Este caldero de hierro está colgado de tal forma que se puede volcar fácilmente, derramando su contenido. Como es lógico, para poder volver a usarlo una vez vacío habrá que rellenarlo. Además, lo normal es que también haya que calentar el contenido. Es necesario invertir tres acciones en llenar un caldero y otra más en volcarlo.

Los calderos pueden llenarse con una gran variedad de líquidos, desde el ácido hasta el cieno verde, cada uno con su propio efecto.

Aceite hirviendo. El caldero derrama aceite hirviendo en un área cuadrada de 10 pies de lado situada justo debajo de él. Todas las criaturas que se encuentren en el área deberán hacer una tirada de salvación de Destreza CD 15, sufriendo 10 (3d6) de daño de fuego si la fallan, o la mitad del daño si la superan.

Cañón
Objeto Grande

Clase de Armadura: 19
Puntos de golpe: 75
Inmunidad a daño: psíquico, veneno

Los cañones son armas que, mediante la pólvora, propulsan pesadas bolas de hierro por el aire a gran velocidad, de modo que causan una gran destrucción cuando estas impactan. En campañas en las que no se utiliza la pólvora los cañones pueden ser artilugios arcanos, construidos por gnomos astutos o ingenieros mágicos.

La mayoría de los cañones están apoyados sobre un armazón de madera con ruedas. Para disparar un cañón es preciso haberlo cargado y apuntado al objetivo antes. Así, es necesario invertir una acción en cargarlo, otra en apuntar y una tercera en disparar.

Bala de cañón. Ataque con arma a distancia: +6 a impactar, alcance 600/2.400 pies, un objetivo. *Impacto:* 44 (8d10) de daño contundente.

Fundíbulo
Objeto Enorme

Clase de Armadura: 15
Puntos de golpe: 150
Inmunidad a daño: psíquico, veneno

Un fundíbulo es una poderosa catapulta que lanza sus proyectiles en un arco muy pronunciado, por lo que puede alcanzar objetivos a cubierto. Para dispararlo es preciso haberlo cargado y apuntado al objetivo antes. Es necesario invertir dos acciones en cargarlo, otras dos en apuntar y una más en disparar.

Lo normal es que los fundíbulos lancen piedras muy pesadas, pero pueden utilizar otros proyectiles, como barriles de aceite o aguas negras, que causarán efectos distintos.

Piedra de fundíbulo. *Ataque con arma a distancia:* +5 a impactar, alcance 300 pies/1.200 pies (no puede alcanzar objetivos a menos de 60 pies), un objetivo. *Impacto:* 44 (8d10) de daño contundente.

Mangana
Objeto Grande

Clase de Armadura: 15
Puntos de golpe: 100
Inmunidad a daño: psíquico, veneno

Una mangana es una catapulta que lanza proyectiles pesados en un arco muy pronunciado. Debido a ello, esta arma puede impactar a objetivos que estén protegidos tras una cobertura. Para dispararla es preciso haberla cargado y apuntado al objetivo antes. Así, es necesario invertir dos acciones en cargarla, otras dos en apuntar y una más en disparar.

Lo más habitual es que las manganas lancen piedras, pero pueden utilizar cualquier otro tipo de proyectil, que causará efectos diferentes según su naturaleza.

Piedra de mangana. *Ataque con arma a distancia:* +5 a impactar, alcance 200 pies/800 pies (no puede alcanzar objetivos a menos de 60 pies), un objetivo. *Impacto:* 27 (5d10) de daño contundente.

Torre de asedio
Objeto Gargantuesco

Clase de Armadura: 15
Puntos de golpe: 200
Inmunidad a daño: psíquico, veneno

Las torres de asedio son estructuras de madera móviles construidas a partir de vigas y con aspilleras en sus paredes. Se desplazan sobre grandes ruedas de madera o rodillos, empujadas por soldados o bestias de tiro. Las criaturas Medianas o más pequeñas pueden utilizar una torre de asedio para alcanzar la parte superior de muros de hasta 40 pies de altura. Las criaturas dentro la torre disfrutan de cobertura completa contra los ataques que provengan del exterior.

Enfermedades

Una plaga asola el reino, forzando a los aventureros a partir en busca de una cura. Poco después de salir de una tumba ancestral, que había permanecido clausurada durante generaciones, una aventurera se percata de que ha contraído una enfermedad que la deja muy débil. Un brujo, como castigo por haber ofendido a algún poder oscuro, padece una extraña aflicción, que se extiende cada vez que lanza un conjuro.

Un brote poco virulento no representará más que un pequeño gasto de recursos para el grupo, pues podrán curarlo mediante un conjuro de *restablecimiento menor.* Sin embargo, una cepa más peligrosa puede ser el fundamento de una (o varias) aventura, durante la cual los personajes buscan una cura para la enfermedad, evitan que esta se propague y se ocupan de sus consecuencias.

Una enfermedad que no se limite simplemente a infectar a un par de aventureros será un elemento de la trama por derecho propio. Las reglas te ayudan a describir los efectos de una enfermedad y cómo curarla, pero no existe ningún conjunto de reglas universal que ofrezca un mecanismo genérico para todas las enfermedades. Cualquier criatura es susceptible de caer enferma, aunque no todas las enfermedades pueden transmitirse de una raza o tipo de criatura concreto a otro. Cierta plaga podría afectar únicamente a autómatas y muertos vivientes, mientras que otra podría arrasar un barrio de medianos, pero no afectar a ninguna otra raza. Lo que importa es la historia que quieras contar.

ENFERMEDADES DE EJEMPLO

A continuación se describen unas cuantas enfermedades, que sirven de ejemplo de cómo incorporar uno de estos males al juego. Siéntete totalmente libre de modificar las CD de las tiradas de salvación, periodos de incubación, síntomas y cualquier otra característica de estas enfermedades para que casen mejor con tu campaña.

FIEBRE CARCAJEANTE

Esta enfermedad afecta a humanoides, aunque, extrañamente, los gnomos son inmunes. Quienes la padecen suelen sucumbir a arrebatos enloquecidos de risa, razón por la cual esta enfermedad recibe tanto su nombre común como un siniestro apodo: "los alaridos".

Los síntomas se manifiestan 1d4 horas después de haber sido infectado, e incluyen fiebre y desorientación. La criatura afectada recibe un nivel de cansancio, del que no podrá recuperarse hasta que la enfermedad sea curada.

Cualquier situación que provoque un fuerte estrés a la criatura infectada (como entrar en combate, recibir daño, pasar miedo o sufrir una pesadilla) la forzará a hacer una tirada de salvación de Constitución CD 13. Si falla, sufrirá 5 (1d10) de daño psíquico y quedará incapacitada, riéndose maníacamente, durante 1 minuto. La criatura puede repetir la tirada de salvación al final de cada uno de sus turnos, dejando de reírse y de estar incapacitada si tiene éxito.

Cualquier humanoide que empiece su turno a 10 pies o menos de una criatura infectada que esté poseída por la risa deberá superar una tirada de salvación de Constitución CD 10 o también contraerá la enfermedad. Si tiene éxito en esta tirada de salvación, será inmune a la risa maníaca de esa criatura concreta durante las siguientes 24 horas.

Al final de cada uno de sus descansos largos, una criatura infectada puede hacer una tirada de salvación de Constitución CD 13. Si tiene éxito, las CD tanto de esta salvación como de la que se ve obligada a hacer para evitar un ataque de risa maníaca bajarán en 1d6. Si estas CD descienden a 0, la criatura se habrá curado. Sin embargo, si falla tres de estas tiradas de salvación, sufrirá una forma de locura indefinida determinada al azar, como se explica más adelante en este capítulo.

PLAGA DE LAS ALCANTARILLAS

El término "plaga de las alcantarillas" engloba a una amplia categoría de enfermedades que se incuban en alcantarillas, montones de basura y pantanos. A veces también las transmiten las alimañas que moran en esos lugares, como ratas y otyughs.

Cualquier humanoide que sea mordido por una criatura portadora de la enfermedad o entre en contacto con basura o vísceras contaminadas por ella, deberá superar una tirada de salvación de Constitución CD 11 o será infectado.

Los síntomas de la plaga de las alcantarillas comenzarán a manifestarse 1d4 días después. Entre ellos se encuentran la fatiga y los calambres, por lo que la criatura infectada sufrirá un nivel de cansancio. Además, solo recibirá la mitad de los puntos de golpe normales cuando utilice Dados de Golpe y no recuperará punto de golpe alguno tras finalizar un descanso largo.

Al final de cada uno de sus descansos largos, la criatura infectada deberá hacer una tirada de salvación de Constitución CD 11. Si falla, recibirá un nivel de cansancio, pero si tiene éxito, su nivel de cansancio bajará en uno. Además, si al superar esta tirada de salvación la criatura infectada baja su nivel de cansancio por debajo de 1, se curará.

VISTA PODRIDA

Esta dolorosa infección provoca sangrado en los ojos y acaba dejando a la víctima completamente ciega.

Cualquier bestia o humanoide que beba agua contaminada con vista podrida deberá superar una tirada de salvación de Constitución CD 15 o será infectada. Un día después de contraer la enfermedad, notará como su visión se empieza a nublar: la criatura recibirá un penalizador de −1 a las tiradas de ataque y pruebas de característica que dependan de la vista. Al final de cada descanso largo posterior a la aparición de los síntomas, este penalizador empeorará en uno. Cuando llegue a −5, la víctima se habrá quedado ciega (estado "cegado") y solo podrá recuperar la visión mediante medios mágicos, como los conjuros restablecimiento menor o curar.

La vista podrida puede curarse utilizando una rara flor llamada ojoradiante, que crece en algunos pantanos. Un personaje que sea competente con útiles de herborista tardará una hora en preparar una dosis de ungüento a partir de estas flores. Aplicarla sobre los ojos antes de un descanso largo evitará que la visión empeore después de dicho descanso. Tras tres dosis, el ungüento curará la enfermedad por completo.

VENENOS

Debido a su naturaleza mortal e insidiosa, los venenos son ilegales en la mayoría de las sociedades, aunque también suponen una de las herramientas favoritas de asesinos y criaturas malvadas, como los drows.

Hay cuatro tipos distintos de venenos.

Contacto. Los venenos de contacto se untan sobre un objeto y conservan su fuerza hasta que alguien los toca o se limpia el objeto. Cualquier criatura cuya piel desnuda entre en contacto con un veneno de este tipo sufrirá sus efectos.

Ingerido. Para que una criatura sufra los efectos de este veneno deberá ingerir una dosis completa, que puede mezclarse tanto con comida como con bebida. Si quieres, puedes decidir que una dosis parcial es suficiente para producir un efecto algo más atenuado, permitiendo a la víctima realizar la tirada de salvación con ventaja o haciendo que reciba solo la mitad del daño si la falla.

Inhalado. Estos venenos toman la forma de polvos o gases, que surten efecto cuando son inhalados. Soplar sobre el polvo para esparcirlo o liberar el gas provoca que las criaturas que se encuentren dentro de un cubo de 5 pies se vean afectadas. La nube se disipa inmediatamente después. Aguantar la respiración no sirve para evitar estos venenos, pues afectan a las membranas nasales, lacrimales y otras partes del cuerpo.

Herida. Los venenos de este tipo pueden aplicarse sobre armas, municiones, componentes de una trampa o cualquier otro objeto que inflija daño cortante o perforante. Conservan su fuerza hasta que son administrados (al causar una herida) o se limpia el objeto sobre el que se han aplicado. Si una criatura recibe daño cortante o perforante de un objeto untado con un veneno de herida, sufrirá sus efectos.

VENENOS

Veneno	Tipo	Precio por dosis
Aceite de taggit	Contacto	400 po
Esencia de éter	Inhalado	300 po
Lágrimas de medianoche	Ingerido	1.500 po
Letargo	Ingerido	600 po
Malicia	Inhalado	250 po
Moco de carroñero reptante	Contacto	200 po
Ponzoña de serpiente	Herida	200 po
Sangre de asesino	Ingerido	150 po
Suero de la verdad	Ingerido	150 po

Veneno	Tipo	Precio por dosis
Tintura pálida	Ingerido	250 po
Vapores de othur quemado	Inhalado	500 po
Veneno de drow	Herida	200 po
Veneno de guiverno	Herida	1.200 po
Veneno de gusano púrpura	Herida	2.000 po

VENENOS DE EJEMPLO

Cada tipo de veneno tiene sus propios efectos nocivos.

Aceite de taggit (contacto). La criatura afectada por este veneno deberá superar una tirada de salvación de Constitución CD 13 o estará envenenada durante 24 horas. Cualquier criatura envenenada de esta forma también estará inconsciente. Se despertará si recibe daño.

Esencia de éter (inhalado). La criatura afectada por este veneno deberá superar una tirada de salvación de Constitución CD 15 o estará envenenada durante 8 horas. Cualquier criatura envenenada de esta forma también estará inconsciente. La criatura se despertará si recibe algún daño o si otra criatura utiliza su acción para despertarla.

Lágrimas de medianoche (ingerido). La criatura afectada por este veneno no sufrirá efecto alguno hasta la medianoche. Si el veneno no ha sido neutralizado antes de que llegue ese momento, la criatura deberá hacer una tirada de salvación de Constitución CD 17, recibiendo 31 (9d6) de daño de veneno si la falla, o la mitad de ese daño si la supera.

Letargo (ingerido). La criatura afectada por este veneno deberá superar una tirada de salvación de Constitución CD 15 o estará envenenada durante 4d6 horas. Cualquier criatura envenenada de esta forma también estará incapacitada.

Malicia (inhalado). La criatura afectada por cstc veneno deberá superar una tirada de salvación de Constitución CD 15 o estará envenenada durante 1 hora. Cualquier criatura envenenada de esta forma también estará cegada.

Moco de carroñero reptante (contacto). Este veneno debe recogerse del cuerpo de un carroñero reptante incapacitado o muerto. La criatura afectada por este veneno deberá superar una tirada de salvación de Constitución CD 13 o estará envenenada durante 1 minuto. Cualquier criatura envenenada de esta forma también estará paralizada. La criatura puede repetir la tirada de salvación al final de cada uno de sus turnos, librándose del efecto si tiene éxito.

Ponzoña de serpiente (herida). Este veneno debe recogerse del cuerpo de una serpiente venenosa gigante incapacitada o muerta. La criatura afectada por este veneno deberá hacer una tirada de salvación de Constitución CD 11, recibiendo 10 (3d6) de daño de veneno si la falla, o la mitad de ese daño si la supera.

Sangre de asesino (ingerido). La criatura afectada por este veneno debe hacer una tirada de salvación de Constitución CD 10. Si falla, recibirá 6 (1d12) de daño de veneno y estará envenenada durante 24 horas. Si tiene éxito, recibirá la mitad del daño y no estará envenenada.

Suero de la verdad (ingerido). La criatura afectada por este veneno deberá superar una tirada de salvación de Constitución CD 11 o estará envenenada durante 1 hora. Mientras esté envenenada, no podrá mentir de forma voluntaria, como si estuviera bajo los efectos del conjuro *zona de la verdad*.

Tintura pálida (ingerido). La criatura afectada por este veneno deberá superar una tirada de salvación de Constitución CD 16 o recibirá 3 (1d6) de daño de veneno y estará envenenada. La criatura envenenada deberá repetir esta tirada de salvación cada 24 horas, recibiendo 3 (1d6) de daño de veneno si falla esta tirada. Es completamente imposible curar el daño causado por este veneno mientras este siga activo. El efecto del veneno terminará cuando la víctima supere siete tiradas de salvación, momento a partir del cual podrá curarse con normalidad.

Vapores de othur quemado (inhalado). La criatura afectada por este veneno debe superar una tirada de salvación de Constitución CD 13 para evitar sufrir 10 (3d6) de daño de veneno y tener que repetir esta tirada de salvación al inicio de cada uno de sus turnos. Cada vez que falle una de estas tiradas, sufrirá 3 (1d6) de daño de veneno. El veneno dejará de surtir efecto si la criatura supera tres de estas tiradas de salvación.

Veneno de drow (herida). Los únicos productores habituales de este veneno son los drows, que lo confeccionan en lugares apartados de la luz del sol. La criatura afectada por este veneno deberá superar una tirada de salvación de Constitución CD 13 o estará envenenada durante 1 hora. Si falla la tirada de salvación por 5 o más, también estará inconsciente mientras siga envenenada de esta forma. La criatura se despertará si recibe algún daño o si otra criatura utiliza su acción para despertarla.

Veneno de guiverno (herida). Este veneno debe recogerse del cuerpo de un guiverno incapacitado o muerto. La criatura afectada por este veneno deberá hacer una tirada de salvación de Constitución CD 15, recibiendo 24 (7d6) de daño de veneno si la falla, o la mitad de ese daño si la supera.

Veneno de gusano púrpura (herida). Este veneno debe recogerse del cuerpo de un gusano púrpura incapacitado o muerto. La criatura afectada por este veneno deberá hacer una tirada de salvación de Constitución CD 19, recibiendo 42 (12d6) de daño de veneno si la falla, o la mitad de ese daño si la supera.

COMPRAR VENENOS

Las leyes de algunas ambientaciones prohíben la posesión y el uso de venenos, aunque un traficante con acceso al mercado negro o un apotecario sin escrúpulos podrían tener un alijo secreto. Los personajes con contactos en el mundo del crimen serán capaces de adquirir venenos de forma fácil, pero el resto tendrán que investigar bien e incluso pagar sobornos para poder hacerse con el veneno que buscan.

La tabla de venenos incluye los precios recomendados para una dosis de varios venenos.

PREPARAR Y RECOGER VENENOS

Durante los periodos de tiempo entre aventura y aventura, los personajes competentes con los útiles de envenenador pueden utilizar las reglas de fabricación del *Player's Handbook* (apartado "Actividades entre aventuras" del capítulo 8) para confeccionar un veneno básico. También puedes dejarles crear otros tipos de veneno si te parece oportuno. Pero no todos los ingredientes necesarios para producir un veneno determinado estarán a la venta, de manera que buscarlos puede ser la motivación detrás de una aventura.

Cualquier personaje puede intentar recoger veneno de una criatura venenosa, como pueden ser una serpiente, un guiverno o un carroñero reptante. La criatura en cuestión debe estar muerta o incapacitada y, tras pasar 1d6 minutos trabajando, el personaje tendrá que realizar una prueba de Inteligencia (Naturaleza) CD 20, a la que podrá aplicar su bonificador por competencia si no es competente en Naturaleza, pero sí con útiles de envenenador. Si tiene éxito, el personaje recogerá suficiente veneno para una dosis. Si no, será incapaz de extraer veneno alguno. Y si falla por 5 o más, el personaje se verá afectado por el veneno de la criatura.

LOCURA

En la mayoría de las campañas, los personajes no se volverán locos al presenciar horrores o masacrar a sus enemigos día sí, día también. Sin embargo, a veces, el estrés que implica una vida de aventuras pasa factura. Si tu campaña está muy enfocada en el horror, quizá quieras usar las reglas de locura para reforzar esta idea. Así enfatizarás la horripilante naturaleza de las amenazas a las que se enfrentan los personajes.

Volverse loco

Algunos efectos mágicos son capaces de inducir a una mente cuerda a la locura. Ciertos conjuros, como *contactar con otro plano* o *símbolo*, también pueden provocarla. Así que, si lo prefieres, puedes emplear las reglas que se presentan a continuación en lugar de las que aparecen en las descripciones de estos conjuros en el *Player's Handbook*. Las enfermedades, venenos y ciertos efectos planares, como el viento psíquico o los vientos aullantes del Pandemónium, igualmente pueden llevar a la locura. Por último, también hay artefactos capaces de quebrar la psique de un personaje que los utilice o se sintonice con ellos.

Para resistirse a un efecto que induzca a la locura suele ser necesario superar una tirada de salvación de Sabiduría o Carisma. Pero, si en tus sesiones jugáis con la puntuación de Cordura (consulta el capítulo 9, "Taller del Dungeon Master"), la criatura tendrá que hacer una tirada de salvación de Cordura en su lugar.

Efectos de la locura

La locura puede ser a corto plazo, a largo plazo o indefinida. La mayoría de efectos mundanos causan locura a corto plazo, que dura solo unos minutos. Efectos más terribles o que se van acumulando pueden resultar en locura a largo plazo o indefinida.

Un personaje afectado por la **locura a corto plazo** se verá sujeto a un efecto de los que aparecen en la tabla "locura a corto plazo" durante 1d10 minutos.

Un personaje afectado por la **locura a largo plazo** se verá sujeto a un efecto de los que aparecen en la tabla "locura a largo plazo" durante 1d10 × 10 horas.

Un personaje afectado por la **locura indefinida** obtendrá un defecto nuevo de los que aparecen en la tabla "locura indefinida", que permanecerá hasta que sea sanado.

Locura a corto plazo

d100	Efecto (dura 1d10 minutos)
01–20	El personaje se retira al interior de su propia mente y queda paralizado. Este efecto termina si el personaje recibe daño.
21–30	El personaje queda incapacitado y se pasa toda la duración del efecto gritando, riendo o sollozando
31–40	El personaje está asustado y debe utilizar la acción y el movimiento de todos sus turnos para huir del origen de su miedo
41–50	El personaje empieza a balbucear y es incapaz de hablar de forma coherente o lanzar conjuros
51–60	El personaje debe utilizar la acción de cada uno de sus turnos para atacar a la criatura más cercana
61–70	El personaje sufre alucinaciones particularmente vívidas y tiene desventaja en las pruebas de característica
71–75	El personaje hará cualquier cosa que se le diga, siempre que no se trate de un acto claramente autodestructivo
76–80	El personaje experimenta un deseo irrefrenable de comer algo extraño, como barro, cieno o vísceras
81–90	El personaje está aturdido
91–00	El personaje cae inconsciente

LOCURA A LARGO PLAZO

d100	Efecto (dura 1d10 x 10 horas)
01–10	El personaje se siente impelido a repetir una actividad concreta una y otra vez. Algunos ejemplos son lavarse las manos, tocar cosas, rezar o contar monedas.
11–20	El personaje sufre alucinaciones particularmente vívidas y tiene desventaja en las pruebas de característica
21–30	El personaje sufre de paranoia aguda. Tiene desventaja en las pruebas de Sabiduría y Carisma.
31–40	El personaje percibe algo (normalmente el origen de su locura) con profunda revulsión, como si estuviera afectado por la antipatía del conjuro *antipatía/simpatía*
41–45	El personaje sufre un delirio especialmente intenso. Escoge una poción. El personaje se imagina que está bajo sus efectos.
46–55	El personaje se encapricha de un "amuleto de la suerte", que puede ser tanto una persona como un objeto, y sufrirá desventaja en sus tiradas de ataque, pruebas de característica y tiradas de salvación si está a más de 30 pies de él
56–65	El personaje está cegado (25 %) o ensordecido (75 %)
66–75	El personaje sufre temblores o tics incontrolables, que le causan desventaja en las tiradas de ataque, pruebas de característica y tiradas de salvación que impliquen Fuerza o Destreza
76–85	El personaje sufre de amnesia parcial. Sabe quién es y conserva sus atributos raciales y rasgos de clase, pero no reconoce a los demás ni recuerda nada de lo ocurrido antes de que la locura se apoderara de él.
86–90	Cada vez que el personaje reciba daño deberá superar una tirada de salvación de Sabiduría CD 15. De lo contrario, será afectado como si hubiera fallado una tirada de salvación contra el conjuro *confusión*. Esta *confusión* dura 1 minuto.
91–95	El personaje pierde la capacidad para hablar
96–00	El personaje cae inconsciente. No importa cuánto se le zarandee o la cantidad de daño que reciba, no se despertará antes de que acabe la duración del efecto.

CURAR LA LOCURA

Un conjuro de *calmar emociones* puede suprimir los efectos de la locura, mientras que uno de *restablecimiento menor* es capaz de librar a un personaje de la locura a corto o largo plazo. En función del origen de la locura, *levantar maldición* o *disipar el bien y el mal* también pueden ser efectivos. Es necesario recurrir a un conjuro de *restablecimiento mayor* o efectos mágicos aún más poderosos para curar a un personaje de una locura indefinida.

PUNTOS DE EXPERIENCIA

Los puntos de experiencia (PX) hacen posible que los personajes de los jugadores suban de nivel y son la recompensa más habitual por superar encuentros de combate.

Todos los monstruos proporcionan cierta cantidad de PX, que se basa en su valor de desafío. Cuando los aventureros derrotan a uno o más monstruos (normalmente matándolos, haciéndolos huir o capturándolos) se reparten la suma de los PX de las criaturas entre ellos. Si el grupo ha recibido un apoyo sustancial por parte de al menos un PNJ, considera a estos PNJ ayudantes como miembros del grupo a la hora de repartir PX. Como los PNJ han hecho

LOCURA INDEFINIDA

d100	Defecto (permanece hasta que se cure)
01–15	"El alcohol me mantiene cuerdo"
16–25	"Me quedo todo lo que encuentro"
26–30	"Intento parecerme más a alguien que conozco; copiando su forma de vestir, sus gestos y su nombre".
31–35	"Debo retorcer la verdad, exagerar o incluso mentir si quiero resultar interesante a los demás"
36–45	"Alcanzar mi meta es lo único que me interesa, e ignoraré cualquier otra cosa para centrarme en ella"
46–50	"Me cuesta preocuparme por lo que ocurre a mi alrededor"
51–55	"No me gusta cómo los demás están juzgándome continuamente"
56–70	"Soy la persona más lista, sabia, fuerte, rápida y hermosa que conozco"
71–80	"Estoy convencido de que me persiguen enemigos poderosos. Sus agentes están en todas partes y estoy seguro de que no paran de vigilarme".
81–85	"Solo hay una persona en la que puedo confiar. Desgraciadamente, solo yo soy capaz de ver a este amigo tan especial".
86–95	"No consigo tomarme nada en serio. Cuanto más seria es la situación, más divertida me parece".
96–00	"He descubierto que me encanta matar gente"

que el combate fuera más fácil, cada uno de los personajes recibe menos PX.

El capítulo 3: "Crear aventuras" alberga una serie de normas y consejos para diseñar encuentros de combate partiendo de los puntos de experiencia.

PERSONAJES AUSENTES

Lo normal es que los aventureros solo reciban experiencia de aquellos encuentros en los que participan. Por tanto, si un jugador se pierde una sesión, su personaje no recibirá puntos de experiencia.

Con el paso del tiempo quizá te encuentres con que hay una diferencia de nivel entre los personajes de los jugadores que nunca faltan a una sesión y los de aquellos que asisten de forma más esporádica. No pasa nada. Una diferencia de dos o tres niveles entre los personajes de un mismo grupo no va a estropear la sesión a nadie. Algunos DM entienden los PX como una recompensa por participar en el juego, y estar al mismo nivel que el resto de tus compañeros es un buen incentivo para asistir a cuantas más sesiones mejor.

Una alternativa a este sistema es que des a los personajes ausentes la misma cantidad de PX que a los personajes que sí han asistido. Así, todos los miembros del grupo serán del mismo nivel. Habrá pocos jugadores que se pierdan la diversión de jugar a propósito solo porque saben que no van a perder PX aunque no aparezcan.

DESAFÍOS DISTINTOS AL COMBATE

Tú decides si los jugadores recibirán experiencia por superar desafíos que no sean combates. Quizá pienses que los aventureros se merecen una recompensa en forma de PX por salir airosos de una tensa negociación con un barón, cerrar un acuerdo comercial con un clan de ariscos enanos o cruzar el Abismo Maldito.

Recurre a las reglas para crear encuentros de combate que aparecen en el capítulo 3 como punto de partida para estimar la dificultad del desafío. Una vez hecho esto, otorga PX a los personajes como su hubieran superado un encuentro de combate de la misma dificultad, pero solo si existía una posibilidad real de fracaso.

HITOS

También puedes dar PX a los personajes cuando alcanzan hitos significativos. Cuando estés preparando tu aventura, elige qué eventos y desafíos conformarán estos hitos. Aquí tienes algunos ejemplos de hitos:

- Completar uno de una serie de objetivos necesarios para superar la aventura.
- Descubrir una localización escondida o una información relevante para la aventura.
- Alcanzar un destino importante.

Cuando otorgues PX, trata cada hito mayor como un encuentro difícil y cada hito menor como un encuentro fácil.

Si quieres recompensar a tus jugadores por avanzar en la aventura con algo que no sean ni PX ni tesoros, dales pequeños premios adicionales cuando alcancen ciertos hitos. Algunos ejemplos:

- Los aventureros reciben los beneficios de un descanso corto.
- Los personajes pueden recuperar un Dado de Golpe o un espacio de conjuro de nivel bajo.
- Los personajes pueden recuperar usos de objetos mágicos que ya hayan gastado anteriormente.

SUBIDA DE NIVEL SIN PX

También puedes prescindir por completo de los puntos de experiencia, controlando tú mismo el ritmo al que mejoran los personajes. Puedes decidir que los aventureros avanzarán en función del número de sesiones jugadas o cuando alcancen ciertas metas relevantes para la historia de la campaña. En cualquiera de los dos casos, tú serás quién les diga a los jugadores cuándo suben de nivel sus personajes.

Este método puede ser especialmente útil si tu campaña no se centra mucho en el combate. O lo contrario: si tiene tantos combates que contabilizar los PX se vuelve tedioso.

AVANCE EN BASE A SESIONES

Un ritmo de avance en base a sesiones apropiado es dejar que los personajes suban a nivel 2 al final de la primera sesión de juego, a nivel 3 después de otra sesión y a nivel 4 tras otras dos más. A partir de ese punto permite que alcancen un nivel nuevo cada dos o tres sesiones. Este ritmo es equivalente al habitual, que asume que las sesiones durarán unas cuatro horas.

AVANCE EN FUNCIÓN DE LA HISTORIA

Si la trama de la campaña marca el ritmo de avance, recompensarás a los aventureros con una subida de nivel cuando alcancen ciertos objetivos.

Capítulo 9: Taller del Dungeon Master

OMO DUNGEON MASTER, NO ESTÁS LIMITADO por las reglas del *Player's Handbook*, las directrices que aparecen en este libro o las criaturas del *Monster Manual*. Da rienda suelta a tu imaginación. Este capítulo contiene varias reglas opcionales que puedes utilizar para personalizar tu campaña, además de una serie de consejos para crear tu propio material, como monstruos y objetos mágicos.

Las opciones que se muestran aquí afectan a muchas partes diferentes del juego. Algunas de estas reglas son alternativas a las ya existentes y otras son completamente nuevas, pero cada una de ellas encarna un género o estilo de juego (o los dos) diferente. Eso sí, procura no probar más de una o dos opciones al mismo tiempo, para que así puedas tener claro el efecto que provocan en tu campaña antes de añadir otras.

Antes de incorporar una regla nueva a tu campaña, hazte dos preguntas:

- ¿Va a mejorar el juego?
- ¿Va a gustar a mis jugadores?

Si estás bastante seguro de que la respuesta a ambas es "sí", entonces no tienes nada que perder por intentar utilizarla. Insta a tus jugadores a que te den su opinión de los cambios. Si la opción o regla que acabas de añadir no funciona como debería o no aporta mucho al juego, puedes pulirla o simplemente descartarla. Independientemente del origen de una regla, no debes olvidar que es ella la que está a tu servicio, y no al contrario.

Piénsatelo bien antes de incorporar al juego alguna modificación que permita a un personaje concentrarse en más de un efecto al mismo tiempo, usar más de una reacción o acción adicional por asalto, o sintonizarse con más de tres objetos mágicos a la vez. Las opciones y elementos de juego que cambian las reglas de concentración, reacciones, acciones adicionales y sintonización con objetos mágicos son peligrosas, pues pueden desequilibrar o complicar en exceso tus partidas.

Opciones para características

Las reglas opcionales de esta sección se centran en el uso de las puntuaciones de característica.

Dados de competencia

Esta regla opcional reemplaza el bonificador por competencia de un personaje por un dado de competencia, de manera que se añade algo más de azar al juego y se consigue que la competencia sea una forma menos fiable de indicar maestría. En lugar de añadir el bonificador por competencia a las tiradas de ataque, pruebas de característica o tiradas de salvación, el jugador que controla al personaje tirará un dado. La tabla "dado de competencia" te indica qué dado emplear en función del nivel del personaje.

Si un rasgo, como la Pericia del pícaro, permite a un personaje duplicar su bonificador por competencia, el jugador tirará el dado de competencia dos veces, en lugar de solamente una.

Esta opción está pensada para los personajes de los jugadores y aquellos PNJ que posean niveles, no para los monstruos (que no suelen tener).

Dado de competencia

Nivel	Bonificador por competencia	Dado de competencia
1–4	+2	1d4
5–8	+3	1d6
9–12	+4	1d8
13–16	+5	1d10
17–20	+6	1d12

Alternativas a las habilidades

Las habilidades indican aquellas circunstancias en las que un personaje puede añadir su bonificador por competencia a una prueba de característica. Cada habilidad particulariza estas circunstancias al hacer referencia a un aspecto concreto de una de las seis características. Así, Acrobacias y Sigilo son dos facetas de la Destreza, y un personaje puede especializarse en cualquiera de ellas, o en ambas.

Puedes prescindir de las habilidades y usar una de las alternativas siguientes. Escoge la que mejor se adapte a tu campaña.

Competencia en pruebas de característica

Con esta regla alternativa los personajes no tienen competencias en habilidades. En lugar de ellas, cada aventurero es competente con dos características: una relacionada con su clase y otra con su trasfondo. La tabla "competencias en características por clase" sugiere una serie de características apropiadas para cada clase. En lo que a los trasfondos respecta, tú eliges la característica que pienses que cuadra mejor. Desde el nivel 1, el personaje añadirá su bonificador por competencia a todas las pruebas de característica que haga utilizando cualquiera de las dos características con las que es competente.

Competencia en características por clase

Clase	Características
Bárbaro	Fuerza, Destreza o Sabiduría
Bardo	Cualquiera
Clérigo	Inteligencia, Sabiduría o Carisma
Druida	Inteligencia o Sabiduría
Guerrero	Fuerza, Destreza o Sabiduría
Monje	Fuerza, Destreza o Inteligencia
Paladín	Fuerza, Sabiduría o Carisma
Explorador	Fuerza, Destreza o Sabiduría
Pícaro	Destreza, Inteligencia, Sabiduría o Carisma
Hechicero	Inteligencia o Carisma
Brujo	Inteligencia o Carisma
Mago	Inteligencia o Sabiduría

El rasgo Pericia funciona de manera diferente a la habitual cuando se usa esta regla. A nivel 1, en lugar de elegir dos competencias, el personaje que posea este rasgo debe escoger una de las dos características en las que es competente. Esta característica es el equivalente a dos de las elecciones que Pericia proporciona. Si el personaje fuera a obtener otra competencia en una habilidad, en lugar de eso elegirá otra característica, con la que será competente.

Esta opción elimina las habilidades del juego, pero, a cambio, no permite grandes diferencias entre personajes. Por ejemplo, un aventurero no puede centrarse en la persuasión o la intimidación; es igual de bueno en ambas.

COMPETENCIA EN TRASFONDO

Con esta regla alternativa los personajes no tienen competencias en habilidades ni herramientas. Cualquier cosa que proporcionara al aventurero la competencia en una habilidad o con una herramienta no posee efecto alguno. En vez de eso, el personaje puede añadir su bonificador por competencia a cualquier prueba de característica para la que su entrenamiento y experiencias previas (reflejadas en su trasfondo) puedan servir de algo. Aquí el DM es el juez último; él decide si el trasfondo del personaje sirve para cada tirada concreta.

Por ejemplo, el jugador que controla a un aventurero con el trasfondo "noble" puede argumentar de forma razonable que su bonificador por competencia debería aplicarse a una prueba de Carisma cuyo objetivo sea conseguir una audiencia con el rey. Debes animar a los jugadores a que expliquen en términos concretos por qué su trasfondo resulta útil. En el ejemplo anterior, el jugador, en vez de limitarse a pronunciar un escueto "Soy un noble", debe proporcionar más detalles: "Antes de irme de aventuras, estuve tres años sirviendo a mi familia como su embajador en la corte, por lo que estoy acostumbrado a este tipo de cosas".

Este sencillo sistema depende en gran medida de que los jugadores desarrollen la historia de sus personajes. No dejes que acabe convirtiéndose en un debate infinito sobre si el bonificador por competencia de un aventurero puede aplicarse o no a cada situación. A menos que alguna explicación sobre la relevancia de un trasfondo haga que el resto de jugadores suspiren ante lo absurdo de la propuesta, no lo dudes y recompensa al jugador por sus esfuerzos.

Si un personaje posee el rasgo Pericia, en lugar de escoger habilidades o herramientas a las que aplicarlo, el jugador deberá definir qué aspectos del trasfondo de su aventurero se beneficiarán del rasgo. Volviendo otra vez al ejemplo del noble, el jugador podría decidir aplicar Pericia a "las situaciones en las que los modales y la etiqueta sean primordiales" y a "descubrir las conjuras que unos miembros de la corte traman contra otros".

COMPETENCIA EN RASGOS DE PERSONALIDAD

Con esta regla alternativa los personajes no poseen competencias en habilidades. En vez de eso, el aventurero puede añadir su bonificador por competencia a cualquier prueba de característica relacionada con sus rasgos de personalidad positivos. Así, un personaje con el rasgo de personalidad positivo "Nunca tengo un plan, pero se me da bien improvisar sobre la marcha" podría aplicar su bonificador cuando tenga que pensar rápidamente en una mentira que le saque de alguna situación comprometida. Cada jugador debe definir al menos cuatro rasgos de personalidad positivos cuando cree a su aventurero.

Sin embargo, el personaje tendrá desventaja en aquellas pruebas de característica que se vean directamente perjudicadas por alguno de sus rasgos de personalidad negativos. De este modo, un ermitaño cuyo rasgo negativo es "Tiendo a perderme en mis propios pensamientos y no darme cuenta de lo que sucede a mi alrededor" podría sufrir desventaja en una prueba de característica para percibir a unas criaturas que le están acechando.

Si un personaje posee el rasgo Pericia, sus beneficios se aplicarán a rasgos de personalidad en lugar de a habilidades. Además, si un aventurero fuera a obtener una competencia en una habilidad o con una herramienta, en lugar de eso recibirá un nuevo rasgo de personalidad positivo.

Este sistema depende por completo de que los jugadores desarrollen las personalidades de sus aventureros. Asegúrate de que sus rasgos, tanto positivos como negativos, aparecen en las partidas con más o menos la misma frecuencia.

No dejes que un aventurero acabe teniendo un rasgo positivo que parece servir para todo y uno negativo que nunca se manifiesta.

Si lo crees conveniente, también puedes incorporar los ideales, vínculos y defectos de los personajes a este sistema.

PUNTOS DE HÉROE

Los puntos de héroe funcionan bien en las campañas de fantasía épica y mítica, en las que los personajes se parecen más a superhéroes que a un aventurero medio.

Si utilizas esta opción, cada personaje empieza con 5 puntos de héroe a nivel 1. Cada vez que suba de nivel, perderá todos aquellos puntos de héroe que no haya gastado y recibirá un nuevo total: 5 + la mitad del nivel del personaje.

El jugador podrá gastar 1 punto de héroe cuando haga una tirada de ataque, prueba de característica o tirada de salvación. Puede decidir si invertirlo después de realizar la tirada, pero antes de que sus efectos se apliquen. Gastar el punto de héroe le permite tirar 1d6 y sumar el resultado al d20. Si tiene suerte, convertirá un fracaso en un éxito. Cada jugador solo puede gastar 1 punto de héroe por tirada.

Además, cada vez que un personaje falle una tirada de salvación contra muerte, su jugador podrá gastar 1 punto de héroe para convertir el fallo en un éxito.

NUEVAS CARACTERÍSTICAS: HONOR Y CORDURA

Si estás dirigiendo una campaña caracterizada por un estricto código de honor o el riesgo constante de caer en la locura, considera la posibilidad de añadir una de las siguientes (o las dos) características nuevas: Honor y Cordura. Estas características funcionan como las seis habituales, pero con algunas diferencias que se indican más adelante.

Para incorporar estas características opcionales al proceso de creación de personajes haz lo siguiente:

- Si tus jugadores utilizan la distribución de puntuaciones de característica estándar, añade un 11 por cada característica opcional que añadas.
- Si tus jugadores utilizan el sistema alternativo de compra de puntuaciones, añade 3 puntos por cada característica opcional que añadas.
- Si tus jugadores tiran sus puntuaciones de característica, haz que tiren también por las características opcionales que hayas añadido.

Si alguna vez necesitas realizar una prueba o tirada de salvación de Honor o Cordura para un monstruo que carece de ellas, emplea Carisma en lugar de Honor y Sabiduría en vez de Cordura.

HONOR

Si en tu campaña aparecen culturas en las que un código de honor rígido es parte del día a día, valora la posibilidad de usar la puntuación de Honor para medir la devoción de un personaje a este código. Esta característica casa bien con ambientaciones inspiradas en culturas asiáticas, como Kara-Tur en los Reinos Olvidados. Además, el Honor resulta útil en cualquier campaña que gire en torno a órdenes de caballería.

El Honor no mide solo la devoción del personaje a un código de conducta, sino también su comprensión del mismo. Igualmente, puede reflejar cómo perciben los demás el honor del personaje. Así, lo normal es que un aventurero con un Honor alto sea famoso por su reputación, especialmente entre aquellos que también tengan puntuaciones de Honor elevadas.

A diferencia de otras características, el Honor no se puede aumentar mediante mejoras de puntuaciones de característica normales. En vez de eso, puedes recompensar a los personajes aumentando su Honor (o castigándoles reduciéndolo) en base a sus actos. Si, al acabar una aventura, piensas que las acciones de un aventurero han reflejado particularmente bien o mal su comprensión del código, puedes aumentar o reducir, respectivamente, su Honor en 1. Al igual que con el resto de puntuaciones de característica, el Honor no puede aumentar a más de 20 ni reducirse a menos de 1.

Pruebas de Honor. Las pruebas de Honor pueden utilizarse en contextos sociales, de forma similar a las de Carisma, pero cuando el factor más importante de la interacción sea la comprensión del código de conducta por parte del personaje.

También puedes pedir pruebas de Honor cuando el aventurero se encuentre en alguna de las situaciones siguientes:

- No esté seguro de cómo comportarse honorablemente.
- Intente rendirse sin resultar humillado.
- Quiera determinar la puntuación de Honor de otro personaje.
- Intente comportarse según dicta la etiqueta en una situación social delicada.
- Quiera usar su honrosa (o deshonrosa) reputación para influir en alguien.

Tiradas de salvación de Honor. Las tiradas de salvación de Honor se producen cuando quieres determinar si un personaje va a hacer algo deshonroso sin darse cuenta. Podrías pedir tiradas de salvación de Honor en situaciones como las siguientes:

- Evitar cometer un acto deshonroso o violar el protocolo accidentalmente.
- Resistir el impulso de responder a las provocaciones e insultos de un enemigo.
- Darse cuenta de que un enemigo intenta engañar al personaje para que rompa su código de honor.

CORDURA

Considera la posibilidad de usar la Cordura si tu campaña se articula en torno a entidades de naturaleza alienígena e impronunciable, como el Gran Cthulhu, cuyos poderes y siervos son capaces de quebrar las mentes de los aventureros.

Un personaje con Cordura alta se muestra cabal incluso al enfrentarse a situaciones demenciales. Por contra, un aventurero con Cordura baja es frágil, por lo que se vendrá abajo con facilidad si tiene que vérselas con horrores sobrenaturales que se escapan a la razón.

Pruebas de Cordura. Puedes pedir a los personajes que hagan una prueba de Cordura, en lugar de una de Inteligencia, cuando quieran recordar conocimientos relacionados con las criaturas demenciales de tu campaña, descifrar las delirantes notas de un lunático o aprender conjuros escritos en volúmenes de saberes prohibidos. También puedes requerir pruebas de Cordura cuando un aventurero intente hacer alguna de las actividades siguientes:

- Descifrar un texto escrito en un idioma tan extraño que amenaza con destruir su mente.
- Sobreponerse a los efectos que la locura ha causado en él.
- Entender un fragmento de magia alienígena, ajeno a la concepción establecida de lo sobrenatural.

Tiradas de salvación de Cordura. Puedes pedir tiradas de salvación de Cordura cuando un personaje corra el riesgo de sucumbir a la locura, en situaciones como las siguientes:

- Contemplar una criatura del Reino Lejano o cualquier otro lugar alienígena por primera vez.
- Establecer contacto directo con una criatura alienígena.

- Ser sujeto a conjuros que afectan la estabilidad mental, como la opción "locura" del conjuro *símbolo*.
- Atravesar un semiplano que se apoya en leyes de la física extrañas.
- Resistir un efecto producido por un ataque o conjuro que inflija daño psíquico.

Una tirada de salvación de Cordura fallida podría desencadenar locura a corto plazo, a largo plazo o indefinida, tal y como se describe en el capítulo 8: "Dirigir el juego". Cada vez que un personaje sufra de locura a largo plazo o indefinida, su puntuación de Cordura se reducirá en 1. Sin embargo, un conjuro de *restablecimiento mayor* es capaz de recuperar la Cordura perdida de esta forma. Además, el personaje puede subir su puntuación de Cordura al subir de nivel, igual que con el resto de características.

Opciones para aventuras

Esta sección contiene varias opciones que te permitirán modificar el funcionamiento de los descansos, así como añadir ciertos objetos poco usuales a tu campaña, como las armas modernas.

Miedo y horror

Puedes recurrir a estas reglas para mantener un ambiente de terror en campañas de fantasía oscura.

Miedo

Puedes pedir a los aventureros que hagan una tirada de salvación de Sabiduría cuando se enfrenten a amenazas ante las que no poseen esperanza alguna de vencer. Elige la CD en base a las circunstancias. Los personajes que fallen la tirada estarán asustados durante 1 minuto. Podrán repetir la tirada de salvación al final de cada uno de sus turnos, librándose del efecto si tienen éxito.

Horror

El horror va más allá del miedo, ya que también implica repugnancia y angustia. Suele darse cuando los aventureros ven algo completamente opuesto a lo que el sentido común dicta que es posible, o cuando son conscientes de una verdad espantosa.

En situaciones como esta, pide a los jugadores que realicen una tirada de salvación de Carisma para que sus personajes resistan el horror. Escoge la CD en función de la magnitud de las circunstancias horripilantes. Si un personaje falla, sufrirá una forma de locura a corto o largo plazo, tal y como se explica en el capítulo 8: "Dirigir el juego". Elígela tú o determínala al azar, lo que prefieras.

Curación

Estas reglas opcionales harán que a los personajes les cueste más o menos recuperarse de las heridas, reduciendo o aumentando, respectivamente, el tiempo que pueden aguantar antes de descansar.

Dependencia de los útiles de sanador

Para que un personaje pueda emplear Dados de Golpe tras finalizar un descanso corto, alguien deberá gastar un uso de unos útiles de sanador para vendar y tratar sus heridas.

Curaciones súbitas

Esta regla opcional permite que los jugadores se curen en medio del combate. Funciona bien con los grupos que no tengan personajes con magia curativa o en campañas en las que esta es rara.

Un personaje puede, como su acción, realizar una curación súbita y gastar hasta la mitad de sus Dados de Golpe. Por cada Dado de Golpe invertido de esta forma, tirará un dado y añadirá al resultado su modificador por Constitución. El personaje recuperará tantos puntos de golpe como el total, y podrá decidir si emplea otro Dado de Golpe tras cada tirada.

El personaje no podrá utilizar curación súbita de nuevo hasta que no termine un descanso corto o largo.

Si usas esta regla opcional, los personajes recuperan todos sus Dados de Golpe al finalizar un descanso largo. Además, cuando hagan un descanso corto recuperarán tantos Dados de Golpe como su nivel dividido entre cuatro (un dado como mínimo).

Si quieres darle un aire más superheroico, permite que los aventureros usen su curación súbita como acción adicional, en lugar de como acción.

CURACIÓN NATURAL LENTA

Los personajes no recuperan puntos de golpe al finalizar un descanso largo. En lugar de eso, cada aventurero debe gastar Dados de Golpe al terminar el descanso largo, como si de un descanso corto se tratara.

Esta regla opcional alarga el tiempo de recuperación de los personajes que no dispongan de curación mágica. Es apropiada para las campañas más realistas y descarnadas.

VARIANTES DEL DESCANSO

Las reglas de descansos cortos y largos que aparecen en el capítulo 8 del *Player's Handbook* funcionan bien en campañas de estilo heroico. Los personajes podrán enfrentarse cara a cara con enemigos terribles, quedarse al borde de la muerte y aun así estar listos para pelear al día siguiente. Si este estilo no casa con tu campaña, sopesa la posibilidad de utilizar alguna de las variantes siguientes.

HEROÍSMO ÉPICO

Esta alternativa reduce el tiempo necesario para un descanso corto a 5 minutos y para un descanso largo a 1 hora. Este cambio provoca que los combates sean algo más rutinario, ya que los personajes pueden recuperarse fácilmente de cada batalla. Quizá quieras hacer los encuentros de combate más difíciles para compensar este hecho.

En este sistema los lanzadores de conjuros podrán consumir sus espacios de conjuro a un ritmo muy elevado, especialmente si son de nivel alto. Puedes hacer que los lanzadores de conjuros que finalicen un descanso largo solo recuperen tantos espacios de conjuro como la mitad de sus espacios totales (redondeando hacia abajo). Además, los espacios recuperados deben ser de nivel 5 o menos. Solo un descanso completo de 8 horas permitirá al lanzador volver a tener todos sus espacios de conjuro y recuperar los espacios de nivel 6 o más.

REALISMO DESCARNADO

Esta alternativa aumenta el tiempo necesario para un descanso corto a 8 horas y para un descanso largo a 7 días. Sirve para echar el freno a la campaña y exige a los jugadores que juzguen con cuidado los beneficios e inconvenientes de entrar en combate. Los personajes no pueden permitirse el lujo de participar en varios enfrentamientos seguidos y será necesario elaborar un plan cuidadoso antes de correr riesgos.

Esta filosofía anima a los jugadores a pasar tiempo fuera de la mazmorra. Es una buena opción para aquellas campañas que se centren en la intriga, el politiqueo y las interacciones sociales con PNJ. En ellas el combate es raro y suele ser más sensato evitarlo.

ARMAS DE FUEGO

Si quieres imitar el estilo de capa y espada típico de *Los tres mosqueteros* y otras historias semejantes, puedes añadir armas de pólvora, más típicas del Renacimiento, a tu campaña. De forma similar, si en tu ambientación se ha estrellado una nave espacial o aparecen ciertos elementos de nuestro presente, quizá quieras incorporar armas de fuego modernas o del futuro. La tabla "armas de fuego" contiene varios ejemplos de armas de este tipo para los tres periodos nombrados. Los objetos modernos y futuristas no tienen precio.

COMPETENCIA

Es decisión tuya si un aventurero es o no competente con un arma de fuego. La mayoría de los personajes de los mundos de D&D no lo serán. Con todo, los personajes pueden aprovechar el tiempo entre aventuras para, utilizando las reglas para entrenarse que aparecen en *Player's Handbook*, adquirir estas competencias. Siempre y cuando dispongan de la munición necesaria para poder practicar el uso de estas armas, claro está.

PROPIEDADES

Las armas de fuego usan munición especial, y algunas tienen las propiedades "ráfaga" o "cargador".

Cargador. Un arma con esta propiedad puede disparar un número limitado de veces. Una vez superado este límite, el personaje deberá cambiar el cargador del arma (que contiene la munición) utilizando una acción o acción adicional, lo que prefiera.

Munición. La munición de las armas de fuego siempre se destruye al ser disparada. Las armas renacentistas y modernas utilizan balas. Las armas futuristas emplean un tipo especial de munición que recibe el nombre de células de energía. Estas células tienen carga suficiente para todos los disparos que su arma de fuego puede hacer.

Ráfaga. Un arma que tenga esta propiedad puede hacer un ataque normal, a un único objetivo, o disparar de forma automática, llenando de disparos un cubo de 10 pies dentro del alcance habitual. Todas las criaturas situadas dentro de esta área deberán superar una tirada de salvación de Destreza CD 15 o sufrirán el daño normal del arma. Esta acción consume diez unidades de munición.

EXPLOSIVOS

Tu campaña podría incluir explosivos si está ambientada en el Renacimiento o en el mundo moderno. Sus características aparecen en la tabla "explosivos". Ten en cuenta que los objetos modernos no tienen precio.

BOMBA

Un personaje puede, como acción, encender la mecha de esta bomba y arrojarla a un punto que se encuentre a 60 pies o menos de distancia. Todas las criaturas situadas a 5 pies o menos del punto de impacto deberán tener éxito en una tirada de salvación de Destreza CD 12 o sufrirán 3d6 de daño de fuego.

DINAMITA

Un personaje puede, como acción, encender una barra de dinamita y arrojarla a un punto que se encuentre a 60 pies o menos de distancia. Todas las criaturas situadas a 5 pies o menos del punto de impacto deberán hacer una tirada de salvación de Destreza CD 12, recibiendo 3d6 de daño contundente si la fallan, o la mitad de ese daño si la superan.

Se pueden agrupar varias barras de dinamita para que exploten al mismo tiempo. Cada barra adicional aumenta el daño en 1d6 (hasta un máximo de 10d6) y el radio de la explosión en 5 pies (hasta un máximo de 20 pies).

También se le puede poner una mecha más larga, que hará que la dinamita explote pasado un tiempo, normalmente entre 1 y 6 asaltos. Tira iniciativa para la dinamita. Una vez hayan pasado el número de asaltos correspondiente, la dinamita explotará en esa posición en el orden de iniciativa.

GRANADAS

Un personaje puede, como acción, lanzar una granada a un punto situado a 60 pies o menos de distancia. Si dispone de un lanzagranadas, la distancia aumentará a 120 pies.

Todas las criaturas que se encuentren a 20 pies o menos de una **granada de fragmentación** que explota deberán hacer una tirada de salvación de Destreza CD 15, sufriendo 5d6 de daño perforante si la fallan, o la mitad de ese daño si la superan.

Un asalto después de aterrizar, una **granada de humo** producirá una nube de humo que creará una zona muy oscura en un radio de 20 pies. Un viento moderado (al menos 10 millas por hora) dispersará el humo en 4 asaltos y uno fuerte (al menos 20 millas por hora) lo disipará en 1 asalto.

Pólvora

La pólvora suele emplearse para propulsar una bala a través del cañón de una pistola o rifle, o para hacer bombas con ella. Se vende en pequeños barriles de madera y en cuernos para pólvora resistentes al agua.

Prender fuego a un contenedor lleno de pólvora lo hará explotar, infligiendo daño de fuego a las criaturas situadas a 10 pies o menos de distancia: 3d6 si se trata de un cuerno y 7d6 si es un barril. Una tirada de salvación de Destreza CD 12 con éxito reduce este daño a la mitad. Si se prende fuego a una onza (28 g) de pólvora, esta brillará con fuerza durante un asalto, emitiendo luz brillante en un radio de 30 pies y luz tenue 30 pies más allá.

Explosivos

Objeto renacentista	Precio	Peso
Bomba	150 po	1 lb
Pólvora, barril	250 po	20 lb
Pólvora, cuerno	35 po	2 lb

Objeto moderno	Precio	Peso
Dinamita (barra)	—	1 lb
Granada de fragmentación	—	1 lb
Granada de humo	—	2 lb
Lanzagranadas	—	7 lb

Armas de fuego

Objeto renacentista	Precio	Daño	Peso	Propiedades
Armas a distancia marciales				
Pistola	250 po	1d10 perforante	3 lb	Munición (alcance 30/90), recarga
Mosquete	500 po	1d12 perforante	10 lb	A dos manos, munición (alcance 40/120), recarga
Munición				
Balas (10)	3 po	—	2 lb	

Objeto moderno	Precio	Daño	Peso	Propiedades
Armas a distancia marciales				
Escopeta	—	2d8 perforante	7 lb	A dos manos, cargador (2 disparos), munición (alcance 30/90)
Pistola automática	—	2d6 perforante	3 lb	Cargador (15 disparos), munición (alcance 50/150)
Revólver	—	2d8 perforante	3 lb	Cargador (6 disparos), munición (alcance 40/120)
Rifle automático	—	2d8 perforante	8 lb	A dos manos, cargador (30 disparos), munición (alcance 80/240), ráfaga
Rifle de caza	—	2d10 perforante	8 lb	A dos manos, cargador (5 disparos), munición (alcance 80/240)
Munición				
Balas (10)	—	—	1 lb	

Objeto futurista	Precio	Daño	Peso	Propiedades
Armas a distancia marciales				
Pistola láser	—	3d6 radiante	2 lb	Cargador (50 disparos), munición (alcance 40/120)
Rifle de antimateria	—	6d8 necrótico	10 lb	A dos manos, cargador (2 disparos), munición (alcance 120/360)
Rifle láser	—	3d8 radiante	7 lb	A dos manos, cargador (30 disparos), munición (alcance 100/300)
Munición				
Célula de energía	—	—	5 onzas	—

Tecnología extraña

Si los aventureros encuentran un objeto fabricado con tecnología no disponible en su mundo o periodo histórico, lo más probable es que no entiendan para qué sirve, a pesar de que los jugadores sí lo sepan. Para simular que los personajes no están familiarizados con la tecnología en cuestión, estos deberán hacer una serie de pruebas de Inteligencia para intentar comprenderla.

Para descubrir cómo funciona un objeto, el personaje deberá superar un número de pruebas de Inteligencia que depende de su complejidad: dos éxitos para un objeto sencillo (un mechero, una calculadora o un revólver) y cuatro éxitos para un objeto complejo (un ordenador, una sierra mecánica o un aerodeslizador). Consulta la tabla "entender tecnología extraña" para ver si el personaje he tenido éxito o no en cada una de sus pruebas. Quizá te parezca oportuno que el objeto se rompa si el personaje falla cuatro o más veces antes de hacer un descanso largo.

Si el personaje ya ha visto cómo se usa o ha usado un objeto similar antes, tendrá ventaja en las pruebas de Inteligencia para entender cómo funciona.

Entender tecnología extraña

Total prueba Int	Resultado
9 o menos	Un fallo. Si el objeto posee cargas o usos, se pierde una. El personaje tiene desventaja en la siguiente prueba.
10–14	Un fallo
15–19	Un éxito
20 o más	Un éxito. El personaje tiene ventaja en la siguiente prueba.

PUNTOS DE TRAMA

Los puntos de trama dan a los jugadores el poder de modificar el curso de la campaña, introducir complicaciones en la trama, alterar el mundo e incluso asumir el rol del DM. Si tu primera reacción al leer la frase anterior es preocuparte por el abuso que tus jugadores puedan hacer de estos puntos, eso es que probablemente no sean para ti.

USAR PUNTOS DE TRAMA

Cada jugador empieza con 1 punto de trama, que puede usar durante la sesión para producir un efecto. Este último depende de la forma en la que tu grupo elija emplear esta regla opcional. Más adelante se muestran tres alternativas.

Cada jugador no podrá utilizar más de 1 punto de trama por sesión. Aunque, si quieres, puedes aumentar este número, sobre todo si te interesa que tus jugadores tengan más control sobre la historia. Cuando todos los jugadores de la mesa hayan gastado 1 punto de trama, cada uno de ellos ganará otro.

OPCIÓN 1: ¡MENUDO GIRO!

El jugador que gaste el punto de trama puede añadir un elemento a la ambientación o situación que todos (incluido tú) estáis obligados a aceptar. Por ejemplo, un jugador puede utilizar 1 punto de trama para anunciar que su personaje ha encontrado una puerta secreta, que aparece un PNJ o que un monstruo resulta ser un antiguo aliado polimorfado en una horrible bestia.

El jugador que quiera utilizar su punto de trama de esta forma debería dedicar un momento a discutir su idea con los demás, para saber su opinión antes de introducir un giro en la trama.

OPCIÓN 2: LA TRAMA SE COMPLICA

Cada vez que un jugador gaste 1 punto de trama, el jugador que esté sentado a su derecha deberá añadir una complicación a la escena. Por tanto, si el jugador antes nombrado decidiera que quiere utilizar su punto de trama para que su personaje encuentre una puerta secreta, el jugador a la derecha de este podría señalar que, al abrir la puerta secreta, el grupo activa una trampa mágica que les teletransporta a otra parte de la mazmorra.

OPCIÓN 3: LOS DIOSES DEBEN ESTAR LOCOS

Con esta opción no hay un DM permanente. Todos debéis crear un personaje, y uno de vosotros empezará a hacer de DM, dirigiendo el juego de forma normal. El personaje de ese jugador se convierte en un PNJ que puede acompañar al grupo o permanecer a un lado, como el grupo prefiera.

En cualquier momento, uno de los jugadores puede gastar 1 punto de trama para convertirse en DM. El personaje de ese jugador se convierte en un PNJ y la partida sigue su curso. No suele ser buena idea realizar esto en medio del combate, pero es factible si el grupo da tiempo al nuevo DM a acostumbrarse a su nuevo papel y sigue donde lo dejó el anterior.

Usar puntos de trama de esta forma puede hacer que la campaña se vuelva sumamente interesante, ya que cada nuevo DM encauzará el juego en direcciones inesperadas. Además, es una buena forma de conseguir que los aspirantes a DM se fogueen dirigiendo de forma breve y controlada.

En las campañas que se emplee esta opción es necesario que todos traigan algo de material preparado o tengan ciertos encuentros en mente. Si un jugador no está preparado o no le apetece ser el DM, puede elegir no usar puntos de trama durante la sesión.

Es buena idea, si queréis que esta opción funcione, que dejéis claros una serie de aspectos compartidos sobre la campaña, para que los DM no dupliquen esfuerzos ni se pisen los unos a los otros.

OPCIONES PARA COMBATE

A continuación aparecen varias reglas alternativas que puedes utilizar durante los combates. El principal riesgo de usarlas es que podrían ralentizar la partida.

VARIANTES DE LA INICIATIVA

Esta sección contiene varias formas de manejar la iniciativa.

PUNTUACIÓN DE INICIATIVA

Con esta regla opcional, las criaturas no tiran iniciativa al principio del combate, sino que cada una tiene una puntuación de iniciativa, que se obtiene a partir de una prueba de Destreza pasiva: 10 + modificador por Destreza.

Al no tener que tirar dados, hacer cuentas de cabeza y preguntar a los jugadores sus iniciativas, el juego se desarrollará más ágilmente. El precio a pagar es que el orden de iniciativa se vuelve predecible.

INICIATIVA POR BANDOS

Apuntar la iniciativa de cada personaje y monstruo, ordenar a todos los participantes y recordar en qué posición de la lista estás son tareas que ralentizan el juego. Si quieres que tus combates discurran más rápidamente, utiliza la regla de iniciativa por bandos. Eso sí, corres el riesgo de que se pierda el equilibrio.

En esta variante de la iniciativa, el grupo de jugadores tira un único d20, que determinará la iniciativa de su bando. Tú tirarás otro d20, la iniciativa de los monstruos. Ninguna de las dos tiradas recibe modificador alguno. Quien haya sacado el resultado superior gana la iniciativa. Si empatáis, repetid las tiradas hasta deshacer el empate.

Cuando sea el turno de uno de los bandos, actuarán todos sus miembros, en el orden que prefieran. Cuando todos ellos hayan jugado un turno, le tocará al otro bando. Cada asalto finaliza cuando ambos bandos han realizado sus turnos.

Si hay más de dos bandos en un combate, cada uno de ellos hará una tirada de iniciativa. Actuarán en orden, de la tirada más alta a la más baja, y el combate se desarrollará siguiendo el orden de iniciativa hasta que la lucha llegue a su fin.

Esta variante fomenta el trabajo en equipo y facilita la vida del DM, ya que le será más fácil coordinar a los monstruos. Como inconveniente, el bando que gana la iniciativa puede concentrarse en aniquilar a los enemigos uno a uno y acabar con ellos antes de que hayan tenido oportunidad de actuar.

FACTOR DE VELOCIDAD

Algunos DM sienten que la progresión normal de iniciativa resulta demasiado predecible y es fácil abusar de ella. Los jugadores pueden aprovecharse de su conocimiento del orden de iniciativa para tomar decisiones. Por ejemplo, un guerrero gravemente herido podría cargar contra un troll solo porque sabe que al clérigo le toca antes que al monstruo y podrá curarle.

El factor de velocidad es una variante de la iniciativa que añade algo de incertidumbre al combate a cambio de ralentizar un poco el juego. Con esta opción, cada participante en el combate tirará iniciativa en todos los asaltos. Pero antes de tirar, deberá elegir una acción.

Modificadores de iniciativa. Hay varios modificadores que pueden afectar a la iniciativa de una criatura. Estos dependen de su tamaño y de la acción que va a realizar. Así, será más probable que una criatura que luche con un arma ligera o lance un conjuro sencillo actúe antes que otra criatura armada con un arma lenta o pesada. La tabla "modificadores a la iniciativa por factor de velocidad" contiene los detalles pertinentes. Si una acción no aparece en la lista, eso quiere decir que no tiene efecto alguno sobre la iniciativa. Si se aplica más de un modificador (empuñando un arma cuerpo a cuerpo pesada y a dos manos, por ejemplo), todos ellos afectarán a la tirada de iniciativa.

MODIFICADORES A LA INICIATIVA POR FACTOR DE VELOCIDAD

Factor	Modificador a la iniciativa
Arma a distancia con recarga	−5
Arma cuerpo a cuerpo a dos manos	−2
Arma cuerpo a cuerpo ligera o sutil	+2
Arma cuerpo a cuerpo pesada	−2
Lanzar conjuros	Resta el nivel del conjuro

Tamaño de la criatura	Modificador a la iniciativa
Diminuta	+5
Pequeña	+2
Mediana	+0
Grande	−2
Enorme	−5
Gargantuesca	−8

No apliques el mismo modificador más de una vez en el mismo turno de una criatura. Por ejemplo, un pícaro que luche con dos dagas solo obtendrá el bonificador de +2 por usar un arma cuerpo a cuerpo ligera o sutil una vez. En lo que al lanzamiento de conjuros respecta, utiliza solo el modificador del conjuro de más nivel.

Aplica también cualquier modificador debido a las acciones adicionales que la criatura lleve a cabo en su turno, pero sin olvidar que el mismo modificador solo se suma una vez. Pongamos como ejemplo un paladín que lanza un conjuro de nivel 2 con su acción adicional y luego ataca con su espada corta. Tendrá un penalizador de −2 por el conjuro y recibirá un bonificador de +2 por usar un arma ligera, así que su modificador total será +0.

Esta tabla no es más que un punto de partida. Puedes inspirarte en ella cuando tengas que decidir cuán rápida es una de las acciones de un personaje. Las acciones rápidas o fáciles deberían dar un bonificador, mientras que las lentas o difíciles deberían provocar un penalizador. Como regla general, aplica bonificadores o penalizadores de 2 o 5.

Imaginemos que un guerrero intenta girar una manivela para alzar un rastrillo. Se trata de una acción difícil y compleja, por lo que podrías decidir que implica un penalizador de −5 a la iniciativa.

Tirar iniciativa. Tras decidir las acciones, todo el mundo tira iniciativa y aplica los modificadores, manteniendo el resultado en secreto. Justo después anunciarás en voz alta un número de iniciativa, empezando por el 30 y siguiendo hacia abajo (al principio ayuda anunciar varios números a la vez). Deshaz los empates haciendo que el combatiente con más Destreza actúe antes. Si aun así sigue habiendo empate, tira para decidir quién va primero.

Turnos. Durante su turno, la criatura puede moverse con normalidad, pero debe realizar la acción que eligió antes o no hacer ninguna.

Cuando todo el mundo haya actuado, el proceso vuelve a repetirse: todos los combatientes escogen una acción, tiran iniciativa y juegan sus turnos en orden.

ACCIONES OPCIONALES

Esta sección te proporciona nuevas formas de usar las acciones en combate. Puedes añadir varias de estas reglas o solo una, lo que prefieras.

ABRIRSE PASO

Una criatura que quiera moverse a través del espacio de otra criatura hostil podrá intentar abrirse paso por la fuerza. Como acción o acción adicional, la criatura que se está desplazando debe hacer una tirada de Fuerza (Atletismo) enfrentada a una de Fuerza (Atletismo) de su oponente. La criatura que intenta abrirse paso tendrá ventaja en la prueba si es más grande que su oponente, o desventaja si es más pequeña. Si la primera gana, podrá moverse a través del espacio de la criatura hostil una vez durante este turno.

DESARMAR

Una criatura puede realizar un ataque con arma para arrancar un arma o cualquier otro objeto de las manos de su objetivo. El atacante hace una tirada de ataque enfrentada a una prueba de Fuerza (Atletismo) o Destreza (Acrobacias) del defensor. Si vence el primero, el ataque no causará daño o efecto pernicioso alguno, pero el objetivo deberá soltar el objeto.

El atacante tiene desventaja en su tirada de ataque si el defensor está sujetando el objeto con dos o más manos. El objetivo tiene ventaja en su prueba de característica si es más grande que la criatura atacante, o desventaja si es más pequeño.

ECHAR A UN LADO

Esta opción permite a cualquier criatura empujar (tal y como se describe en el *Player's Handbook*) a otra a un lado, en lugar de de frente. La criatura que haga esto tendrá desventaja en su prueba de Fuerza (Atletismo), pero si tiene éxito desplazará a su objetivo 5 pies, a un espacio dentro del alcance del atacante y distinto al que ocupaba originalmente el oponente.

ENCARAMARSE A UNA CRIATURA MÁS GRANDE

Si una criatura quiere saltar encima de otra, puede hacerlo usando las reglas para agarrar. Sin embargo, una criatura Pequeña o Mediana tiene pocas probabilidades, salvo que la magia intervenga, de agarrar con éxito a otra criatura Enorme o Gargantuesca.

Una alternativa es tratar a cualquier oponente lo bastante grande como un elemento de terreno a efectos de saltar sobre su espalda o trepar por una de sus extremidades. Tras realizar cualquier prueba de característica que sea necesaria para situarse sobre la criatura más grande, la criatura más pequeña utilizará su acción para hacer una tirada de Fuerza (Atletismo) o Destreza (Acrobacias) enfrentada a una de Destreza (Acrobacias) de su oponente. Si gana la tirada enfrentada, la criatura más pequeña logrará moverse al espacio de la más grande y aferrarse a su cuerpo. Mientras permanezca en el espacio de su objetivo, la criatura más pequeña se moverá con él y tendrá ventaja en las tiradas de ataque contra la criatura más grande.

La criatura más pequeña podrá moverse dentro del espacio de la más grande, pero considerando este espacio como terreno difícil. Que la criatura más grande pueda atacar o no a la más pequeña depende de ti. Juzga en función de dónde se encuentre esta con respecto a aquella. La criatura más grande puede utilizar una acción para librarse de la más pequeña: derribándola, golpeándola contra una pared o agarrándola y arrojándola lejos. Para ello tendrá que vencer en una tirada enfrentada de su Fuerza (Atletismo) contra la Fuerza (Atletismo) o Destreza (Acrobacias) de la criatura más pequeña. Esta última elige cuál de las dos opciones.

MARCAR

Esta opción facilita que los combatientes cuerpo a cuerpo se hostiguen entre sí con ataques de oportunidad.

Cuando una criatura realiza un ataque cuerpo a cuerpo también marca a su objetivo. Hasta el final del siguiente turno del atacante, cualquier ataque de oportunidad que haga contra el objetivo marcado tendrá ventaja. Este ataque de oportunidad no consume la reacción del atacante, pero seguirá sin poder realizarlo si cualquier circunstancia, como estar incapacitado o ser víctima de un conjuro de *agarre electrizante*, le impide hacer reacciones. Además, el atacante está limitado a un ataque de oportunidad por turno.

RODAR

Una criatura puede intentar atravesar rodando el espacio de una criatura hostil, agachándose y zigzagueando para esquivar a su oponente. Como acción o acción adicional, la criatura que está rodando debe hacer una tirada de Destreza (Acrobacias) enfrentada a una de Destreza (Acrobacias) de la criatura hostil. Si la primera gana, podrá moverse a través del espacio de la criatura hostil una vez durante este turno.

IMPACTAR A LA COBERTURA

Puedes utilizar esta regla opcional para, cuando un ataque a distancia falle a un objetivo que está tras cobertura, determinar si esta ha sido impactada por el ataque.

En primer lugar, fíjate en si la tirada de ataque hubiera impactado a su objetivo de no existir cobertura alguna. Si el ataque ha fallado, pero la tirada hubiera sido suficiente para impactar al mismo objetivo al descubierto, entonces el objeto que sirve de cobertura habrá sido impactado. Si dicho objeto es otra criatura, y la tirada de ataque supera la CA de esta última, será la criatura que hace las veces de cobertura la impactada por el ataque.

GOLPEAR A VARIAS CRIATURAS A LA VEZ

Si los personajes de tus jugadores suelen enfrentarse con frecuencia a hordas de monstruos de nivel inferior, valora la posibilidad de usar esta regla opcional para acelerar estos combates.

Si un ataque cuerpo a cuerpo reduce a 0 los puntos de golpe de una criatura que no había sufrido daño, el daño sobrante de este ataque podría afectar a otra criatura cercana. El atacante podrá elegir como objetivo a otra criatura dentro de su alcance y, si la tirada de ataque original hubiera impactado a esa segunda criatura, esta recibirá el daño que quedaba por asignar. Si esta segunda criatura también es reducida a 0 puntos de golpe y tampoco había sufrido daño antes, repite el proceso aplicando el nuevo daño sobrante hasta que no queden objetivos válidos o el daño sobrante no baste para reducir a una criatura a 0 puntos de golpe.

HERIDAS

El daño no suele causar lesiones permanentes, pero esta opción te ofrece la posibilidad de añadir heridas que dejan secuelas al juego.

Tú decides cuándo se debe tirar para ver qué tipo de herida se ha producido. Una criatura podría recibir una herida que deje secuelas cuando se dé alguna de las situaciones siguientes:

- Reciba un crítico.
- Sus puntos de golpe desciendan a 0, pero no muera instantáneamente.
- Falle una tirada de salvación contra muerte por 5 o más.

Para determinar la naturaleza de la herida, tira en la tabla "heridas y secuelas". Esta tabla asume que la víctima posee la fisonomía típica de un humanoide, pero puedes adaptar sus resultados a criaturas cuyos cuerpos sean distintos.

HERIDAS Y SECUELAS

d20	Herida
1	**Pierdes un ojo.** Tienes desventaja en las pruebas de Sabiduría (Percepción) que dependan de la vista y las tiradas de ataque a distancia. Efectos mágicos como *regenerar* permiten recuperar el ojo perdido. Si, tras sufrir esta herida, no te quedan ojos, quedarás ciego (estado "cegado").
2	**Pierdes un brazo o una mano.** Ya no puedes sostener nada para lo que necesites las dos manos, y solo puedes sujetar un objeto a la vez. Efectos mágicos como *regenerar* permiten recuperar el apéndice perdido.
3	**Pierdes una pierna o un pie.** Tu velocidad a pie se divide por la mitad y, además, debes usar un bastón o muleta para desplazarte, salvo que recurras a una pata de palo u otra prótesis similar. Asimismo, cuando realices una acción de Correr terminarás derribado y sufrirás desventaja en las pruebas de Destreza para mantener el equilibrio. Efectos mágicos como *regenerar* permiten recuperar el apéndice perdido.
4	**Cojeas.** Tu velocidad a pie se reduce en 5 pies. Debes hacer una tirada de salvación de Destreza CD 10 siempre que uses la acción de Correr. Si la fallas, quedarás derribado al acabar esta acción. Cualquier curación mágica eliminará la cojera.
5–7	**Sufres una lesión interna.** Siempre que intentes realizar alguna acción en combate deberás hacer una tirada de salvación de Constitución CD 15. Si la fallas, perderás tu acción y no podrás llevar a cabo reacciones hasta el principio de tu siguiente turno. La lesión se cura si recibes cualquier curación mágica o pasas 10 días sin hacer nada que no sea descansar.
8–10	**Tienes las costillas rotas.** Produce el mismo efecto que la lesión interna, inmediatamente anterior, pero con CD 10.
11–13	**Sufres una cicatriz horrible.** Quedas desfigurado hasta tal punto que la herida no puede ser disimulada fácilmente. Posees desventaja en las pruebas de Carisma (Persuasión) y ventaja en las de Carisma (Intimidación). Cualquier curación mágica de nivel 6 o más, como *curar* o *regenerar*, elimina la cicatriz.
14–16	**Una herida se te ulcera.** Tus puntos de golpe máximos disminuyen en 1 por cada 24 horas que pasen sin que cures la herida. Si tus puntos de golpe máximos descienden a 0, morirás. Cualquier curación mágica sanará la herida, aunque otra opción es que alguien se ocupe de cuidarla y limpiarla, para lo cual deberá hacer una prueba de Sabiduría (Medicina) CD 15 cada 24 horas. La herida se curará cuando consiga diez éxitos.
17–20	**Sufres una cicatriz menor.** Esta cicatriz no tiene ninguna consecuencia adversa. Cualquier curación mágica de nivel 6 o más, como *curar* o *regenerar*, elimina la cicatriz.

En lugar de utilizar los efectos que aparecen en la tabla, puedes encomendar al jugador la responsabilidad de representar la herida del personaje dentro del juego. Tira en la tabla "heridas y secuelas" de forma normal, pero, en vez de padecer el efecto descrito para cada resultado, el personaje obtendrá un defecto nuevo del mismo nombre. Ahora será cosa del jugador sacar a colación las secuelas durante el juego, como con cualquier otro defecto. Así, tendrá la posibilidad de conseguir inspiración cuando las secuelas tengan un efecto importante sobre su personaje.

Daño masivo

Esta regla opcional facilita que una criatura sea derrotada al sufrir mucho daño de golpe.

Si una criatura recibe, de un único origen, una cantidad de daño igual o superior a la mitad de sus puntos de golpe máximos, deberá superar una tirada de salvación de Constitución CD 15 o sufrirá un efecto al azar de los que aparecen en la tabla "estado de shock". De este modo, una criatura que posea 30 puntos de golpe máximos tendrá que hacer una tirada de salvación de Constitución si recibe al menos 15 de daño de la misma fuente.

Estado de shock

d10	Efecto
1	Los puntos de golpe de la criatura descienden a 0
2–3	Los puntos de golpe de la criatura descienden a 0, pero está estable
4–5	La criatura está aturdida hasta el final de su siguiente turno
6–7	Hasta el final de su siguiente turno, la criatura no puede llevar a cabo reacciones y tiene desventaja en sus tiradas de ataque y pruebas de característica
8–10	La criatura no puede llevar a cabo reacciones hasta el final de su siguiente turno

Moral

Cabe la posibilidad de que algunos combatientes huyan cuando las cosas se pongan feas. Esta regla opcional te permite determinar en qué momento los monstruos y PNJ se retiran del combate.

Una criatura podría huir si se da alguna de las circunstancias siguientes:

- La criatura es sorprendida.
- La criatura ve como sus puntos de golpe descienden a menos de la mitad por primera vez en este combate.
- La criatura no tiene forma alguna de dañar a sus oponentes durante su turno.

Un grupo de criaturas podría huir si se da alguna de las circunstancias siguientes:

- Todas las criaturas del grupo son sorprendidas.
- El líder del grupo es reducido a 0 puntos de golpe, incapacitado, hecho prisionero o eliminado del combate de cualquier otra forma.
- El grupo se ve reducido a la mitad de sus efectivos originales sin que caiga ninguno de sus oponentes.

Para determinar si una criatura o grupo se retira, la criatura o el líder, respectivamente, deberá realizar una tirada de salvación de Sabiduría CD 10. Si la oposición es abrumadora, esta tirada se hará con desventaja, o incluso podrías decidir que falla automáticamente. Si, por la razón que sea, el líder del grupo no puede realizar la tirada de salvación, será la criatura con la siguiente puntuación de Carisma más alta la que la haga en su lugar.

Si fallan la tirada, la criatura o grupo afectados huirán siguiendo la ruta más expeditiva. Aunque, si es imposible escapar, se rendirán. Con todo, si tras rendirse ante sus oponentes estos les siguen atacando, el combate podría continuar y, llegados a este punto, parece poco probable que vuelvan a intentar huir o rendirse.

Ten en cuenta que a los aventureros no siempre les convendrá que sus oponentes fallen estas tiradas de salvación. Por ejemplo, un ogro que huyera del combate podría alertar al resto de la mazmorra o escaparse con el tesoro que los personajes querían saquear.

Crear un monstruo

El *Monster Manual* contiene cientos de monstruos listos para llevar a la mesa de juego, pero, como es lógico, no alberga todos los que tu imaginación podría llegar a concebir. El sencillo placer de crear monstruos nuevos o modificar los existentes también es parte de la experiencia que D&D proporciona. Y merece la pena, aunque solo sea por ver la cara de sorpresa y disfrute de tus jugadores cuando se encuentren con algo completamente nuevo.

El primer paso de este proceso es dar con la idea principal de tu monstruo. ¿Qué le hace único? ¿Dónde vive? ¿Qué papel desempeña en tu aventura, campaña o mundo? ¿Qué aspecto tiene? ¿Posee alguna facultad extraña? En cuanto tengas respuesta para estas preguntas, podrás empezar a hacerte una idea de cómo representar a tu criatura dentro del juego.

Modificar un monstruo

Una vez tengas clara la idea del monstruo, necesitarás un perfil que lo represente. Para ello, debes comenzar haciéndote una pregunta: ¿puedo usar algún perfil que ya exista?

Los perfiles del *Monster Manual* podrían ser un buen punto de partida para tu criatura. Supongamos que, por ejemplo, quisieras crear un depredador arborícola inteligente que cace elfos. El *Monster Manual* no contiene ningún monstruo así, pero el quaggoth, un depredador humanoide salvaje con velocidad trepando, es bastante parecido. Por tanto, podrías utilizar el perfil del quaggoth para tu nuevo monstruo, limitándote a cambiar el nombre de la criatura. También podrías hacer pequeños ajustes, como cambiar el idioma del quaggoth, el infracomún, por otro más apropiado, como el elfo o el silvano.

¿Necesitas un ardiente fénix? Coge el águila gigante o el roc, dale inmunidad al fuego y haz que sus ataques inflijan daño de fuego. ¿Quieres un mono volador? Pon al babuino alas y velocidad volando. Puedes construir casi cualquier monstruo que conciba tu imaginación modificando otro que ya exista.

Alterar un perfil existente es bastante menos trabajoso que crear uno nuevo desde cero y, además, muchos de los cambios que puedes hacer a una criatura, como modificar su alineamiento, cambiar un idioma por otro o añadir sentidos especiales, no afectarán a su valor de desafío. Sin embargo, si varías las capacidades ofensivas o defensivas de un monstruo, como sus puntos de golpe o el daño que causa, podrías tener que actualizar su valor de desafío. Esto se explica más adelante.

Cambiar armas

Si un monstruo lleva un arma artificial (en contraposición a natural), podrás reemplazarla por otra distinta. Podrías, por ejemplo, cambiar la espada larga de un hobgoblin por una alabarda. Si haces esto, no te olvides de cambiar el daño y el alcance del ataque cuando corresponda. Además, ten en cuenta las consecuencias de pasar de un arma a una mano a una a dos manos, y viceversa. En el ejemplo anterior, el hobgoblin que porte una alabarda (arma a dos manos) perderá las ventajas que le confiere su escudo, por lo que su CA bajará en 2.

Añadir un atributo especial

Otra forma fácil de personalizar un monstruo es añadirle un atributo especial. Puedes dotarlo de uno que tú mismo te inventes o escoger uno de los muchos que ya poseen las criaturas del *Monster Manual*. Así, podrías crear un híbrido entre goblin y araña dando al goblin el atributo Trepar cual Arácnido, convertir un troll normal en uno de dos cabezas dotándole del atributo Dos Cabezas o transformar un oso lechuza en un oso lechuza volador otorgándole alas y la velocidad volando de un búho gigante.

Crear perfiles de monstruos de forma rápida

Si lo único que necesitas es un perfil sencillo para un monstruo de un valor de desafío concreto, sigue las instrucciones siguientes. No obstante, si lo que quieres es crear algo más similar a los perfiles de criatura que aparecen en el *Monster Manual*, consulta directamente la sección "Crear un perfil de monstruo", más adelante.

Paso 1. Valor de desafío esperado

Elige el valor de desafío (VD) que quieras que tenga tu monstruo. Saber con antelación el valor de desafío esperado te permitirá calcular el bonificador por competencia del monstruo y otros números importantes relativos al combate. No te preocupes por apuntar el valor de desafío exacto, más adelante podrás hacer ciertos ajustes para corregir esto.

Un único monstruo cuyo valor de desafío sea igual al nivel de los personajes es, por sí mismo, un reto importante para un grupo de cuatro aventureros. Si quieres que el monstruo combata en pareja o como parte de un grupo, deberás elegir un valor de desafío inferior al nivel del grupo.

No caigas en la trampa de creer que tu criatura necesita tener un valor de desafío igual o superior al nivel de los personajes para ponerles en un aprieto. Ten en cuenta que un grupo de monstruos con un valor de desafío bajo pueden representar un peligro para personajes de nivel alto si aparecen en gran número.

Paso 2. Perfil básico

Usa la tabla "perfiles de monstruo por valor de desafío" para determinar la Clase de Armadura, puntos de golpe, bonificador de ataque y cantidad de daño causado por asalto del monstruo, siempre en función del valor de desafío que elegiste en el paso 1.

Paso 3. Ajustar el perfil

Aumenta o disminuye la Clase de Armadura, puntos de golpe, bonificador de ataque, cantidad de daño causado por asalto y CD de las tiradas de salvación provocadas por el monstruo según te parezca oportuno. Intenta encarnar el concepto de criatura que tienes en mente. Si, por ejemplo, necesitas un monstruo muy bien acorazado, aumenta su Clase de Armadura.

Una vez hayas llevado a cabo los ajustes pertinentes, apunta los números del monstruo. Si hay otros aspectos de su perfil que crees que necesitas (como las puntuaciones de característica), sigue los pasos que se indican en el apartado "Crear un perfil de monstruo".

Paso 4. Valor de desafío definitivo

Calcula el valor de desafío definitivo del monstruo, teniendo en cuenta los ajustes que hiciste en el paso 3.

Valor de desafío defensivo. Busca en la columna "puntos de golpe" de la tabla "perfiles de monstruo y valor de desafío" los puntos de golpe de tu monstruo. Una vez encontrada la fila correcta, apunta el valor de desafío correspondiente a una criatura con esos puntos de golpe.

Después, busca la Clase de Armadura que corresponde a un monstruo con ese valor de desafío. Si la CA de tu monstruo es al menos dos puntos mayor o menor que ese número, aumenta o disminuye, respectivamente, el valor de desafío que obtuviste a partir de los puntos de golpe en 1 por cada 2 puntos de diferencia en la CA.

Valor de desafío ofensivo. Busca en la columna "daño/asalto" de la tabla "perfiles de monstruo y valor de desafío" el daño por asalto que tu monstruo es capaz de causar. Una vez encontrada la fila correcta, apunta el valor de desafío correspondiente a una criatura que inflige esa cantidad de daño.

Después, busca el bonificador de ataque que corresponde a un monstruo con ese valor de desafío. Si el bonificador de ataque de tu monstruo es al menos dos puntos mayor o menor que ese número, aumenta o disminuye, respectivamente, el valor de desafío que obtuviste a partir de su daño por asalto en 1 por cada 2 puntos de diferencia en el bonificador.

Si el monstruo se basa más en efectos que obligan a sus oponentes a hacer tiradas de salvación en lugar de atacarlos directamente, utiliza la columna "CD salvac." en lugar de "bonif. ataque".

Si la criatura emplea tanto ataques como tiradas de salvación para dañar a sus enemigos, utiliza la columna de aquel de los dos que use con más frecuencia.

Valor de desafío medio. El valor de desafío definitivo del monstruo será la media de los valores de desafío defensivo y ofensivo. Redondea esta media, hacia arriba o hacia abajo, para obtener un número entero que será el valor de desafío

Perfiles de monstruo y valor de desafío

VD	Bonif. compet.	Clase de Armadura	Puntos de golpe	Bonif. ataque	Daño/ asalto	CD salvac.
		— Defensivo —		— Ofensivo —		
0	+2	≤ 13	1–6	≤ +3	0–1	≤ 13
1/8	+2	13	7–35	+3	2–3	13
1/4	+2	13	36–49	+3	4–5	13
1/2	+2	13	50–70	+3	6–8	13
1	+2	13	71–85	+3	9–14	13
2	+2	13	86–100	+3	15–20	13
3	+2	13	101–115	+4	21–26	13
4	+2	14	116–130	+5	27–32	14
5	+3	15	131–145	+6	33–38	15
6	+3	15	146–160	+6	39–44	15
7	+3	15	161–175	+6	45–50	15
8	+3	16	176–190	+7	51–56	16
9	+4	16	191–205	+7	57–62	16
10	+4	17	206–220	+7	63–68	16
11	+4	17	221–235	+8	69–74	17
12	+4	17	236–250	+8	75–80	17
13	+5	18	251–265	+8	81–86	18
14	+5	18	266–280	+8	87–92	18
15	+5	18	281–295	+8	93–98	18
16	+5	18	296–310	+9	99–104	18
17	+6	19	311–325	+10	105–110	19
18	+6	19	326–340	+10	111–116	19
19	+6	19	341–355	+10	117–122	19
20	+6	19	356–400	+10	123–140	19
21	+7	19	401–445	+11	141–158	20
22	+7	19	446–490	+11	159–176	20
23	+7	19	491–535	+11	177–194	20
24	+7	19	536–580	+12	195–212	21
25	+8	19	581–625	+12	213–230	21
26	+8	19	626–670	+12	231–248	21
27	+8	19	671–715	+13	249–266	22
28	+8	19	716–760	+13	267–284	22
29	+9	19	761–805	+13	285–302	22
30	+9	19	806–850	+14	303–320	23

final de tu monstruo. De este modo, si el valor de desafío defensivo de una criatura es 2 y el ofensivo es 3, su valor de desafío definitivo será 3.

Una vez tengas este valor de desafío definitivo, podrás determinar el bonificador por competencia consultando la columna pertinente en la tabla "perfiles de monstruo y valor de desafío". Después, busca en la tabla "puntos de experiencia por valor de desafío" la cantidad de PX que los aventureros conseguirán si derrotan al monstruo. Las criaturas cuyo valor de desafío sea 0 valen 0 PX si no representan amenaza alguna, o 10 PX en caso contrario.

Crear un monstruo no consiste en limitarse a hacer números. Las directrices de este capítulo pueden ayudarte, pero la única forma de descubrir si una criatura resulta divertida es ponerla a prueba jugando. Es posible que, una vez hayas visto a tu monstruo en acción, decidas ajustar su valor de desafío hacia arriba o hacia abajo en función de tus propias experiencias.

PUNTOS DE EXPERIENCIA POR VALOR DE DESAFÍO

VD	PX	VD	PX
0	0 o 10	14	11.500
1/8	25	15	13.000
1/4	50	16	15.000
1/2	100	17	18.000
1	200	18	20.000
2	450	19	22.000
3	700	20	25.000
4	1.100	21	33.000
5	1.800	22	41.000
6	2.300	23	50.000
7	2.900	24	62.000
8	3.900	25	75.000
9	5.000	26	90.000
10	5.900	27	105.000
11	7.200	28	120.000
12	8.400	29	135.000
13	10.000	30	155.000

CREAR UN PERFIL DE MONSTRUO

Utiliza el siguiente método para crear el perfil completo de un monstruo nuevo.

La introducción del *Monster Manual* explica todas las partes de las que se componen estos perfiles, así que familiarízate con ese material antes de proseguir. Puede que, durante el proceso de creación de tu monstruo, te sientas incapaz de tomar alguna decisión. Si esto ocurre, déjate guiar por los ejemplos del *Monster Manual*.

Una vez tengas la idea general del monstruo en la cabeza, sigue los pasos siguientes:

PASO 1. NOMBRE

El nombre del monstruo debería recibir la misma atención que cualquier otro aspecto de la criatura, si no más.

Si tu creación está inspirada en un ser vivo real o en un monstruo mitológico, ya tienes el nombre. No obstante, si necesitas inventar uno, ten en cuenta que los mejores nombres son los que reflejan claramente la apariencia o naturaleza de la criatura (como el mimeto o el oso lechuza) o los que suenan bien (como el chuul o el thri-kreen).

PASO 2. TAMAÑO

Elige el tamaño que quieras: Diminuto, Pequeño, Mediano, Grande, Enorme o Gargantuesco.

El tamaño del monstruo determina qué dado se usará para calcular sus puntos de golpe, tal y como se indica en el paso 8. Además, también indica cuánto espacio ocupa. Esto último se detalla en el *Player's Handbook*.

PASO 3. TIPO

El tipo de la criatura da pistas sobre su naturaleza y orígenes. El *Monster Manual* describe todos los tipos de monstruos posibles. Escoge el que mejor se ajuste al concepto que tienes en mente.

PASO 4. ALINEAMIENTO

Si tu monstruo no posee concepto de moral alguno, elige "sin alineamiento". De lo contrario, seguirá el alineamiento que mejor case con su naturaleza y sus principios morales, tal y como se describe en el *Player's Handbook*.

PASO 5. PUNTUACIONES DE CARACTERÍSTICA Y MODIFICADORES

Los monstruos, al igual que los personajes jugadores, tienen seis características, y sus puntuaciones en ellas pueden oscilar entre 1 y 30.

Cada una de estas puntuaciones determina el modificador de la característica pertinente. Esto se indica en la tabla "puntuaciones de característica y modificadores" del *Player's Handbook*.

Si no consigues decidir cuáles deberían ser las puntuaciones de característica del monstruo, busca otras criaturas similares en el *Monster Manual* y pon valores parecidos. Así, si tu monstruo es prácticamente igual de listo que un plebeyo humano, dale una Inteligencia de 10 (modificador de +0). Si es tan fuerte como un ogro, otórgale una Fuerza de 19 (modificador de +4).

PASO 6. VALOR DE DESAFÍO ESPERADO

Elige el valor de desafío de tu monstruo. El paso 1 del apartado anterior, "Crear perfiles de monstruos de forma rápida", contiene más información a este respecto. Vas a utilizar el bonificador por competencia en los pasos siguientes, así que apúntalo para que no se te olvide.

PASO 7. CLASE DE ARMADURA

La Clase de Armadura de un monstruo está directamente relacionada con su valor de desafío. Debido a esto, puedes calcular la Clase de Armadura de tu criatura de dos formas distintas.

Usar la tabla. Puedes escoger una CA que te parezca adecuada en base al valor de desafío esperado. Para ello consulta la tabla "perfiles de monstruo y valor de desafío", que muestra la CA de referencia de un monstruo del valor de desafío en cuestión. No temas ajustar la CA como consideres oportuno. Así, aunque la CA de referencia de un monstruo de valor de desafío 1 sea 13, podrás elegir una CA más alta si quieres crear una criatura de este valor de desafío que esté especialmente bien acorazada. No te preocupes si la CA del monstruo es distinta a la de referencia, ya que, como se verá más adelante, hay muchos otros factores que pueden afectar al valor de desafío de la criatura.

Determinar una CA apropiada. Otra opción es calcular la CA a partir del tipo de armadura que lleva el monstruo, su armadura natural o cualquier otro factor que pueda potenciar la Clase de Armadura (como el conjuro *armadura de mago*). De nuevo, no te preocupes si la CA del monstruo es distinta a la que le correspondería por su valor de desafío.

Si tu criatura porta armadura artificial, su Clase de Armadura dependerá del tipo exacto de armadura. El *Player's Handbook* enumera los tipos de armaduras. Si, además, lleva escudo, el bonificador a la CA del mismo se sumará de la forma habitual.

Los monstruos que no vistan armadura podrían poseer algún tipo de protección natural. En estos casos su CA será 10 + su modificador por Destreza + su bonificador por armadura natural. Las criaturas con la piel muy gruesa suelen tener bonificadores por armadura natural entre +1 y +3, pero este número podría ser mayor si el monstruo está excepcionalmente bien acorazado. El gorgon, por ejemplo, está cubierto de escamas metálicas, que le confieren un bonificador por armadura natural de +9.

PASO 8. PUNTOS DE GOLPE

Los puntos de golpe de la criatura están íntimamente relacionados con su valor de desafío. Para calcularlos puedes recurrir a una de las siguientes dos formas.

Usar la tabla. Puedes partir del valor de desafío esperado y consultar la tabla "perfiles de monstruo y valor de desafío", que contiene un intervalo de puntos de golpe apropiados para monstruos de cada valor de desafío concreto.

Asignar Dados de Golpe. Alternativamente, puedes asignar al monstruo una cantidad de Dados de Golpe que te parezca adecuada y calcular a partir de ella sus puntos de golpe medios. No te preocupes si sus puntos de golpe no entran dentro del intervalo de su valor de desafío. Más adelante verás que hay otros factores que pueden afectar al valor de desafío de la criatura. Además, siempre puedes ajustar la cantidad de Dados de Golpe y puntos de golpe después.

Un monstruo puede poseer tantos Dados de Golpe como quieras, pero el tipo de dado que se utiliza para calcular sus puntos de golpe depende del tamaño del monstruo, tal y como se indica en la tabla "Dado de Golpe por tamaño". Por tanto, como las criaturas Medianas tiran d8 para sus puntos de golpe, un monstruo de este tamaño con 5 Dados de Golpe y Constitución 13 (modificador de +1) tendrá 5d8 + 5 puntos de golpe.

Lo normal es que los monstruos posean los puntos de golpe medios que corresponden a sus Dados de Golpe. Es decir, que una criatura con 5d8 + 5 puntos de golpe tendrá 27 puntos de golpe de media (5 × 4,5 + 5).

DADO DE GOLPE POR TAMAÑO

Tamaño del monstruo	Dado de Golpe	PG medios por dado
Diminuto	d4	2½
Pequeño	d6	3½
Mediano	d8	4½
Grande	d10	5½
Enorme	d12	6½
Gargantuesco	d20	10½

PASO 9. VULNERABILIDADES, RESISTENCIAS E INMUNIDADES AL DAÑO

Decide si quieres que tu monstruo sea vulnerable, resistente o inmune a uno o más tipos de daño. El *Player's Handbook* contiene las descripciones de todos los tipos de daño. Dótale de una vulnerabilidad, resistencia o inmunidad solo si se puede entender el porqué de forma intuitiva. Por poner un ejemplo, tiene sentido que un monstruo hecho de lava fundida sea inmune al daño de fuego.

Hacer que un monstruo sea resistente o inmune a al menos tres tipos de daño (especialmente si estos son contundente, cortante y perforante) equivale a darle puntos de golpe adicionales. Sin embargo, los aventureros de nivel alto disponen de recursos para contrarrestar estas defensas, por lo que las resistencias e inmunidades son menos relevantes a niveles superiores.

Puntos de golpe efectivos. Si un monstruo es resistente o inmune a varios tipos de daño (sobre todo contundente, cortante y perforante de armas no mágicas) y no todos los personajes del grupo poseen los medios para evitar las resistencias o inmunidades, deberás tener este hecho en cuenta al comparar los puntos de golpe del monstruo con su valor de desafío esperado. La tabla "puntos de golpe efectivos según resistencias e inmunidades" te indica por qué número debes multiplicar los puntos de golpe del monstruo para determinar sus puntos de golpe efectivos, que son los que se tendrán en cuenta para calcular su valor de desafío definitivo. Ten en cuenta que los puntos de golpe reales del monstruo no varían. No los multipliques.

Veámoslo con un ejemplo. Un monstruo cuyo valor de desafío esperado es 6 tiene 150 puntos de golpe y es resistente al daño contundente, cortante y perforante de armas no mágicas, por lo que posee 225 puntos de golpe efectivos (usando el multiplicador de 1,5 por resistencias) a efectos de calcular su valor de desafío definitivo.

Los monstruos no suelen ser vulnerables a más de uno o dos tipos de daño, por lo que su valor de desafío no se ve afectado de forma significativa. La excepción a esto son los monstruos vulnerables a varios tipos de daño comunes, sobre todo cortante, contundente y perforante. Estas criaturas, muy poco frecuentes, ven reducidos sus puntos de golpe efectivos a la mitad. Aunque sería mejor opción quitar a estos monstruos sus vulnerabilidades y, a cambio, reducir sus puntos de golpe.

PUNTOS DE GOLPE EFECTIVOS SEGÚN RESISTENCIAS E INMUNIDADES

Valor de desafío esperado	Multiplicador de PG por resistencias	Multiplicador de PG por inmunidades
1–4	× 2	× 2
5–10	× 1,5	× 2
11–16	× 1,25	× 1,5
17 o más	× 1	× 1,25

PASO 10. BONIFICADORES DE ATAQUE

Los bonificadores de ataque de un monstruo influyen de forma directa en su valor de desafío. Se pueden calcular los bonificadores de ataque del monstruo de dos formas diferentes.

Usar la tabla. Puedes partir del valor de desafío esperado y mirar la tabla "perfiles de monstruo y valor de desafío" para obtener un bonificador de ataque apropiado, independientemente de sus puntuaciones de característica.

Dicha tabla contiene un bonificador de ataque de referencia para cada valor de desafío, que puedes ajustar con total libertad para representar el concepto de criatura que tengas en mente. De este modo, aunque el bonificador de ataque de referencia de un monstruo de valor de desafío 1 es +3, puedes dar a tu monstruo un bonificador superior si es particularmente preciso. No te preocupes si el bonificador de ataque del monstruo no coincide con el de referencia para su valor de desafío. Más adelante comprobarás que hay otros factores que pueden afectar al valor de desafío de la criatura.

Calcular bonificadores de ataque. Otra forma de proceder es calcular los bonificadores de ataque del monstruo como si fuera un personaje jugador.

Si el monstruo tiene una acción que precisa de una tirada de ataque, su bonificador de ataque será su bonificador por competencia + su modificador por Fuerza o Destreza. La mayoría de monstruos utilizan su Fuerza para los ataques cuerpo a cuerpo y su Destreza para los ataques a distancia, aunque ciertos monstruos pequeños usan la Destreza para ambos.

Una vez más, no te preocupes si los bonificadores de ataque del monstruo no coinciden con el de referencia para su valor de desafío. Siempre podrás ajustarlos más adelante.

PASO 11. DAÑO

De ahora en adelante nos referiremos al "daño causado" por una criatura como la cantidad de daño que inflige cada turno. El daño causado está fuertemente ligado al valor de desafío y se puede calcular de dos formas distintas.

Usar la tabla. Puedes partir del valor de desafío esperado y consultar la tabla "perfiles de monstruo y valor de desafío" para averiguar el daño que debería causar la criatura en cada asalto en función de su valor de desafío. La forma en la que se distribuya este daño no es importante. Por tanto, puedes hacer que el monstruo inflija el mismo daño todos los asaltos, utilizando una y otra vez su único ataque, o que reparta su daño entre varios ataques, que podrían afectar al mismo o a varios enemigos.

A la hora de decidir el tipo de daño, piensa en cómo ataca la criatura. De este modo, si el monstruo recurre a sus afiladas garras, lo más normal es que cause daño cortante. Pero, si esas mismas garras están envenenadas, parte del daño debería ser de veneno en lugar de cortante.

Si quieres que el daño causado varíe muy poco de un asalto a otro, puedes traducir el intervalo de daño a una única tirada (para monstruos con un ataque) o a varias (para monstruos con múltiples ataques). Por ejemplo, un monstruo de valor de desafío 2 causa entre 15 y 20 de daño por asalto. Si piensas que la criatura debe tener Fuerza 18 (modificador de +4), puedes dotarla de un único ataque cuerpo a cuerpo que cause 3d8 + 4 de daño (17,5 de media), hacer que posea dos ataques separados, cada uno de los cuales causa 1d10 + 4 de daño (9 de media), o recurrir a cualquier otra combinación que haga que el daño causado caiga dentro del intervalo.

Calcular el daño en función del arma. Otra opción es determinar la tirada de daño de cada uno de los ataques del monstruo en base al arma con la que los realiza.

No pasa nada si el daño causado no entra dentro del esperado para una criatura del valor de desafío del monstruo. En breve se explicarán otros factores que pueden afectar al valor de desafío de la criatura, y siempre puedes ajustar el daño causado más adelante.

Algunos monstruos usan sus armas naturales, como las garras o una cola con púas, mientras que otros emplean armas artificiales.

Si la criatura posee armas naturales, tú decides cuánto daño y de qué tipo causan cada uno de sus ataques. El *Monster Manual* contiene muchos ejemplos en los que inspirarte.

Pero si el monstruo empuña un arma artificial, infligirá el daño que corresponda a esta. Así, un hacha a dos manos en manos de una criatura Mediana causará 1d12 de daño cortante más el modificador por Fuerza del monstruo, como es habitual.

Con todo, los monstruos más grandes suelen llevar armas descomunales, que causan dados de daño adicionales cuando impactan. Duplica los dados de daño del arma si la criatura es Grande, triplícalos si es Enorme y cuadruplícalos si es Gargantuesca. Por tanto, un gigante Enorme que empuñe un hacha a dos manos de su tamaño causará 3d12 de daño cortante (más su modificador por Fuerza), en lugar de los 1d12 normales.

Las criaturas que utilizan armas de criaturas más grandes tienen desventaja en las tiradas de ataque. Además, puedes declarar que una criatura es incapaz de emplear un arma diseñada para un combatiente de al menos dos categorías de tamaño por encima de ella.

Total de daño causado. Para calcular el total de daño causado por un monstruo, suma los daños medios de cada uno de sus ataques durante el asalto. Si la criatura es capaz de atacar de varias formas distintas, toma siempre la combinación de ataques más efectiva. Por ejemplo, durante un asalto un gigante de fuego puede elegir entre realizar dos ataques con su espadón o lanzar una roca. Como los ataques con el espadón infligen más daño, será este patrón de ataques el que determine su daño causado.

Si el daño causado varía de un asalto al siguiente, calcúlalo para los tres primeros asaltos del combate y haz la media entre ellos. Veámoslo con un ejemplo. Un dragón blanco joven tiene dos patrones de ataque: un ataque múltiple (un mordisco y dos ataques con una garra) que causa 37 de daño de media cada asalto y un ataque de aliento que causa 45 de daño, o 90 si afecta a dos criaturas (como posiblemente suceda). Lo más probable es que, durante los tres primeros asaltos del combate, el dragón use su ataque de aliento una vez y su ataque múltiple dos veces, por lo que la media del daño causado durante estos tres asaltos será (90 + 37 + 37) ÷ 3. Es decir: 54 (redondeando hacia abajo).

No te olvides, cuando calcules el daño causado por un monstruo, de tener también en cuenta sus rasgos capaces de infligir daño fuera del turno, como auras, reacciones, acciones legendarias o acciones en guarida. Un ejemplo es el Aura de Fuego del balor, que causa 10 de daño de fuego a cualquier criatura que le impacte con un ataque cuerpo a cuerpo. Este poder también inflige 10 de daño de fuego a todas las criaturas que se encuentren a 5 pies o menos del balor al principio dc cada uno dc los turnos dcl monstruo. Teniendo en cuenta todo esto, puedes asumir que siempre va a haber un miembro del grupo situado a 5 pies o menos del balor y que este le golpeará con un arma cuerpo a cuerpo una vez por asalto, por lo que el daño causado por el balor en cada asalto aumentará en 20.

PASO 12. CD DE TIRADAS DE SALVACIÓN

Algunos monstruos pueden poseer ataques u otros atributos que obliguen al objetivo a hacer una tirada de salvación. Las CD de estas tiradas están directamente relacionadas con el valor de desafío y hay dos formas de calcularlas.

Usar la tabla. A partir del valor de desafío esperado puedes, consultando la tabla "perfiles de monstruo y valor de desafío", obtener la CD para cualquier tirada de salvación que el monstruo obligue a realizar a sus oponentes.

Calcular las CD. También puedes calcular las CD del monstruo usando la fórmula siguiente: 8 + el bonificador por competencia de la criatura + el modificador por

característica pertinente. Tú eliges la característica que te parezca más apropiada.

Así, si el efecto fuera un veneno, posiblemente lo mejor sea usar la Constitución. Si el origen de la CD es similar a un conjuro, la característica a utilizar será, casi con total probabilidad, la Inteligencia, la Sabiduría o el Carisma del monstruo.

Sin embargo, no te preocupes si la CD de las tiradas de salvación provocadas por la criatura no es exactamente la misma que aparece en la tabla. En los pasos siguientes descubrirás otros factores que también afectan al valor de desafío del monstruo, y siempre puedes cambiar las CD más adelante.

PASO 13. ATRIBUTOS ESPECIALES, ACCIONES Y REACCIONES

Algunos atributos especiales (como Resistencia Mágica), acciones especiales (como invisibilidad superior) y reacciones especiales (como Parada) pueden mejorar la efectividad en combate de un monstruo, de manera que aumente su valor de desafío en consecuencia.

La tabla "rasgos de monstruos" contiene varios rasgos extraídos de las criaturas del *Monster Manual*. Esta tabla indica qué rasgos aumentan la Clase de Armadura efectiva del monstruo, sus puntos de golpe, su bonificador de ataque o su daño causado a efectos de determinar el valor de desafío. Ten en cuenta que estos rasgos no cambian los números del monstruo, solo se usan para calcular el valor de desafío. Los rasgos que no tengan efecto alguno en el valor de desafío de la criatura se indican con un guion (—).

Antes de que asignes atributos, acciones o reacciones especiales a un monstruo, recuerda que no todos ellos los necesitan. Cuantos más de estos rasgos añadas, más complicado (y por ello difícil de manejar) se volverá la criatura.

Lanzamiento de Conjuros y Lanzamiento de Conjuros Innato. El impacto que los atributos especiales Lanzamiento de Conjuros y Lanzamiento de Conjuros Innato tienen en el valor de desafío de un monstruo depende enteramente de los conjuros que la criatura pueda lanzar. Los conjuros que inflijan más daño que el patrón de ataque normal del monstruo y aquellos que aumenten su CA o sus puntos de golpe deberán tenerse en cuenta a la hora de calcular el valor de desafío definitivo. Consulta la sección "Atributos especiales" en la introducción del *Monster Manual* para obtener más información sobre estos dos atributos.

OTROS EFECTOS DE UN ATAQUE

Muchos monstruos poseen ataques que no se limitan a infligir daño. Aquí tienes algunos efectos que puedes añadir a tus ataques para darles un toque de color:

- Añadir más tipos de daño al ataque.
- Hacer que el monstruo agarre a su objetivo si impacta.
- Permitir que el monstruo derribe a su víctima si logra golpearla.
- Someter al objetivo a un estado si el ataque impacta y la víctima falla una tirada de salvación.

Paso 14. Velocidad

Todos los monstruos poseen una velocidad caminando, incluso aunque para los inmóviles esta sea de 0 pies. Además, también pueden tener otros medios de locomoción, representados por las velocidades excavando, trepando, volando o nadando.

Monstruo volador. Si un monstruo puede volar, es capaz de causar daño a distancia y su valor de desafío esperado es 10 o menos, aumenta su Clase de Armadura efectiva (pero no su CA real) en 2. Esto se debe a que los personajes de bajo nivel tienen dificultades para lidiar con criaturas voladoras.

Paso 15. Bonificadores a las tiradas de salvación

Si quieres que tu monstruo sea particularmente resistente a ciertos tipos de efectos, puedes darle un bonificador a las tiradas de salvación de una característica concreta.

Estos bonificadores son una buena forma de contrarrestar las puntuaciones de característica especialmente bajas. Por ejemplo, un muerto viviente con una puntuación de Sabiduría baja podría recibir un bonificador a sus tiradas de salvación de Sabiduría para representar que es más difícil hechizarlo, asustarlo o expulsarlo de lo que su Sabiduría podría sugerir.

El modificador a las tiradas de salvación mejoradas será igual al bonificador por competencia del monstruo + el modificador por característica pertinente, en vez de simplemente el modificador por característica.

Los monstruos que disfruten de bonificadores a tres o más tiradas de salvación poseen una ventaja defensiva importante, por lo que su CA efectiva (pero no su CA real) debe aumentarse para calcular el valor de desafío. Si posee tres o cuatro tiradas de salvación bonificadas, aumenta su CA efectiva en 2. Si posee cinco o más tiradas de salvación bonificadas, aumenta su CA efectiva en 4.

Paso 16. Valor de desafío definitivo

Llegados a este punto, ya dispones de toda la información necesaria para calcular el valor de desafío definitivo del monstruo. Este paso es exactamente igual al paso 4 del apartado anterior, "Crear perfiles de monstruos de forma rápida". Calcula los valores de desafío defensivo y ofensivo de la criatura y, después, haz la media entre los dos para obtener el definitivo.

Paso 17. Bonificadores a las habilidades

Si quieres que el monstruo sea competente con una habilidad, puedes darle un bonificador igual a su bonificador por competencia en las pruebas de característica relacionadas con dicha habilidad. Así, un monstruo con sentidos especialmente agudos podría tener un bonificador a sus pruebas de Sabiduría (Percepción), mientras que una criatura taimada podría disfrutar de un bonificador a sus pruebas de Carisma (Engaño).

Además, también puedes duplicar el bonificador por competencia si el monstruo es un auténtico maestro de la habilidad. Al doppelganger, por ejemplo, se le da tan bien embaucar a los demás que su bonificador a las pruebas de Carisma (Engaño) es su modificador por Carisma + el doble de su bonificador por competencia.

Los bonificadores a las habilidades no afectan al valor de desafío del monstruo.

Paso 18. Inmunidades a estados

Los monstruos pueden ser inmunes a ciertos estados, pero esta inmunidad no tendrá efecto alguno en su valor de desafío. El apéndice A del *Player's Handbook* describe los estados.

Al igual que con las inmunidades al daño, las inmunidades a estados deberían ser lógicas e intuitivas. Por ejemplo, tiene sentido que un gólem de piedra no pueda ser envenenado, ya que es un autómata sin sistema nervioso central ni órganos internos.

Paso 19. Sentidos

Un monstruo puede poseer uno o varios de los siguientes sentidos especiales (descritos en el *Monster Manual*): sentir vibraciones, visión ciega, visión en la oscuridad y visión verdadera. El hecho de que un monstruo tenga sentidos especiales no afecta en absoluto a su valor de desafío.

Puntuación de Percepción pasiva. Todos los monstruos poseen una puntuación de Sabiduría (Percepción) pasiva, cuya función más habitual será averiguar si la criatura es capaz de detectar a enemigos ocultos o que se estén aproximando. La puntuación de Sabiduría (Percepción) pasiva del monstruo será 10 + su modificador por Percepción. Aunque, si el monstruo es competente en la habilidad Percepción, esta puntuación aumentará, siendo 10 + su bonificador por Sabiduría (Percepción).

Paso 20. Idiomas

La capacidad de un monstruo para hablar un idioma no afecta a su valor de desafío.

Tu monstruo puede hablar cuantos idiomas quieras, pero pocos suelen conocer más de uno o dos, y muchas criaturas (las bestias son el mejor ejemplo) no hablan idioma alguno. Además, ten en cuenta que, aunque un monstruo no posea la facultad de hablar, quizá pueda entender algún idioma.

Telepatía. El hecho de que un monstruo pueda o no comunicarse telepáticamente no afecta en absoluto a su valor de desafío. El *Monster Manual* contiene más información sobre la telepatía.

Perfiles de PNJ

El apéndice B del *Monster Manual* contiene perfiles para una serie de arquetipos de PNJ, como bandidos o guardias, además de una lista de consejos para personalizarlos. Entre estos últimos se incluye el añadir atributos raciales extraídos del *Player's Handbook*, equipar a los PNJ con objetos mágicos y cambiar sus armas, armaduras o conjuros por otros.

Si quieres tomar el perfil de un PNJ y adaptarlo a una raza de monstruo en particular, aplica los modificadores por características y los rasgos que aparecen en la tabla "rasgos de PNJ". Eso sí, tendrás que volver a calcular el valor de desafío de un PNJ si su CA, puntos de golpe, bonificador de ataque o daño cambian.

Crear PNJ desde cero

Para crear el perfil de un PNJ desde cero, tienes dos opciones:

- Puedes crear el perfil, que será parecido a los que se encuentran en el *Monster Manual*, igual que lo harías con el de un monstruo, como se explicaba en el apartado anterior.
- Puedes crear el PNJ como si de un personaje jugador se tratara, siguiendo las instrucciones del *Player's Handbook*.

Si decides optar por este último método, puedes obviar la elección de trasfondo y, en lugar de eso, dar al PNJ dos competencias en habilidades.

La tabla "rasgos de PNJ" resume los rasgos y modificadores a las características de varias razas no humanas, entre las que se incluyen algunas criaturas del *Monster Manual* con valor de desafío inferior a 1. Aplica estos modificadores y rasgos al perfil del PNJ y luego calcula su valor de desafío como lo harías con un monstruo. Los rasgos que afectan al valor de desafío de una criatura aparecen en la tabla "rasgos de monstruos". El bonificador por competencia de un PNJ depende de su nivel, como si fuera un personaje jugador, y no de su valor de desafío.

Rasgos de monstruos

Nombre	Monstruo de ejemplo	Efecto en el valor de desafío
Abalanzarse	Tigre	Equivale a aumentar el daño causado durante uno de los asaltos en la cantidad indicada en la acción adicional que proporciona el atributo
Absorber Daño	Gólem de carne	—
Agrandarse	Duergar	Equivale a aumentar el daño causado por asalto en función de la cantidad indicada en el atributo. Ten en cuenta que puede aplicarse a varios ataques.
Agresivo	Orco	Equivale a aumentar el daño causado por asalto en 2
Aguantar la Respiración	Hombre lagarto	—
Amorfo	Pudin negro	—
Anfibio	Kuo-toa	—
Apariencia Falsa	Gárgola	—
Apariencia ilusoria	Saga cetrina	—
Apresador	Mimeto	—
Armas Angelicales	Deva	Equivale a aumentar el daño causado por asalto en función de la cantidad indicada en el atributo. Ten en cuenta que podría aplicarse a varios ataques.
Armas Mágicas	Balor	—
Atacar en Manada	Kobold	Equivale a aumentar el bonificador de ataque en 1
Ataque de aliento	Dragón negro anciano	Para determinar el daño causado, considera que el ataque de aliento impacta a dos criaturas y que ambas fallan su tirada de salvación
Ataque en Picado	Aarakocra	Equivale a aumentar el daño de uno de los ataques del monstruo (solo un asalto) en la cantidad indicada en el atributo
Ataque por Sorpresa	Osgo	Equivale a aumentar el daño causado durante uno de los asaltos en la cantidad indicada en el atributo
Atraer	Lacero	—
Bendición Infernal	Cambion	Añade el modificador por Carisma del monstruo a su CA
Bruto	Osgo	Equivale a aumentar el daño causado por asalto en función de la cantidad indicada en el atributo. Ten en cuenta que podría aplicarse a varios ataques.
Cambiaformas	Hombre rata	—
Cambiar de forma	Dragón de oropel anciano	—
Caminar por Telarañas	Araña gigante	—
Camuflarse en Terreno	Bullywug	—
Carga	Centauro	Equivale a aumentar el daño de uno de los ataques del monstruo (solo un asalto) en la cantidad indicada en el atributo
Constreñir	Serpiente constrictora	Equivale a aumentar la CA en 1
Consumir vida	Tumulario	—
Cuerpo Elemental	Azer	Equivale a aumentar el daño causado por asalto en la cantidad indicada en el atributo
Defensa Psíquica	Monje githzerai	Añade el modificador por Sabiduría del monstruo a su CA siempre que no esté llevando armadura o escudo
Dos Cabezas	Ettin	—
Ecolocalización	Horror ganchudo	—
Emboscador	Doppelganger	Equivale a aumentar el bonificador de ataque en 1
Engullir	Behir	Asume que el monstruo engulle a una criatura y le causa el daño de ácido durante dos asaltos
Esconderse en las Sombras	Demonio de las sombras	Equivale a aumentar la CA en 4
Escurridizo	Kuo-toa	—
Etéreo	Saga de la noche	—
Evitar	Semiliche	Equivale a aumentar la CA en 1
Excavador	Mole sombría	—
Explotar al Morir	Magmin	Equivale a aumentar el daño causado durante uno de los asaltos en la cantidad indicada en el atributo multiplicada por dos, porque se asume que afecta a dos criaturas
Forma Inmutable	Gólem de hierro	—
Fortaleza de Muerto Viviente	Zombi	Equivale a aumentar los puntos de golpe del monstruo en una cantidad que depende de su valor de desafío: 1–4, 7 pg; 5–10, 14 pg; 11–16, 21 pg; 17 o más, 28 pg.
Frenesí Sangriento	Sahuagin	Equivale a aumentar el bonificador de ataque en 4
Furioso si Está Herido	Quaggoth	Equivale a aumentar el daño causado durante uno de los asaltos en la cantidad indicada en el atributo

Nombre	Monstruo de ejemplo	Efecto en el valor de desafío
Hechizar	Vampiro	—
Hedor	Troglodita	Equivale a aumentar la CA en 1
Huida Veloz	Goblin	Equivale a aumentar la CA y el bonificador de ataque del monstruo en 4 cada uno (se asume que el monstruo se esconde todos los asaltos)
Iluminar	Calavera llameante	—
Imitación	Kenku	—
Incansable	Hombre jabalí	Equivale a aumentar los puntos de golpe del monstruo en una cantidad que depende de su valor de desafío: 1–4, 7 pg; 5–10, 14 pg; 11–16, 21 pg; 17 o más, 28 pg.
Inescrutable	Androesfinge	—
Inmunidad a Expulsión	Redivivo	—
Invisibilidad	Diablillo	—
Invisibilidad superior	Dragón feérico	Equivale a aumentar la CA en 2
Lanzamiento de Conjuros	Liche	Consulta el paso 13 de "Crear un perfil de monstruo"
Lanzamiento de Conjuros Innato	Djinn	Consulta el paso 13 de "Crear un perfil de monstruo"
Leer Pensamientos	Doppelganger	—
Liderazgo	Capitán hobgoblin	—
Linaje Feérico	Drow	—
Monstruo de Asedio	Elemental de tierra	—
Movimiento Incorpóreo	Fantasma	—
Parada	Señor de la guerra hobgoblin	Equivale a aumentar la CA en 1
Pasar Volando	Peryton	—
Paso Firme	Dao	—
Percepción Sobrenatural	Kuo-toa	—
Piel Camaleónica	Troglodita	—
Poseer	Fantasma	Equivale a duplicar los puntos de golpe del monstruo
Presencia aterradora	Dragón negro anciano	Equivale a aumentar los puntos de golpe del monstruo en un 25 % si este va a enfrentarse a personajes de nivel 10 o menos
Rabia	Gnoll	Equivale a aumentar el daño causado por asalto en 2
Reactivo	Marilith	—
Recordar Laberinto	Minotauro	—
Redirigir ataque	Jefe goblin	—
Regeneración	Troll	Equivale a aumentar los puntos de golpe en tres veces la cantidad que regenera cada asalto
Rejuvenecimiento	Liche	—
Resistencia a Expulsión	Liche	—
Resistencia Legendaria	Dragón negro anciano	Cada uso diario de este atributo equivale a aumentar los puntos de golpe del monstruo en una cantidad que depende de su valor de desafío: 1–4, 10 pg; 5–10, 20 pg; 11 o más, 30 pg.
Resistencia Mágica	Balor	Equivale a aumentar la CA en 2
Resuelto	Diablo barbado	—
Saltar sin Carrera	Bullywug	—
Sensibilidad a la Luz	Demonio de las sombras	—
Sensibilidad a la Luz Solar	Kobold	—
Sentidos Agudos	Sabueso infernal	—
Sentidos de Ciego	Grimlock	—
Sentir a través de Telarañas	Araña gigante	—
Susceptibilidad a la Antimagia	Espada voladora	—
Telaraña	Araña gigante	Equivale a aumentar la CA en 1
Teletransporte	Balor	—
Temerario	Minotauro	—
Transferir Daño	Manto	Equivale a duplicar los puntos de golpe y a añadir un tercio de los puntos de golpe del monstruo (sin duplicar) a su daño causado por asalto
Trepar cual Arácnido	Ettercap	—
Ventaja Marcial	Hobgoblin	Equivale a aumentar el daño de uno de los ataques del monstruo (todos los asaltos) en la cantidad indicada en este atributo
Visión Diabólica	Diablo punzante	—
Visión horripilante	Banshee	Consulta presencia aterradora

Si quieres que el PNJ pertenezca a una raza de monstruos que no está en la tabla, tendrás que seguir el proceso indicado en el apartado "Monstruos con clases".

MONSTRUOS CON CLASES

Puedes usar las reglas del capítulo 3 del *Player's Handbook* para otorgar niveles en alguna clase a un monstruo. Podrías, por ejemplo, dar a un hombre lobo normal cuatro niveles de bárbaro. Este monstruo recibiría el nombre de "hombre lobo, bárbaro de nivel 4".

Parte del perfil del monstruo y añádele todos los rasgos de clase que correspondan a los niveles de la clase en cuestión, con las siguientes excepciones:

- El monstruo no recibe el equipo inicial de la clase.
- El monstruo recibe un Dado de Golpe adicional, del tipo que le corresponda por su tamaño, por cada nivel de clase. Esto sustituye a la progresión de Dados de Golpe habitual en la clase elegida.
- El bonificador por competencia del monstruo depende de su valor de desafío, no de sus niveles de clase.

Si quieres, después de añadir niveles de clase al monstruo, puedes modificar sus puntuaciones de característica según te parezca conveniente. Así, podrías aumentar la Inteligencia de una criatura para convertirla en un mago más efectivo. También podrás hacer cualquier otro ajuste que consideres oportuno. Eso sí, tendrás que volver a calcular su

RASGOS DE PNJ

Raza	Modificadores a características	Rasgos
Aarakocra	+2 Des, +2 Sab	Ataque en Picado; acción "garra"; velocidad 20 pies, volar 50 pies; habla aurano.
Bullywug	−2 Int, −2 Car	Anfibio, Hablar con Sapos y Ranas, Camuflarse en Pantanos, Saltar sin Carrera; velocidad 20 pies, nadar 40 pies; habla bullywug.
Dracónido*	+2 Fue, +1 Car	Ataque de Aliento (usa el valor de desafío en lugar del nivel para determinar el daño), Resistencia al Daño, Linaje Dracónico; habla común y dracónico.
Drow*	+2 Des, +1 Car	Linaje Feérico, atributo Lanzamiento de Conjuros Innato del drow, Sensibilidad a la Luz Solar; visión en la oscuridad 120 pies; habla elfo e infracomún.
Elfo*	+2 Des, +1 Int o Sab	Linaje Feérico, Trance; visión en la oscuridad 60 pies; competencia en la habilidad Percepción; habla común y elfo.
Enano*	+2 Fue o Sab, +2 Con	Resistencia Enana, Afinidad con la Piedra; velocidad 25 pies; visión en la oscuridad 60 pies; habla común y enano.
Esqueleto	+2 Des, −4 Int, −4 Car	Vulnerable a daño contundente; inmune a daño de veneno y cansancio; no puede ser envenenado; visión en la oscuridad 60 pies; no puede hablar, pero entiende los idiomas que conoció en vida.
Gnoll	+2 Fue, −2 Int	Rabia; visión en la oscuridad 60 pies.
Gnomo*	+2 Int, +2 Des o Con	Astucia Gnoma; tamaño Pequeño; velocidad 25 pies; visión en la oscuridad 60 pies; habla común y gnomo.
Gnomo de las profundidades	+1 Fue, +2 Des	Astucia Gnoma, Lanzamiento de Conjuros Innato, Camuflarse en la Piedra; tamaño Pequeño; velocidad 20 pies; visión en la oscuridad 120 pies; habla gnomo, infracomún y terrano.
Goblin	−2 Fue, +2 Des	Huida Veloz; tamaño Pequeño; visión en la oscuridad 60 pies; habla común y goblin.
Grimlock	+2 Fue, −2 Car	Sentidos de Ciego, Oído y Olfato Agudos, Camuflarse en la Piedra; no puede ser cegado; visión ciega 30 pies, o 10 pies si está ensordecido (ciego más allá de este radio); habla infracomún.
Hobgoblin	Ninguno	Ventaja Marcial; visión en la oscuridad 60 pies; habla común y goblin.
Hombre lagarto	+2 Fue, −2 Int	Aguantar la Respiración (15 min.); bonificador de +3 a la CA por armadura natural; velocidad 30 pies, nadar 30 pies; habla dracónico.
Kenku	+2 Des	Emboscador, Imitación; entiende aurano y común pero solo puede hablar usando su atributo Imitación.
Kobold	−4 Fue, +2 Des	Atacar en Manada, Sensibilidad a la Luz Solar; tamaño Pequeño; visión en la oscuridad 60 pies; habla común y dracónico.
Kuo-toa	Ninguno	Anfibio, Percepción Sobrenatural, Escurridizo, Sensibilidad a la Luz Solar; velocidad 30 pies, nadar 30 pies; visión en la oscuridad 120 pies; habla infracomún.
Mediano*	+2 Des, +1 Con o Car	Valiente, Agilidad de Mediano, Afortunado; tamaño Pequeño; velocidad 25 pies; habla común y mediano.
Orco	+2 Fue, −2 Int	Agresivo; visión en la oscuridad 60 pies; habla común y orco.
Semielfo*	+1 Des, +1 Int, +2 Car	Linaje Feérico; visión en la oscuridad 60 pies; competencia en dos habilidades; habla común y élfico.
Semiorco*	+2 Fue, +1 Con	Aguante Incansable; visión en la oscuridad 60 pies; competencia en la habilidad Intimidación; habla común y orco.
Sirénido	Ninguno	Anfibio; velocidad 10 pies, nadar 40 pies; habla acuano y común.
Tiefling*	+1 Int, +2 Car	Linaje Infernal (usa el valor de desafío en lugar del nivel para determinar sus conjuros), resistencia al daño de fuego; visión en la oscuridad 60 pies; habla común e infernal.
Troglodita	+2 Fue, +2 Con, −4 Int, −4 Car	Piel Camaleónica, Hedor, Sensibilidad a la Luz Solar; bonificador de +1 a la CA por armadura natural; visión en la oscuridad 60 pies; habla troglodita.
Zombi	+1 Fue, +2 Con, −6 Int, −4 Sab, −4 Car	Fortaleza de Muerto Viviente; inmune a daño de veneno; no puede ser envenenado; visión en la oscuridad 60 pies; no puede hablar, pero entiende los idiomas que conoció en vida.

* El *Player's Handbook* contiene la descripción de los rasgos de esta raza. Ninguno de ellos cambia el valor de desafío del PNJ.

valor de desafío como si hubieras diseñado el monstruo partiendo desde cero.

Cuánto cambie el valor de desafío dependerá del tipo de monstruo sobre el que estés trabajando y cuántos niveles de clase le añadas. El hombre lobo antes nombrado, que gana cuatro niveles de bárbaro, se convierte en una amenaza terrible. Por contra, los puntos de golpe, conjuros y rasgos de clase que pueden aportar cinco niveles de mago a un dragón rojo anciano son irrelevantes a efectos de su valor de desafío.

CREAR UN CONJURO

Si quieres crear un conjuro nuevo, guíate por los que ya existen. Debes tener en cuenta los aspectos siguientes:

- Si el conjuro es tan bueno que el lanzador querrá usarlo continuamente, lo más probable es que sea demasiado poderoso para su nivel.
- En algunos conjuros, una duración larga o un área de efecto amplia pueden servir para compensar un efecto menor.
- Evita aquellos conjuros que tengan usos excesivamente concretos. Un ejemplo sería uno que solo fuera efectivo contra dragones. Aunque es posible que en el mundo existan conjuros así, muy pocos personajes se molestarán en aprenderlos o prepararlos. Solo lo harán si saben de antemano que les va a ser útil.
- Asegúrate de que el conjuro casa con la identidad de la clase. Los magos y hechiceros, por ejemplo, no suelen tener acceso a conjuros de curación, por lo que añadir magia de este tipo a la lista de conjuros de mago le daría un poder normalmente reservado a otras clases, como el clérigo.

DAÑO DEL CONJURO

Si tu conjuro inflige daño, consulta la tabla "daño de conjuros" para determinar la cantidad de daño apropiada en función del nivel del conjuro. Esta tabla asume que el conjuro causará la mitad de daño si el objetivo supera una tirada de salvación o el ataque falla. Si no ocurre eso, y tu conjuro no inflige daño alguno en un objetivo que tenga éxito en una tirada de salvación, puedes aumentar su daño en un 25 % para compensarlo.

Puedes utilizar dados de daño distintos a los que aparecen en la tabla, siempre y cuando el resultado medio sea más o menos el mismo. Este tipo de cambios pueden servir para dar algo de personalidad al conjuro. De este modo, podrías crear un truco que, en vez de causar 1d10 de daño (media 5,5), causara 2d4 (media 5), lo que reduce el daño máximo, pero aumenta la probabilidad de obtener un resultado cercano a la media.

DAÑO DE CONJUROS

Nivel del conjuro	Un objetivo	Varios objetivos
Truco	1d10	1d6
1	2d10	2d6
2	3d10	4d6
3	5d10	6d6
4	6d10	7d6
5	8d10	8d6
6	10d10	11d6
7	11d10	12d6
8	12d10	13d6
9	15d10	14d6

CONJUROS CURATIVOS

También puedes utilizar la tabla "daño de conjuros" para determinar cuántos puntos de golpe cura un conjuro de sanación. Dicho esto, los trucos no deberían curar puntos de golpe.

CREAR UN OBJETO MÁGICO

Los objetos mágicos que aparecen en el capítulo 7: "Tesoro" no son sino una pequeña muestra de las maravillas mágicas que los personajes pueden encontrar durante sus aventuras. Si tus jugadores son veteranos avezados y quieres sorprenderlos, puedes modificar un objeto mágico que ya exista o inventar uno completamente nuevo.

MODIFICAR UN OBJETO

La forma más fácil de crear un objeto mágico es modificar ligeramente otro ya existente. Si el paladín de uno de tus jugadores empuña un flagelo, podrías modificar la *vengadora sagrada* para que se trate de un flagelo en lugar de una espada. De forma similar, podrías convertir un *anillo del carnero* en una varita o una *capa de protección* en una *diadema de protección*. Todos ellos son cambios sencillos que no implican modificar las propiedades del objeto.

Pero hay otras modificaciones que también son fáciles de hacer. Puedes cambiar el tipo de daño que inflige un objeto por otro distinto. Una espada *lengua de fuego*, por ejemplo, podría causar daño de relámpago en vez de de fuego. Igualmente, puedes reemplazar una capacidad por otra. Así, podrías transformar una *poción de trepar* en una *poción de sigilo*.

Otra posibilidad es combinar las propiedades de dos objetos distintos en uno solo. De este modo, podrías combinar los efectos de un *yelmo de entender idiomas* y un *yelmo de telepatía* en un único objeto. Como es lógico, el objeto resultante será más poderoso (y posiblemente también más raro), pero no vas a romper el juego.

Por último, recuerda que el capítulo 7: "Tesoro" contiene varias herramientas para modificar objetos. Dotar a un objeto de consciencia, ciertas peculiaridades o alguna propiedad menor interesante puede cambiar significativamente su naturaleza.

CREAR UN OBJETO NUEVO

Si modificar un objeto que ya exista no resuelve el problema, siempre puedes crear uno nuevo desde cero. Los objetos mágicos deberían permitir a los personajes hacer algo que estaba fuera de su alcance o mejorar capacidades ya existentes. Por ejemplo, el *anillo de salto* posibilita a su portador saltar grandes distancias, así que este objeto mejora las capacidades de un personaje. El *anillo del carnero*, sin embargo, confiere al aventurero la facultad de infligir daño de fuerza.

Cuanto más sencillo sea el enfoque, más probable será que el personaje pueda llegar a usar el objeto. Una buena opción es dar al objeto una serie de cargas, especialmente si este posee varias capacidades diferentes. No obstante, si quieres puedes limitarte a poderes que están siempre activos o se pueden emplear un número fijo de veces al día. Estos objetos son los más fáciles de manejar.

NIVEL DE PODER

Si diseñas un objeto mágico que permita a su portador matar instantáneamente a todos los enemigos a los que impacte, lo más seguro es que destruyas el equilibrio de tu partida. Y si te vas al otro extremo, creando un objeto cuyos beneficios no se utilizan prácticamente nunca, será una recompensa tan pobre que ni siquiera valdrá la pena entregársela a los personajes.

Usa la tabla "poder y rareza de objetos mágicos" para calibrar mejor cuán poderoso debe ser un objeto mágico en función de su rareza.

PODER Y RAREZA DE OBJETOS MÁGICOS

Rareza	Nivel de conjuro máximo	Bonificador máximo
Común	1	—
Infrecuente	3	+1
Raro	6	+2
Muy raro	8	+3
Legendario	9	+4

Nivel de conjuro máximo. Esta columna indica el nivel máximo de los conjuros cuyos efectos replica el objeto mágico, normalmente limitados a un uso diario u otra frecuencia similar. De esta forma, un objeto común podría conferir un beneficio equivalente a un conjuro de nivel 1 una vez al día (o solo una vez, si es un objeto consumible). Los objetos raros, muy raros o legendarios podrían permitir a su poseedor lanzar un conjuro de nivel más bajo con mayor frecuencia.

Bonificador máximo. Esta columna te indica cuál es el bonificador estático a la CA, tiradas de ataque, tiradas de salvación o pruebas de característica más apropiado para un objeto mágico en función de su rareza.

SINTONIZACIÓN

Decide si quieres que los personajes tengan que sintonizarse con el objeto mágico para poder hacer uso de él. Los criterios siguientes te ayudarán a escoger sobre esto:

- Si permitir que los miembros del grupo se vayan pasando el objeto entre sí para disfrutar de sus ventajas lo vuelve demasiado poderoso, debería ser necesario sintonizarse con él.
- Si el objeto confiere un bonificador que también proporcionan otros objetos, hacer que los personajes tengan que sintonizarse con él impedirá que estos acumulen demasiados objetos de este tipo.

CREAR NUEVAS OPCIONES PARA PERSONAJES

Si las opciones para personajes jugadores que aparecen en el *Player's Handbook* no cubren todas las necesidades de tu campaña, consulta las secciones siguientes, que incluyen consejos para crear razas, clases y trasfondos nuevos.

CREAR UNA RAZA O UNA SUBRAZA

Esta sección te enseñará a modificar razas ya existentes y a crear otras nuevas. El aspecto más importante a la hora de personalizar o diseñar razas es partir de su historia. Tener una idea firme de cómo encaja la raza en tu campaña te ayudará a tomar las decisiones adecuadas durante el proceso de creación. Hazte las preguntas siguientes:

- ¿Por qué es necesario que la raza sea jugable?
- ¿Qué aspecto tiene?
- ¿Cómo describirías su cultura?
- ¿Cómo viven los miembros de la raza?
- ¿Existen conflictos interesantes en la historia y cultura de la raza, que hagan que sea atractiva desde el punto de vista narrativo?
- ¿Cuál es su relación con el resto de razas jugables?
- ¿Qué clases y trasfondos son los más apropiados para sus miembros?
- ¿Cuáles son los atributos distintivos de la raza?
- Si se trata de una subraza, ¿qué la diferencia del resto de subrazas de la misma raza?

Compara la raza que tienes en mente con el resto de opciones que los jugadores poseen a su alcance, para así asegurarte de que tu creación no palidece en comparación con las demás (convirtiéndola en poco popular) ni las eclipsa por completo (haciendo que los jugadores perciban que las otras opciones son inferiores).

Cuando llegue el momento de diseñar los aspectos jugables de la raza, como los atributos, fíjate en otras ya existentes e inspírate en ellas.

CAMBIOS COSMÉTICOS

Una forma sencilla de modificar una raza ya existente es alterar su aspecto. Estos cambios de apariencia no tienen por qué afectar a las mecánicas de juego. Así, podrías transformar los medianos en ratones antropomórficos sin variar ninguno de sus atributos raciales.

CAMBIOS CULTURALES

En tu mundo, los elfos podrían ser nómadas del desierto en lugar de habitantes de los bosques, los medianos vivir en ciudades en las nubes y los enanos ser marinos en lugar de mineros. Puedes reflejar los cambios en la cultura de una raza mediante pequeñas alteraciones en sus competencias o atributos.

Imagina, por ejemplo, que los enanos de tu campaña son marineros e inventores versados en el uso de la pólvora. Podrías añadir la pistola y el mosquete a la lista de armas con las que son competentes y dotarles de competencia en los vehículos acuáticos en lugar de las herramientas de artesano. Estos dos sencillos cambios sugieren una historia muy distinta a la de los enanos estándar que aparecen en el *Player's Handbook*. Y todo ello sin correr el riesgo de afectar al nivel de poder de la raza.

CREAR UNA SUBRAZA NUEVA

La creación de una subraza es un proceso más complicado que hacer pequeñas modificaciones a rasgos raciales, pero a cambio permite aumentar la diversidad de opciones disponibles para una raza concreta, sin por ello reemplazar ninguna de las ya existentes.

El ejemplo siguiente te guiará a través de la creación de una subraza de los elfos: los eladrins. Esta subraza se ha mencionado previamente en el multiverso de D&D, así que puedes apoyarte en sus apariciones anteriores para definir sus atributos.

SUBRAZA DE EJEMPLO: ELADRIN

Los eladrins son seres mágicos muy unidos a la naturaleza, que viven en el reino crepuscular del Feywild. Sus ciudades se cruzan con el Plano Material de vez en cuando, apareciendo brevemente en valles de montaña o claros de bosques profundos, para poco después desvanecerse de nuevo en el Feywild.

Las subrazas de elfos del *Player's Handbook* poseen una mejora de característica, un rasgo relativo al uso de armas y otros dos o tres atributos adicionales. Si se tiene en cuenta la historia de los eladrins y su naturaleza mágica, parece apropiado aumentar su puntuación de Inteligencia. No es necesario modificar el entrenamiento con armas básico, que comparten con los altos elfos y los elfos de los bosques.

Si hay una característica que distingue a los eladrins del resto de elfos es su facultad para cruzar a través de las fronteras que separan los planos, desapareciendo durante un instante para volver a aparecer un instante después. Esto puede reflejarse a efectos de juego mediante un uso limitado del conjuro *paso brumoso*. Como este conjuro es de nivel 2, esta capacidad es lo bastante poderosa como para que la subraza no necesite ningún otro atributo adicional. Por tanto, los atributos del eladrin quedan así:

Mejora de Característica. Tu puntuación de Inteligencia aumenta en 1.

Entrenamiento con Armas Élficas. Eres competente con espadas cortas, espadas largas, arcos cortos y arcos largos.

Paso Feérico. Puedes lanzar el conjuro *paso brumoso* una vez utilizando este atributo. Recuperas la capacidad para hacerlo tras finalizar un descanso corto o largo.

por integrarse en la sociedad y tienden a llegar a los escalafones más altos, convirtiéndose en líderes admirados y héroes honorables.

Puedes utilizar al aasimar como contrapunto del tiefling. Estas dos razas podrían estar enfrentadas entre sí, sirviendo de reflejo de un conflicto más grande, entre las fuerzas del bien y del mal, que se esté desarrollando en tu campaña.

Nuestros objetivos a la hora de diseñar el aasimar eran los siguientes:

- Deben ser buenos clérigos y paladines.
- Deben ser el equivalente celestial a los tieflings.

Como los aasimars y los tieflings son dos caras de la misma moneda, nos pareció una buena idea partir de estos para crear los atributos de aquellos. Dado que queríamos que fueran clérigos y paladines competentes, pensamos que debíamos potenciar su Sabiduría y Carisma en lugar de su Inteligencia y Carisma.

Al igual que los tieflings, los aasimars disfrutan de visión en la oscuridad. Pero, en lugar de resistencia al daño de fuego, les hemos proporcionado resistencia al daño radiante, reflejando así su naturaleza celestial. Aunque, como el daño radiante es menos frecuente que el de fuego, también les hemos dotado de resistencia al daño necrótico, con lo que se logra además que se les dé bien enfrentarse a los muertos vivientes.

El Linaje Infernal de los tieflings era un buen modelo del que partir para diseñar un atributo que representara los ancestros celestiales de los aasimars. Así, hemos reemplazado los conjuros de los tieflings por otros de niveles similares, pero más apropiados a la naturaleza de la raza nueva. Sin embargo, como ya habíamos mejorado la resistencia al daño de los aasimars, decidimos proporcionarles conjuros más de utilidad que de daño.

Tras cerrar los últimos flecos, los atributos raciales del aasimar quedaron de la siguiente forma:

Mejora de Característica. Tu puntuación de Sabiduría aumenta en 1 y tu puntuación de Carisma en 2.

Edad. Los aasimars maduran al mismo ritmo que los humanos, pero viven unos pocos años más.

Alineamiento. Debido a su naturaleza celestial, lo más habitual es que los aasimars sean buenos. Aunque siempre hay alguno que cae en las garras del mal, renegando de su linaje.

Tamaño. La complexión de los aasimars es como la de los humanos, pero mejor proporcionada. Eres de tamaño Mediano.

Velocidad. Tu velocidad caminando base es de 30 pies.

Visión en la oscuridad. Debido a tu sangre celestial, puedes ver bien en la oscuridad o con poca luz. Eres capaz de ver hasta a 60 pies en luz tenue como si hubiera luz brillante, y esa misma distancia en la oscuridad como si hubiera luz tenue. Eso sí, no puedes distinguir colores en la oscuridad, solo tonos de gris.

Resistencia Celestial. Posees resistencia a los daños necrótico y radiante.

Linaje Celestial. Conoces el truco *luz*. Cuando llegas a nivel 3, puedes lanzar el conjuro *restablecimiento menor* una vez usando este atributo, y recuperas la capacidad para hacerlo tras realizar un descanso largo. Cuando alcanzas el nivel 5, eres capaz de lanzar el conjuro *luz del día* a nivel 3 una vez empleando este atributo, y recuperas la capacidad para hacerlo tras realizar un descanso largo. El Carisma es tu aptitud mágica para estos conjuros.

Idiomas. Puedes hablar, leer y escribir en común y celestial.

CREAR UNA RAZA NUEVA

Cuando diseñes una raza desde cero, empieza por su trasfondo y construye a partir de él. Compara tu creación con el resto de razas de tu mundo y copia sin miramientos algunos de sus atributos. Vamos a utilizar como ejemplo el aasimar, una raza similar al tiefling, pero de linaje celestial.

RAZA DE EJEMPLO: AASIMAR

Así como los tieflings tienen sangre infernal corriendo por sus venas, los aasimars son los descendientes de seres celestiales. Parecen humanos espléndidos, con el cabello lustroso, la piel sin mácula y ojos penetrantes. De hecho, los aasimars suelen hacerse pasar por humanos para deshacer entuertos y defender el bien en el Plano Material sin llamar la atención sobre su linaje celestial. Se esfuerzan

Modificar una clase

Las clases del *Player's Handbook* cubren un amplio abanico de arquetipos de personaje, pero cabe la posibilidad de que el mundo de tu campaña requiera alguna más. Esta sección trata varias formas de modificar las clases que ya existen para adaptarlas a tus necesidades.

Cambiar competencias

Variar las competencias de una clase es una forma sencilla y segura de modificarla para que se adecue mejor a tu mundo. Cambiar la competencia en una habilidad o con una herramienta no hace que el personaje se vuelva más fuerte o débil, pero sí afecta de manera sutil a las sensaciones que la clase transmite.

Por ejemplo, un notorio gremio de pícaros de tu mundo podría adorar a una deidad patrona, ejecutando misiones secretas en su nombre. Puedes reflejar este detalle cultural añadiendo Religión a la lista de habilidades en las que un pícaro es capaz de elegir ser competente. Incluso podrías obligar al jugador a escoger esta habilidad si quiere que su pícaro pertenezca a este gremio.

También puedes modificar las competencias con armas y armaduras para plasmar algún aspecto de tu mundo. Así, podrías determinar que los clérigos de cierta deidad tienen terminantemente prohibido acumular bienes materiales, siendo la única excepción aquellos objetos mágicos que les puedan ayudar en su misión sagrada. Estos clérigos llevarían un bastón, pero no podrían portar armadura alguna ni utilizar armas distintas a dicho bastón. Para reflejar esto, puedes eliminar las competencias con armas y armaduras de los clérigos de esta fe, haciéndoles competentes única y exclusivamente con los bastones. Al mismo tiempo, podrías darles algún beneficio para compensar las competencias perdidas; por ejemplo, un poder similar al rasgo Defensa sin Armadura del monje, pero de origen divino.

Modificar listas de conjuros

Cambiar qué conjuros aparecen en la lista de una clase es una buena manera de darle color sin afectar su nivel de poder de forma significativa. Quizá en tu mundo los paladines no realizan sus juramentos sobre ideales, sino a hechiceros poderosos. Para plasmar esta idea podrías crear una nueva lista de conjuros de paladín diseñada específicamente para proteger a sus maestros, tomando conjuros de las listas del mago o del hechicero. Si haces esto, el paladín parecerá una clase completamente distinta.

Pero, eso sí, ten cuidado al variar la lista de conjuros del brujo. Como los miembros de esta clase recuperan sus espacios de conjuro tras un descanso corto, tienen el potencial de usar ciertos conjuros más veces al día que el resto de clases.

Restringir el acceso a clases

No es necesario que cambies cómo funciona una clase para poder entroncarla más firmemente con la ambientación, pues muchas veces será suficiente con asociarla a una raza o cultura concretas.

Así, podrías decidir que los bardos, brujos, hechiceros y magos representan las cuatro tradiciones mágicas de otras tantas razas o pueblos. Quizá en tu mundo solo los elfos puedan acceder a los colegios bárdicos, los dracónidos sean las únicas criaturas capaces de convertirse en hechiceros y todos los brujos sean humanos. E incluso podrías compartimentar aún más las cosas, haciendo que los bardos del Colegio del Conocimiento sean altos elfos y los del Colegio del Valor elfos de los bosques. Si los gnomos fueran los descubridores de la escuela de ilusionismo, tal vez todos los

magos que se especialicen en ella deban pertenecer a esta raza. Quizá cada cultura humana esté asociada a brujos de un pacto distinto. Y estos son solo algunos ejemplos. Podrías hacer lo propio con los dominios clericales, sirviéndote de ellos para reflejar religiones completamente distintas, asociadas con razas o culturas específicas.

Tú serás quién elija cuándo será correcto permitir a un jugador salirse de la norma al crear su personaje. ¿Puede un semielfo vivir entre elfos y estudiar sus tradiciones bárdicas? ¿Puede un enano acabar pactando como brujo a pesar de que su cultura no suela producir miembros de esta clase? Como siempre, es mejor decir que sí y ver los deseos del jugador como una oportunidad para desarrollar las historias de su personaje y del mundo, en lugar de limitar sus posibilidades.

Sustituir rasgos de clase

Si algunos de los rasgos de una clase no acaban de encajar con el tema o tono de tu campaña, puedes reemplazarlos por otros diferentes. Si haces esto, deberías intentar que las opciones nuevas sean tan atractivas como las que has eliminado. Además, procura que los rasgos novedosos tengan una contribución similar a los viejos en lo que respecta a la efectividad del personaje en interacciones sociales, la exploración o el combate.

Al fin y al cabo, la función de una clase es permitir al jugador encarnar un arquetipo, por lo que, al cambiar sus rasgos por otros, estarás alejando al personaje resultante del arquetipo. Precisamente por eso, la sustitución de un rasgo solo debería hacerse para cubrir una necesidad específica de la campaña o permitir a un jugador crear un tipo de aventurero concreto; quizá modelado a partir de un personaje de una novela, serie de televisión, cómic o película.

En cualquier caso, lo primero será averiguar qué rasgo o rasgos quieres reemplazar. Una vez hecho esto, tendrás que evaluar el impacto que tienen dichos rasgos, para que aquellos que los sustituyan no incrementen o reduzcan en exceso el nivel de poder de la clase. Medita sobre cada rasgo que vas a reemplazar y hazte las preguntas siguientes:

- ¿Qué impacto en las interacciones sociales, la exploración o el combate tiene sustituir el rasgo?
- ¿Afecta este reemplazo al porcentaje de cada día que el grupo puede dedicar a las aventuras?
- ¿Consume el rasgo algún recurso proporcionado por otra faceta de la clase?
- ¿Está el rasgo funcionando de forma continua, o limitado por descansos cortos y largos o el paso del tiempo?

Una vez tengas las respuestas a estas preguntas, podrás empezar a diseñar nuevos rasgos para reemplazar a los que vas a eliminar. No pasa nada si los rasgos que crees tienden más a la exploración, las interacciones sociales o el combate que los sustituidos, pero ten cuidado de no pasarte. Si, por ejemplo, sustituyes un rasgo centrado en la exploración por otro que solo es útil en combate, habrás aumentado el poder de la clase en este aspecto, corriendo el peligro de eclipsar al resto de personajes durante estos encuentros. Probablemente no era ese tu objetivo.

No existe ninguna fórmula que te diga cómo diseñar un rasgo de clase. No obstante, puedes empezar fijándote en rasgos de otras clases o en conjuros, dotes o cualquier otra regla ya existente. Lo más probable es que te equivoques en algo, debido a que muchos rasgos que parecen buenos sobre el papel luego no lo son tanto, pero no te preocupes. Todo lo que diseñes deberá ser sometido a una prueba de juego. Por eso, cuando añadas un nuevo rasgo de clase, asegúrate de que a los jugadores que lo van a usar no les importa si te retractas y cambias algunos aspectos del mismo tras ver cómo funciona dentro del juego.

Lanzar conjuros de nivel 6 o más es agotador, por lo que, aunque puedes usar puntos de conjuro para crear un espacio de cada nivel por encima de 5, no serás capaz de crear otro espacio de conjuro del mismo nivel hasta que termines un descanso largo.

La cantidad de puntos de conjuro de los que dispones depende de tu nivel en la clase lanzadora de conjuros, tal y como se indica en la tabla "puntos de conjuro por nivel". Además, tu nivel también determina el nivel máximo de los espacios de conjuro que puedes crear. Por tanto, incluso aunque tengas suficientes puntos, nunca serás capaz de crear un espacio de nivel superior a este máximo.

La tabla "puntos de conjuro por nivel" se utiliza tal cual está con bardos, clérigos, druidas, hechiceros y magos. Los exploradores y paladines deben dividir su nivel en la clase por dos antes de consultar la tabla. De forma similar, los guerreros (Caballero Arcano) y pícaros (Embaucador Arcano) han de dividir su nivel en la clase por tres.

También puedes utilizar este sistema con aquellos monstruos que posean espacios de conjuro, pero no es recomendable hacerlo, ya que llevar la cuenta del gasto de puntos de conjuro de los monstruos puede ser un lío.

CREAR NUEVAS OPCIONES PARA CLASES

Todas las clases pueden hacer al menos una elección importante. Los clérigos eligen un dominio divino, los guerreros un arquetipo marcial, los magos una tradición arcana, etc. Al crear una nueva opción para una clase no tendrás que eliminar ninguno de los aspectos de esta, pero sí que deberás procurar que tu creación posea un nivel de poder similar al de otras opciones y se distinga de ellas. Como cualquier otro aspecto del diseño de clases, prepárate para someter tu idea a una prueba de juego y no temas cambiar cosas si no funciona como debería.

En cuanto tengas clara la esencia de la nueva opción podrás ponerte a diseñar sus detalles concretos. Si no sabes por dónde empezar, fíjate en otras opciones y observa los rasgos de clase que proporcionan. No pasa nada si dos opciones poseen rasgos similares. Además, es buena idea observar cómo funcionan las mecánicas de otras clases para inspirarte. Cuando diseñes cada uno de los rasgos de clase de tu opción, hazte las preguntas siguientes:

- ¿Cómo refuerza este rasgo la historia o tema de la opción de clase?
- ¿Existe algún otro rasgo que pueda usar de modelo?
- ¿Es el rasgo comparable a otros del mismo nivel?

VARIANTE: PUNTOS DE CONJURO

Una forma de modificar una clase es cambiar la forma en la que usa sus conjuros. Si empleas esta variante, los personajes con el rasgo Lanzamiento de Conjuros podrán utilizar puntos de conjuro en lugar de espacios de conjuro para alimentar sus poderes mágicos. Este sistema es más flexible, pero también más complejo.

En esta variante, cada conjuro tiene un coste en puntos que depende de su nivel, tal y como se indica en la tabla "coste en puntos de los conjuros". Como los trucos no necesitan espacios de conjuro, tampoco gastan puntos de conjuro y, por tanto, no figuran en la tabla.

Ahora, en vez de poseer una serie de espacios con los que utilizar la magia del rasgo Lanzamiento de Conjuros, tendrás una reserva de puntos de conjuro. Deberás gastar estos puntos para crear un espacio de conjuro del nivel necesario, que, inmediatamente después, emplearás para lanzar el conjuro propiamente dicho. Tu reserva de puntos de conjuro no puede bajar de 0, y recuperarás todos los puntos gastados tras finalizar un descanso largo.

COSTE EN PUNTOS DE LOS CONJUROS

Nivel del conjuro	Puntos de conjuro	Nivel del conjuro	Puntos de conjuro
1	2	5	7
2	3	6	9
3	5	7	10
4	6	8	11
		9	13

PUNTOS DE CONJURO POR NIVEL

Nivel de clase	Puntos de conjuro	Nivel de conjuro máximo
1	4	1
2	6	1
3	14	2
4	17	2
5	27	3
6	32	3
7	38	4
8	44	4
9	57	5
10	64	5
11	73	6
12	73	6
13	83	7
14	83	7
15	94	8
16	94	8
17	107	9
18	114	9
19	123	9
20	133	9

CREAR UN TRASFONDO

Un trasfondo bien pensado ayudará a los jugadores a crear personajes que aporten emoción a la campaña. Los trasfondos no describen a los aventureros en términos de juego, sino que indican el lugar que ocupan en el mundo.

En lugar de diseñar trasfondos genéricos, como mercader o viajero, piensa en las facciones, organizaciones y culturas de tu campaña. Medita sobre cómo puedes utilizar estas estructuras sociales para crear trasfondos pintorescos. Podrías definir, por ejemplo, un trasfondo llamado "acólito de Candlekeep", que, aunque a efectos prácticos sería muy similar al erudito, serviría para enlazar al personaje con un lugar u organización de tu mundo.

Un personaje con el trasfondo "acólito de Candlekeep" probablemente tenga amigos entre los Declarados, los monjes que se ocupan de la gran biblioteca de Candlekeep. A este aventurero le estaría permitido entrar libremente en la biblioteca y consultar el conocimiento que en ella se encuentra, mientras que otros tendrán que donar un libro valioso o raro para poder hacer lo mismo. Los enemigos de Candlekeep también lo serán del personaje, y lo mismo podrá decirse de sus aliados. Los acólitos de Candlekeep poseen fama de eruditos ilustrados y protectores del conocimiento. Es fácil imaginar muchas interacciones interesantes, ya que varios PNJ podrían descubrir el trasfondo del personaje y pedirle ayuda.

Para crear tu propio trasfondo sigue los pasos siguientes:

PASO 1. RELACIÓNALO CON TU MUNDO

Para enlazar el trasfondo con tu ambientación debes decidir con qué elemento de la campaña estará relacionado: una facción, una organización, una profesión, una persona, un evento o una localización.

PASO 2. SUGIERE CARACTERÍSTICAS PERSONALES

Crea tablas con sugerencias para las características personales: rasgos de personalidad, ideales, lazos y defectos. Busca opciones que cuadren con el trasfondo o copia entradas del resto de tablas de trasfondos del *Player's Handbook*. Este esfuerzo será útil incluso aunque tus jugadores no usen las tablas, ya que te permitirá formarte una imagen clara del papel del trasfondo en tu mundo. Además, tampoco es necesario que las tablas sean muy largas: dos o tres entradas en cada una es más que suficiente.

PASO 3. ASIGNA COMPETENCIAS O IDIOMAS

Escoge dos competencias en habilidades y dos competencias con herramientas para el trasfondo. Si quieres, puedes reemplazar una competencia con herramientas por un idioma. O incluso las dos.

PASO 4. INCLUIR EQUIPO INICIAL

Asegúrate de que tu trasfondo posee un paquete de equipo inicial. Este debe contener, además de una pequeña cantidad de dinero que el aventurero pueda utilizar para comprar equipo, los objetos que el personaje poseyera antes de partir de aventuras. También debería contar con uno o dos objetos únicos del trasfondo en cuestión.

Por ejemplo: el equipo inicial de un personaje con el trasfondo "acólito de Candlekeep" podría incluir una muda de ropas de viaje, una túnica de erudito, cinco velas, un yesquero, un estuche para pergaminos vacío grabado con el símbolo de Candlekeep y una bolsa con 10 po. El estuche para pergaminos podría ser un regalo que otro acólito de Candlekeep hizo al personaje antes de partir. Si lo consideras oportuno, también podría contener un mapa que acabe resultando útil.

PASO 5. DECIDE EL RASGO DEL TRASFONDO

Escoge uno de los rasgos de trasfondo que ya existen o inventa uno nuevo, lo que prefieras. Si te inclinas por reutilizar un rasgo creado previamente, añade o modifica algunos de sus detalles para hacerlo único.

Así, el rasgo del acólito de Candlekeep podría ser Investigador, el mismo que el del erudito (como se muestra en el *Player's Handbook*), pero añadiendo como beneficio adicional que el personaje pueda entrar en Candlekeep sin pagar el coste habitual.

Los rasgos de trasfondo no deberían conferir beneficios a nivel de mecánica de juego, como bonificadores a alguna prueba de característica o tirada de ataque. Su labor es proporcionar oportunidades para la interpretación o nuevas formas de explorar e interactuar con el mundo.

Si te fijas, el rasgo Investigador del erudito ha sido diseñado con la intención de dar al personaje una motivación para irse de aventuras. No proporciona información o éxitos automáticos en pruebas. En lugar de eso, el rasgo otorga al personaje una forma de encontrar aquella información que desconoce: podría llevarle a otro erudito o a una librería abandonada hace mucho, en el interior de una tumba ancestral.

Los mejores rasgos de trasfondo aportan a los personajes una razón para embarcarse en aventuras, relacionarse con PNJ y desarrollar vínculos con la ambientación que has creado.

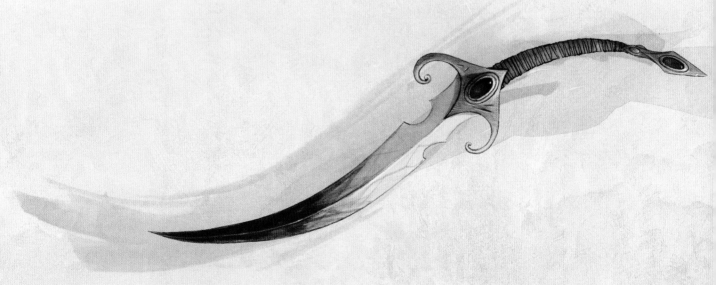

APÉNDICE A: MAZMORRAS ALEATORIAS

STE APÉNDICE TE AYUDARÁ A CREAR MAZMO-
rras rápidamente. Sus tablas funcionan de
forma iterativa. En primer lugar, tira para
determinar la zona inicial. A continuación,
tira de nuevo para ver qué pasillos y puertas
se encuentran en dicha zona. Una vez tengas los pasillos y puertas iniciales, será el
momento de establecer la situación y naturaleza del resto de
salas, puertas, escaleras y pasillos conectados con ellos. Para
generar todos estos elementos tirarás en varias tablas.

Si sigues estas instrucciones acabarás construyendo
complejos enormes, que no cabrán en una sola hoja de papel.
Por tanto, si quieres poner límites a la mazmorra, tendrás
que hacerlo antes de empezar a trabajar. Así sabrás hasta
dónde puede crecer.

El límite más evidente al tamaño de una mazmorra es el
de la hoja de papel en la que está dibujada. Si algún elemento
se sale de la hoja, acórtalo. Así, un pasillo que amenaza con
superar estos límites podría girar, convertirse en un callejón
sin salida o transformarse en una pequeña sala que ocupa
justo el espacio restante.

Otra opción es que aquellos pasillos que se salgan del
mapa sean entradas a otras mazmorras. Las escaleras,
pozos y otros elementos que lleven a niveles nuevos, que
no tenías pensado incorporar a tu mapa, podrían sufrir un
destino similar al de los pasillos antes nombrados.

ZONA INICIAL

La tabla "zonas iniciales" genera una estancia o un conjunto de corredores que servirán de entrada a tu mazmorra.
Cuando tires para crear la zona inicial, escoge una de las
puertas o pasillos que llevan a ella, como la entrada a la mazmorra propiamente dicha.

Una vez elegida la entrada, tira en la tabla correspondiente
para cada uno de los pasillos o puertas que parten de la zona
inicial. Todos los pasillos se prolongan al menos 10 pies,
contando desde la zona inicial. Pasada esta distancia, tira
en la tabla "pasillos" una vez para cada uno de ellos. Así
sabrás dónde desembocan. Usa la tabla "tras la puerta" para
determinar qué hay al otro lado tanto de puertas habituales
como de puertas secretas.

ZONAS INICIALES

d10	Disposición
1	Cuadrada, 20 × 20 pies; un pasillo en cada pared.
2	Cuadrada, 20 × 20 pies; una puerta en dos de las paredes, un pasillo en una tercera.
3	Cuadrada, 40 × 40 pies; una puerta en tres de las paredes.
4	Rectangular, 80 × 20 pies, con una fila de pilares atravesándola por la mitad; dos pasillos en cada pared larga, una puerta en cada pared corta.
5	Rectangular, 20 × 40 pies; un pasillo en cada pared.
6	Circular, 40 pies de diámetro; un pasillo en cada punto cardinal.
7	Circular, 40 pies de diámetro; un pasillo en cada punto cardinal; un pozo en el medio de la sala (podría llevar a un nivel inferior).
8	Cuadrada, 20 × 20 pies; una puerta en dos paredes, un pasillo en una tercera, una puerta secreta en la cuarta.
9	Pasillo, 10 pies de ancho; intersección en T.
10	Pasillos, 10 pies de ancho; intersección de cuatro pasillos.

PASILLOS

Cuando generes pasillos y corredores tira en la tabla "pasillos" varias veces, de modo que se aumente la longitud del
tramo y se bifurque según sea necesario. Este proceso termina cuando encuentras una puerta o una sala.

Siempre que crees un pasillo nuevo tendrás que tirar
para determinar su anchura. Si el pasillo es una bifurcación
de otro, tira 1d12 en la tabla "ancho del pasillo". Si surge
de una sala, tira 1d20. No obstante, en este último caso, la
anchura del pasillo debe ser como mínimo 5 pies inferior a la
dimensión más grande de la sala de la que nace.

PASILLOS

d20	Características
1–2	Sigue recto 30 pies, sin puertas ni pasillos laterales
3	Sigue recto 20 pies, una puerta a la derecha, después sigue recto otros 10 pies
4	Sigue recto 20 pies, una puerta a la izquierda, después sigue recto otros 10 pies
5	Sigue recto 20 pies; termina en una puerta.
6–7	Sigue recto 20 pies, un pasillo lateral a la derecha, después sigue recto otros 10 pies
8–9	Sigue recto 20 pies, un pasillo lateral a la izquierda, después sigue recto otros 10 pies
10	Sigue recto 20 pies, acaba en un callejón sin salida; 10 % de posibilidades de que haya una puerta secreta.
11–12	Sigue recto 20 pies, después gira a la izquierda y sigue recto otros 10 pies
13–14	Sigue recto 20 pies, después gira a la derecha y sigue recto otros 10 pies
15–19	Sala (tira en la tabla "salas")
20	Escaleras* (tira en la tabla "escaleras")

* Hay escaleras porque se supone que la mazmorra tendrá más de
un nivel. Si no quieres que sea así, vuelve a tirar cuando obtengas
este resultado, convierte las escaleras en una entrada alternativa a
la mazmorra o reemplázalas por otro elemento de tu elección.

ANCHO DEL PASILLO

d12/d20	Anchura
1–2	5 pies
3–12	10 pies
13–14	20 pies
15–16	30 pies
17	40 pies, con una fila de pilares recorriéndolo por la mitad
18	40 pies, con dos filas de pilares recorriéndolo por la mitad
19	40 pies de ancho, 20 pies de alto
20	40 pies de ancho, 20 pies de alto, una galería a 10 pies del suelo permite acceder al nivel superior

PUERTAS

Siempre que un resultado indique la presencia de una
puerta, tira en las tablas "tipo de puerta" y "tras la puerta"
para averiguar tanto la forma de la puerta como lo que se
encuentra al otro lado. Si está bloqueada, tú escoges por cuál
de los lados. Además, si te parece oportuno, puedes decidir
que ciertas puertas que no estén cerradas con llave están
atascadas. El capítulo 5: "Entornos para aventuras" contiene
una explicación de las puertas y los rastrillos.

TIPO DE PUERTA

d20	Tipo de puerta
1–10	De madera
11–12	De madera, cerrada con llave o bloqueada
13	De piedra
14	De piedra, cerrada con llave o bloqueada
15	De hierro
16	De hierro, cerrada con llave o bloqueada
17	Rastrillo
18	Rastrillo, cerrado
19	Puerta secreta
20	Puerta secreta, cerrada o bloqueada

TRAS LA PUERTA

d20	Elemento
1–2	Pasillo que avanza 10 pies, seguido de una intersección en T que se extiende 10 pies a izquierda y derecha
3–8	Pasillo que sigue recto 20 pies
9–18	Sala (tira en la tabla "salas")
19	Escaleras (tira en la tabla "escaleras")
20	Puerta falsa con trampa

SALAS

Siempre que el resultado de una tirada indique una sala, deberás tirar en la tabla "salas" para determinar sus dimensiones. Después, tira en la tabla "salidas de la sala" para descubrir el número de salidas que surgen de ella. Para cada una de ellas, tira en las tablas "ubicación de la salida" y "tipo de salida".

Por último, recurre a las tablas de la sección "Llenar una mazmorra" para determinar qué contiene la sala.

SALAS

d20	Sala
1–2	Cuadrada, 20 × 20 pies[1]
3–4	Cuadrada, 30 × 30 pies[1]
5–6	Cuadrada, 40 × 40 pies[1]
7–9	Rectangular, 20 × 30 pies[1]
10–12	Rectangular, 30 × 40 pies[1]
13–14	Rectangular, 40 × 50 pies[2]
15	Rectangular, 50 × 80 pies[2]
16	Circular, 30 pies de diámetro[1]
17	Circular, 50 pies de diámetro[2]
18	Octagonal, 40 × 40 pies[2]
19	Octagonal, 60 × 60 pies[2]
20	Trapezoidal, 40 × 60 pies aproximadamente[2]

[1] Usa la columna "sala normal" de la tabla "salidas de la sala".
[2] Usa la columna "sala grande" de la tabla "salidas de la sala".

SALIDAS DE LA SALA

d20	Sala normal	Sala grande
1–3	0	0
4–5	0	1
6–8	1	1
9–11	1	2
12–13	2	2
14–15	2	3
16–17	3	3
18	3	4
19	4	5
20	4	6

UBICACIÓN DE LA SALIDA

d20	Ubicación
1–7	Pared frente a la entrada
8–12	Pared a la izquierda de la entrada
13–17	Pared a la derecha de la entrada
18–20	Misma pared que la entrada

TIPO DE SALIDA

d20	Tipo
1–10	Puerta (tira en la tabla "tipo de puerta")
11–20	Pasillo, 10 pies de largo

ESCALERAS

Llamamos escaleras a cualquier estructura que permita subir o bajar, como pueden ser rampas, chimeneas, agujeros, ascensores o escaleras. Si tu mazmorra tiene varios niveles, tú decides la separación entre ellos. Dicho esto, 30 pies es una distancia adecuada para la mayoría de complejos.

ESCALERAS

d20	Escaleras
1–4	Desciende un nivel hasta una sala
5–8	Desciende un nivel hasta un pasillo de 20 pies de largo
9	Desciende dos niveles hasta una sala
10	Desciende dos niveles hasta un pasillo de 20 pies de largo
11	Desciende tres niveles hasta una sala
12	Desciende tres niveles hasta un pasillo de 20 pies de largo
13	Asciende un nivel hasta una sala
14	Asciende un nivel hasta un pasillo de 20 pies de largo
15	Asciende hasta un callejón sin salida
16	Desciende hasta un callejón sin salida
17	Chimenea que asciende un nivel hasta un pasillo de 20 pies de largo
18	Chimenea que asciende dos niveles hasta un pasillo de 20 pies de largo
19	Agujero (con o sin ascensor) que desciende un nivel hasta una sala
20	Agujero (con o sin ascensor) que asciende un nivel hasta una sala y desciende un nivel hasta otra sala

ZONAS DE CONEXIÓN

Cuando tengas el mapa terminado, considera la posibilidad de añadir puertas entre salas y pasillos que estén al lado, pero no se encuentren conectados. Estas puertas servirán para crear más caminos por el interior de la mazmorra y aumentarán las opciones de los jugadores.

Si tu mazmorra tiene varios niveles, asegúrate de que existen escaleras, pozos y otros corredores verticales que los conectan entre sí. Si utilizas papel cuadriculado, pon una hoja en blanco encima del mapa que ya has creado y marca dónde están las escaleras y otros elementos compartidos por ambos niveles. En cuanto hayas hecho esto podrás ponerte a construir el nivel nuevo.

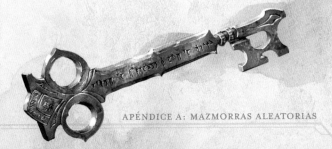

Llenar una mazmorra

Crear el mapa de la mazmorra solo es la mitad del (divertido) proceso. Terminado el plano del complejo, será el momento de decidir qué desafíos y recompensas pueden encontrarse en sus estancias y corredores. Cualquier espacio de un tamaño razonable debería contener visiones, sonidos, objetos y criaturas interesantes.

Sin embargo, no es necesario que prepares de antemano hasta el último detalle de la mazmorra. Puedes apañarte con poco más que una lista de monstruos, otra de tesoros y una tercera con uno o dos aspectos importantes de cada zona de la mazmorra.

Propósito de cada sala

Conocer la función de una sala te ayudará a decidir qué muebles u otros objetos contiene.

Elige el fin de cada una de las salas de tu mapa o utiliza las tablas que aparecen más adelante para darte ideas al respecto. Cada tipo de mazmorra descrito en la sección "Propósito de la mazmorra" del capítulo 5: "Entornos de aventuras" posee aquí su propia tabla, que contiene las salas adecuadas para que el complejo pueda cumplir con su función. Así, si estás construyendo un mausoleo, utiliza la tabla "mazmorra: mausoleo" para ayudarte a decidir el propósito de cada sala. Estas tablas, específicas para cada tipo de mazmorra, están seguidas de otra llamada "salas genéricas de una mazmorra", que puedes utilizar si tu creación no encaja exactamente con uno de los tipos de mazmorra estándar o si quieres darle un poco de color al complejo.

Dicho esto, recurrir a tablas aleatorias puede dar lugar a resultados incongruentes. Por ejemplo, un templo ubicado en una habitación diminuta con un almacén enorme al lado. Encontrar una explicación para estas situaciones puede ser muy divertido, pero no temas hacer cambios si te parece oportuno. Siempre puedes tratar de forma especial algunas habitaciones clave y decidir tú mismo lo que contienen.

Mazmorra: almacén de tesoros

d20	Propósito
1	Antesala para los dignatarios de visita
2	Armería con equipo tanto mundano como mágico, utilizado por los guardias de los tesoros
3–4	Barracones para los guardias
5	Cisterna que proporciona agua potable
6–9	Sala de los guardias para defenderse de los intrusos
10	Perreras para las bestias entrenadas para custodiar los tesoros
11	Cocina para alimentar a los guardias
12	Sala de vigilancia que permite a los guardias observar quién se acerca a la mazmorra
13	Prisión para retener a los intrusos capturados
14–15	Cámara acorazada o caja fuerte para guardar los tesoros escondidos en la mazmorra, solo accesible a través de una puerta secreta o cerrada con llave
16	Sala de torturas para obtener información de los intrusos capturados
17–20	Trampa u otro truco diseñado para matar o capturar a las criaturas que entran en la mazmorra

Mazmorra: fortaleza

d100	Propósito
01–02	Antesala en la que los visitantes de la fortaleza esperan
03–05	Armería con equipo de calidad, entre el que se encuentran armas de asedio pequeñas, como balistas
06	Sala de audiencias utilizada por el señor de la fortaleza para recibir a los visitantes
07	Pajarera o zoo con criaturas exóticas
08–11	Sala de banquetes para celebraciones y agasajar a los invitados
12–15	Barracones de los guardias de élite
16	Baños con suelo de mármol y otros accesorios lujosos
17	Dormitorio del señor de la fortaleza o para invitados importantes
18	Capilla dedicada a una deidad asociada con el señor de la fortaleza
19–21	Cisterna que proporciona agua potable
22–25	Comedor para reuniones íntimas o comidas informales
26	Vestidor con varios armarios
27–29	Galería en la que se exhiben trofeos y obras de arte caras
30–32	Sala de juegos para entretener a las visitas
33–50	Sala de la guardia
51	Perrera en la que viven los monstruos o animales domesticados que protegen la mazmorra
52–57	Cocina diseñada para preparar comidas exóticas para muchos invitados
58–61	Biblioteca con una enorme colección de libros raros
62	Sala de espera para entretener a los invitados
63–70	Despensa que incluye una bodega para vinos o bebidas espirituosas
71–74	Sala de estar para la familia y los invitados más íntimos
75–78	Establos
79–86	Almacén de suministros y objetos comunes
87	Cámara o caja fuerte para proteger tesoros importantes (75 % de posibilidades de que esté oculta tras una puerta secreta)
88–92	Estudio con una mesa para escribir
93	Sala del trono laboriosamente decorada
94–96	Sala de espera en la que se hace esperar a los invitados menos importantes antes de recibirlos
97–98	Letrinas o baños
99–00	Cripta del señor de la fortaleza u otra persona importante

Mazmorra: guarida

d20	Propósito
1	Armería llena de armas y armaduras
2	Sala de audiencias para recibir invitados
3	Sala de banquetes para las celebraciones importantes
4	Barracones en los que se acuartelan los defensores de la guarida
5	Habitación para los líderes
6	Capilla en la que los habitantes de la guarida acuden a rezar
7	Cisterna o pozo de agua potable
8–9	Sala de los guardias que defienden la guarida
10	Perreras para mascotas o bestias guardianas
11	Cocina para almacenar o preparar alimentos
12	Cárcel o prisión en la que se retiene a los cautivos
13–14	Almacén de bienes en su mayoría no perecederos

d20	Propósito
15	Sala del trono en la que los líderes de la guarida dictan sentencia
16	Sala de torturas
17	Sala de entrenamiento y ejercicios
18	Museo o sala de trofeos
19	Letrinas o baños
20	Taller para la construcción de armas, armaduras, herramientas y otros productos

Mazmorra: laberinto

d20	Propósito
1	Sala de conjuración para invocar criaturas que protejan el laberinto
2–5	Sala de guardia para los centinelas que patrullan el laberinto
6–10	Guarida de las bestias protectoras que patrullan el laberinto
11	Cárcel o prisión accesible únicamente a través de una puerta secreta, utilizada para retener a los cautivos condenados al laberinto
12	Santuario dedicado a un dios u otra entidad
13–14	Almacén de comida y herramientas usadas por los guardianes del laberinto para mantenerlo en buen estado
15–18	Trampa para confundir o matar a los que son enviados al laberinto
19	Pozo que proporciona agua potable
20	Taller en el que se reparan y mantienen las puertas, hacheros y otros muebles

Mazmorra: mausoleo

d20	Propósito
1	Antesala para los que han venido a presentar sus respetos a los difuntos o prepararse para los rituales de enterramiento
2–3	Capilla dedicada a las deidades que custodian a los muertos y protegen sus lugares de descanso
4–8	Cripta para los enterramientos menos importantes
9	Sala de adivinación utilizada en los rituales para pedir consejo a los difuntos
10	Cripta falsa (con trampas) utilizada para matar o capturar ladrones
11	Galería en la que se exhiben los logros de los difuntos a través de trofeos, estatuas, cuadros y demás
12	Gran cripta para un noble, alto sacerdote u otro individuo importante
13–14	Sala de la guardia, normalmente protegida por muertos vivientes, autómatas u otras criaturas que no necesiten comer ni dormir
15	Sacristía para que los sacerdotes se preparen para los rituales de enterramiento
16–17	Almacén lleno de herramientas para mantener las tumbas y preparar a los difuntos para el entierro
18	Tumba para enterrar a las personas más ricas o poderosas, protegida por puertas secretas y trampas
19–20	Taller en el que se embalsama a los muertos

Mazmorra: mina

d20	Propósito
1–2	Barracones para los mineros
3	Dormitorio de un supervisor o gerente
4	Capilla dedicada a la deidad patrona de los mineros, la tierra o la protección
5	Cisterna que proporciona agua potable a los mineros
6–7	Sala de la guardia
8	Cocina para alimentar a los trabajadores
9	Laboratorio utilizado para hacer pruebas sobre los minerales extraños encontrados en la mina
10–15	Veta de la que se extrae un metal (75 % de posibilidades de estar agotada)
16	Oficina usada por el supervisor de la mina
17	Herrería para reparar las herramientas dañadas
18–19	Almacén para herramientas y otro equipo
20	Caja fuerte o cámara utilizada para almacenar la mena antes de transportarlo a la superficie

Mazmorra: portal entre planos

d100	Propósito
01–03	Vestíbulo o antesala muy adornado
04–08	Armería utilizada por los guardias del portal
09–10	Sala de audiencias para las visitas
11–19	Barracones utilizados por los guardias del portal
20–23	Dormitorio de los miembros de rango más alto de la orden que protege el portal
24–30	Capilla dedicada a una deidad o deidades relacionadas con el portal y sus defensores
31–35	Cisterna que proporciona agua potable
36–38	Aula en la que los iniciados aprenden los secretos del portal
39	Sala de conjuración para invocar criaturas para defender o investigar el portal
40–41	Cripta con los restos de los que murieron protegiendo el portal
42–47	Comedor
48–50	Sala de adivinación para investigar el portal y los sucesos relacionados con el mismo
51–55	Dormitorio comunal para visitas y guardias
56–57	Recibidor o vestíbulo
58–59	Galería para exhibir los trofeos y objetos relacionados con el portal y quienes lo protegen
60–67	Sala de los guardias que protegen o vigilan el portal
68–72	Cocina
73–77	Laboratorio para realizar experimentos relativos al portal y las criaturas que surgen de él
78–80	Biblioteca que contiene los libros relativos a la historia del portal

d100	Propósito
81–85	Cárcel o prisión para retener a los cautivos y a las criaturas que surgen del portal
86–87	Intersección planar, el lugar en el que antes se encontraba un portal a otro plano (25 % de posibilidades de seguir activo)
88–90	Almacén
91	Caja fuerte o cámara acorazada en la que se almacenan los tesoros relacionados con el portal y los fondos necesarios para pagar a sus guardianes
92–93	Estudio
94	Cámara de tortura para interrogar a las criaturas que atraviesan el portal o intentan usarlo de forma clandestina
95–98	Letrinas o baños
99–00	Taller para construir las herramientas y equipo necesario para estudiar el portal

Mazmorra: templo o santuario

d100	Propósito
01–03	Armería llena de armas, armaduras, estandartes y pendones
04–05	Sala de audiencias en la que los sacerdotes del templo reciben a los plebeyos y otros visitantes de poca importancia
06–07	Sala de banquetes para celebraciones especiales y días sagrados
08–10	Barracones para el brazo armado del templo o los guardias a los que tiene contratados
11–14	Celdas en las que los fieles pueden meditar en silencio
15–24	Templo central construido para la celebración de rituales
25–28	Capilla dedicada a una deidad menor asociada a la principal del templo
29–31	Aula para entrenar a los iniciados y sacerdotes
32–34	Sala de conjuración especialmente santificada, para invocar criaturas extraplanares
35–40	Cripta de un alto sacerdote o figura similar, escondida y bien protegida por criaturas y trampas
41–42	Comedor grande para los siervos del templo y los sacerdotes de categoría inferior
43	Comedor pequeño para los sacerdotes más importantes
44–46	Sala de adivinación llena de runas y artilugios para vislumbrar el futuro
47–50	Dormitorio comunal de los sacerdotes de rango inferior y los estudiantes
51–56	Sala de los guardias
57	Perrera para los animales o monstruos asociados a la deidad del templo
58–60	Cocina (podría ser horriblemente similar a una cámara de tortura si se trata de un templo malvado)
61–65	Biblioteca llena de tratados sobre religión
66–68	Prisión para los enemigos capturados (en templos buenos o neutrales) o para los que van a ser sacrificados (en templos malvados)
69–73	Sacristía llena de túnicas y objetos ceremoniales
74	Establo para los caballos de monta y otras bestias, ya sean del templo o de los mensajeros y caravanas de visita

d100	Propósito
75–79	Almacén lleno de objetos comunes
80	Caja fuerte o cámara acorazada con reliquias importantes y objetos ceremoniales, llena de trampas
81–82	Cámara de tortura usada para interrogar (en templos buenos o neutrales con tendencia hacia la ley) o por el mero placer de hacer daño (en templos malvados)
83–89	Sala de trofeos en la que se exhiben obras de arte que conmemoran figuras o sucesos importantes de la mitología
90	Letrinas o baños
91–94	Pozo de agua potable, fácilmente defendible en caso de ataque o asedio
95–00	Taller para reparar o fabricar armas, objetos religiosos y herramientas

Mazmorra: trampa mortal

d20	Propósito
1	Antesala o sala de espera para espectadores
2–8	Sala de la guardia protegida contra los invasores
9–11	Cámara con tesoros importantes, a la que solo se puede acceder a través de una puerta secreta o cerrada con llave (75 % de posibilidades de tener una trampa)
12–14	Habitación con un rompecabezas que si se resuelve permite evitar una trampa o monstruo
15–19	Trampa diseñada para matar o capturar criaturas
20	Sala de observación, que permite a los guardias o espectadores ver cómo las criaturas avanzan por la mazmorra

Salas genéricas de una mazmorra

d100	Propósito	d100	Propósito
01	Antesala	30–31	Comedor
02–03	Armería	32–33	Sala de adivinación
04	Sala de audiencias	34	Dormitorio comunal
05	Pajarería	35	Vestidor
06–07	Sala de banquetes	36	Recibidor o vestíbulo
08–10	Barracones	37–38	Galería
11	Baños o letrinas	39–40	Sala de juegos
12	Dormitorio	41–43	Sala de guardias
13	Bestiario	44–45	Salón
14–16	Celda	46–47	Gran salón
17	Ermita	48–49	Pasillo
18	Capilla	50	Perreras
19–20	Cisterna	51–52	Cocina
21	Aula	53–54	Laboratorio
22	Armario	55–57	Biblioteca
23–24	Sala de conjuración	58–59	Estancia
25–26	Tribunal	60	Sala de meditación
27–29	Cripta	61	Observatorio

d100	Propósito	d100	Propósito
62	Oficina	82–83	Caja fuerte o cámara acorazada
63–64	Despensa	84–85	Estudio
65–66	Cárcel o prisión	86–88	Templo
67–68	Recepción	89–90	Sala del trono
69–70	Refectorio	91	Cámara de torturas
71	Sacristía	92–93	Sala de ejercicios o entrenamiento
72	Exposición	94–95	Sala de trofeos o museo
73–74	Santuario	96	Sala de espera
75–76	Sala de estar	97	Guardería o sala para niños
77–78	Herrería	98	Pozos
79	Establos	99–00	Taller
80–81	Almacén		

Estado actual de la sala

Si la mazmorra ha tenido una historia tumultuosa, puedes tirar para determinar la situación actual de cada zona concreta. Si decides no hacerlo y la sala se sigue usando para su propósito original, se considerará que permanece intacta.

Estado actual de la sala

d20	Estado
1–3	En ruinas; partes del techo están derrumbadas.
4–5	Agujeros; partes del suelo están hundidas.
6–7	Cenizas; la mayor parte de lo que contenía ha ardido.
8–9	Utilizada como campamento
10–11	Estanque de agua; la mayor parte de lo que contenía ha sido dañado por el agua.
12–16	Los muebles están destrozados, aunque aún permanecen en su sitio
17–18	Reconvertida a otro uso (tira en la tabla "salas genéricas de una mazmorra")
19	Desvalijada por completo
20	Prístina y en su estado original

Contenidos de una sala

Una vez hayas determinado la función de las salas de tu mazmorra, tendrás que pensar en lo que estas contienen. La tabla "contenidos de una sala" te permite generar este contenido de forma aleatoria, pero también puedes elegirlo tú mismo. Si haces esto último, procura que los objetos sean interesantes y pintorescos. También puedes recurrir, además de los contenidos de esta tabla, a los que aparecen en el apartado "Detalles de una mazmorra", que alberga una lista de elementos adicionales con los que rellenar las salas.

En la tabla "contenidos de una sala", el resultado "morador dominante" se trata una criatura que controla la zona. Las mascotas y otras criaturas aliadas sirven al morador dominante. Las "criaturas aleatorias" son carroñeros u otros seres molestos que, en solitario o formando grupos pequeños, recorren la zona. Algunos ejemplos de estas criaturas son los carroñeros reptantes, las ratas terribles, los cubos gelatinosos o los monstruos corrosivos. El capítulo 3: "Crear aventuras" contiene más información sobre los encuentros aleatorios.

CONTENIDOS DE UNA SALA

d100	Contenidos
01–08	Monstruo (morador dominante)
09–15	Monstruo (morador dominante) con tesoro
16–27	Monstruo (mascota o criatura aliada)
28–33	Monstruo (mascota o criatura aliada) que protege un tesoro
34–42	Monstruo (criatura aleatoria)
43–50	Monstruo (criatura aleatoria) con tesoro
51–58	Peligro (consulta "Peligros aleatorios en una mazmorra") con un tesoro fortuito
59–63	Obstáculo (consulta "Obstáculos aleatorios")
64–73	Trampa (consulta "Trampas aleatorias")
74–76	Trampa (consulta "Trampas aleatorias") que protege un tesoro
77–80	Artimaña (consulta "Artimañas aleatorias")
81–88	Habitación vacía
89–94	Habitación vacía con un peligro (consulta "Peligros aleatorios")
95–00	Habitación vacía con tesoro

MONSTRUOS Y MOTIVACIONES

El capítulo 3: "Crear aventuras" contiene una serie de directrices para concebir encuentros con monstruos. Intenta incluir encuentros de varios niveles de dificultad, para así aumentar la variedad e introducir suspense.

Un encuentro con una criatura poderosa al principio de la mazmorra contribuye a hacer las cosas más interesantes y obliga a los aventureros a recurrir a su astucia. Por ejemplo, podría haber un dragón rojo anciano hibernando en el primer nivel de una mazmorra. El sonido de su pesada respiración y una cortina de humo en las habitaciones cercanas a su guarida delataría su presencia. Los personajes más avezados harán lo posible por evitar a la criatura, aunque puede que, mientras tanto, el valiente ladrón del grupo intente hacerse con algunas de las monedas de su tesoro.

No todos los monstruos son directamente hostiles. Cuando puebles tu mazmorra con criaturas, piensa en cómo se relacionarán las que vivan cerca unas de otras, así como en

su actitud para con los aventureros. Los personajes podrían apaciguar a una bestia hambrienta ofreciéndola comida, y las criaturas más inteligentes suelen tener motivaciones complejas. La tabla "motivaciones de un monstruo" te permite recurrir a los objetivos del monstruo para justificar su presencia en la mazmorra.

Cuando se trate de grupos grandes de monstruos, que se extiendan por varias salas, podrás utilizar la misma motivación para todo el grupo o dividir este en grupos más pequeños, cada uno con sus propios intereses.

MOTIVACIONES DE UN MONSTRUO

d20	Objetivos	d20	Objetivos
1–2	Encontrar refugio	12–13	Esconderse de sus enemigos
3–5	Conquistar la mazmorra	14–15	Recuperarse de una batalla
6–8	Buscar un objeto en la mazmorra	16–17	Evitar el peligro
9–11	Matar a un rival	18–20	Buscar riquezas

PELIGROS ALEATORIOS

No es normal encontrar peligros en zonas habitadas, ya que los monstruos suelen acabar con ellos o evitarlos.

Los chillones y los hongos violetas aparecen en el *Monster Manual*. El resto de peligros de la tabla se describen en el capítulo 5: "Entornos de aventuras".

PELIGROS

d20	Peligro	d20	Peligro
1–3	Moho marrón	11–15	Telarañas
4–8	Limo verde	16–17	Hongo violeta
9–10	Chillón	18–20	Moho amarillo

OBSTÁCULOS ALEATORIOS

Los obstáculos impiden el avance por la mazmorra. Aunque, a veces, lo que los aventureros consideran un obstáculo es una ruta fácil para los moradores de la mazmorra. Una estancia inundada, por poner un ejemplo, es una barrera para la mayoría de los personajes, pero es fácilmente superable para las criaturas capaces de respirar bajo el agua.

Los obstáculos pueden afectar a más de una sala. Así, una sima podría atravesar varios pasillos y salas o haber causado grietas en la piedra en un área muy extensa. De forma similar, el intenso vendaval que surge de un altar mágico podría agitar el aire de forma menos violenta en cientos de pies a la redonda.

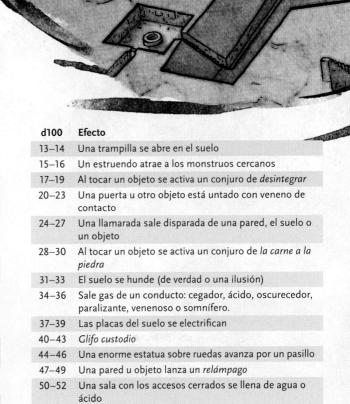

OBSTÁCULOS

d20	Obstáculo
1	Aura de antivida en un radio de 1d10 × 10 pies; las criaturas que permanezcan dentro del área no pueden recuperar puntos de golpe.
2	Vendaval que reduce la velocidad a la mitad y causa desventaja en las tiradas de ataque a distancia
3	*Barrera de cuchillas* que bloquea el paso
4–8	Derrumbe
9–12	Grieta de 1d4 × 10 pies de anchura y 2d6 × 10 pies de profundidad, seguramente conectada con otros niveles de la mazmorra
13–14	Inundación que deja una capa de agua de 2d10 pies de profundidad; crea pasillos cercanos ascendentes, suelos elevados o escaleras que suban para contener el agua.
15	La lava fluye al interior de la zona (50 % de posibilidades de que un puente de piedra la cruce)
16	Setas de un tamaño desproporcionado bloquean el camino y es necesario cortarlas a hachazos para avanzar (25 % de posibilidades de que un peligro en forma de moho u hongo se oculte entre ellas)
17	Gas venenoso (causa 1d6 de daño de veneno por cada minuto que se esté expuesto)
18	*Invertir la gravedad* que hace que las criaturas caigan hacia el techo
19	*Muro de fuego* que bloquea el camino
20	*Muro de fuerza* que bloquea el camino

TRAMPAS ALEATORIAS

Si necesitas recurrir a una trampa rápidamente o generar trampas aleatorias para una mazmorra, utiliza las trampas de ejemplo que aparecen en el capítulo 5: "Entornos de aventuras" o en las tablas que se presentan a continuación. Si decides emplear las tablas, empieza por "efecto de una trampa" y "activador de una trampa" para determinar el tipo de trampa y luego tira en "gravedad del daño de una trampa" para decidir cuán peligrosa es. Tienes más información sobre la gravedad del daño de una trampa en el capítulo 5.

ACTIVADOR DE UNA TRAMPA

d6	Activador
1	Pisar (suelo, escaleras)
2	Moverse a través (marco de una puerta, pasillo)
3	Tocar (pomo, estatua)
4	Abrir (puerta, cofre)
5	Mirar (mural, símbolo arcano)
6	Mover (carreta, bloque de piedra)

GRAVEDAD DEL DAÑO DE UNA TRAMPA

d6	Gravedad del daño
1–2	Contratiempo
3–5	Peligroso
6	Mortal

EFECTO DE UNA TRAMPA

d100	Efecto
01–04	Una estatua u objeto dispara *proyectiles mágicos*
05–07	Escalera que al derrumbarse crea una rampa que deja a los personajes en un pozo que se encuentra en su extremo más bajo
08–10	Un bloque del techo (o todo el techo) se derrumba
11–12	El techo desciende lentamente sobre una sala con los accesos cerrados
13–14	Una trampilla se abre en el suelo
15–16	Un estruendo atrae a los monstruos cercanos
17–19	Al tocar un objeto se activa un conjuro de *desintegrar*
20–23	Una puerta u otro objeto está untado con veneno de contacto
24–27	Una llamarada sale disparada de una pared, el suelo o un objeto
28–30	Al tocar un objeto se activa un conjuro de *la carne a la piedra*
31–33	El suelo se hunde (de verdad o una ilusión)
34–36	Sale gas de un conducto: cegador, ácido, oscurecedor, paralizante, venenoso o somnífero.
37–39	Las placas del suelo se electrifican
40–43	*Glifo custodio*
44–46	Una enorme estatua sobre ruedas avanza por un pasillo
47–49	Una pared u objeto lanza un *relámpago*
50–52	Una sala con los accesos cerrados se llena de agua o ácido
53–56	Varios dardos salen disparados de un cofre abierto
57–59	Un arma, armadura o alfombra cobra vida y ataca cuando se la toca (consulta "Objetos animados" en el *Monster Manual*)
60–62	Un péndulo, afilado o con un contrapeso similar al de una maza, atraviesa la sala o habitación
63–67	Un pozo oculto se abre bajo los pies de los personajes (25 % de posibilidades de que un pudin negro o un cubo gelatinoso llene el fondo)
68–70	Un pozo oculto se llena de ácido o fuego
71–73	Un pozo cuyo acceso se cierra o se llena de agua
74–77	Unas cuchillas en forma de guadaña surgen de una pared u objeto
78–81	Surgen varias lanzas (posiblemente envenenadas)
82–84	Unas escaleras frágiles se derrumban, cayendo sobre unos pinchos
85–88	Una *ola atronadora* empuja a los personajes a un pozo o unos pinchos
89–91	Unas mandíbulas de acero o piedra apresan a un personaje
92–94	Un bloque de piedra cruza la sala, aplastando lo que se encuentra en su camino
95–97	*Símbolo*
98–00	Las paredes se acercan hasta juntarse

ARTIMAÑAS ALEATORIAS

Las artimañas suponen una versión más estrafalaria y menos peligrosa de las trampas. Algunas son efectos creados por los constructores de la mazmorra, mientras que otras podrían tratarse de manifestaciones de las extrañas energías mágicas que impregnan el complejo.

Las tablas siguientes te ayudarán a crear artimañas aleatorias. Primero tira para averiguar qué objeto contiene la artimaña y, después, tira otra vez para determinar la naturaleza de esta. Ciertas artimañas crean efectos permanentes que no pueden ser disipados, pero algunas producen otros son temporales o pueden ser neutralizados mediante un conjuro de *disipar magia*. Tú decides cuál es el caso para cada una.

Objetos con artimañas

d20	Objeto	d20	Objeto
1	Libro	11	Planta o árbol
2	Cerebro conservado en un frasco	12	Estanque de agua
3	Fuego ardiendo	13	Runas grabadas en una pared o el suelo
4	Gema quebrada	14	Calavera
5	Puerta	15	Esfera de energía mágica
6	Fresco	16	Estatua
7	Mueble	17	Obelisco de piedra
8	Escultura de cristal	18	Armadura
9	Campo de setas	19	Tapiz o alfombra
10	Cuadro	20	Blanco para prácticas

Artimañas

d100	Efecto de la artimaña
01–03	Envejece a la primera persona que toca el objeto
04–06	El objeto tocado cobra vida o hace que otros objetos cercanos cobren vida
07–10	Hace tres preguntas que sean difíciles de responder. Si las tres son respondidas con éxito, aparecerá una recompensa.
11–13	Concede resistencia o vulnerabilidad
14–16	Cambia el alineamiento, personalidad, tamaño, apariencia o sexo de cualquiera que toque el objeto
17–19	Transforma una sustancia en otra, como el oro en plomo o el metal en frágil cristal
20–22	Crea un campo de fuerza
23–26	Crea una ilusión
27–29	Hace que los objetos mágicos dejen de funcionar durante un tiempo
30–32	Agranda o empequeñece a los personajes
33–35	Una *boca mágica* pronuncia un acertijo
36–38	Lanza el conjuro *confusión*, que tiene como objetivo a todas las criaturas situadas a 10 pies
39–41	Da indicaciones (ciertas o falsas)
42–44	Concede un deseo
45–47	Sale volando para evitar ser tocado
48–50	Lanza *geas* sobre los personajes
51–53	Aumenta, reduce, anula o invierte la gravedad
54–56	Induce a la codicia
57–59	Contiene una criatura prisionera
60–62	Cierra o abre las salidas
63–65	Ofrece la posibilidad de participar en un juego de azar, prometiendo una recompensa o información valiosa
66–68	Ayuda o perjudica a ciertos tipos de criaturas
69–71	Lanza *polimorfar* sobre los personajes (dura 1 hora)
72–75	Presenta un rompecabezas o acertijo
76–78	Evita el movimiento
79–81	Suelta monedas, monedas falsas, gemas, gemas falsas, un objeto mágico o un mapa
82–84	Libera, invoca o se transforma en un monstruo
85–87	Lanza *sugestión* sobre los personajes
88–90	Gime ruidosamente cuando se le toca
91–93	Habla (de forma normal, diciendo tonterías, en poemas o rimas, cantando, lanzando conjuros o gritando)
94–97	Teletransporta a los personajes a otro lugar
98–00	Intercambia las mentes de dos personajes

Tesoros aleatorios

Usa las tablas y consejos del capítulo 7: "Tesoros" para determinar el tesoro de cada una de las zonas de tu mazmorra.

Salas vacías

Una sala vacía puede ser una bendición para aquellos personajes que necesiten un lugar seguro en el que hacer un descanso corto. E incluso podrían atrincherarse en ella y atreverse con un descanso largo.

Sin embargo, a veces una estancia no estará tan vacía como a primera vista podría parecer. Puedes recompensar a los aventureros que examinen una sala detenidamente con un compartimento secreto que contenga el diario de un antiguo morador, un mapa que lleve a otra mazmorra o cualquier descubrimiento similar.

Detalles de una mazmorra

Las tablas de esta sección proporcionan una gran variedad de objetos y puntos de interés que puedes situar en tu mazmorra, donde gustes. Estos detalles pueden ser útiles para afianzar la atmósfera del complejo, dar pistas de sus creadores e historia, ser la base de artimañas y trampas, o fomentar la exploración.

Para generar detalles de la mazmorra al azar, tira una vez en cada una de las tablas siguientes: "ruidos", "aire" y "aromas". Además, tira tantas veces como desees en el resto de tablas de esta sección o escoge los muebles que te parezcan oportunos para la zona en cuestión.

Ruidos

d100	Ruido	d100	Ruido
01–05	Estallido o impacto	54–55	Risa
06	Bramido	56–57	Gemido
07	Zumbido	58–60	Murmullo
08–10	Salmodia	61–62	Música
11	Campaneo	63	Traqueteo
12	Piar	64	Repique
13	Ruido metálico	65–68	Crujido
14	Choque	69–72	Arañazo
15	Chasquido	73–74	Grito
16	Tos	75–77	Correteo
17–18	Chirrido	78	Arrastrar de pies
19	Tamborileo	79–80	Serpenteo
20–23	Pisadas delante	81	Mordisco
24–26	Pisadas que se acercan	82	Estornudo
27–29	Pisadas detrás	83	Sollozo
30–31	Pisadas que se alejan	84	Salpicadura
32–33	Pisadas a un lado	85	Objeto que se astilla
34–35	Risitas (débiles)	86–87	Chirrido
36	Gong	88	Chillido
37–39	Castañeteo	89–90	Golpeteo
40–41	Quejido	91–92	Golpe seco
42	Resoplido	93–94	Ruido sordo
43–44	Siseo	95	Tintineo
45	Cuerno o trompeta	96	Tañido
46	Aullido	97	Lamento
47–48	Bisbiseo	98	Susurro
49	Tintineo	99–00	Silbido
50–53	Golpes		

AIRE

d100	Aire	d100	Aire
01–60	Limpio y húmedo	86–90	Limpio y cálido
61–70	Limpio y con corrientes	91–93	Brumoso y húmedo
71–80	Limpio pero frío	94–96	Lleno de humo o vapor
81–83	Neblinoso pero frío	97–98	Limpio, con el suelo cubierto de humo
84–85	Limpio, con el suelo cubierto de niebla	99–00	Limpio y ventoso

AROMAS

d100	Aroma	d100	Aroma
01–03	Acre	66–70	Pútrido
04–05	Cloro	71–75	Vegetación pudriéndose
06–39	Húmedo o mohoso	76–77	Húmedo y salado
40–49	Terroso	78–82	Ahumado
50–57	Estiércol	83–89	Rancio
58–61	Metálico	90–95	Sulfuroso
62–65	Ozono	96–00	Orina

DETALLES GENERALES

d100	Detalle	d100	Detalle
01	Flecha rota	57	Cabeza rota de un martillo
02–04	Cenizas	58	Yelmo muy abollado
05–06	Huesos	59	Barra de hierro doblada y oxidada
07	Botella rota	60	Cabeza de jabalina roma
08	Cadena corroída	61	Bota de cuero
09	Garrote astillado	62–64	Hojas y ramas
10–19	Telerañas	65–68	Moho común
20	Moneda de cobre	69	Mango de un pico
21–22	Grietas en el techo	70	Vara rota (5 pies de largo)
23–24	Grietas en el suelo	71	Trozos de cerámica
25–26	Grietas en una pared	72–73	Harapos
27	Empuñadura de una daga	74	Cuerda podrida
28–29	Humedades en el techo	75–76	Basura y polvo
30–33	Humedades en una pared	77	Saco roto
34	Sangre seca	78–80	Limo (inofensivo)
35–41	Sangre fresca	81	Pincho herrumbroso
42–44	Boñiga	82–83	Palos
45–49	Polvo	84	Piedrecitas
50	Frasco roto	85	Paja
51	Restos de comida	86	Filo roto de una espada
52	Hongos comunes	87	Dientes y colmillos desperdigados
53–55	Guano	88	Trozo de una antorcha
56	Pelo o pellejo	89	Arañazos en una pared

d100	Detalle	d100	Detalle
90–91	Charco grande de agua	96	Pegote de cera (restos de una vela)
92–93	Charco pequeño de agua	97	Gotas de cera
94–95	Chorrito de agua	98–00	Trozos de madera pudriéndose

MOBILIARIO

d100	Objeto	d100	Objeto
01	Altar	50	Cuba (65 galones)
02	Sillón	51	Ídolo (grande)
03	Guardarropa	52	Cuñete (20 galones)
04	Tapiz de Arras o cortina	53	Telar
05	Bolsa	54	Tapete
06	Barril (40 galones)	55	Colchón
07–08	Cama	56	Balde
09	Banco	57	Cuadro
10	Manta	58–60	Tarima
11	Caja (grande)	61	Pedestal
12	Brasero y carbones	62–64	Estacas
13	Cubo	65	Almohada
14	Alacena	66	Pipa (105 galones)
15	Catres	67	Colcha
16	Tonel (125 galones)	68–70	Alfombra (pequeña o mediana)
17	Vitrina	71	Juncos
18	Candelabro	72	Saco
19	Alfombra (grande)	73	Hachero
20	Barrica (40 galones)	74	Pantalla
21	Lámpara de araña	75	Sábana
22	Carbones	76–77	Estantería
23–24	Silla común	78	Santuario
25	Silla acolchada	79	Sinfonier
26	Silla acolchada o diván	80	Tresillo
27	Cofre grande	81	Bastón ordinario
28	Cofre mediano	82	Plataforma
29	Cofre con cajones	83	Estatua
30	Ropero	84	Taburete alto
31	Ascuas	85	Taburete normal
32–33	Sofá	86	Mesa grande
34	Cajón	87	Mesa larga
35	Brasero de pie	88	Mesa baja
36	Aparador	89	Mesa redonda
37	Cojín	90	Mesa pequeña
38	Estrado	91	Mesa con caballetes
39	Escritorio	92	Tapiz
40–42	Chimenea y madera	93	Trono
43	Chimenea con pantalla	94	Arcón
44	Pipote (10 galones)	95	Bañera
45	Fuente	96	Bocoy (250 galones)
46	Fresco	97	Urna
47	Piedra de afilar	98	Jofaina y fuente
48	Cesto	99	Vigas de madera
49	Escabel	00	Mesa de trabajo

Artículos y muebles religiosos

d100	Objeto	d100	Objeto
01–05	Altar	55	Mosaico
06–08	Campanas	56–58	Recipiente para ofrendas
09–11	Brasero	59	Cuadros o frescos
12	Candelabros	60–61	Bancos
13–14	Velas	62	Flauta
15	Palmatorias	63	Alfombra para rezar
16	Sotanas	64	Púlpito
17	Carillones	65	Pasamanos
18–19	Palia	66–69	Túnica
20–23	Columnas o pilares	70–71	Pantalla
24	Cortina o tapiz	72–76	Relicario
25	Tambor	77	Sillas laterales
26–27	Fuente	78–79	Plataforma
28–29	Gong	80–82	Estatua
30–35	Símbolo sagrado o impío	83	Trono
36–37	Escrituras sagradas o impías	84–85	Incensario
38–43	Ídolo	86–90	Trípode
44–48	Quemador de incienso	91–97	Vestiduras
49	Banco para arrodillarse	98–99	Luz votiva
50–53	Lámpara	00	Silbato
54	Atril		

Mobiliario para magos

d100	Objeto	d100	Objeto
01–03	Alambique	50	Hervidor
04–05	Balanza y pesos	51	Cacillo
06–09	Matraz	52	Lámpara o linterna
10	Fuelle	53	Lente (cóncava o convexa)
11–14	Libro	54	Círculo mágico
15–16	Botella	55	Mortero y maza
17	Tazón	56	Sartén
18	Caja	57–58	Papel de pergamino
19–22	Brasero	59	Pentáculo
23	Jaula	60	Pentagrama
24	Vela	61	Pipa para fumar
25–26	Candelero	62	Cacerola
27–28	Caldero	63	Prisma
29–30	Tiza	64–65	Pluma
31–32	Crisol	66–68	Retorta
33	Bola de cristal	69	Vara para mezclar agitar
34	Decantador	70–72	Pergamino
35	Mesa	73	Sextante
36	Plato	74–75	Calavera
37–40	Frasco o bote	76	Espátula
41	Embudo	77	Cuchara para medir
42	Horno	78	Plataforma
43–44	Hierbas	79	Taburete
45	Cuerno	80	Animal de peluche
46–47	Reloj de arena	81	Tanque (contenedor)
48–49	Jarro	82	Pinzas

d100	Objeto	d100	Objeto
83	Trípode	88–90	Vial
84	Tubo (contenedor)	91	Reloj de agua
85–86	Tubo (canalizar)	92	Cable
87	Tenacillas	93–00	Mesa de trabajo

Utensilios y objetos personales

d100	Objeto	d100	Objeto
01	Punzón	49	Aguja(s)
02	Bendajes	50	Aceite (cocinar)
03	Palangana	51	Aceite (combustible)
04–05	Cesto	52	Aceite (perfumado)
06–07	Libro	53	Sartén
08–09	Botella	54–55	Papel de pergamino
10	Tazón	56	Flauta
11	Caja	57	Pipa para fumar
12–13	Cepillo	58	Fuente
14	Vela	59	Cacerola
15	Apagavelas	60–61	Bolsa pequeña
16	Candelero	62	Polvos para maquillarse
17	Bastón para caminar	63	Pluma
18	Estuche	64	Cuchilla
19	Joyero (pequeño)	65	Cuerda
20–21	Arca	66	Poma o ungüento
22	Colonia o perfume	67–68	Pergamino
23	Peine	69	Salero
24	Copa	70	Cedazo o colador
25	Decantador	71–72	Jabón
26–27	Plato	73	Espita
28	Bastoncillo para los oídos	74	Cuchara
29	Aguamanil	75	Tapón
30	Jarra para cerveza	76–77	Estatuilla o figurita
31–32	Frasco o bote	78–79	Hilo
33	Comida	80–82	Yesquero (con chispero y pedernal)
34	Tenedor	83	Toalla
35	Rallador	84	Bandeja
36	Molinillo	85	Trébedes o trípode
37	Cuerno para beber	86	Sopera
38	Reloj de arena	87–88	Bramante
39	Jarra o cántaro	89–90	Jarrón
40	Hervidor	91–92	Vial
41	Llave	93	Trapo para limpiar
42	Cuchillo	94	Piedra de afilar
43	Dados o tabas	95–96	Peluca
44	Cazo	97–98	Lana
45–46	Lámpara o linterna	99–00	Ovillo
47–48	Espejo		

Objetos en un contenedor

d100	Objeto	d100	Objeto
01–03	Cenizas	07–09	Órganos de un ser vivo
04–06	Corteza	10–14	Huesos

d100	Objeto	d100	Objeto
15–17	Ascuas	62–64	Aceite
18–22	Cristales	65–68	Pasta
23–26	Polvo	69–71	Bolitas
27–28	Fibras	72–84	Polvos
29–31	Gelatina	85–86	Emulsión cuasilíquida
32–35	Granos	87–88	Piel o pellejo
36–38	Grasa	89–90	Esferas (metal, piedra o madera)
39–41	Cáscaras	91–92	Astillas
42–46	Hojas	93–94	Tallos
47–54	Líquido aguado	95–97	Hebras
55–59	Líquido viscoso	98–00	Tiras
60–61	Bultos inidentificables		

Libros, pergaminos y volúmenes

d100	Contenidos	d100	Contenidos
01–02	Registros contables	60	Memorias
03–04	Cuaderno de notas de un alquimista	61–62	Carta de navegación o estelar
05–06	Almanaque	63–64	Novela
07–08	Bestiario	65	Pinturas
09–11	Biografía	66–67	Poesía
12–14	Libro de heráldica	68–69	Libro de oraciones
15	Libro de mitos	70	Escrituras de propiedad
16	Libro de flores planchadas	71–74	Libro de recetas o de cocina
17	Calendario	75	Registros del juicio a un criminal
18–22	Catálogo	76	Proclama real
23–24	Contrato	77–78	Partituras
25–27	Diario	79	Libro de conjuros
28–29	Diccionario	80	Tratado sobre la fabricación de armaduras
30–32	Garabatos o bocetos	81–82	Tratado de astrología
33	Documento falsificado	83–84	Tratado de destilación
34	Libro de ejercicios de gramática	85–86	Tratado sobre flora o fauna exóticas
35–36	Texto herético	87–88	Tratado de herboristería
37–41	Texto histórico	89–90	Tratado sobre la flora local
42–43	Última voluntad y testamento	91–92	Tratado de matemáticas
44–45	Código legal	93	Tratado sobre masonería
46–53	Carta	94	Tratado de medicina
54	Desvaríos de un lunático	95	Tratado de teología
55	Trucos de magia (no es un libro de conjuros)	96	Tomo de conocimiento prohibido
56	Pergamino mágico	97–99	Diario del viaje a una tierra exótica
57–59	Mapa o atlas	00	Diario de viaje por los planos

APÉNDICE B: LISTAS DE MONSTRUOS

MONSTRUOS POR ENTORNO

Las tablas siguientes clasifican a los monstruos por su entorno y su valor de desafío. Las criaturas que no suelen encontrarse en los entornos incluidos aquí, como los ángeles y los demonios, no aparecen en ellas.

MONSTRUOS BAJO EL AGUA

Monstruos	Valor de desafío (PX)
Mordedor	0 (10 PX)
Sirénido	1/8 (25 PX)
Mephit de vapor, serpiente constrictora	1/4 (50 PX)
Caballito de mar gigante, sahuagin, tiburón de arrecife	1/2 (100 PX)
Enjambres de mordedores, pulpo gigante	1 (200 PX)
Merrow, plesiosaurio, sacerdotisa sahuagin, saga de los mares, serpiente constrictora gigante, tiburón cazador	2 (450 PX)
Orca	3 (700 PX)
Barón sahuagin, elemental de agua, tiburón gigante	5 (1.800 PX)
Marid	11 (7.200 PX)
Gigante de las tormentas	13 (10.000 PX)
Dragón tortuga	17 (18.000 PX)
Kraken	23 (50.000 PX)

MONSTRUOS EN BOSQUES

Monstruos	Valor de desafío (PX)
Arbusto despertado, babuino, búho, ciervo, gato, hiena, plebeyo, tejón	0 (10 PX)
Bandido, comadreja gigante, estirge, guardia, guerrero tribal, halcón sangriento, kobold, mastín, rama marchita, rata gigante, serpiente venenosa, serpiente voladora	1/8 (25 PX)
Aguja marchita, alce, búho gigante, duende, enjambre de cuervos, goblin, jabalí, kenkue, kobold alado, lagarto gigante, lobo, murciélago gigante, pantera, perro intermitente, pixie, pseudodragón, rana gigante, serpiente constrictora, serpiente venenosa gigante, tarántula gigante, tejón gigante	1/4 (50 PX)
Avispa gigante, batidor, enjambre de insectos, enredadera marchita, gnoll, hobgoblin, hombre lagarto, huargo, orco, oso negro, sátiro, simio	1/2 (100 PX)
Araña gigante, arpía, dragón feérico (amarillo o más joven), dríade, hiena gigante, jefe goblin, lobo terrible, osgo, oso pardo, sapo gigante, semiogro, tigre, yuan-ti purasangre	1 (200 PX)
Alce gigante, ankheg, árbol despertado, berserker, capitán bandido, centauro, chamán hombre lagarto, dragón feérico (verde o más viejo), druida, enjambre de serpientes venenosas, ettercap, fuego fatuo, grick, hombre rata, jabalí gigante, líder de manada gnoll, ogro, orco ojo de Gruumsh, orog, pegaso, serpiente constrictora gigante	2 (450 PX)

Monstruos	Valor de desafío (PX)
Araña de fase, bestia trémula, capitán hobgoblin, corrupto yuan-ti, hombre lobo, oso lechuza, saga cetrina, veterano	3 (700 PX)
Banshee, couatl, gnoll colmillo de Yeenoghu, hombre jabalí, hombre tigre	4 (1.100 PX)
Broza movediza, gorgon, hombre oso, redivivo, troll, unicornio	5 (1.800 PX)
Abominación yuan-ti, grick alfa, oni, simio gigante	7 (2.900 PX)
Dragón verde joven	8 (3.900 PX)
Ent	9 (5.000 PX)
Dragón de oro joven, naga guardiana	10 (5.900 PX)
Dragón verde adulto	15 (13.000 PX)
Dragón de oro adulto	17 (18.000 PX)
Dragón verde anciano	22 (41.000 PX)
Dragón de oro anciano	24 (62.000 PX)

MONSTRUOS EN CIUDADES

Monstruos	Valor de desafío (PX)
Cabra, cuervo, gato, plebeyo, rata	0 (10 PX)
Bandido, estirge, guardia, kobold, mastín, mula, noble, poni, rata gigante, sectario, serpiente voladora	1/8 (25 PX)
Acólito, caballo de monta, caballo de tiro, ciempiés gigante, enjambre de cuervos, enjambre de murciélagos, enjambre de ratas, esqueleto, kenku, kobold alado, mephit de humo, pseudodragón, serpiente venenosa gigante, zombi	1/4 (50 PX)
Avispa gigante, caballo de guerra, cocodrilo, enjambre de insectos, matón, sombra	1/2 (100 PX)
Araña gigante, espectro, espía, gul, semiogro, yuan-ti purasangre	1 (200 PX)
Capitán bandido, fuego fatuo, gárgola, ghast, hombre rata, mimeto, sacerdote, sectario fanático	2 (450 PX)
Araña de fase, caballero, doppelganger, extraño de agua, tumulario, veterano	3 (700 PX)
Couatl, fantasma, súcubo o íncubo	4 (1.100 PX)
Cambion, engendro vampírico, gladiador, redivivo	5 (1.800 PX)
Acechador invisible, mago	6 (2.300 PX)
Guardián escudo, oni	7 (2.900 PX)
Asesino	8 (3.900 PX)
Dragón de plata joven, slaad gris	9 (5.000 PX)
Archimago	12 (8.400 PX)
Rakshasa, vampiro	13 (10.000 PX)
Vampiro lanzador de conjuros o guerrero	15 (13.000 PX)
Dragón de plata adulto	16 (15.000 PX)
Dragón de plata anciano	23 (50.000 PX)
Tarasca	30 (155.000 PX)

Monstruos en colinas

Monstruos	Valor de desafío (PX)
Águila, babuino, buitre, cabra, cuervo, hiena, plebeyo	0 (10 PX)
Bandido, comadreja gigante, estirge, guardia, guerrero tribal, halcón sangriento, kobold, mastín, mula, serpiente venenosa	1/8 (25 PX)
Alce, búho gigante, enjambre de cuervos, enjambre de murciélagos, goblin, jabalí, kobold alado, lobo, pantera (puma), pico de hacha, pseudodragón, tarántula gigante	1/4 (50 PX)
Batidor, cabra gigante, enjambre de insectos, gnoll, hobgoblin, huargo, orco	1/2 (100 PX)
Águila gigante, arpía, hiena gigante, hipogrifo, jefe goblin, león, lobo terrible, oso pardo, semiogro	1 (200 PX)
Alce gigante, berserker, capitán bandido, druida, grifo, jabalí gigante, líder de manada gnoll, ogro, orco ojo de Gruumsh, orog, pegaso, peryton	2 (450 PX)
Araña de fase, capitán hobgoblin, hombre lobo, manticora, saga cetrina, veterano	3 (700 PX)
Ettin, gnoll colmillo de Yeenoghu, hombre jabalí	4 (1.100 PX)
Bulette, gigante de las colinas, gorgon, hombre oso, redivivo, troll	5 (1.800 PX)
Cíclope, galeb duhr, guiverno, quimera	6 (2.300 PX)
Dragón de cobre joven, gigante de piedra	7 (2.900 PX)
Dragón rojo joven	10 (5.900 PX)
Roc	11 (7.200 PX)
Dragón de cobre adulto	14 (11.500 PX)
Dragón rojo adulto	17 (18.000 PX)

Monstruos	Valor de desafío (PX)
Dragón de cobre anciano	21 (33.000 PX)
Dragón rojo anciano	24 (62.000 PX)

Monstruos en costas

Monstruos	Valor de desafío (PX)
Águila, cangrejo, plebeyo	0 (10 PX)
Bandido, cangrejo gigante, estirge, guardia, guerrero tribal, halcón sangriento, kobold, serpiente venenosa, sirénido	1/8 (25 PX)
Kobold alado, lagarto gigante, pseudodragón, pteranodon, tarántula gigante	1/4 (50 PX)
Batidor, sahuagin	1/2 (100 PX)
Águila gigante, arpía, sapo gigante	1 (200 PX)
Berserker, capitán bandido, druida, grifo, merrow, ogro, plesiosaurio, sacerdotisa sahuagin, saga de los mares	2 (450 PX)
Manticora, veterano	3 (700 PX)
Banshee	4 (1.100 PX)
Barón sahuagin, elemental de agua	5 (1.800 PX)
Cíclope	6 (2.300 PX)
Dragón de bronce joven	8 (3.900 PX)
Dragón azul joven	9 (5.000 PX)
Djinn, marid, roc	11 (7.200 PX)
Gigante de las tormentas	13 (10.000 PX)
Dragón de bronce adulto	15 (13.000 PX)
Dragón azul adulto	16 (15.000 PX)
Dragón tortuga	17 (18.000 PX)
Dragón de bronce anciano	22 (41.000 PX)
Dragón azul anciano	23 (50.000 PX)

Monstruos en desiertos

Monstruos	Valor de desafío (PX)
Buitre, chacal, escorpión, gato, hiena, plebeyo	0 (10 PX)
Bandido, camello, estirge, guardia, guerrero tribal, kobold, mula, serpiente venenosa, serpiente voladora	1/8 (25 PX)
Kobold alado, lagarto gigante, pseudodragón, serpiente constrictora, serpiente venenosa gigante, tarántula gigante	1/4 (50 PX)
Batidor, enjambre de insectos, gnoll, hobgoblin, hombre chacal, mephit de polvo	1/2 (100 PX)
Araña gigante, buitre gigante, hiena gigante, león, perro del inframundo, sapo gigante, semiogro, thri-kreen, yuan-ti purasangre	1 (200 PX)
Berserker, capitán bandido, druida, líder de manada gnoll, ogro, serpiente constrictora gigante	2 (450 PX)
Araña de fase, capitán hobgoblin, corrupto yuan-ti, escorpión gigante, momia, tumulario	3 (700 PX)
Couatl, gnoll colmillo de Yeenoghu, hombre tigre, lamia	4 (1.100 PX)
Elemental de aire, elemental de fuego, redivivo	5 (1.800 PX)
Cíclope, dragón de oropel joven, medusa	6 (2.300 PX)
Abominación yuan-ti	7 (2.900 PX)
Dragón azul joven	9 (5.000 PX)
Naga guardiana	10 (5.900 PX)
Ginoesfinge, ifrit, roc	11 (7.200 PX)
Dragón de oropel adulto	13 (10.000 PX)
Gusano púrpura, señor de las momias	15 (13.000 PX)
Dragón azul adulto	16 (15.000 PX)
Androesfinge, dracoliche azul adulto	17 (18.000 PX)
Dragón de oropel anciano	20 (25.000 PX)
Dragón azul anciano	23 (50.000 PX)

Monstruos en montañas

Monstruos	Valor de desafío (PX)
Águila, cabra	0 (10 PX)
Estirge, guardia, guerrero tribal, halcón sangriento, kobold	1/8 (25 PX)
Aarakocra, enjambre de murciélagos, kobold alado, pseudodragón, pteranodon	1/4 (50 PX)
Batidor, cabra gigante, orco	1/2 (100 PX)
Águila gigante, arpía, hipogrifo, león, semiogro	1 (200 PX)
Alce gigante, berserker, druida, grifo, ogro, orco ojo de Gruumsh, orog, peryton, tigre dientes de sable	2 (450 PX)
Basilisco, mantícora, sabueso infernal, veterano	3 (700 PX)
Ettin	4 (1.100 PX)
Bulette, elemental de aire, troll	5 (1.800 PX)
Cíclope, galeb duhr, guiverno, quimera	6 (2.300 PX)
Gigante de piedra	7 (2.900 PX)
Gigante de escarcha	8 (3.900 PX)
Dragón de plata joven, gigante de fuego, gigante de las nubes	9 (5.000 PX)
Dragón rojo joven	10 (5.900 PX)
Roc	11 (7.200 PX)
Dragón de plata adulto	16 (15.000 PX)
Dragón rojo adulto	17 (18.000 PX)
Dragón de plata anciano	23 (50.000 PX)
Dragón rojo anciano	24 (62.000 PX)

Monstruos en pantanos

Monstruos	Valor de desafío (PX)
Cuervo, rata	0 (10 PX)
Estirge, guerrero tribal, kobold, rata gigante, serpiente venenosa	1/8 (25 PX)
Bullywug, enjambre de cuervos, enjambre de ratas, kobold alado, lagarto gigante, mephit de barro, rana gigante, serpiente constrictora, serpiente venenosa gigante	1/4 (50 PX)
Batidor, cocodrilo, enjambre de insectos, hombre lagarto, orco	1/2 (100 PX)
Araña gigante, gul, sapo gigante, yuan-ti purasangre	1 (200 PX)
Chamán hombre lagarto, druida, enjambre de serpientes venenosas, fuego fatuo, ghast, ogro, orco ojo de Gruumsh, serpiente constrictora gigante	2 (450 PX)
Corrupto yuan-ti, saga cetrina, tumulario	3 (700 PX)
Broza movediza, cocodrilo gigante, elemental de agua, redivivo, troll	5 (1.800 PX)
Abominación yuan-ti, dragón negro joven	7 (2.900 PX)
Hidra	8 (3.900 PX)
Dragón negro adulto	14 (11.500 PX)
Dragón negro anciano	21 (33.000 PX)

BULETTE

Monstruos en praderas

Monstruos	Valor de desafío (PX)
Águila, buitre, cabra, chacal, ciervo, gato, hiena, plebeyo	0 (10 PX)
Comadreja gigante, estirge, guardia, guerrero tribal, halcón sangriento, serpiente venenosa, serpiente voladora	1/8 (25 PX)
Alce, caballo de monta, goblin, jabalí, lobo, pantera (leopardo), pico de hacha, pteranodon, serpiente venenosa gigante, tarántula gigante	1/4 (50 PX)
Avispa gigante, batidor, cabra gigante, cocatriz, enjambre de insectos, gnoll, hobgoblin, hombre chacal, huargo, orco	1/2 (100 PX)
Águila gigante, buitre gigante, espantapájaros, hiena gigante, hipogrifo, jefe goblin, león, osgo, thri-kreen, tigre	1 (200 PX)
Alce gigante, alosaurio, ankheg, centauro, druida, grifo, jabalí gigante, líder de manada gnoll, ogro, orco ojo de Gruumsh, orog, pegaso, rinoceronte	2 (450 PX)
Anquilosaurio, araña de fase, capitán hobgoblin, mantícora, veterano	3 (700 PX)
Couatl, elefante, gnoll colmillo de Yeenoghu, hombre jabalí, hombre tigre	4 (1.100 PX)
Bulette, gorgon, triceratops	5 (1.800 PX)
Cíclope, quimera	6 (2.300 PX)
Tiranosaurio rex	8 (3.900 PX)
Dragón de oro joven	10 (5.900 PX)
Dragón de oro adulto	17 (18.000 PX)
Dragón de oro anciano	24 (62.000 PX)

Monstruos en zonas polares

Monstruos	Valor de desafío (PX)
Búho, plebeyo	0 (10 PX)
Bandido, guerrero tribal, halcón sangriento, kobold	1/8 (25 PX)
Búho gigante, kobold alado	1/4 (50 PX)
Batidor, mephit de hielo, orco	1/2 (100 PX)
Semiogro, oso pardo	1 (200 PX)
Berserker, capitán bandido, druida, grifo, ogro, orco ojo de Gruumsh, orog, oso polar, tigre dientes de sable	2 (450 PX)
Lobo invernal, mantícora, veterano, yeti	3 (700 PX)
Hombre oso, remorhaz joven, redivivo, troll	5 (1.800 PX)
Dragón blanco joven, mamut	6 (2.300 PX)
Gigante de escarcha	8 (3.900 PX)
Yeti abominable	9 (5.000 PX)
Remorhaz, roc	11 (7.200 PX)
Dragón blanco adulto	13 (10.000 PX)
Dragón blanco anciano	20 (25.000 PX)

Monstruos en el Underdark

Monstruos	Valor de desafío (PX)
Brote micónido, chillón, escarabajo de fuego gigante	0 (10 PX)
Estirge, flumph, guerrero tribal, kobold, rata gigante	1/8 (25 PX)
Ciempiés gigante, drow, enjambre de murciélagos, goblin, grimlock, hongo violeta, kobold alado, kuo-toa, lagarto gigante, murciélago gigante, serpiente venenosa gigante, troglodita	1/4 (50 XP)
Batidor, cieno gris, enjambre de insectos, espora de gas, gnomo de las profundidades, hobgoblin, mantoscuro, mephit de magma, micónido adulto, monstruo corrosivo, orco, perforador, sombra	1/2 (100 PX)
Araña gigante, duergar, espectro, gul, jefe goblin, látigo kuo-toa, osgo, sapo gigante, semiogro, serpiente de fuego, siervo espora quaggoth	1 (200 PX)
Bocón barbotante, carroñero reptante, cubo gelatinoso, devorador de intelectos, druida, gárgola, gelatina ocre, ghast, grick, mimeto, minotauro esqueleto, nótico, orco ojo de Gruumsh, orog, oso polar (oso de las cavernas), quaggoth, serpiente constrictora gigante	2 (450 PX)
Araña de fase, capitán hobgoblin, doppelganger, espectador, extraño de agua, grell, horror ganchudo, minotauro, monitor kuo-toa, sabueso infernal, thonot quaggoth, tumulario, veterano,	3 (700 PX)
Calavera llameante, chuul, ettin, fantasma, naga ósea, pudin negro	4 (1.100 PX)
Aparición, contemplador zombi, elemental de tierra, engendro vampírico, guerrero de élite drow, lacero, mole sombría, otyugh, salamandra, troll, xorn	5 (1.800 PX)
Cíclope, draña, quimera	6 (2.300 PX)
Azotamentes, gigante de piedra, grick alfa, mago drow	7 (2.900 PX)
Azotamentes arcanista, fomoré, manto, naga espiritual	8 (3.900 PX)
Gigante de fuego	9 (5.000 PX)
Aboleth	10 (5.900 PX)
Behir, dao	11 (7.200 PX)
Contemplador, dragón sombrío rojo joven	13 (10.000 PX)
Tirano sepulcral	14 (11.500 PX)
Gusano púrpura	15 (13.000 PX)

ARAÑA DE FASE

MONSTRUOS POR VALOR DE DESAFÍO

Este índice ordena las criaturas del *Monster Manual* por su valor de desafío.

DESAFÍO 0 (0–10 PX)

Águila
Araña
Arbusto despertado
Babuino
Brote micónido
Búho
Buitre
Caballito de mar
Cabra
Cangrejo
Chacal
Chillón
Ciervo
Comadreja
Cuervo
Escarabajo de fuego gigante
Escorpión
Garra Reptante
Gato
Halcón
Hiena
Homúnculo
Lagarto

Lémur
Mordedor
Murciélago
Plebeyo
Pulpo
Rana
Rata
Tejón

DESAFÍO 1/8 (25 PX)

Camello
Cangrejo gigante
Comadreja gigante
Estirge
Flumph
Guardia
Guerrero tribal
Halcón sangriento
Kobold
Mane
Mastín
Monodron
Mula
Noble

TROGLODITA

Poni
Rama marchita
Rata gigante
Renacuajo slaad
Sectario
Serpiente venenosa
Serpiente voladora
Sirénido

DESAFÍO 1/4 (50 PX)

Aarakocra
Acólito
Aguja marchita
Alce
Búho gigante
Bullywug
Caballo de monta
Caballo de tiro
Ciempiés gigante
Dretch
Drow
Duende
Duodron
Enjambre de cuervos
Enjambre de murciélagos
Enjambre de ratas
Espada voladora
Esqueleto
Goblin
Grimlock
Hongo violeta
Jabalí
Kenku
Kobold alado
Kuo-toa
Lagarto gigante
Lobo
Mephit de barro
Mephit de humo
Mephit de vapor
Murciélago gigante
Pantera
Perro intermitente
Pico de hacha
Pixie
Pseudodragón
Pteranodon
Rana gigante
Serpiente constrictora
Serpiente venenosa gigante
Tarántula gigante
Tejón gigante
Troglodita
Zombi

DESAFÍO 1/2 (100 PX)

Avispa gigante
Batidor
Caballito de mar gigante
Caballo de guerra

Caballo de guerra esqueleto
Cabra gigante
Cieno gris
Cocatriz
Cocodrilo
Enjambre de insectos
Enredadera marchita
Espora de gas
Gnoll
Gnomo de las profundidades
Hobgoblin
Hombre chacal
Hombre lagarto
Huargo
Magmin
Mantoscuro
Matón
Mephit de hielo
Mephit de magma
Mephit de polvo
Micónido adulto
Monstruo corrosivo
Orco
Oso negro
Perforador
Sahuagin
Sátiro
Simio
Sombra
Tiburón de arrecife
Tridron

DESAFÍO 1 (200 PX)

Águila gigante
Araña gigante
Armadura animada
Arpía
Buitre gigante
Cría de dragón de cobre
Cría de dragón de oropel
Cuadron
Diablillo
Dragón feérico (joven)
Dríade
Duergar
Enjambre de mordedores
Espantapájaros
Espectro
Espía
Gul
Hiena gigante
Hipogrifo
Jefe goblin
Látigo kuo-toa
León
Lobo terrible
Osgo
Oso pardo
Perro del inframundo
Pulpo gigante

CRÍA DE DRAGÓN
VERDE

Quasit
Sapo gigante
Semiogro
Serpiente de fuego
Siervo espora quaggoth
Thri-kreen
Tigre
Yuan-ti purasangre

Desafío 2 (450 PX)

Alce gigante
Alfombra asfixiante
Alosaurio
Ankheg
Árbol despertado
Azer
Berserker
Bocón barbotante
Capitán bandido
Carroñero reptante
Centauro
Chamán hombre lagarto
Cría de dragón blanco
Cría de dragón de bronce
Cría de dragón de plata
Cría de dragón negro
Cría de dragón verde
Cubo gelatinoso
Devorador de intelectos
Diablo espinoso
Dragón feérico (viejo)
Druida
Enjambre de
serpientes venenosas
Ettercap
Fuego fatuo
Gárgola
Gelatina ocre
Ghast
Grick

Grifo
Hombre rata
Jabalí gigante
Líder de manada gnoll
Merrow
Mimeto
Minotauro esqueleto
Monje githzerai
Nótico
Ogro
Ogro zombi
Orco ojo de Gruumsh
Orog
Oso polar
Pegaso
Pentadron
Peryton
Plesiosaurio
Poltergeist (espectro)
Quaggoth
Rinoceronte
Sacerdote
Sacerdotisa sahuagin
Saga de los mares
Sectario fanático
Serpiente constrictora gigante
Soberano micónido
Tiburón cazador
Tigre dientes
de sable

Desafío 3 (700 PX)

Anquilosaurio
Araña de fase
Basilisco
Bestia trémula
Caballero
Capitán hobgoblin
Corrupto yuan-ti
Cría de dragón azul

Cría de dragón de oro
Diablo barbado
Doppelganger
Escorpión gigante
Espectador
Extraño de agua
Grell
Guerrero githyanki
Hombre lobo
Horror ganchudo
Jefe osgo
Lobo invernal
Mantícora
Minotauro
Momia
Orca
Oso lechuza
Pesadilla
Sabueso infernal
Saga cetrina
Thonot quaggoth
Tumulario
Veterano
Vigilante kuo-toa
Yeti

Desafío 4 (1.100 PX)

Banshee
Calavera llameante
Caudillo orco
Chuul
Couatl
Cría de dragón rojo
Demonio de las sombras
Elefante
Ettin
Fantasma
Gnoll colmillo de Yeenoghu
Hombre jabalí
Hombre tigre
Horror acorazado
Íncubo
Lamia
Naga ósea
Pudin negro
Rey/Reina lagarto
Saga de los mares
(en aquelarre)
Súcubo

COUATL

Desafío 5 (1.800 PX)

Aparición
Barlgura
Barón sahuagin
Broza movediza
Bulette
Cambion
Cocodrilo gigante
Contemplador zombi
Diablo punzante
Elemental de agua
Elemental de aire
Elemental de fuego
Elemental de tierra
Engendro vampírico
Gigante de las colinas
Gladiador
Gólem de carne
Gorgon
Guerrero de élite drow
Hombre oso
Lacero
Mezzoloth
Mole sombría
Otyugh
Redivivo
Remorhaz joven

Saga cetrina (en aquelarre)
Saga de la noche
Salamandra
Semidragón rojo veterano
Slaad rojo
Tiburón gigante
Triceratops
Troll
Unicornio
Xorn

Desafío 6 (2.300 PX)

Acechador invisible
Arcipreste kuo-toa
Chasme
Cíclope
Dragón blanco joven
Dragón de oropel joven
Draña
Galeb duhr
Guiverno
Mago
Mamut
Medusa
Quimera
Señor de la guerra hobgoblin
Vrock
Zerth githzerai

BROZA
MOVEDIZA

Desafío 7 (2.900 PX)

Abominación yuan-ti
Azotamentes
Dragón de cobre joven
Dragón negro joven
Gigante de piedra
Grick alfa
Guardián escudo
Mago drow
Oni
Saga de la noche (en aquelarre)
Simio gigante
Slaad azul

Desafío 8 (3.900 XP)

Asesino
Azotamentes arcanista
Caballero githyanki
Diablo de las cadenas
Dragón de bronce joven
Dragón verde joven
Fomoré
Gigante de escarcha
Hezrou
Hidra
Manto
Naga espiritual
Sacerdotisa de Lolth drow
Slaad verde
Tiranosaurio rex

Desafío 9 (5.000 PX)

Diablo óseo
Dragón azul joven
Dragón de plata joven
Ent
Gigante de fuego

Gigante de las nubes
Glabrezu
Gólem de arcilla
Nycaloth
Slaad gris
Yeti abominable

Desafío 10 (5.900 PX)

Aboleth
Deva
Dragón de oro joven
Dragón rojo joven
Gólem de piedra
Naga guardiana
Slaad de la muerte
Yochlol

Desafío 11 (7.200 PX)

Behir
Dao
Diablo astado
Djinn
Ginoesfinge
Ifrit
Marid
Remorhaz
Roc

Desafío 12 (8.400 PX)

Arcanaloth
Archimago
Erinia

Desafío 13 (10.000 PX)

Contemplador (fuera de su guarida)
Dragón blanco adulto
Dragón de oropel adulto

DIABLO ÓSEO

APÉNDICE B: LISTAS DE MONSTRUOS

Dragón sombrío rojo joven
Gigante de las tormentas
Nalfeshnee
Rakshasa
Ultroloth
Vampiro

Desafío 14 (11.500 PX)

Contemplador (en su guarida)
Diablo gélido
Dragón de cobre adulto
Dragón negro adulto
Tirano sepulcral (fuera
de su guarida)

Desafío 15 (13.000 PX)

Dragón de bronce adulto
Dragón verde adulto
Gusano púrpura
Señor de las momias (fuera
de su guarida)
Tirano sepulcral (en su guarida)
Vampiro (guerrero)
Vampiro (lanzador de conjuros)

Desafío 16 (15.000 PX)

Dragón azul adulto
Dragón de plata adulto
Gólem de hierro
Marilith
Planetar
Señor de las momias
(en su guarida)

Desafío 17 (18.000 PX)

Androesfinge
Caballero de la muerte
Dracoliche azul adulto
Dragón de oro adulto
Dragón rojo adulto
Dragón tortuga
Goristro

Desafío 18 (20.000 PX)

Semiliche (fuera de su guarida)

Desafío 19 (22.000 PX)

Balor

Desafío 20 (25.000 PX)

Diablo de la sima
Dragón blanco anciano
Dragón de oropel anciano
Semiliche (en su guarida)

Desafío 21 (33.000 PX)

Dragón de cobre anciano
Dragón negro anciano
Liche (fuera de su guarida)
Solar

Desafío 22 (41.000 PX)

Dragón de bronce anciano
Dragón verde anciano
Liche (en su guarida)

Desafío 23 (50.000 PX)

Dragón azul anciano
Dragón de plata anciano
Empíreo
Kraken

Desafío 24 (62.000 PX)

Dragón de oro anciano
Dragón rojo anciano

Desafío 30 (155.000 PX)

Tarasca

DRAGÓN ROJO ADULTO

Apéndice C: Mapas

Crear el mapa para una aventura es una tarea divertida, aunque también laboriosa y exigente. Por eso, salvo que tengas una idea muy concreta en mente, quizá prefieras ahorrar tiempo y energía recurriendo a mapas ya dibujados. Las aventuras publicadas e Internet son dos sitios fantásticos en los que encontrar mapas. Además, también hemos incluido unos cuantos mapas en este libro. Puedes verlos a continuación. ¡Úsalos como mejor te parezca!

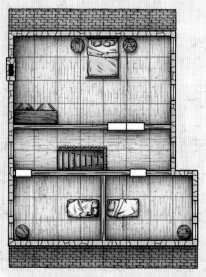

Primer piso

Planta baja   Primer piso

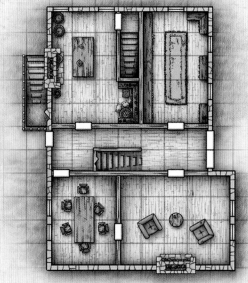

Planta baja

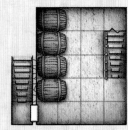

Sótano

Una casilla = 5 pies

Una casilla = 5 pies

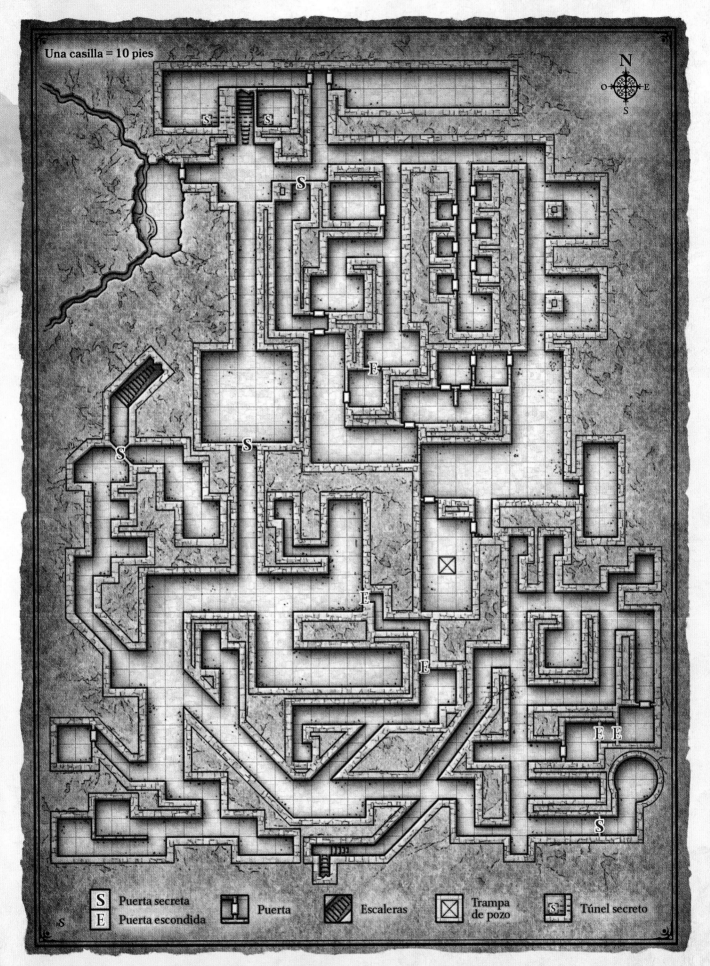

Una casilla = 10 pies

	S	Puerta secreta
	E	Puerta escondida
		Puerta
		Escaleras
		Trampa de pozo
	S	Túnel secreto

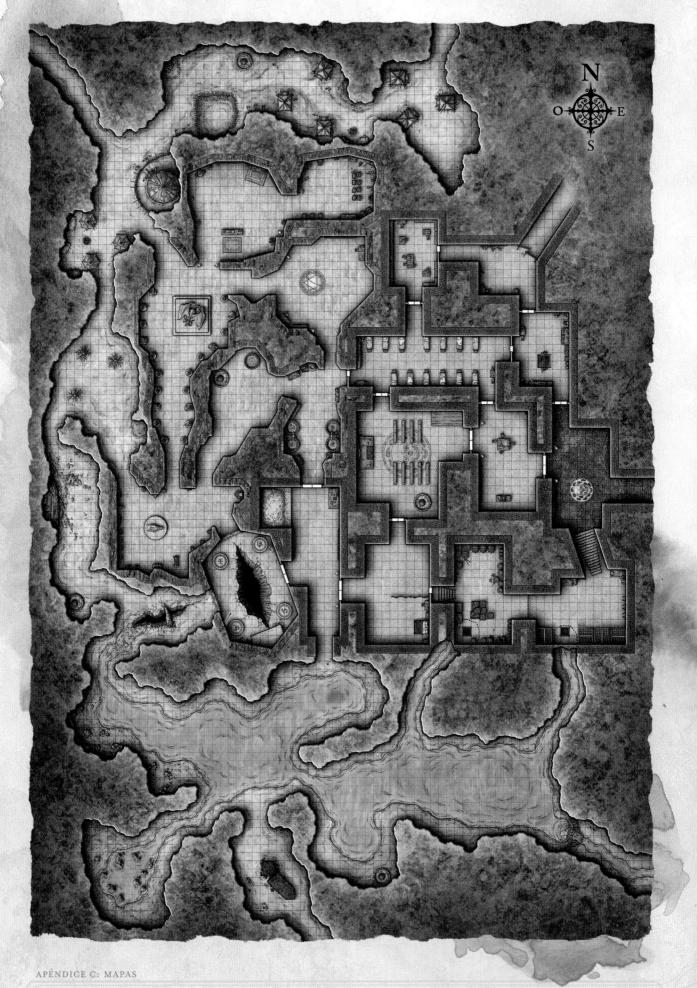

Una casilla = 5 pies

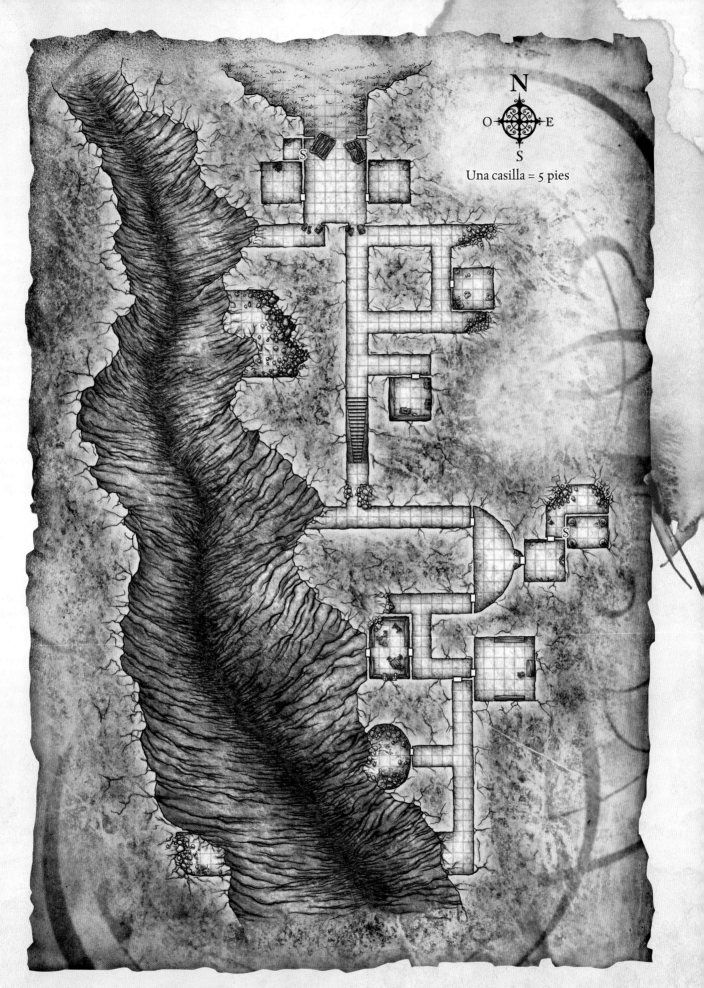

N

O · E

S

Una casilla = 5 pies

APÉNDICE D: INSPIRACIÓN PARA EL DUNGEON MASTER

QUÍ PODRÁS ENCONTRAR UN LISTADO DE OBRAS en las que inspirarte. Te ayudarán a ser mejor narrador, escritor, actor y cartógrafo. Esta lista no es, ni de lejos, exhaustiva. Es simplemente una selección de aquellos títulos que los participantes en las pruebas de juego y el equipo de diseño de DUNGEONS & DRAGONS consideran útiles. El *Player's Handbook* contiene otro apéndice de material recomendado.

Atlas Games / Edge Entertainment. *Érase una vez: el juego de cartas para contar cuentos.*
Bernhardt, William. *Creating Character: Bringing Your Story to Life.*
———. *Perfecting Plot: Charting the Hero's Journey.*
———. *Story Structure: The Key to Successful Fiction.*

Bowers, Malcolm. *Gary Gygax's Extraordinary Book of Names.*
Browning, Joseph y Suzi Lee. *A Magical Medieval Society: Western Europe.*
Burroway, Janet. *Writing Fiction.*
Cleaver, Jerry. *Immediate Fiction.*
Cordingly, David. *Under the Black Flag.*
Egri, Lajos. *El arte de la escritura dramática.*
Ewalt, David M. *Of Dice and Men.*
Gygax, Gary. *Gary Gygax's Living Fantasy* y el resto de la serie Gygaxian Fantasy Worlds.
———. *Master of the Game.*
———. *Role-Playing Mastery.*
Hindmarch, Will. *The Bones: Us and Our Dice.*
Hindmarch, Will y Jeff Tidball. *Things We Think About Games.*
Hirsh, Jr., E. D. *The New Dictionary of Cultural Literacy.*
Ingpen, Robert. *Enciclopedia de las cosas que nunca existieron.*
Kaufmann, J. E. y H. W. Kaufmann. *The Medieval Fortress.*
King, Stephen. *Mientras escribo.*
Koster, Raph. *A Theory of Fun for Game Design.*
Laws, Robin D. *Hamlet's Hit Points.*
Lee, Alan y David Day. *Castillos de leyenda.*
Macaulay, David. *Nacimiento de un castillo medieval.*
Mallory, Sir Thomas. *La muerte de Arturo.*
McKee, Robert. *El guión: Sustancia, estructura, estilo y principios de la escritura de guiones.*
Mortimer, Ian. *The Time Traveler's Guide to Medieval England.*
O'Connor, Paul Ryan, ed. *Grimtooth's Traps.*
PennyPress. Serie *Variety Puzzles and Games.*
Peterson, Jon. *Playing at the World.*
Robbins, Ben. *Microscope.*
Schell, Jesse. *Game Design: A Book of Lenses.*
Snyder, Blake. *¡Salva al gato!*
Swift, Michael y Angus Konstam. *Ciudades del Renacimiento.*
Truby, John. *Anatomía del guión.*
TSR / Zinco. *Guía de Armas y Equipos.*
———. *Campaign Sourcebook/Catacomb Guide.*
———. *The Castle Guide.*
Walmsley, Graham. *Play Unsafe: How Improvisation Can Change the Way You Roleplay.*
Wilford, John Noble. *The Mapmakers.*
Writers Digest. *The Writer's Complete Fantasy Reference.*

ÍNDICE ALFABÉTICO